생명의 씨앗

프랭크 허버트 단편 걸작선 1962-1985

SHORT STORY ANTHOLOGY: VOLUME II
by Frank Herbert

1962

Frank Herbert
Anthology

생명의 씨앗

프랭크 허버트 글

유혜인 옮김

프랭크 허버트 단편 걸작선 1962-1985

황금가지

1985

차례

1962

정신의 장

Mindfield

1962년 3월, 《어메이징 스토리스(Amazing Stories)》 수록.

카바실에서 또 한 명의 승려가 실패했다.

방 안은 캄캄했다. 그 말은 바다가 물로 이루어졌다는 것처럼 당연한 이야기였다. 이 우주 어디에도 카바와 같은 암흑은 존재하지 않았다. 이곳에서는 모든 방사선이 억제되어 정밀한 억제 델타파와 형성 감마파의 배경으로 작용했다.

인격의 조각, 이 과정은 그렇게 불렸다.

어둠 속에서 불규칙한 윙윙거림과 진원지 없는 거친 마찰음이 들렸다.

실패한 승려는 죽음에 다가갔다. 그는 부정적인 생각을 하고 있었다. 우연한 기도가 무의식에서 의식으로 경계를 넘고 말았다. 이 기도가 지나치게 강해지는 승려들이 있었다. 궁극의 조건화가 두개골의 세포를 파괴하지 않고서는 그 힘을 압도할 수 없었다.

그러나 카바가 생명을 죽일 수는 없었다. 하위 분지 수준에서 형태를 만들고 비틀 수 있었지만 살인은 불가능했다. 그렇게 고집 센 정신에 카바 프로그램이 처방할 수 있는 방법은 하나뿐이었다. 승려의 정신을 완전한 공백으로 채우는 것이다. 무(無)의 찬물을 끼얹는다.

방에서 아까보다 많은 소리가 천천히 흘러나왔다. 금속을 긁는 소리, 빛이 없는 날카로운 오존 균열 소리. 실패한 승려는 죽음과 더 가까워졌다. 검은 센서가 가리킨 곳에서 금속 필들이 튀어나와 승려를 재생 탱크에 넣었다. 몸이 들어오자 탱크가 철벅거렸다. 금속 팔이 살에 모자, 전극, 억제판을 장착했다.

이윽고 신호등이 켜지겠지만 그 전에 한 가지 과정이 남아 있었다. 이름. 전의 이름과 비슷해야 하지만, 죽은 과거의 원시 장소들을 자극할 만큼 가까워서는 안 된다. 그리고 이 승려에게는 죽은 과거가 많았다. 피해야 할 이름도 그만큼 많았다.

회로가 깜박이고 최적의 음성 조합이 정해졌다. 프린터의 스타일러스 펜이 윙윙 소리를 내며 봉인된 재생 탱크에 이름을 새겼다. '사임.'

카바실 밖에서 신호등이 황색으로 빛났다. 다른 인간이 이제 불빛을 보고 탱크를 비우기 위해 올 것이다. 어떤 가족에게는 기르고 가르칠 성인 크기의 '아이'가 또 한 명 생길 것이다.

이 세상에는 이러한 아이들만 존재했다. 모든 이름은 모든 카바실에, 모든 승려의 인구 조사 명단에 올랐다. 남은 이름이 많지는 않았지만, 그래도 명단에 있었다.

딱 하나만 빼고.

그의 이름은 조지였다.

* * *

내 이름은 조지. 잊으면 안 돼. 그는 생각했다.

등의 아래로 느끼는 움직임이 달라졌다. 벨트가 그를 들것에 고정하고 있었다. 바람을 가르는 터빈 소리, 귀에서 쿵쿵대는 회전 날개의 박자가 들렸다. 위쪽에 돔 형태로 존재하는 연노란 빛 너머 어딘가에 밤이 있었다.

우리는 비행 중이야. 조지는 생각했다.

하지만 비행이라는 것이 정확히 무엇인지는…….

긴 시간이었다. 얼마나 긴 시간이었는지 생각하다 생각의 방향을 돌렸다. 거기에는 크고 넓은 틈이 있었다.

그리고 이상한 사람들이 있었다.

주위를 철벅거리며 휘젓던 탱크는 그의 신경에 이상하게 간지러운 요구들을 했다. 그래, 탱크가 있었다. 그건 확실했다.

어떤 여자의 얼굴이 돔 형태의 노란 빛을 가리며 그를 내려다보았다. 여자는 고개를 돌렸고 그 여자의 목소리가 들렸다.

"깨어났어요, 렌."

이름은 여자와 잘 어울렸다. 제니. 외모도. 달처럼 둥근 얼굴, 소녀처럼 양 갈래로 길게 땋은 금발, 눈가에 살짝 주름이 진 푸른 눈. 여자는 노란색 점이 찍힌 기이한 회색 옷을 입었다. 그

옷에는 의미가 있었다. 아, 그래, 위스트 가문이다.

남자다운 목소리가 여자에게 답했다. "괜찮은 것 같아 보여?"

"네."

남자다운 목소리의 주인공은 렌이었다. 그는 의사였다. 아몬드 꼴의 눈과 밋밋한 얼굴을 가진 흑인 남자. 선홍색 점이 박힌 옷은 치 가문을 뜻했다.

"지켜보고 있어. 계속 조용히 시키고." 렌이 말했다.

내 이름은 조지. 그 생각은 어둠 속에 희미하게 보이는 손잡이와 같았다. 혹시 세뇌 중인가? 조지가 생각했다.

하지만 이번에도 단어의 뜻을 찾을 수 없었다. 수도꼭지에서 흐르는 물, 대야에서 일어나는 거품 말고는 무엇도 떠오르지 않았다. 세뇌. 씻다. 그의 머리에는 두 개의 언어가 있었다. 하나는 하리브어로 에듀케이터에서 배웠다. 다른 하나는 하리브어로 앵시엥글리스라 하는 고대어였고, 이 언어를 배운 곳은…… 조지가 생각의 방향을 돌렸다. 시간의 틈이 있었다.

그래도 쉽기는 고대어가 가장 쉬웠다.

씻다. 수도꼭지. 대야. 에듀케이터. 그는 생각했다.

에듀케이터는 전극, 귀마개, 눈가리개, 진동, 윙윙거리는 소리, 컵에 든 주사위처럼 달그락거리는 정신의 움직임이었다. 그리고 시간의 흐름이었다.

시간.

시간이 그의 정신에 천둥처럼 울렸다.

내 이름은 조지. 그는 생각했다.

* * *

사임이 말했다. "삼촌, 상황이 심각해요. 이보다 끔찍한 위험은……." 그들의 세상에서는 무엇도 비교 대상이 되지 않는다는 생각에 사임은 고개를 저었다.

"으흐으으으으으으음." 오 플라가 말했다. 그는 등받이가 부채꼴인 오크나무 의자에서 돌아앉아 세모난 창문으로 바깥의 수초 정원을 바라보았다. 물에 떠 있는 심벌린이 투과된 아침 햇살을 맞으며 짤랑짤랑 소리를 냈다. 음이 이곳 섭정 승려의 개인 집무실에서도 무시할 수 없을 만큼 높아졌다. 오 플라는 뒤로 돌아 조카를 마주 보았다. 사임은 허리를 똑바로 펴고 여느 탄원자와 마찬가지로 거의 차렷 자세를 하고 서 있었다.

오 플라는 사임을 유심히 보며 이제 피할 수 없는 위기의 순간을 모면하는 중이었다. 청년의 얼굴에는 특징적인 선이 몇 개 더 보였다. 흐릿한 이목구비, 금발과 반짝이는 눈에 비하면 약한 뾰족한 턱. 그래도 턱은 수염으로 가려지리라. 사임이 궁극의 조건화를 다음에 견뎌 낸다면…….

"삼촌, 제 말을 믿으셔야 해요." 사임이 말했다.

"그건 네 생각이고." 오 플라가 말했다. 그는 위쪽 끝이 구부러진 기다란 금속 지팡이의 잘 닦인 표면을 어루만졌다. 오 플라의 손은 지팡이에서 멀리 떨어지는 법이 없었다. 현재 지팡이는 책상 가장자리의 홈에 몸을 기대고 있었다. 오 플라가 지팡이의 금속을 두드리며 말을 이었다.

"네가 발견한 기록들 말이다. 전 세계 곳곳에 무수히 많은 동굴이 흩어져 있고, 동굴마다 그 안에…… 네 말로는 로켓이라고."

"무기예요, 삼촌. 수천 개요! 사진도 발견했어요. 삼촌이 상상도 못 하실 만큼 끔찍한 무기입니다."

"으흐으으으으으음." 오 플라가 말했다. 그리고 생각했다. 멍청한 녀석! 가장 민감한 억제력을 계속 건드리잖아! 뭐, 녀석도 이제 각오해야지. 나도 어쩔 수 없어.

오 플라는 심호흡을 하고 말했다. "이 기록들을 어떻게 발견했는지 말해 다오."

사임이 시선을 떨어뜨렸다. 두려움이 엄습했다. 어쨌거나 상대는 섭정 승려였다.

"땅을 판 것이냐?" 오 플라가 따져 물었다.

사임은 어깨를 으쓱하며 생각했다. 우리가 대지를 모독한 것을 알고 계셔.

"인간의 자리는 어디냐?" 오 플라가 다그쳤다.

사임은 체념한 듯 한숨을 쉬고 말했다. "인간의 자리는 어머니 대지의 신성한 표면에서 자라나는 것들 사이에 있습니다. 아래의 바다도, 위의 하늘도, 아래의 동굴도 아닙니다. 바다는 물고기. 하늘은 새. 지표면은 인간. 각각의 생물에 자리가 있습니다."

오 플라가 고개를 끄덕이며 지팡이로 바닥을 두드렸다. "잘 외우는구나. 그런데 그렇게 믿느냐?"

사임은 목을 가다듬었지만 말을 하지는 않았다. 갑자기 방 안에 흐르는 긴장감을 느끼고 오 플라의 손에 들린 지팡이를 힐끗 쳐다보았다.

오 플라가 말했다. "모른다고 하지는 않겠지. 인간이 땅을 파서는 안 된다는 것을 알지 않느냐. 의회나 나와 같은 승려-역사가가 발굴자와 땅에 정식 허락을 하지 않고서는 말이다."

사임은 주먹을 움켜쥐었다가 힘을 풀었다. 결국 이렇게 되었다.

오 플라가 말했다. "너도 알지 않니. 내가 부처님의 강력한 힘으로 궁극의 조건화를 거치고 나오는 모습을 너도 보았어. 진실을 보지 않았느냐!"

사임이 입을 꾹 다물었다. 저 영감이 무슨 말을 하는 거야? 그래, 시작했으면 끝을 내야지.

그는 오 플라의 싸늘한 표정을 무시하고 말했다. "이유를 알아요. 삼촌의 거룩한 연설 때문은 아니에요. 과거 잃어버린 시대에 우연히 땅을 팠다가 이 무기들을 발사시킨 사람들이 있었기 때문이죠. 그들은 지표면 밑이 금지 구역이라고 판단했습니다. 우리는 우연과 전설에서 비롯된 법을 계속 지키며 살아가는 거고요."

지금 이 녀석은 구제 불능이야. 오 플라는 생각했다. "그것은 이치에 맞지 않는다. 부처님께서는 사리에 맞게 세상의 질서를 세우셨다. 아무래도 징벌로써 이 사실을 가르쳐야 할 때가 온 것 같구나."

사임이 뻣뻣하게 굳어 말했다. "어쨌든 저는 경고했어요."

오 플라가 말했다. "처음에는 네가 말한 무기가 몇 개 있었을지도 모르지. 하지만 시간이 지나며 부품들이 완벽히 파괴되었어."

"수천 개라니까요. 전부 불활성 기체가 든 거대한 통에 봉인되어 있고요. 전부 파멸시킬 준비를 하고 있어요." 사임은 몸을 앞으로 기울였다. "증거라도 봐 주시면 안 돼요?"

오 플라의 목소리가 날카로워졌다. "그럴 필요 없다. 네가 필요한 만큼 증거를 만들어 냈을 수도 있고."

사임이 말을 하려 했지만 오 플라가 잘랐다.

"그만! 너는 1000년 기념 축제를 중단하라고 나를 찾아온 거야. 감히 우리 관계를 이용해……."

"당연히 축제를 중단하셔야죠!"

"하지만 이유를 말하지 않았어."

"말했어요."

오 플라가 말했다. "우리 사리에 맞게 생각해 보자. 신성한 승려들의 지도 아래 성장한 인류는 폭력적인 유년기에서 벗어났다. 우리는 1000년에 가까운 평온을 누렸어. 1000년 기념 축제까지 이제 딱 열흘 남았다. 겨우 열흘이야. 그런데 별안간 그 축제를 중단할 이유를 찾았다는 것이냐."

"멈추셔야 해요." 사임이 간청했다.

"폭죽 몇 개가 우리 사람들에게 무슨 해를 끼치겠어?" 오 플라가 물었다.

"제가 무슨 말을 해요. 그런 것들을 본 적이 있어야죠. 우리는 모든 폭력을 반대하도록 조건화되었어요. 억제력은……." 사임이 몸을 부르르 떨었다. "커다란 소음, 밤하늘에 커다랗게 번쩍이는 빛. 사람들이 공포에 빠질 거예요!"

대단한 통찰력이야. 이 녀석은 언제나 통찰력이 있었지. 오 플라가 말했다. "고대의 세상이 어땠는지 비교적 온화한 방식으로 사람들에게 일깨워 줄 뿐이다."

"광기와 공포로요." 사임이 말했다.

"조금은 그럴지도 모르지." 오 플라는 지팡이를 움켜쥐어 왼손의 떨림을 막았다. "너희 반란군이 전파하는 것들에 대중의 혐오감을 일으키면 된다."

"삼촌, 저희는……."

"네가 무슨 말을 하는지 알아. 고대인들의 과학을 전부 부활시키자! 다른 행성으로 팽창하자! 팽창이라니! 우리는 지금 사는 곳도 다 채우지 못했어!"

"삼촌, 그게 문제예요." 사임은 바닥에 무릎을 꿇는 듯한 느낌이 들었다. 그 대신 책상에 몸을 기댔다. "인류는 죽어 가고 있다고요. 아무런……." 고개를 젓고는 말을 이었다. "……투지가 없어요. 동력이 없다고요."

"우리는 어머니 대지의 정상적인 요구에 순응하고 있는 것이다. 그것뿐이야. 아무튼, 우리는 네가 설파하는 것을 사람들에게 보여 줄 작정이다. 고대 과학의 모습을 보여 줄 거야."

사임이 애원했다. "제가 한 얘기 다 어디로 들으셨어요? 삼촌의 불꽃놀이는 사람들의 공포심을 터뜨릴 거라고요. 공포의 파동이 전 세계 암흑의 선을 따라 흐를 거예요. 그리고 과거의 무기들은…… 그것들은 그 파동을 감지하도록 설정되어 있어요.

공포가 임계치에 다다르면 무기들이 발사될 거라고요!"

오 플라는 조건화의 압력을 느낄 수 있었다. 보통 사람들이 느끼는 압력보다 훨씬 더 강하고 지독하게 몸을 조였다. 저들이 알기나 하겠냐마는……

오 플라가 말했다. "엘더들의 장소를 우연히 발견했다고 했지. 그 장소라는 게 어디냐?"

사임의 꾹 닫힌 입은 열리지 않았다. 쿡쿡 쑤시는 감정을 느낄 수 있었다. 분노인가? 어린 시절 느꼈던 분노를 떠올려 보았지만 그럴 수 없었다. 조건화가 너무도 강력했다.

오 플라가 말했다. "네가 말하든 말하지 않든 우리는 네가 모독한 곳들의 위치를 찾아낼 거다."

"그만두세요." 사임이 말했다. 서글픔으로 눈이 촉촉해졌다.

"찾을 거야." 오 플라가 말했다. 그도 사임과 같은 서글픔을 느끼며 주저했다. 하지만 다른 방법이 없었다. 이 순간 두 사람에게 무엇이 필요한지는 명확했다. "몬태나 지방에 노천 구리 광산이 있다. 주민들의 의례를 배울 시자가 필요하다는구나." 그가 말했다.

"시자라고요? 하지만 삼촌, 저는……."

"승려가 되는 길이라고 생각하지는 말거라. 채굴도 하게 될 거야. 땅 파기를 좋아하는 것 같으니."

"그렇지만……."

"광부들은 신을 모독하는 경향이 있지. 땅만 파서 그렇게 됐을 게다."

사임이 말했다. "삼촌, 무슨 일을 시키든 괜찮은데요, 살펴보기라도……."

"그만!" 오 플라가 지팡이에 달린, 작아서 잘 보이지도 않는 고리를 비틀었다. "내 말대로 복종하겠느냐?"

사임은 차렷 자세로 몸이 굳었다. 오 플라가 이런 일에 지팡이의 힘을 사용하기로 했다니, 말할 수 없이 화가 났다. 사임의 입술은 의지와 상관없이 저절로 움직였다. "말씀대로 복종하겠습니다."

"최소한의 짐만 싸서 당장 몬태나주 크리스털에 있는 축복받은 하늘 광산으로 썩 떠나라. 종단에서 기차역에 나와 있을 거다." 오 플라는 그러면서 다시 한번 지팡이의 고리를 비틀었다.

사임은 차렷 자세로 굳은 채 서 있었다. 지팡이의 신호가 정신을 이름 모를 공포의 행렬로 채웠다. 검은 공간에 있는 붉은 것이 그의 생각을 알아보기도 힘든 형태로 만들었다. 끈적거리는 녹색에 싸인 사임의 일부가 명령에 복종하고 있었다. 또…….

"가라니까!" 오 플라가 명령했다.

신호의 힘이 풀렸다.

오 플라는 고개를 숙이고 평화를 위한 기도문을 중얼거렸다. 문 닫히는 소리가 들릴 때까지도 고개를 들지 않았다. 수초 정원에서 짤랑거리는 소리가 방 안에 크게 울렸다.

아슬아슬했어. 우연에 대처하기가 날이 갈수록 어려워지는군. 내 조건화는 너무도 강하고…… 확실하고…… 절대적이다. 오 플라는 생각했다.

책상의 버튼을 눌렀다. 그러자 반투명한 여자의 얼굴과 어깨가 책상 위에 곧바로 떠올랐다. 여자는 브록스 가문의 승려-역사가를 뜻하는 푸른 옷을 입었다. 검은 머리카락을 빈틈없이 땋아 한쪽 어깨에 늘어뜨렸다. 가는 코와 경직된 입 위로 보이는 녹색 눈이 오 플라를 응시했다.

"인정하고 벌을 받을 것인가?" 오 플라가 물었다. 단순히 의례적인 질문이었다.

"그럴 수 없다는 것 아시잖습니까." 여자의 대답에도 감정이 실려 있지는 않았다.

오 플라는 치솟는 혐오감을 숨기려 얼굴을 굳혔다. 이 여자가 한 짓이 우연한 필연이었을지 모르지만…….

"그래, 왜 불렀어요?" 여자가 물었다.

오 플라가 바닥에 지팡이를 두드렸다. "오 카체! 예법을 지키시오!"

"죄송합니다. 조카분이 방금 나갔다고 생각했어요." 여자가 말했다.

"광산으로 보냈소. 다시는 잊지 못할 지팡이 맛을 보여 줬지." 오 플라가 말했다.

"분노를 일으킬 만큼요. 구속하기에는 부족해요. 그 친구 달아날 거예요. 오늘 당신 지팡이는 제 기능을 하지 못하고 있어요." 오 카체가 말했다.

오 플라가 의자에서 몸을 일으켰다.

"붙잡을 수 없을 거예요. 당신이 할 수 있는 일은 없어요. 하지만 누가 탓하겠어요. 우연이었는데." 오 카체가 말했다.

오 플라는 긴장을 풀었다. "그래요. 우연." 그는 여자를 가만히 쳐다보며 생각했다. 이 말을 어떻게 표현한다? 말을 해야 하는데 그 말을 해서는 안 돼.

"설마 내 전송 신호를 또 추적하려는 건 아니겠죠?" 오 카체가 물었다.

"포기한 것 알잖소. 아니. 나는 복제 인간에 대해 이야기하고 싶었어요. 이 우연이 당신에게 사임과 렌과 제니를 주었을지 모르지만, 복제 인간은 내가 손에 넣을 거요. 그는 조건화되지 않았어!" 오 플라가 말했다.

"나는 쓸 만한 일꾼들이 필요해요." 오 카체가 말했다.

"도시 근처에 숨어 있소. 사임은 걸어서 왔소. 자기들이 고대 동굴 하나를 찾았다는 거요. 엘더들이 악마같이 교활한 방법으로 숨겼지만 때로는 우연히……." 오 플라가 말끝을 흐렸다. 무슨 말인지 알아들었나?

"당신이 복제 인간을 얻게 될 거라고 어떻게 자신할 수 있죠?" 오 카체가 물었다.

오 플라는 생각했다. 망할 여편네! 억제력의 아귀에 곧바로 들어오다니! 그가 말했다. "인정하고 벌을 받지 않겠다면 더 이상 우리가 대화할 필요는 없겠지. 은혜의 길을 찾을 수 있기를 비오."

연결을 끊고 흐려지는 오 카체의 이미지를 보았다. 멍청한 여자 같으니라고. 그렇게 직접적으로……. 그의 생각이 다른 길로 빠졌다. 아니! 멍청한 게 아니야! 내 억제력을 시험하고 있었어! 내가 반응했을 때…… 우리가 사임을 추적할 준비가 되었음을 확신했던 거야. 우리가 우연을 목격했다고.

오 플라는 걱정과 의심에 사로잡혀 의자에 기대앉아 있었다. 인사로 포옹할 때 사임의 로브 뒤에 붙인 작은 신호 발생기. 그것은 시자 경비대를 비밀의 동굴로 안내해 줄 것이다. 한편으로는 이 생각에 의기양양했지만 한편으로는 공포로 움츠러들었다. 너무도 많은 우연이 신중하게 쌓이면…….

* * *

조지는 문을 보고 멈춰 섰다. 강제로 열렸다가 수리한 문이었다. 경계문이고 방공호와 이어졌다. 그 사실은 알았다. 하지만 그의 머리에서 경계와 방공호라는 개념은 그리 명확하지 않았다. 고대어로 입력되었지만 그 언어에는 커다란 공백이 있었다.

갑자기 주위의 세계가 이상하게 느껴졌다. 주변 환경이 현실과 어긋나 동떨어진 느낌이었다. 무언가 발목에 끌렸다. 아래를 보니 그는 길고 하얀 가운을 입고 있었다. 꼭…… 병원 가운 같았다. 그보다는 길지만.

“무슨 문제 있어, 조르지?”

조지가 뒤돌자 밋밋한 얼굴에 아몬드 꼴 눈이 박혀 있는 흑인 남자가 보였다. 아몬드 같은 눈! 뭔가 잘못됐어…… 위험해…… 아몬드 같은 눈은. 조지는 말했다. “당신은…….”

"네 주치의 렌이야." 그렇게 말하며 렌은 긴장했다. 이 복제 인간이 또 새로운 폭력성을 드러낼까?

조지는 긴장을 풀었다. "아, 내가 아팠지."

"이제는 다 나았어." 렌은 경계심을 늦추지 않고 주시했다. 어떤 이유로 폭발할지 몰라.

조지가 심호흡을 했다.

문!

문을 뜯어보았다. 주위에 얼룩이 있었다. 피인가? 문 뒤에서 소리가 들렸다. 문을 열었다. 경첩 소리도 없이 문이 안으로 열리며 회색 바위를 깎아 만든 방이 드러났다. 간접 조명 때문에 그림자가 없고 메마른 분위기였다. 방 안에는 한 남자와 한 여자가 서서 대화를 하고 있었다. 여자는 누구인지 알았다. 제니. 동정하는 눈으로 음식을 가져다주는. 하지만 남자는 모르는 사람이었다. 회색 눈, 짧게 깎은 금발. 젊은이의 느낌이 났다.

남자가 말하고 있었다. "자기들이 어떻게 나를 따라잡아. 따돌리는 것쯤이야 쉽지. 그리고 숲에 들어왔을 때……." 남자는 시선을 느끼고 말을 멈췄다.

렌이 조지를 밀고 방 안으로 들어갔다. "사임, 언제 돌아왔어?"

"방금 막 도착했어요." 렌에게 말했지만 사임의 관심은 렌과 함께 있는 생물에게서 떠나지 않았다. 그는 방으로 쑥 들어와 주위를 둘러보았다. 사임이 보기에 재생 탱크에서 나온 복제 인간의 모습은 충격적이고 역겨웠다. 사임이 말했다. "무슨 문제 있어요?"

"조르지? 전혀. 문제를 해결하고 진실을 캐느라 힘든 하루를 보냈을 뿐이야."

"내 이름은 조지." 조지가 중얼거렸다. 혼잣말처럼 단조로운 어조였다.

"말을 하네요!" 사임이 말했다. 생각만 해도 섬뜩했다. 이 생명체가 더욱 새롭고 불경한 차원으로 촉수를 내민 것만 같았다.

제니가 말했다. "조르지 피곤해 보여요, 렌."

조지는 사임을 쳐다보았다. "너는……." 목소리에서 힘이 빠졌다. 얼굴이 굳었다. 말없이 서서 응시하는 눈에 아무것도 담지 않았다.

"괜찮은 거예요?" 제니가 물었다.

"아, 그럼." 렌이 조지의 팔에 손을 올렸다. "이름이 무슨 영조르인가, 조르지인가 그래. 입술의 저항이 가장 적은 경로를 추적해 음파 패턴을 알아냈지."

"소령." 조지가 속삭였다.

"봤지?" 렌이 말했다. 스스로 생각해도 자부심이 넘치는 목소리였다. 하지만 한 무더기의 뼈를 부활한 사람이 이 세상에 그 말고 또 누가 있는가? 1000년 동안 누워 있던 죽음에서 생명을 창조했다. 렌이 사임을 돌아보았다. "도망쳤다고 하던데. 무슨 일이야?"

"삼촌이 광산에 가라고 명령했거든요. 달아났죠." 사임은 복제 인간에게서 억지로 시선을 거두며 생각했다. 어떻게 저런 혐오스러운 생명체가 매력으로 넘칠 수 있지?

"여기로 직행했어?" 렌이 물었다.

"신발과 옷자락에 기름을 칠했어요. 바센지 추적기를 써도 못 찾을 거예요."

두려움이 렌의 신경을 갉아먹었다. "우회로로 왔지?"

"당연하죠. 또 갈라진 단층을 통해 터널 아래로 뛰어 들어왔고……."

"달라." 조지가 말했다. 목소리들이 거슬렸다. 그리고 이 장소는…….

사임이 말했다. "말하는 게 조금……."

"렌이 에듀케이터에 넣었어." 제니가 쌓이는 긴장감을 감지하고 분위기를 풀고 싶어 얼른 말했다.

렌이 말했다. "고대어로 말하는 소리를 들어 봐야 해. 고대어로 말해 봐, 조르지."

조지가 가슴을 펴고 섰다. "나는 소령 조지……." 그의 생각이 방향을 틀더니 텅 빈 검은 상자 같은 공간으로 흘러 들어갔다.

"과로했어. 에듀케이터에 거의 두 시간을 넣었고, 나와서는 한참 자극 탐색을 했거든. 넓은 영역이 개방되고 있긴 한데, 아직 대단하다고 할 발견은 하지 못했어." 렌이 조지의 팔을 다정하게 당겼다. "가지, 조르지."

조지의 입술이 소리 없이 움직이더니 이렇게 말했다. "조지. 조지. 조지."

그들은 밖으로 나갔지만 문을 닫지는 않았다. 렌의 목소리가 들렸다. "잘했어, 조르지. 여기야." 그리고 덧붙였다. "사임, 몇 분 있다가 실험실에서 보자고."

문 닫히는 소리가 들렸다.

"렌이 무슨 권리로 나한테 명령을 하는 거지?" 사임이 물었다. 안에서 꿈틀대는 감정을 느꼈다. ……분노일까?

"사임!" 제니가 말했다. 그리고 생각했다. 또 질투심에 행동하려 하고 있어. "렌은 그냥 서두르느라 그런 거야."

"아니, 여기는 명령하고 말고 할 데가 아니잖아." 사임이 말했다.

제니가 사임의 팔을 만졌다. "보고 싶었어, 사임."

그것으로 충분했다. 사임의 긴장감이 녹아내렸다. 사임이 말했다. "너무 오래 걸려서 미안해. 가니까 삼촌이 떠나고 없더라고. 북쪽 어디서 의회 회의가 있다고. 기다리다 지칠 때가 되니 돌아오시더라. 대화할 엄두가 나야지. 냄새 억제제도 딱 한 번 바를 양밖에 없는데 계획을 포기하고 돌아올 수가 없었어."

"말을 들어 보면 그냥 포기한 거나 마찬가지던데. 삼촌이 믿게끔 설득할 방법이 전혀 없었던 거야?" 제니가 말했다.

"삼촌의 믿음은 중요하지 않아. 제니, 나는 삼촌이 내 말을 전적으로 믿지만 이 문제에 관해 아무것도 할 수 없다는 오묘한 느낌을 받았어. 내면의 어떤 힘이 강제로……." 사임이 고개를 저었다. "몰라. 이상했어."

"다 정치야." 제니가 말했다. 제니가 느끼는 감정은…… 억울함이었다. 그래. 억울했다. 당연히 분노는 느끼지 않는다. 하지만 억울함은 허용되었다. 안전밸브처럼. "불꽃놀이를 보고 나면 대중이 우리 계획에 대한 지지를 철회할 테니까. 다 정치라고."

"하지만 불꽃이 공포의 파동을 일으켜 이 무기들에 불을 붙인다고 말했을 때 삼촌은 정상적으로 반응하지 않았어. 내 말을 거의 못 들은 눈치였어. 아니면 듣기를 거부하거나. 아니면…… 모르겠다." 사임이 말했다.

제니는 섬뜩한 두려움을 애써 잠재우고 생각했다. 렌이 갔어야 해. 나나. 사임을 보내는 게 아니었어. 뭔가 달라…… 우리가 전에 알았던 사임이…… 아니야.

"우리도 실험실로 가는 게 좋겠다." 사임이 말했다.

"우리가 할 수 있는 일이 있을 거야." 제니가 말했다. 덫에 걸린 것처럼 절박해졌다.

"너도 삼촌 말을 들었어야 해." 사임이 말했다. 그러다 목소리에 오 플라의 짜증 섞인 말투를 섞었다. "과거의 과학을 전부 되살린다는 것이 어떤 의미인지 깨닫지 못하는 것이냐, 이 철없는 꼬마 녀석? 베세머 공법만으로 얼마나 많은 폭력과 소음이 일어나는지 모르는 게야?"

"베세머 공법?"

"강철을 만드는 방법이야. 내가 금속공학자라는 사실을 지적했지. 그때 나보고 일과 더 가까워져야 하지 않겠냐고 제안하신 거야. 나를 광산으로 보낼 작정인 걸 그때 알았어."

"사임! 제니! 이리 와 봐!" 실험실에서 렌이 부르는 소리였다.

"자기가 뭐라고 명령을 내리는 거지?" 사임이 물었다.

"참, 그만하래도." 제니가 말하며 까치발을 하고 사임의 뺨에 입을 맞췄다. "우리 계획을 빨리 진행하고 싶어서 마음이 급한 것뿐이야." 그리면서 사임의 손을 잡았다. "가자."

두 사람은 복도로 나갔다. 제니가 문을 닫고 빗장을 걸었다. 복도 끝에서 왼쪽으로 방향을 틀고 열려 있는 문을 지나자 노란 벽에 흡음 처리가 된 정사각형 방이 나왔다. 한쪽 벽에는 녹음 제어판과 재생 장치가 어수선하게 자리했다. 제니가 주(主) 제어판 앞에 앉아 준비 스위치를 켰다.

사임은 주위를 둘러보았다. 이유를 꼬집어 말할 수 없지만 이 방에 들어오니 마음이 불안해졌다.

렌이 방의 중앙쯤에서 메모와 장비가 어지럽게 놓인 테이블 옆에 서 있었다. 초조하게 몸을 앞뒤로 들썩이며 사임의 얼굴을 관찰했다. 굉장해. 사임은 언제나처럼 자연스럽군. 승려-역사가들의 조건화는 얼마나 강력하단 말인가. 정신과 본질을 취하고 모든 것을 필요에 맞추지. 그 우연과 우리가 훔친 탱크가 아니었다면 의심조차 하지 못했을 거야. 렌은 생각했다.

제니가 말했다. "사임, 무슨 일이 있었는지 렌에게도 말해 줘."

사임이 고개를 끄덕이고 제니에게 들려준 말들을 다시 읊었다.

"시자 경비대를 피해 도망쳤다고." 렌이 말하고 고개를 끄덕였다. "그런 행위는 폭력에 근접하지 않나?"

"전에 말했잖아요! 내가 조상의 특성을 가지고 있다고!" 사임이 말했다.

"의심한 적 없어. 실제로 누군가를 때리고 해칠 수 있나?" 렌이 말했다.

사임의 얼굴이 하얗게 질렸다.

"말도 안 되는 소리 하지 마요!" 제니가 말했다.

우리가 하고 있는 일이 진정 무엇인지 이제 가르쳐 줘야지. 렌은 생각했다. "나는 현실적인 얘기를 하는 거야." 그가 말했다. 그러고는 옷소매를 걷어 팔뚝의 보라색 멍을 드러냈다. "오늘 아침, 복제 인간이 나를 때렸어."

"렌!" 두 사람이 놀라서 외쳤다.

"이런 폭력을 저지르려면 무엇이 필요할지 생각해 봐." 렌이 말했다.

"그만!" 제니가 울부짖으며 두 손으로 얼굴을 감쌌다. 우리가 무슨 짓을 한 거지? 시작은 사임이었어…… 내가 그를 사랑했기 때문에…… 차마 그를 잃을 수 없었기 때문에. 하지만 이제……. 제니는 생각했다.

"이게 우리에게 어떤 영향을 미치는지 알겠어? 살면서 이렇게 두려웠던 적이 없어." 렌은 침을 삼켰다. "나는 두 사람이었어. 한 명의 나는 극심한 공포를 느꼈고 작은 탐지기가 약하게 울렸어. 또 한 명은……."

"공포를 감지했다고요?" 사임이 물었다.

"그래!"

"하지만 공포가 무기를 발사시킬 수 있지 않아요?"

제니가 얼굴을 감싸던 손을 내렸다. "한 사람의 공포만으로는 아니야. 다수의 공포가 필요해." 그녀가 말했다.

렌이 말했다. "내 말에 집중해. 이 공포에 대한 이야기를 하고 있으니까. 승려의 지팡이가 흔들릴 때 느끼는 것과 전혀 달라.

내 일부는 겁에 질렸고, 다른 일부는 지켜보고 있었어. 공포를 목격했어. 정말 신기하더군."

"공포를 목격했다고요?" 사임이 물었다.

제니가 고개를 돌렸다. 차마 이런 모습의 사임을 보고 있을 수가 없었다. 그녀가 사랑한 그 사임이었지만 어쩐지…… 달랐다. 너무 격앙되었다.

렌이 말했다. "맞아. 공포를 느낀 순간, 나는 그 의미를 생각할 수 있었어. 우리에게 있던 폭력성은 대부분 파괴되었지. 조금 남아 있다고 해도 어린 시절의 억제 훈련이 알아서 제거해. 하지만 그럼에도 남아 있는 폭력성이 있나 봐. 왜냐하면 나도 모르게 이런 생각을 했거든. 조르지가 나를 또 때린다면 몸싸움을 해서라도 막아야 한다고."

"정말 그럴 수 있었다고 생각해요?" 사임이 물었다.

"모르겠어. 하지만 생각은 했어."

"때린 이유가 뭐였어요?" 제니가 물었다. 그리고 생각했다. 어쩌면 사임의 변화에 대한 단서가 여기 있을지도 몰라.

렌이 말했다. "그게, 이것도 신기한 부분이야. 내가 자기 앞을 가로막았기 때문에. 이 동굴 지대에 있는 무기들에 관해 질문하고 있었어. 고대어로 여러 가지 언어-생각 패턴을 시도하면서 말이야. 그런데 갑자기 벌떡 일어나 고대어로 외치는 거야. 비켜! 그러더니 나를 옆으로 밀치고 달려 나갔어. 진료실을 반쯤 가로지르더니 멈춰 서서 뒤를 돌아보고 두 사람도 아까 저기서 본 행동을 했어. 그냥…… 전원이 꺼진 것처럼."

"혹시 기억하는 걸까요?" 제니가 속삭였다.

렌은 어리석은 질문에 소름이 돋았다. "그럴 리가! 어떻게 만들어졌는지 알잖아."

사임이 말했다. "그래도, 무슨 차이가……."

렌이 대답했다. "우리는 뼈에서 시작했어. 죽은 뼈. 뼈로는 세포 패턴 말고는 아무것도 알 수 없어. 그 패턴을 바탕으로 카바 탱크가 인접한 세포의 패턴을 알아내는 거고. 딱 한 겹의 세포야. 그 새로운 세포가 다음 겹의 패턴을 알려 주고 그렇게 쭉 이어지는 거야. 조르지는 본체와 비슷하지만 본체가 아니야. 그러니 기억의 개념도 일관적이지 않지."

"하지만 뼈가 무기고 가스에 보존되어 있었어요. 약간이라도 살점이……." 제니는 동굴 입구에서 폭발이 일어난 후 사임의 모습을 떠올리며 몸서리를 쳤다.

"그랬다고 해도 별 차이 없을 거야. 이건 사고로 다친 사람에게 새 팔을 자라게 하는 것과 달라. 그 경우에도……." 렌이 사임을 힐끗 보았다가 다시 제니에게로 시선을 돌렸다. "사고 피해자는 본체의 중추신경계가 온전하게 남아 있어. 온전하지 않으면 본체의 지속적인 패턴을 알 수 있을 만큼이라도. 하지만 뼈만으로는……." 그가 어깨를 으쓱했다.

사임은 재생에 관한 이야기를 계속 듣고 있으니 왠지 모르게 마음이 불편해졌다. 그가 말했다. "하지만 이 복제 인간은 엘더 중 하나잖아요. 그렇지……."

"맞아. 하나였지. 본체는 20분 바이러스로 사망했고. 전염병으로 죽었다는 데는 의심의 여지가 없어. 엘너 중 하나가 맞아. 하지만 1000년 전의 과거형으로 강조해야지. 엘더였다." 렌이 말했다.

사임은 제니를 쳐다보고는 다시 렌을 보았다. "하지만 옛 언어를 테이프와 똑같이 말하는……."

"당연하지!" 멍청한 질문들을 듣다 못한 렌이 답답해하며 양손을 들었다. "하지만 우리에게는 재구성된 기억이 없잖아! 패턴, 경향, 익숙한 생각들이 한때 지나간 경로가 전부지. 그건 마치……." 렌이 허공에 한 손을 휘저었다. "수로와 같아. 비가 내린다고 쳐. 빗방울이 땅을 때리고 작은 개울에 무작위로 흐르잖아. 이 개울은 먼저 내린 비, 그보다 먼저 내린 비가 흘러간 경로로 나아가고. 그러다 보면 기존의 모든 빗방울들이 지나갔던 깊고 오래된 수로로 새로 내린 비도 따라서 들어가지. 이해가 안 돼?"

사임이 고개를 끄덕였다. 불현듯 그 이상이 이해되었다. 그 수로에 댐이 있을 수도 있어. 물길을 영구적으로 바꾸는. 이상한 저장 시스템이 분출할 준비를 하고 있다가……. 사임은 몸을 떨며 이런 생각을 억지로 밀어냈다.

"습관. 자주 반복되는 과거의 생각. 그것들은 같은 행동을 똑같이 반복해. 우리가 생각의 패턴을 제대로 찌른다면 조르지에게 익숙한 수로로 흘러 들어갈 거야. 생각이나 행동 패턴을 반복하겠지. 과거의 패턴에 따라 자신에게 익숙한 행동을 할 거라고." 렌이 말했다.

"당신을 때린 것처럼요." 제니가 말했다.

"맞아!" 렌이 제니를 보고 활짝 웃었다. "이들은 폭력적이었어. 그리고 우리가 재생한 이 폭력적인 사람 안에 이 동굴 장치의 무기들에 관한 단서가 존재할 거야. 이 무기들로 우리는 고대 과학의 문을 전부 열 수 있어. 그들이 가졌던 금속을 생각해 봐. 지금은 고대인의 것을 녹이지 않으면 가질 수 없는 금속 말이야. 연료는 또 어떻고!" 렌이 양손을 치켜들었다. 그는 두 사람에게 웃어 보이고 테이블로 돌아서서 메모들을 마구 뒤적이기 시작했다.

"끔찍한 무언가를 움켜쥐고 놓을 수 없는 처지 같군." 사임이 말했다.

"뭐가?" 제니가 물었다.

사임은 질문을 무시하고 제니를 가만히 쳐다보았다. 갑자기 이런 느낌이 들었다. 이 제니와…… 다른 제니를 한때 알았던 적 있다는…….

"나를 왜 그렇게 봐?" 제니가 물었다. 사임의 표정을 보고 있자니 두려워졌다.

"여기 있다." 렌이 메모 한 다발을 들고 상체를 세웠다. "조르지를 진찰한 내용들 요약본. 우리의 길을 열어 줄 쐐기는 이 복제 인간이 가지고 있어. 내 생각으로는……." 그가 말을 흐리고 자신을 빤히 보는 동료들을 쳐다보았다. "왜 그래?"

"뭔가 기억해야 할 것 같아요." 사임이 말했다.

"렌, 나 무서워요." 제니가 말했다.

렌은 사임의 옆으로 가 팔을 받쳤다. "어디 아파, 사임?"

"아프냐고요?" 사임은 그 질문을 생각해 보았다. "아니요. 내 몸은…… 뭐랄까, 달라요." 그러고는 오른손을 내려다보았다. "이 손에 흉터 있지 않았어요?"

"흉터?" 렌이 사임의 손을 힐끗 보았다. 렌은 억지로 쾌활한 목소리를 냈다. "아, 맞아. 우리는 이 시기나 저 시기의 느낌을 받기 마련이야, 사임. 금방 지나가."

"흉터에 대한 느낌을 받아요?"

"꼭 흉터가 아니라도, 뭔가 익숙한 느낌 말이야. 데자뷔라고 하지. 금방 사라질 거야." 렌이 대답했다.

"큰 동굴에서 저 비행 기계를 시험할 때 말이에요. 매뉴얼을 읽고 부품을 만질 때, 나는 아무것도 모르는데 내 손은 어떻게 하는지 아는 느낌이 들 때가 있었어요. 그 얘기예요?" 사임이 말했다.

"인종 기억과 관련이 있을지도 모르지. 그냥 머리에서 지워 버려." 렌이 말했다.

"조금 쉴래? 아니면 뭐 먹고 싶은 거 있어?" 제니가 물었다.

"아니…… 나는…… 시작해요, 렌. 일부터 하고, 쉬는 건 나중에 할래요."

"그러자고." 렌이 말했다. 그리고 생각했다. 제니가 정상으로 돌려놓을 거야. 그 점을 염두에 둬야지. 사랑과 애정에는 평정을 유지하는 힘이 있다는 것.

"좋아." 렌이 말하고 목을 가다듬었다. "조르지 이야기로 돌아가서. 이 복제 인간의 본체를 이해하려면……." 그는 메모들을 휙휙 넘겨 보았다. "그래…… 본체를 이해하려면 그가 태어난 세계의 심리 작용을 이해해야 해. 그 세계에는 두 개의 대립하는 세력 연합이 있었어. 무장 해제에 합의했지만 수년 동안 한 손으로는 무장을 해제하고 다른 손으로는 무장을 하고 있었지. 자연히 수치심을 느꼈고. 이 동굴 지대는 그 수치심의 완벽한 증거야. 어떻게 숨겼는지 봐. 우리 머리 위에 있는 흙을 폭발물로 100미터도 넘게 파고 나서야 실제 무기의 관이 드러났잖아."

"수치심이 확실해요?" 사임이 물었다.

"당연한 소리. 은폐와 수치심은 한 쌍이야." 렌은 고개를 절레절레 저으며 비전문가들의 잘못된 해석에 혀를 내둘렀다. "이것만이 아니야. 이 동굴과 이곳에서 짐작할 수 있는 다른 시설만 존재하는 게 아니라고. 적대 세력은 뭘 가지고 있었겠어? 이런 전체적인 무기 네트워크가 더 있을 거란 말이야."

"전에 다 한 얘기잖아요." 사임이 말했다. 점점 인내심이 바닥나고 있었다.

"그 밑에 깔린 심리 작용은 처음이야." 렌이 말했다.

"그보다는 더 핵심적인 이야기를 하지 그래요. 첫째, 목표물은요? 이 무기들은 어딘가를 조준하고 있어요. 목표 지역도 1000년 사이에 달라졌을 거예요." 사임이 말했다.

제니가 끼어들었다. "별 차이 없을 거야. 작은 유도 장치를 분해하다 끔찍한 사실을 발견했거든."

"제니! 그러다 괴물 히니를 폭발시켰으면 어쩌려고!" 사임이 말했다.

"아니야. 실제 무기를 건드리지는 않았어. 여분의 유도 장치가 보관된 걸 찾았어. 일부는 자속선을 따라갈 거야. 일부는 열기가 있는 넓은 지역이나 좁아도 강렬한 열기를 내뿜는 지역으로 날아갈 거고. 대량의 금속이 있는 곳의 부근도 가능해. 이 모든 시스템이 서로 연동되었다는 사실이 중요해. 전부 한꺼번에 움직이도록 만들어졌어." 제니가 말했다.

"다른 물건에 대해서도 설명해 줘." 렌이 말했다.

"공포 탐지기의 작은 버전이야. 대도시에 접근하면 이게 전체 유도 시스템을 지휘하게 돼. 커다란 공포의 파동에 이끌리는 장치야. 무기에 노출된 사람들의 공포가 무기를 끌어당기는 거야." 제니가 말했다.

"1000년 축제를 막을 방법이 있을 거야. 공포의 파동은……." 두 사람과 떨어져 걷던 사임이 뒤로 돌았다. "그래, 사람들은 불꽃놀이를 보겠지. 그게 살아서 보는 마지막 광경이 될 거야."

제니가 말했다. "오 카체를 찾아가서 힘을 합쳐야 하지 않을까? 우리가 설득할 때 도움을……."

사임이 화를 냈다. "오 카체라니! 그 여자는 못 믿어!"

"자, 사임. 그분도 배교자야. 우리와 똑같은 반란 세력이라고. 우리가 연구하고 있는 무기에 대한 사진과 데이터도 보내 주셨어." 렌이 말했다.

"사임, 그 무기가 얼마나 큰지 알아? 우리가 발견한 것보다 50배는 더 커!" 제니가 말했다.

사임이 말했다. "어떻게 그 여자가 반란 세력이 될 수 있다는지 모르겠네요. 두 사람은 궁극의 조건화를 이해하지 못해서 그래요. 나는 알아요. 삼촌이 매년 재생을 한 후 카바실에서 나오는 모습을 내 눈으로 봤으니까. 다 죽어 가는 사람처럼 보일 때도 있다고요. 우리가 간병해야 할 정도로. 두 사람은 이해 못 해요."

"사고가 일어나기도 하잖아." 렌이 말했다. 어서 메모와 작업에 관한 자기 생각을 이어 말하고 싶은 마음에 말이 빠르게 나왔다.

"오 카체가 뭘 했는데요. 우리 은신처를 드러내라고 압박한 게 전부예요. 그것만으로도 그 여자는 못 믿어요." 사임이 말했다.

제니의 뒤편에 있는 패널에서 버저가 울렸다. 제니가 뒤로 돌아 스위치를 내렸다.

"외부 경고 시스템이야?" 사임이 물었다.

"누군가 옛 동굴 입구에 접근하고 있어." 렌이 말하고 사임을 힐끗 쳐다보았다. "냄새 억제제를 사용한 거 확실해?"

"온몸에 발랐어요." 사임이 말하며 옷자락을 들어 올렸다. "얼룩 보이죠. 거기다 단층의 틈으로 들어왔다고요. 저 입구가 아니……."

머리 위에서 아까와 다른 버저가 울렸다. 제니가 또 다른 스위치를 내리쳤다.

렌이 말했다. "곧장 입구로 오고 있어. 사임, 혹시 네 삼촌에게 무슨 말……."

"솔직하게 묻지 그래요? 내가 당신을 배신했냐고?" 사임이 다그쳤다. 불편한 감정이 마음을 뒤흔들었다. 분노인가? 어린 시절의 감정을 다시 떠올려 보았지만 소용없었다. 이 방면에 조건화는 절대적이었다.

"이게 뭐지?" 제니가 물었다. 일어나 사임의 로브 뒤쪽을 잡아당긴 제니가 접착제로 붙어 있는 작은 원형 금속판을 떼어 냈다. 그 물건을 손바닥에 올렸다. "왜 옷 뒤에 이런 장신구를 달았어?"

사임은 어리둥절해 고개를 저었다. 곧 무시무시한 사실이 폭로되리라는 예감이 들었다. "나는…… 아니……."

"혹시 인사할 때 삼촌이 너를 껴안았어?" 제니가 손바닥에 놓인 원판을 보며 물었다.

"당연하지. 가족이라면 당연히……."

"그거야!" 제니가 주먹을 쥐더니 사임을 지나쳐 문으로 달려가 원판을 복도에 던졌다. 돌아서서 문을 쾅 닫고 빗장을 질렀다. "신호 발생기야. 분명해."

"삼촌이 사임 네가 생각하는 것보다 더 현명한 분이셨네." 렌이 말했다. 그리고 생각했다. 사임을 보내는 게 아니었어. 제니나 나라면 저런 실수 따위 하지 않았을 텐데.

제니가 사임에게 돌아와 옷을 검사했다. "돌아봐."

사임은 순순히 따르며 충격으로 얼어붙은 몸을 움직였다.

"다른 건 없어." 제니가 말했다.

뒤편 패널에서 붉은 빛이 번쩍였다.

"경계문을 강제로 열고 있어." 렌이 말했다.

그런 문을 강제로 열다니. 사임은 갑자기 공포에 휩싸였다. "저 사람들……."

"금속 탐지기를 사용한다는 뜻이지. 신호 발생기는 대략적인 영역을 알려 줄 뿐이야." 렌이 말했다.

제니가 말했다. "사임이 도망칠 걸 오 플라가 어떻게 알았을까요? 그런……."

"그쪽에서 아이디어를 심었을 수도 있어. 이건 시간 낭비야. 우리 도망쳐야 해." 그러면서 렌은 문으로 다가가 활짝 열었다. 이게 다 내가 멍청이들에 둘러싸여 있기 때문이야! 그는 생각했다.

제니가 이의를 제기했다. "하지만 복제 인간은 어쩌고요? 이동할 수 있어요?"

렌이 문에서 돌아섰다. "비행 기계로. 아직도 조종할 수 있을 것 같아, 사임?"

"글쎄요, 바닥에서 약간 띄운 게 전부라서. 하지만…… 네, 제가……."

"그걸 생각하면 나도 너만큼이나 두려워. 하지만 다른 방법이 없어. 가자고." 렌이 돌아서서 복도로 달려 나갔다.

사임과 제니도 뒤를 따랐다.

이제 금속과 금속이 부딪치는 망치질 소리가 들렸다.

저 문을 강제로 열려고 하면 안 되는데. 위험해. 사임은 생각했다.

"서둘러!" 렌이 외쳤다.

상황이 너무 빠르게 돌아가고 있어. 사임은 생각했다. 이해할 수 없는 압박감이 원망스러웠다.

제니가 사임의 손을 잡고 더 빨리 달리라 재촉했다.

커다란 홀에서 나와 좁은 복도를 향해 일렬로 움직였다. 지나온 문에 빗장을 걸었다. 세 사람이 나타나자 여자기의 흐릿한 흰색 불빛이 깜박였고 연한 빛이 그들을 감쌌다. 공기가 차가워졌다. 암석 깊숙한 곳에 깎아 만든 실험실이 나왔다. 초록색 불빛이 빛나는 침대에서 복제 인간이 잠을 자고 있었다. 녹색 안의 녹색 안의 녹색 형체였다.

사임이 고개를 돌렸다. 이곳은 렌이 재생 탱크를 훔쳐 보관한 방이었다. 어쩐지 이 공간이 정신에 떠오르더니 검고 공포스러운 이미지를 만들어 냈다.

왜지? 왜? 왜? 사임은 궁금했다.

"진정제를 놨어. 침대를 굴려야 해." 그러면서 렌은 제일 멀리 있는 벽을 가리켰다. "저기 인화성 액체가 한 통 있어, 사임. 비행 기계 연료야. 가져와 줘."

"저걸로 뭘 하게요?"

사임의 질문이 렌의 조급한 마음을 건드렸다. "이 실험실에 재생 탱크가 있잖아. 몰라?"

"그런데 왜……."

"우리가 한 일을 들키면 안 돼. 주변에 증거가 너무 많아. 파괴해야지." 렌이 말했다.

"다른 실험실에 있는 메모는요?" 제니가 물었다.

"내 주머니에 가져왔어. 나머지는 이곳의 증거가 없으면 아무 의미 없어. 어서, 서두르자고."

사임은 생각했다. 그래! 이곳을 파괴하자! 그가 말했다. "아까 말한 액체가 어디……."

둔탁한 굉음이 방 안을 뒤흔들었다. 천장이 흔들리며 먼지를 뿌렸다.

렌이 말했다. "이게 무슨……."

"정문이에요. 왜 몰랐지. 엘더들이 문에 악마 같은 장치를 단 게 분명해요. 우리가 그랬던 것처럼……." 제니가 말을 끊고 사임을 쳐다보았다.

"왜 그래? 무슨 일이야?"

세 사람은 뒤를 돌아보았다. 고대어로 말하는 조지였다. 조지가 침대 옆에 서서 천장을 올려다보았다. "공습이야?"

복제 인간이 다시 폭력성을 드러낼까 봐 렌도 같은 언어로 대답했다. "우리 탈출해야 해, 조르지. 발각됐어." 제니와 사임에게는 목소리를 낮춰 이렇게 말했다. "잘 지켜봐. 충격 때문에 진정 상태에서 깨어났네. 신진대사 방식을 아직 잘 모르겠단 말이지. 뭐든 할 수 있어."

"저기 문에 있는 사람들은 아무도 못 살았을 거예요. 누구였든……." 사임이 말했다.

"이제는 정말 도망쳐야 해. 폭발이 다른 사람들 관심을 끌 거고, 동굴이 뚫렸을 거야." 렌이 말했다.

"경비대는 어디 있지?" 조지가 다그쳤다.

"죽었지." 렌이 말했다. 그는 실험실 저쪽으로 달려가 철벅거리는 노란 캔을 손에 들고 돌아왔다.

"뭐 하는 거야?" 조지가 묻고 머리를 문질렀다.

"내 기록들을 태우려고. 옆으로 비켜서 줘." 렌이 말했다.

"그 정도로 심각하다." 조지가 말했다. 아직도 고대어로 말하고 있었다. 갑자기 천장을 향해 주먹을 휘둘렀다. "추잡하고 교활한 새끼들! 본때를 보여 주마!"

렌이 캔의 내용물을 콰르르 뿌리자 자극적인 냄새가 방을 채웠다.

"가스를 넉넉히 사용해. 놈들에게는 단 하나도 남기지 마." 조지가 말했다.

그들은 문밖으로 피신했다. 렌이 방의 중앙에 캔을 던졌다.

제니가 사임의 팔을 움켜쥐었다. "사임, 나 무서워."

사임이 제니의 팔을 토닥였다.

"성냥 있는 사람?" 조지가 물었다.

렌이 주머니에서 알약 같은 화약을 꺼내 손가락으로 으스러뜨리고 방 안에 던졌다. 문을 쾅 닫는 순간 바닥에서 주황색 불꽃이 피어올랐다.

"큰 동굴로." 렌이 말했다.

사임은 뒤돌아 앞장섰다. 제니가 옆에 바짝 붙었다.

렌은 조지 옆에 남았다. "괜찮아, 조르지?" 숨을 헐떡이며 시험하듯 하리브어로 말을 걸어 보았다.

"좋아, 좋아." 조지가 고대어로 대답했다.

"일종의 충격 상태야. 다들 조심하자고." 렌이 말했다.

"우리 어디 가는 거야?" 조지가 물었다. 언뜻 혼란스러웠지만 의식의 중심에는 행동을 해야 한다는 생각이 모든 관심을 요구했다. 오래전부터 예상한 공격이었다. 실제로 일어나니 차라리 안심이었다. 추잡하고 교활한 새끼들! "우리 어디로 가?" 조지가 다시 물었다.

렌은 고대어 단어를 찾아 머리를 굴렸다. "헬리콥터." 그가 말했다.

"놈들이 공중 엄호를 철저히 하지 않아야 할 텐데. 헬리콥터는 어떤 화기로든 공격하기 쉽다고." 조지가 말했다.

그들은 소리가 울리는 동굴로 나왔다. 동굴은 크고 쌀쌀했다. 사람이 들어오자 희미한 여자기 불빛이 동굴 안에 연한 녹색 빛을 뿌렸다. 그래도 유령 같은 그림자의 덩어리밖에 보이지 않았다.

"뭐 해, 폭파해야지!" 조지가 외쳤다. 그는 벽에 붙은 채로 오른쪽으로 달려가 형광 손잡이를 내렸다.

우지끈하는 소음이 귀를 먹먹하게 만들었다.

"성형 폭약은 믿을 게 못 되지만, 언제나 효과적이란 말이지!" 조지가 외쳤다. 첫 번째 손잡이 옆에 있는 손잡이도 확 잡아 내렸다.

천장 일부에 금이 가고 우르르 소리를 내며 위로 열리더니 진녹색 나무 꼭대기를 배경으로 연한 비둘기색 저녁 하늘이 길쭉하게 드러났다. 철컹하고 천장의 움직임이 멈췄다.

제니는 사임의 가슴에 얼굴을 묻고 그의 옷을 움켜쥐었다. "무슨 일이야? 저 소리……." 제니가 속삭였다.

사임이 대답했다. "괜찮아. 옛날 설명서에 이 방을 여는 방법이 나와 있잖아. 그게 다야. 폭발은……."

"나라면 못 했을 거야." 제니가 말했다.

사임은 옆에 있는 렌을 보았다. 의사는 눈을 감고 양옆에 주먹을 움켜쥐고 있었다. 입술은 평화의 기도문을 읊조리며 움직이고 있었다.

"제기랄, 되라고!" 조지가 외쳤다. 돌아선 그가 동굴 한가운데에 웅크리고 있는 땅딸한 검은색 기계로 달려갔다.

환자를 걱정하는 마음에 렌이 가장 먼저 뒤따랐다. 사임은 제니의 손을 잡고 헬리콥터 쪽으로 이끌었다.

"비행 기계 타 본 적 있지." 사임이 말했다. 지상을 떠난다는 생각으로 흥분감이 점점 커졌다. 왠지 두렵기도 했지만 그 두려움은 아득히 먼 곳에 존재했다.

조지가 헬리콥터의 배에 있는 문을 열고 안으로 기어올랐다. 렌이 뒤따랐고, 사임은 파이프 계단으로 제니를 밀어서 올린 후 따라 들어가 문을 쾅 닫았다. 조지의 다급함에 휩쓸려 모든 것이 순식간에 이루어졌다.

"빨리 움직여!" 조지가 외치고는 조종실로 몸을 올려 왼쪽 좌석에 앉았다. 빌어먹을 민간인들. 그는 생각했다. 손이 자동 반사로 나서 조종 장치를 자신감 있게 다루었다. "어서! 서두르라고!"

사임이 조종석으로 올라왔다.

조지는 오른쪽 좌석에 앉으라 손짓했다.

사임은 시키는 대로 하고 조지가 안전벨트를 매는 모습을 보며 좌석 뒤에서 벨트를 꺼냈다. 아직도 조종석에서는 그들의 움직임으로 흐트러진 보존 가스 냄새가 났다.

렌이 두 사람 사이로 기어 올라와 조지를 빤히 보았다. "이 친구가 운전할 거래?"

"이 기계가 어떻게 작동하는지 실제로 타 본 사람보다 누가 잘 알겠어요? 저도 여기 있을 거고요." 사임이 말했다.

렌이 반박했다. "당장이라도 고장 날 수 있어. 이렇게 두면……."

"닥쳐!" 조지가 명령했다. 그는 앞에 있는 패널의 흰색 버튼을 눌렀다. 머리 위에서 금속 갈리는 소리가 나더니 바람을 일으키는 굉음으로 바뀌었다.

사임은 렌의 어깨에 손을 올리고 아래의 객실로 밀었다. "가서 벨트 매요! 제니 괜찮은지 확인하고!"

"간다! 지상 사격을 살펴. 정신 바짝 차리고 놈들의 공중 엄호를 감시해." 조지가 외쳤다.

커다란 헬리콥터가 휘청거리며 위로 솟구쳐 동굴 밖으로 순조롭게 날아올랐다. 벽이 스쳐 지나갔다. 다음은 나무였다. 그들은 나무 꼭대기를 넘어 비둘기색 하늘로 올라갔다.

사임은 공포를 느끼고 눈을 꽉 감았다. 속으로 생각했다. 자연스러운 거야. 하늘은 새들만의 공간이 아니야. 희열감이 그를 사로

잡았다. 사임은 눈을 뜨고 창밖을 내다보았다.

땅은 이미 캄캄했지만 그가 있는 위쪽의 하늘은 아직 밝았다. 두 세계를 동시에 사는 기분이었다.

"우리 날고 있어." 그가 속삭였다.

객실에서 제니의 목소리가 울렸다. "사임! 우리 하늘에 있어!"

사임이 제니의 겁먹은 목소리를 듣고 외쳤다. "괜찮아, 제니. 나 여기 있어."

"나 무서워." 제니가 훌쩍였다.

객실에서 렌의 목소리가 들렸다. "창밖을 보지 마, 제니. 자, 이걸 삼켜."

사임은 고개를 돌리고 조지가 어떻게 기계에 지시를 내리는지 지켜보았다. 그래. 매뉴얼에 나온 그대로다. 저기 있는 손잡이는 연료 조절. 커다란 손잡이는 기계를 기울이고 방향을 돌리는 용도다. 사임도 핸들에 손을 올리고 헬리콥터의 움직임을 느꼈다. 바람을 가르는 터빈 소리, 낮게 쿵쿵대는 회전 날개 소리가 갑자기 더 커진 것 같았다.

렌이 조종석 문으로 고개를 쑥 내밀었다. "고원 황무지를 지나 북쪽으로 가야 해, 조르지. 오 카체가 있는 곳으로 가려면." 그가 말했다.

조지는 핸들에서 손을 떼고 아래에 모여드는 어둠을, 조종석에 있는 사람들을, 그가 입고 있는 옷을 살폈다.

"조르지? 조르지?" 사임이 불렀다.

이상하다. 조지는 생각했다. 정신이 빙그르르 도는 느낌이었다. 지형이 완전히 달라. 모든 게 달라.

렌이 조르지의 팔에 손을 올렸다. "조르지?"

헬리콥터가 왼쪽으로 기울기 시작했다.

사임이 핸들을 붙잡고 기체를 똑바로 세웠다.

조지가 말했다. "전부 다…… 모르겠…… 여기가 어디야?" 그러고는 손바닥으로 눈을 문질렀다.

렌이 말했다. "내가 이럴 거라고 했잖아. 조르지가 퇴행했어. 벨트 좀 풀어 줘, 사임."

하지만 사임은 비행기를 조종하느라 정신이 없었다. 연료를 제어하는 손잡이에서 렌의 손을 쳐냈다. "아니! 그거 건들면 안 돼요!"

"안 그러면 어떻게 진찰할 수 있는 곳으로 다시 데려가?" 렌은 짜증을 느꼈다. 약 기운과 환자의 위급한 상태만 아니었어도 공황에 빠질 상황이었다. 우리가 하늘을 날다니!

사임이 지시했다. "우리 사이 바닥에 앉아요. 아무것도 만지지 말고. 제니 불러서 도와달라고 해요."

문으로 제니의 머리가 나타났다. "무슨…… 사임! 네가 기계를 운전하고 있어!"

"동굴에서 하는 것 봤잖아!"

"그건 다르지! 너……."

"여기! 수다 그만 떨고 도와줘." 렌이 명령했다.

"네, 당연하죠." 제니는 즉시 반성했다.

사임은 헬리콥터를 조종하는 데 집중했고, 렌과 제니는 복제 인간을 옆 좌석에서 끌어 내렸다. 조지는 입을 벌리고 허공을 응시하고 있었다. 텅 빈 눈으로. 그들이 시야에서 사라지자 사임은 두려워졌다. 손바닥 아래가 축축했다.

이제는 하늘도 완전히 어두워졌고 달이 지평선에 막 올라왔다. 사임은 왼쪽 아래와 오른쪽 먼 곳에서 마을의 불빛을 보았다. 이 기계를 조종하는 기분은 너무도…… 자연스러웠다. 무엇을 해야 하는지 손이 아는 듯했다. 손을 뻗어 스위치를 켰다. 패널에 탁한 녹색 불빛이 들어왔다. 다른 스위치도 켰다. 색실의 열린 문으로 노란 불빛이 들어왔다.

"불 켜 줘서 고마워." 렌이 말하고 문으로 들어와 조지가 있던 자리에 앉았다.

"어떤 랜드마크를 찾아야 해요?" 사임이 물었다.

"여기가 어디야?" 렌이 물었다. 약에 취해 나른해진 말투였다.

"의회 도시 북쪽요. 마을 불빛이 보이기는 하는데 어떤 마을인지는 모르겠어요. 고원 황무지는 앞에 있고요."

"오 카체가 호수를 사이에 둔 산봉우리 두 개라고 했어. 북쪽 봉우리에 X 자 표시 같은 불에 탄 자국이 있고." 렌이 말했다.

"거리는요?"

"의회 도시에서 걸어서 닷새라고 했어. 하지만 혹사에 가깝게 움직였을 때 얘기야."

사임이 계기판을 힐끗 확인했다. "우리는 몇 시간이면 도착할 수 있어요."

"사임. 어떻게 제정신을 유지하는 거야? 나는 이 안정제 효과가 떨어지면 틀림없이 히스테리를 일으키고 말 거야." 느릿느릿 끌리던 렌의 목소리가 조금 높아졌다. "우리가 하늘을 날고 있다고!"

뒤편 객실에서 남자의 신음이 들렸다. 제니가 외쳤다. "일어났어요, 렌."

렌이 고개를 젓고 침을 삼켰다. "괜찮은 것 같아?"

"네. 정신을 차렸어요."

"그냥 주시하고 있어. 조용히 시키고."

조지는 들것에서 몸을 움직이고 가슴과 다리를 묶은 띠를 느꼈다. 내 이름은 조지. 나는 조용히 있어야 한다. 그는 생각했다.

* * *

"조지라고 했나." 오 카체가 말했다.

정신을 차린 조지는 의자에 기대앉아 작은 방 안을 둘러보았다. 이 여자가 말하는 그의 이름이 듣기 좋았다. 정확하게 들렸다. 다른 사람들처럼 자음을 뭉개지 않고. 첫 번째 e의 희미한 울림까지 들을 수 있었다.

"그것이 그대의 이름인가? 조지?" 여자가 물었다.

여자는 하리브어로 말했다. 조지도 같은 언어로 대답했다. "그게 내 이름이다." 말이 조금 딱딱하게 나왔다. 하리브어는 사용하기 어려울 때가 있었다.

여자가 고대어로 바꿔 말했다. 이번에도 조지는 여자의 발음이 정확하다는 느낌을 받았다. "이름이 더 있나?"

"그렇다. 나는 소령 조지……." 흐려진 말이 뚝 끊겼다.

오 카체는 옆에 서 있는 렌을 돌아보았다. "괜찮은 거야?"

"아, 그럼요." 렌이 앞으로 나섰다. 렌은 오 카체의 태도가 굉장히 조심스럽다고 생각했다. 평소 승려들이 보이는 조건화된 위엄과 비교할 수 없게 조심스러웠다. "자주 그럽니다, 오 카체. 생각이 정신의 빈 곳으로 들어갈 때마다요." 렌이 말했다.

이자를 어쩐다? 오 카체는 생각하며 복제 인간을 뜯어보았다. 그의 이목구비에는 사람에게서는 보기 힘든 거친 느낌이 있었다.

"조지. 조지?" 오 카체가 불렀다.

조지는 오 카체를 보고 서서히 눈의 초점을 맞췄다. 푸른 옷을 입은 여자다. 긴 검은 머리카락을 은색 고리로 묶었다. 손에는 기묘하게 목이 굽은 지팡이를 들고 있다. 야윈 얼굴에서는 초록색 눈이 가장 도드라졌다.

내 이름은 조지. 그는 생각했다.

오 플라를 불러 이 문제를 그냥 다 떠넘길까. 하지만 그랬다가는 우리의 은신처를 모른다는 사실을 자극하는 꼴이 되잖아. 아니야. 그 우연은 이대로 덮어야 해. 오 카체는 생각했다.

그리고 오 플라라고 해서 딱히 오 카체보다 더 뾰족한 수를 찾아내 이 엘더의 문제를 해결할 것 같지도 않았다. 이 생명체는 거칠고 흉측한 모습이 너무도 무력해 보였다. 매력이 넘쳤다, 정말로.

렌은 말했다. "질문을 해 보시는 게 어떨까요. 공포 감지기에 대한 의문을 해소하셔야죠." 그리고 생각했다. 이상하기도 하지. 이 여자에게 느끼는 경외감 말이야. 자기 지팡이를 이상한 주파수에 새로 맞춘 걸까?

오 카체가 물었다. "공포 감지기가 뭐? 이 동굴에서 그런 기록이나 장치는 발견하지 못했네."

"하지만 존재합니다, 오 카체."

"그렇다고 해도 내 눈으로 이 장치와 기록이라는 것들을 보고 싶은데. 그대가 다 태워 버렸다니 어쩐지 이상하군."

"제가 복원했다는 사실을 들키고 싶지 않았습니다. 저……." 렌이 조지를 턱으로 가리키며 말했다.

오 카체는 조지를 보았다가 다시 렌을 보고 생각했다. 이 렌이라는 자는 참 이상하군. "그대가 한 일이 그렇게 부끄러웠나?"

렌의 어깨가 굳었다. "제가 카바실을 더럽혔다고 광고하는 것이 현명한 처사는 아니니까요."

"그렇군." 오 카체는 고개를 끄덕였다. 잠시 조건화의 압력이 느껴졌다. 그 느낌은 금세 사라졌다. 렌에 관해서는 오 플라 말이 맞았어. 배교 패턴에 특이한 변종이 나타났네. 또 하나의 우연이야. 오 카체는 이렇게 생각하고 말했다. "이곳에 비슷한 장치와 기록이 있을지도 모르지. 우리 쪽에서도 찾아보지."

렌이 말했다. "빠르게 행동하셔야 합니다. 위험이……."

"그대 말로는."

"제 말을 믿지 않으십니까?"

"그렇게 말하지는 않았네. 하지만 인정하지 그러나. 다른 이유 때문에 1000년 기념 축제가 취소되기를 바라는 것 아닌가."

"이 문제에 있어 다른 승려님들과 같은 의견이신가요?" 그리고 생각했다. 이 여자를 믿지 말라는 사임이 옳았던 걸까?

오 카체가 말했다. "금기를 깨는 우연을 따를 수야 있지. 물론 지식의 확장을 위해서 말이야. 하지만 근본 자체를 파괴하려는 행위는 전혀 다른 문제라네."

"우연이라고요?" 렌이 그녀를 빤히 쳐다봤다.

오 카체가 지팡이 중앙에 달린 얇은 고리를 만지작거렸다. 렌은 강렬한 불쾌감을 맛보기 전 늘 경험하는 긴장된 불안이 몸에 퍼지는 것을 느꼈다.

"부탁드립니다." 렌이 간청했다.

"그대를 완전한 조건화 과정으로 돌려보내는 것은 나 또한 원치 않네." 오 카체가 말했다. 그리고 생각했다. 결국에는 그렇게 해야겠지만. 이자의 우연한 재능을 다 사용한 후에 말이야.

렌이 창백해졌다. "오 카체, 저는……."

"내 말을 지팡이로 강조해야 하는 것도 달갑지 않아." 오 카체가 말했다.

"물론입니다, 오 카체." 렌은 자기도 모르게 떨고 있었다. 완전한 재조건화 과정의 기억이 머리에 어렴풋이 떠올랐다. 어둠. 의식과 무의식 사이의 섬뜩한 뒤틀림. 공포!

오 카체는 조지를 내려다보았다. "자, 렌. 이 복제 인간을 만든 목적을 말해 보게."

"예, 오 카체. 논리적으로 보였습니다. 뼈가 온전히 남아 있었고 가스 덕분에 놀랍도록 잘 보존된 상태였습니다." 렌은 아직도 떨고 있었다.

"가스?"

"무기실에서요."

"아, 비활성 물질 말이지. 방부제."

"예. 무기실에 어떤 사고가 있었습니다. 그 안에는 한 사람의 유골뿐이었고요. 저는 더 단순한 탱크를 치료용으로 사용한 경험이 있어 카바 탱크가 세포 패턴을 완전한 단계로 복제할 수 있다는……."

"렌 그대의 이야기는 참으로 흥미롭군. 하지만 수단에 국한되어 있잖아. 나는 그대의 목적이 더 궁금한데 말이야."

"예, 물론입니다." 렌은 오른쪽 눈꺼풀이 씰룩이는 느낌에 눈을 문질렀다. "목적요. 저는 이 존재로 과거 습관의 다양한 통로를 복원할 수 있다고 생각했습니다. 강박적인 습관은 물론 가장 우세한 반복적인 습관들도요. 그것을 통해 고대 장치의 작용에 관한 단서를 얻을 수 있다고 생각했습니다."

오 카체는 억제된 충격으로 어지러움을 느끼며 말했다. "그런 통로를 복원했다고?"

렌은 경직된 목소리를 알아차리지 못하고 말했다. "징후들이 있습니다. 곧 있으면 저희가 대발견을 하리라고 봅니다. 그의 이름 전체를 알아낸다면 어쩌면……."

"어떻게 그럴 수가 있지?" 오 카체가 비명에 가까운 목소리로 말했다.

렌은 그녀를 빤히 쳐다보았다. "오 가체, 왜 그러시는……."

"기억을 하는 고통이 있는데. 실제 죽음의 순간을 떠올리라니!"

"하지만 오 카체, 엄밀히 말하면 기억이 아니라……."

"궤변이야! 그대는 억제력이라는 것이 없나?"

"오 카체, 저는……."

"부처님께서는 그 억제력으로 업보의 고리를 완성하셨어. 그대는 이 영역을 침범했을 뿐만 아니라……."

"하지만 오 카체께서도 알지 않으십니까!"

"추상적 관념을 아는 것과 그 관념의 실체를 보는 것은 다르네." 오 카체가 말했다.

"복제 인간." 조지가 말했다.

모두가 고개를 돌리고 조지를 보았다.

"복제?" 조지가 물었다. 아름다운 흑인 여자와 의사가 의미 없이 지껄이는 말을 듣다 보니 복제 인간이 자신을 가리킨다는 사실을 깨달았다. 에듀케이터가 입력한 기억에는 이렇게 정의되어 있었다. 가짜. 모호하고 비현실적인 것.

"나는 복제 인간이 아니야. 진짜 인간이야." 조지가 말했다.

오 카체가 떨리는 숨을 들이마셨다. "다른 문제보다 저게 중요하지 않은가, 렌. 이 사람은 진짜야. 진짜. 진짜라고. 그런 사람에게 기억을 하게 만들다니. 기억을 다, 이름까지 다……."

"내 이름? 나는 소령 조지……." 조지의 생각이 무지의 공간으로 튀었다. 그곳에는 마음을 다잡을 방법도, 방향을 확인할 장소도 없었다. 하지만 조지는 알았다. 전에 이곳에 왔던 적이 있다. 얼굴, 단어, 이름, 감각이 있었다.

멀리서 여자의 억눌린 목소리가 들렸다. "그대는 아나, 렌? 승려의 억제력이 얼마나 강하게 조여 오는지 알기나 해? 조금이라도 이해를 하고 있어?"

하지만 그 목소리는 먼 곳에서 들렸다. 그의 정신이 있는 장소는 이곳이었다. 오래되고 익숙한 느낌이 들었다. 많은 얼굴이 보였다. 집요한 목소리가 들렸다. "계란 사 오는 것 잊지 마. 오늘 메뉴는 오믈렛이야…… 아빠, 내 생일에 새 드레스 사도 돼……? 만약 미사일 기지에 자네 한 사람만 남고 적색경보가 발령될 경우 절차가 어떻게 되지……? 하지만 제 가족이 어떻게 됐는지 알아야겠습니다! 알아야 해요!"

조지는 머릿속으로 마지막 화자를 바라보고 그가 누구인지 알아차렸다. 나잖아! 그는 꼭두각시처럼 비지폰 앞에 서서 화면에 있는 제복 입은 남자에게 외치고 있었다. 남자? 맞아. 라킨 대령! 대령이 고함을 질렀다. "정신 차리지 못해! 자네는 군인이야, 응? 해야 할 일이 있어! 어서, 해! 벳시와 메이블을 발사하라고! 즉시, 알겠나?" 대령이 하얗게 질려 자신의 목을 움켜쥐었다. "메이데이, 이 멍청이! 사람들이 파리 목숨처럼 죽어 나가고 있어. 러시아 놈들이 침투해……." 대령이 전화 받침대에 몸을 지탱했다. "킨더 소령, 명령하는데 임무를 수행하라. 벳시와……." 그가 풀썩 쓰러지며 화면에서 사라졌다.

조지는 의자에서 몸을 벌떡 일으켰다. 장신의 여자를 보았다. 다른 세계에 있는 사람. 여자가 옆으로 비켜섰다.

벳시와 메이블을 발사한다.

방이 낯설게 느껴졌다. 아, 그래. 문이 있었다. 미사일 기지의 문은 전부 다 똑같이 생겼지. 다른 기지로 탈출했다는 사실을 잠시 잊고 있었다. 첫 번째 기지는 공격을 받았다. 맞아, 대령의 말이 그 뜻이었다. 메이데이. 벳시와 메이블을 발사하라.

조지가 방을 가로질러 문을 열었다.

"뭐 하는 거지?" 뒤에서 여자가 말했다. 그의 귀에는 들어오지도 않았다.

"고대의 습관 패턴대로 행동하고 있습니다." 남자 목소리였다. 렌. 하지만 렌은 비현실적 세계에 속했다. 이 상황은 현실이었다. 긴급하다.

조지는 뒤에서 탁탁 울리는 발소리를 들으며 복도로 나가 왼쪽으로 방향을 틀었다. 열려 있는 문 너머로 신호 경보 화면이 있는 계기판 일부가 보였다. 벳시와 메이블을 발사하라. 그의 머리에 이미지가 떠올랐다. 매끈한 삼각형 지느러미를 단 거대한 회색 튜브. 큰 놈들. 도시를 파괴할 무기들.

조지가 계기판이 있는 방에 들어섰다. 여전히 뒤를 따르는 발소리가 희미하게 들렸다. 멀리서 말하는 목소리도. "여기서 뭐 하는 거지? 막아야 하나? 우리가 방해하면 다칠까?"

방해하지 않는 게 좋을걸. 조지는 생각했다. 주위를 둘러보았다. 방은 전과 달랐다. 패널에 있는 조종 장치들이 달라졌다. 하지만 달라졌어도 알아볼 수는 있었다. 이곳은 전투 사령부였다. 대형 본부 중 하나였다. 시퀀스 패널에는 전체 방어 시설 내 미사일의 방향을 무선 또는 전파로 원격제어 하는 구역이 있었다. 수동 보조 장치도 있었다. 일제 발사. 집중 공격. 중앙 콘솔의 울퉁불퉁한 손잡이는 곡선형의 새로운 손잡이로 바뀌었다. 사령 본부 중앙에 고정된 의자에는 전동 팔걸이가 달려 있었다.

조지가 다가가자 두 사람이 옆으로 비켜섰다. 조지는 의자에 앉았다. 머리에 이름들이 스쳐 지나갔다. 제니. 사임. 그는 부비트랩을 우회하도록 인식 코드를 입력하고 전력을 테스트했다. 앞에 불빛이 들어왔다.

"전원을 켰어요." 제니 목소리였다.

"하지만 아무 반응이 없잖아! 아무것도 폭발하지 않았어!" 이 목소리는 오 카체다.

"다른 행동을 먼저 했어요." 제니가 말했다.

"아직 전원이 들어오나?" 이번에는 렌이 말했다.

"태양열로 충전되는 건식 콘덴서예요. 보존만 잘하면 사실상 영원히 쓸 수 있죠." 제니가 말했다.

"조용히!" 조지가 버럭 외쳤다. 시운전 회로 테스터를 작동시켰다. 왼쪽 하단의 두 개를 제외하고 회로판이 녹색으로 변했다. 하나는 발사실의 가스가 배출되었다는 의미였다. 다른 하나는 발사실의 활동을 나타냈다. 조지는 두 개의 판을 두드렸다. 계속 죽은 상태였다. 미사일들에는 문제가 없었다. 나머지 판이 녹색이었으니까.

"말리는 게 좋겠어." 오 카체가 말했다. 내면의 억제력이 치열한 전투를 벌이고 있었다. 행동하라고 부르짖던 신경들이 움직임을 멈췄다. 이 진짜-가짜 인간을 방해하면 그-그것을 다치게 할 위험이 있었다. 하지만 조지의 단순명료한 행동을 보면 무엇을 하려는지 알 수 있었다. 이 끔찍한 무기 튜브들을 터뜨릴 준비를 하는 거였다!

"여기 있는 무기 중 하나를 발사할 준비를 하는 걸까요?" 제니가 물었다.

렌이 대답했다. "그들은 붕괴된 원자 에너지를 사용했어. 그런 것 같지는……."

"조용히 하랬지!" 조지가 말했다. 그는 죽은 회로판들을 가리켰다. "저 멍청이들 좀 내보내지!" 20초 경보 버튼을 때리자 발 밑에서 둔탁한 소음이 느껴졌다.

"뭐지?" 사임이 물었다.

"저 멍청이들은 경보음을 못 듣는 건가? 잿더미가 되고 싶은 거야?" 조지가 물었다.

오 카체는 자신의 억제력과 싸우며 앞으로 비틀비틀 나아갔다. 조지의 팔에 손을 얹고 패널의 빨간색 손잡이로 뻗어 나가는 조지의 손을 잡아당겼다. "부탁이네, 조지, 이러면 안 되……."

공격은 예고도 없었다. 의자에 앉아 패널만 골똘히 바라보던 조지가 별안간 일어나 주먹을 날렸다.

오 카체가 의자 옆으로 쓰러졌다. 렌은 옆쪽 벽에 부딪혀 바닥으로 축 늘어졌다. 제니가 막으려 나섰지만 옆머리를 주먹으로 맞고 휘청였다.

제니는 사임이 오 카체의 지팡이를 바닥에서 집어 드는 모습을 흐릿한 시야로 보았다. 의식이 반쯤 나가 옆으로 쓰러지면서도 사임이 지팡이로 조지의 머리를 내리치는 모습은 볼 수 있었다.

폭력을 저질렀다는 사실만큼이나 지팡이로 강타할 때 사임의 눈에 떠오른 눈빛이 제니를 두렵게 했다.

제니는 바닥에 쓰러져 두 손으로 눈을 감쌌다.

방 안에 섬뜩한 침묵이 내려앉았다. 사임이 다가와 제니의 머리를 감싸 안았다. "제니! 놈이 다치게 한 거야?"

그의 손길은 혐오스러운 동시에 유혹적이었다. 사임을 밀어내던 제니는 손바닥에 닿은 목의 감촉을 느꼈다. 다음 순간, 두 사람은 다른 모든 감각을 차단하고 열정적으로 입을 맞추고 있었다.

너무 폭력적이야! 환상적으로 폭력적이야! 제니는 생각했다.

사임이 입술을 떼고 제니의 뺨을 어루만졌다.

"사임." 제니가 속삭였다. 그러다 폭력의 기억이 머리에 다시 쏟아져 들어왔다. "네가 때리다니!"

사임이 말했다. "놈이 너를 때리는 걸 봤어. 나도 몰라. 너를 해치는 걸 가만히 놔둘 수는 없었어."

* * *

오 플라는 좁고 긴 테이블 끝에 있는 오 카체를 쳐다보았다.

천장등의 노란 불빛이 탁자 중앙을 비추고 반사되어 렌과 제니, 사임의 얼굴을 밝혔다. 오 카체는 턱에 얼음찜질을 하고 있었다. 렌의 턱과 제니의 뺨에는 보라색 멍이 들었다. 사임만 아무 표시가 없는 듯했다. 차갑게 노려보는 눈빛을 빼면.

비애와 무력감이 오 플라의 가슴을 채웠다. 이와 같은 연쇄작용에 우연한 상황이 또 하나 추가되려면 얼마가 더 걸릴까? 억제력 없이 땅을 파고 고대 유물을 탐구하는 승려. 오 카체 같은 인물이 또 등장할 것인가? 렌도 마찬가지다. 그는 카바 탱크를 훔치고 억제력 따위 없는 고대인을 부활시켰다. 이런 순서로 우연이 발생하지 않는다고 어떻게 바랄 수 있을까?

오 플라는 한숨을 쉬고 마음과 다르게 온화한 목소리로 말했다. "오 카체, 이곳으로 복제 인간을 데려오는 행위는 당신의 은신처를 모르는 나를 시험하리라 짐작했을 텐데. 렌과 제니와 사임으로 만족할 수 없었던 거요?"

"저것을 이곳으로 데려온 건 내가 아닙니다." 입을 움직이자 턱과 옆머리로 통증이 솟았다. 오 카체가 얼굴을 찌푸렸다.

오 플라가 말했다. "비행 기계의 경로가 표시되었소. 자연히 우리에게도 방향이 보였고, 이후에는 위치를 측정하면 끝나는 문제였지. 모르지 않았을 텐데."

"내가 부르지 않았다고 말했잖아요." 오 카체가 말하고 또 고통으로 얼굴을 찌푸렸다. 오 카체도 오 플라와 같은 무력감을 어느 정도 느꼈지만, 부정적인 감정이라고밖에 표현할 수 없는 느낌이 더 강하게 들었다. 억울함일 리는 없었다. 절대로. 하지만 오 플라가 기다렸더라면! 그 상황에 우연이 얼마나 많이 잠재되어 있었는데!

"그러니까 전부 속임수 같은 거였네요." 사임이 말했다.

오 플라가 강조한다고 지팡이로 탁자를 두드리며 말했다. "이해하지 못하는 것은 논하지 말거라." 그러는 중에도 시선은 오 카체에 고정되어 있었다. "어떻게 됐는지 보시오, 오 카체. 폭력. 모욕. 대체……."

"기다리셨으면 좋았잖습니까." 오 카체가 말했다. 지금 느끼는 감정은 억울함이 맞았다. 물론 원인은 폭력에 있었다. 폭력이 억제된 균형을 다 깨뜨렸기 때문이었다.

사임이 테이블 상판을 손바닥으로 내리치고, 충격받은 사람들의 반응들을 지켜보았다. 속에서 무언가 끓어오르는 느낌이었다. 분명 폭력, 어두운 기억과 관련이 있었다.

"제가 복제 인간을 때린 일에 대해서는 말씀이 없네요." 사임이 말했다.

오 플라가 다시 지팡이로 탁자를 두드렸다. "사임, 내가 너를 침묵시켜야겠니?"

지팡이를 빼앗을 수 있어. 삼촌이 상황을 파악하기 전에 부러뜨리는 거야. 사임은 생각했다. 그러다 그런 생각을 했다는 데 충격을 받고 얼어붙어 의자에 주저앉았다. 내게 무슨 일이 일어나고 있는 거지?

오 플라가 말했다. "그래, 렌, 그대가 만든 복제 인간을 저 방에서 데려와 주게."

렌은 순순히 일어나 방을 나갔다. 머리에는 이 생각뿐이었다. 이건 수치야! 수치! 아아, 수치스러워!

제니는 빈 의자 너머로 손을 뻗어 사임의 손을 잡았다. 사임을 곁눈질하며 생각했다. 내가 시작한 거야. 이 사람을 잃을 수 없다고 내가 우겼기 때문에. 그게 시작이었어. 렌이 재생 탱크를 동굴에 몰래 들여오지 않았더라면 조르지의 뼈로 생명을 만들자는 생각도 하지 않았을 거야.

"어떻게 보면 끝났음에 우리 모두 기뻐해야지. 폭력에는 타당한 목적이 없다는 사실을 이해할 것 같소." 오 플라가 말했다.

"그건 당신의 억제력이 하는 말이죠. 어쨌든 폭력이 이성적일 필요는 없어요." 오 카체는 이렇게 말하고 생각했다. 우리가 오늘 배운 게 있지. 비이성의 매력.

렌이 조지를 데리고 돌아왔다.

"여기 내 옆에 앉히게." 오 플라가 오른쪽에 있는 빈 의자를 가리키며 말했다.

나는 조지라고 한다. 미 공군 소령 조지 킨더. 미 공군? 조지는 생각했다. 중요한 뜻이 있는 말 같은데 아무것도 연상되지 않았다. 제복? 더 모르겠어. 앞을 보니 누군가에 이끌려 사람들이 모여 있는 방으로 들어가고 있었다. 뒷머리가 욱신거렸다. 고통. 노란 불빛이 눈을 찔렀다. 조지는 감사해하며 의자에 앉았다.

"여기 있는 사람 모두 뼈아픈 교훈을 자초했지. 아무도 이 방을 떠나지 말라. 내가 해야만 하는 끔찍한 행위를 지켜보도록." 오 플라가 말했다.

렌이 조지의 의자 뒤에 섰다. "어떻게 하실 겁니까?" 갑자기 두려워지고 엄청난 죄책감이 가슴을 짓눌렀다.

"고대의 기억을 깨울 것이다." 오 플라가 말했다.

렌이 당황해서 테이블에 앉은 사람들을 쳐다보았다. "기억이라고요? 안 됩니다!"

오 플라가 말했다. "인간의 일부는 재조건화 될 수 없다. 아니면 파괴하기를 원하는가?"

오 플라는 뼛속까지 피로함을 느끼고 한숨을 쉬었다. 이곳에서 벌어질 수 있는 일이 너무 많았다. 지금은 위대한 공통의 억제력으로 정도를 낮추는 것 말고는 도리가 없었다. 무엇도 도움이 되지 않았다. 조건화의 구속력이 엄격해 다른 해결책으로는 가망이 없었다.

"그냥 복제 인간이지 않습니까." 렌이 이의를 제기했다. 정신에 밀려드는 공포가 그를 집어삼킬 것만 같았다.

"그대는 여기 내 왼쪽에 앉아 스스로 만든 복제 인간의 얼굴을 지켜보라." 오 플라가 말했다. 지팡이로 손짓을 했고 렌이 명령에 복종하는 동안에도 그를 겨눈 지팡이를 치우지 않았다. 오 플라가 말했다. "자, 이자는 인간이다. 그것부터 시작하지. 렌이 기억을 이야기하지 않기를 원하는 이유는, 기억을 이야기할 경우 이자를 단순히 복제 인간 이상으로 여겨야 하기 때문이다."

"어떻게 안 될까요?" 렌이 물었다.

"두 번은 경고하지 않을 것이다." 오 플라가 말했다.

조지는 머리의 통증을 무시하고 몸을 앞으로 기울였다. 이 사람들을 향한 깊은 분노를 느낄 수 있었다. 검고 혼탁한 감정의 흐름이 속에서 치밀어 올랐다. "지금 무슨 말을 하는 거야?" 조지가 외쳤다.

오 플라가 말했다. "조지, 우리가 누구요? 이 테이블에 둘러앉아 있는 우리 말이오."

조지는 답답함과 뒤섞인 분노를 느꼈다. 머리에 하나의 단어가 떠올랐다. "러시아 놈들!"

오 플라가 고개를 서었다. "이제 러시아인은 존재하지 않는다오. 다른 국가 사람들도 마찬가지고." 오 플라가 자신의 로브와 지팡이를 가리켰다. "나를 보시오."

조지는 그의 옷을 보았다. 테이블을 둘러보고 다시 오 플라를 보았다. 두려워서 말이 나오지 않았다. 이상한 느낌…….

"우리 같은 사람들을 본 적 있소?"

조지가 고개를 저었다. 이건 악몽이야. 그는 생각하고 말했다. "아니."

오 플라가 말했다. "그대가 죽고 1000년이 지났소, 조지."

조지는 말없이 앉아 쳐다만 보았다. 그 말을 마주할 수도, 그 말에서 벗어날 수도 없었다.

테이블에 앉은 사람들이 충격으로 숨을 헉 들이마시는 소리가 들렸다.

"오 플라?" 오 카체가 속삭였다.

"다들 현실을 보라." 오 플라가 말했다.

"죽었다고?" 조지가 속삭였다.

"그대는 죽었소. 패턴은 정신 안에 있지. 원이 완성되었어. 위대한 역사가 폴리마의 이야기를 바탕으로 그때 상황을 들려주리다." 오 플라가 말했다.

사임이 말했다. "오 플라. 삼촌, 그래서는 안 되는……."

"그보다 정확한 이야기가 있을까. 실제로 목격한 놀랍고도 끔찍한 이야기니. 당시에는 아이였지, 물론." 오 플라가 말했다.

사임은 어렴풋한 기억이 꿈틀대는 것을 느꼈다. "하지만, 삼촌……."

"죽었다니 무슨 뜻이야?" 조지가 울부짖었다.

오 플라가 말했다. "들어 보시오. 그대는 어지러움을 느꼈어. 그러더니 몸이 극도로 뜨거워졌지. 시야가 흐릿해지고. 숨을 쉬기 힘들어졌소. 아마도 목을 움켜쥐었을 거야. 심장 박동 소리가 들렸소. 머리에서 거대한 북을 치는 느낌이었지. 그러다 의식을 잃었소. 그러다 죽었고. 모든 과정은 약 20분 만에 끝났소. 그래서 우리 역사에서는 20분 바이러스라고 일컫지."

조지는 생각했다. 나는 통신실에서 제어실로 가는 복도에 있었어. 상황실 문밖으로 대자로 뻗은 빈스의 몸이 반쯤 나와 있었어. 얼굴에 검은 반점이 나고 혈관은 새까맣게 변해서. 그렇게 처참한 모습은 난생 처음이었어. 하지만 대령님이 방금 벳시와 메이블을 발사하라 했지. 나는 빈스의 몸을 넘어 패널로 향했어. 그때 갑자기 어지러움을 느꼈어.

"어지러웠어." 조지가 말했다.

"맞소." 오 플라가 말했다. 그리고 테이블에 앉은 이들의 충격으로 굳은 얼굴을 둘러보았다. 자기들이 무엇을 깨웠는지 보라지.

생각한 오 플라가 다시 조지의 형체로 몸을 돌렸다. "그대의 말을 들어 줄 사람이 곁에 있었더라면 아마 어지럽다고 말했을 거요. 폴리마의 부친은 의사였지. 그분은 그렇게 말했다오. 죽어 가며 딸에게 자신의 증상을 묘사했어. 진정 영웅적인 행동이었지."

"뜨거웠어. 몸에서 땀이 쏟아져 나왔어." 조지가 말했다.

"그리고 무엇을 봤소?" 오 플라가 물었다.

"모든 게 흐릿해졌어. 물속에 있는 것처럼." 조지는 목의 힘줄이 불끈 튀어나왔다. 가슴이 팽팽하게 부풀었다가 꺼지고…… 팽팽하게 부풀었다가 꺼졌다. "숨을…… 못 쉬겠어. 가슴이. 아파. 세상에! 뭘 두드리는 거야…… 두드리는 소리……."

렌이 오 플라의 앞으로 손을 뻗어 조지의 목에 주사기를 찔렀다.

"고맙네, 렌. 안 그래도 부탁하려 했어." 오 플라는 입을 벌리고 의식을 잃은 조지의 얼굴을 응시했다. "과거의 기억 경로가 다시 제자리에 새겨진 것 같군. 대개 한 사람의 인생 패턴은 이 트라우마와 연결되어 있지."

옳은 말이야. 사임은 생각했다.

"당신…… 괴물이야." 렌이 속삭였다.

오 플라가 의사를 쳐다보았다. "나? 나를 음해하는군. 나는 해야 할 일을 했고, 그럼에도 나는 그대가 한 짓으로 그대가 받을 벌보다 훨씬 무거운 벌을 받게 될 텐데. 매년 궁극의 조건화를 재경험하지 않아도 되는 쪽은 그대야."

오 카체가 턱에 대고 있던 얼음 팩을 떨어뜨렸다. "오 플라! 나는 그런 생각…… 아야야야……."

"맞소, 카바실에 가지고 들어가기에 끔찍한 생각이지. 나는 아마도 살아남지 못할 거요." 오 플라가 말했다.

사임이 벌떡 일어났다. 오 플라의 장황한 독백을 듣는 동안, 마치 양파 껍질처럼 그의 정신에서 어둠이 벗겨지는 느낌을 받았다. 무섭고 기뻤다. 끝이 없는 시간의 복도인 카바실. 들어갈 때마다 의지를 옥죄고 개인의 삶을 지겹고 잔잔한 패턴으로 지배한다.

"내가 죽었다니." 조지가 속삭였다.

"그래 봤자 딱 한 번이야. 나는 셀 수 없어 죽었어." 사임은 이렇게 말하고 오 플라를 쳐다보았다. "카바실에서. 맞죠, 삼촌?"

"사임!" 오 플라가 지팡이를 들었다.

사임은 단걸음에 오 플라 옆으로 가 움직이지 않는 늙은 손가락에서 지팡이를 낚아채고 테이블에 부서뜨렸다.

"1000년 기념 축제 계획 따위는 없었죠, 삼촌?" 사임이 다그쳤다.

얼어붙었던 오 플라가 애써 위엄을 차렸다. "이유가 충분했어. 우연이……."

"로켓 하나가 해치울 테니까요. 맞죠, 삼촌?" 사임이 방 안에 있는 사람들을 쳐다보고 제니의 어깨를 두드렸다. "로켓 하나면 되죠. 방어 시스템에 연결된 다른 로켓들이 날아오는 로켓을 피격하려 발사될 테니까요. 나머지는 공포가 알아서 하겠죠."

제니가 말했다. "사임, 무섭게 왜 그래!"

사임이 말했다. "온 세상이 지뢰밭인 거네요. 네, 삼촌? 터지기만을 기다리는 지뢰밭."

조지가 몸을 똑바로 세우고 더 강한 어조로 말했다. "내가 죽었다고 했지. 당신 말로는…… 바이러스로." 그는 사임을 쓱 올려다보고 다른 이들을 쳐다보았다. "당신들은 그걸 퍼뜨린 놈들의 후손이겠군."

오 플라가 말했다. "사임, 이해가 안 되는구나. 궁극의 조건화. 너는 그걸…… 대체 어떻게…… 어째서 억제력이……."

"가여운 조지의 질문에는 제가 대신 답을 하죠." 사임이 말했다. 그러더니 언어를 고대어로 바꿨다. 다른 사람들은 고대어로 유창하게 말하는 사임을 바라볼 뿐이었다. 하리브어에 에듀케이터로 어설프게 덧붙인 발음이 아니었다.

"그 바이러스가 실제로 퍼뜨려진 것인지 우리는 몰라, 조지. 바이러스는 거의 모든 성인을 죽였거든. 12, 13, 14세 이하 아이들은 면역력이 있었어. 12세 이하는 바이러스의 공격을 받지 않았지. 13세는 조금 피해를 입었어. 14세는 그보다 많이. 14세 이상은 소수의 성인을 제외하면 전부 죽었어."

.오 플라가 말했다. "네가 어떻게 아는 것이냐. 마지막에, 네가 카바에서 나왔을 때……."

"조용히 하시죠, 삼촌." 사임이 말했다.

조지가 말했다. "살아남은 성인이 있었다면, 그 사람들은 왜 감염되지 않았지?"

“그들은 아칸소에 있는 불교 종파의 수도승들이었어. 방공호를 건설했거든. 전쟁을 예상하고 생존자들을 위해 자신들의 가르침을 보존하려고.”

“8인의 시조 보살들의 이름을 거론해서는 안 돼!” 오 플라가 항의했다. 그는 어마어마한 분노를 느꼈다. 폭력! 모욕이야!

“보살들의 이름은…….” 사임은 생각에 잠겼다. “아서 워싱턴, 링컨 하워스, 아둘라 샘슨, 새뮤얼…….”

“사임, 제발!” 오 플라가 애원했다. 그는 인간으로서의 희망과 조건화된 충동 사이에서 이러지도 저러지도 못한 채 그 자리에 서서 떨고 있었다.

사임의 목소리가 누그러졌다. “괜찮아요. 죽어 가는 날들은 이제 끝났어요. 나는 그냥 마음의 준비를 하고 있을 뿐이에요.”

오 플라는 눈을 감았다. 어떠한 행동도 할 수 없었다. 그러려면 폭력을 써야 하는데, 여전히 카바의 강요를 받았기 때문이다. 위험하지만 부정적인 생각에 굴복하는 대안이 있었다. 오 플라는 우연의 기도가 의식으로 솟아오르게 두었다.

조지가 말했다. “하지만 나는 방공호에 있었어. 그런데 바이러스에 감염되었다고. 어떻게 가능하지?”

사임이 대답했다. “아마 외부에서 들어온 사람과 접촉했을 거야. 우리 시조들은 아니었어. 바이러스가 퍼졌을 때 방공호에서 여과된 공기를 흡입하고 있었지. 바이러스의 존재도 몰랐어. 바이러스가 사라지고도 한참이 지났을 때까지 깊은 명상을 하며 그곳에 남아 있었던 거야. 부처님께서 이렇게 그들을 지켜 주셨어. 왜냐하면 세상 밖으로 나왔을 때 아이들밖에 없었거든."

"아이들밖에 없었다. 그렇다면 내 아이들, 내 아내도 다……." 조지가 중얼거리다 말끝을 흐렸다. 한참 동안 사임을 올려다보았다. 그러다 단조로운 목소리로 물었다. "내가 살던 세상은 사라진 거지?"

"사라졌어. 우리는 더 큰 세계를 만들었어, 여기에도 나름의 잘못이 있지만."

오 카체가 말했다. "불경스러운!"

사임은 그녀를 무시하고 말을 이었다. "우리 시조들 중에 전자공학 전문가가 있었지. 그는 영원한 평화를 강제할 수 있다고 생각했어. 그러기 위해 인간 정신의 원초적인 부분에 충격을 주는 기구를 만들었고. 충격은 자궁에서부터 느낀 공포를 되살리지. 어떤 행동이든 원하면 무시무시한 강제력을 부과할 수 있어. 내가 부러뜨린 지팡이 봤지? 그건 이 기구의 가벼운 형태라고 할 수 있지. 잊지 말라는 암시."

"어떤 행동?" 조지가 속삭였다. 사임이 한 말의 의미를 논리적으로 추측하자니 점점 두려워졌다.

"폭력에 대한 혐오. 그게 기본적인 발상이었어. 우리 새뮤얼 시조께서 예견하셔야 했지만 그러지 못한, 어리석고 단순한 이유로 지금은 통제 불능이 되었지만." 사임이 말했다.

오 플라가 속삭였다. "사임, 사임. 더는 견딜 수 없구나."

"참으세요." 사임이 말하고 조지를 마주 보았다. "모르겠어? 많은 것이 폭력으로 해석될 수 있어. 수술. 섹스. 소음. 해가 갈수록 목록은 길어지고 인간의 수는 줄어들지. 카바 탱크가 되살릴 수 없는 이들도 있어. 육체는 그곳에 있지만 의지는 사라지고 없는 거야."

오 카체는 두 손을 앞에 모으고 말했다. "사임, 어떻게 이런 끔찍한……."

"우연이라고요. 우연이요, 삼촌?" 사임은 오 플라의 숙인 머리를 쳐다보았다. "그걸 바랐던 거죠? 카바실이 절대 닿지 않는 깊은 곳에서는? 작은 목소리가 속삭이고 저항하는 그 밑에서는?"

"우연. 오 카체께서 무슨 우연에 대해 얘기한 적 있어." 렌이 말했다.

"카바실과 우연이 뭐 어쨌다고? 대체 카바라는 게 뭐야?" 조지가 따졌다.

사임은 천장을 보더니 오른쪽에 있는 문으로 시선을 돌렸다. 문밖에는…… 복도가 있고, 또 다른 방이 있고, 조지가 만졌던 제어판이 있다. 기억의 중심에 빨간색 손잡이가 보였다. 그거겠지, 물론. 조지의 시범을 보지 않았어도 알았을 것이다. 그의 손은 지칠 때까지 조사하고 연구한 대상을 알아볼 것이다.

"설명해 줄 사람 없어?" 조지가 윽박질렀다.

시간을 조금 더 끈다고 문제 되지 않겠지. 사임은 생각하고 말했다. "카바실? 그건 이런 지팡이들의 할아버지의 할아버지야. 인격을 조각하고, 빚고, 비틀고……."

"그만!" 오 카체가 비명을 질렀다.

"도와드려요, 렌." 사임이 말했다.

렌은 충격에서 겨우 빠져나와 오 카체의 옆으로 갔다.

"만지지 마!" 오 카체가 외쳤다.

"진정제를 드시죠." 사임이 말했다.

감정이라고는 없는 확실한 명령이었다. 오 카체는 렌의 손바닥에서 알약을 받아 들고 삼켰다. 다른 사람들은 오 카체가 다시 의자에 기대앉을 때까지 기다렸다.

사임이 다시 조지를 보았다. "지금 시간을 끄는 거야, 물론. 할 일이 있거든."

"할 거냐?" 오 플라가 속삭였다.

"할 거예요."

조지가 말했다. "이 카바라는 게, 이 기계가……."

사임이 말했다. "궁극의 조건화. 승려라면 매년 거쳐야 하는 과정이지. 부활하는 거야. 세상의 방식에 대한 무의식적인 반감이 그리 강하지 않으면 인격이 새로 조각되어 밖으로 나와 1년을 더 살게 되지. 중생들을 이끌면서."

제니가 간절한 목소리로 불렀다. "사임? 사임 맞아?"

"나 사임이야." 그렇게 말했지만 시선은 여전히 조지를 향했다. "그런 식이야, 조지. 지도자들은 비폭력이라는 규범에서 벗어났는지 매년 재검사를 받아. 실패하면……." 그가 망설였다. "……모든 기억을 잃고 거대한 카바 재생 탱크에 얼마간 머물지. 의사가 탱크에서 꺼내면 다른 사람 손에 아이처럼 양육되고." 사임이 오 플라를 돌아보았다. "맞죠, 삼촌?"

오 플라가 애원했다. "부탁이다, 사임. 너는 지금 내 억제……."

"폭발 때문이야!" 제니가 말했다. 제니는 의자에서 반쯤 일어나 있었다. "네가 죽었을 때, 내가 렌에게 부탁했어. 카바 탱크를 훔치라고…… 우리가 그랬어. 이해할 수 없었어. 한동안 네가 승려처럼 말하고, 승려처럼 행동했고……."

"그러다 멍해졌어. 그러더니 다시 사임이 되었고." 렌이 말했다.

"사임! 네가 카바에서 실패한 승려였던 거야!" 제니가 속삭였다.

사임이 다시 제니의 어깨를 두드렸다. "렌의 탱크는 오래된 패턴을 최근의 패턴으로 교체했지만, 카바는 최근의 강렬한 기억만을 삭제했어. 렌이 탱크에 억제기를 연결하지 않은 것도 이유였지. 어디 있는지 몰라서 그랬던 것 같아."

"우리가 무슨 생각을 한 거지?" 렌이 속삭였다. 수치심과 죄책감이 가슴에 내려앉아 무지막지한 공포심 뒤에 몸을 숨겼다. 이 공포가 조건화에서 비롯되었다는 사실도 지금은 위로가 되지 않았다. "엘더들의 과학을 되살린다고? 폭력성을 되살려?"

"이제 알겠어. 이 짓을 1000년 동안 했다고? 기가 막히는군!" 조지가 혼잣말처럼 말했다.

사임이 말했다. "우리가 처음 카바실을 지을 때 간과했던 것이 있어. 이 세계가 폭력적이라는 사실. 이 안에서 생존하려면 적절한 폭력이 필요해. 하지만 폭력의 해석이 점점 제한되며 조건화는 폭력을 막았어. 궁극의 침묵 속에서는 핀을 떨어뜨리는 행위도 폭력이거든. 세상이 평화로워질수록 폭력을 해석하는 범위는 더 좁아지지. 하지만 모든 폭력을 제외하면 남는 것은…… 죽음뿐이야."

사임은 다시 제니의 어깨를 두드렸다. "뭐, 조지가 해 주기를 바라고 있었지만…… 아니야, 내가 할 일이지." 그가 심호흡을 했다. "그래. 내 일이야. 다들 여기 아래에 숨어서 1000년 기념 축제로부터 몸을 피하고 있는 게 좋을 거야. 이제 곧, 카바실은 사라진다."

오 플라가 벌떡 일어나 억제력을 뚫고 천천히 말을 했다. "너…… 너…… 무…… 무기들……을…… 터뜨……린다고?"

"날려 보낼 겁니다." 사임이 말했다. 이도 저도 아닌 애매한 말투였다.

"하지만 다 죽을 텐데. 사임, 죽게 될 사람들을 생각해야지!" 제니가 속삭였다.

"괜찮아. 전에도 죽은 적 있는걸." 사임이 말했다.

그러고는 돌아서서 복도로 가는 문으로 걸어갔다. 내 이름은 새뮤얼. 시조 새뮤얼이다. 그는 생각했다.

1964

눈치 빠른 사보추어

The Tactful Saboteur

1964년 10월, 《갤럭시(Galaxy)》 수록.

"자네보다 대단한 사람들이라고 안 해 본 줄 알아!" 클린턴 와트가 호통을 쳤다.

"의미론적 헌법 개정안 91조 4항을 인용하죠. '정부의 방해 조치의 필요성은 주요한 인권 보호 장치로서 확립되었으므로 면제에 관한 문제는 극도로 엄격하게 정의되어야 한다.'" 특별 사보추어 조지 X. 매키가 말했다.

매키는 번쩍이는 책상을 사이에 두고 은하 간 정부의 사보타주국 국장 클린턴 와트와 마주 앉아 있었다. 벽이 녹색인 사무실에 가득한 긴장감이 와트 뒤에 있는 스크린 화면까지 전해졌다. 우주 정부의 광활한 구역을 보여 주는 화면 속 사람들은 허둥지둥 움직이며 다급히 오전 업무를 보고 있었다.

왜소한 몸에 절제된 에너지가 넘치는 듯 보이는 와트는 박박 민 머리를 한 손으로 쓸었다. "그래." 그러고는 갑자기 피곤해진 목소리로 말했다. "이곳은 성부 내에서 유일하게 사보타주를 절대 면할 수 없는 사무국이야. 법을 인용해 적법성도 충족했으니 어디 한번 해 봐!"

평소 살집으로 통통한 얼굴 때문에 할아버지 두꺼비 같은 인상을 풍기는 매키가 놈-드래곤처럼 이글거리는 눈빛을 쏘고 있었다. 숱이 많아 사자 갈기 같은 빨간 머리도 내면의 불길에 맞춰 춤을 추는 듯했다.

매키가 사납게 외쳤나. "해 보라니! 내가 국장님 자리를 빼앗으려고 여기 왔을까 봐요? 그렇게 생각하는 겁니까?"

그리고 생각했다. 그렇게 생각하기를 바라자고!

"연기 집어치워, 매키! 자네가 이 자리에 오를 자격이 있다는 건 피차 아는 사실이야." 그러면서 와트는 자기 의자의 팔걸이를 두드렸다. "나를 끌어내리고 이 자리에 오를 자격을 얻는 방법이 그 사보타주뿐이라는 것도 우리 다 알지. 그래, 매키. 나는 18년 넘게 여기 있었어. 5년만 더 있으면 신기록이 될 거야. 어서 해 봐. 사람 기다리게 하지 말고."

"제가 여기 온 이유는 딱 하나입니다. 특별 사보추어 나폴리언 빌둔의 수색에 관해 보고하려고요." 매키가 말했다.

매키는 의자에 기대앉으며 생각했다. 내가 여기 온 진짜 목적을 알아도 와트가 이런 식으로 행동할까? 어쩌면. 남자는 면담을 시작한 이후로 쭉 행동이 이상했다. 하지만 같은 사보타주국 사람을 상대할 때는 진실된 동기를 판단하기가 쉽지 않았다.

와트가 깡마른 얼굴에 조심스러운 관심을 드러냈다. 혀로 입술을 적시는 모습을 보니 교묘한 계략이 아닌지 자문하고 있는 것 같았다. 하지만 사라진 요원 빌둔을 찾는 것은 실제 매키가 맡은 임무였다. 어쩌면 진짜일 수도…….

"찾았나?" 와트가 물었다.

"확실치는 않습니다." 매키가 말하며 붉은 머리카락을 손으로 쓸어 넘겼다. "빌둔이 판스페치인 건 아시죠."

와트가 폭발했다. "이 친구 보게! 내 밑의 요원들이 누구인지 내가 모를까 봐? 하지만 우리는 스스로 알아서 해결하는 조직이야. 최고로 유능한 요원이 갑자기 종적을 감췄을 때…… 확실치 않다는 게 무슨 뜻이야?"

"판스페치라는 종족이 워낙 특이하잖습니까." 인간과 비슷한 형태라는 점 때문에 다섯 단계로 이루어진 생애 주기를 잊는 경향이 있죠."

"빌둔 말로는 자기 무리의 자아를 앞으로 최소한 10년은 유지할 거랬어. 진심으로 하는 얘기 같던데. 모르는 일이지만……." 와트가 어깨를 으쓱했다. 폭발할 기세였던 에너지가 조금은 빠져나간 듯했다. "뭐, 판스페치가 다른 건 몰라도 무리 자아에 관해서는 허풍을 떠니……." 또다시 어깨를 으쓱했다.

"물론 조직 내 다른 판스페치를 탐문하는 일은 신중하게 진행해야 했습니다. 하지만 아추스와 연결되는 확실한 단서 하나를 발견했어요."

"그래서?"

매키가 펑퍼짐한 재킷에서 하얀 유리병을 꺼내 책상 위에 금속 가루를 뿌렸다.

와트는 책상에서 몸을 뒤로 빼고 의심스러운 눈으로 가루를 쳐다보았다. 조심스럽게 킁킁 냄새를 맡으니 속성 필기 가루인 찰프였다. 그래도…….

"그냥 찰프예요." 매키가 말했다. 그리고 생각했다. 이 말에 속으면 이번 일은 잘 해결될 수 있어.

"어디 써 봐." 와트가 말했다.

매키는 기쁨을 감추고 가루가 뿌려진 책상 위로 찰프 메모리 스틱을 들었다. 깨진 원과 오른쪽 흐름을 가리키는 화살표 그림이 찰프에 나타났다. 원이 깨진 곳마다 기호가 있었다. 하나는 자아를 뜻하는 판스페치 문자였고, 다른 하나는 다섯 번째 성별을 뜻하는 델타였다. 마지막으로 보육원에서 휴면 중인 세 쌍둥이를 나타내는 세 개의 선이 있었다.

매키가 제5의 성별을 의미하는 델타를 가리켰다. "이 상태에 있는 판스페치를 본 적 있습니다. 빌둔과 생김새가 비슷하고 빌둔의 버릇도 일부 가지고 있는 듯해요. 물론 그 생물이 정체성 반응을 보이지는 않았습니다. 뭐, 준(準)여성인 다섯 번째 성별이 어떻게 반응하는지 아시잖아요."

와트가 경고했다. "그 요염한 태도에 절대 속아 넘어가서는 안 되네. 자네가 아무리 성질이 더럽다 해도 판스페치 보육원에 빼앗기는 건 싫으니까."

"빌둔이 동료 요원의 정체성을 훔치지는 않았을 겁니다." 그러다 갑자기 자신감이 사라져 매키는 아랫입술을 삐죽 내밀었다. 당연하지만 지금부터가 전체 계획에서 가장 까다로운 부분이었다.

“이 무리의 자아 보유자는 만나 봤나?” 질문하는 와트의 목소리는 진심으로 궁금하다는 투였다.

“아니요. 하지만 이 판스페치의 자아 하나는 택스 워처스와 관련이 있다고 생각합니다.”

그러고는 기다렸다. 와트가 이 미끼를 덥석 물 것인가.

와트가 생각에 잠겨 말했다. “판스페치의 자아 변화를 강제한다는 얘기는 들어 본 적 없어. 그렇다고 불가능하다는 뜻은 아니겠지. 빌둔이 자기네 일을 사보타주하려는 걸 택스 워처스의 소위 그 선량한 이상주의자들이 알아냈다면…… 흐으으음.”

“빌둔이 정말로 택스 워처스를 노리고 있었군요.” 매키가 말했다.

와트가 얼굴을 찌푸렸다. 매키의 질문은 대단히 부적절했다. 같은 프로젝트에 참여하거나 정보를 자발적으로 공개하는 상황이 아니고서야 상급 요원이 동료의 업무를 대놓고 염탐하는 일은 없었다. 사보타주국에서는 왼손과 오른손이 하는 일을 서로 몰랐고 그럴 이유도 충분했다. 단……. 와트는 특별 사보추어인 부하를 의심스러운 눈으로 쳐다보았다.

와트가 계속 말이 없자 매키는 어깨를 으쓱했다. “불충분한 정보를 가지고 작전을 수행할 수 없습니다. 그러니 빌둔을 찾는 임무는 그만두겠습니다. 이제부터는 택스 워처스를 대신 조사하려고요.”

"그러기만 해!" 와트가 버럭 내질렀다.

매키는 자신이 책상에 그린 디자인을 쳐다보지 않으려 안간힘을 썼다. 결정적인 순간은 지금부터 시작이었다.

"거부하려면 법적 근거가 있어야 할 겁니다." 매키가 말했다.

와트는 의자를 좌우로 흔들며 스크린 화면을 힐끗 보더니 측면 벽을 보며 말했다. "상황이 극도로 미묘해졌어, 조지. 자네가 우리 중 가장 유능한 사보추어라는 건 다 알지."

"입 발린 칭찬 저한테는 안 통해요." 매키가 불평했다.

와트가 다시 매키를 보며 말했다. "정 그렇다면 이렇게 말하지. 지난 며칠 동안 택스 워처스가 우리 사무국에 실질적인 위협을 가했어. 고등법원 치안판사를 설득하는 데 성공했지. 자기들도 우리의 행동에 똑같은 면제권을 누릴 자격이 있다고 말이야…… 그, 공공 상수도 시설이나…… 음, 식품 가공 공장처럼. 에드윈 둘리 판사는 공공안전법 수정안을 적용했어. 우리는 손이 묶여 버린 거야. 법원 명령에 불복했다는 의심이 조금이라도 제기된다면……."

와트가 자신의 목을 손가락으로 긋는 시늉을 했다.

"그럼 전 그만둘래요." 매키가 말했다.

"그런 짓은 절대로 안 돼!"

"이 택스 워처스가 우리 국을 제거하려는 거죠? 저도 제가 한 선서를 국장님만큼이나 기억합니다."

"조지, 자네 그 정도로 어리석지는 않잖아. 그만두면 자네에 대한 사무국의 책임이 사라진다고 생각하는 건가! 그건 썩어

문드러진 수법이야!"

"그럼 해고하세요!" 매키가 말했다.

"내가 조지 자네를 해고할 법적 근거가 없는데."

"상관의 명령에 불복했다고 해요." 매키가 말했다.

"누가 속아, 이 멍청이!"

매키는 망설이는 듯하더니 말했다. "흠, 대중은 우리 조직의 지휘 체계가 내부에서 어떤 방식으로 달라지는지 모르죠. 이제 공개할 때인지도 모르겠네요."

"조지, 내가 자네를 해고하려면 설득력 있는 이유가 필요하다고…… 그냥 잊어버려."

매키의 통통한 눈 밑 지방이 올라가며 눈이 실선으로 변했다. 결정적인 순간이 다가왔다. 그는 와트의 모든 탐지기를 피해 이 사무실로 지쿠지 자극기를 들여오는 데 성공했다. 탐지 가능한 자극기의 방사선 코어를 사무국 요원들이 옷깃에 다는 배지의 모조품 안에 숨긴 것이다.

"형식주의를 대신해(In Lieu of Red Tape)." 매키는 말하며 배지에 돋을새김한 머리글자 'ILRT'를 손가락으로 매만졌다. 손가락이 닿자 방사선 코어가 책상에 흩뿌려진 금속 가루에 집중되었다.

와트는 의자 팔걸이를 움켜쥐고 새삼 경계하는 눈빛으로 바짝 긴장해서 매키를 뜯어보았다.

"우리는 택스 워처스를 건드리면 안 된다는 법원 명령을 받았어. 그 사람들이나, 우리를 해체하려는 그쪽 프로젝트에 무슨 일이라도 생겼다가는 적법한 사고라 해도 우리가 책임을 지게 될 거야. 우리는 스스로 방어할 수 있어야 해. 우리와 어떻게든 관련된 사람이 일말의 공모 혐의도 받아서는 안 된단 말이야." 와트가 말했다.

"그쪽 심부름꾼이 지나는 길바닥에 위험할 정도로 미끄럽게 왁스 칠을 하는 건요? 출입문 자물쇠를 바꿔서 시간을 끌거나……."

"아무것도 안 돼."

매키는 상관을 빤히 쳐다보았다. 가만히 앉아 있는 이 남자에게 이제 모든 것이 달렸다. 와트는 응집된 방사선 빔을 경고하는 탐지기를 착용하고 있었다. 하지만 이 지쿠지 자극기는 책상에 있는 금속 가루에 전하를 퍼뜨리도록 조작해 놓았다. 그때까지는 몇 초간의 정적이 필요했다.

두 남자는 눈싸움을 하며 움직이지 않았다. 와트는 전혀 움직이지 않는 매키를 보고 의문을 품기 시작했다. 숨까지 참고 있잖아!

매키가 심호흡을 하고 자리에서 일어났다.

"경고야, 조지." 와트가 말했다.

"경고라고요?"

"필요하다면 자네를 물리적 수단으로 구속할 수도 있어."

"내 숙적인 클린트, 헛소리 말고 가만있어요. 이미 다 끝났으니까."

매키의 커다란 입에 미소가 스쳤다. 돌아서서 사무실에 하나

뿐인 문으로 간 매키가 손잡이를 잡은 채로 멈춰 섰다.

"너 무슨 짓을 한 거야?" 와트가 폭발했다.

매키는 그를 쳐다보기만 했다.

와트는 두피가 미친 듯이 간지러워지기 시작했다. 머리에 손을 올리자 만져지는 것은 길게 엉킨…… 덩굴손이었다! 두피에서 자라난 덩굴손이 와트의 손가락 아래에서 쭉쭉 늘어나며 흔들리고 꿈틀거렸다.

"지쿠지 자극기." 와트가 탄식했다.

매키는 방에서 빠져나와 문을 닫았다.

와트가 의자를 박차고 나와 문으로 달려갔다.

잠겼다!

매키를 잘 아는 와트는 문을 딸 시도조차 하지 않았다. 분자 확산 탄약을 미친 사람처럼 문에 마구 던지고 탄약이 폭발하자 그 사이로 몸을 날렸다. 바깥쪽 복도에 착지한 후에는 우선 한쪽을, 다음으로는 반대 방향을 쳐다보았다.

복도는 비어 있었다.

와트는 한숨을 쉬었다. 덩굴손이 더 자라지는 않았지만 꿈틀거리며 눈앞을 지나는 모습이 보일 정도의 길이였다. 무지개색으로 꿈틀거리는 덩어리는 그의 신체 일부였다. 이 과정을 되돌릴 수 있는 사람은 원래 그 자극기를 가진 매키뿐이었다. 와트가 지쿠지와 평생 함께할 뜻이 있다면 모를까. 아니. 그건 안 된다.

와트는 현재 자신의 처지를 따져 보기 시작했다.

자극으로 자라난 덩굴은 수술로 제거할 수 없었다. 묶어서 고징할 수도, 변상해 숨길 수도 없었다. 그랬다가는 피해자가 위험해지기 십상이었다. 더구나 택스 워처스와 갈등을 빚는, 이처럼 중요한 시기에 와트에게 걸림돌로 작용할 것이다. 메두사 춤을 추며 꿈틀거리는 덩굴을 머리에 달고 어떻게 회의와 인터뷰에 등장할 수 있단 말인가? 그야말로 웃음거리가 될 것이다.

교체 안건이 국무회의에 오를 때까지 매키가 방해하지 않는다면…… 하지만 안 돼! 와트는 고개를 저었다. 이 일은 사무국 지휘권을 교체해야 할 사보타주가 아니었다. 징그럽기나 하고, 치밀하지도 않잖아. 그냥 사람을 바보로 만드는 장난이었다. 우스꽝스러운 장난.

하지만 평소 매키는 우스꽝스러운 태도로 유명했다. 정부의 자존심을 꺾으려고 무례한 짓을 일삼았다.

내가 오만했나? 와트는 생각했다.

솔직히 인정하지 않을 수 없었다.

오늘 사직서를 내야겠군. 일단 매키부터 해고하고. 나를 한번 보면 왜 그랬는지 아무도 의심하지 않을 거야. 이보다 설득력 있는 이유가 어디 있겠어. 그는 생각했다.

와트는 오른쪽으로 방향을 틀고 이 꿈틀거리는 덩어리를 통제할 수 있는지 알아보러 실험실로 향했다.

대통령님은 매키가 다음 행동을 할 때까지 내가 책임자로 남아 있기를 원하실 거야. 어떻게든 내 역할을 할 수 있어야 해. 와트는 생각했다.

* * *

매키는 아추스의 저택 거실에서 대기하며 불안감을 숨기지 못했다. 아추스는 막대한 부를 자랑하는 벌페쿨라 구역의 행정을 담당하는 행성이었다. 산꼭대기에 있는 집의 거실 창문으로는 남서쪽의 자연 경관이 내려다보였다. 서쪽으로 저무는 G3 태양의 빛에 보라색으로 물든 엷은 안개가 낮은 산봉우리와 언덕을 감싸고 있었다.

매키는 창밖의 풍경을 외면하고 이 공간의 구석구석을 한눈에 담으려 했다. 다섯 번째 성별의 판스페치가 네 번째 성별의 자아 보유자와 함께 이곳에 있는 모습을 보았다. 그 말은 세 개의 휴면 자아를 기르는 보육원도 근처에 있다는 뜻이었다. 들어 본 이야기를 종합하면 이곳은 우정이 끈끈하거나 이해관계로 보호를 받지 않고서는 방문자에게 위험한 공간이었다.

판스페치가 전 우주의 인간 사회에 기여한 바는 의심할 여지가 없었다. 방해할 시점과 도울 시점을 이보다 정교하고 정밀하게 결정하는 종족이 또 어디 있단 말인가? 극도로 위험한 상황에서도 지식을 잃는다는 두려움 없이 집단의 핵심 구성원을 보낼 수 있는 종족이 또 있을까?

사라져도 그 자리를 대신할 휴면 자아가 늘 존재했다.

하지만 판스페치에게도 별스러운 점이 있었다. 그들의 갈망은 때때로 기괴하기까지 했다.

"아아아, 매키 선생."

왼쪽에서 깊고 남성적인 목소리가 들렸다. 매키는 고개를 돌리고, 민트 칵테일 색으로 반짝이는 인조 에메랄드 덩어리를 깎아 만든 문을 통과해 들어오는 형체를 관찰했다.

말을 한 사람은 인간의 형태지만 판스페치의 다면체 눈을 가지고 있었다. 겉모습은 잘 관리해 나이를 쉽게 가늠할 수 없는 중년의 지구인 남자처럼 보였다(청록색 눈을 제외하면). 노란색 타이츠와 민소매 셔츠가 우아한 몸을 드러내 주었다. 머리 윤곽은 사각형이었고, 짧게 자른 금발, 살이 두둑한 코, 두툼한 입술도 눈에 띄었다.

"팬서 볼린이라고 합니다. 우리 집에 온 것을 환영해요, 조지 매키 선생." 판스페치가 말했다.

매키는 살짝 긴장을 풀었다. 판스페치가 손님을 환영했으면 일단 그 태도를 유지한다고 들었다…… 손님이 판스페치 관습을 위반하지 않는다면 말이다.

"만나 주셔서 영광입니다." 매키가 말했다.

"나야말로 영광이지요. 오래전부터 알고 있었어요. 그 누구보다 판스페치를 영리하고 예리하게 이해하는 사람이라고. 선생과 자유롭게 대화하는 날을 고대하고 있었습니다. 드디어 때가 왔군요." 볼린은 오른쪽 벽에 붙어 있는 의자개(앉는 사람의 기분에 맞춰 형태가 변하는 개 모양 의자 — 옮긴이)를 가리키며 손가락을 튕겼다. 반쯤 지능을 가진 가구가 미끄러지듯 다가와 매키 뒤에 자리를 잡았다. "앉으세요."

볼린의 '자유롭게 대화'라는 표현에 다시 경계심이 발동한 매키는 의자개에 앉아 원하는 굴곡이 나올 때까지 손으로 두드렸다.

볼린도 맞은편의 의자개에 앉았고 두 사람의 무릎 사이에는 약 1미터의 거리밖에 없었다.

매키가 물었다. "혹시 우리 자아가 가까운 공간에 있었던 적이 있나요? 저를 알아보시는 것 같아서요."

"인식은 자아보다 더 깊지요. 정체성을 합치고 이 문제를 탐구하고 싶은가요?" 볼린이 대답했다.

매키는 혀로 입술을 축였다. 판스페치를 대할 때는 이 부분이 미묘했다. 판스페치는 하나의 자아가 존재의 원을 가로지르며 개체 무리 내에서 한 구성원에서 다른 구성원으로 이동하는 종족이기 때문이다.

"저는…… 아…… 다음 기회에요." 매키가 말했다.

"좋습니다. 언제라도 마음이 바뀐다면 내 자아 무리에 더없는 영광이 될 겁니다. 우리는 선생처럼 강한 정체성을 존경하거든요."

"그…… 정말 영광입니다." 그렇게 말한 매키는 이 대화가 얼마나 위험해지고 있는지 감지하고 초조하게 턱을 문질렀다. 각각의 판스페치 무리는 돌아다니는 자아를 몹시도 질투했다. 자아는 자아 보유자에 명예라는 민감한 감각을 불어넣었다. 자아를 알아보려 해도 매키가 이미 했던 공식적인 질문들을 통해서만 가능했다.

하지만 다섯 단계로 이루어진 생애 주기에 실종된 특별 사보추어 나폴리언 빌둔이 포함된다면…… 그렇다면 많은 의문이 해소된다.

"우리가 진실로 의사소통을 할 수 있는지 궁금해하고 있군요." 볼린이 말했다. 매키는 고개를 끄덕였다.

"인간성이라는 개념은 말입니다. 우리 용어로 비슷하게 번역하면 공동 지각이라고 하는데, 의미를 확장하면 다양한 형태, 생활 체계, 사고방식을 아우를 수 있지요. 하지만 우리도 이 문제에 대한 확신은 없어요. 우리가 선생네 신체와 신진대사를 대체로 채택해 사용하는 것도 그 이유가 큽니다. 인간의 강점과 약점을 경험하고 싶었거든요. 도움이 되긴 하지만…… 절대적인 해결책은 아니더군요."

"약점이라고요?" 매키가 갑자기 경계하며 물었다.

"아아아. 그렇군. 의심을 덜기 위해 우리의 대작이 될 작품을 하나 번역해 드리리다. 제목은 『약점의 발달적 영향』, 아마 이렇게 나올 거예요. 우리가 선생네 종족과 가장 공감하는 게, 우리 둘 다 지표면을 떠날 수 없는 극도로 연약한 생물에서 비롯되었다는 사실이죠. 그래서 최대한 정교한 방어가 사회 구조가 되었고요."

"번역본을 꼭 보고 싶네요." 매키가 말했다.

"인사차례가 더 필요한가요? 아니면 이제 본론으로 들어갈까요?" 볼린이 물었다.

"저는…… 어…… 저희 사무국에서 실종된 요원을 찾는 임무를 맡았습니다. 이…… 어…… 요원이 위태로운 상황에 처했는지 확인하기 위해서요." 매키가 대답했다.

"성별 지칭어를 아주 노련하게 피하는군요. 선생의 섬세한 배려와 격조 높은 취향을 높이 삽니다. 지금은 이렇게 알고 있으세요. 선생이 찾는 판스페치는 현재 도움을 필요로 하지 않는다고. 하지만 걱정해 줘서 고맙습니다. 가장 영향력이 큰 이들에게 잘 전해 주지요."

"그렇다니 무척 안심이 됩니다." 매키가 말했다. 그리고 생각했다. 그 말의 본심이 뭐지? 이 생각이 불러온 또 다른 생각에 매키는 말했다. "이렇게 종족 간의 소통 문제를 겪을 때면 떠오르는 옛 문화/사상 이야기가 있습니다."

"그래요?" 볼린이 정중한 호기심을 드러냈다.

"정신 치료 의술을 펼치는 의사 둘이 매일 아침 각자의 진료실로 가는 길에 서로 지나쳤다고 합니다. 안면은 있지만 친한 사이는 아니었대요. 어느 날 아침, 거리가 가까워졌을 때 한 사람이 다른 사람을 돌아보고 '좋은 아침입니다.'라고 말했습니다. 인사를 받은 의사는 반응하지 못하고 자기 병원으로 계속 걸어갔고요. 그러다 걸음을 멈추고 뒤로 돌아 인사한 상대의 멀어지는 뒷모습을 보고 생각하죠. '무슨 뜻으로 저 말을 했을까?'"

볼린이 쿡쿡 웃다가 폭소를 터뜨렸다. 웃음소리가 점점 더 커지더니 급기야 옆구리를 부여잡았다.

별로 안 웃긴데. 매키는 생각했다.

볼린의 웃음이 가라앉았다. "아주 교훈적인 이야기네요. 내가 큰 잘못을 했군요. 의사소통에서 서로의 신원을 알아야 한

나는 선생의 의식이 드러나는 이야기였어요."

그런가? 어떻게? 매키는 의아했다.

매키는 다섯 개로 뚜렷이 구분되는 원형질 개체의 생애 주기 무리 안에서 하나가 다른 하나에 단일 자아 정체성을 전달할 수 있다는 판스페치의 특징에 마음이 끌렸다. 자아 보유자가 정체성을 포기하고 다섯 번째 성별이 되며 보육원에서 새로 양육된 개체에 자아의 불꽃을 넘겨줄 때 어떤 기분일지 궁금했나. 보육원 보모가 되어 보육원에서 휴면 중인 세 개의 자아에 신비한 정체성 먹이로써 자신을 바치는 것이 다섯 번째 성별의 자발적인 행동일까?

"선생이 사보타주국의 클린트 와트 국장에게 어떻게 했는지 들었습니다. 선생이 도착하기도 전에 해고 소식을 들었죠." 볼린이 말했다.

"예. 저도 그래서 여기 온 겁니다." 매키가 말했다.

"선생은 우리 판스페치 공동체가 택스 워처스 조직의 핵심이라는 사실을 간파했어요. 그래 놓고 우리 소굴로 들어오다니 용기가 대단합니다. 개체 소멸을 직면하기까지 우리 종족보다 훨씬 더 큰 용기가 필요한 것으로 아는데요. 존경스럽군요! 상을 받아 마땅해요."

매키는 공포감을 억지로 잠재우고, 설령 돌아가지 못하더라도 본부의 개인 사물함에 두고 온 기록이 제때 해독될 것이라며 마음을 다잡았다.

"그래. 판스페치가 당신네 사무국 국장에 올라도 다른 인간 종족들에 위협이 되지 않는다는 사실을 확인하고 싶은 거지요. 이해할 수 있습니다."

매키가 생각을 비우려 고개를 저었다. "독심술을 하시나요?" 그가 물었다.

"우리가 가진 재주에 텔레파시는 없어요." 볼린의 목소리가 대단히 위협적으로 변했다. "별다른 의미 없는 질문이었기를 바랍니다, 내 자아 무리의 친밀한 관계를 겨냥하는 것이 아니라."

"꼭 제 생각을 읽으시는 듯한 느낌을 받았습니다." 매키가 긴장하며 방어적으로 말했다.

"질문을 해석한 거예요. 내 질문은 못 들은 것으로 해 주세요. 선생의 배려나 눈치를 의심하는 게 아니었어요."

"하지만 판스페치를 국장 자리에 앉히고 싶다는 바람은 실제로 존재하는 거죠?" 매키가 물었다.

"의심했다니 놀랍군. 우리가 단순히 사무국을 없애려는 게 아니라고 어떻게 확신하지요?"

"안 합니다." 매키는 혼자 행동할 수밖에 없었던 상황을 원망하며 방 안을 둘러보았다.

"우리가 어디서 티를 냈지?" 볼린이 곰곰이 생각했다.

"다시 한번 말씀드리지만. 저는 회장님의 환대를 받았고 판스페치 관습을 위반하지 않았습니다."

"더더욱 놀라워. 내가 그렇게 유혹을 했는데도 우리 관습을 위반하지 않았다니. 맞아요. 선생은 참 골치 아픈 상대예요. 하지만 무기가 있을지도 모르겠군요. 맞나요?"

매키가 안쪽 주머니에서 벌럭이는 형체를 들어 올렸다.

"아하, 지쿠지 자극기. 어디 보자, 그게 무기인가?" 볼린이 말했다.

매키가 그 형체를 손바닥에 올렸다. 처음에는 손바닥 크기의 분홍색 종이처럼 납작해 보였다. 평평한 면이 불룩 솟으며 표면에 튜브가 놓여 있는 겹쳐진 이미지로 변했다. 곧이어 튜브를 칭칭 감은 S 자형 스프링의 이미지도 떠올랐다.

"우리 종족은 자신의 형체를 어느 정도 조절할 수 있지요. 이걸 무기라고 볼 수 있나 잘 모르겠네." 볼린이 말했다.

매키는 형체를 손가락으로 감싸고 꽉 쥐었다. 펑 소리가 나며 손가락 사이로 구멍이 숭숭 난 보라색 빛이 피어올랐고 불에 탄 설탕 냄새가 뒤따랐다.

"자극 종료. 저는 이제 완전히 무방비 상태로, 제 안전은 전적으로 회장님의 환대에 달렸습니다." 매키가 말했다.

"아, 까다로운 사람이군. 그런데 클린턴 와트 경은 안중에 없나요? 선생이 변화를 강요해 고통을 겪고 있을 텐데. 되돌릴 수 있을 장치를 파괴하다니요." 볼린이 말했다.

"그분은 지쿠지에 문의할 수 있습니다." 볼린이 왜 와트를 걱정하는지 궁금해하며 매키가 말했다.

"하지만 개입해도 될지 허락을 구하지 않을까요. 굉장히 격식을 따지는 종족이라. 요청 초안을 쓰는 데만 3년은 걸릴 겁니다. 선생의 심기를 요만큼도 건드리지 않으려고 할 거예요. 물론 선생도 그쪽 심기를 건드리지 않고는 자발적으로 허락할 수 없을 거고. 청원을 시험한다고 선생의 신경 이미지도 만들걸요. 매키 선생이 광대처럼 우스꽝스럽게 다니기는 해도 냉정한 사람은 아니지 않습니까. 우리 만남이 그 정도로 중요한 의미일 줄은 몰랐습니다."

매키가 말했다. "저는 이제 전적으로 회장님 처분에 달려 있습니다. 그런 제가 여기서 나가려 한다면 막으시겠습니까?"

"흥미로운 질문이군요. 선생은 내가 공개하기를 꺼리는 정보를 가지고 있지. 당연히 알고 있겠지요?"

"그럼요."

"나는 헌법이 가장 훌륭한 문서라고 생각합니다. 개인의 정체성, 개인과 전체 사회의 관계에 대한 심오한 인식이 담겨 있어요. 특히 사보타주국을 설명하는 부분이 흥미롭더군요. 개정안에 따르면 사보타주국 자체가 때로는…… 음…… 조정의 대상이 된다고 해요." 볼린이 말했다.

이제는 또 무슨 수작이지? 매키는 궁금해졌다. 볼린은 생각에 잠긴 듯 눈을 가늘게 뜨고 있어 반짝이는 면이 실선으로 변했다.

볼린이 말했다. "지금부터는 택스 워처스 회장으로 말하지요. 우리가 법적으로 사보타주를 면제받는다는 사실을 짚고 넘어가야 할 것 같군요."

알고 싶은 건 알아냈어. 매키는 생각했다. 이제 이것을 가지고 나갈 수만 있다면!

"특별 사보추어의 교육을 생각해 봅시다. 교육생은 사보타주국의 불필요한 업무와 과잉 고용에 대해 뭐라고 배웁니까?" 볼린이 말했다.

나를 거짓말로 묶어 두지는 않을 거야. 매키는 생각했다. "교육생들에게는 솔직히 말합니다. 정치인들이 채울 일자리를 창출하는 것이 우리의 주된 역할 중 하나라고요. 파이에 손이 많이 닿을수록 반죽 속도가 느려지는 법이죠." 매키가 대답했다.

"초대자에게 거짓말을 하는 것이 판스페치 관습을 크게 위반하는 행위라고 들었나 보군요. 질문에 대답을 하지 않는 것이 거짓으로 해석된다는 사실도 알고 있나요?"

"그렇다고 들었습니다." 매키가 말했다.

"훌륭해! 입법 과정을 지연하고 공연히 초를 치는 일에 대해서는 교육생들에게 뭐라고 설명합니까?"

"교육 책자 내용을 인용하겠습니다. '사무국의 주 역할은 법안 통과 속도를 늦추는 것이다.'" 매키가 대답했다.

"굉장합니다! 사무국 요원들이 조장한다고 알려진 분쟁과 노골적인 싸움에 대해서는요?"

"지극히 일상적인 업무죠. 우리에게는 언제든 정부 내의 분노 수치를 높일 의무가 있습니다. 기질 유형이 드러나죠. 자제력이 없는 사람이나 판단력이 느린 사람처럼요."

"아. 참 재미있군요."

"늘 재미라는 가치를 염두에 둡니다. 대중이 우리의 활동에 흥미를 느끼도록 가능하면 항상 극적이고 화려한 요소를 사용하죠." 매키가 인정했다.

"현란한 방해 작전이라." 볼린이 혼잣말을 했다.

"장애물은 힘의 한 요소입니다. 가장 강한 자만이 장애물을 넘고 정부에서 성공할 수 있습니다. 가장 강하거나…… 가장 교활한 자도 되지요. 정부에서는 둘 다 사실상 똑같은 개념이니까요."

"이해가 쏙쏙 되네요." 볼린이 말하며 손등을 문질렀다. 만족스러움을 드러내는 판스페치의 버릇이었다. "정당에 관한 특별한 지침도 있나요?"

"정당 간의 반대 의견을 일으킵니다. 반대는 대체로 현실을 드러낸다. 우리의 공리 중 하나죠." 매키가 말했다.

"사무국 요원들을 말썽꾼이라고 표현할 수 있을까요?"

"그럼요! 부모님은 제가 어려서 말썽꾸러기 기질을 보이자 악마처럼 기뻐하셨습니다. 나중에 커서 돈벌이가 되겠다 싶으셨던 거죠. 학창 시절 저를 올바른 방향으로 이끌어 주셨습니다. 특별 교과인 응용 파괴, 고급 도발, 분노 I, II…… 전부 최고의 선생님들로 꾸려 주셨죠."

"선생 말은 사보타주국이 사회의 문제아들을 주기적으로 모아 배출하는 곳이라는 얘기인가?"

"당연하지 않습니까? 말썽꾼들은 문제 해결사에게 도움을 청하기 마련이에요. 선량한 이상주의자들은 문제 해결사로 배출됩니다. 그렇게 사회를 떠받치는 견제와 균형 시스템이 확립되죠."

매키는 충분한 대답이 되었는지 판스페치를 보며 기다렸다.

"지금 나는 택스 워처스의 한 사람으로 말하는 겁니다?" 볼린이 물었다.

“네.”

“대중은 사보타주국에 세금을 냅니다. 본질적으로 문제를 일으키는 사람들에게 돈을 지불하는 거예요.”

“경찰, 세무 조사관을 고용할 때도 그렇게 하지 않나요?” 매키가 물었다.

볼린의 얼굴에 흡족한 표정이 떠올랐다. “하지만 이 기관들은 인류의 대의를 위해 운영되지요!”

“예비 사보추어는 교육을 시작하기 전 설명을 듣습니다.” 매키의 목소리가 설교하는 투로 엄숙하게 변했다. “지저분한 역사의 기록을 전부 보여 줘요. 선량한 이상주의자들이 한 번은 성공했죠…… 아주 오래전에. 그들은 정부의 형식주의를 뿌리 뽑았습니다. 인간의 삶을 지배하는 정부라는 거대한 기계는 고속도로에 올라탔습니다. 점점 더 빠르게 움직였어요.” 목소리가 갈수록 커졌다. “법이 입안되는 동시에 통과됐습니다! 정부 지출금은 책정되고 2주 만에 바닥났고요. 실체 없는 이유로 불시에 새로운 부서가 탄생했습니다.”

매키는 숨을 깊이 들이마셨다. 어느새 진심 어린 감정을 담아 말하고 있었다.

“대단히 흥미롭군요. 효율적인 정부란 말이지요?” 볼린이 말했다.

“효율적? 그건 갑자기 균형을 잃은 거대한 바퀴나 마찬가지였습니다! 정부 구조 전체가 소수의 사람들 손에 산산이 부서지는 위험에 처했다는 말입니다. 뒤늦게라도 현명한 사람들이 현실을 파악하고 나서기 전까지는요. 그 사람들이 절박한 수단으로 사보타주 군단을 시작한 겁니다." 매키의 목소리는 분노로 가득했다.

"아아아, 그래요. 굉장히 폭력적인 군단이었다지."

내 신경을 건드리고 있어. 매키는 생각했지만 지금 상황에서는 솔직한 분노가 필요했다. 그가 말했다. "맞습니다. 초반에는 피가 튀고 끔찍한 파괴 행위가 벌어졌죠. 하지만 거대한 바퀴의 속도는 줄어들었습니다. 정부는 통제 가능한 속도를 찾았고요."

볼린이 비웃었다. "형식주의를 대신해 사보타주."

나도 그 말을 다시 머리에 새겨야지. 매키는 생각했다.

"사보타주에는 너무 작은 임무도, 너무 큰 임무도 없다. 바퀴가 천천히, 원활히 돌아가도록 유지하는 것이 우리의 역할입니다. 오래전 익명의 단원이 이렇게 말했죠. '불확실할 때는 큰 일을 미루고 작은 일들의 속도를 높여라.'"

"택스 워처스는 '큰 일'인가요? 아니면 '작은 일?' 볼린이 부드러운 목소리로 물었다.

"큰 일이죠." 매키는 볼린이 그 말을 물고 늘어지기를 기다렸다.

그러나 볼린은 즐거워 보였다. "대답이 영 마음에 안 드네."

"헌법에도 나와 있죠. '불행 추구권은 모든 인간의 양도할 수 없는 권리다.'"

"문제를 정의하는 건 문제 행동이지요." 볼린이 말하고 박수를 쳤다.

우주 경찰 제복을 입은 판스페치 두 명이 민트 칵테일 같은 에메랄드 문으로 들어왔다.

"들었습니까?" 볼린이 물었다.

"들었습니다." 경찰 하나가 말했다.

"자기 부서를 옹호하고 있었나요?" 볼린이 물었다.

"그랬습니다." 경찰이 말했다.

"법원 명령을 봤지요. 우리 집의 환대를 받아들인 매키 경에게는 미안하지만 법원에 소환될 때까지 외부와 단절되어 있어야 합니다. 정중하게 대우하도록 하세요, 알았죠?" 볼린이 말했다.

매키는 깜짝 놀라며 생각했다. 정말로 사보타주국을 파괴할 작정인가? 내가 잘못 판단했나?

"제 말이 사보타주였다고 주장하는 겁니까?" 매키가 물었다.

"텍스 워처스의 회장이 맹세한 임무를 수행하지 못하게 흔들려 하지 않았습니까." 볼린이 말했다. 그러고는 일어나 고개 숙여 인사했다.

매키도 의자개에서 몸을 일으켰다. 자신감 있는 태도였지만 속마음은 그러지 않았다. 두툼한 손가락으로 깍지를 끼고, 깊은 곳에서 할아버지 두꺼비가 나와 축복을 전하듯 고개를 깊이 숙여 인사했다. "옛 격언에 이런 말이 있죠. 고결한 사람도 동굴 깊숙한 곳에 살면 하늘이 작은 구멍으로밖에 보이지 않는다." 매키가 말했다.

그리고 품위 있는 자세로 경찰의 호위를 받으며 방을 나갔다.

뒤에서 볼린이 어리둥절한 목소리로 말했다. "허, 저게 무슨 뜻이야?"

* * *

"자! 자! 우주고등법원 중앙 부문 1심, 이제 개정합니다!"

로봇 서기가 법정의 비어 있는 단상 위에서 앞뒤로 빠르게 움직였다. 로봇의 금속 곡면은 돔 형태의 지붕으로 들어오는 아침 햇살을 받아 반짝였다. 커다란 원형의 공간에 정확히 맞춰 설계된 목소리는 가장 멀리 있는 벽도 뚫었다. "본 법정에 진정할 사항이 있는 사람들은 모두 가까이 오십시오!"

최고 치안판사 에드윈 둘리를 태운 은빛 반구체가 단상 위편의 구멍으로 미끄러져 들어와 적절한 높이로 떠올랐다. 앞에 있는 판사석에는 흰색 정의의 검이 대각선으로 놓여 있었다. 엄숙한 침묵 속에 둘리가 착석하는 동안, 우렁찬 안내를 마친 로봇 서기는 단상을 넘어가면 바로 나오는 정거장으로 굴러갔다.

둘리 판사는 키가 크고 눈썹이 새까만 남자로, 흰 리넨 셔츠에 흑단 같은 가운을 걸쳐 고풍스러운 분위기를 풍겼다. 정곡을 찌르는 전형적인 판결을 내리기로 유명했다.

지금은 딱딱하게 굳은 얼굴로 분노와 불안감을 숨기고 앉아 있었다. 왜 이처럼 민감한 자리에 그를 앉힌 것일까? 택스 워처스의 금지 명령을 허락해서? 여기서 어떤 판결을 내리든 논란에 휩싸일 게 뻔했다. 심지어 힌들리 대통령도 핫라인 프로젝터를 통해 이 재판을 지켜보고 있었다.

개정 직전 대통령의 전화를 받았다. 필, 에드라고 서로의 이름을 부르며 친근하게 통화했지만 의도는 분명했다. 행정부는 이 사건을 두고 우려하고 있었다. 중요한 법안이 계류 중이었고, 표가 필요했다. 대화에 예산이나 사보타주국이 언급되지 않았지만 대통령은 자기 입장을 확실히 밝혔다. 사보타주국에 피해를 입히지 않으면서 택스 워처스가 정부에 대한 지지를 철회하지 않도록 할 것!

"서기, 명단." 둘리 판사가 말했다.

그리고 생각했다. 나는 엄격한 법 해석에 따라 판결할 거야! 가타부타 하든 말든!

로봇 서기의 바퀴 판이 윙윙거렸다. 판사 앞의 중계기에 글씨가 나타났고 로봇 서기의 목소리가 울렸다. "국민 대 클린턴 와트, 조지 X. 매키, 사보타주국."

둘리는 법정을 내려다보며 검은 직사각형 테이블에 앉아 있는 피고 측 사람들에 주목했다. 뚱한 얼굴의 와트는 머리카락이 무지개색 메두사처럼 소름 끼쳤고, 매키는 통통한 얼굴에 음흉한 농담을 듣고 웃지 않으려는 사람의 표정을 짓고 있었다. 두 피고인 사이에 앉은 사람은 그들의 변호인이자 사보타주국의 고문 변호사 팬더 올슨이었다. 굉장한 덩치를 자랑하는 올슨은 흰색 변호사복을 입고 있었고, 흉터로 가득한 얼굴에서 송충이 눈썹 아래로 보이는 눈이 반짝거렸다.

오른쪽 검사석에는 허수아비처럼 길쭉한 몸에 유죄를 상징하는 붉은색 옷을 입은 홀잰스 본브룩 검사가 앉아 있었다.

백발인 그의 얼굴은 노년의 코튼 매더(미국의 유명한 청교도 목사 — 옮긴이)처럼 근엄하고 험악했다. 그 옆에는 겁먹은 듯 보이는 젊은 조수와 판스페치 고소인 팬서 볼린이 있었다. 지금은 정맥이 드러나는 눈꺼풀을 내리깔아 다면체 눈이 잘 보이지 않았다.

"재판을 시작해도 되겠습니까?" 둘리가 물었다.

올슨과 본브룩 모두 일어나 고개를 끄덕였다.

본브룩이 굵직한 저음으로 말했다. "재판장님, 현재 법정에 출석한 사보타주국 직원들은 그들의 사보타주 행위에 면제권이 있다는 사실을 다시 한번 강조하고 싶습니다."

올슨이 말했다. "검사가 제 발에 걸려 넘어진다면 본인의 부주의 탓이지 저나 동료들의 행동 때문이 아닐 것입니다."

갑자기 피가 쏠리며 본브룩의 얼굴이 검게 변했다. "잘 알려져 있다시피……."

둘리가 정의의 검의 칼자루를 만지자 법정에 커다란 북 소리가 쿵쿵 울렸다. 소리는 검사의 말을 삼켰다. 다시 고요해지자 둘리는 말했다. "본 법정은 인신공격을 용납하지 않습니다. 처음부터 확실히 해 둡시다."

올슨이 미소를 지었다. 얼굴의 흉터 때문에 인상을 쓰는 것처럼 보였다. "죄송합니다, 재판장님." 그가 말했다.

둘리는 다시 의자에 앉다가 올슨의 반짝이는 눈을 보았다. 그제야 사보타주 훈련을 받은 피고인 측 변호사가 동정을 사려 검사의 공격을 유도했을 수도 있겠다는 생각이 들었다.

둘리가 말했다. "제기된 혐의는 법원의 명령을 위반한 불법 사보타주입니다. 양측이 모두 진술을 포기했고 적절한 공고를 통해 이 사안의 원인을 대중에 알렸다고요?"

"그렇게 기록되어 있습니다." 로봇 서기가 감정 없는 말투로 대답했다.

올슨이 피고석에서 몸을 앞으로 기울이고 말했다. "존경하는 재판장님, 피고인 조지 X. 매키는 저를 변호인으로 인정하지 않았고 별도의 재판에서 다투기를 원한다고 합니다. 저는 오늘 이 자리에서 사보타주국과 클린턴 와트만 대변하고 있습니다."

"피고인 매키는 누가 변호합니까?" 판사가 물었다.

매키는 절벽을 뛰어넘는 사람이 된 듯한 느낌을 받으며 벌떡 일어나 말했다. "저는 스스로 변호하고 싶습니다, 재판장님."

"이 방식은 추천하지 않습니다." 둘리가 말했다.

"올슨 경도 스스로를 변호하는 것이 바보 같은 짓이라고 조언했죠. 그러나 대부분의 사보타주국 요원들처럼 저도 법률 교육을 받았습니다. 우주 변호사 시험에 통과했고 고와친 같은 법률 시스템에서도 활동을 했습니다. 고와친 법에서는 이중 부정 무죄 요건을 충족해야만 검사가 형사 기소를 할 수 있고 역으로 진행해……." 매키가 말했다.

"여기는 고와친이 아닙니다." 둘리 판사가 말했다.

본브룩이 끼어들었다. "재판장님, 제가 한마디 해도 될까요. 피고인 매키는 특별 사보추어입니다. 단순히 소송 방조의 문제가 아닙니다. 이자의 입에서 나오는 말은 전부……."

"법은 공인 사보추어에게도 이 사건의 당사자들과 똑같이 적용됩니다." 올슨이 말했다.

"신사 여러분! 제발! 이 법정에서 법은 내가 결정합니다." 긴 침묵이 흐르는 동안 가만히 기다리던 둘리 판사가 말을 이었다. "이 사건과 관련된 모든 당사자의 행동을 주의 깊게 볼 것입니다."

매키는 차분하면서도 유쾌한 분위기를 풍기려 노력했다.

특별 사보추어를 너무도 잘 아는 와트는 매키의 연기를 위험 신호로 받아들이고 변호사 올슨의 소매를 거칠게 잡아당겼다. 올슨이 손을 쳐냈다. 와트는 매키를 노려보았다.

매키가 말했다. "재판장님. 현재 혐의에 대한 공동 변호는 법에 위배되는……."

"나는 이 사건이 증언과 변론을 근거로 한 로봇법의 판결에 의거한다는 것을 잘 알고 있습니다. 하지만 변호인과 검사 측 모두에게 경고하자면, 나는 이런 문제를 직접 결정합니다. 법이나 로봇법이나 인간이 만들었고 인간의 해석을 필요로 하지요. 그리고 내가 아는 한, 인간 기관과 기계 기관이 충돌할 경우 인간 기관이 더 앞섭니다." 둘리가 말했다.

"이게 청문회인가요, 재판인가요?" 매키가 물었다.

"재판으로 진행할 겁니다. 제시된 증거에 따라서요."

매키는 피고인석 테이블 가장자리에 손바닥을 대고 판사를 뜯어보았다. 불안감이 솟구쳤다. 둘리는 허튼수작을 용납하지 않는 사람이었다. 그는 공소장 안에 상당한 여지를 남겼다. 그리고 이번 일은 사보타주국의 즉각적인 피해로 끝나지 않았다. 오늘 엄청난 영향을 미칠 선례들이 생겨날 수 있었다. 재앙이 닥칠 수도 있었다. 매키는 자기 보호 본능을 억누르고 생각해 보았다. 이 좁은 법정 안에서 감히 사보타주를 시도할 수 있을까?

"로봇법 기소에는 공동 변호가 필요합니다. 저는 클린턴 와트 경에 사보타주를 한 사실은 인정합니다. 하지만 의미론적 헌법 개정안 91조 4항을 다시 한번 확인해 주시기를 바랍니다. 그에 따르면 사보타주국은 모든 면제에서 제외됩니다. 저 자신에 대한 기소는 무효입니다. 당시 저는 상급자의 능력을 시험할 의무가 있는 사보타주국의 법무관이었습니다." 매키가 말했다.

본브룩이 매키를 보며 얼굴을 찌푸렸다.

"으으음." 둘리가 신음했다. 매키의 논리가 어디로 향하는지 본브룩이 알아차린 듯했다. 만약 판스페치와 대화할 당시 법적으로 해고되었다면 검사의 기소는 불발로 끝날 수 있었다.

"검사는 음모 혐의로 기소하기를 원하나요?" 둘리가 물었다.

법정에 들어온 후 처음으로 피고인 측 변호사 올슨이 동요하는 눈치였다. 올슨은 흉터 난 얼굴을 와트의 메두사 머리 쪽으로 기울이고 와트와 작은 소리로 상의했다. 속삭이는 동안 올슨의 얼굴은 더 검게 변했다. 와트의 메두사 덩굴손이 어지럽게 꿈틀거렸다.

본브룩이 말했다. "지금으로서는 음모 혐의로 기소하지 않겠습니다. 그러나 추후 별도로……"

올슨이 벌떡 일어나며 말했다. "재판장님! 피고인 측은 기소

분리에 이의를 제기합니다. 저희의 주장은……."

둘리가 화난 목소리로 말했다. "양측 모두 이 사건은 고와친 관할이 아니라는 점에 유의하세요. 우리는 재판 전 피고인에 유죄를 선고하거나 검사 측에 무죄를 소명하지 않습니다! 하나, 한쪽이라도 장소 변경을 원한다면……."

갸름한 얼굴에 우쭐한 표정을 띤 본브룩이 판사에게 허리 굽혀 인사했다. "재판장님. 지금은 피고인 매키를 공소장에서 제외하고 검사 측 증인으로 채택해 주실 것을 요청하는 바입니다."

"이의 있습니다!" 올슨이 외쳤다.

"검사 측은 핵심 증인을 날조된……."

"기각합니다." 둘리가 말했다.

"이의 있습니다!"

"알겠습니다."

둘리는 올슨이 의자에 앉을 때까지 기다렸다. 그러면서 생각했다. 기념할 날이군. 사보타주가 한 수 위의 상대를 만나다니! 그러다 특별 사보추어 매키의 눈이 음흉한 장난기로 반짝이는 것을 보았다. 갑자기 조심스러워지며 매키도 이 자리에 오기 위해 수작을 부렸다는 깨달음이 들었다.

"검사 측, 첫 번째 증인을 부르세요." 판사가 말하며 코드 신호를 눌렀다. 로봇 조수가 나와 매키를 피고인석에서 대기실로 안내했다.

본브룩의 유령 같은 얼굴이 환희에 가까운 표정으로 밝아졌다. 본브룩은 처진 눈꺼풀 한쪽을 문지르며 말했다. "팬서 볼린."

아추스의 자본가가 자리에서 일어나 증인석으로 성큼성큼 걸어갔다. 로봇 서기의 화면이 깜박이며 기록했다. "아추스 IV의 팬서 볼린, 우주고등법원 ZRZ[1] 사건 A011-5BD4gGY74R6의 보증된 증인."

"진실의 선서를 했으므로 팬서 볼린은 증언할 준비가 완료되었습니다." 로봇 서기가 낭독했다.

"증인이 택스 워처스로 알려진 민간 단체의 회장 팬서 볼린입니까?" 본브룩이 물었다.

"저…… 으…… 그, 그렇습니다." 볼린이 말을 더듬었다. 그는 파란색 대형 손수건으로 이마를 훔치며 매키를 쏘아보고 있었다.

내가 해야 하는 일이 뭔지 이제 막 깨달았나 보네. 매키는 생각했다.

본브룩이 말했다. "로봇 법률 기소 절차에 있는 이 기록을 보여 드리겠습니다. 우주 경찰이 인증한 증인과 조지 X. 매키의 대화로……."

올슨이 이의를 제기했다. "재판장님! 그 대화를 했다는 두 사람 모두 증인으로 본 법정에 나와 있습니다. 이 문제에 관해서는 더 직접적인 방법으로 관련 정보를 얻을 수 있습니다. 더 나아가, 이 사건에는 음모 혐의라는 명백한 위협 요소가 남아 있습니다. 이 녹음 기록을 불리한 증언을 하도록 강요하는 수단으로 사용하는 것에 저는 반대합니다."

"매키 경은 이제 본 재판의 당사자가 아니고 올슨 경도 매키

경의 변호인이 아닙니다." 본브록이 으스댔다.

"하지만 생각해 볼 여지가 있는 이의로군요." 둘리가 말하고 대기석에 앉아 있는 매키를 보았다.

"볼린 경과 나눈 대화에 부끄러워할 부분은 전혀 없습니다. 대화 기록을 공개한다 해도 저는 이의 없습니다." 매키가 말했다.

볼린이 무슨 말을 하려는 듯 까치발을 하고 일어났다가 다시 앉았다.

이제는 확신한다. 매키는 생각했다.

"그렇다면 사법적 삭제를 조건으로 이 녹음 기록을 인정하겠습니다." 둘리가 말했다.

피고인석에서 클린턴 와트가 메두사 머리를 팔에 묻었다.

길쭉한 얼굴에 해골 같은 미소를 띤 본브룩이 말했다. "볼린 경, 이 녹음 기록을 보십시오. 이때 대화를 하는 동안 사보타주국 요원 매키가 어떤 형태로든 강요를 받았습니까?"

"이의 있습니다!" 올슨이 벌떡 일어나며 외쳤다. 흉터 난 얼굴이 일그러진 가면으로 변했다. "주장하는 녹음이 이루어질 당시 매키 경은 사무국 요원이 아니었습니다!" 본브룩을 돌아보며 계속 말했다. "피고인 측은 검사 측의 명백한 의도에 이의를 제기합니다. 매키 경을 엮으려는……."

"주장하는이라니! 매키 경 본인이 대화 사실을 인정하지 않습니까!" 본브룩이 발끈했다.

둘리가 지친 목소리로 말했다. "이의 기각합니다. 음모에 대한 확실한 증거를 제기하지 않는 이상, 본 법정에서 매키 경을 사보타주국 요원으로 언급하는 행위는 인정되지 않습니다."

"하지만 재판장님, 매키 경의 행동을 보면 다른 해석이 불가능합니다!" 본브룩이 항의했다.

"이 점에 관해서는 결정을 내렸습니다. 계속하세요." 둘리가 말했다.

매키가 대기석에서 일어나 말했다. "재판장님, 제가 법정 조언자로서 의견을 내는 것을 허락해 주시겠습니까?"

둘리가 몸을 뒤로 빼고 턱에 손을 얹으며 매키의 질문을 머릿속으로 이리저리 따져 보았다. 이 사건을 둘러싼 불안감이 점점 커지고 있지만 이유를 꼬집어 말할 수는 없었다. 매키의 모든 행동이 의심스러웠다. 둘리는 그가 터무니없고 불가능하며 교활한 계략으로 악명 높은 특별 사보추어라는 사실을 잊지 말자고 다짐했다. 그는 5차원의 클라인 항아리 모양으로 겹겹이 쌓인 양파 껍질과도 같았다. 어떻게 고와친 법률을 다루는 변호사로서 성공했는지 충분히 이해할 수 있었다.

"생각을 말할 수는 있습니다. 하지만 발언을 기록으로 인정할 준비는 되지 않았어요." 둘리가 말했다.

"사보타주국의 규정이 문제를 명확히 해 줄 것입니다." 매키가 말했다. 이 말을 뱉고 나면 돌이킬 수 없음을 알았다. "제가 와트 임시 국장에 사보타주 행위를 해서 성공한 것은 기록된 사실입니다."

"임시 국장이라고요?" 판사가 물었다.

"그렇게 간주해야 합니다. 사보타주국의 규정에 따르면 사보타주를 당한 국장은…….” 매키가 말했다.

올슨이 목소리를 높였다. “재판장님! 보안 침해의 위험이 있습니다! 본 재판은 중계되고 있는 것으로 압니다!”

“사보타주국의 중간 다리 국장으로서, 보안 침해 여부는 내가 결정합니다!” 매키가 날카롭게 반박했다.

와트가 다시 팔에 머리를 묻고 신음했다.

올슨은 말을 잇지 못하고 더듬거렸다.

둘리는 충격에 빠져 매키를 바라보았다.

본브룩이 분위기를 깨고 말했다. “재판장님, 이자는 진실의 선서를 하지 않았습니다. 일단 볼린 경을 제자리로 돌려보내고 매키 경이 선서하에 설명을 계속하게 하시지요.”

둘리는 숨을 깊이 들이마시고 말했다. “피고인 측, 볼린 경에 추가 질문이 있습니까?”

“지금은 없습니다. 다시 부르실 예정이죠?” 올슨이 중얼거렸다.

“그렇습니다.” 둘리가 말하고 매키를 보았다. “증인석으로 이동하세요, 매키 경.”

볼린은 몽유병 환자처럼 증인석에서 검사석으로 내려왔다. 판스페치의 다면체 눈이 기묘한 빛을 발산하며 이도 저도 못하고 회피하는 느낌으로 움직였다.

매키가 증인석에 올라 서약을 하고 짐짓 결연한 표정으로 본브룩을 마주 보았다. 그런 마음가짐은 그의 행동에도 드러날 것이 분명했다.

“스스로 사보타주국의 중간 다리 국장이라 하셨는데요. 어떤 의미인지 설명해 주시겠습니까?" 본브룩이 말했다.

매키가 대답하기도 전에, 팔에 얼굴을 묻고 있던 와트가 고개를 들고 외쳤다. "매키, 이 배신자!"

둘리는 정의의 검이 절대적인 위치를 가리키도록 칼자루 끝을 쥐고 꾸짖었다. "내 법정에서 고성은 용납하지 않습니다!"

올슨이 와트의 어깨에 손을 올렸다. 두 사람은 매키를 노려보았다. 와트의 머리에 달린 메두사 덩굴손이 무지개색으로 빛나며 꿈틀거렸다.

"증인에게 경고합니다. 증인의 발언은 음모를 인정하는 것으로 보일 수 있습니다. 어떤 말이든 본인에게 불리하게 작용할 수 있다는 걸 알아 두세요." 둘리가 말했다.

"음모는 없습니다, 재판장님." 매키가 말했다. 앞의 본브룩을 보고 있었지만 말은 꼭 와트에게 하는 것 같았다. "정부 내 사보타주국의 역할은 수 세기에 걸쳐 조금씩 공개되었습니다. 하지만 수장을 교체하는 특징이라고 할까요, 그것은 엄중한 비밀로 유지되었죠. 저희의 규정은 사보타주를 스스로 방어할 수 있는 자가 사보타주국의 국장에 적합하다는 것입니다. 그렇다 해도 사보타주국 국장은 사보타주에 당했을 경우, 대통령과 내각에 사임을 표명해야 합니다."

"쫓겨나는 겁니까?" 둘리가 물었다.

매키가 대답했다. "꼭 그렇지는 않습니다. 국장을 노린 사보타주 행위가 완전하고 교묘하고 광범위하게 영향을 미쳤다면, 성공한 사보추어가 국장직을 대신합니다. 그때는 쫓겨나야죠."

“그렇다면 대통령과 내각이 증인과 와트 경 중 한 사람으로 국장을 결정해야 한다. 지금 그 얘기를 하는 겁니까?” 둘리가 물었다.

“저요? 아닙니다. 제가 중간 다리 국장인 이유는 와트 경에 대한 사보타주 행위를 완수했고, 공교롭게도 근무 중인 특별 사보추어 가운데 가장 직급이 높기 때문입니다.”

“하지만 증인이 해고당했다는 주장이 있는데요.” 본브룩이 이의를 제기했다.

“형식적으로는요. 사보타주에 성공한 사보추어를 해고하는 것이 관례입니다. 그래서 본인이 원하면 국장으로 임명될 자격이 생기는 것이지요. 하지만 저는 그럴 마음이 없습니다.”

와트가 몸을 똑바로 세우고 매키를 쳐다보았다.

매키는 옷깃을 손가락으로 훑으며 곧 직면하게 될 신체적 위험을 깨달았다. 판스페치를 힐끗 보자 예감이 정확하다는 생각이 들었다. 팬서 볼린은 눈에 띄게 자제력을 발휘하고 있었다.

본브룩이 비웃었다. “참으로 흥미롭군요. 하지만 현 사건과 어떻게 관련이 있다는 말입니까? 여기서 제기된 혐의는 팬서 볼린 경이 대표자로 있는 택스 워처스에 대한 불법적인 사보타주입니다. 매키 경이…….”

매키가 말했다. “존경하는 검사님, 제가 발언해도 될까요. 제가 그분의 두려움을 잠재울 수 있을 겁니다. 분명…….”

본브룩이 언성을 높였다. “여기에 음모가 있습니다! 지금 이…….”

커다랗게 쿵쿵 두드리는 소리가 말을 잘랐다. 둘리 판사가 검을 들어 법정 안에 검의 테레민 효과(전자기장을 손으로 간섭시켜 소리를 낸다 — 옮긴이)를 퍼뜨렸기 때문이다. 다시 침묵이 내려앉자 판사는 앞에 있는 선반에 검을 똑바로 내려놓았다.

둘리는 그 틈을 타 마음을 가라앉혔다. 그는 지금 정치적으로 민감한 외줄 타기를 하고 있었다. 이 자리가 청문회라고 할 여지를 남겨 둔 행운에 감사했다.

둘리가 말했다. "질서에 따라 진행하겠습니다. 여러분도 알다시피 그것이 법정의 역할이니까요." 그가 심호흡을 했다. "자, 지금 이 자리에는 법질서 유지에 이루 말할 수 없는 열정을 바치는 사람이 여럿 있습니다. 검사 본브룩 경, 뛰어난 변호사 올슨 경, 합리성과 인간성으로 유명한 종족의 일원인 볼린 경도 그에 속하지요. 사보타주국의 유능한 대표자들도 마찬가지입니다. 때로는 짜증과 분노를 유발하지만 우리를 강화하고 우리의 내적 자원을 발굴하는 원칙에 헌신하는 사람들이에요."

이 판사 직업을 잘못 선택했네. 저런 언변이면 입법부에 들어갈 수도 있었을 텐데. 매키는 생각했다.

"자, 내가 제대로 들었다면, 매키 경은 두 건의 사보타주 행위를 언급했습니다." 둘리 판사가 매키를 내려다보았다. "매키 경?"

매키는 판사의 현재 입장을 똑바로 읽었기를 바라며 말했다. "그럴 겁니다, 재판장님. 그러나 본 법정만이 이 문제에 대해 판결을 내릴 수 있는 위치가 아닐까 생각합니다. 재판장님, 제가 했다는 사보타주 행위는 사보타주국의 판스페치 요원이 시작한 것입니다. 그런데 지금 그 행위의 부차적인 이득은 해당 요원의 보육원 짝이 취하려는 것으로 보이며……."

"감히, 내가 내 세포의 자아를 보유하지 않고 있다는 말이오?" 볼린이 따져 물었다.

어디 있는지 모르고 무엇인지도 몰랐지만, 매키는 볼린이 그에게 무기를 겨누었다는 사실을 알 수 있었다. 판스페치가 자아에 대한 방어를 언급했다면 그들 문화에서는 틀림없이 무기를 의미했다.

매키는 목소리에 최대한 진심을 담아 황급히 말을 쏟아냈다. "그렇게 말하지 않았습니다. 하지만 앞으로 어떻게 될지 모를 만큼 회장님이 지구 인간 문화를 잘못 해석할 수는 없을 텐데요."

이 대화를 지켜보다 본능적으로 경고를 감지한 판사와 다른 관중들은 침묵을 지켰다.

볼린은 온몸의 세포가 떨리는 듯했다. "괴로워." 그가 중얼거렸다.

"필요한 친밀감을 쌓고 고통을 피할 방법이 있으면 그 방법을 택해야 하지 않을까요. 다른 방법이 있습니까?" 매키가 말했다.

볼린은 여전히 몸을 떨며 말했다. "나는 해야 하는 일을 해야 한다."

둘리가 목소리를 깔고 물었다. "매키 경, 지금 무슨 상황입니까?"

"두 개의 문화가 마침내 서로를 이해하려는 거죠. 우리는 수 세기 동안 겉보기에는 서로 이해하며 공존했지만 겉모습은 눈

속임일 수 있습니다." 매키가 말했다.

올슨이 몸을 일으키려 했지만 와트가 다시 앉혔다.

매키는 전직 국장이 이곳의 위험을 판단했다는 사실을 눈치챘다. 와트에게는 유리한 점이었다.

매키가 판스페치를 신중하게 쳐다보며 말했다. "볼린 경, 이 법정에서 결론을 내리기 전, 이 문제들을 공개하고 심도 있게 논의해야 함을 이해하시리라 생각합니다. 그것이 법의 규칙입니다. 저는 사무국장직을 차지하려는 당신의 뜻에 찬성하지만, 본 청문회의 결과를 듣고 결정을 내리겠습니다."

둘리가 물었다. "무엇을 논의한다는 말입니까? 그리고 매키 경, 당신이 무슨 자격으로 이 자리를 청문회라 일컫는 겁니까?"

"비유적 표현입니다." 매키가 말했다. 하지만 그의 시선은 볼린에 고정되어 있었다. 판스페치가 자아를 방어하는 끔찍한 무기가 과연 무엇일지 궁금했다. "어떻게 생각하십니까, 볼린 경?"

"본인은 자기 가정생활의 존엄을 보호하면서, 내게는 그런 권리가 없다는 거요?" 볼린이 말했다.

"존엄이 은폐는 아닙니다." 매키가 말했다.

둘리는 매키와 볼린을 번갈아 쳐다보며 압축한 용수철 같은 볼린의 표정과 재킷 주머니에 계속 감추고 있는 손에 주목했다. 문득 법정 안의 다른 사람들에게 사용할 무기를 준비하고 있을지도 모른다는 생각이 들었다. 볼린의 분위기가 그랬다. 둘리는 경비를 부를까 고민하며 그가 알고 있는 판스페치에 대한 지식을 되짚어 보았다. 그러다 공연히 위기를 조장하지 않기로

했다. 판스페치는 인류와 공존하는 좋은 친구들이지만 무시무시한 적이기도 했다. 힘을 숨기고 있고, 자아의 시샘이 강하며, 보육원의 비밀을 무섭게 지킨다는 이미지가 항상 존재했다.

서서히, 볼린도 몸을 떨지 않게 되었다. "해야 한다고 생각하면 말하세요." 그가 거칠게 말했다.

매키는 판스페치가 자신의 반사 신경을 조절할 수 있기를 속으로 기도했다. 그리고 끝에 있는 벽에서 전 우주에 중계하기 위해 이 법정의 모습을 녹화하고 있는 방송 장치들을 보았다.

매키가 말했다. "나폴리언 빌둔이라는 이름의 판스페치는 사보타주국을 이끄는 요원이었습니다. 빌둔 요원은 팬서 볼린이 택스 워처스 회장으로 취임한 동시에 종적을 감췄습니다. 택스 워처스라는 조직은 빌둔이 고안한 사보타주국 자체의 정교하고 교묘한 사보타주일 가능성이 높습니다."

"빌둔이라는 사람은 없어!" 볼린이 울부짖었다.

"매키 경. 내 방에서 조용히 대화를 이어 갈까요?" 둘리 판사는 친절하지만 단호한 태도를 보이며 사보추어를 내려다보았다.

"재판장님. 동료 인간을 존중하는 의미로, 볼린 경에게 결정을 맡겨도 되겠습니까?" 매키가 말했다.

볼린은 다면체 눈으로 판사를 보고 낮은 목소리로 말했다. "재판장님, 이 문제는 공개적인 장소에서 논의하는 것이 최선이라고 생각합니다." 그러고는 주머니에서 재빨리 손을 뺐다. 빈 손이었다. 그는 테이블 너머로 몸을 기울이고 테이블 가장자리를 움켜쥐었다. "계속하세요."

매키는 침을 꿀꺽 삼켰다. 순간 볼린에 대한 존경심이 우러나왔다. "볼린 경을 상관으로 모시고 일한다면 더없이 기쁠 것입니다." 매키가 말했다.

"해야 할 말이나 하라고!" 볼린이 호통을 쳤다.

매키는 경이로운 표정을 짓는 와트와 변호사와 검사를, 왜 그러냐는 눈빛을 보내는 둘리 판사를 쳐다보았다. "판스페치 용어로, 빌둔이라는 사람은 없습니다. 하지만 그런 사람이 있었죠. 볼린 경의 무리 짝으로요. 비슷한 이름을 선택한 게 보이죠?"

"아…… 그래요." 둘리가 말했다.

"아무래도 판스페치에게는 제가 참견하고 염탐하는 존재였던 것 같습니다. 하지만 그랬다면 제가 여기서 말한 사보타주 행위를 의심했기 때문입니다. 택스 워처스가 사보타주국 내부 사정을 지나치게 많이 노출했으니까요." 매키가 말했다.

"나는…… 음…… 무슨 말인지 잘 모르겠군요." 둘리가 말했다.

"판스페치의 주기적인 성별과 정체성 변화는 우주에서 가장 강력한 비밀이지만, 제게는 더 이상 비밀이 아닙니다." 그렇게 말한 매키는 눈앞의 장면을 보고 침을 삼켰다. 검사 측 테이블을 움켜쥔 볼린의 손가락이 새하얗게 변한 것이다.

"그게 이 문제와 관련이 있나요?" 둘리가 말했다.

"그럼요, 재판장님. 판스페치는 정신 활동, 지배, 이성과 본능의 관계를 제어하는 독특한 분비 기관이 있습니다. 다섯 명의 무리 짝이 사실상 하나의 사람이죠. 저는 법적 필요성을 이유로 그 점을 명확히 하고 싶습니다." 매키가 말했다.

"법적 필요성?" 둘리가 물었다. 그는 누가 봐도 괴로워하는 볼린을 내려다보다 매키를 다시 쳐다보았다.

"그 분비 기관은 기능을 하고 있을 때, 기능하는 판스페치에 자아의 지배권을 줍니다. 하지만 기능하는 시간에는 명확한 한계가 있습니다. 25년에서 35년요." 매키가 볼린을 보았다. 판스페치는 또 부들부들 떨고 있었다. "이해해 주십시오, 볼린 경. 이건 필요해서 하는 일이고 사보타주 행위가 아닙니다." 매키가 말했다.

볼린이 매키를 향해 고개를 들었다. 판스페치의 얼굴은 슬픔으로 일그러져 있었다. "빨리 해치우기나 해!" 그가 거칠게 외쳤다.

"네." 매키는 어리둥절한 판사의 얼굴을 돌아보며 말했다. "재판장님, 판스페치의 자아가 이전되는 과정에는 소위 기본 경험 교육의 이전도 포함됩니다. 자아 보유자가 사망하면 육체의 계약자를 통해 이전이 이루어지죠. 보육원에서 아무리 멀리 떨어져 있다 해도, 보육원 세 쌍둥이 중 첫째를 작동시키는 듯합니다. 또한 단일 자아는 언제나 동료에게 구두로 유산을 물려줄 수 있는데, 대부분이 이에 해당합니다. 구체적으로 말하면, 이번 경우에도요."

둘리가 몸을 뒤로 기댔다. 매키의 이야기가 어떤 법적 문제를 제기하는지 이제 알 것 같았다.

"판스페치가 사보타주국 국장에 임명될 수 있도록 한 사보타주 행위를, 그러니까…… 어…… 오늘 이 법정에 있는 볼린 경의 세포 짝이 시작했다. 그 얘깁니까?" 둘리가 물었다.

매키가 이마의 땀을 닦았다. "맞습니다, 재판장님."

"그런데 그 세포 짝이 이제는 자아 지배자가 아니다?"

"그렇습니다, 재판장님."

"그…… 어…… 이전의 자아 보유자였던 이…… 음…… 빌둔은 이제 자격이 안 되고요?"

"빌둔, 아니 한때 빌둔이었던 생명체는 현재 본능으로만 움직이고 있습니다, 재판장님. 한동안 보육원을 돌보는 역할을 하다 나중에는 다른 운명을 수행하겠지만 그것까지는 설명하고 싶지 않습니다." 매키가 말했다.

"그렇군요." 둘리는 법정의 지붕을 쳐다보았다. 매키가 이곳에서 어떤 위험을 감수했는지 이제 알 것 같았다. "그리고 이, 음, 볼린 경이 사무국장직에 도전하는 것을 찬성하고요?" 둘리가 물었다.

"힌들리 대통령님과 내각이 사무국 상급 요원들의 추천을 따른다면, 언제나의 절차대로 볼린 경이 새 국장으로 임명될 겁니다. 저는 이에 찬성합니다." 매키가 말했다.

"왜요?" 둘리가 물었다.

"왜냐하면 자아가 이동하는 특성을 가진 판스페치는 인류와의 공존이 허락된 그 어떤 종족보다도 동료 생물들을 공동체적인 태도로 대하기 때문입니다. 이런 태도는 모든 생명에 대한 책임감으로 번역됩니다. 그렇다고 감상적이기만 한 것도 아닙니다. 힘을 키워야 하는 데서는 반기를 듭니다. 이들의 보육원 생활로 몇 가지 명백한 예시를 들 수 있습니다만 여기서 묘사하지는 않겠습니다."

"알겠습니다." 둘리가 말했다. 하지만 사실은 무슨 말인지 이해하지 못했다. 말할 수 없는 관습을 암시만 하는 말을 들으니 짜증이 났다. "만약 본 법정에서 동일 인물이라 판단하면 이 빌둔-볼린이 사보타주 행위로 국장에 임명될 자격이 생긴다고 보고요?"

볼린의 목소리가 커졌다. "우리는 동일 인물이 아니야! 감히 그런 말을. 내가 그…… 그 꾸물거리고 질척이는……."

"진정하시죠. 법적인 간주가 필요하다는 걸 볼린 경도 아시지 않습니까." 매키가 말했다.

"법적 간주." 볼린은 그 말에 집착하듯 말했다. 다면체 눈이 법정을 가로질러 매키를 쏘아보았다. "정확한 말을 써 줘 고맙군요, 매키 선생."

"내 질문에 답하지 않았습니다, 매키 경." 둘리가 매키와 볼린의 대화를 무시하고 말했다.

"사무국을 공격해 와트 경에 사보타주를 한 행위 뒤에는 전례 없이 영리하고 정밀한 노력이 있었습니다. 이를 바탕으로 사무국은 더욱 강력해질 겁니다." 매키가 말했다.

매키는 와트를 쏘아보았다. 임시 국장의 메두사 머리가 꿈틀거림을 멈췄다. 와트는 생각에 잠긴 눈으로 볼린을 쳐다보고 있었다. 그러다 법정이 고요해진 것을 느끼고 매키를 올려다보았다.

"동의하지 않으십니까, 와트 경?" 매키가 물었다.

"아, 그래요. 동의합니다." 와트가 말했다.

판사는 와트의 진지한 목소리에 놀랐다. 이 남자들이 자기 일에 얼마나 진심인지 처음으로 감탄이 나왔다.

둘리가 말했다. "사보타주국은 굉장한 민감한 부서입니다. 저는 의구심이……."

매키가 말했다. "재판장님. 관용은 사보추어가 임무를 수행할 때 가장 필요한 자질입니다. 오늘 이 자리에서 우리의 볼린 경이 한 행동을 생각해 주십시오. 이렇게 가정해 보겠습니다. 제가 재판장님과 사모님의 은밀한 순간을 염탐했고 그 내용을 우주의 절반이 보고 있는 공개 법정에서 자세히 보고한다고요. 게다가 재판장님에게는 외부인과 그런 이야기를 하지 못한다는 엄격한 도덕 규범이 있다고 가정해 보세요. 제가 금기어를 가장 기본적인 용어로 폭로했다고 가정해 보자는 말입니다. 재판장님이 무장을 했다고 가정해 보십시오. 전통적인 방법으로, 그런 신성 모독자들을 공격할 치명적인 무기를……."

"더러운 놈!" 볼린이 외쳤다.

"네. 더러운 놈요. 어떠세요, 재판장님. 그럼에도 저를 죽이지 않고 가만히 계실 수 있는지요?" 매키가 말했다.

"맙소사!" 둘리가 말했다.

* * *

매키가 말했다. "볼린 경, 볼린 경과 판스페치 종족에 진심으로 겸허히 사과드립니다."

"최소한의 외부인만 있는 판사의 방에서 조용히 시련을 겪게 되기를 바랐지요. 그런데 선생이 공개 재판을 시작해 버리니……." 볼린이 말했다.

"어쩔 수 없었습니다. 은밀히 진행했으면 사람들이 의심했을 거예요. 어째서 판스페치가……."

"사람들?" 볼린이 물었다.

"비(非)판스페치 말입니다. 그것이 우리 두 종족 사이의 장애물이었죠."

매키는 말을 이었다. "이번 일로 우리는 더 강해졌습니다. 사람들에게 천천히 움직이는 정부를 제공하는 헌법 조항들이 이번 기회에 다시 증명해 보였죠. 사보타주의 내부 활동을 대중에 공개함으로써 새로운 국장이 된 사람의 귀중한 성품을 보여준 겁니다."

"아직 결정적인 문제의 판결을 내리지 않았습니다." 둘리가 끼어들었다.

"하지만 재판장님!" 매키가 말했다.

"특별 사보추어로서 매키 경을 존경합니다. 하지만 나는 내 지시로 수집된 증거를 바탕으로 판단할 겁니다." 둘리가 볼린을 쳐다보았다. "볼린 경, 본 법정의 조사관이 증거를 수집하고,

내가 우리 종족에 위해를 입힐까 걱정하지 않고 판결을 내리게 허락하겠습니까?"

"우리는 다 같은 인간입니다." 볼린이 거칠게 말했다.

둘리가 말했다. "하지만 힘의 균형을 쥐고 있는 것은 지구의 인간들이지요. 나는 법에 충성해야 합니다, 네. 하지만 내게는 나와 같은 지구 사람들의 믿음이 달려 있어요. 나는……"

"매키 경이 우리에 대한 진실을 말했는지 조사관들이 확인하기를 원한다는 말인가요?"

"아…… 그래요." 둘리가 말했다.

볼린이 매키를 돌아보았다. "매키 경, 내가 사과해야겠군요. 당신 친구들의 외국인 혐오증이 이렇게나 깊이 박혀 있는지 미처 몰랐어요."

매키가 말했다. "볼린 경은 워낙 겸손하시지만 그렇지 않고서도 그런 두려움을 가지고 있지 않으니까요. 저희 책을 통해서만 그 현상을 접하셨겠죠."

"하지만 낯선 사람은 모두 잠재적인 정체성 공유자인데. 아, 어쩌겠나." 볼린이 말했다.

둘리가 나섰다. "담소를 다 나누셨나요. 그럼 질문에 답을 해 주시겠습니까, 볼린 경? 바라건대 이곳은 아직 법정입니다."

"말씀해 주시죠, 재판장님. 제가 사모님과의 애정이 넘치는 은밀한 순간을 목격하게 허락하시겠습니까?" 볼린이 말했다.

둘리의 낯빛이 어두워졌다. 하지만 매키의 더없이 자세한 비유로 불현듯 모든 것을 이해하고 이 문제를 해결하면 판사로서 영예를 얻는다는 사실을 깨달았다. "이해를 돕기 위해서라면요. 허락합니다!" 그가 힘겹게 말했다.

"그러실 줄 알았습니다." 볼린이 중얼거렸다. 그러고는 심호흡을 했다. "오늘 이곳에서 겪은 시련에 한 가지 희생을 더할 수 있겠지요. 요청하신 특권을 조사관들에게 부여합니다만, 조심스럽게 진행하라고 일러 주시기 바랍니다."

"사무국장으로서 겪게 될 시련에 대비하는 힘을 키우실 수 있을 겁니다. 꼭 아셔야 하는 게, 국장은 어떤 사보타주에도 면제되지 않으니까요." 매키가 말했다.

볼린이 말했다. "하지만 국장이 헌법적 역할을 수행하기 위해 내리는 법적 명령에 모든 요원은 복종해야 하지요."

매키는 고개를 끄덕였다. 볼린의 반짝이는 눈에서 염탐 임무를 내리고 사보타주국 국장에게 상세한 보고서를 요구하는 모습을 내다볼 수 있었다. 최소한 호기심을 충족하고 복수심을 다 불태울 때까지는.

하지만 매키 같은 통찰력이 없는 사람들은 법정 안에서 궁금해할 뿐이었다. 그 말이 무슨 뜻일까?

1964

메리 셀레스트식 이사

The Mary Celeste Move

1964년 10월, 《아날로그(Analog)》 수록.

마틴 피스크가 1년 전인 1997년에 새로 뽑은, 트리플 터빈과 제트 분사 부스터가 장착된 뷰익이 고속도로를 빠르게 질주하다 대형 이동식 주유 탱크와 통근 버스 사이의 공간을 발견하고 그리로 쌩하니 들어가 8차선 도로의 1차선으로 진입한 후 '신 국방부 전용 — 120으로 감속하시오.'라고 적힌 분기점으로 타이밍 좋게 빠졌다.

지표면/공중 주행 속도 혼합기를 힐끗 보니 법정 제한 속도에 가까운 시속 128킬로미터까지 속도가 줄어들어 있었다. 피스크는 꽉 막힌 아침 출근길을 요리조리 지나 2차선으로 옮기고 5층 램프로 빠지는 차량 행렬에 합류했다.

진입 직전, 앞면 곡선에 2성 장군의 깃발을 단 대형 관용 리무진이 끼어드는 바람에 80으로 속도를 줄여야 했던 피스크는 차선 뒤편 견인대의 마찰음을 듣고 황급히 속도를 맞췄다. 머리 위에서 교통 헬리콥터의 그림자가 고속도로를 지나자 이런 생각이 들었다. 저 장군 운전기사 면허 좀 취소됐으면 좋겠네!

이제는 목적지인 5층으로 빠르게 빙글빙글 도는 곡선 길에 올랐다. 이곳에서 찍힌 속도는 90이었다. 도로가 건물 안으로 진입하자 피스크는 R-O-T를 명시된 속도로 올리고 그가 들어갈 빈 구역의 암호를 확인했다. BR71D2. 연상 기호 표시기가 앞에서 선명한 초록색으로 깜박이며 다가왔다.

피스크는 건물 내 셔틀 뒤로 떨어져 우측 차선에 겨우 끼어든 후 중지 알림 버튼을 눌렀다. 그러자 모든 후방 라이트가 깜박이고 자동 장치가 활성화되었다. 피스크의 차는 도로의 신호를 받아 자율 주행 모드로 전환하고 시속 90킬로미터를 유지하며 빈 구역으로 방향을 틀었다.

피스크는 조종 바를 놓았다.

뷰익 하부의 제동 후크가 주차 구역의 걸쇠 밴드에 걸리며 차가 급정거를 했고 앞으로 확 쏠리는 피스크의 몸을 안전벨트가 붙잡았다.

앞에서 출구 경고 장벽에 큼지막한 빨간 글씨가 번쩍였다.

"7초! 7초!"

시간 충분하네. 피스크는 생각했다.

대시보드 수납함에 든 서류 가방을 오른손으로 재빠르게 꺼내는 동시에 왼손으로는 안전벨트 버클을 풀고 무릎을 이용해 문 개폐 장치를 눌렀다. 보행자용 램프로 나오니 여유 시간이 3초나 남아 있었다. 경고 장벽이 올라갔다. 하향 엘리베이터로 휙 나아간 그의 차량은 아래로 내려가 암호 걸린 보관함에 들어갈 것이다. 나중에 컴퓨터 모니터 시스템에 개인 I-D 신호를 입력하면 차가 반납된다. 도시를 빠져나가는 위험한 레이스에 참여할 수 있도록 점검과 정비 서비스를 완벽하게 받은 상태로.

피스크는 손목시계를 확인했다. 국제제어위원회 소속 대통령 연락관이자 그의 상사인 윌리엄 메릴과 만나기로 한 시간까지 4분 남았다. 피스크도 남들처럼 예의와 인간미를 거둔 채 램프를 따라 서둘러 움직이는 사람들의 대열에 끼어들었다.

그는 생각했다. 언젠가는 해양 수경 재배 기지에 취업해 제정신을 지킬 수 있는 안전한 일을 해야지. 온종일 게이지만 봐도 되고, 시속 60킬로미터짜리 보행자 램프가 제일 빠른 그런 데로 갈 거야. 피스크가 코트 주머니에서 초록색 알약을 꺼내 꿀꺽 삼켰다. 혈압이 정상 수치로 떨어지기 전에 또 한 알을 먹을 일이 없어야 할 텐데.

이제는 공기압으로 움직이는 승강 캡슐에 올라탔다. 개별 곡선을 따라 목적지까지 편히 걸어갈 수 있을 거리로 데려다주는 수단이었다. 피스크는 안전 바에 팔을 걸었다. 문이 쿵 소리를 내며 닫혔다. 멀리서 쉬이익 바람 빠지는 소리가 들리고 일정한 속도로 부드럽게 하강하는 느낌이 들었다. 맞은편의 익숙한 검은 벽을 응시했다. 압력이 낮아지고 캡슐이 스르르 멈추더니 문이 활짝 열렸다.

피스크는 캡슐에서 넓은 복도로 나왔다. 고속 램프로 가는 유도선들을 피하고, 서둘러 출근하는 사람들의 수가 서서히 줄어드는 주변의 행렬을 이리저리 뚫고 지나갔다.

몇 초 만에 메릴의 사무실에 도착한 그의 앞에는 여군 비서가 있었다. 몸매 좋은 갈색 머리 비서는 사무적이고 유능한 느낌을 주었다. 사무실에 들어오는 피스크를 보고 비서가 책상에서 고개를 들었다.

"아, 피스크 씨. 다행히 1분 일찍 오셨네요. 메릴 부장님은 벌써 와 계십니다. 9분 동안 대화 가능하세요. 그 정도면 되겠죠? 오늘 일정이 꽉 차 있는 데다 오후에는 대통령님과 안전위원회 소위원회 회의도 예정되어 있거든요." 벌써 일어나 내실 문을 열어 주며 비서가 말했다. "하루를 48시간으로 만들 수 있으면 얼마나 좋을까요?"

이미 그렇게 만들었잖아. 과거의 24시간 모델로 압축했을 뿐이지. 피스크는 생각했다.

"피스크 씨 오셨습니다." 비서가 알리며 피스크의 앞에서 비켜섰다.

* * *

내실로 들어가던 피스크는 문득 160킬로미터 떨어진 아파트 차고 승강기에서 차를 타고 나온 지 32분밖에 되지 않았다는 사실이 떠올랐다. 왜 갑자기 이런 생각이 머리를 채우는 걸까? 뒤에서 여군 비서가 문을 닫는 소리가 들렸다.

메릴이 정면의 책상에 앉아 있었다. 메릴은 말랐지만 탄탄한 몸을 가진 빨간 머리 남자로, 갸름하고 창백한 얼굴에 주근깨가 가득했고 민첩하면서 늘 긴장하고 있는 듯한 분위기를 풍겼다. 그가 고개를 들고 녹색 눈동자를 피스크에 고정하며 말했다. "들어와서 앉아, 마티. 그 대신 빨리해야 돼."

피스크는 사무실로 들어갔다. 육면체의 방은 각 면의 너비가 불규칙했고 가장 넓은 면이 12미터 정도 되었다. 메릴은 가장 좁은 벽을 등지고, 가장 넓은 벽을 오른쪽 사선에 두고 앉아 있었다. 넓은 벽을 다 차지하는 것은 컴퓨터로 작동되는 미국 지도였다. 강렬한 빨간색, 파란색, 보라색 선이 전국을 가로세로로 교차하며 주요 고속도로 네트워크의 교통량을 보여 주었다. 천장에도 비슷한 지도가 있었는데, 서반구 전체를 보여 주는 이 지도에는 20여 개 차선으로 이루어진 프라임-1 고속도로만이 표시되었다.

피스크는 메릴의 책상 앞에 놓인 의자에 털썩 앉아 이마의 검은 머리카락을 쓸어 넘겼다. 긴장 때문에 이마에 땀이 배어 있었다. 큰일 났다! 약을 한 알 더 먹어야겠어! 피스크는 생각했다.

"그래서?" 메릴이 말했다.

"여기 다 있습니다." 피스크가 메릴의 책상에 서류 가방을 척 올리며 말했다. "열흘 동안 6만 4300킬로미터를 이동하며 진행한 개인 인터뷰 18건과 저희 직원들이 작성한 보고서와 인터뷰 기록 51건요."

"대통령께서 이 일로 걱정하시는 거 알지. 순서대로 잘 정리해 두었기를 바라. 그래야 오늘 오후에 보여 드릴 수 있지." 메릴이 말했다.

“순서대로 정리했습니다. 마음에 드시지는 않겠지만요.” 피스크가 말했다.

“뭐, 그건 각오하고 있어. 이 책상에 올라오는 게 다 그렇지.” 그러다 갑자기 메릴이 머리 위 지도에 떠오른 노란색 영역을 올려다보았다. 카라카스(베네수엘라의 수도 — 옮긴이) 근처에서 대륙 간 초(超)고속도로 일부가 막혀 있다는 표시였다. 메릴이 오른손을 인터콤 버튼 위에 올린 사이 노란색은 빨간색으로, 이어 파란색에서 보라색으로 서서히 바뀌었다.

메릴이 버튼에서 손을 떼며 말했다. “저 구역에서 문제가 일어난 게 어제부터 네 번째야. 그 바람에 오늘 아침 멘도사(아르헨티나의 주 — 옮긴이)와 통화해야 했지. 그래.” 그러고는 피스크를 쳐다보았다. “자네 그 경제적인 방법으로 간단하게 설명해 봐. 이 괴상한 놈들은 뭐에 홀려서 이렇게 온 나라를 돌아다니는 거야?”

“스무 가지 요인을 찾았는데요, 전부 밀접한 관련이 있고 제가 처음 떠올렸던 직감의 근거가 되어 주었습니다. 심리부에서도 확인해 줬고요. 문제는 이 현상이 꾸준한 패턴으로 굳어지느냐 그거죠. 대통령님께 은밀히 말씀을 드리는 게 좋을 듯합니다. 이 보고서에 정치적으로 영향을 주는 내용들이 상당하니 주의하시라고요. 잘못 유출되면 곤란해집니다.” 피스크가 말했습니다.

메릴이 책상의 녹음 버튼을 누르고 말했다. “좋아, 마티, 나머지는 녹음하지. 정리하고 요약해 봐. 보고서를 읽는 동안 검토용으로 듣게."

피스크가 고개를 끄덕였다. "그러죠." 그러고는 가방에서 서류철을 꺼내 그 안의 서류들을 일렬로 늘어놓았다. "물론 최초 보고서도 있었습니다. 국토의 끝에서 끝으로 대담하게 이동하는 사람들의 수가 이례적으로 증가하고 있다는 내용이었죠. 출발지도 의외이거니와 도착지도 예측할 수 없는 곳들입니다. 조사 결과 이들은 대부분 온화하고 소심한 성격이었습니다. 모험정신으로 과감히 정착지를 떠나는 개척자 타입이 아니라요."

"보고서에 심리 분석 개요도 있나? 증거가 다 있지 않고서는 대통령님을 설득하기 쉽지 않을 거야."

"여기요." 피스크가 폴더 하나를 두드려 보이고는 말했다. "이동식 주유소와 식당에서 나온 영수증 사본도 있습니다. 이 보고서에 있는 사람들을 저희가 실제로 분석했다는 증거요."

"참 희한하네." 메릴이 말했다. 머리 위의 지도에서 시애틀 부근이 노란색으로 또 한 번 깜박이자 불빛을 힐끗 본 메릴이 피스크에게로 다시 시선을 돌렸다.

"주 정부와 연방 정부 소득세 보고서는 여기 있고요." 피스크가 다른 폴더들을 터치하며 말했다. "아, 차량 소유 정보도 지역별로 나눴습니다. 운전 면허 이전 데이터도 있고, 이사에 사업적인 거래가 포함되었다는 증거로 은행과 대출 회사 기록도 있습니다, 이 사람들 중에 수익성 좋은 사업을 헐값에 팔고 새로운 곳에서 다른 사업을 시작하는 경우도 있더라고요. 연봉을 낮춰서 다른 회사에 들어가기도 하고요. 이 점에 우려하는 산업들이 있습니다. 말이 안 되는 이유로 핵심 인력을 잃었으니까요. 그리고 복지부에서 내놓은 수치들……."

"그래, 그런데 차량 소유 분석 이건 뭐야?" 메릴이 물었다.

역시나 민감한 문제부터 건드리는군. 피스크는 속으로 생각하며 말했다. "이 사람들의 차량 소유 비율이 급격히 감소하고 있습니다."

"디트로이트(미국 자동차 산업의 중심지로 자동차 업계를 칭하는 말 — 옮긴이)에서도 냄새를 맡았나?" 메릴이 물었다.

"최대한 은밀히 움직였습니다. 하지만 제가 인터뷰한 사람들을 그쪽 조사관들이 만나면 시끄러워질 수밖에 없겠죠."

"우리가 먼저 자료를 검토해 달라고 해야겠네. 그 지역에 거물 후원자들이 많다고. 이 작자들이 선택한 지역의 패턴은 어떻게 되나?" 메릴이 말했다.

"굉장히 분명해요. 새로운 인구가 대거 유입되는 지역은 대부분 우리 고속도로 엔지니어들이 '상류 늪지대'라 비꼬는 곳들과 일치합니다. 고속도로 진입로의 통행량이 퍼지며 고속도로에서 빠져나가기가 상대적으로 쉬운 구역들요." 피스크가 말했다.

"예를 들어?"

"어…… 뉴욕, 샌프란시스코, 시애틀, 로스앤젤레스요."

"그게 다야?"

"아니요. 고속도로 건설로 통행 속도가 느려지는 지역들의 인구가 두드러지게 증가했습니다. 메인 뱅고어…… 워싱턴 블레인…… 맙소사! 캘리포니아 칼렉시코도 포함됩니다! 이런 신입

괴짜들이 2주 연속으로 170이나 늘었습니다."

메릴이 지친 목소리로 말했다. "집중 패턴은 일관적이고?"

"모든 점에서요. 전부 중년 이상이고, 낡았지만 잘 관리된 차량을 운전했습니다. 비행기로 이동하기를 두려워하는 성향이며, 왜 이렇게 먼 곳까지 왔는지 설명하지 않으려고 해요. 상류 지역 전체의 양상이 변화하고 있습니다. 다 똑같아요. 보수적이고, 소심하고…… 어떤 패턴인지 아시죠."

"알 것 같네. 정치적으로도 영향이 없을 수 없겠지. 해당 지역의 의원 선출도 새로운 패턴에 맞춰 변할 거야. 그 얘기지?"

"네." 시간이 몇 분밖에 남지 않았음을 확인하자 피스크는 점점 초조해졌다. 메릴 앞에서 약을 삼켜도 될까? 잠시 고민했지만 그러지 않기로 하고 말했다. "보험 쪽도 살펴보셔야 할 겁니다. 갈수록 증가하는 보험료 때문에 사람들 불만이 터져 나오고 있습니다. 어젯밤 제 책상에 놓여 있는 보고서를 하나 확인했습니다. 이 괴짜들은 대체로 저위험 운전자들이었어요. 이들이 시장에서 싹 빠지니 그 비용을 다른 사람들이 더 많이 부담하게 되는 거죠."

"보조금 지원이 가능한지 조사해 보지. 다른 건 또? 지금 시간이 빠르게 흐르고 있다고." 메릴이 말했다.

피스크는 생각했다. 시간이 빠르게 흐른다. 그게 우리 인생이지. 그러다 다른 폴더를 터치하며 말했다. "실종자 보고서입니다. 이 이론에 이 사람들을 대입한 그래프도 보실 수 있어요. 이혼 서류들도 검토하시면 좋을 것 같습니다. 부인 쪽에서 이런 식으로 이사한 남편을 못 따라간다는, 뭐 그런 내용들이에요."

"남편은 이사했는데 아내는 그쪽으로 가기를 거부한다고?"

"그게 일반적인 패턴입니다. 여자 쪽에서 이동한 후 돌아오지 않겠다고 고집하는 케이스도 몇 건 있지만요. 배우자를 유기했다고 소송도 걸고…… 아주 전형적이죠."

"그래, 그럴 것 같더라니. 좋아, 내가 검토하지……."

"한 가지 더요, 부장님. 전보와 이사 업체 기록입니다." 그러면서 피스크는 오른쪽에 있는 두꺼운 폴더를 터치했다. "복사본도 만들었습니다. 대부분 직접 보지 않으면 못 믿으실 거라서요."

"그래?"

"예를 들면 뱅고어 집에 있는 물건을 오클라호마 털사 같은 데로 옮겨 달라는 주문이 들어옵니다. 요청 사항에는 개, 고양이, 앵무새 등등에게 밥을 주라는 부탁이 적혀 있고요. 이삿짐센터에서 그 주소로 가면 굶주린 개나 고양이가 있고, 동물이 이미 죽어 있는 집도 간혹 있다더군요. 어떤 인부는 금붕어가 떼죽음을 당한 어항도 봤답니다."

"그래서?"

피스크는 계속 말했다. "이런 집들도 패턴에 들어맞습니다. 이삿짐센터 사람들이 가 보면 저녁 식사를 만들다 말았고 접시도 식탁에 놓여 있더랍니다. 다시 돌아오려고 집을 나갔다가…… 돌아오지 않았다는 증거가 곳곳에 있다고 해요. 이사 업계에서는 이런 현상에 이름도 붙였답니다. '메리 셀레스트' 식 이사라고요. 예전에 메리 셀레스트라는 범선이……(1872년 모든 탑승객이 유령처럼 사라진 메리 셀레스트호 미스터리를 뜻한다 — 옮긴이).”

“그 얘기는 나도 알아.” 메릴이 시큰둥한 목소리로 말했다.

메릴은 피곤한 듯 한 손으로 얼굴을 쓸고 책상을 탁 내리쳤다. “그래, 마티, 다 같은 패턴이네. 토요일이나 일요일 오후에 차를 타고 나간다. 일방통행으로 진입하는 램프에 잘못 들어섰다가 고속도로에 갇힌다. 평생 시속 150킬로미터 넘게 달려 본 적이 없는데 고속도로 수송대에서 속도를 280, 300으로 올리라고 강요하니 패닉에 빠져 자율 주행 모드로 고정하고, 겁이 나서 아무것도 못 하다가 분기점에서 자동으로 속도가 줄어들고 나서야 조종 장치를 만진다. 이후에는 누가 뭐라고 해도 절대 바퀴 달린 차에 타지 않는다는 거군.”

“이 사람들은 차를 팝니다. 그 지역의 지하철을 타거나 지상 교통수단으로만 이동하죠. 중고차 업자들이 이 사람들을 발견하고 ‘패니커’라 부르게 된 겁니다. 다른 주 운전 면허를 가진 괴짜들이 눈은 멍해서 벌벌 떨며 묻거든요. ‘내 차를 얼마에 사겠습니까?’ 당연히 딜러는 엄청난 이득을 보고요.”

“당연하지. 어쨌든, 우리는 이 문제를 계속 비밀에 부쳐야 해. 의회가 새 휴런 횡단 고속도로 예산을 통과시키기 전까지는 말이야. 그 후에는…….” 메릴이 어깨를 으쓱했다. “글쎄, 뭐 좋은 수가 떠오르겠지.” 피스크에게 이만 나가 보라고 손짓한 메릴이 허리를 굽히고 책상에 펼쳐진 보고서 기록기를 보며 말했다. “내가 부르면 신속히 올 수 있는 곳에 대기하고 있어, 마티.”

* * *

몇 초도 안 되어 복도로 나온 피스크는 그를 자신의 사무실로 데려다줄 고속 램프의 유도선을 바라보았다. 한 남자가 그와 부딪혔다. 피스크는 인파가 쏜살같이 지나가는 복도로 나아갈 자신이 없어 사무실 끝에 가만히 서 있기만 했다.

아니야. 자신이 없는 게 아니야. 두려운 거지. 피스크는 생각했다.

솔직히 고속 램프 자체가 두렵지는 않았다. 램프가 상징하는 바가 두려울 뿐이었다. 그를 대체 어디까지 데려갈 수 있을까.

내 차는 나를 어디로 데려갈까? 피스크는 속으로 궁금해하다 생각했다. 아내는 나를 따라 이사할까? 피스크는 손바닥의 땀을 소매에 닦고 주머니에서 초록색 알약을 하나 더 꺼내 꿀꺽 삼켰다. 그러고는 복도로 걸어 나갔다.

1965

공청회

Committee of the Whole

1965년 4월, 《갤럭시》 수록.

I

낡은 상원 건물 2층의 공청회실에 다가갈수록 더 커지는 불안감을 느끼며 앨런 윌리스는 의뢰인을 관찰했다. 이 남자는 지나치게 편안해 보였다.

윌리스가 말했다. "빌, 걱정되네요. 오늘 여기서 방목권을 잃을 수도 있어요."

떼 지어 몰려 있는 경비원, 기자, 카메라맨 틈을 통과하기 직전에 대답이 날아왔다.

"무슨 상관이에요?" 커스터가 물었다.

정치 전문 변호사라는 자부심을 갖고 있던 윌리스였다. 고발과 소송으로 지저분해지는 상황에 초연하고 어떤 일에도 충격을 받지 않는다고 생각했는데 놀라서 말문이 막혔다.

인파를 뚫고 들어간 후에는 태연한 표정으로 기자들에게 미소를 지으며 꼭 해야만 하는 말을 덜 날카롭게 표현하려 노력했다.

"노코멘트하겠습니다. 실례합니다."

"질문이 있으면 청문회 끝나고 오세요, 여러분." 커스터가 말했다.

그의 목소리는 흔들림 없고 자신감이 넘쳤다.

자기 통제도 정도가 있지. 그냥 농담이었는지도 몰라…… 죽음의 농담. 윌리스는 생각했다.

대리석 벽으로 둘러싸인 공청회실은 조명으로 눈부시게 빛났다. 뒤쪽 좌석 위로 카메라 단상이 놓였다. 소규모 UHF 방송국 카메라맨들은 창틀에 앉기도 했다.

소리 죽여 웅성거리는 분위기가 살짝 가라앉더니 '오리건의 남작'이라 불리는 윌리엄 R. 커스터가 변호사와 함께 방 안에 들어서자 사람들의 말소리가 다시 빨라졌다. 그들은 기자석을 지나 증인석에 마련된 자리로 향했다.

전면과 오른쪽의 긴 테이블에서는 모두 집중하라는 듯 빈 의자 하나가 아우라를 내뿜고 있었다.

"무슨 상관이에요?"

윌리스는 커스터와 어울리는 농담이 아니라고 생각했다. 축산업계의 남작으로서 커스터는 농학 박사 학위 소지자였고 철학, 수학, 전자공학 학위도 있었다. 서부의 이웃들은 그를 '브레인'이라 불렀다.

목장주가 대리인으로 윌리스를 선택한 것은 우연이 아니었다.

윌리스는 커스터를 은근슬쩍 훔쳐보았다. 보통의 남자가 단정한 검은색 정장에 카우보이 부츠와 끈 넥타이를 더했다면 과장스럽게 꾸몄다는 말을 들을 것이다. 하지만 햇볕에 그을리고 바람을 맞으며 야외에서 생활하는 커스터가 그런 차림을 하니 잘생긴 외모가 더 부각되었다. 아버지보다 머리카락과 피부 색이 조금 짙었지만 그래도 금발이라 할 수는 있었다. 하지만 술 때문에 혈관이 부푼 선친과 달리 얼굴에 붉은 기가 없었다.

애초에 서른도 되지 않은 청년이었으니까.

커스터가 고개를 돌려 윌리스와 눈을 맞추고 미소를 지었다.

* * *

"추천해 준 변리사들 좋았어요, 앨." 커스터가 말했다. 그는 서류 가방을 무릎에 올리고 두드렸다. "빙빙 돌려 말하지 않고, 변명도 하지 않고. 벌써 이 녀석을 진행하고 있어요." 또 서류 가방을 두드렸다.

그놈의 광선기를 여기까지 가져온 거야? 왜? 윌리스는 어이가 없었다. 서류 가방을 힐끗 쳐다보았다. 저렇게 작은지 몰랐네…… 뭐, 설계도 얘기일 수도 있지.

"지금은 공청회에 집중합시다. 중요한 건 이것뿐이에요." 윌리스가 속삭였다.

시끄러웠던 방 안의 소음이 갑자기 가라앉으며 기자석에서 누군가 말하는 소리가 들렸다. "지상 최대의 정치 쇼야."

"증거물로 가져왔어요." 커스터가 말하고 또 서류 가방을 두드렸다. 정말로 가방이 이상하게 툭 튀어나왔다.

증거물이라고? 윌리스는 생각했다.

커스터 때문에 충격을 받은 것이 10분 사이에 벌써 두 번째였다. 상원 내무위원회 소위원회의 공청회였고 안건은 테일러법의 목초지였다. 대체 저 기계가 이곳에서 펼쳐질 말과 법의 싸움과 무슨 관련이 있단 말인가?

윌리스가 속삭였다. "전략이 있으면 변호사와 상의해야죠. 이게 무슨……."

그가 말을 흐렸다. 갑자기 방 안이 고요해졌기 때문이다.

고개를 드니 소위원회 의장인 헤이코트 티버러 상원의원이 여닫이문으로 성큼성큼 걸어 들어오고 있었고 조사관과 변호사가 줄줄이 뒤를 따랐다. 티버러 의원은 키가 크고 한때는 몸이 비대한 남자였다. 갑자기 독하게 살을 뺐지만 피부는 원래의 탄력을 찾지 못했다. 턱과 손등의 살이 축 늘어졌다. 대머리가 반짝거렸고 가운데의 빈 정수리를 둘러싼 머리카락은 귀를 덮을 정도로 일부러 삐죽삐죽 길렀다.

칼럼니스트 앤서니 폭스먼이 뒤에 바짝 붙어 발을 맞추며 티버러의 왼쪽 귀에 열심히 귓속말을 하고 있었다.

폭스먼이 부하를 보내지 않고 직접 나섰다면 끝장이야. 윌리스는 생각했다.

티버러는 맞은편 테이블의 중앙에 앉아 다른 의원들이 참석했는지 좌우를 살피며 확인했다.

윌리스가 보니 스필런스 의원이 없었지만 그 주의 당 조직에 문제가 있다고 들었고, 오리건 상원의원이 참석하지 않은 것이 왠지 미심쩍었다. 병환 때문이라고 했다.

갑자기 경고를 받은 거겠지, 뻔해. 정치권에서는 흔한 질병이다. 선거 운동 자금의 출처를 알지만…… 표의 출처도 알았기 때문이다.

그래도 정족수는 채워졌다.

티버러가 목을 가다듬고 말했다. "모두 정숙해 주시기 바랍니다."

* * *

상원의원의 목소리와 태도에 윌리스는 몸이 차갑게 식었다. 공개적인 데서 덤비다니 우리가 미쳤지. 내가 왜 커스터와 친구들 설득에 넘어갔을까? 나를 잡아먹으려고 벼르는 미국 상원의원을 어떻게 상대해. 안에서 싸우는 것 말고는 방법이 없어. 그는 생각했다.

이 와중에 커스터까지 미치광이로 변하다니.

증거물이라고!

티버러가 말했다. "신사 여러분. 내 생각에는 우리가…… 그, 오늘 예비 진술은 생략할 수 있을 듯한데요…… 동료 의원들이…… 한 분이라도 이의를 제기하지 않는다면요."

티버러는 다시 다른 의원들을 살폈다. 총 다섯 명이었다. 윌리스는 그 테이블에 앉은 사람들을 쭉 훑었다. 네브래스카의 플라워스(말 장수), 오하이오의 존스톤(교활한 의회 전문가), 사우스캐롤라이나의 레인(민주당을 가장한 공화당원), 미네소타의 에머리(의욕 넘치는 신참 의원, 노련한 자제심이 부족해 위험하다.), 그리고 뉴욕의 멜처(포커 선수, 유서 깊은 명문가 출신).

아무도 이의를 제기하지 않았다.

자기들끼리 회의를 했군. 양쪽에 앉은 사람들 다 순조롭게 물 흐르듯 진행하자고 얘기가 됐어. 월터는 생각했다.

이것도 불길한 징조였다.

티버러가 격식을 차린 말투로 말을 이었다. "본 위원회는 미국 상원 내무위원회 소속 소위원회입니다. 우리는 1934년 테일러 방목법 수정안에 관해 전문가 의견을 구하고자 이 자리를 마련했습니다. 오늘 공청회는 증언으로 시작할 텐데…… 어, 3대에 걸쳐 오리건에서 육우 사업을 하는 가족의 대표자에 대한 질의가 있겠습니다."

티버러가 텔레비전 카메라를 향해 미소를 지었다.

저 새끼 대중의 인기를 노리고 있어. 월리스는 생각하며 커스터를 힐끗 보았다. 목장주는 의자 등받이에 편안하게 기대고 반쯤 감긴 눈으로 상원의원을 응시하고 있었다.

티버러가 말했다. "첫 번째 증인으로 오리건 벤드의 윌리엄 R. 커스터 씨 나와 주십시오. 서기는 커스터 씨의 선서를 받아 주세요."

커스터가 '가시방석'으로 나아가 테이블에 서류 가방을 올렸다. 월리스는 의뢰인 옆에 의자를 끌어다 놓으며 카메라의 방향이 바뀌는 것을 포착했다. 카메라는 이제 서기가 테이블에 성경을 올리고 선서를 진행하는 모습을 촬영하고 있었다.

티버러는 앞에 있는 종이들을 휘리릭 넘기고 모든 관심이 자기에게 돌아오기를 기다렸다. "본 소위원회는…… 우리 앞에 법안이 하나 있습니다. 현재 회기의 미국 상원 법안 SB-1024은 1934년 테일러 방목법을 개정하는 법안이며, 많은 분들이 아시겠지만 자문 위원회의 저변을 확대하고 더 넓은 대중을 대표하는 것이 우리의 취지입니다."

* * *

커스터는 서류 가방의 걸쇠를 만지작거리고 있었다.

어떻게 저 광선기가 증거물이 될 수 있다는 거지? 월리스는 속으로 생각했다. 입을 굳게 다문 커스터의 턱 근육이 긴장으로 움찔거리는 것이 보였다. 커스터의 불안감을 나타내는 첫 번째 증거였다. 그 모습을 보니 월리스의 불안감도 진정되지 않았다.

"아, 커스터 씨. 저기…… 예비 진술서 가져오셨나요? 변호인이……." 티버러가 말했다.

"진술서 있습니다." 커스터가 말했다. 회의실에 커다란 목소리가 울리자 즉각 사람들의 관심이 집중되었고, 추가 질문이 있을까 봐 마지못해 티버러를 잡고 있던 카메라가 방향을 바꿨다.

티버러는 미소를 지으며 기다리다가 말했다. "증인의 대리인…… 변호인이 위원회에 제출한 진술서인가요?"

"제가 내용을 조금 추가했습니다." 커스터가 말했다.

윌리스는 갑자기 꺼림칙함을 느꼈다. 위원회에서 커스터의 진술서를 너무 쉽게 받아들이고 있기 때문이다. 윌리스가 의뢰인에게 몸을 기울이고 귓속말로 속삭였다. "저쪽에서도 우리 입장을 알아요. 예비 진술은 건너뛰죠."

커스터는 그를 무시하고 말했다. "간단하고 분명하게 말씀드리겠습니다. 저는 수정안에 반대합니다. 저변을 확대하고 더 광범위한 대중을 대표한다는 말은 모호한 정치적 표현입니다. 수정안의 목적은 여러 위원회를 하나로 묶는 겁니다. 축산업이 뭔지도 모르고 테일러 방목법 자체를 파괴하려는 사적인 의도를 가진 이들의 손에 위원회의 통제권을 다 넘기는 처사입니다."

"간단하고 분명하다고 하셨죠. 본 위원회는…… 저희는 그런 단순명쾌함을 환영합니다. 강력한 발언 좋습니다. 본 위원회의 의원 다수는…… 우리는 공공의 목초지가 오랜 세월 축산업에 종사하는 자문단의 뜻대로만 운영되어야 했고, 그 토지들을…… 축산업자들이 자신의 이익을 위해 악용했다는 입장입니다." 티버러가 말했다.

싸울 준비가 끝났다. 자기가 무슨 짓을 벌였는지 커스터가 알고 있었으면 좋겠네. 충고는 받아들이지 않을 인간이야. 윌리스는 생각했다.

커스터가 서류 가방에서 종이 뭉치를 꺼냈다. 윌리스는 가방 뚜껑이 닫히기 전 케이스에서 반짝이는 금속을 얼핏 보았다.

뭐야! 총이나 뭐 그런 것 같은데!

그러다 커스터가 꺼낸 종이들이 무엇인지 알아차렸다. 그의 직원들이 고생스럽게 작성한 적요서, 그리고 예비 진술서였다. 윌리스는 연필 표시와 여백의 메모를 보고 놀랐다. 24시간 사이에 저렇게 많이 했다고?

윌리스는 커스터의 귀에 다시 속삭였다. "천천히 해요, 빌. 저 인간, 흡혈귀예요."

커스터는 말을 들었다는 표시로 고개를 끄덕이고는 서류를 힐끗 보고 티버러를 똑바로 올려다보았다.

회의실에 침묵이 내려앉았다. 뒤편 어딘가에서 의자 끄는 소리와 카메라가 위이잉 돌아가는 소리만 들릴 뿐이었다.

II

"우선, 지금 이야기하는 이 토지의 특성 말입니다. 우리 주에서는……." 커스터는 말을 하다 말고 큼큼 헛기침을 했다. 그의 아버지였다면 화가 났을 때 무의식적으로 나오는 버릇이었다. 하지만 커스터의 표정은 변함이 없었고 목소리의 높이도 그대로였다. "……우리 주에서는, 대부분 인디언의 땅입니다. 이 나라가 무력으로 강탈한 땅이죠. 정복의 권리로요. 세상에서 가장 오래된 권리라고 할까요. 이 점에 관해서는 논쟁하고 싶지 않습니다."

"커스터 씨."

네브래스카의 상원의원인 플라워스였다. 인자한 농부의 얼굴에 긴장된 미소가 떠올랐다. "커스터 씨, 부디……."

"의사 진행상에 문제가 있나요?" 티버러가 물었다.

"의장님. 저는 이 땅을 인디언들에게 돌려주자는 케케묵은 이야기가 나오지 않기를 바랄 뿐입니다." 플라워스가 말했다.

회의실에 웃음이 터져 나왔다. 티버러도 쿡쿡 웃으며 질서를 지키라고 의사봉을 두드렸다.

"계속하시지요, 커스터 씨." 티버러가 말했다.

커스터는 플라워스를 보고 말했다. "아니요, 의원님. 저는 이 땅을 인디언들에게 돌려주고 싶지 않습니다. 그들이 이 땅을 가졌을 때 80에이커에서 생산하는 고기는 1년에 140킬로그램이 전부였습니다. 우리는 불과 10에이커에서 최고 등급 단백질, 프리미엄 소고기를 230킬로그램 생산합니다."

"증인의 공장 같은 방식이 효율적이라는 데는 누구도 의심하지 않아요. 증인의 능력…… 증인의 방식이 최소 면적에서 최다량의 고기를 쥐어짜 낸다는 건 우리도 압니다." 티버러가 말했다.

윌리스는 생각했다. 윽! 비열한 공격이군. 커스터가 지나친 방목으로 토지 가치를 훼손하고 있다는 말이잖아.

커스터가 말했다. "제 이웃인 웜스프링스 인디언들도 같은 방법을 씁니다. 우리 방법을 기꺼이 받아들였죠. 땅을 지키는 동시에 그 가치를 높이며 사용하고 있으니까요. 우리의 땅은 화재나 침식 같은 천재지변의 희생양이 되지 않습니다. 우리는……."

티버러가 말을 끊었다. "증인의 방식이야 당연히 치밀하고 정확하겠지요. 하지만 내가 보기에는……."

"커스터 씨 예비 진술 아직 안 끝났지요?" 플라워스 의원이 끼어들었다.

윌리스는 놀라서 네브래스카의 상원의원을 쳐다보았다. 전혀 예상치 못했던 곳에서 구원자가 나타났다.

커스터가 말했다. "감사합니다, 의원님. 저는 의장님의 방식을 따라 제가 어떻게 치밀하고 정확하게 목장을 운영하는지 설명하겠습니다. 우리 목장에서 허드렛일은 대학생들이 하는데 돈을 많이 줍니다. 지프차나 말을 타고 움직이는 것보다 열 배는 더 많이 이동하죠. 목장의 외곽 구역에서 모든 축사와 방목지 감독관 오두막은 무선기를 통해 본채와 연결되어 있습니다. 우리가 사용하는 것은……."

"증인의 방식이 이 세상에서 가장 현대적이라는 거 압니다. 오늘의 사안은 증인의 방식이나 그 방식의 결과물이 아니에요. 우리는……."

* * *

문가가 갑자기 소란스러워져 티버리가 말을 흐렸다. 육군 대령이 경비원과 대화하고 있었다. 특수 부대 견장을 달고 있었다. 국방부 소속 군인이었다.

남자가 무장을 했다는 사실을 알아차리자 윌리스는 묘하게 불안해졌다. 허리춤에 45구경 권총이 매달려 있었다. 총은 왠지 모를 위화감을 주었다. 갑자기 다급하게 필요해져 뒤늦게 준비한 것만 같았다…… 비상용으로.

문밖을 지키는 군인의 숫자가 늘어났다. 해군과 육군. 그들은 소총을 들고 있었다.

경비병에게 뭐라 날카롭게 말한 대령이 몸을 돌려 회의실에 들어왔다. 모든 카메라가 그를 좇아 움직였다. 대령은 카메라를 무시하고 황급히 티버러에게 다가가 말을 걸었다.

상원의원은 놀라서 커스터를 홱 쳐다보고 대령이 불쑥 내민 종이 뭉치를 받아 들었다. 티버러가 커스터에게서 겨우 시선을 떼고 종이를 획획 넘기며 읽었다. 그러다 고개를 들고 커스터를 빤히 쳐다보았다.

방 안에 침묵이 내려앉았다.

티버러가 말했다. "뭐라 할 말이 없군요, 커스터 씨. 지금 제 손에 보고서가 있는데…… 육군 특수 부대에서…… 국방부를 통해 보낸 겁니다. 방금 제가, 어…… 여기 계신 대령에게 받았어요."

티버러는 권총집의 45구경에 가볍게 손을 올리고 서 있는 대령을 올려다보았다. 다시 커스터를 보는 얼굴에 지금 생각을 정리하려 애쓰고 있다는 티가 역력했다.

"이게 말입니다. 이…… 이 보고서는 아마도…… 여기 있는 내용이 확실하다고 봅니다만…… 여기 제 손에…… 적혀 있기로…… 어, 지난, 어, 며칠 동안, 음, 어떤 장치를 조사한 바…… 무기라고 하네요. 증인이 특허를 신청한 게요. 보고서는……."
티버러가 서류를 힐끔 보고 다시 커스터를 보았다. 커스터는 흔들림 없는 눈빛으로 응시하고 있었다. "……이, 음, 무기, 이게…… 극도로 위험하다고 해요."

"맞습니다." 커스터가 말했다.

"나는…… 아, 그래요." 티버러가 헛기침을 하고 커스터에게 시선을 고정한 대령을 힐끔 올려다보았다. 그러다 다시 커스터를 쳐다보았다.

"실제로 그런 무기를 가지고 있습니까, 커스터 씨?" 티버러가 물었다.

"증거물로 가져왔습니다, 의장님."

"증거물이라고요?"

"네, 의장님."

윌리스는 입술을 문지르다 입술이 바짝 마른 것을 느꼈다. 혀로 입술을 축였다. 물컵이 있으면 좋겠지만 커스터 너머에 있었다. 망할! 소나 치는 멍청한 놈! 지금 커스터에게 속삭여 말할 수 있을까? 상원의원들과 저 국방부 심부름꾼이 그 행동을 커스터의 미친 짓에 가담했다는 의미로 해석하지 않을까?

티버러가 말했다. "본 위원회를 당신의 무기로 위협하는 겁니까, 커스터 씨? 그렇다면 특별 조치를 취했다는 말을 해야겠군요…… 이 방의 경비 병력을 늘렸고 또…… 그러니까, 당신이 어떤 행동을 한다고 해도 별로 걱정하지는 않겠지만 일반적인 예방 조치를 시행하고 있습니다."

윌리스도 이제는 가만히 앉아 있을 수 없었다. 커스터의 소매를 잡아당기자 커스터가 갑자기 고개를 저었다. 윌리스는 몸을 더 기울이고 속삭였다. "휴식을 요청하죠, 빌. 우리……."

"방해하지 마요." 커스터가 말하고 티버러를 보았다. "의원님, 저는 의원님이든 누구든 위협할 생각이 없습니다. 말씀하시는 위협이라는 것 자체가 이제는 마음대로 쓸 수 없는 방법이고요."

"증인…… 이 장치가 증거물이라고 했지요." 티버러는 얼굴을 찌푸리며 손에 든 보고서를 걱정스럽게 내려다보았다. "안 되겠어…… 관련성이 없는 것 같은데."

플라워스 상원의원이 목을 가다듬었다. "의장님." 그가 말했다.

"네브래스카 상원의원 발언하십시오." 그렇게 말하는 티버러의 목소리에는 안도감이 분명히 섞여 있었다. 그에게는 생각할 시간이 필요했다.

"커스터 씨. 존경하는 의원님이 언급하신 보고서를 저는 보지 못했습니다. 그런데 외람되지만…… 혹시 본 위원회를 홍보 수단으로 사용하고 싶은 건가요?" 플라워스가 말했다.

"절대 아닙니다, 의원님. 이 자리에 참석해 수익을 올릴 마음은 없습니다…… 전혀요." 커스터가 대답했다.

티버러는 결론을 내린 듯했다. 의자에 기대앉아 속삭이자 대령은 고개를 끄덕이고 바깥 복도로 돌아갔다.

"제 눈에는 커스터 씨가 굉장히 분별력 있는 분으로 보입니다. 실례지만……." 티버러가 말했다.

플라워스가 끼어들었다. "죄송합니다. 한 가지만 마무리를 짓고 싶은데요. 저희가 기록에 있는 특수 부대 보고서를 볼 수 있을까요?"

"그럼요. 하지만 내가 하려던 말은……."

"죄송합니다. 의장님, 공식 기록에 남도록 제가 한 가지만 확실히 해도 되겠습니까?" 플라워스가 다시금 말을 끊었다.

티버러는 얼굴을 찌푸렸지만 상원의 무거운 위엄이 짜증을 이겼다. "계속하시지요, 의원님. 난 또 끝난 줄 알았지요."

"저는…… 커스터 씨의 진실성에는 의심의 여지가 없다고 생각합니다." 얼굴의 힘을 풀고 미소를 짓자 노의원은 친절한 할아버지 같은 인상을 풍겼다. "그러니, 커스터 씨가 설명을 좀 해 주시면…… 어떻게 이…… 어, 무기라는 게, 본 위원회에서 증거물이 될 수 있는지요."

윌리스는 커스터의 굳게 다문 입을 힐끗 보고 어떻게인지는 몰라도 커스터가 플라워스를 움직였다는 사실을 깨달았다. 지금 상황은 팀플레이였다.

티버러는 다른 의원들을 살피며 가늠하고 있었다. 일방적으로 묵살을 해도 될까…… 독단적으로 진행해도 될까. 아니…… 다들 커스터의 장치와 커스터의 목적에 지나칠 정도로 호기심을 가지고 있었다.

의원들의 생각은 얼굴에 고스란히 드러났다.

"좋습니다." 티버러가 말하고 커스터에게 고개를 끄덕였다. "계속하세요, 커스터 씨."

* * *

“지난 겨울 비수기였습니다. 저희 직원 두 명과 3년 동안 진행하는 프로젝트가 있었습니다. 지속 방출 레이저기를 개발하는 거였죠.”

커스터는 서류 가방을 열고 평범한 권총처럼 생긴 물체에 두꺼운 알루미늄 튜브를 장착한 장치를 꺼냈다.

“전혀 위험하지 않습니다. 전원 팩을 가져오지 않아서요.”

“그게…… 그게 증인의 무기입니까?” 티버러가 물었다.

“무기라고 부르기에는 오해의 소지가 있고요. 그 용어는 의미를 한정하고 지나치게 단순화하죠. 이것은 덤불 절단기이자 벌목용 톱과 도끼의 대체품이자 다이아몬드 절단기이자 제분기이자…… 무기입니다. 역사의 터닝 포인트이기도 하고요.”

“아니, 잘난 척이 너무 심하지 않나요?” 티버러가 물었다.

“우리는 역사를 낡고 느린 것으로 생각하는 경향이 있죠. 그러나 역사는 굉장히 빠르고 바로 우리 옆에 있습니다. 대통령이 암살당하고, 도시에서 폭탄이 터지고, 댐이 붕괴되고, 혁신적인 장치가 발표되죠.”

“레이저가 나온 지는 한참 됐어요.” 티버러가 말하고 대령에게 받은 서류를 읽었다. “원리가 발견된 건 1956년 무렵입니다.”

“제가 이 장치의 발명가라고 주장할 마음은 없습니다. 지속 방출 레이저를 온전히 제 힘으로 개발하지도 않았고요. 저도 팀원에 불과했죠. 하지만 지금 이걸 제 손에 들고 있습니다, 신사 여러분."

"증거물이라고 하셨는데요, 커스터 씨. 어떻게 증거물이 되나요?" 플라워스가 지적했다.

"우선 이 장치의 작동 방식을 설명해도 될까요? 그러면 앞으로의 진술이 훨씬 수월해질 겁니다."

* * *

티버러는 플라워스를 보았다가 다시 커스터를 보고 말했다. "커스터 씨의 말을 다 종합하면 말입니다. 저는…… 이 장치가 우리와 무슨 관련이…… 지금 우리는 특정한 법안을 놓고 공청회를 진행하고 있어요."

"압니다, 의원님." 커스터가 말하고 자신의 장치를 보았다. "이 모델은 90볼트 무선 배터리로 작동합니다. 더 약한 전압으로 돌아가는 것도 있고, 더 높은 전압을 사용하는 것도 있습니다. 저희는 단순한 부품으로 조립하고자 했습니다. 크리스털은 일반적인 석영을 사용했어요. 부수는 방법은 물에 끓인 후 얼음물에 담그는 단계를…… 계속 반복하면 됩니다. 크기가 같은 조각 스무 개를 선택하는데, 1그램 정도로 15그레인보다 살짝 크다고 할 수 있죠."

커스터는 튜브 뒷면의 나사를 풀고 빨간색, 초록색, 갈색, 파란색, 노란색 전선이 매달려 있는 긴 플라스틱 원통을 꺼냈다.

윌리스는 방송국 사람들이 커스터의 손에 들린 물체로 카메라의 초점을 맞추고 있음을 알아차렸다. 상원의원들도 몸을 앞으로 빼고 지켜보는 중이었다.

기계에 미친 민족이야. 월리스는 생각했다.

커스터가 계속 말했다. "크리스털을 묽은 가정용 시멘트에 적신 후에는 철통에 넣습니다. 플라이 낚시에 쓰는 바이스로 작은 지그(공구 방향을 유도하는 장치 — 옮긴이)를 만들고 크리스털의 반대쪽에서 철통의 길을 내는 거예요. 그런 다음 나이트로셀룰로스, 아세트산, 젤라틴, 알코올 등 일반적인 셀룰로이드를 만듭니다. 전부 쉽게 만들 수 있는 것들이죠, 그리고 크리스털을 끝에서 끝까지 넣기 적당한 길이의 정원 호스로 형태를 잡는 겁니다. 크리스털을 호스에 넣고, 그 위에 셀룰로이드를 붓고 나서 셀룰로이드가 식을 때까지 자기 도파관에 올려놓습니다. 이 과정을 거치면 크리스털이 중앙에 정렬되죠. 도파관은 낡은 텔레비전 수상기의 전선으로 만들었고 아마추어 무선사를 위한 길잡이라는 책의 설명대로 조립했습니다."

커스터는 긴 플라스틱을 다시 튜브에 넣고 전선을 조절했다. 카메라가 위이잉 돌아가는 소리를 제외하면 방 안에 섬뜩한 침묵이 흘렀다. 모두가 숨을 참고 있는 듯했다.

"레이저는 공동 공진기가 필요하죠. 하지만 그건 복잡합니다. 그래서 저희는 대안으로 튜브에 가느다란 구리 선을 두 겹 감고 셀룰로이드 용액에 담가 코팅한 다음 한쪽 끝을 평평하게 갈았습니다. 이쪽 끝에는 거울 조각을 잘라 맞추고요. 그러고 나면 거울이 있는 튜브 끝에 자수바늘 8호를 올바른 각도로 찌릅니다. 1번 크리스털 옆면에 닿을 때까지요."

커스터가 헛기침을 했다.

상원의원 두 명이 등을 의자에 기댔다. 플라워스가 기침을 했다. 길게 늘어선 텔레비전 카메라를 보는 티버러의 눈에는 의심하는 눈빛이 담겨 있었다.

* * *

"그런 다음 크리스털 연결의 주(主) 주파수를 결정합니다. 테스트 신호와 오실로스코프를 사용했지만 아마추어 무전사라면 누구나 오실로스코프 없이도 할 수 있어요. 저희 같은 경우는 주 주파수의 오실레이터를 만들고, 도파관 반대쪽 끝을 긁어낸 공간과 바늘에 각각 부착합니다."

"이게…… 음…… 작동했어요?" 티버러가 물었다.

"아니요." 커스터가 고개를 저었다. "전압 중배기를 통해 시스템에 전력을 공급했을 때 대략 400줄이 방출되며 튜브 절반을 녹였습니다. 그래서 처음부터 다시 시작했죠."

"이 얘기 어떻게 연결이 되기는 합니까?" 티버러가 물었다. 그는 손에 들린 종이를 보며 인상을 찌푸리고, 대령이 사라진 문쪽을 쳐다봤다.

"장담합니다, 의원님." 커스터가 말했다.

"좋아요, 그럼." 티버러가 말했다.

"그래서 다시 시작했습니다. 하지만 두 번째 셀룰로이드 용액에는 비스무트를 첨가했습니다. 포화 용액이죠, 말하자면. 계속 끈끈하게 남아 있어 순수한 셀룰로이드로 덧칠을 해야 했습니다. 이렇게 겹친 비스무트를 펄스 회로로 연결해 주 주파수와 180도 어긋난 역파를 쬐게 했죠. 그리고 열 발생에 정확히 반작용을 일으키는 열전기 냉각기에 담갔습니다. 전원을 켜자 거울이 없는 끝에서 가느다란 광선이 흘러나왔습니다. 그 가느다란 광선이 자르지 못하는 걸 현재까지는 발견하지 못했어요."

"다이아몬드는?" 티버러가 물었다.

"이 장치는 200볼트도 안 되는 전력으로 지구를 잘 익은 토마토처럼 반으로 가를 수도 있습니다. 한 사람이 비행대를 파괴하고, 대기권에 닿기도 전에 ICBM을 떨어뜨리고, 함대를 침몰시키고, 도시를 가루로 만들 수 있습니다. 의원님, 저는 이 장치의 위력을 머릿속에서 따로 분류하지 않았습니다. 생각만 해도 압도되거든요. 어마어마한 힘이……."

"카메라 꺼!"

고함친 것은 티버러였다. 티버러가 벌떡 일어나 길게 늘어선 카메라들까지 다 휩쓰는 손짓을 했다. 갑자기 격해진 목소리와 제스처가 폭탄처럼 회의실에 터졌다. 그가 외쳤다. "경비! 거기 문에 있는 당신. 문에 저지선 치고 이 멍청이 말을 들은 사람이라면 아무도 내보내지 마!" 그러고는 커스터를 홱 돌아보았다. "이 무책임한 멍청이!"

커스터가 말했다. "의원님, 안타깝지만 헛간 문을 닫으려면 몇 주 전에 했어야 하는 것 같은데요."

한참을 침묵하던 티버러가 커스터를 쏘아보고 말했다. "당신 일부러 그랬지?"

III

"의원님, 제가 더 기다렸으면 우리에게는 아무 희망이 없었을 겁니다."

티버러는 커스터에게 시선을 고정한 채 다시 의자에 기대앉았다. 오른쪽에서는 플라워스와 존스톤이 머리를 맞대고 쉴 새 없이 속삭이고 있었다. 다른 의원들은 놀란 표정을 감추지도 않고 휘둥그레진 눈으로 커스터와 티버러를 번갈아 쳐다보았다.

윌리스는 커스터의 말에 담긴 의미를 서서히 깨달으며 혀로 입술을 축였다. 돌겠네! 저 멍청한 카우보이 녀석이 우리 뒤통수를 쳤어! 그가 생각했다.

티버러는 보좌관에게 신호를 하고 잠시 대화를 나누더니 문에 있는 대령을 손짓으로 불렀다. 사람들이 흥분해서 웅성웅성 이야기하는 소리가 들렸다. 기자들과 방송국 취재진은 커스터의 왼쪽에 있는 창가에 모여 말다툼을 하고 있었다. 그중 발그레한 얼굴에 뿔테 안경을 쓴 백발 남자가 회의실을 가로질러 티버러를 향해 다가가다 보좌관에게 가로막혔다. 두 사람은 손을 마구 흔들며 낮은 목소리로 언쟁을 시작했다.

문에서 커다란 욕설이 들렸다. 칼럼니스트 폭스먼이 문 앞의 경비들을 밀치고 나가려는 중이었다.

"폭스먼!" 티버러가 불렀다. 폭스먼이 고개를 돌렸다. "아무도 떠나지 못한다고 했을 텐데요. 당신도 예외가 아니에요." 그렇게 말하고 티버러는 다시 커스터를 돌아보았다.

회의실에 정적이 깔린 듯했다. 하지만 여전히 작은 소리로 대화하는 사람들이 있었고, 바깥 복도에서 달려오고 허둥거리는 발소리가 들렸다.

티버러가 말했다. "여기서 두 개 채널이 생중계로 나갔습니다. 그거야 어떻게 할 수 없죠. 최대한 많은 시청자를 추적하기는 할 거고요. 하지만 이 방에서 촬영되고 녹음된 모든 테이프는 압수될 겁니다." 기자석에서 항의하는 소리가 나오자 티버러가 목소리를 높였다. "우리의 국가 안보가 위태롭습니다. 대통령님께도 보고가 갔습니다. 필요한 조치가 취해질 거예요."

황급히 들어온 대령이 티버러에게 가더니 조용히 무슨 말을 했다.

티버러가 호통을 쳤다. "미리 경고했어야지! 나는 전혀 몰랐……."

대령이 말을 자르고 뭐라고 속삭였다.

"이 서류…… 당신네 보고서가 명확하지 않았어!" 티버러가 말하고 커스터를 찾았다. "웃고 있군요, 커스터 씨. 곧 있으면 웃고 싶다는 생각을 못 하게 될 거요."

"의원님, 이건 행복한 미소가 아닙니다. 하지만 저는 의원님이 이 물건의 의미를 알아채지 못할 거라고 며칠 전부터 생각했어요." 커스터는 테이블에 올려 둔 권총 모양의 장치를 두드렸다. "아무짝에 쓸모없는 낡은 패턴에 의지할 줄 알았습니다."

* * *

“정말로 그렇게 생각했다고요?” 티버러가 말했다.

윌리스는 상원의원의 목소리에 담긴 독기를 감지하고 의자를 옮겨 커스터와 몇 센티미터 더 거리를 두었다.

티버러가 레이저 프로젝터를 보았다. “정말 무장 해제된 상태입니까?”

“네, 의원님.”

“내가 직원 하나를 시켜서 가져오라고 하면 저항하지 않을 겁니까?”

“어느 직원에게 믿고 맡길 건가요, 의원님?” 커스터가 물었다.

그 말에 한참 침묵이 흘렀고 기자석에서 누군가 긴장된 웃음을 터뜨렸다.

“우리 목장에서는 거의 모두 이런 걸 하나씩 가지고 있습니다. 나무도 자르고, 장작도 패고, 울타리 말뚝도 만들죠. 특허 출원을 하고 받은 모든 편지에 저는 솔직히 대답했습니다. 이 장치의 설계도와 설명서를 1000세트는 넘게 전 세계 다양한 곳으로 보냈습니다.”

“악랄한 반역자!” 티버러가 쉰 목소리로 외쳤다.

“의원님도 의견을 낼 자격이 있죠. 하지만 저는 이 문제에 대해 의원님보다 더 많은 시간을 더 집중해서, 더 고통스럽게 생각했습니다. 다른 선택지는 없다고 판단했습니다. 대중에 공개되기를 매주 기다렸습니다. 시간이 흐르는 동안 인류가 멸망할 확률만 높아지고……."

"이 물건이 방목법에 관한 청문회 안건이라고 하지 않았습니까." 징징대며 항의하는 플라워스의 목소리가 듣기 애처로웠다.

커스터가 말했다. "의원님, 저는 진실을 말했습니다. 지금은 법을 바꿀 이유가 없습니다. 저희는 계속 그 법에 따라 일할 겁니다. 이웃들과 관계자들의 동의를 받아서요. 그때도 사람들이 먹을 식량은 필요할 테니까요."

티버러가 그를 노려보았다. "당신 말은 우리가 강요해도……." 문가에서 소란이 일어나는 바람에 티버러가 말을 흐렸다. 밧줄로 저지선을 친 문 앞에서 해군 병사들이 밧줄을 등지고 복도를 향해 일렬로 서 있었다. 한 무리의 사람들이 저지선을 넘으려 하고 있었다. 기자 출입증이 허공에서 흔들렸다.

"대령, 복도를 비우라고 했잖소!" 티버러가 버럭 외쳤다.

대령이 저지선으로 달려가 외쳤다. "필요하면 총검을 사용하라!"

그 목소리에 소란이 가라앉았다. 저지선을 따라 움직이는 군인들의 수가 늘었다. 이제는 아무 소리도 들리지 않았다.

* * *

티버러는 커스터를 돌아보며 말했다. "당신 옆에 있으면 베네딕트 아널드(독립전쟁 중 배신을 저지른 장군으로 미국을 대표하는 매국노 — 옮긴이)조차도 미국의 훌륭한 친구로 보이겠어."

"제게 악담을 한다고 달라지는 것은 없습니다. 어차피 의원님은 이것과 공존해야 합니다. 그러니 이해하려 노력하는 편이 더 낫죠." 커스터가 말했다.

"참 간단하군. 설계도를 달라고 특허청에 25센트를 내고 당신에게 편지만 쓰면 된다."

"이 세상은 이미 자살을 향해 가고 있습니다. 멍청이들만이 그걸 모르고……."

"그래서 우리의 등을 살짝 밀어 주기로 했다." 티버러가 말했다.

커스터는 계속 말했다. "H. G. 웰스는 경고했습니다. 그렇게나 오래전부터 경고하는 목소리가 있었는데 아무도 귀 기울이지 않았죠. '인류 역사는 나날이 교육과 재앙의 경주로 변질되고 있다.' 웰스는 말했습니다. 하지만 말뿐이었어요. 인간들이 사용할 수 있는 원시 에너지의 양은 점점 늘어나고, 그 에너지를 사용할 권한을 가진 사람 수는 점점 줄어든다고 수많은 과학자들이 지적한 바 있습니다. 오래된 현상입니다. 점점 늘어나는 폭력적인 힘을 점점 더 적은 사람이 사용할 수 있게 되었다고요. 전 세계를 파괴할 힘을 개개인이 쥐게 되는 날도 머지않았단 말입니다."

"당신이 사는 나라의 정부를 믿을 생각은 못 한 거요?"

"이 정부는 이미 이 장치가 필요로 하는 것과 정반대되는 정치 노선을 따르고 있습니다. 사실상 정부 내 모든 사람이 기득권을 가지고 있어 그 노선을 돌이키지 않으려 합니다."

"그래서 본인을 정부 우위에 두었다?"

"말해 봤자 시간 낭비겠지만 일단 설명해 보겠습니다. 이 세상에 존재하는 모든 정부는 '대중 인간'이라는 것을 조종하는 데 혈안이 되어 있습니다. 그런 식으로 권력을 유지하지요. 하지만 그런 인간은 없습니다. 존재하지 않는 '대중 인간'을 높일 때 개개인의 위치는 격하되죠. 권력을 쥔 한 사람이 우리 운명을 좌우하려 드는 건 시간문제일 뿐입니다."

"공산주의자 같은 말을 하네!"

"그 사람들은 제가 빌어먹을 자본주의의 앞잡이라고 할 겁니다. 의원님, 남아메리카에 사는 가난한 무전 기술사를 한번 상상해 보세요. 브라질이라고 합시다. 그는 상스럽기 짝이 없는 과두 정부의 지배를 받으며 근근이 입에 풀칠을 하고 있습니다. 그런 사람이 이 장치를 구하면 무엇을 할까요?" 커스터가 말했다.

* * *

"살인, 강도, 무정부 상태."

"그럴 수도 있습니다. 하지만 궁극적인 필요에 의해 깨닫지 않을까요? 우리 모두 각자의 존엄을 유지하려면 힘을 합쳐야 한다고요." 커스터가 말했다.

티버러는 커스터를 빤히 보다 생각에 잠긴 듯 이야기했다. "이 물건을 만드는 데 필요한 재료들을 규제해야겠군…… 한동안 문제가 있겠지만……."

"멍청한 놈."

이어지는 차가운 침묵을 깨고 커스터가 다시 말했다. "10년 전에 그렇게 했어도 늦었다니까. 이 장치는 지구상에 흩어져 있는 다양한 재료를 조각조각 이어 붙여 만들 수도 있단 말입니다. 지하실, 움막, 궁전, 판잣집 어디서든 만들 수 있어요. 핵심은 크리스털이지만 다른 크리스털로도 될 겁니다. 확실해요. 인내심만 있으면 크리스털을 기를 수 있고…… 이 세상은 인내심 강한 사람들로 넘쳐나죠."

"당신을 체포하겠소. 모든 규칙을 어기고……."

"망상 속에 살고 있군요. 당신을 위협할 생각은 없지만 나를 억압하거나 모욕하려 한다면 방어할 겁니다. 내가 스스로 방어할 수 없으면 내 친구들이 나를 방어할 거고요. 이 장치의 의미를 이해하는 사람이 자신의 존엄성을 가만히 빼앗길 리 없어요."

커스터는 방금 한 말이 상대의 머리에 입력되기를 기다렸다가 말을 이었다. "그리고 내가 방금 한 말을 협박이라고 왜곡하지도 맙시다. 이제 막 도래한 시대에는 같은 인간을 위협하는 행위를 거부하는 자세가 필요해요."

티버러가 폭발했다. "당신이 뭘 바꿨다고! 한 사람이 그 물건으로 강해진다면 100명은……."

커스터가 말했다. "앞에서 모욕을 하기는 했지만, 저는 의원님이 굉장히 똑똑한 분이라고 생각합니다. 이 장치에 대해 부디 오래 또 깊이 생각해 주세요. 권력의 행사는 이제 결정적인 요소가 되지 않습니다. 한 사람이 100만 명만큼 강력하니까요. 통제, 이제는 자기 통제가 생존의 열쇠입니다. 이웃의 선의에 내 목숨이 달린 겁니다. 모든 사람이요, 의원님. 궁궐에 사는 사람도, 판잣집에 사는 사람도 다르지 않습니다. 우리는 그 선의의 크기를 늘리기 위해 최선의 노력을 해야 해요. 돈으로 매수할 생각은 하지 말고, 그냥 인정하는 겁니다. 개개인의 존엄이야말로 빼앗을 수 없는 권리……."

티버러가 거칠게 외쳤다. "설교하지 마, 이 빨갱이 반역자! 네 놈은……."

"의원님!"

회의실 뒤편의 왼쪽 구석에 있던 방송국 카메라맨이었다.

"커스터 씨를 모욕하는 것은 그만하고 그분 이야기를 계속 들어 보죠." 카메라맨이 말했다.

티버러가 보좌관에게 말했다. "저 작자 이름 알아내. 만약……."

"저 프로 전기 기술자입니다, 의원님. 당신은 나를 협박할 수 없어요." 남자가 말했다.

* * *

커스터가 미소를 짓고 티버러를 돌아보았다.

"혁명의 시작이군요." 커스터가 말했다. 티버러가 몸을 홱 돌리려 하자 그에게 손을 흔들었다. "앉으세요, 의원님."

윌리스는 상원의원이 복종하는 모습을 지켜보았다. 이 방 안을 통제하는 힘의 균형이 어떻게 달라졌는지 분명히 보였다.

"아이디어는 곧 이루어집니다. 어떤 물건이 개발되는 때가 옵니다. 존재하게 되죠. 다축 방척기도 때가 되었기 때문에 존재하게 된 것입니다. 앞에 나온 무수한 아이디어를 바탕으로요." 커스터가 말했다.

"이제는 레이저의 시대다?" 티버러가 물었다.

"당연한 결과였습니다. 하지만 이 세상에 혐오와 분노와 폭력으로 가득한 사람들의 수가 무섭도록 증가하고 있습니다. 이것이 하나의 단체나 국가의 손에 떨어진다고 하면 얼마나 위험할지……." 커스터가 어깨를 으쓱했다. "현명하게 관리할 것이라는 기대를 하고 한 사람이나 집단에만 맡기기에는 너무도 큰 힘입니다. 감히 지체할 수 없었습니다. 그래서 이걸 세상에 퍼뜨리고 최대한 널리 공표하려는 겁니다."

티버러는 의자에 등을 기대고 무릎에 손을 올렸다. 얼굴이 창백해졌고 이마에 굵은 땀방울이 맺혔다.

"우리는 살아남지 못할 거야."

"의원님 말씀이 틀렸기를 바랍니다. 하지만 한 가지는 확실합니다. 우리가 살아남을 가능성이 오늘보다는 내일 더 적었을 거라는 사실요." 커스터가 말했다.

1965

GM 효과

The GM Effect

1965년 6월, 《아날로그》 수록.

상쾌한 가을 저녁이었다. 발레릭 사반토스 박사는 미드 홀 지하 세미나실의 긴 테이블에 앉아 신문과 라디오에서 이 날씨를 얼마나 과장스럽게 다룰지 생각했다. 틀림없이 전반적으로 온화했던 날씨를 언급하며 자연이 내린 청명함이 그날 밤의 비극을 더 끔찍하게 만들었다고 지적하리라.

사반토스는 키가 작고 통통한 남자로, 빗이라는 것을 아예 모르고 사는지 검은 머리카락을 지저분하게 헝클어뜨리고 다녔다. 둥근 얼굴에 아이 같은 순수한 표정을 띠고 있어 모르는 사람들은 그의 인상을 잘못 판단했다. 만나자마자 야한 농담을 듣거나 푹 꺼진 갈색 눈의 부담스러운 눈빛을 본다면 이야기가 달라지겠지만.

현재 긴 테이블에는 학생 아홉 명에 교수 다섯 명, 총 열네 명이 앉아 있었고, 상석인 의장석에는 조슈아 래츨리 교수가 자리했다.

래춀리가 말했다. "이제 모두 모였으니 오늘 회의의 목적을 말할 수 있겠군요. 우리는 이제 아주 안타까운 결정을 해야 합니다. 우리는…… 어어……."

래춀리가 말을 잇지 못하고 아랫입술을 잘근거렸다. 자신이 어떤 모습으로 보일지 생각해 보았다. 멀대같이 크고 알이 두꺼운 안경을 쓴 볼품없는 대머리 남자…… 사과하는 듯한 태도를 방패처럼 내세우고 다니는. 오늘 밤은 이 모습이 변장처럼 느껴졌다. 누가 알겠는가? 사반토스야 당연히 알겠지만, 겉으로는 순수해 보이는 이 만남이 어떤 위험에 노출되었는지 누가 짐작이나 할까?

"다들 기다리잖아요, 조시." 사반토스가 말했다.

"네…… 아, 네. 사반토스 박사님과 오늘 밤 이 자리에서 특별히 설명할 게 있다는 생각이 들었습니다. 하지만 실험 내용을 여러분에게 공개하기 전에, 어느 정도 개요를 정리해야 할 것 같습니다." 래춀리가 말했다.

사반토스는 래춀리가 왜 다른 길로 새는지 궁금해 테이블을 둘러보았다. 인제 보니 모두 모인 것이 아니었다. 리처드 마몬 박사가 없었다.

의심하고 도망쳤나? 사반토스는 생각했다. 마몬을 추적해 끌고 올 때까지 래춀리가 시간을 끄는 눈치였다.

래춀리가 빛나는 정수리를 문질렀다. 그는 이곳에 올 마음이 없었다. 하지만 해야 하는 일이었다. 양크턴 공과대학의 캠퍼스

밖에는 밤 9시 특유의 정적이 흐르고 있을 터였다. 래촐리는 이 시간의 산책을 아주 좋아했다. 맑은 연못으로 가서 개구리와 연인들의 소리를 들으며 어원의 파생을 생각하는…….

테이블에 앉은 사람들이 따분함에 기침하고 발을 끄는 소리를 듣고서야 래촐리는 딴생각에 빠져 있었음을 깨달았다. 원래도 자주 그러기로 악명이 높은 그였다. 래촐리가 헛기침했다. 마몬 이 자식은 어디 있는 거야? 못 찾는 거 아니야?

래촐리가 말했다. "여러분도 잘 알겠지만 우리는 발견한 사실을 딱히 숨기려 하지 않았습니다. 억측을 하거나 외부에 논의하는 것은 조심해 주십사 했지만요. 결과를 발표하기 전에 철저한 실험을 진행하는 것이 저희 의도였죠. 여기 계신 분들, 그러니까 학생들…… 어어, '기니피그' 여러분과 교수 위원회의 교수님들은 굉장히 협조적이었습니다. 하지만 우리가 하는 연구에 대한 소문이 퍼지는 것은 막을 수 없었습니다. 때로는 아주 황당하고 왜곡된 내용으로요."

"지금 래촐리 교수님 말씀은, 큰일이 터졌다는 겁니다." 사반토스가 끼어들었다.

이 순간까지 따분한 표정을 감추려 노력하던 학생들의 얼굴에 호기심 어린 표정이 번졌다. 노교수인 잉크턴 박사가 발작을 일으키듯 기침을 했다.

사반토스가 계속 말했다. "오래된 말레이 표현이 있어요. 고슴도치와 손뼉 놀이를 하면 펄쩍 뛸 수밖에 없다고 하죠. 자, 이 고슴도치의 존재를 우리 모두 짐작했어야 합니다."

래츨리가 말을 받았다. "감사합니다, 사반토스 교수님. 제 느낌이지만…… 이게 굉장히 흔치 않은 일임을 압니다만…… 오늘 밤 이 자리에서 여러분도 함께 결정을 내려야 할 것 같습니다. 다들 이 프로젝트에 참여하는 동안 일반적인 과학 실험에 비해 훨씬 깊이 관여하게 되었죠. 학생 조수 여러분에게는 알리지 않은 내용도 있을 테니, GM 효과의 최초 발견자인 사반토스 교수님에게 약간의 배경 설명을 들어야 할지도 모르겠네요."

지연 작전을 쓰겠다. 사반토스는 생각했다.

사반토스가 신호를 받고 말했다. "유전 기억, 즉 GM 효과를 발견한 것은 우연이었습니다. 마몬 교수와 저는 호르몬을 이용해 인체에서 지방을 제거하는 방법을 찾고 있었습니다. 그리고 우리의 105번 화합물은 생쥐와 햄스터에 놀라운 결과를 보였습니다. 6세대에 걸쳐 부작용이 보이지 않았고, 그날 아침 저는 105번을 직접 시도해 보기로 했습니다."

사반토스는 자기 비하적인 미소를 띠며 말했다. "기억하실지 모르겠지만 당시에는 제가 몇 킬로그램 더 나갔죠."

그 말에 웃음이 터져 나왔다. 래츨리의 거들먹거리는 말투 때문에 무거워졌던 분위기를 띄우는 데 성공했다는 의미였다.

사반토스는 속으로 생각했다. 조시 저 멍청한 녀석. 분위기를 가볍게 하라고 경고했건만. 이건 위험한 사안이라고.

"처음 1회분을 투여했을 때가 오전 10시 8분이었습니다. 매우 화창한 봄날 아침이었던 기억이 나고, 복도 저편에 있는 칼

키크레 교수의 수업에서 그리스 시를 낭독하는 소리가 들렸죠. 몇 분 후, 저는 왠지 모를 행복감을 느끼기 시작했습니다. 술에 아주 가볍게 취한 것처럼요. 저는 실험실 의자에 앉았습니다. 강의실에서 들리는 시를 암송하며 리듬에 맞춰 팔을 흔들었죠. 정신을 차리고 보니 칼이 실험실 문가에 서 있고 학생 몇 명이 그 뒤에서 안을 들여다보고 있더군요. 제가 소리를 조금 크게 냈던 모양입니다."

"'참으로 아름다운 고대 그리스어이긴 한데, 내 수업을 방해 중이야.'라고 칼이 말했습니다."

사반토스는 웃음이 잦아들기를 기다렸다.

"문득 제가 두 사람이라는 사실을 깨달았습니다. 내가 어디 있고 누구인지 완벽하게 인식했지만, 키레네에 용병으로 갔다가 최근 돌아온 장갑 보병 자그루트도 분명 나 자신이었던 겁니다. 바로 여기 있는 많은 분이 언급한 이중 노출 효과였습니다. 저는 이 장갑 보병의 기억과 생각을 모두 가지고 있었습니다. 그의 의식과 내 의식을 대부분 차지했던 여성을 향한 아주 특별하고 저속한 생각까지요. 우리 모두 알아차린 또 다른 현상도 있었습니다. 그/나는 그리스어로 생각을 하고 있었던 겁니다. 하지만 현재 지배하는 영어 기반의 의식과 교차 결합이 된 상태로요. 자유자재로 번역할 수 있었습니다. 내가 두 사람이라니, 굉장히 흥분되는 경험이었어요."

대학생 하나가 말했다. "한 무리 있었잖아요, 박사님."

또 웃음이 터졌다. 늙은 잉크턴마저 웃고 있었다.

"불쌍한 칼 눈에는 제가 조금 이상해 보였을 거예요. 실험실로 들어와 물었어요. '괜찮아?' 저는 빨리 가서 마몬 박사를 불러오라고 했고…… 칼은 그렇게 했죠. 마몬 얘기가 나와서 하는 말인데, 어디 있는지 아는 사람 있어요?"

대답 대신 침묵이 흘렀다. 래클리가 입을 열었다. "지금…… 불러오고 있습니다."

"그렇군요. 아무튼, 계속하죠. 마몬과 저는 실험실 문을 걸어 잠그고 이 물건을 탐구하기 시작했습니다. 그리고 몇 분 만에 깨달았죠. 피험자의 의식을 유전적 계보의 어디로든 보낼 수 있고, 거기서 선택한 조상으로 의식이 조명된다는 사실을요. 그리고 이 발견으로 본능이라는 개념과 기억 저장 이론의 해석이 완전히 뒤집힌다는 것도 깨달았습니다. 단순히 흥분했다는 말로는 부족해요."

수다스러운 대학원생이 물었다. "박사님도 저희처럼 효과가 약해졌나요?"

"한 시간쯤 후에요. 여러분도 알다시피 완전히 사라지지는 않았고요. 옛 장갑 보병은 여전히 옆에 있었습니다. 나머지 무리도요. 소량의 105를 투여했을 뿐인데 그를 완벽하게 파악했습니다. 그의 쪽으로 다음 조상이 수정되는 순간까지 모든 기억을 가지고 있었어요. 겹치는 기억들은 물론 같은 항렬의 조상과 나중에 태어난 형제들의 기억까지 다요. 당연히 어머니 쪽으로도 연결되었습니다. 알다시피 여러분 중에도 같은 대로 엮인 사람이 두 명 있죠. 여기서 중요한 문제는 장갑 보병의 놀랍도록 정확한 기억이 그 시기의 일반적인 역사와 어긋났다는 것입니다. 사실, 기록된 역사 대부분이 엉터리 아닐까 하는 생각을 그때 처음으로 하게 되었죠." 사반토스가 대답했다.

노교수 잉크턴이 몸을 앞으로 기울이더니 쉰 목소리로 기침하고 말했다. "그 문제에 관해 우리가 뭘 해야 할 때 아닌가, 사반토스 박사?"

"저희가 오늘 그것 때문에 이 자리에 모였다고도 할 수 있습니다." 사반토스는 말하고 생각했다. 아직도 마몬 소식이 없네. 조시가 무슨 소리인지 알고 말을 해야 할 텐데. 시간을 조금 더 끌어야겠어.

"조금 민감한 사항까지 다 아는 사람은 소수에 불과하니 저희가 무엇을 발견했는지 간략히 설명하려 합니다." 사반토스가 말했다. 그는 상대의 경계를 허무는 미소를 띠고 래츨리에게 손짓했다. "래츨리 교수님, 우리 연구에서 해당 단계를 담당하는 역사 정리가로서 지금부터는 교수님이 진행해 주시죠."

래츨리는 헛기침을 하고 사반토스와 의미심장한 눈빛을 주고받았다. 그는 속으로 생각했다. 마몬이 의심했나? 알 턱이 없는데…… 하지만 의심했을지도 몰라.

사반토스 생각이나 마몬 걱정을 애써 지우고 래츨리가 말했다. "이 연구 방식에서 몇 가지 명백한 요소로 직면하는 문제는 딱 하나입니다. 역사적으로 중요한 사건들 말이죠. 전투를 예로 들어 봅시다. 승리한 쪽에는 선택된 피험자가 많은 반면, 패배한 쪽에서는 아무도 선택되지 않았습니다. 이렇게 적은 수의 집단 안에서도 무수한 상호 참조를 통해 밝혀낼 수 있었습니다.

트로이 전쟁의 트로이 사분면 안에 가깝고 부차적인 기억이 놀라울 만큼 적다는 걸요. 여성 피험자는 몇 명 있었습니다만, 남성은 별로 없었어요. 남성 쪽 혈통은 사실상 전멸이었습니다."

청중들의 따분하다는 태도를 다시 본 래출리는 문득 질투심을 느꼈다. 사반토스가 말할 때는 관심이 흐트러지지 않았으면서. 이유는 뻔했다. 사반토스는 추잡한 이야기를 들려주기 때문이다.

래출리는 머쓱한 미소를 억지로 지으며 말했다. "지저분한 이야기를 조금 듣고 싶은가요."

정말 생기가 돌잖아, 세상에!

"많은 사람이 의심했죠. 헨리 튜더가 런던탑에 유폐된 두 왕자를 죽이라고 명령했을 거라고요. 우리가 찾은 증거는 '그렇다'는 결론을 내립니다. 동시에 리처드 3세에 대한 정치적 선전에 돌입했고요. 헨리는 누구보다도 악랄한 인물이었습니다. 악하고, 잔혹하고, 비겁한 살인자였죠. 그의 치하에서는 정치적 살인도 용인이 됐습니다." 래출리가 몸을 부르르 떨었다. "그리고 넘치는 성욕 덕분에 우리 중 다수가 그의 후손이죠."

"정직한 에이브에 대해서도 들려줘요." 사반토스가 말했다.

래출리는 안경을 고쳐 쓰고 손가락으로 입꼬리를 만지며 말했다. "에이브러햄 링컨."

여봐란듯이 내뱉은 한마디에 방 안에 긴 침묵이 흘렀다.

래출리가 말했다. "이걸 발견했을 때가 가장 괴로웠습니다. 링컨은 어린 시절 제 영웅이었어요. 아시는 분도 있겠지만 버틀러 장군(미국 남북전쟁 당시 북군을 이끌었던 벤저민 버틀러 — 옮긴이)은 제 조상 중 하나였고…… 뭐라고 할까, 몹시도 고통스러웠습니다."

래츨리가 주머니를 뒤져 종이 한 장을 꺼내 보고는 이렇게 말했다. "더글러스 판사와의 논쟁에서 링컨은 이렇게 말했습니다. '솔직히 말하면 나는 검둥이들의 시민권에 찬성하지 않습니다. 어떤 식으로든 백인과 흑인의 사회적, 정치적 평등을 가져오는 것에 찬성하지 않고, 과거에도 찬성하지 않았습니다. 검둥이들을 유권자나 배심원으로 만드는 것도, 공직에 오를 자격을 부여하는 것도, 백인과 결혼하는 것 또한 찬성한 적이 없습니다. 덧붙여 나는 백인과 흑인 사이에는 신체적인 차이가 존재하며, 그 때문에 두 인종이 사회적, 정치적 평등을 이루고 사는 것이 영원히 불가능하다고 봅니다. 그렇게 살 수 없는 만큼, 함께하는 데 있어 우월한 쪽과 열등한 쪽이 존재해야 합니다. 그리고 나 또한 다른 사람들과 같이 우월한 지위는 백인의 몫이라는 데 찬성합니다.'"

래츨리가 한숨을 쉬고 종이를 주머니에 쑤셔 넣었다. "아주 고통스러워요. 한번은 버틀러와 대화하며 흑인들을 다 아프리카로 추방해야 한다는 뜻도 비쳤습니다. 노예 해방 선언에 대해 이야기하며 링컨이 이렇게 말한 적도 있고요. '이것이 연방 수호에 도움이 된다면 그것으로 충분합니다. 그러나 생각이 있는 공화당 사람이라면 다 그러하겠지만 나 또한 이 선언이 종전 이후 대법원에서 위헌 결정이 나리라 생각합니다.'"

사반토스가 끼어들었다. "이 문제들이 얼마나 뜨거운 감자가 될지 아시겠습니까?"

테이블에 둘러앉은 사람들이 사반토스를 보았다가 다시 래출리를 쳐다보았다.

래출리가 말했다. "현장의 목격자에게서 단서를 얻은 후에는 편지를 비롯해 이를 증명하는 다른 기록들도 찾을 수 있었습니다. 사람들이 얼마나 놀라운 방법으로 문서를 숨겼는지 몰라요."

수다스러운 대학원생이 테이블에 팔꿈치를 대고 말했다. "감자가 뜨거울수록 더 많은 사람이 알아차리겠네요. 맞죠, 래출리 교수님?"

불쌍한 녀석, 이 순간까지도 성적을 더 잘 받으려고 기를 쓰는군. 사반토스는 생각했다. 그리고 래출리 대신 대답했다. "감자가 뜨거울수록 삼키기도 어려워지죠."

사반토스와 학생의 무의미한 대화가 끝나자 공허한 침묵이 이어졌고 사람들의 불안감은 더욱더 깊어졌다.

다른 학생이 말했다. "마몬 박사님은 어디 계세요? 의식에 GM을 더 접촉할수록 조상의 잔인한 성격의 우세한 지배를 받는다는 이론은 마몬 박사님이 세우신 것으로 아는데요. 마몬 박사님 말로는 가장 잔인한 사람이 생존해 아이를 낳았고, 우리는 현재의 의식에서 그 사실을 어물쩍 숨겼다…… 그렇다고 들었습니다."

반쯤 넋이 나가 있던 노교수 잉크턴이 부스스 깨어나 상한 우유 같은 눈으로 래출리를 보며 말했다. "필그림 파더스."

"아, 네." 래츨리가 말했다.

사반토스가 말했다. "청교도와 필그림이 인디언을 강간하고 땅을 강탈했다는 증인들의 이야기가 있습니다. 안타깝지만 일부는 제 조상이기도 하죠."

"보스턴 차 사건." 잉크턴이 말했다.

저 멍청한 늙은이는 왜 입을 닥치지 않는 거야? 래츨리는 생각했다. 마몬이 이 자리에 없다는 불안감이 갈수록 커지고 있었다. 배신의 배신이 가능할까? 그는 속으로 의심했다.

"보스턴 차 사건에 대해 간략히 설명하지 그래요? 우리 중 몇 명은 그 시기에 없었잖아요." 사반토스가 말했다.

래츨리가 말을 받았다. "네…… 아아, 으으으음. 아시겠지만 당시의 매사추세츠 주지사는 밀수업자였습니다. 식민지에서 영향력 좀 행사한다고 하면 다들 밀수를 했죠. 항해법 등등으로요. 주지사와 친구들은 네덜란드에서 차를 가져오고 있었습니다. 창고가 차로 가득했어요. 영국의 동인도회사가 파산 위기에 처했을 때 영국 정부는 보조금을 의결했습니다. 현재 환율로 2000만 달러가 넘는 돈을요. 이…… 으음, 보조금 덕에 동인도회사의 차를 밀수된 차보다 세금을 포함해도 절반은 싼 가격에 들여올 수 있었죠. 주지사와 측근들은 곧 망할 처지였습니다. 그래서 도둑들을 고용해 인디언으로 위장하고 동인도회사의 차를 항구에 버리게 한 겁니다. 약 50만 달러 가치의 차를 말이죠. 흥미로운 점은 밀수꾼들의 차보다 품질도 더 좋았다는 겁니다. 주지사와 친구들이 밀수한 차의 가격을 책정하며 도둑들을 고용한 비용까지 더했다는 사실에도 주목해야 하고요."

"그래서 뜨거운 감자라는 겁니다. 종교 문제로는 아직 가지도 않았어요. 십계명 초안을 쓴 것은 모세와 측근들이고…… 빌라도와 광신도의 언쟁도 있죠." 사반토스가 말했다.

"현재 미국 남부 상원의원의 할아버지가 라이트 스킨 흑인이었다는 것도요." 래츨리가 말했다.

또다시 방 안에 긴장감과 불안감이 내려앉았다. 사람들은 의자에서 몸을 비틀며 동료들을 쳐다보았다.

사반토스는 분위기를 감지하고 생각했다. 엉뚱한 질문이 나오게 둘 수는 없어. 전략을 잘못 택했나. 다른 식으로 잡아 둘 것을…… 장소라도 다른 데로 하든가. 마몬은 어디 있는 거지?

래츨리가 말했다. "이상한 말이지만, 정확하기 때문에 문제가 복잡합니다. 어디를 조사해야 하는지만 알면 확실한 증거는 쉽게 찾을 수 있습니다. 남부 상원의원의 가계도도 반박할 수 없죠."

테이블의 맞은편 끝에 있는 학생이 말했다. "뭐, 증거가 있으면 아무도 우리를 막을 수 없지 않나요?"

"아아아…… 으으음. 글쎄요…… 어…… 우리 학교의 재정 기반은……."

문에서 일어난 소란이 래츨리의 말을 잘랐다. 제복 입은 남자 두 명이 구겨진 검은 정장을 입은 금발 청년을 방 안으로 밀어 넣었다. 문이 닫히고 자물쇠가 찰칵 잠겼다. 불길한 소리였다.

사반토스가 목덜미를 문질렀다.

청년은 한 손으로 벽을 짚어 몸을 지탱하고 래츨리 맞은편까지 걸어와 빈 의자에 쓰러지듯 앉았다. 독한 위스키 냄새가 따라왔다.

래츨리는 남자를 보며 안도감과 불안감을 동시에 느꼈다. 이제 정말 전원이 모였다. 새로 온 남자가 짙은 파란색 눈으로 그를 마주 보았다. 지나치게 넓은 이마 때문에 더 길어 보이는 얼굴의 턱 선을 따라 굳게 다문 입의 꼬리가 위로 휘었다.

"무슨 일이에요, 조시?" 남자가 따져 물었다.

래츨리는 미안하다는 듯 웃으며 말했다. "미안해, 딕. 어쩔 수 없이 자네를 끌고 와야……."

"끌고 오다니!" 남자는 사반토스를 힐끗 보고 다시 래츨리에게 시선을 돌렸다. "이 사람들 누굽니까? 캠퍼스 경찰이라는데 이런 애들 본 적 없어요. 같이 가야 한다나 뭐라나…… 중대한 일이 뭡니까!"

사반토스가 말했다. "오늘 밤 중요한 회의가 있다고 했잖아. 자네……."

"중요한 회의 같은 소리." 남자가 비웃었다.

"오늘 밤 프로젝트를 포기할지 결정해야 해." 래츨리가 말했다.

테이블에서 숨을 헉 들이마시는 소리가 들렸다.

잘한다. 사반토스는 생각하며 테이블에 앉은 사람들을 둘러보았다. "자, 이제 마몬 박사님도 오셨으니 안건을 검토할 수 있겠네요."

"포기……." 마몬이 말하며 의자에서 허리를 똑바로 폈다.

한참 동안 침묵이 흘렀다. 그러다 갑자기 테이블에서 아우성이 터졌다. 다들 동시에 말하려 하고 있었다. 사반토스가 테이블을 손바닥으로 내리치고 "제발 좀!"이라 외친 후에야 소음은 잦아들었다.

갑작스러운 정적을 깨고 래츨리가 말했다. "이미 그 현실을 마주한 우리가 이 이야기를 하는 것이 얼마나 고통스러울지 여러분은 모르실 겁니다."

"현실?" 마몬이 물었다. 그러면서 고개를 흔들었다. 테이블에 앉은 사람들은 마몬이 술을 깨려고 어지간히도 애를 쓰고 있음을 알 수 있었다.

"우리의 총체적인 문제에서 작은 부분 하나만 말씀드리죠. 이 나라가 물려받은 수많은 값진 유산들을 법적으로 공격하는 데 우리가 발견할 사실들이 근거로 작용할 수 있습니다. 성공할 가능성도 크고요."

사반토스는 사람들이 이 말의 의미를 이해할 때까지 잠시 기다렸다가 다시 말을 이었다. "'배를 포기하지 마라.'가 모토인 세계에서 우리가 배를 흔들게 되는 겁니다. 상당히 많은 배를 전복시킬 수도 있죠."

말을 받으라는 사반토스의 신호를 알아차리고 래츨리가 말했다. "현실을 직시합시다. 우리에게는 큰 힘이 없습니다."

"잠깐!" 마몬이 소리치더니 테이블 가까이 의자를 끌어당겼다. "사람들이 왜 이렇게 염세적이야. 상식은 뒀다 뭐에 써요? 우리는 놈들에게 보여 줄 물건이 있잖아요! 그게 얼마나 큰 가치를 가지는지 몰라요?"

테이블 왼쪽에서 폭탄 같은 말이 터져 나왔다. "협박하자고요?"

래츨리가 눈썹을 추켜세우고 사반토스를 보았다. 이렇게 말하는 표정이었다. "봤죠? 내가 뭐랬어요."

"그러면 안 되나? 이놈들은 몇 세기나 우리를 협박했는데. 내 말 믿으라니까 그러네. 우리가 놈들 팔을 뽑아 버릴 거래도! 그게 놈들이 우리한테 늘 하든…… 하던 말이잖아." 마몬이 입술을 문질렀다.

자리에서 일어난 사반토스가 테이블을 둘러 마몬에게 다가오더니 그의 어깨에 한 손을 가볍게 올렸다. "좋아요. 우리 마몬 박사에게 악마의 변호인 역을 맡기죠. 여러분이 대화 나누는 동안 래츨리 박사와 나가서 영상 필름과 장비 좀 가져오겠습니다. 여러분에게 조촐하게 설명할 게 있어서요. 보고 나면 우리 계획을 명확히 이해할 수 있을 겁니다." 사반토스가 고개를 끄덕이자 래츨리도 자리에서 일어나 사반토스 쪽으로 왔다.

두 교수는 의식적으로 천천히 걸으며 문으로 향했다. 사반토스가 문을 두 번 두드렸다. 문이 열렸을 때는 제복 입은 경비 두 명 사이로 빠져나왔다. 경비 하나가 문을 닫고 자물쇠로 잠갔다.

"이쪽으로 오시죠." 다른 경비가 말했다.

복도로 걸어가는 동안 뒤에서 작아지는 마몬의 목소리가 들렸다. "놈들은 역사책, 재판, 화폐, 군대, 전부 다 통제하고……."

거리가 멀어지자 그의 목소리는 알아들을 수 없는 웅얼거림으로 변했다.

"빨갱이 같은 놈." 경비가 작은 소리로 말했다.

"아깝긴 해." 래츨리가 말했다.

"현실을 똑바로 봐야지." 건물의 측면 출구로 가는 계단을 오르며 사반토스가 말했다. "배가 침몰하고 있을 때는 구할 수 있는 것을 구해야 해. 주교의 설명이 정확하다고 봐. 하느님이 모든 인간을 시험하고 있고, 이게 궁극적인 믿음의 시험이라는 말."

래츨리가 사반토스와 힘겹게 발을 맞추며 말했다. "궁극적인 시험. 맞네. 누가 했는지 몰라도 이 말에 동의해야 할 것 같아. 이게 혼돈, 불안의 시대…… 무정부주의만을 낳을 거라고 했지."

"확실히." 사반토스가 말하며 다른 경비가 열어 준 바깥쪽 문으로 나갔다.

래츨리와 두 사람을 호위하던 경비가 뒤를 따랐다.

사반토스는 밖으로 나오자마자 캠퍼스의 조명이 다 꺼졌다는 사실을 깨달았다. 정전이라니 부자연스러운데. 우리가 눈치채지 못하게 미드 홀은 비상 전기로 돌렸나. 그는 생각했다.

경비 하나가 앞으로 나와 래츨리의 팔에 손을 올리며 말했다. "안뜰을 곧장 가로질러 의대로 가시죠. 뒷문을 이용해 반스 홀로 가셔야 합니다. 서두르십시오. 시간이 얼마 없습니다."

사반토스는 앞장서서 계단을 내려가고 어둑한 길을 따라 미드 홀을 떠났다. 밖이 워낙 캄캄해 연한 회색으로 보이면 길이구나 짐작할 뿐이었다. 서둘러 걸음을 재촉하던 중 래츨리가 사반토스와 부딪혔다. "미안."

어두운 주변에서 검은 형체가 여러 개 움직이는 듯했다. 두 사람의 얼굴을 비춘 불빛이 곧바로 꺼졌다.

건물의 어둑한 구석에서 목소리가 들렸다. "이쪽입니다. 어서요."

사람들의 손에 이끌려 계단을 내려가고 문을 통과하고 무거운 휘장 사이를 지났다. 또 다른 문을 지나니 은은하게 불을 밝힌 작은 방이 나왔다.

사반토스도 아는 방이었다. 의료 용품 창고는 안에 있는 물건들을 급하게 비운 듯한 모습이었다. 오른쪽 선반에 작은 압박 붕대 상자가 있었다.

방에서는 담배 연기와 땀 냄새가 진하게 났다. 사방의 어둠에서 최소 열 명은 되는 남자들이 나타났다. 제복을 입은 사람도 있었다.

턱살이 축 늘어지고 어깨에 준장 별을 단 남자가 사반토스 앞으로 다가와 말했다. "안전하게 도착하셔서 다행입니다. 이제 전원 건물 안에 있습니까?"

"한 명도 빠짐없이요." 사반토스가 말하고 침을 꿀꺽 삼켰다.

"105번 화합물의 제조법은요?"

"그게 말이죠." 사반토스가 말하고 슬며시 능글맞은 미소를 지었다. "솔직히 말하면 약간의 예방 조치를 취했습니다. 몇 장 복사해 우편으로……."

"압니다. 지난 몇 달간 이곳에서 나온 우편물을 차단하고 검열했으니까요. 박사 당신이 사무실에서 작성한 문서들 말입니다." 준장이 말했다.

사반토스의 얼굴이 하얗게 질렸다. "음, 그게……."

래츨리가 끼어들었다. "아니, 지금 무슨 상황이에요? 나는 우리가……."

"조용!" 준장이 소리쳤다. 그러더니 다시 사반토스를 보았다. "그래서요?"

"저는…… 아……."

문가에서 누군가 말했다. "방바닥 아래에서 발견한 것들과 같습니다. 필체가 일치합니다, 실장님."

"다른 사본도 만들었는지 알고 싶어서 그래." 준장이 대답했다.

사반토스의 표정을 보니 다른 복사본은 없는 것이 분명했다. "저기…… 저는……." 사반토스가 말을 꺼냈다.

이번에도 래츨리가 끼어들었다. "아무래도 저는……."

코르크 뽑히는 소리를 내며, 소음기를 끼운 권총이 래츨리의 말을 잘랐다. 같은 소리가 또 들렸다.

래츨리와 사반토스가 앞으로 고꾸라졌고 바닥에 닿기도 전에 죽음을 맞았다. 문가의 남자가 무기를 권총집에 넣으며 뒤로 물러났다.

두 교수의 죽음을 강조하듯 폭발음이 바깥의 밤공기를 갈랐다.

한 남자가 방 안으로 몸을 기울이고 말했다. "벽은 계획대로 됐습니다, 실장님. 나머지는 테르밋과 네이팜으로 처리하고 있습니다. 그 더러운 빨갱이들은 흔적도 남지 않을 겁니다."

"잘했네. 그거면 충분할 거야. 확실해질 때까지만 민간인들이 근접하지 못하고 지키고 있도록." 준장이 말했다.

"알겠습니다, 실장님."

참 유능한 친구야. 준장은 생각했다. 주머니에 손을 넣고 딱 하나 남은 105번 화합물의 제조법을 손가락으로 어루만졌다. 그 자들도 다 유능했지. 엄선했으니까. 그래도 다음 프로젝트 때는 사람을 뽑을 때 심사 과정을 바꿔야겠군. 이제는 이 105번 화합물을 군사용으로 사용할 수 있을지 조사해야지.

"시체들을 그냥 잿더미로 만들어 버려." 준장이 발가락으로 사반토스와 래츨리를 가리키며 말했다. "이자들도 건물에서 건진 것들과 같이 보내고."

그림자가 드리워진 방 뒤쪽에서 걸걸한 저음이 들렸다. "의원님께는 뭐라고 전하지?"

"아무렇게나 말해도 해. 내가 나중에 보고서를 따로 보여 줄 거니까." 그리고 준장은 생각했다. 당장 이 물질을 활용해야지. 의원이 우리 손안에 들어오는 거야.

"빌어먹을 검둥이 추종자들." 저음의 주인공이 거칠게 말했다.

"고인을 욕되게 하지는 말지." 맞은편 구석에서 테너 음역의 부드러운 목소리가 말했다.

검은 정장을 입은 남자가 사람들 틈을 헤치고 나와 시체 주위의 빈 공간에 섰다. 그는 무릎을 꿇고 부드러운 목소리로 기도문을 중얼거렸다.

"화재 진압되는 대로 알려 줘." 준장이 말했다.

1966

원시인

The Primitives

1966년 4월, 《갤럭시》 수록.

I

화성 다이아몬드를 훔치려고 소련의 선전용 우주선을 침몰시키는 것은 전형적인 콘래드 루멜(별명은 스위머)식 범죄였다. 그는 돈만 된다 하면 두려움 없이 상대를 조롱했다. 스위머는 코가 크고 머리 선이 눈썹까지 내려오는 남자였다. 작은 눈은 탁한 녹색이었고 턱과 목은 거의 하나로 합체되었다. 입술이 두꺼운 입은 양쪽으로 넓게 벌어져 꼭 굶주린 농어 같았다.

스위머는 열일곱 살에 깨달았다. 이렇게 못생긴 얼굴에 맞는 직업은 하나뿐이라고. 범죄자 말이다. 그는 수학자, 외과 의사, 물리학자, 교사, 생화학자 등 전문직을 많이 배출한 명문가 출신이었다. 그래서 자연히 스위머도 전문 분야를 선택했다. 그의 전공은 수중 범죄였다.

스위머는 다섯 살 때 처음으로 아가미 마스크와 이퀄라이징 슈트를 만졌다(스위머가 꼴도 보기 싫었던 아버지의 선물이었다.). 얼마 후부터는 스위머가 자신의 영역에서 마음껏 기량을 펼치리라는 사실을 누구도 의심하지 못했다.

그래도 좋은 가정 환경은 스위머의 차별점이었다. 그는 유혈이나 살인과 선을 그었다. 스위머의 범죄에 징표가 딱 하나 있다면(자기도 모르게 드러내는 두려움의 흔적을 제외하면) 황당한 유머 감각이었다. 승선자가 당직 다섯 명뿐이고(나머지는 해변에서 열린 멕시코의 공식 환영 행사에 참여하고 있었다.) 그 다섯 명이 전부 갑판에 있을 때 정박 중인 소련 우주선을 침몰시켰다는 사실도 주목할 만하다. 스위머는 사려 깊게도 '튜브 뽕'이라는 제품이 든 상자를 개봉해 수면으로 띄워 보냈다. 그 물건이 부력을 제공한 덕에 러시아인 다섯 명은 인근 해안으로 안전하게 도착했다.

스위머는 이번 범죄의 성격도 성격이지만 앞으로 해야 할 활동이 있으니 바임 젭슨이라는 전문 갱을 끌어들이려 했다. 화성 다이아몬드를 처분하기는 쉽지 않을 터였다. 그리고 스위머는 젭슨에게 빚을 갚아야 한다는 의리를 느꼈다. 마지막으로 동업을 했을 때 일이 심각하게 틀어졌고 그의 말을 인용하면 젭슨은 288,764.51달러라는 거금을 날렸다.

그런데 젭슨의 반응은 놀라웠다.

* * *

"이게 다이아몬드라고?" 젭슨이 손에 든 물체를 보며 빈정거렸다. 푸르스름한 흰색이고 표면이 구름처럼 뿌연 돌은 중간 크기 멜론과 같은 형태였다. "이게 돌았나? 이건…… 이건……." 젭슨의 일차원적인 머리에는 적당한 단어가 바로 떠오르지 않았다. "돌이잖아. 아무것도 아닌 돌덩어리야!" 가늘게 뜬 눈이 분노로 번쩍였다.

그들은 멕시코 마사틀란 힐튼 호텔 324층에 있는 젭슨의 스위트룸 침실에 서 있었다. 구석의 열린 창문으로 바다와 도시가 보였고 멕시코의 오후 햇살은 풍경에 휘황찬란한 색깔을 뿌렸다.

돌을 보던 젭슨이 고개를 들었다. 그의 시선은 이 불쾌한 물건을 가지고 온 검은 머리 땅딸보에 고정되었다. 이 남자를 보기만 해도 마지막 만남이 생각났다. 스위머의 전문직 삼촌들 중 하나라는 아미노 루멜 교수의 발명품에 얼마나 많은 돈을 날렸던가.

교수 삼촌의 프로젝트는 기능이 명확하지 않은 타임머신이었다. 스위머에게 이야기를 들은 젭슨은 현대 무기로 무장한 부하들을 잠깐 과거로 보내 크노소스의 보물을 급습해 빼앗는 아이디어를 떠올렸다. (젭슨의 정부 하나가 이 보물을 다룬 소설을 읽었기 때문이다.)

거금을 투자했지만 교수 삼촌은 이 기계를 "더 많이 개발해야 한다."라고 선언했다. 교수 삼촌이 '그들 중 하나'(전문직)이고 기계를 만들어 낼 수 있다는 희망이 남아 있지 않았다면 젭슨은 손에 피를 묻혔을 것이다. 그런데 이 징글맞은 조카 스위머가 더 큰 골칫거리를 들고 왔다.

스위머는 분노의 징후를 읽고 말했다. "젭, 맹세하는데……."

"맹세는 무슨 맹세! 이건 다이아몬드가 아니야! 다이아몬드는 뭔가…… 뭔가……."

"젭, 내가 설명할……."

"내 말 방해하지 말라는 말 못 들었어, 스위머?"

스위머는 한 걸음 문으로 물러났다. "아니, 흥분하지 말고요, 젭."

젭슨이 이불을 정리하지 않은 뒤편의 침대에 돌을 던지며 경멸조로 외쳤다. "다이아몬드 같은 소리!"

"젭, 저 가치가……."

"닥쳐!"

스위머는 쿵쾅거리는 심장을 느끼며 두 걸음 더 물러나 문에 등을 대고 젭슨을 마주 보았다. 상황이 예상 밖으로 흘러가고 있었다.

"애들 불러서 네 녀석한테 매너 교육 좀 시켜야겠어. 방해하지 말라고 내가 몇 번을 말해?" 젭슨은 위협적으로 말하면서 인상을 구겼다. "우리 애들이 너를 들여보내 준 건, 네가 혼자 감당할 수 없는 대단한 다이아몬드를 훔쳤다고 말했기 때문이야. 내가 얼마나 마음이 넓은지는 다들 알지. 그렇게 곤란한 친구들을 도와주는 게 내 일이니까. 하지만 너같이…… 같이…… 사람을 바다에 가라앉힐 때 목에 거는 것 말고는 아무짝에도 쓸모없는 돌을 해변에서 주워 오는 녀석들이나 매일 보려고 여기 있는 줄 알아!"

* * *

"제가 한마디 해도 될까요, 젭?" 스위머가 부탁했다.

"하고 싶으면 해도 되는데, 다른 데 가서 해. 여기서 얼른 나가……."

"젭!" 스위머가 애원했다.

"스위머, 내 말을 한 번만 더 끊으면 나 더는 안 참아."

억양이 없어서인지 젭슨의 목소리는 굉장히 위협적으로 들렸다.

스위머는 말없이 고개를 끄덕였다. 젭슨이 화부터 낼 줄은 몰랐다. 상황을 뒤집으려면 설명이 필요한데.

"내가 이 돌이 뭔지 모른다고 생각해?" 젭슨이 물었다.

스위머는 고개를 가로저었다.

"화성 다이아몬드잖아. 다이아몬드! 그 러시아 놈들이 자기네 우주선에 실어 온 돌 아니야. 바로 어제 항구에 있는 놈들 수상 박물관에 있었지. 내 눈으로 거기서 봤다고. 이만하면 질문에 답이 되겠어, 스위머?"

스위머가 불쑥 말했다. "하지만 1000만 달러 넘는 가치가 있다고요! 다들 그렇게……."

"멕시코 돈 10센트도 안 돼! 그 안에 든 차트나 그런 것들 안 봤어?"

스위머는 영구건조 슈트의 가슴 주머니를 두드렸다. 그러자 그 안에 갇혀 있던 물이 양탄자로 찍 뿜어져 나왔다. 스위머는 긴장해 침을 삼키고 말했다. "그것도 가져왔어요. 도표도 다."

젭슨은 빈정거리는 말투로 말했다. "그렇다면 잘 알겠네. 이걸 건드리겠다는 다이아몬드 절단사는 이 세상에 없어. 애초에 이걸 못 알아보는 절단사도 없을 거야. 그리고 둘째, 차트를 보면 알 수 있지. 하나에 2비트(약 12.5센트 — 옮긴이)밖에 안 되는 조각으로 쪼개지 않는 이상 이 다이아몬드를 자를 수 없다고. 이걸 자르는 건 불가능하단 말이야, 이 멍청이! 그리고 셋째, 화성의 문화유산이라 불리는 이게 사라진 걸 알면 러시아 놈들과 전 세계 경찰이 찾아 나설 거야. 그걸 여기로 가져와?"

젭슨 기준으로는 일장 연설이었다. 그는 말을 멈추고 생각을 정리했다. 멍청한 스위머 녀석!

스위머는 말을 하고 싶은 마음과 말을 하면 어떻게 될지 모른다는 두려움으로 갈등하며 가만히 서서 몸을 떨었다.

창밖을 바라보던 젭슨이 뭔가 추측하는 눈빛으로 스위머를 돌아보았다. "어떻게 훔쳤어?"

"우주선을 침몰시켰죠. 다들 물 위에서 허우적거리고 있을 때 아가미 마스크와 버너 들고 들어가서 상자 열고 만을 가로질러 탈출한 거예요. 쉬웠어요."

젭슨이 오른쪽 손바닥으로 자기 이마를 쳤다. “우주선을 침몰시켜!” 그가 한숨을 쉬었다. “그래, 부탁 하나 하자. 내가 원해서가 아니라 필요해서. 이 돌을 만으로 가지고 가서 떨어진 것처럼 러시아 우주선 옆에 두고 와. 그리고 다시는 이 문제를 입에 올리지 않는다. 알았어?”

“젭. 내가 절단사를 알지도 몰라요.” 스위머가 말했다. 절실하고 다급한 목소리였다.

* * *

젭슨은 스위머를 뜯어보았다. 과거에 스위머와 일하며 배운 교훈들이 있지만 그럼에도 흥미가 생겼다. “이 돌을 다룰 수 있는 절단사를 안다고? 시도해 보겠대?”

“그 여자는 어떤 돌이든 자를 거예요, 젭. 이걸 알아보지 못하고 어디서 나왔는지 관심도 없을 거고요.”

“여자?”

스위머는 이마의 땀을 닦았다. 이제야 젭슨의 관심을 끌었다. 정말 젭슨을 끌어들일 수 있을지도 모르겠다.

“맞아요, 여자. 이 세상 그 어떤 절단사도 이 여자와는 비교가 안 돼요.”

“여자 절단사가 있다는 말은 못 들었어. 여자들은 그럴 용기가 없다고 생각했는데.”

“새로 시작한 사람이에요, 젭.”

"새로운 절단사라." 젭슨은 곰곰이 생각했다. "여자. 예뻐?"

"글쎄요, 본 적이 없어서."

"본 적도 없는데, 데리고 있다?"

"데리고 있어요."

"오오오." 젭슨이 말하며 고개를 저었다. "네가 새로운 절단사를 부린다니 재미있네. 그런데 이 돌은 아무도 못 잘라. 차트를 봤잖아. 러시아 애들은 이런 데서 실수 안 해. 이건 누구도 안 되는 돌이야. 못 자른다고."

"이 절단사는 할 수 있어요." 스위머가 말했다.

스위머의 고집스러운 입매가 젭슨의 흥미를 자극했다. 단호한 반대에 부딪혔을 때 고집을 부리는 것은 딱 스위머다운 반응이었다.

"어디에 있는데?" 젭슨이 물었다.

스위머는 혀로 입술을 적셨다. 이 부분이 까다로웠다. 젭슨의 성질은 보통이 아니니까. "아미노 삼촌 기억하죠? 제가 조금만 더 참고 기다리라고 했던……."

"아아아, 하!" 젭슨이 소리를 지르며 문을 가리켰다. "나가! 못 들었어? 나가라고!"

"젭, 타임머신은 작동해요!"

* * *

심장이 열 번은 넘게 뛸 동안 침묵이 이어지자 스위머는 폭로한 타이밍이 부적절했나 고민했다. 한편 젭슨은 바로 이 가능성 때문에 스위머를 제거하지 않았다는 사실을 떠올렸다.

젭슨이 물었다. "작동한다고?"

"맹세해요, 젭. 작동해요. 하는데, 제어 장치의 그…… 정확성이 좀, 삼촌 말로는 장애를 일으킬 때가 있다고…… 정확히 원하는 시기로 가지 않는대요."

"하지만 작동은 한다?" 젭슨이 날카롭게 물었다.

"이 절단사를 데려왔어요. 2만 년이나 3만 년 전에서요."

젭슨이 왼쪽 뺨의 근육을 움찔거리며 이를 악물었다. "절단사 여자가 전문가라며."

스위머는 심호흡을 했다. 어떻게 젭슨 같은 사람에게 구석기 시대의 문화를 설명할 수 있을까? 지하 세계의 은어로는 되지 않았다.

"할 말이 없나 보지?" 젭슨이 물었다.

"아주 믿을 만한 사람인 우리 삼촌 말을 그대로 옮기는 거예요. 삼촌 말로는, 이 여자 문화에 사는 사람들은 돌로 도구를 만들었대요. 삼촌 말로는 돌에 대해서나, 돌을 다루는 방식에 대해서나 직감이 있다고 했어요. 그 여자가 화성 다이아몬드를 자를 수 있다고 삼촌이 그랬다니까요."

젭슨이 얼굴을 찌푸렸다. "교수 삼촌이 잘리기라도 한 거야? 그자가 너한테 이 일을 맡겼어?"

"아니, 아니에요! 우리 가족은 내가…… 어어, 뭐로 먹고사는지 몰라요."

젭슨이 발 하나로 뒤를 더듬어 침대 가장자리를 찾고 침대에 앉았다. "교수 삼촌이 기계 고치는 데 쩐이 얼마나 더 필요하대?"

"오해하는 거예요, 젭. 돈 문제가 아니에요. 삼촌 말로는 국지 이상과 힘-시간 변수 때문에 기계를 목표 시간에 가깝게 조종하는 게 불가능할 것 같대요."

"하지만 작동은 하고?"

"저런 한계를 빼면요."

"그런데 왜 나는 못 들었지? 이런 일이 화성 다이아몬드보다 더 중요하지 않나? 왜 뉴스에 안 나와?"

"삼촌은 힘-시간 변수 이론이 정확한지 확인하려고 해요. 그리고 석기 시대 여자를 학계 회의에서 발표할 계획이라 증거를 모으고 있거든요. 말하는 법을 가르치는 것도 문제래요. 삼촌을 무슨 신으로 생각한대요."

"네 말이 아주 흥미진진해지기 시작했어. 계속해 봐."

"이제 화 안 났죠, 젭?"

"내가 못된 말들을 했지. 그래서 뭐? 그럴 자격 있잖아. 관심이 불만을 이겼다고 해 두지. 정말 삼촌이 이 짓 계획한 거 아니야?"

스위머는 고개를 저었다. "아미노 삼촌은 이런 일에 절대 끼이지 않을 거예요. 보수적이라. 아니, 이건 제 일이에요. 우리 그…… 왜 있잖아요, 그 후에 제가 좀 쪼들렸거든요. 이걸 준비해서 당신을 끌어들인 건…… 내가 빚이 있으니까요. 이자 쳐서 투자금을 돌려받게 해 줄게요. 그리고 이건 멋있는 작업이에요. 젭. 자를 수 없는 화성 다이아몬드를 우리가 자르는 거예요."

“누가 믿을까?” 젭슨이 말하고 고개를 끄덕였다. “네 삼촌이 데리고 있다는 여자가 할 수 있을까?”

“롱비치에서 아미노 삼촌을 만났어요. 러시아 우주선이 입항하고 화성 다이아몬드로 시끄러울 때 장비를 사고 있었더라고요. 그 다이아몬드를 자르는 게 불가능하다는 기사를 읽고 삼촌이 웃잖아요. 삼촌이 데리고 있는 여자는 원하면 그걸 깎아서 셰르다코프 총리에게 시계로 만들어 줄 수도 있다고 했어요. 그때 그 여자랑 기계에 대해 처음 안 거예요. 아까도 설명했지만 삼촌은 비밀로 하고 있었거든요. 그런데…… 삼촌 말에 질문을 해 보니까 농담이 아니더라고요. 이 석기 시대 여자는 할 수 있어요. 삼촌이 할 수 있대요.”

젭슨이 고개를 끄덕였다. “이 절단사가 할 수 있다고 한다면…… 어쩌면 말이야, 우리에게는 사업이 될 수도 있겠네. 내 눈으로 보기 전까지는 안 되겠지만.”

스위머는 겨우 깊은숨을 내쉬었다. “아, 당연하죠, 젭.”

젭슨이 입술을 오므렸다. “한 가지만, 스위머. 너는 완전히 나를 위해 이 일을 벌인 게 아니야. 너는 이 보석을 훔치고 국제적인 사건을 일으켰어. 하지만 이걸 멕시코에서 가지고 나갈 방법이 없었던 거지.”

스위머는 발만 보며 새어 나오려는 웃음을 참았다. “역시 속지 않으시네요, 젭. 보석을 북쪽으로 가지고 가야 해요. 이 절단사를 삼촌에게서 빼앗아 와야 하고 여자가 일할 수 있는 공간도 필요해요. 조직이 필요하다는 거죠. 젭은 조직이 있잖아요.”

"조직은 돈이 많이 들지." 젭슨이 말했다.

스위머가 고개를 들었다. "거래하는 거예요?"

"75 대 25." 젭슨이 말했다.

"아아아, 젭! 나는 55 대 45를 생각하고 있었는데." 젭슨의 눈빛에 스위머가 고쳐 말했다. "60대 40?"

"80대 20으로 만들기 전에 닥쳐. 필요할 때 도와주는 나 같은 친구가 있어 다행으로 알라고."

"여기에 수백만 달러가 걸려 있어요." 상처를 받고 화도 났지만 스위머는 목소리에서 감정을 숨기고 말했다. "비율이……."

"비율은 그대로야. 75 대 25. 입씨름하지 말자고. 그리고 네 말을 듣는 것만으로 나는 머리가 아픈 사람이야. 네가 돈 얘기를 할 때마다 문제가 생기잖아. 이번에는 투자금을 회수해야겠어. 자, 나가서 하프시한테 말해. 여자들 돈 좀 쥐여 주고 포장시키라고. 우리는 이 돌을 가지고 국경을 넘는 데 집중한다. 그거야말로 쉽지 않을 거야."

II

오두막은 호수 섬 솔숲의 아침 그림자 속에 갈색빛을 띠고 숨어 있었다. 이곳의 호수는 은색 유리처럼 섬과 남쪽 선착장을 거꾸로 비추었다. 나무 아래로 끌고 올라온 비행정 두 대는 위장 그물 아래 감췄다.

선착장에 드리워진 그림자 안에서는 작은 총알을 내뿜는 소총을 든 남자가 경계용 담배를 초조하게 피우고 있었다. 비슷하게 무장하고 비슷하게 중독된 듯 이리저리 살피는 다른 두 남자는 맞은편 호숫가를 순찰했다.

말싸움 소리는 원래 오두막의 식당이었지만 현재는 임시 작업실로 변한 방에서 나왔다. 마사틀란에서 북쪽으로 급히 날아오는 지난 닷새 사이, 이와 같은 싸움이 무수히 많은 시간을 잡아먹었다.

스위머는 말싸움에 신물이 났지만 폭력 없이 삼촌의 입을 막을 방법이 없었다. 상황은 스위머의 계획대로 흘러가지 않았다. 일단 한 멕시코 소년이 수배 전단을 보고 평범한 정장(영구건조 슈트) 차림으로 아가미 마스크를 쓰고 '흰 돌'을 든 채 물에서 걸어 나온 남자로 스위머를 알아본 당황스러운 사실이 있었다.

젭슨 조직은 캔털루프 멜론을 실은 화물에 스위머를 숨겨 국경을 넘었다. 멜론 하나는 속을 비워 다이아몬드를 보관했다.

이후 스위머의 삼촌은 1면에 뜬 소란을 보고 놀라 조카의 뜻대로 협조하지 않겠다고 완강히 거부했다.

이성을 잃은 젭슨이 부하들에게 간결한 명령을 내렸고 그렇게 모든 사람이 캐나다인지 미네소타 북부인지 모를 이곳으로 오게 된 것이다.

말싸움을 하면서.

거실에 있는 사람 중 한 명만이 말싸움에 참전하지 않았다. 여자는 '오브'라는 이름에 반응했다(집에서 불리던 이름은 우아한 형태라는 뜻의 '키운란'이었건만).

* * *

키운란-오브는 키가 150센티미터였다. 아미노 루멜 교수의 연구소 저울로 쟀을 때 체중은 58킬로그램이었다. 푸른빛을 띠는 검은 머리카락은 뒤로 빗어 빨간 리본으로 묶었다. 이마는 좁았고 넓은 미간 양쪽에 청회색 눈이 있었다. 코는 납작했으며 콧구멍이 넓었다. 턱과 입도 넓었고 입술은 두꺼웠다. 얼굴의 왼쪽에 난 붉은색 흉터 열다섯 개는 오브가 열다섯 해를 살았고 아직 아기를 낳지 않았다는 뜻이었다. 머리 위로 뒤집어써서 입고 허리에 벨트를 맨 단순한 갈색 원피스는 두꺼운 다리까지 몸을 가려 주었지만 그녀의 가슴이 네 개라는 사실까지 감추지는 못했다.

바로 이 특징이 가장 먼저 스위머의 시선을 사로잡았다. 그러다 손을 보았다. 손바닥과 손가락은 물론, 손가락 사이까지 뿔 같은 굳은살이 두껍게 박혀 있었다. 손등, 손톱 주변에도 간혹 굳은살이 있었다.

오브는 오두막에 식탁 대신 놓인 작업대 옆에 서 있었다. 작업대 옆의 높은 의자 등받이에 손 하나를 올렸다. 화성 다이아몬드는 작업대 위의 네모난 검은색 벨벳 쿠션에 놓여 있었다. 보석의 뽀얀 표면은 근처 S 자 관에 걸린 스포트라이트의 연노란색 불빛을 반사했다.

언쟁이 계속되자 오브는 겁에 질린 시선으로 양쪽을 번갈아 쳐다보았다. 우선, '에스 오르 교스'라고 하는 초(超)악마신 그루아악이 분노에 찬 소리를 퍼부었다. 그러더니 제프라고 하는 크고 통통한 악마신도 똑같이 큰 목소리로 분노했다. 악마신 제프는 눈을 번뜩이며 미지의 공포로 위협했고 보아하니 이곳에 있는 모든 사람보다 힘이 센 악마 같았다.

가끔은 악마신 제프와 같이 온 더 작은 생명체의 나지막한 소리도 들렸다. 이 생명체의 지위는 불분명했다. 오브가 보기에는 인간과 비슷했다. 얼굴이 썩 불쾌하지는 않았다. 그리고 오브와 똑같이 두려워하는 것 같았다. 이 생명체도 오브처럼 이 악마들에게 잡혀 온 인간인 걸까.

교수 삼촌의 목소리가 커졌다. "돌을 조각하는 데 천재지요! 네! 맞습니다! 하지만 아직 원시 생명이라 우리가 뭘 원하는지 이해하는 데는 한계가 명확합니다."

마른 체구의 대머리 남자는 분노로 부들부들 떨며 오브와 작업대 앞을 서성였다.

교수는 생각했다. 도둑질, 암살, 납치. 어떻게 콘래드는 이런 놈들과 엮였지? 내 연구소에 그런 식으로 들이닥쳐서 미안하다는 말도 없이 내 장비를 포장해 이렇게 외딴곳으로 나를 납치해 오다니.

"수다 다 떨었나?" 젭슨이 물었다.

"아니요." 교수 삼촌이 말하며 벤치에 놓인 다이아몬드를 가리켰다. "저…… 저건 평범한 다이아몬드가 아닙니다. 화성 다이아몬드라고요. 저렇게 값진 보석을……."

"닥쳐!" 젭슨이 말했다.

멍청한 논쟁이나 하는 녀석들. 그는 생각했다.

* * *

교수 삼촌은 조카를 노려보았다. 지난 며칠 도주하며 안 좋은 순간들이 몇몇 있었다. 교수는 조카 콘래드 생각에 또 기가 막혔다. 젭슨에게 속은 걸까? 이 남자는 범죄자였다. 돈이 다 어디에서 왔는지도 뻔했다. 타임머신 개발에 들어간 그 돈 말이다. 젭슨이 불쌍한 콘래드를 무섭게 협박해 범죄 계획에 끌어들인 것일까?

조용한 목소리로 젭슨이 말했다. "당신 여기 있는 조카 스위머한테 이 여자가 화성 돌을 자를 수 있다고 했어, 안 했어?"

"네, 했습니다. 어떤 돌이든 자를 수 있다고야 했지만……."

"그럼 됐네. 자르라고 해."

교수가 애원했다. "제발 이해 좀 해 주세요. 오브는 선생님 돌을 틀림없이 절단할 수 있습니다. 하지만 이 보석의 개념을 알거나 최대한의 아름다움을 끌어내는 건 오브의 이해 영역 밖에 있어요. 오브는 기능적인 인공물을 주로 다뤘습니다. 더 간단한 목적의……."

젭슨이 화를 냈다. "간단히, 간단히잇! 시간을 끌고 있잖아. 뭐야? 이 여자에 대해 거짓말했나? 내가 이 여자 같은 괴물들에 대해 본 이야기에서는 죄다 남자들이 돌을 자르고 여자들은 이빨이 180센티미터인 호랑이를 피해 동굴에 숨어 있었다던데."

교수가 설명했다. "선사 시대의 노동 분업에 대한 가설은 저희도 수정할 겁니다. 오브를 통해 대략 알게 된 사실은, 남자들이 사냥을 하는 동안 여자들이 도구와 무기를 만들었다고 합니다. 모계 사회로 제사장 비슷한 역할을 하는 여성들이 있었고요. 번역하면 동굴 어머니가 될 겁니다."

"그래? 잘 모르겠는데. 저것들은 뭐야?"

"저것들요?" 교수는 어리둥절해 얼굴을 찌푸리고 젭슨을 보았다.

젭슨이 외쳤다. "그게 네 개잖아! 내 생각에 당신은 이런 괴물들을……."

"아, 네 개요. 굉장히 신기하죠. 현대의 인간 여성도 1400만 명 중 한 명이 두 개 이상의 유방을 가지고 태어난다고 해요. 지금까지는 세 개의 가설이 있었습니다. 하나는 돌연변이, 하나는 흡수된 형제, 마지막은, 어어…… 잠복 유전요. 오브는 세 번째 가설의 살아 있는 증거입니다. 오브의 시대에는 다태아 출산이 훨씬 빈번했거든요. 간단합니다. 여성이 더 많은 아기에게 젖을 빨려야 했던 거죠. 다태아 출산이 감소하며 이런 생존적 특성도 점차 사라졌습니다."

"그렇단 말이지." 젭슨이 거칠게 말했다.

"조지가 특히 의기양양했죠. 세 번째 가설을 고수했으니까요."

"조지? 조지가 누구지?" 젭슨이 물었다.

"제 동료인 조지 엘윈 교수요." 교수가 말했다.

"조지에 대해서는 말한 적 없잖아. 내가 당신 그 멍청한 기계에 돈을 다 쏟아붓고 있을 때, 조지라는 사람은 없었어. 누구야? 새로운 봉?"

"봉이라고요?" 교수는 스위머를 보았다가 다시 젭슨을 보았다.

스위머는 젭슨이 분노를 터뜨리기 직전이라는 것을 감지하고 메마른 목구멍으로 침을 어렵게 삼켰다. 삼촌은 어떻게 이 위험을 보지 못하는 걸까.

교수가 말했다. "제 동료가 선생님과 무슨 관련이 있는지 잘 모르겠군요. 하지만……."

"저 타임머신하고……." 그러면서 젭슨이 뒤쪽 구석에 있는 커다란 상자를 가리켰다. "저 여자에 대해 몇 명이나 아는 거야?"

"그게요, 물론……."

"내 앞에서 거들먹거리지 말고! 누가 아냐니까?"

* * *

교수는 드디어 상대의 억눌린 분노를 알아차리고 젭슨을 멍하니 바라보았다. 갑자기 입이 바짝 말랐다. 이런 범죄자는 굉장히 폭력적일 수 있었다. 때로는 살인도 저질렀다.

"음, 이 방에 있는 우리를 제외하면 조지 엘윈 교수가 있고, 조지의 조수도 두세 명 있을 겁니다. 특별히 비밀 엄수를 지시하지는 않았어요. 완벽한 조사를 끝내고 발표하자는 얘기만……."

"이 조지라는 사람은 왜 끌어들인 건데?" 젭슨이 물었다.

"그게요, 선생님. 제대로 훈련을 받은 누군가가 프랑스 북부로 가서 고고학적 증거를 찾아야 했습니다. 당연히 사기꾼이라는 주장이 나올 테니까요."

젭슨이 이해를 못 하고 얼굴을 찌푸렸다. "고고…… 프랑스 북부는 무슨 얘기야?"

제일 좋아하는 화제에 뛰어드는 사람 특유의 빛이 교수의 얼굴을 밝혔다. "선생님은 잘 모르실 수도 있겠지만, 구석기 시대의 인공물에는 거장 화가의 붓놀림 같은 뚜렷한 흔적이 어느 정도 남아 있습니다. 그래서, 우리는 엄격하게 통제된 고고학적 조건하에 오브의 작품을 찾고 있죠. 원래 만든 곳에서요."

"그래?" 젭슨이 말했다.

"우리가 파악한 바로, 오브는 프랑스 북부에 있는 캉브레의 바로 동쪽에 있는 지역 출신입니다. 단순히 정보로 추측한 게 아니에요. 증거도 여러 가지 확보했습니다. 그중 하나가 흑요석 조각이에요. 오브 이름도 흑요석을 뜻하는 obsidian에서 따온 거죠. 제가 농담 삼아 오브라고 부르기 시작했는데…… 아무튼, 우리가 데려왔을 때 들고 있던 흑요석 조각은 우리가 선택한 지역에서 흔한 종류예요. 오브의 몸에 식물 꽃가루도 있었고, 발에 묻은 진흙의 점토 유형과 우리가 오브를 데려올 때 찍은 배경의 풍경 사진도……."

"그래. 그러니까 이 여자를 아는 사람은 몇 명 없다 그거지." 젭슨이 말했다.

"네. 우리가 왜 발표를 미루고 쓸데없는 추측을 막기로 했는지 이해하실 겁니다. 일요신문이 소설을 쓰면 과학적 연구의 본질이 다 무색해지거든요." 교수가 말했다.

"그래. 그렇다며."

"윤리적인 문제도 있습니다. 과거의 서식지에서 이 인간을 데려왔다며 도덕성을 걸고넘어지는 사람들이 있을 거예요. 저는 개인적으로 오브와 우리의 과거에서 오브를 빼낸 순간 오브의 시대 흐름이 우리의 흐름에서 벗어났다는 이론을 지지합니다. 하지만 선생님은……."

"그래, 알았다고!" 젭슨이 소리쳤다.

미쳤어! 별것도 아닌 말을 온종일 지껄일 노친네네. 어려운 말이나 쓰고! 복잡한 말! 아무 의미 없잖아. 젭슨은 생각했다.

Ⅲ

스위머는 삼촌과 젭슨을 번갈아 보며 두 사람의 수준 낮은 대화에 놀라움을 금치 못했다. 삼촌이 하는 말을 보면 오브에게 하는 말의 느낌과 별반 다르지 않았다. 스위머는 주머니의 아가미 마스크를 만지작거리며 상황이 통제 불능으로 심각해질 때 몰래 탈출할 방법으로 써야겠다 생각했다.

교수가 말했다. "내가 하려던 말은, 역사적 간섭의 방정식을 한 요소로……."

젭슨이 폭발했다. "그래! 그것참 흥미롭군. 하지만 내가 알고 싶은 건, 이 오브라는 여자한테 돌을 보여 주고 다른 돌도 똑같이 해 달라고 말하는 게 왜 안 된다는 거냐니까? 그런 거 할 수 있잖아. 아니야?"

교수는 한숨을 쉬고 두 손을 치켜들었다. 젭슨의 이상한 말투를 간파하고 문제 일부를 그 남자에게 넘겼다고 생각했는데, 막상 보니 아무것도 뜻대로 되지 않은 듯했다.

"이 여자가 전문가라며?" 젭슨이 다그쳤다.

"시간을 주세요." 교수가 참을 만큼 참았다는 투로 말했다. "나도 오브가 이 세상에서 가장 훌륭한 다이아몬드 절단사가 될 수 있다고 생각합니다. 연구실에 산업용 다이아몬드 조각이 조금 있고, 오브가 그것들로 무엇을 할 수 있을지 보는 것도 우리 실험의 한 과정이니까요. 오브는 슬쩍만 보고도 자연스러운 벽개선을 찾아낼 수 있습니다. 더듬거리지도 않고, 실수도 없어요. 그냥 한 번 보면 끝이죠. 하지만 주의하셔야 합니다. 오브의 이해도가 어느 정도 수준이냐면, 실용적인 목적으로 쓰기에는 다이아몬드가 너무 단단하다고 생각한단 말입니다."

"하지만 돌을 잘 다룬다는 거 아냐?"

"그렇게 말한다면요."

"저 여자가 우리보다 더 좋은 도구를 가지고 있나?" 젭슨이 작업대 위에 있는 선반을 가리켰다. 작업대 한쪽 끝에는 절단용 바이스가 물려 있었다.

"이 정도는 아닙니다."

"도구를 사용할 줄은 알고?"

"천부적인 도구 감각이 있습니다. 우리 연구실의 도구를 보고 꽤 놀라더군요. 오브는 직관으로 작업합니다. 돌과 산다고 할까요. 작업하는 돌로 생명과 정령 신앙 같은 관념을 표현하는 것 같아요."

"그래, 빨리 시작하자고." 그러고는 젭슨은 돌아서서 오브를 관찰했다.

* * *

오브는 분노한 악마신의 따가운 시선을 느끼며 눈을 내리깔았다. 자신에게 무엇을 원하는지 이해할 것 같았다. 오브는 악마신들의 생각보다 그들의 언어를 많이 이해하고 있었다. 동굴 어머니가 전수한 훈련이 빛을 발했다. "악마신과 영혼을 만났을 때는 명령하는 대로 순종하고 복종하거라. 하지만 감정을 숨겨야 해. 항상 숨겨야 한다."

갑자기 밀려드는 향수에 아랫입술이 떨렸지만 오브는 감정을 억눌렀다. 예비 동굴 어머니로서 생활 도구를 만드는 훈련을 받은 여성은 악마신 앞이라 해도 꺾이지 않았다. 그리고 여기에는 해야 할 일이 있었다. 그동안 훈련받은 창조 작업을 해야 했다. 악마신들의 말을 이해하는 것과 상관없이, 훨씬 더 직접적인 방법으로 그들이 원하는 바를 확인할 수 있었다. 그들은 경이로운 도구들이 있는 곳으로 오브를 데려왔고 제물로 돌을 올려놓았다. 돌은 아주 단단해 까다로운 종류였고, 상상도 할 수 없는 힘으로 결이 교차하고 뒤틀려 있었다. 하지만 어디서 시작해 어떻게 작업을 진행해야 할지 한눈에 보였다.

"뭘 해야 하는지 알려 줘." 젭슨이 말했다.

"이 일에 관해 더는 말하지 않으렵니다." 교수가 말했다.

스위머의 얼굴이 창백해졌다.

젭슨이 차가운 저음으로 말했다. "아무도 내 말을 거부하지 못한다. 아무도. 교수 삼촌 당신, 저 돌 자르는 여자한테 가서 뭘 해야 하는지 말해. 안 그러면 우리 애들이 당신 조카 놈을 아주 잘게 조각조각 써는 모습을 지켜보게 할 테니까. 우리가 잔해를 버릴 때 물고기들 목이 막히면 안 되잖아. 내 계획 알아듣겠나?"

"감히 그런." 교수가 말했다. 하지만 그렇게 말하면서도 젭슨이 정말 그런 행동을 하리라 느꼈다. 이 남자는 괴물 범죄자였고…… 그들의 명줄을 쥐고 있었다.

스위머는 벌벌 떨며 서 있었다. 처음부터 이 짓을 하지 말았어야 했다. 주머니의 아가미 마스크도 이제는 소용없었다. 계획이 조금이라도 어긋나면 젭슨은 그를 산 채로는 이 섬에서 내보내지 않을 작정이었다.

교수가 마지못해 말했다. "제가 뭘 하기를 바라십니까, 젭슨 씨?"

젭슨이 화를 냈다. "다 얘기했잖아! 네 여자에게 일을 시키라고. 대단한 자들 말로는 자를 수 없다던데. 자르나 한번 보자고."

"책임은 당신이 지는 겁니다." 교수가 말했다.

"알았으니까, 하기나 해." 젭슨이 말했다.

* * *

교수가 오브에게 돌아서자 스위머는 깊은숨을 내쉬었다. 지금 보니 젭슨은 돌을 자르는 이 여자를 위해 준비한 계획이 따로 있었다. 화성 다이아몬드는 준비 단계일 뿐이었다. 젭슨의 계획에서 스위머가 설 자리는 곧 사라질 것이다. 젭슨의 계획에 역할이 없는 사람들은 실종되기 일쑤였다.

스위머가 머리로 이런 생각들을 하는 동안, 오브는 그 마음을 다 이해한다는 눈으로 그를 쳐다보았다. 고대인들이 텔레파시 능력을 가지고 있는데 이후 시간이 흐르며 유전자의 변화 속에 사라져 버린 것인가? 스위머는 문득 깨달았다. 이 불쌍한 생명은 공포를 느끼고 있었다. 잘 숨기고 있지만. 자기가 살던 시간과 장소에서 납치되어 친구들과 억지로 영원히 헤어지게 되었다. 다시는 돌아가지 못한다. 타임머신을 그렇게 정확히 조종할 수 없었다. 그리고 지금, 여자는 젭슨의 손아귀에 놓였다.

젭슨을 어떻게 해야 해, 스위머는 생각했다. 해야 하는 일을 생각하자 두려워서 몸이 떨렸고…… 혹여나 중간에 실패하면 어떻게 될지 그것도 두려웠다.

"오브." 교수가 말했다.

오브는 그루아악을 보고 말없이 다음 지시를 기다리며 당신을 따르겠다는 광적인 열망을 전달하려 했다. 이 근처를 맴도는 선량한 정령이 무엇인지 모르겠지만, 악마신들이 싸움을 멈춰서 감사했다.

교수가 다시 말했다. "오브, 이 돌을 봐." 그리고 검은 벨벳에 놓인 화성 다이아몬드를 가리켰다.

오브가 돌을 보았다.

교수는 천천히, 또박또박 말했다. "오브 이 돌을 깰 수 있어?"

어려운 돌이야. 하지만 방법이 있어. 악마신 그루아악은 아는 거야. 그렇다면 시험이겠구나. 악마신이 나를 시험하는 거야. 오브는 생각했다.

"오브. 깬다. 돌." 오브가 말했다.

스위머는 목구멍을 긁는 듯한 오브의 목소리에 감탄했다.

"우선, 돌을 작은 조각으로 쪼개야 해." 교수가 말했다.

그래, 시험이야. 한 번에 작은 조각으로 쪼개야 한다는 건 누구나 알지. 하지만 이 돌은 아주 어려운데. 첫 번째 조각이 평소보다 클 거야. 그래도 충분히 작은 조각으로 자를 수 있겠지. 오브는 생각했다.

"작은. 조각." 오브가 동의했다.

"필요한 도구는 있어?" 교수가 물으며 벤치에 있는 바이스, 망치, 쐐기를 가리켰다.

이것도 시험이다. 오브는 생각했다.

"필요하다. 물. 필요하다. 옹옹." 오브가 말했다.

"대체 옹옹이 뭐야? 절단사가 옹옹을 달라는 말은 처음 듣는데." 젭슨이 물었다.

"저도 모르겠습니다. 이런 용어를 사용한 적은 없었어요." 교수는 어리둥절해 얼굴을 찌푸린 젭슨을 돌아보았다. "우리의 의사소통에 얼마나 한계가 있는지 보이시죠. 격차가 너무 커서……."

"옹옹이나 구해 줘!" 젭슨이 버럭 외쳤다.

오브는 두 악마신을 번갈아 보았다. 이들에게 옹옹이 없을 리 없었다. 불이 있는 곳에는 옹옹이 있었다. 스위머를 본 오브는 그에게서 두려움밖에 느끼지 못했다. 그녀와 같은 인간이 분명했다. 다시 그루아악을 보았다. 이것도 시험일까? 정말 혼란스러웠다. 오브는 굳은살이 뿔처럼 박힌 손으로 화성 다이아몬드를 집어 들고 표면을 손가락으로 훑었다. "옹옹."

교수가 어깨를 으쓱하고 말했다. "오브, 옹옹 줄게."

오브는 한숨을 쉬었다. 또 시험이야.

그녀는 화성 다이아몬드를 두 손으로 꼭 쥐고 오두막 거실로 나갔다. 거실에 불구덩이가 있었다. 냄새를 맡았고 눈으로도 봤다.

거실은 무겁고 투박한 가구들과 멕시코산 직물로 꾸며져 있었다. 화려한 천의 모습에 오브는 감탄했다. 어떤 동물이 이런 가죽을 가지고 있지? 악마신의 땅에는 무시무시한 게 많은가 봐. 오브는 궁금했다.

호수를 내다보는 창문 근처의 원형 테이블에 젭슨의 부하 두 명이 앉아 있었다. 그들은 식사를 하며 포커를 치는 중이었다. 돌로 된 벽난로에 불이 피어 있었고 오브는 젭슨, 교수, 스위머를 뒤에 달고 그쪽으로 직행했다.

애들이 게임을 하다 고개를 들었고 한 명이 말했다. "저 몸 좀 봐. 소름 끼쳐."

"맞아." 다른 하나도 말하고 젭슨을 보았다. "저 여자 돌 가지고 뭐 해요, 보스?"

젭슨은 오브만 주시하며 아무렇지 않은 듯 무심한 어조로 말했다. "닥쳐라."

애들은 어깨를 으쓱하고 다시 게임을 시작했다.

* * *

오브는 벽난로 앞에 무릎을 꿇고 재를 한 움큼 펐다. "옹옹." 오브가 말했다. 다이아몬드를 난로 바닥에 내려놓고는 재에 침을 뱉어 반죽처럼 주무르더니 우툴두툴한 손으로 다이아몬드에 검은 반죽을 발랐다.

"뭐 하는 거야?" 젭슨이 물었다.

"잘 모르겠네요. 하지만 옹옹은 재를 말하는 것 같습니다." 교수가 말했다.

젭슨은 이제 검은 덩어리가 된 다이아몬드에 시선을 고정했다. 오브가 다이아몬드를 집어 들고 거실의 서쪽 창문으로 걸어갔다. 태양을 향해 들고 유심히 쳐다보았다.

오브는 생각했다. 그래. 이 돌을 통과한 강력한 불덩어리의 빛이 옹옹 덕분에 흐릿해져 묘한 무늬로 갈라졌어. 오브는 다이아몬드를 문질러 검은 얼룩을 조금 지우고 갈색 옷에 손을 문지르고는 다이아몬드를 다시 강력한 불덩어리에 들어 보였다. 동굴 어머니에게 배운 기법으로 예상한 그대로였다. 보석 표면에 묻은 옹옹 선에 자그마한 흠집들이 드러났고, 이 선들을 기준으로 내부 윤곽을 살펴볼 수 있었다.

"실제 작업을 앞두고 하는 종교 의식인 듯합니다." 교수가 말했다.

스위머는 삼촌을 보고 젭슨을 힐끔 확인하더니 오브의 뒤로 이동했다. 허리를 굽혀 오브가 들고 있는 보석을 자세히 뜯어보았다. 겉에 묻은 재로 반짝이는 빛과 패턴이 보였다.

오브는 고개를 돌리고 가까이 서 있는 스위머를 보았다. 수줍은 미소를 지었다가 얼른 감추고 젭슨과 교수의 눈치를 살폈다.

스위머가 허리를 펴며 씩 웃었다.

오브는 또 수줍은 미소를 지어 보였다. 침울했던 얼굴이 순간적으로 밝아졌다.

교수가 말했다. "이상하군. 태양을 경배하는 것 같은데. 종교 신앙을 더 파 봐야……."

"언제 이 짓거리를 그만두고 자르기 시작할 거야?" 젭슨이 윽박질렀다.

"오브. 일한다." 오브가 말했다.

오브는 뒤돌아 작업실로 가서 네모난 벨벳에 다이아몬드를 다시 올렸다.

스위머가 가까이 다가가 보려 했지만 누군가 못 가게 그의 어깨를 움켜쥐었다. 고개를 돌리자 젭슨이 그를 내려다보았다.

"네 녀석은 물러나 있어." 젭슨이 말했다.

스위머는 몸을 부르르 떨었다. 남자의 목소리에서 최후통첩

이 느껴졌다.

바로 이 순간 남쪽 창문에서 새가 울었다. "짹, 짹짹, 짹."

오브는 창밖을 보며 미소 지었다. 익숙한 울음소리였다. 무슨 뜻인지도 알았다. 새는 "이건 내 구역, 내 덤불이야."라고 말하고 있었다. 오브는 돌아보다 젭슨의 매서운 눈빛과 마주쳤다.

"빌어먹을 돌이나 잘라!" 젭슨이 말했다.

오브가 움츠렸다. 저 목소리에는 죽음이 묻어 있었다. 똑똑히 들렸다.

교수가 벤치 위의 조명을 조절하고 오브의 팔에 손을 올렸다.

고개를 든 오브는 놀랍게도 그의 눈에서 두려운 눈빛을 보았다. 그루아악도 두려워? 악마신은 보이는 것이 전부가 아니었다! 어지러운 정신으로 오브는 고개를 숙이고 보석을 바이스대에 올리고 손잡이를 조심스럽게, 신중하게 돌려 고정했다. 이 악마신들의 도구는 굉장해.

젭슨은 오브의 작업을 제대로 볼 수 있도록 벤치 옆으로 자리를 옮겼다. 땀이 난 손바닥을 옆구리에 문질렀다. 절단사들이 일하는 모습을 전에도 본 적 있었다. 첫 조각을 자르는 동안에는 늘 시간이 늘어지는 듯했다. 질질 끌며 긴장감이 쌓였고 절단사는 긴장된 에너지를 끌어모아 한 번 툭…… 정확한 지점을 내리쳤다.

이번에도 그러기를 예상한 젭슨에게 오브의 행동은 충격적이었다.

IV

오브는 잠시 작업대 선반에 있는 쐐기들을 살피다 하나를 골라 다이아몬드에 올렸다. 다른 손으로 망치를 들었다.

젭슨은 한참 동안 위치를 잡고 쐐기를 옮기기를 기다렸다. 그랬던 젭슨이 펄쩍 뛰었다. 오브가 대충 잡은 듯한 첫 번째 위치를 바꾸지도 않고 망치를 내리쳤던 것이다.

탁!

길고 좁은 형태로 화성 다이아몬드 조각이 벤치로 떨어졌다.

탁!

이번에는 크기가 조금 작았다.

탁!

세 번째 조각이 벤치에 떨어졌을 때야 젭슨은 충격에서 벗어났다. "기다려!" 그가 비명을 질렀다.

탁!

오브가 바이스를 풀어 다이아몬드를 살짝 돌렸다.

탁!

"기다리라고 해!" 젭슨이 숫제 우는 소리를 냈다.

탁!

교수가 겨우 목소리를 냈다. "오브!"

오브는 망치와 쐐기를 꽉 쥔 채로 뒤로 돌아 그루아악의 명령을 기다렸다.

"일 그만." 교수가 말했다.

오브는 고분고분 손을 내렸다.

젭슨이 입술을 오므리고 낮은 소리를 냈다. "우후우우우우우." 가장 큰 조각을 집어 들고 빛에 비추어 보았다. "자를 수 없는 돌이라고? 우후우우우우." 조각을 벤치에 내려놓고 어깨에 찬 다트 권총을 꺼내 스위머에게 겨눴다.

"유감은 없어, 스위머. 하지만 너는 짐이 돼서 말이야. 그리고 교수 삼촌도 이 기회에 배워야지. 시키는 대로 해야 한다는 걸." 젭슨이 말했다.

"안 돼!" 교수가 속삭였다.

젭슨이 교수를 휙 쳐다보았다.

* * *

바로 그 순간, 스위머는 절박한 마음에 옆으로 몸을 날리며 총을 들고 있는 젭슨의 손을 발로 찼다. 다년간의 수영으로 강화된 근육들 덕에 구두 끝이 젭슨의 손을 때렸다. 총이 손을 떠나며 퓩! 발사되었다. 다트 하나가 천장에 박혔다. 총이 요란한 소리를 내며 방 저편으로 떨어졌다.

오브는 악마신을 공격한 스위머를 보고 겁에 질려 잠시 얼어붙어 있었다. 하지만 악마신의 목소리에서 죽음을 들었다. 이유만 충분하다면 짹짹이 새도 인간을 공격하지 않겠는가. 그러니 인간도 당연히 악마신을 공격할 수 있었다.

젭슨이 애들을 부르려고 입을 열었을 때, 오브가 주먹으로 그의 머리를 내리쳤다. 잘 익은 멜론을 떨어뜨리는 소리가 났고 젭슨의 목이 날카롭게 탁 부러졌다. 그는 작은 쿵 소리와 함께 쓰러졌다.

스위머는 떨어진 다트 권총으로 몸을 날려 총을 집어 들고, 웅크린 자세로 거실 문을 바라보며 밖에서 소란을 들었을까 온몸의 촉각을 곤두세웠다.

"세상에!" 교수가 말했다.

방 안에는 집의 평범한 소리밖에 들리지 않았다. 머리 위의 침실을 지나는 발소리, 침대 스프링이 삐걱거리는 소리, 수도꼭지를 트는 소리, 누군가 휘파람을 부는 소리.

스위머가 뒤로 돌았다.

오브는 가만히 서서 젭슨을 내려다보았다. 경이로운 표정이 얼굴에 서서히 번졌다.

스위머가 젭슨에게 다가가 허리를 굽히고 살펴보았다.

"죽었어." 그가 말했다. 그러고는 허리를 펴고 안심하라며 오브에게 미소를 보냈다. 하지만 정작 스위머는 안심이 되지 않았다. "우리 큰일 났어요, 삼촌. 부하가 하나라도 들어오면……."

교수가 몸의 떨림을 가까스로 참았다. "어쩌지?"

"기회는 한 번뿐이에요." 스위머는 오브를 돌아보았다. "오브, 이 시체를 작업대 뒤에 숨기게 도와줘." 그러고는 몸을 굽혀 젭슨의 몸을 끌기 시작했다.

다정하게 스위머를 옆으로 밀어낸 오브는 한 손으로 벨트를 쥐고 젭슨의 몸을 들어 올렸다. 죽은 남자의 고개가 아래로 늘어졌다. 팔은 바닥에 끌렸다.

스위머는 침을 삼키고 시체를 치우고 싶은 곳을 가리켰다. 그들은 젭슨을 구석에 세워 놓고 벤치를 옮겨 감췄다.

교수가 속삭였다. "세상에. 힘이 황소네!"

"이제 잘 들어요. 오브는 아무 일 없었던 것처럼 일을 계속해야 해요. 나는 호수에 들어가 볼게요. 일단 물에 들어가면 탈출해서 지원군을 불러올 수 있을 거예요." 스위머는 젭슨의 다트 권총을 교수 손에 쥐여 주며 당부했다. "주머니에 넣고 있어요. 꼭 필요할 때가 아니면 쓰지 말고요."

"무시무시하다." 교수가 말했다.

스위머가 쉰 목소리로 말했다. "방금 내가 말한 대로 하지 않으면 더 무시무시해져요. 이제 총 주머니에 넣어요."

교수는 고개를 끄덕이고 오브를 보고 말했다. "너는…… 돌…… 일……."

오브는 움직이지도 않고 교수를 뜯어보며 인간이 이 악마신에 명령조로 말했다는 사실에 신기해했다. 인간이 악마신에 명령할 수 있다니.

스위머가 말했다. "제발, 오브. 돌 가지고 일해 줘."

* * *

스위머를 보는 오브의 눈빛은 숭배에 가까웠다. "너. 원한다. 오브. 일?" 오브가 물었다.

"너 일." 스위머가 말하고 오브의 팔을 토닥였다.

다시금 오브의 입가에 수줍은 미소가 떠올랐다. 오브는 벤치에 놓인 다이아몬드로 돌아섰다. "오브. 일?" 오브가 물었다.

스위머는 교수를 쳐다보았다. 교수의 눈은 충격으로 멍했다.

"삼촌?" 스위머가 불렀다.

교수는 고개를 젓고 얼마간 정신을 차린 후 스위머와 눈을 맞췄다.

스위머가 말했다. "누가 젭을 찾으면 삼촌한테 오브가 돌 자르는 걸 감시하라고 맡기고 산책 나갔다고 해요. 알았죠?"

교수는 침을 삼켰다. "알겠다, 콘래드. 진실을 숨기고 거짓을 말해야지. 하지만 서두르렴. 정말 못 견디게 괴롭다."

탁!

오브가 다이아몬드에서 또 한 조각을 깼다.

탁!

스위머는 심호흡을 했다. 두려워할 시간도, 그가 겁쟁이라는 사실을 기억할 시간도 없었다. 삼촌의 목숨, 묘하게 매력적인 이 원시인 여자의 목숨이 그의 손에 달렸다. 스위머는 마음을 가다듬고 방에서 빠져나와 옆 복도를 통해 부엌으로 갔다. 비어 있었지만 누군가 주전자에 물을 올려놓았다. 뒷문으로 빠져나가는 스위머의 뒤로 뜨거운 김의 톡 쏘는 냄새가 흘렀다.

산들바람이 머리 위의 소나무를 흔들었다. 고개를 들고 해의 위치를 확인했다. 아직 한낮이었다. 왼쪽과 오른쪽 호숫가에 움직임이 있었다. 경비 두 명이다.

스위머는 애써 아무렇지 않은 척 산책하는 속도로 호수에 다가가며 두 경비 사이의 중간 지점을 노렸다. 나무 한 그루가 모래밭을 가로질러 호수로 쓰러져 있었고 죽은 가지가 하늘과 물속을 향해 뻗어 나왔다. 스위머는 호수를 코앞에 두고 나무 옆의 모래밭에 앉아 한가롭게 노는 양 호수에 솔방울을 던졌다.

경비는 무슨 일인지 한번 쳐다보더니 그를 무시했다.

스위머는 기다리며 생각했다. 왜 오브가 그토록 매력적으로 느껴지는 걸까? 그리고 결론을 내렸다. 오브는 혐오감을 드러내지 않고 그를 진심으로 바라본 유일한 여자였기 때문이다.

경비들이 그를 향해 걸어오다 방향을 틀고 다른 쪽을 순찰했다. 둘 다 스위머를 등지고 있었다. 스위머는 아가미 마스크를 꺼내 머리에 쓰고 나뭇가지 사이로 빠져 잠수했다. 익숙한 일이라 거의 소리도 나지 않았다.

스위머는 서서히 호수로 들어가 바닥에 붙어 움직였다. 영구건조 슈트가 주위로 마구 펄럭여 숨어 있는 끈을 단단히 조였다.

이제는 깊이 잠수해 있었다. 신발 뒷굽을 비틀었다. 엄지에서 오리발이 나왔다. 스위머는 팔을 강하고 안정적으로 저으며 손목시계 뒷면의 나침반에 의지해 맞은편 호숫가로 헤엄쳤다.

기이한 감정이 가슴을 휘저었다. 그중에는 그가 과거의 범죄와의 끈을 끊고 있다는 속죄의 감각도 있었다. 규칙은 분명했다. 동료들에게 알려서는 안 됐다. 도발을 당한다 해도.

하지만 알려야 했다. 안 그러면 어느새 너무도 소중해진 여자가 죽을 수도 있었다.

V

훗날 당국이 '젭슨 일당을 일망타진한 날'이라고 일컫는 그날 오후를 돌아보면 꿈같은 비현실의 그림자가 짙은 긴박감의 물결과 교차하는 느낌이었다.

물속으로 건너는 호수는 비교적 고요했다. 스위머는 섬에서 보이지 않는 지점으로 나와 잠시 종종걸음을 치며 나무와 덤불 사이의 흙길로 이동했다. 길의 양옆에는 송풍기로 날아간 낙엽이 잔뜩 쌓여 있었다. 길은 시골 도로로 이어졌고, 그곳에서 스위머는 전면이 커다랗게 돌출되어 있고 공중에 떠서 허리케인처럼 날아가는 농장 트럭을 얻어 탔다.

농부의 얼굴은 기억나지 않지만, 비음이 섞여 징징거리는 목소리는 몇 년이 지나도 잊을 수 없었다. 오른쪽 손등의 두 번째 마디에는 진갈색 점이 있었다. 세월이 흘러 그때를 회상하는 스위머에게는 그 농부가 신선한 흙냄새가 나는 양배추를 한가득 실어 나르고 있었다는 사실이 무척 인상적이었다.

스위머는 오브 걱정 때문에 트럭 좌석 가장자리에 앉아 안절부절못했다. 농부는 그를 '이웃 양반'이라 부르며 비료 가격에 대해 불평했다. 그는 스위머에게 딱 하나만 물었다. "어디 가쇼, 이웃 양반?"

"마을요."

경계의 표지판에 따르면 이 마을은 애커빌로 인구가 1만 2908명이었다. 농부는 높은 건물의 길 건너에 스위머를 내려주었다. 건물은 세기가 바뀌기 전에 건축된 것이 분명했다. 표면이 유리와 알루미늄으로 이루어져 단조로웠다. 입구 위의 간판에 따르면 이곳은 크레인 카운티의 관청이었다.

정오를 알리는 호루라기 소리를 들으며 스위머는 건물로 들어가 보안관 사무실을 가리키는 화살표를 따라갔다. 이후에는 이곳을 복도의 냄새(소나무 소독약)와 키가 크고 깡마른 보안관으로 기억하게 되었다. 수수한 정장에 카우보이모자를 쓴 보안관은 사무실로 들어오는 스위머를 보고 말했다.

"콘래드 루멜 씨. 방금 랠프 애버나시 씨가 당신을 마을로 데려왔다고 트럭에서 전화했습니다."

미네소타 북부의 농부도 그를 알아보았다니. 스위머는 자신이 처한 상황이 얼마나 효율적으로 돌아가는지 이해했다. 무장한 보안관보들이 뒷문에 나타났다. 그들은 스위머에게 무기가 없는 것을 보고 놀란 눈치였다. 스위머는 단풍나무로 벽을 댄 방으로 떠밀려 들어갔다. 벽에 있는 창문들 너머로 아까 농부가 내려 준 길모퉁이가 보였다.

랠프 애버나시. 그 이름을 듣고 떠오르는 얼굴은 없었다. 어떻게 농부와 한 트럭을 타고도 얼굴을 기억하지 못할 수가 있었을까.

오브! 위험해!

* * *

보안관은 화성 다이아몬드에 대해 알고 싶어 했다.

스위머는 같은 이야기를 보안관과 보안관보들에게 세 번이나 반복했고, 카운티 검사라고 하는 흰 수염의 뚱뚱한 대머리 남자에게도 들려줘야 했다. 그들은 상황의 위급함을 모르는 듯 자꾸만 새로운 질문으로 질질 끌었다.

갑자기 방에 사람들이 늘어났다. 보안관과 검사는 배경으로 밀려났다.

새로 온 사람들은 월리스 맥프레스턴이라는 남자의 지시에 따랐다. 키가 160센티미터도 되지 않는 마른 남자는 머리카락이 진회색이었고, 항상 큰 입에 반쯤 미소를 띠고 있었지만 웃음기가 커다란 파란색 눈까지 미치지는 않았다.

"대통령실 특별 보좌관이오." 맥프레스턴이 말했다.

무슨 대통령?이라 물을 필요는 없었다.

이어 맥프레스턴도 자기 식대로 질문을 쏟아붓기 시작했다. 보안관과 보안관보들이 물은 것과 같은 질문도 있었지만, 맥프레스턴은 스위머가 소련의 선전용 우주선을 침몰시킨 방법에 대해서도 관심을 보였다. 배를 반으로 쪼갠 것을 알고 있나? 고의로 그랬나? 어떤 연유로 폭발물을 설치한 것인가? 각 폭탄의 크기는 어느 정도였나? 기폭 장치의 유형은? 압축파를 피하려고 얼마나 멀리까지 피했나?

스위머는 맥프레스턴을 둘러싼 사람들의 얼굴을 서서히 알아볼 수 있었다. 특히 한 명이 눈에 들어왔다. 맥프레스턴의 왼쪽에 있는 각진 얼굴 거구. 매부리코 위에 갈색 동굴 같은 눈이 있었고, 푸석푸석한 짙은 색 머리카락의 숱이 점점 줄어들어

관자놀이 양옆은 대머리였다. 이 남자는 스위머가 배를 어떻게 침몰시켰는지 대놓고 궁금해했다.

하지만 이 사람들 누구도 지금 얼마나 긴급한지 모르는 것 같았다. 오브…… 아미노 삼촌이 얼마나 위험한지.

맥프레스턴은 스위머의 이야기를 검토하고…… 검토하고…… 검토하고…… 또 검토했다.

다이아몬드 상자의 위치. 그것이 폭발물을 설치하는 데 어떤 영향을 주었나?

스위머는 분노가 솟구쳤다. "저기요! 젭슨이 죽은 걸 부하들이 알면 어떻게 될지 몰라요?"

"젭슨의 부하들은 아무 데도 안 가네." 맥프레스턴이 말했다.

"하지만 오브를 죽일 텐데…… 우리 삼촌도요." 스위머가 말했다.

"설마. 자, 이 오브라는 여자. 삼촌이 타임머신으로 데려왔다고?" 맥프레스턴이 말했다.

스위머는 타임머신, 젭슨의 돈, 대발견, 작동 오류에 대해 설명해야 했다. 새로운 질문에 대답할 때마다 오브와 삼촌의 시간이 얼마 남지 않았다는 예감이 들었다.

"타임머신이라고." 맥프레스턴이 비웃었다.

매부리코 남자가 맥프레스턴의 소매를 잡아당겼다. 맥프레스턴이 고개를 들고 말했다. "왜, 미시?"

남자가 말했다. "나와. 얘기 좀 하지." 둘은 방을 나갔다.

* * *

시간이 더 빨리 흘렀다. 스위머는 모든 희망의 끈을 놓기 시작했다.

맥프레스턴이 동료와 돌아왔고 육군 장성과 레인저 부대 대령이 뒤를 따랐다. 들어올 때까지도 대령은 말을 하고 있었다.

"인원은 380명에 1인용 스쿠터와 인간 제트기도 있고, 해군이 보내 줄 비행 탱크도 25대 있습니다. 그거면 될 겁니다."

"저자는?" 육군 장성이 물으며 스위머를 턱으로 가리켰다.

"루멜은 우리와 갑니다. 대통령 각하 말씀 들었잖아요." 맥프레스턴이 말했다.

"해가 지려면 세 시간이나 남았습니다. 시간은 충분합니다." 대령이 말했다.

"이동 수단이 필요한가요?" 육군 장성이 물었다.

"우리 리무진 있어요." 맥프레스턴이 말했다.

"신호를 보낼 때까지 높은 곳에 피해 계십시오. 지금 무기를 가지고 있지 않을 테니까요." 장성이 말했다.

"대통령 리무진이라고. 무슨 소리를!" 맥프레스턴이 말했다.

"아무튼, 총격이 끝날 때까지 접근하지 마십시오. 놈들 같은 무장 조직은 뭘 가지고 있을지 모릅니다." 장성이 말했다.

"총격이라뇨?" 스위머가 물었다.

"우리가 들어가 자네 삼촌과 선사 시대 여자 친구를 구출할 거야." 맥프레스턴이 말하고 고개를 저었다. "타임머신이라니."

스위머는 두 번 깊은숨을 들이마시고 말했다. "어디 있는지 알아요?"

"건축가에게 설계도를 받았네." 맥프레스턴이 말했다. 그리고 돌아서려다 다시 스위머를 보았다. "방금 미시의 부하 하나가 내가 지금껏 본 것 중에 가장 끔찍한 보고서를 하나 보냈지. 프랑스 캉브레에 있는 엘윈 교수가 작성했다는데. 엘윈이 누군지 아나?"

"누군지 알아요." 스위머가 말했다. 궁금했지만 이 사람들이 약속한 행동을 개시하기를 바라며 질문을 참았다.

"타임머신이라니." 맥프레스턴이 중얼거렸다. 하지만 지금의 목소리에는 의심보다 경외감이 더 강했다.

무언가 왼쪽 손목을 움켜쥐는 느낌에 내려다보니 그의 손목이 매부리코의 오른쪽 손목과 수갑으로 연결되어 있었다. 미시.

"미 육군 범죄수사대의 미샤 레빈스키다." 남자가 말하며 스위머를 강렬하게 쳐다보았다. "나중에 대화를 했으면 좋겠는데, 루멜. 마사틀란 작전에 대해서 말이야. 한 사람이 한 것치고 대단했어."

미 육군 범죄수사대라니, 스위머는 생각했다. 대통령. 육군. 레인저 부대. 해군. 고장 난 핀볼 기계에 빠진 것만 같았다. 맥프레스턴이 "기울여! 기울여! 기울여!"라고 외치는 동안 이 범퍼에서 저 범퍼로 퉁겨질 운명을 앞에 둔 느낌이었다.

"출발하지." 레빈스키가 말했다.

VI

오후의 햇살을 피해 호수 섬으로 낙하한 연합군은 적의 벌집을 향해 달려드는 성난 곤충 떼처럼 소리를 질렀다. 해변의 가장자리를 따라서는 1인용 장갑 스쿠터들이 촘촘한 원을 그렸다. 해군의 비행 탱크가 하늘을 검게 가렸다. 인간 제트기 레인저들이 출격해 솔숲을 오르내렸다.

스위머는 남동쪽으로 약 2킬로미터 상공에 떠 있는 리무진 뒷좌석에서 작전 현장을 지켜보며 질서정연한 대혼돈이 마치 정신 나간 게임 같다고 생각했다. 자신의 행동이 이런 결과를 가져왔다니 도저히 연결되지 않았다. 오브를 걱정하지 않았다면 이 상황 자체가 우스워 보였을 것이다.

리무진이 1킬로미터 아래로 내려와 가까이 다가갔다.

스위머는 오른쪽에 앉은 맥프레스턴을 힐끗 쳐다보았다. "저 사람들……."

"아직 몰라. 어이, 굉장한 작전이지, 미시?" 맥프레스턴이 말했다.

레빈스키가 투덜댔다. "너무 많잖아. 자기들끼리 뒤엉켜 떨어지지 않는 게 신기하네."

"어때, 루멜?" 맥프레스턴이 물었다.

"뭐가요?"

"굉장한 작전 아니야?"

미쳤어. 스위머는 생각하며 말했다. "저도 레빈스키 씨와 같은 생각이에요. 저기 아래에 젭슨네 부하가 스무 명 이상 있을

리 없는데…… 제 계산으로는요. 저라면 부대를 더 가까이 두고 50명과 들어갔을 거예요."

"자네라면 어디를 공격할 거야?" 맥프레스턴이 물었다.

레빈스키가 고개를 끄덕였다.

"집 꼭대기."

리무진이 호수의 남동쪽 가장자리에서 150미터 높이까지 하강했다. 스위머는 여기저기서 소총이 발사되는 소리를 들을 수 있었다. 한 발, 한 발 울릴 때마다 두려워서 참을 수 없었다.

오브…….

섬에 다시 인위적인 고요가 흘렀고, 충격에 휩싸인 정적 틈으로 조용한 호수를 가로질러 희미한 고함이 들릴 뿐이었다. 허공에 두 손을 올린 남자들이 일렬로 스쿠터의 저지선을 지나 섬의 선착장으로 나왔다.

리무진 대시보드에서 뭔지 모를 버저가 울렸다.

"됐다. 가지." 맥프레스턴이 말했다.

* * *

사선으로 내려온 리무진이 오두막 옆의 공터에 착륙했다. 상공의 제트 엔진 때문에 구름처럼 떠올랐던 솔잎들은 모터가 조용해진 후 서서히 땅으로 내려왔다.

맥프레스턴이 창문을 열고 먼지에 재채기를 했다.

레인저 대장이 달려와 경례를 하고 창문을 통해 말했다. "위험 상황 종료되었습니다. 루멜 교수와 그…… 여자는 집에 안전하게 있습니다."

스위머는 깊은숨을 내쉬었다.

"피해는?" 레빈스키가 물었다.

"예?" 레인저 대장이 고개를 숙여 레빈스키가 있는 차 안을 들여다보았다.

"피해!" 레빈스키가 쏘아붙였다.

"우리 쪽 부상자가 열 명입니다. 여덟 명은 저희 측의 일제 사격으로 다쳤습니다. 하지만 심각한 부상은 없습니다. 그리고 여기 있는…… 남자들 둘을 사살했습니다. 추가로 네 명 부상을 입혔습니다."

맥프레스턴이 옆의 버튼을 눌렀다. 리무진의 방탄 덮개가 바람 빠지는 유압 시스템 소리를 내며 뒤로 젖혀졌다.

레빈스키가 중얼거렸다. "집 바로 위로 50명. 그 정도로 충분했겠군."

"좋아, 대장. 루멜 교수와 여자를 데리고 나오게. 빨리 만나 보고 싶어." 맥프레스턴이 말했다.

레인저 대장이 머뭇거렸다. "저기…… 여자와 교수를 조심히 다루라는 명령을 받아서 저희가……."

"그러니까 데리고 나오라고!"

"여자가 일을 중단하지 않겠다고 고집합니다."

"일?"

"루멜 교수 말로는 저기 있는 조카의 명령만 들을 거랍니다."

대장이 스위머를 고갯짓으로 가리켰다.

스위머는 이 말을 말없이 받아들였지만 기분이 굉장히 좋아졌다. 이 대장에 호감을 느꼈다. 맥프레스턴에게도 호감을 느꼈다. 레빈스키와 이 멍청한 군인들도 다 호감이었다. 이런 몽상에서 깨어난 스위머는 깜짝 놀랐다. 레빈스키와 맥프레스턴이 그를 빤히 보고 있었기 때문이다.

"왜 말을 안 했지?" 레빈스키가 물었다.

오브가 다이아몬드 작업을 한다는 얘기 말이지. 스위머는 생각했다. 그는 침을 꿀꺽 삼키고 말했다. "저를 좋아하는 것 같아요."

"그래서?" 맥프레스턴이 말했다.

"그러면 좋잖아요." 스위머가 말했다.

"설명만 들었을 때는 괴물 같은데. 뭐가 좋다는 거야?" 맥프레스턴이 말했다.

갑자기 맥프레스턴에 대한 호감이 사라졌다. 대통령의 비서관을 바라보는 스위머의 눈빛에도 그런 감정이 역력히 드러났다. "설명이 틀렸나." 맥프레스턴이 말했다.

"윌리. 그냥 입 다물지 그래?" 레빈스키가 말했다.

* * *

민망한 침묵이 흐르는 가운데, 스위머는 레빈스키를 보며 생각에 잠겼다. 오브가 괴물이라고? 오브도 나처럼 평범한 사람이야! 능력이 추가로 있는 게 어때서. 오브의 시대에는 장점이었다고. 자기 시대에서 납치당한 게 오브의 잘못도 아니잖아. 이곳에 와서 사람들의 비웃음을 당하게 해 달라고 언제 부탁했어? 단지 외모 때문이라고. 오브는 평범하고 건강한 인간 여자야. 이 맥프레스턴 같은 놈보다 훨씬 더 평범하고 건강할걸!

맥프레스턴은 분노로 얼굴이 벌게져 레인저 대장을 돌아보았다. "나오지 않겠다고 거부한다고?"

"왜? 인력이 부족해?" 맥프레스턴이 계속 따졌다.

"저기 족히 200킬로그램은 되는 벤치가 있습니다. 젭슨이라는 자를 그 뒤에 숨겼어요. 벤치를 옮겨 젭슨이 정말로 죽었는지 확인하고 싶었죠, 그 여자가 벤치를 한 손으로 들었습니다."

"200킬로그램 벤치를? 한 손으로?"

"예. 아…… 그리고 젭슨은 정말 죽었습니다. 두개골이 으스러져서요. 교수가 그러는데 여자가 주먹 한 방에 그렇게 만들었다고 합니다."

"주먹으로?" 맥프레스턴이 분노한 눈빛으로 스위머를 보았다. "루멜, 저기 있는 여자 대체 뭐야?"

"그냥 평범하고 정상적인 여자요." 스위머가 말했다.

"하지만……."

"저 여자는 아무 이상 없어요! 본인 시대에는 40킬로그램대 약골이었을지도 몰라요. 이곳에 데려와 달라고 한 적 없습니다, 맥프레스턴 씨. 자기 외모를 두고 멍청한 판단을 해 달라고 부탁하지 않았다고요." 스위머가 말했다.

맥프레스턴은 스위머의 얼굴을 뜯어보며 좁은 이마부터 뾰족한 턱까지 하나하나 관찰했다. 그리고는 말했다. "미안해, 루멜. 내 잘못이야."

스위머는 고개를 끄덕이고 생각했다. 오브는 내 명령만 들을 거야. 가슴에서 기묘한 희열이 솟구쳤다. 수갑과 함께 왼쪽 손목이 올라오는 느낌이 들어 아래를 보니 레빈스키가 수갑을 풀고 있었다.

"미시, 뭐 하는 거야?" 맥프레스턴이 물었다.

"보면 몰라?" 레빈스키가 물었다.

"아니, 잠깐만, 미시. 자네 요청에 나도 공감해. 대통령 각하도 같은 생각이시고. 하지만 앞에 커다란 장애물이 있잖아. 이 녀석이 저지른 범죄는……."

"이보다 유능한 파괴자는 본 적 없어." 레빈스키가 말했다.

"하지만 러시아 애들을 생각해야지!" 맥프레스턴이 괴로워하며 말했다.

"젭슨을 주면 돼. 젭슨은 죽었잖아. 반대하거나…… 우리 이야기를 반박할 수 없어."

스위머는 수갑이 닿았던 손목을 문지르며 맥프레스턴과 레빈스키를 번갈아 보았다. 두 사람의 대화를 이해하기 힘들었다. 아직 리무진 옆에 서 있는 레인저 대장도 똑같이 당황한 표정이었다.

"하지만 루멜은 신원 확인이 됐잖아!" 맥프레스턴이 말했다.

"그래서?" 레빈스키가 말했다.

"연루된 걸 러시아에서 알 거 아냐. 이후에 무슨 쓸모가 있어? 이 자식 얼굴은…… 미안해, 루멜 군. 하지만 사실인 걸 어쩌나. 이 얼굴은 미네소타 농부도 신문에서 두 번만 보면 알아볼 수 있단 말이야. 러시아 애들에게 그걸 어떻게 감추려고?"

* * *

"멍청한 소리 하지 마, 윌리! 애초에 그렇게 써먹을 생각도 없어. 이 친구의 지식, 경험을 원하는 거지. 아카데미에 들일 거야."

"하지만 나머지 일당과 함께 검찰에 넘기지 않으면……."

"이러면 어때? 처음부터 우리 요원이었다고 주장하는 거야. 우리를 위해 젭슨 조직에 잠입했다고 하면?"

"네 입으로 말했잖아, 미시. 누가 전문가였는지 놈들은 알아. 누가 배를 침몰시켰는지 안다고."

"그래서?"

맥프레스턴이 얼굴을 찌푸렸다.

"대통령 각하 말씀 들었지. 루멜이 협조적이고, 현장 조사 후 도움이 된다고 판단하면……." 레빈스키가 말했다.

"마음에 안 들어."

"러시아인들도 그럴 거야. 우리가 남은 다이아몬드와 젭슨 조직을 돌려줄 때는 더더욱."

"우주선은!"

"우주선은 사과하면 돼."

다이아몬드를 돌려준다. 안 돼! 오브가 안에서 돌을 조각 내고 있잖아! 스위머는 생각했다.

“생각을 좀 해 봐야겠어. 러시아 놈들을 불쾌하게 하는 일이라면 나도 대찬성이야. 하지만 다른 문제도 있단 말이지.” 맥프레스턴이 레인저 대장을 올려다보았다. “뭐야, 왜 그러고 서 있어?”

“예?”

“루멜 교수와 그…… 여자에게 안내해.”

“저…… 아무래도 서두르셔야 할 것 같습니다.”

“왜?”

“그게, 제가 계속 시도했는데 말입니다…… 여자가 작업을 안 끝내려고…… 화성 다이아몬드를 부수고 있거든요.”

스위머는 맥프레스턴이 그렇게 빨리 움직일 수 있는 사람인지 몰랐다. 리무진 문이 벌컥 열렸다. 맥프레스턴이 스위머의 팔을 붙잡고 함께 밖으로 뛰쳐나갔다. 그들은 군복을 입고 무장한 남자들이 몸을 날려 비키는 사이로 오두막의 현관 계단을 뛰어오른 후 문을 지나 거실로 들어갔다.

뒤집힌 의자, 깨진 창문, 총알로 부서진 벽. 얼마나 공격이 거셌는지 알 수 있었다. 경비병들이 작업실로 이어지는 복도의 길을 터 주었다.

맥프레스턴이 우뚝 섰다. 스위머가 맥프레스턴에 부딪혔고, 바로 뒤에 붙어 오던 레빈스키가 스위머에 부딪혔다.

“저 소리.” 맥프레스턴이 말했다.

스위머는 아는 소리였다. 복도에서 들리고 있었다.

탁!

탁!

탁!

맥프레스턴이 스위머의 팔을 놓고 돌격할 준비를 하는 황소처럼 복도로 다가갔다. 레빈스키가 쿡 찔러 스위머도 뒤를 따랐다. 사형장으로 끌려가는 기분이었다. 오브가 돌을 자르는 리듬에 맞춰 그들의 발이 움직이는 것을 보자 기분이 묘했다.

세 사람은 작업실로 행진했다.

이곳은 왼쪽의 깨진 창문 말고는 군대의 공격을 받지 않은 듯했다. 아미노 루벨 교수가 창가에 서 있었다. 그는 방에 들어오는 조카를 돌아보고 말했다. "콘래드! 드디어 왔구나. 내 말은 도무지 안 듣는다."

* * *

맥프레스턴은 오브가 일하고 있는 곳에서 2미터 거리에 멈춰 섰다. 네모난 갈색 형체를 바라보고 있으니 맹렬히 집중하는 등의 윤곽, 근육의 움직임이 눈에 띄었다. 스위머와 레빈스키는 맥프레스턴의 뒤에 섰다.

탁!

탁!

교수가 스위머에게 다가왔다. "이런 아수라장은 처음 봤어."

"맙소사, 루벨, 저 여자 말려!" 맥프레스턴이 거칠게 외쳤다.

"말렸습니다. 제 말을 안 들어요." 교수가 말했다.

"당신 말고!" 맥프레스턴이 포효했다.

탁!

교수가 몸을 일으키고 맥프레스턴을 쳐다보며 물었다. "당신은 누구요?" 그는 묘하게 애원하는 눈으로 스위머를 돌아보았다. 200킬로그램 벤치를 한 손으로 드는 모습을 기억하는 것이 분명했다.

스위머는 목소리를 찾으려 애를 썼다. 뜨거운 부지깽이로 목구멍을 지진 느낌이었다. 그는 천천히 맥프레스턴을 지나쳐 오브의 팔에 손을 올렸다.

오브가 망치와 쐐기를 떨어뜨리고 매서운 눈빛으로 홱 돌아보자 스위머는 재빨리 한 걸음 물러났다. 하지만 스위머를 보자 오브의 입에 미소가 번졌다. 찬란하게 빛나는 미소에 스위머는 넋이 나갔다.

"오브, 이제는 그만해도 돼." 스위머가 속삭였다.

오브는 여전히 웃으며 스위머에게 가까이 다가가 굳은살이 박힌 검지로 그의 뺨을 찔렀다. 동굴로 초대하는 무언의 손짓이었다. 그의 얼굴에서 읽은 감정을 시험하고 있었다. 스위머의 뺨에는 나이를 표시하는 흉터가 없었고, 너무나 사랑스럽고 가슴 떨리게 부드러운 것이…… 동굴 어머니의 아기들의 뺨 같았다. 스위머는 손가락의 의미를 이해한 듯했다. 오브를 옆으로 끌고 와 뺨에 흘러내린 머리카락을 넘겨 주고 그녀의 귀를 만졌다.

오브는 그의 손을 잡고 벤치로 데려가 작품을 보여 주고 싶었지만 마법이 풀릴까 두려웠다.

"총알들이 날아다니는 상황에서도 아무 관심이 없었어. 그냥 계속하기만 했어. 마치……." 루멜 교수가 말끝을 흐리다 문득 말했다. "이런. 총알이 뭔지 모르는구나."

스위머는 그 목소리가 꿈에서 들리는 느낌이었다. 그의 일부는 맥프레스턴과 레빈스키가 작업대로 가서 허리를 굽히고 중얼거리고 있음을 알았다. 오브의 얼굴에 떠오른 감정을 읽었을 때, 다른 것들은 의미를 잃었다.

오브는 동굴 어머니의 말이 떠올랐다. "수컷들과 어울리며 시험해도 괜찮아. 하지만 영원한 짝짓기를 할 때가 되면, 누구를 선택할지 내 마법이 가르쳐 줄 거야. 단번에 알아볼 게다."

다 알고 계시다니 동굴 어머니는 참으로 현명하셔, 오브는 생각했다. 동굴 어머니의 마법은 정말로 강력해!

* * *

스위머는 살아난 기분이었다. 존재하지 않는 것들의 온갖 파편들을 뒤로하고 이 방에서 다시 태어난 것만 같았다. 오브를 껴안고 싶었지만 열정적으로 반응해 고통을 줄까 조심스러웠다. 힘을 조절해야 한다고 주의를 주지 않으면 그의 갈비뼈가 부러질 수 있었다. 오브에게는 현대 문화가 요구하는 억제력도 없을 듯했다. 키스라도 하면 완전히 앞뒤 가리지 않고 반응하는 모습을 상상할 수 있었다.

스위머는 천천히 몸을 뗐다.

오브는 그의 주저하는 모습을 보고 생각했다. 악마신들을 생각하는 거야. 악마신들의 주의를 다른 것들로 분산시켜야 해. 그러면 천둥 마법을 다른 곳으로 가져가 사람이 자기들끼리 흥미로운 행동을 하게 놔두겠지.

하지만 스위머는 이제 막 결과를 생각하기 시작했다. 그러고 보니 지금까지는 자기가 한 행동의 법적 결과를 단 한 번도 걱정해 본 적이 없었다. 화성의 다이아몬드는 그를 유혹했다. 재미있고, 떠들썩하고, 스케일 큰 장난이었기 때문이다. 하지만 돌이 저렇게 됐으니 맥프레스턴과 레빈스키는 그를 러시아 놈들에게 넘길 것이었다. 그냥 조각 한 무더기를 주며 "미안해, 친구들…… 부서졌어."라고 말할 수 없지 않은가. 모든 것이 부서졌다. 오브가 어떻게 될지 생각하자 스위머는 두려움에 아무 말도 나오지 않았다.

이제는 결과를 외면할 수 없었다. 레빈스키와 맥프레스턴은 열띤 논쟁을 벌이고 있었다.

"이건 재앙이라고!" 맥프레스턴이 말했다.

"윌리, 자네 지금 바보처럼 굴고 있어." 레빈스키가 말했다.

"하지만 러시아 애들한테 뭐라고 하느냐고?"

그러니까. 러시아 애들한테 뭐라고 하지? 스위머는 생각했다.

레빈스키가 말했다. "그냥 말해. 선사 시대 여자가 우리 문제를 해결해 줬다고. 우리가 전 세계에 내보일 수 있는 프로파간다 무기를 만들어 준 거야!"

"그냥……."

"뭐가 문제야! 못 알아들을 사람은 이 세상에 한 명도 없을걸." 레빈스키가 목소리를 낮췄다. "자를 수 없는 다이아몬드. 모르겠어? 계획했다고 말하면 돼. 러시아 놈들에게 젭슨 일당을 넘기고……." 그가 맥프레스턴의 몸에 가려진 무언가를 가리켰다. "……본보기를 보여 주는 거야."

* * *

스위머는 호기심을 참을 수 없었다. 벤치로 향했지만, 오브가 먼저 달려 나가 맥프레스턴을 어깨로 밀치고 반짝이는 것을 손에 들고 돌아섰다.

"오브. 일. 당신…… 위해서." 오브가 말했다.

충격과 경외심을 느끼며 스위머는 물건을 받아 들었다. 레빈스키가 '본보기'라고 한 말의 의미를 알 수 있었다.

오브가 화성 다이아몬드로 만든 것은 창끝이었다. 빼어난 솜씨로 절묘하게 균형을 이루고 있었다. 창끝이 스위머의 손바닥에서 따스하게 반짝였다.

"당신…… 원해?" 오브가 물었다.

1966

탈출의 행복

Escape Felicity

1966년 6월, 《아날로그》 수록.

"탈출이 불가능한 감옥을 만들 수는 없어." 그는 또다시 되뇌었다.

그는 로저 데이루트라고 했다. 키 150센티미터, 47킬로그램. 검은 머리카락을 짧게 깎았고 좁은 얼굴에 코는 길쭉했고 입은 가로로 길었다. 우주에서 색이 바랜 눈동자는 보이는 것을 흡수하기보다는 반사하는 듯했다.

데이루트는 그의 감옥을 알았다. D군(軍). 그는 야자수 그늘이 있는 열대 해변의 해먹에 누워 반쯤 잠든 게으름뱅이처럼 군대에 뿌리를 내렸다. 언젠가 행운을 만나면 그곳에서 벗어날 것이라고 생각하며.

1인용 D선(船)이 해먹이라고 착각하지는 않았다. 우주도 열대 해변이 아니었다. 하지만 한적한 느낌이 비슷했다. 우주선은 안락한 보호막이었고 한 사람의 탑승자에게 맞춘 기후를 선사했다.

오랜 시간이 흐른 후에야 깨달았지만, 파일럿들은 저마다의 가슴에 감옥의 쇠창살이 있었다. 카펠라 기지 너머의 빈 공간을 목표로 이곳에 나와 있는 데이루트는 시멘트와 용접으로 고정한 쇠창살이 정신에 파고드는 것을 느낄 수 있었다. 범인은 정신부의 의사들과 비행이 끝날 때마다 깊은 잠을 자며 진행하는 최면 보고였다. 정신부에서 무력한 파일럿들에게 밀기(Push)라고 부르는 충동을 심어 수작을 부리는 것이 분명했다.

젊은 파일럿들은 잠시나마 탈출에 성공하기도 했다. 정신력이 더 강한 친구들이겠지만 그들도 결국에는 정신부에 붙잡혔다. 일반적인 충동 탓에 D선의 파일럿은 밖에 머물 수 있는 시간에 한계가 있었고 경로를 이탈했다가도 돌아서서 집으로 날아오기 마련이었다.

"이번에는 벗어날 거야." 데이루트는 다짐했다. 소리 내어 말했지만 컴퓨터의 보코더를 꺼 두었고 멍하니 중얼거리는 말은 무시될 테니 괜찮았다.

눈앞에 나타난 마젤란은하의 가스 구름은 별들 위로 찢긴 천 조각을 던진 듯 계기판에 선명히 표시되었다. 데이루트가 아공간에서 위험할 정도로 가까이 나왔다. 하지만 도박을 해보기로 했기 때문이었다.

데이루트가 구름에 도전하겠다고 했을 때 동료 파일럿이자 친구로 지내는 빙갈링 베너는 미쳤다고 말했다. "전에 한 적 있지 않아?" 빙갈링이 물었다.

"한 번 시도했다가 마음을 바꿨어." 데이루트가 말했다.

"그 안에서는 속도를 늦추고 거의 기어가야 해. 나 81일 견뎠다. 밀기를 제대로 느꼈지. 더는 참을 수 없어서 돌아왔어. 그리고 끝까지 가 봤자 구름밖에 없어."

빙갈링이 말한 끝없는 구름이 우주선의 계기판에 점점 더 커졌다.

하지만 구름이 감싼 우주에는 1000개의 태양이 숨어 있을 수도 있었다.

81일. 데이루트는 생각했다.

"80일, 90일. 그게 사람이 견딜 수 있는 최대치야. 구름 속은 더 심하다니까. 들어가자마자 밀기가 느껴져." 빙갈링은 말했다.

데이루트는 우주선을 안전한 속도로 줄이고 가장 위의 희박한 층에 슬그머니 들어가 보았다. 구름의 성분은 미스터리가 아니었다. 수소로 이루어졌지만 농도 때문에 빠르게 비행하는 것은 자살 행위였다.

"이런 이론이 있대. 별의 배아 같은 거라고. 어느 날 갑자기 슉하고 하나의 별 덩어리로 압축된다는 거야." 빙갈링은 말했다.

데이루트는 계기판을 읽었다. 그를 감싼 우주선을 신경의 연장선처럼 느낄 수 있었다. 최고급 우주선이었고 데이루트와 동료 파일럿들은 단순하고도 음탕한 별명으로 불렀다. 길이는 250미터로 그 행성이 인간 생명을 지탱할 수 있는지 확인하는 장비들이 앞뒤로 가득 차 있었다. 조종석 뒤의 동면실에는 확인된 사실을 다시 확인하는 용도의 붉은털원숭이 한 쌍과 흰

쥐 열 쌍이 있었다.

D선 파일럿들은 행성들에 인간보다 붉은털원숭이와 흰쥐를 더 많이 뿌렸다고 주장했다.

데이루트는 후미의 장치들로 전환했다. 구름에 들어온 지 한 시간밖에 안 되었는데 눈에 익은 별들이 벌써 희미해지고 있었다. 처음으로 마음이 불편해졌다. 밀기는 아니고…… 이 느낌은 불안감이었다.

팔짱을 끼고 왼쪽 어깨에 있는 물음표 휘장을 만졌다. 황동줄이 진녹색으로 녹슬어 매끈해져 있었다. 광을 내야겠다. 데이루트는 생각했다. 하지만 그러지 않을 게 뻔했다. 조종실을 둘러보자 아무렇게나 쌓인 통조림, 컴퓨터 콘솔의 기름때, 방석 아래에 낀 지저분한 작업복이 눈에 들어왔다.

참으로 더러운 우주선이었다.

D군의 높은 사람들이 데이루트와 동료 파일럿들을 가리켜 뭐라고 하는지 데이루트도 알았다.

"반항아가 최고의 수색자다."

군에서는 그 말을 진리로 여겼지만 반항아들에게는 단점이 있었다. 규칙을 경멸하고, 프로토콜을 조롱하고, 시간표를 무시하고, 벡터 탐색 계획을 비웃고…… 더러운 우주선을 치우지 않았다. 그리고 이런 반항아들이 사라졌을 때(자주 발생하는 일이었다.) 군은 어디서 무슨 일이 일어났는지 알 수 없었다.

다시는 돌아오지 못한다는 것만 빼면…… 밀기가 있기 때문이다.

데이루트는 고개를 저었다. 무슨 생각을 해도 밀기로 귀결되는 것 같았다. 아직은 때가 아니라고 생각하며 마음을 다잡았다. 그러기에는 너무 일렀다. 하지만 밀기에 대한 생각은 부풀어 올랐다. 이게 다 저 구름 때문이었다.

후방 스캐너를 다시 켰다. 익숙한 별들이 무(無)에 빨려들어 사라졌다. 데이루트는 화를 내며 스캐너 스위치를 껐다.

다른 일들에 집중하자. 그는 생각했다.

한동안은 끝도 없는 D선 발라드 「내 사랑을 다정한 친구가 든 리라에 남기고」에 가사로 붙일 시를 쓰고 다듬었다. 하지만 써 봤자 아무도 듣지 못할 것이라는 생각이 자꾸만 고개를 들었다. 이 계획이 성공한다면. 지금껏 얼마나 많은 시가 창작되었지만 들어 주는 사람 없이 사라졌을까?

시간은 날이 갈수록 느린 속도로 지루하고 단조롭게 흘러갔다.

81일. 빙갈링은 81일째에 돌아갔어. 데이루트는 그 시간을 머리에 되새겼다.

79일째가 되자 이유를 알 수 있었다. 밀기의 강렬한 첫 느낌은 의심할 여지가 없었다. 데이루트의 머리는 계속 논리적인 이유를 찾으려 했다.

최선을 다했어. 이제는 돌아서도 부끄럽지 않아. 빙갈링이 맞았어. 끝까지 가도 구름뿐이야. 여기에는 별이…… 행성이 없어.

하지만 데이루트는 정신부 사람들이 그에게 한 짓을 확신했고, 그 생각을 하니 도움이 되었다. 불빛을 찾아 전방 스캐너를 살폈다. 이 행동도 도움이 되었다. 그는 아직 어디론가 가고 있었다.

81일이 지났다.

82일도.

86일째에 데이루트는 앞에서 반짝이는 세 개의 점을 발견했다. 빛이 안개를 뚫고 나오는 것 같았다. 비록 검고 아무것도 없는 안개였지만.

이제는 왔던 길로 180도 돌릴 스위치로 뻗으려는 손을 붙잡기 위해 의식적으로 노력해야 했다.

텅 빈 공간에서 세 개의 빛이 반짝이고 있었다.

데이루트가 밀기를 견뎠던 최장 기록을 이틀 경신한 94일째, 우주선이 구름에서 빠져나왔다. 앞에 보이는 우주의 1시 방향에 별 세 개가 일렬로 놓여 있었다. 가장 멀리 하늘색 거성이 보였고 근처에는 주황색 왜성이 있었다. 중앙에 있는 것은…… 다섯 번째 소수점까지 비슷한, 아름다운 금빛 태양형 행성이었다.

흥분한 데이루트는 질량 이상 스캐너를 켜고 황금색 태양 주변의 우주를 탐색하기 시작했다.

돌아가라고 강요하는 밀기의 힘이 견디기 힘들어졌다. 하지만 데이루트는 오히려 결정적인 확신을 얻었다. 정신부의 수작 때문에 지금 새로운 태양 세 개를 발견하고도 돌아가야 한다는 충동이 드는 것이라면 "왜?"라는 질문의 답은 하나뿐이었다. D군은 반항아가 자기만의 세상에 정착하는 것을 원하지 않았기 때문이다. 밀기는 정찰병의 확실한 귀환을 유도하기 위해 내

장된 안전장치였다.

데이루트는 충동을 억누르려 애를 쓰며 계기판을 뜯어보았다.

금색 별의 비밀이 드러났다. 하나의 달이 있는 단일 행성이었다. 첫 번째 근삿값을 알려 줄 버튼을 누르고 출력 테이프에 더듬더듬 나오는 결과를 보았다. 행성 질량은 지구 표준의 .998421…… 자전은 40여 표준 시간…… 평균 궤도 거리 2억 4300만 킬로미터…… 섭동(다른 천체의 영향으로 행성의 궤도가 변하는 것 — 옮긴이) 9도…… 궤도 변이 38.

데이루트가 놀라서 퍼뜩 똑바로 앉았다.

38! 그 범위의 변이율은 다른 동반성이 있다는 뜻이었다. 그것도 큰 행성이. 데이루트는 그 별을 찾아 우주를 둘러보았다.

아무것도 없었다.

그때 보였다.

처음에는 다른 우주선의 비행 불꽃을 봤다고 생각했다. 외계인을 봤다고. 데이루트는 침을 삼켜 밀기를 잠시 가라앉히고 지구의 높은 분들이 고안한 외계 우주 접촉 절차를 머릿속으로 재빨리 점검했다. 데이루트가 알기로 지금까지 이 절차를 시험해 본 사람은 없었다.

불길이 점점 커지더니 황금색 태양 주위를 도는 또 다른 천체의 기체 섞인 빛으로 변했다.

데이루트는 다시 허리를 굽혀 계기판을 보았다. 세상에, 움직이는 것 좀 봐! 초속 4000킬로미터가 넘었다. 테이프가 결괏값을 토해 내기 시작했다. 질량 321.64…… 자전 9 표준 시간……

평균 궤도 거리 5800만 킬로미터…… 섭동 공란(데이터 불충분)…….

데이루트는 필터링 비주얼 스캐너로 고개를 돌리고 동반성이 행성의 표면을 가로질러 보이지 않는 반대쪽으로 사라지는 모습을 지켜보았다. 묘하게 익숙했지만 전에 봤을 리가 없었다. 컴퓨터의 보코더 시스템을 켜고 목에 내장된 스피커로 말을 했어야 하나? 하지만 그는 컴퓨터의 논리라면 질색이었다.

천문학 데이터는 저장 장치로 들어갔다. 나중에 전문가들이 보고 휘파람을 불며 감탄하겠지.

데이루트는 스캐너를 행성으로 다시 전환했다. 그림자선 측정에 따르면 대기가 고도 약 125킬로미터에서 흐려졌다. 복사 지수는 거의 60도로 굉장히 넓은 열대 지역이 있다는 뜻이었다.

데이루트는 그 사실을 알고 놀라서 스위치 컨트롤을 더듬어 찾았다. 몸을 떨며 뒤로 물러났다. 만약 우주선을 한번 돌리면 다시 돌아올 의지력을 발휘하지 못할 것이다. 밀기의 강도가 괴로울 정도로 극에 달했다.

데이루트는 착륙 문제에 정신을 집중하고 우주에서 지면으로 가는 최단 거리를 구하기 위해 컴퓨터에 데이터를 입력했다. 컴퓨터는 '그를 위해' 몇 번 이의를 제기했지만 데이루트는 끈질겼다. 결국 착륙 테이프가 나왔고 데이루트는 테이프를 제어 콘솔에 넣은 후 안전벨트를 착용하고 우주선을 자동 모드로 바꿨다. 그러고는 땀을 흘리며 의자에 기대앉았다. 그의 손은 완충 장치의 측면을 죽을힘을 다해 움켜쥐었다.

D선이 행성의 대기에 미끄러지듯 진입하며 요동치기 시작했다. 흔들림은 멈췄다가 다시 시작되었다가 다시 멈췄다. 이 과정이 몇 번이나 반복되었다. D선의 냉각 시스템이 끼익 소리를 냈다. 선체 판이 삐걱거렸다. 어둠, 밝음, 어둠이 뷰어에 번갈아 나타났다. 자동 장치에서 대기 데이터가 쏟아져 나왔다. 산소 23.9, 질소 74.8, 아르곤 0.8, 이산화탄소 0.04…… 미량원소에 이르자 지구의 대기와 얼마나 비슷한지 데이루트는 놀라서 숨을 들이마셨다.

스펙터럼 분석기는 대기가 근본적으로 3000옹스트롬에서 6×104옹스트롬까지 투명하다는 데이터를 내놓았다. 확실한 데이터였고 데이루트는 계기판에 이어지는 자기 유체 역학 데이터와 수증기 충돌을 무시했다. 여기서 중요한 정보는 딱 하나였다. 저기 나가서 숨을 쉴 수 있다는 것.

30일이나 40일 전이었다면 이런 발견에 벅찬 환희를 느꼈겠지만, 지금은 생전 처음 겪는 밀기의 경련에 휩싸일 뿐이었다. 데이루트는 계기판을 붙잡고 긁고 싶은 마음을 의식적으로 붙들어야 했다.

치아가 딱딱 부딪히기 시작했다.

뷰어로 보이는 수평선에 섬이 나타났다. D선은 그 위를 날아갔다. 만의 곡선을 감싸는 새하얀 고층 건물들의 모습을 보자 데이루트는 숨이 막혔다. 가까이 다가가니 물에 있는 점들이 요트로 변했다. 이상하게 익숙한 풍경이었다.

바다를 지나 구릉으로 이루어진 육지로 향했다. 건물이 더 나왔고 도로, 울타리 친 땅도 있었다. 이윽고 데이루트는 동물들이 떼를 지어 움직이는 드넓은 초원 위를 날았다.

손가락이 오그라들었다. 살갗이 떨렸다.

착륙 제트 엔진이 작동되며 좌석이 저절로 뒤집혔다. 우주선이 머리를 들었을 때는 좌석이 새로운 고도에 맞게 조정되었다. 꼬리의 제트기를 이용해 우주선이 내려가자 굉음이 들렸다. 땅에 가까워지며 모든 엔진이 꺼졌다.

D선은 가볍게 흔들리며 착륙했다.

불에 탄 둥근 착륙 지점에서 피어오르는 푸른 연기와 자욱한 재가 스캐너를 지났다. 주황색 불꽃이 오른쪽에 있는 건초를 휩쓸었지만 우주선 머리 부분에서 자동 화학 탐지 장치가 붕산염을 뿌려 불을 껐다. 불길 너머의 희뿌연 연기 사이로 도망치는 동물들의 뒷모습이 보였다. 확대해 보니 털로 덮여 있고 다리가 네 개였으며 머리는 작고 납작했다. 뛰어가는 모습이 꼭 탱탱볼 같았다.

두려움이 데이루트의 가슴을 팽팽하게 조였다. 이곳은 지구와 너무 비슷했다. 무의식적인 밀기의 충동으로 치아가 딱딱 부딪혔다.

계기판에 변조된 무선 신호를 포착했다는 알림이 떴다. FM과 AM이었다. 불빛 하나는 PTW(탐사(Probe), 시험(Test), 주시(Watch)를 뜻한다 — 옮긴이) 회로가 활성화되었다는 뜻이었다. 컴퓨터 응답 회로 표시기가 깜박이기 시작했다. 갑자기 PTW 벨이 울리며 알렸다. “접근 주의!”

뷰어에 북쪽 언덕을 넘어오는 자가 추진 차량이 나타났다. 마치 공기를 가득 채운 괴물의 방광 다섯 개가 차량을 받치고 있는 생김새였다. 증기 엔진의 리듬에 맞춰 후방 배기관에서 하얀 연기가 뿜어져 나왔다. 외부 마이크에 확실한 '칙 칙 칙' 소리가 입력되었고 컴퓨터는 연발 엔진이며 소리에 따르면 마주 보는 피스톤이 다섯 개라고 분석해 주었다.

진한 청보라 색 창문이 달렸고 다섯 개의 면으로 이루어진 갈색 조종석이 기계 전면에 돌출되어 있었다.

데이루트는 기계의 신기한 모습에 홀려 내면에서 강력히 밀어닥치는 충동마저 잊어버렸다. 차량은 검게 그을린 착륙 지점과 약 50미터 떨어진 거리에 서더니 그를 향해 하얀 연기를 내뿜는 포구를 내밀었다. 외부 마이크에 커다란 폭발음이 잡혔고 세 발로 서 있던 D선이 흔들렸다.

데이루트는 의자 팔걸이를 움켜쥐다가 얼른 튀어 나가 자동 방어 장치를 조작하고 차단 스위치에 손을 올렸다.

크롤러가 바깥에서 빙그르르 돌더니 동물들이 뛰어다니는 동쪽으로 향했다.

데이루트는 '경고 전용' 버튼을 눌렀다.

크롤러 앞에 거대한 흙덩이가 튀어나와 돌격하다 연기 나는 구멍 앞에서 급정지했다. 왼쪽에서 흙덩어리가 하나 더 하늘로 튀어 올랐고, 오른쪽에서도 똑같은 공격이 이어졌다.

데이루트는 방어 시스템의 '대기' 버튼을 누르고 피해 상황을 살폈다. 거기서 기계가 한 번이라도 더 위협을 가한다면 D

선의 강력한 무기가 가루로 날려 보낼 것이다. 하지만 그 단계는 웬만하면 피해야 했기에 데이루트는 바깥을 보여 주는 화면을 지켜보았다. 기계는 정지 상태였지만 우주선의 공격 세 발이 미치지 않은 작은 땅에서 여전히 연기를 뿜는 중이었다.

10초도 되지 않아 컴퓨터는 우주선의 전면 부분이 폭발로 뚫렸고 근접 감지기가 전부 파괴되었다는 내용의 테이프 조각을 뱉어 냈다. 데이루트는 수리하기 전까지 이 행성에 발이 묶인 처지가 되었다.

그러자 희한하게도 밀기의 힘이 약해졌다. 존재를 아직 느낄 수 있었지만, 그 충동 욕구에도 자기만의 대기 스위치가 있는지 잠시 휴지 상태로 변했다.

데이루트는 다시 크롤러를 쳐다보았다.

일은 이미 벌어졌고 어떻게 할 도리가 없었다. 무기를 '파괴'에 맞추고 착륙할 수 있지만 무엇을 파괴할지 결정하는 것은 까다로운 문제였다. 상대방의 기술이 원시적으로 보이면 선제 공격 기회를 주라는 현자의 조언이 있었다. 공격하지 않으면 환영할 의사가 분명하다는 것이었다.

쟤들이 대포를 가지고 있고 경고도 없이 대포를 쏠지 누가 알았겠어? 데이루트는 자문했다. 그의 머리에서 비난하는 답이 들렸다. 생각을 했어야지, 바보야. 화약과 증기력은 늘 손잡고 같이 다니는 거 몰라?

밀기 때문에 화가 나서 몰랐나 보지. 아니, 왜 경고도 없이 발포해? 데이루트는 생각했다.

크롤러의 조종석에서 다시 대포의 포구가 뻗어 나왔고 조종석이 회전하며 무기를 우주선 쪽으로 겨냥하기 시작했다. 경고의 대포가 발포되며 크롤러 왼쪽의 구멍으로 흙이 쏟아져 들어갔다. 조종석이 회전을 멈췄다.

데이루트가 말했다. "어린애 장난이네. 쉽지, 얘들아. 우리 친구 하자." 그러면서 계기판 왼쪽에 있는 파란색 스위치를 켰다. 데이루트가 듣는 외부 마이크 소리가 줄어들고 크롤러를 향해 우렁찬 포효와 같은 경적이 울려 퍼졌다. 어떤 생명체든 위협을 느끼도록 특별히 제작된 소리였다. 그 소리는 크롤러를 완전히 바꿔 놓았다. 운전석 중앙에 있는 출입구가 열리더니 다섯 마리 생물이 나와 자기들 기계 위에 섰다.

데이루트는 옆의 마이크를 중앙 컴퓨터에 꽂고 기계가 비추는 다섯 생물의 모습을 확대했다. 그리고 자신의 반응을 말로 입력하기 시작했다. 인간의 평가는 언제나 컴퓨터 센서가 작용하는 데 도움이 됐다.

"인간과 비슷하다. 직립한 관 모양의 몸은 약 1.5미터 길이고 두 다리에 일종의 부츠를 신고 있다. 자루 같은 천을 입고 허리에 벨트를 맸다. 각각의 벨트에는 주머니 다섯 개가 매달려 있다. 숫자 5를 중요하게 여기는 곳이다. 피부색은 연한 청보라색. 팔은 두 개 있다. 관절이 인간과 비슷하지만 팔꿈치 아래가 굉장히 길다. 넓은 손에 손가락이 여섯 개다. 손 양쪽에 엄지가 하나씩 있는 것 같다. 머리는 네모난 돔 형태로 진한 청보라 색 베레모를 쓰고 있는 것으로 보인다. 눈은 자루눈(새우, 게처럼 자루 끝에 눈이 달린 형태 — 옮긴이)과 흡사하며 노란색이고 머리의 전면 구석 바로 안쪽에 있다. 머리는 매우 뭉툭하다. 고개를 돌리지 않고도 눈을 비틀어 뒤를 볼 수 있는 것 같다."

생물들이 기계에서 기어 내려오기 시작했다.

데이루트는 묘사를 계속했다. "눈 아래 중앙에 큰 입 구멍이 있다. 짧게 벌어지는 턱관절이 있는 것 같다. 입은 입술 없이 타원형이고 치아도 없어 보인다…… 정정한다. 안에 검은 선이 있는데 여기서는 치아에 해당하는 것일지도 모르겠다. 각 눈 자루 아래에 작은 구멍이 따로 떨어져 있다. 호흡을 위한 것으로 추정된다. 하나가 방금 고개를 돌렸다. 머리 측면 중앙에 살짝 움푹 들어간 자국이 있다. 용도는 알 수 없다. 귀로 보이지는 않는다."

다섯 생물이 우주선에 다가오고 있었다. 데이루트는 그들을 계속 화면에 담을 수 있게 스캐너를 뒤로 빼고 말했다. "활과 화살을 들고 있다. 왜지. 대포도 있는데. 각자 등에 멘 화살통에…… 화살이 다섯 개다. 등의 띠에 짧은 창이 달려 있고 창끝 바로 아래에 청보라 색 깃발이 있다. 뒤집힌 주황색 U 자가 보인다. 역시 청보라 색인 튜닉 앞면에도 같은 문양이 있다. 청보라 색과 숫자 5. 예상 결과는?"

데이루트는 목에 이식된 스피커를 통해 컴퓨터의 응답이 나오기를 기다렸다. 중계기가 찰칵 소리를 냈고 보코더가 두개골을 통해 속삭였다. "종교가 색깔과 숫자 5와 연관되었을 가능성이 있습니다. 종교 문제는 극도로 조심해야 할 것입니다. 방탄

복과 손으로 사용하는 무기가 필수입니다."

컴퓨터는 이게 문제야. 너무 논리적인 거. 데이루트는 생각했다.

원주민 다섯 명이 불에 타 그을린 착륙 지점 바로 앞에 멈춰 섰다.

우주선을 향해 팔을 들고 '투가얄라 투가얄라 투가얄라'처럼 들리는 소리를 외쳤다. 소리는 중앙의 타원형 구멍에서 나왔다.

"투가얄라는 조금만 기다려." 데이루트가 중얼거렸다. 보겐 자동 권총을 꺼내고 방탄복을 입고 우주선의 포탄을 증기차에 조준했다. 그런 다음 그의 심장이 멎으면 15초 후에 발포되도록 스위치를 맞췄다. 선미는 PTW 시스템으로 조작해 승인받지 않은 침입자가 나타나면 폭발하게 했다. 주머니 여기저기에는 이식한 스피커와 맞추고 컴퓨터와 연결된 언어 팩 수신기, 관심 가는 물건의 샘플을 채취할 표준 접촉 키트, 미니 수류탄 대여섯 개, 에너지 알약, 식품 분석기, 칼집에 든 수리검, 우주선 컴퓨터와 연결된 미니 스캐너, 새총을 쑤셔 넣었다. 마지막으로는 조금 음울한 기분으로 방탄복 아래 심장 부근에 구급 키트를 챙겼다.

데이루트는 익숙한 조종 센터를 한 번 더 돌아보고 튜브를 타고 선미로 내려가 문을 열고 나왔다.

다섯 원주민이 그에게 팔을 뻗으며 바닥에 납작 엎드렸다.

데이루트는 그들과 주변 환경을 잠시 살펴보았다. 코의 필터 때문이 아니라 정말로 공기가 상쾌했다. 아직 아침 시간이었고 태양이 낮은 언덕과 관목 숲에 빛을 고르게 뿌렸다. 그들은 길고 뾰족한 우주선이 대초원에 흔들리는 파란색 그림자를 드리운 가운데, 강한 명암 대비를 이루며 서 있었다.

데이루트는 그의 D선을 올려다보았다. 흰색과 붉은색 줄무늬로 덮인 우주선은 왼쪽에 탑처럼 놓여 있었고 코가 있던 곳에 구멍이 뻥 뚫렸다. 그래도 반짝이는 녹색으로 찍은 고유 번호인 숫자 1107은 코 아래에서 가까스로 피해를 모면했다. 데이루트는 다시 원주민들을 돌아보았다.

그들은 여전히 잔디밭에 엎드린 채 자루눈을 뻗어 데이루트를 올려다보고 있었다.

"너희 금속 가공 기술이 발달해 있기를 빈다, 얘들아. 안 그러면 나 굉장히 불행한 손님이 될 거야." 데이루트가 말했다.

그의 목소리에 다섯 명이 입을 모아 중얼거렸다. "투가얄라 응응."

데이루트가 물었다. "응응? 투가얄라로 가는 거 아니었어?" 그는 언어 팩을 꺼내 가슴에 걸고 마이크를 원주민들에 겨누며 우주선의 그림자에서 나왔다. 그러다 뒤늦게 떠올라 오른손을 들고 평화를 뜻하는 인류 공통의 제스처로 빈 손바닥을 펼쳐 보였다. 하지만 왼손은 계속 권총에 두었다.

"투가얄라!" 다섯 명이 비명을 질렀다.

언어 팩은 잠잠했다. '투가얄라'와 '응응'만으로는 언어를 해독하기 어려웠다.

데이루트가 한 걸음 더 다가갔다.

다섯 명은 무릎을 꿇고 몸을 뒤로 빼며 쭈그리고 일어났다.

도망칠 태세였다. 다섯 쌍의 자루눈이 데이루트를 가리켰다. 데이루트는 다섯 명을 어디선가 본 적 있다는 묘한 느낌에 휩싸였다. 생김새는 꼭 유인원과 교배한 거대 메뚜기 같았다. 어린 시절 읽었던 SF 판타지 소설의 벌레 눈 괴물 같기도 했다. 이들은 인간의 상상력과 자연의 창조력이 얼마나 대단한지 명확히 보여 주는 증거였다.

데이루트가 원주민들을 향해 한 걸음 더 다가갔다. "저기, 잠깐 얘기 좀 하지, 친구들. 무슨 말이라도 해 봐. 같이 언어를 만들까?"

다섯 명이 두 걸음 물러났다. 발이 바스락 소리를 내며 메마른 잔디를 스쳤다.

데이루트는 침을 삼켰다. 저쪽에서 말을 안 하니 왠지 불안해졌다.

갑자기 무언가 윙윙거리는 소리를 냈다. 데이루트 오른쪽에 있는 원주민에게서 나온 소리 같았다. 그는 튜닉을 움켜쥐고 빠르게 지껄였다. "차리차! 차리차!" 주머니에서 작은 물체를 꺼낸 그의 주위로 다른 이들이 모였다.

데이루트는 긴장하고 권총을 들어 올렸다.

원주민들은 그를 무시하고 한 명이 들고 있는 사물에만 관심을 집중했다.

"뭐 하는 거야?" 데이루트가 물었다. 긴장되고 불안했다. 상황이 책과 딴판으로 흘러가고 있었다.

다섯 명이 갑자기 허리를 펴더니 뒤를 보지도 않고 증기차로 돌아가 차에 탔다.

내가 무슨 테스트에 탈락한 거야? 데이루트는 의아했다.

현장에 정적이 내려앉았다.

D선 조종사가 되는 교육을 받을 당시, 데이루트는 신랄한 언변으로 사람들 사이에서 유명했다. 가장 잘 써먹었던 말들을 잠시 몇 가지 연습하고 현재 상황을 점검해 보았다. 행동을 예측할 수 없는 원주민들이 증기차에 있는 동안, 데이루트는 우주선 아래에 나와 서 있었다. 입구로 다시 기어 올라가 문을 닫은 후 속마음을 터놓고 회의를 하기 위해 로컬 컴퓨터의 콘센트를 꽂았다.

컴퓨터가 말했다. "진동하는 물체는 시계일 가능성이 큽니다. 그 물건을 가진 생물은 일행 중 가장 큰 생물보다 약 2밀리미터 더 큽니다. 그가 무리의 지도자라는 의미입니다."

"지도자고 뭐고. 자꾸 투가얄라라고 외치는데 무슨 말이야?" 데이루트가 말했다.

데이루트와 오랜 시간 함께한 컴퓨터는 수사적 질문이나 명백한 답이 없는 질문에 대응하는 패턴을 학습했다. "쯧쯧." 컴퓨터가 말했다.

"우리 마사 이모 같은 소리 하네. 투가얄라라고 소리를 질렀어. 분명히 중요한 말일 거야."

"당신의 손을 봤을 때, 이곳에 녹음될 정도로 목소리의 데시벨을 최대로 높였습니다." 컴퓨터가 말했다.

"그런데 왜?"

"가능한 대답은 다음과 같습니다. 당신의 손가락이 다섯 개이기 때문입니다."

"다섯 개. 다섯…… 다섯…… 다섯……."

"이곳에서는 다섯 개의 천체만 감지됩니다. 하늘을 보면 그 외에는 별이 없습니다. 보다시피 빠른 동반성이 지금 머리 위에 있습니다."

"다섯 개라." 데이루트가 말했다.

컴퓨터가 말했다. "이 행성과 뜨거운 기체로 이루어진 플라스마 행성 세 개, 이 행성 태양의 동반성입니다."

데이루트는 손을 보며 손가락을 쥐었다 펼쳤다.

"당신을 신으로 생각할 수 있습니다. 자신들은 손가락이 여섯 개지만 당신은 다섯 개니까요."

"태양 세 개를 제외하면 하늘에 아무것도 없다." 데이루트가 말했다.

"이 행성과 다른 동반성도 잊지 마세요." 컴퓨터가 말했다.

데이루트는 이런 행성에 살면 어떨까 생각했다. 하늘에 별이 하나도 없는…… 전부 이곳을 감싼 수소 구름 뒤에 숨어 있었다.

그러다 밀기의 공격을 받고 이유 없이 몸을 떨기 시작했다.

"우주선 코를 고치려면 뭐가 필요하지?" 떨림을 멈추려 애쓰며 데이루트가 물었다.

"정교한 조립 공장과 최소 5급 이상인 전기 기술자의 작업이 필요합니다. 수리 데이터는 제 저장 장치에 있습니다."

"쟤들은 저 기계로 뭘 하는 거야? 왜 말을 안 해?"

"쯧쯧." 컴퓨터가 말했다.

38분 후, 증기차에서 다시 나온 원주민들이 불에 탄 땅의 가장자리에 자리를 잡고 섰다.

데이루트는 다시 아까처럼 예방 조치를 하고 그들에게 다가갔다. 권총을 왼손에 들고 천천히, 조심스럽게 움직였다.

다섯 명도 이번에는 물러나지 않고 기다렸다. 긴장이 풀린 듯 자기들끼리 작은 소리로 떠들며 자루눈으로 데이루트를 보고 있었다. 데이루트에게는 횡설수설하는 소리로밖에 들리지 않았다. 하지만 언어 팩을 그들에게 맞췄으니 조만간 컴퓨터가 언어를 해석해 줄 것이다.

데이루트는 원주민들에게서 여덟 발짝 떨어진 곳에 멈춰 섰다. "반가워, 친구들. 차에서 낮잠 푹 잤어?"

가장 큰 원주민이 고개를 끄덕이고 물었다. "뭐 하는 거야?"

데이루트는 할 말을 잃고 입만 쩍 벌렸다.

왼쪽의 원주민이 말했다. "너희 금속 가공 기술이 발달해 있기를 빈다, 얘들아. 안 그러면 나 굉장히 불행한 손님이 될 거야."

가장 큰 원주민이 말했다. "반가워, 친구들. 차에서 낮잠 푹 잤어?"

"내 말을 따라 하잖아!" 데이루트가 놀라서 외쳤다.

"맞습니다." 컴퓨터가 말했다.

데이루트는 터져 나오려는 웃음을 참고 말했다. "내 평생 너희같이 추잡하게 생긴 짐승은 처음 본다. 너희 어머니는 대체 너희 보고 어떻게 견디시냐."

가장 큰 원주민이 오류도 없이 그 말을 반복했다.

컴퓨터가 끼어들었다. "현재로서 어머니에 대한 언급은 허용되지 않습니다. 이 지역의 번식 관습은 알 수 없습니다. 이들이 반은 식물이고 반은 동물이라는 징후는 있습니다."

"어이, 닥쳐." 데이루트가 말했다.

"어이, 닥쳐." 왼쪽의 원주민이 말했다.

컴퓨터가 말했다. "침묵을 지키세요. 당신의 언어를 해독하려는 징후를 드러내고 있습니다. 그들의 언어를 이해하고 우리의 언어는 숨기는 편이 좋습니다."

데이루트는 그 말에 담긴 지혜를 이해하고 목의 스피커에만 들리게 말했다. "네 말이 맞아."

그는 입을 다물고 원주민들을 바라보았다. 침묵이 한참 이어졌다.

그러다 키가 큰 원주민이 말했다. "어그루프 소밀리칸."

"투가얄라." 왼쪽에 있는 원주민이 말했다.

컴퓨터가 말했다. "기수(수나 양을 나타내는 수 — 옮긴이). 아마 양수 5일 겁니다. 손가락 다섯 개를 들고 투가얄라라고 말하세요."

데이루트가 그대로 했다.

"투가얄라, 투가얄라." 원주민들도 화답했다. 한 명이 무리에서 나와 증기차로 가더니 50센티미터쯤 되는 검은색 금속 형상을 가지고 와 데이루트에게 내밀었다.

데이루트는 조심스럽게 앞으로 나가 선물을 받았다. 묵직했고 손에 닿은 감촉이 차가웠다. 원주민이 만든 아름다운 양식의 형상으로, 뒤집힌 U 자 형태로 자루눈이 늘어졌고 입을 벌리고 있었다.

데이루트는 접촉 키트를 꺼내 금속에 댔다. 키트가 '핑' 소리를 내며 샘플을 채취했다.

원주민들은 그를 쳐다보기만 했다.

컴퓨터가 말했다. "철-마그네슘-니켈 합금. 주조로 만든 상(像). 가슴에 있는 뒤집힌 U는 숫자 5일 가능성이 있습니다. 그 아래에는 글이 적혀 있습니다. 패턴이 매우 일관적이므로 다른 해석은 불가능합니다."

"2500만 년은 된 문명이네." 데이루트가 말했다.

"오차 범위는 6000년입니다." 컴퓨터가 말했다.

데이루트는 다시 밀려드는 밀기를 겨우 잠재웠다. 망가진 우주선으로 돌아가 위험을 무릅쓰고 이곳에서 벗어나고 싶었다. 무릎이 후들거렸다.

형상을 준 원주민이 앞으로 나와 다시 가져갔다. "투가얄라." 원주민이 말했다. 그는 형상의 뒤집힌 U 자 형태를 가리키고 이어 자기 가슴에 있는 심볼을 가리켰다.

"하지만 기껏해야 증기 엔진밖에 없잖아." 데이루트가 주장했다.

"매우 정교한 증기 엔진입니다. 대포를 회수할 수 있고 자이로스코프식으로 탑재하며 자가 추적이 가능합니다." 컴퓨터가 말했다.

"우주선을 고칠 수 있겠네!" 데이루트가 말했다.

"고칠 의사가 있다면요." 컴퓨터가 말했다.

키가 큰 원주민이 앞으로 나와 언어 팩을 손가락으로 만지며 말끝을 내리는 억양으로 "차리차."라고 말했다. 데이루트는 손을 유심히 관찰했다. 정말로 손가락이 여섯 개고 피부는 연한 청보라 색이었다. 손가락 끝은 뿔 모양이었고 마디가 두 개였다.

"응응이라고 해 보세요." 컴퓨터가 제안했다.

"응응." 데이루트가 말했다.

키가 큰 원주민이 뒤로 펄쩍 뛰었고 다섯 명 다 자루눈으로 하늘을 보았다. 흥분해서 자기들끼리 떠드는 동안 데이루트는 반복되는 몇 가지 소리를 들을 수 있었다. "야브론…… 차리차…… 오토가…… 스리스 스리스……."

"대략적인 시작점을 찾았습니다. 키가 큰 사람은 오토가라고 합니다. 이름을 불러 보세요." 컴퓨터가 말했다.

"오토가." 데이루트가 말했다.

키가 큰 사람이 고개를 돌리고 데이루트를 향해 자루눈을 기울였다.

"아이 야부론 응 스리스 차리차라고 해 보세요." 컴퓨터가 말했다.

데이루트는 시키는 대로 했다.

원주민들은 서로를 보더니 다시 데이루트에게 시선을 돌렸다. 이제는 주체할 수 없이 끙끙거리기 시작했다. 오토가가 땅바닥에 앉아 손으로 땅을 쳤고 그러는 동안에도 끙끙대는 신음은 멈추지 않았다.

"뭐야?" 데이루트가 말했다.

"웃는 겁니다. 가서 오토가 옆에 앉으세요." 컴퓨터가 말했다.

"땅바닥에?" 데이루트가 말했다.

"네."

"그래도 안전한가?"

"물론입니다."

"왜 웃는 거지?"

"자기들을 비웃는 거예요. 당신에게 속아 놀랐으니까요. 웃음이 확실합니다."

데이루트는 주저하며 오토가 옆으로 가서 앉았다.

오토가가 신음을 멈추고 데이루트의 어깨에 손을 올리고는 동료들에게 뭐라고 말을 했다. 1밀리초 후에 컴퓨터가 통역을 시작했다. "신께서 스스로 창조하신 이분은 마음씨 좋은 친구야. 억양은 형편없지만 유머 감각이 있네."

"제대로 통역한 것 맞아?" 데이루트가 물었다.

"그럴 겁니다. 다만 형태학적 근거, 심도 있는 문화적 조사, 발성 진화에 대한 연속적 비교가 없어 문자 그대로의 근사치만 얻을 수 있습니다. 이는 진행하며 개선해 나갈 예정입니다. 당신의 마음속 소리를 언어 팩에 입력할 준비가 완료되었습니다."

"대화해 보지." 데이루트가 말했다.

그의 가슴에 있는 언어 팩에서 '아이잉이야'와 비슷한 소리가 나왔다.

컴퓨터가 통역한 오토가의 대답은 이거였다. “좋은 생각입니다. 열린 하늘이에요.”

데이루트는 고개를 저었다. 말이 되지 않았다. 열린 하늘?

오토가가 말했다. “당신의 차량을 망가뜨려 유감입니다. 우리 아이들이 위험한 장난을 친다고 생각했어요.”

데이루트는 침을 꿀꺽 삼켰다. “내 우주선을…… 당신들도 이런 우주선을 만들 수 있다는 건가?”

“아, 약 1000만 클러치 전에 몇 대 만들었죠.” 오토가가 말했다.

“최소한 1500만 클러치 전이었어.” 데이루트의 왼쪽에 있는 주름진 얼굴의 원주민이 말했다.

“춘, 또 과장한다.” 오토가가 말하고 데이루트를 보았다. “춘은 이해해 주세요. 모든 게 더 크고 우수하고 위대해지기를 원하거든요.”

“클러치가 뭐지?” 데이루트가 물었다.

컴퓨터가 그의 귀에만 들리게 대답했다. “가능한 대답은 현지의 연 단위입니다. 표준의 1과 3분의 1 정도요.”

“평화롭게 대하기로 했다니 기쁘군.” 데이루트가 말했다.

언어 팩이 이 말을 여러 가지 소리로 내보냈고 원주민들은 데이루트의 가슴을 빤히 쳐다보았다.

“가슴에서 말하고 있어.” 춘이 말했다.

오토가가 우주선을 올려다보았다. “더 있어요?”

컴퓨터가 끼어들었다. “대답하지 마세요. 우주선이 신비한 힘의 원천이라고 암시하세요.”

데이루트는 이 말을 따져 보다 고개를 저었다. 멍청한 컴퓨터! "얘들은 지능이 높단 말이야." 그가 큰 소리로 말했다.

"듣기 좋은 소리의 배열이네요. 또 듣고 싶어요." 오토가가 말했다.

"내가 아이들 중 하나라고 생각했댔지. 지금은 내가 누구라고 생각하지?" 데이루트가 말했다.

언어 팩이 침묵을 지켰다. 이어폰에서 이런 말이 나왔다. "그 질문은 하지 않는 것을 추천합니다."

"질문해!" 데이루트가 말했다.

언어 팩에서 빠르게 소리가 흘러나왔다.

오토가가 대답했다. "차리차가 있을 때 토론을 했습니다. 보라색 어둠에 숨어 있었죠. 차리차의 영향을 받으며 씨를 뿌리는 것은 원하지 않았기 때문입니다. 우리 중 다수는 당신이 우리가 그린 신의 의인화라고 했습니다. 나는 반대했습니다. 나는 당신이 미지의 존재라고 생각하지만 잠시 다수를 따라 신의 지위를 부여합니다."

데이루트는 혀로 입술을 핥았다.

"손가락이 다섯 개야." 춘이 말했다.

오토가가 말했다. "그 말로 투라와 레키를 설득했지. 그 논거는 손가락 다섯 개가 유전자 조작이나 부가 절단의 산물일 수도 있다는 스피스피의 반박에 답이 되지 않아."

춘은 주장을 굽히지 않았다. "하지만 눈을 봐. 누가 저런 눈을 상상이나 할 수 있겠어? 우리 상상력으로는 절대……."

"너 때문에 손님이 화났나 보다." 오토가가 말했다. 데이루트를 힐끗 보는 자루눈이 궁금하다는 듯 바깥쪽으로 구부러졌다.

"팔과 다리의 관절은 어떻고." 다른 원주민이 말을 꺼냈다.

"그 얘기는 진작 나왔지, 투라." 오토가가 말했다.

데이루트는 이 원주민들 눈에 자신이 어떻게 보일지 불현듯 알 수 있었다. 이들의 눈은 그의 눈에 비해 분명한 장점이 있었다. 고개를 돌리지 않고도 뒤를 보는 것이 가능했다. 엄지가 두 개인 배치도 유용해 보였다. 엄지가 하나면 이상한 한계를 가지고 있다고 생각할 것이다. 데이루트가 키득키득 웃기 시작했다.

"이 소리 뭐지?" 오토가가 물었다.

"내가 웃는 거야." 데이루트가 말했다.

"이렇게 수정하겠습니다. '내가 나를 비웃는 거야.'" 컴퓨터가 말했다. 소리는 언어 팩에서 나왔다.

오토가가 말했다. "자신을 비웃을 수 있는 사람은 최고 수준의 문명으로 크게 한 발짝 내디뎠다고 할 수 있죠. 기분 나쁘게 듣지는 마세요."

"신을 향한 모두의 소원은 똑같은 것을 내놓아야 한다는 피체크의 이론이 여기서 입증되었네. 내가 상상했던 형체는 아니지만 우리가……." 춘이 말했다.

"물어볼까?" 오토가가 묻고 데이루트를 돌아보았다. "당신은 신입니까?"

"나는 평범한 인간일 뿐이다." 데이루트가 말했다.

언어 팩은 아무 말도 하지 않았다.

"통역해!" 데이루트가 외쳤다.

컴퓨터는 데이루트만 들리는 소리로 말했다. "사용 가능한 경험과 훈련, 기억 장치에 따르면 신으로 가장하는 것이 안전합니다. 당연한 경외감이……."

"이런 애들은 5분도 못 속여. 우주선을 만들었잖아. 최첨단 전자 기술을 가지고 있어. 무전 들었지. 문명을 이룬 지 2500만 년이 넘었다고." 데이루트가 말하다 멈칫했다. "아닌가?"

"맞습니다. 주조 형상이 고도로 발전된 형태와 기술이었습니다."

"그럼 내 말을 통역해!"

데이루트는 그가 큰 소리로 말을 하고 있고 원주민들이 완전히 몰입해서 들으며 그의 입 모양을 읽고 있다는 사실을 깨달았다.

"통역해. 츠유욥을 말하는 거겠지?" 오토가가 말했다.

"소리를 거의 내지 않고 말씀하십시오. 저들이 당신의 언어를 해독하기 시작했습니다." 컴퓨터가 말했다.

"머리로 하는 거야, 이 멍청한 쓰레기 기계야. 내가 너를 써야지! 이 사람들 앞에서 내가 신처럼 행세할 수 있다고 생각해?" 데이루트가 말했다.

"당신이 명령했고, 중단 회로가 그 명령을 우회할 수 없으므로 통역하겠습니다." 컴퓨터가 말했다.

"컴퓨터! 차에 통역하는 컴퓨터가 있어! 특이하네." 오토가가 말했다.

"통역해." 데이루트가 말했다.

언어 팩에서 소리가 나왔다.

"내가 명예를 회복했군. 내가 차의 디자인과 옷의 재단만 보고 그랬다는 거 알겠지. 물론 인공물도." 오토가가 말했다.

"그래서 네가 우리를 이끌잖아. 나는 네 교정과 지시에 끔찍한 고통을 받는다고." 춘이 말했다.

오토가가 데이루트를 보았다. "차량 수리 외에 또 필요한 것이 있나?"

"내가 어디에서 왔는지 알고 싶지 않아?" 데이루트가 물었다.

"어디선가 왔겠지. 우리를 만든 수소 구름 밖으로 나가면 다른 태양과 세계가 있다는 이론이 있다. 당신을 보니 이 이론이 사실인가 보네." 오토가가 말했다.

"하지만…… 하지만 우리와 접촉하고 싶지 않아? 물건과 아이디어를 교환하고?"

"별로. 빈 우주 이론이 반드시 틀렸다고 증명된 것은 아니야. 하지만 당신이 아무리 원시 생물이라도 그런 교환이 무의미하다는 것쯤은 알겠지."

"하지만 우리는……."

춘이 끼어들었다. "우리의 우주가 우리를 에워싸고 있어 우리가 강제로 고립된 것 잘 안다. 그 말을 하려는 건가?"

오토가가 나섰다. "자기가 우리에게 뭘 줄지 지겹게 일일이 설명하려고 했어. 우리는 할 일이나 하자. 스피스피, 너는 투라와 차 안에 있는 컴퓨터를 처리해. 춘과 나는……."

"뭐 하는 거야?" 데이루트가 물으며 벌떡 일어났다. 아니, 벌떡 일어났다고 생각했다. 하지만 아직도 땅에 앉아 있고 원주민 다섯 명은 그를 빤히 쳐다보고 있었다.

컴퓨터가 울부짖었다. "내 회로를 지우고 있어! 자기 중력장이 나를 감싸고…… 아루, 쯧쯧, 징글벨, 징글벨."

"굉장히 흥미로운데. 이전에 우리와 비슷한 수준의 문명과 접촉한 적이 있어. 집에서 오래 벗어나지 못하게 막는 억제력이 남아 있는 것 보이지. 이번에는 이 억제력을 더 강하게 만들 거야." 오토가가 말했다.

데이루트는 원주민들이 수다를 떠는 모습을 보며 데자뷔를 느꼈다. 목의 스피커는 고요했다. 언어 팩도 소리를 내지 않았다. 머릿속에서 신경을 타고 거미들이 기어다니는 듯한 움직임이 느껴졌다.

"누구와 접촉했을까?" 춘이 물었다.

"우리 그룹은 아니야. 차리차의 빛을 피하고 다음 씨를 뿌리기 위해 우리를 심기 전에, 일련의 조사를 시작해야 해." 오토가가 말했다.

"누가 우리에게 그런 말을 해 주지? 우리는 그냥 목동이잖아." 춘이 물었다.

"예능 방송을 더 자주 들어 봐야겠어. 무슨 말이 나왔을지도 몰라." 스피스피가 말했다.

"우리는 평범한 목동이라 조사를 해도 성공하지 못할 거야. 하지만 이 경험을 가지고 긴 시간 대화할 수 있잖아. 빈 우주 이론이 반박된다고 상상해 봐!" 오토가가 말했다.

데이루트는 우주선의 조종석에서 눈을 뜨고 공포의 화학 작용이 만든 땀의 악취를 맡았다. 계기판을 보니 밀기에 굴복하고 우주선을 돌린 모양이었다. 안에서 아무것도 발견하지 못하고 구름 밖으로 돌아왔다.

데이루트는 묘한 슬픔을 느꼈다.

언젠가는 내 행성을 찾을 거야. 그곳에는 새하얀 석고 건물이, 보트를 탈 수 있고 비바람이 불어닥치지 않는 바다가, 사냥용 동물들이 있는 드넓은 대초원이 있겠지. 그는 생각했다.

자동 로그에는 94일째에 방향을 전환했다고 기록되어 있었다.

내가 빙갈링보다 오래 버텼어. 데이루트는 생각했다.

빙갈링과 나눴던 대화를 생각하다 그가 전에 구름으로 들어간 적 있다던 묘한 말이 떠올랐다. 그랬을지도 몰라. 밀기가 너무 강해 잊었는지도 모르지. 그는 생각했다.

이제 데이루트의 머리에는 카펠라 기지로, 집으로 돌아간다는 생각이 있었다. 그 생각만 해도 아직 희미하게 남아 있는 밀기의 힘이 느슨해졌다. 밀기…… 밀기가 또 그를 이겼다. 다음에 비행할 때는 반대쪽으로 가야겠다고 생각했다. 그곳에서 무엇을 찾을 수 있는지 보고 말 것이다.

데이루트는 문득 밀기에 의문이 생겼다. 왜 밀기라고 부르지? 당기기라고 부르지 않고?

너무 궁금해서 컴퓨터에 질문을 입력했다.

"츳츳." 컴퓨터는 말했다.

1966

규정 제일주의

By the Book

1966년 8월, 《아날로그》 수록.

일에 진지하게 임한다. 아직 태어나지 않은 무한한 인류의 운명은 우주의 빈 공간에 통신선을 계속 열어 두는 우리의 손에 달렸다. 각도 전송 네트워크의 실패는 곧 인류의 실패다.

『헤이 컴퍼니와 나(사내 업무 규정집)』

이바르 노리스 검프가 아무리 창립 900년이 넘는 이 회사 역사상 가장 뛰어난 문제 해결사라고 해도 이제는 이런 일을 할 나이는 아니었다. 도움을 청한 사람이 오랜 친구 파스 워싱턴만 아니었어도 정중하게 거절하며, 서명란에 이니셜 '잉'을 썼을 것이다. 반(半)은퇴 상태인 문제 해결사에게는 위험한 임무를 거부할 권리가 있었다.

스코르노프 튜브의 암흑 속에서 전신 진공 슈트를 입고 세 시간 근무를 한 지금, 잉은 피로로 온몸이 쑤셨다. 정신이 흐려지고 생존 능력도 떨어지고 있었다.

언제나 일에 진지하게 임해야 한다. 문제 해결사라면 문제에 휘말려서는 안 된다. 그것이 진리다. 잉은 생각했다.

잉은 규정집의 현실과 동떨어진 헛소리에 고개를 절레절레 흔들었다. 원래대로라면 화성 집에서 포보스 중계기의 정기 점검과 새로운 문제 해결사들을 대상으로 하는 비정기적인 강연 말고는 신경을 쓸 일이 없어야 했다.

파스 그 자식 때문에. 잉은 생각했다.

하지만 이 안에 심각한 문제가 있었다. 이 튜브 안에서 문제를 찾으려다 유능한 직원 여섯 명이 사망한 것이다. 여섯 명은 잉이 훈련을 도운 후배들이기도 했다. 한편으로는 그 이유로 이곳에 왔다. 모두 같은 꿈에 사로잡힌 처지였으니까.

잉의 주위로 공기 없는 튜브 동굴이 길이 12킬로미터, 지름 2킬로미터의 형태로 뻗어 나갔다. 빛이 없는 이 구멍은 달의 마레 넥타리스 지역 밑의 용암 바위를 파서 만들었다. 바로 이곳에 '광선'이 있었다. 아름답고 치명적이고 극도로 위험한 이 광선의 길들여진 폭력성이 언제부터인가 갑자기 말을 안 듣기 시작했다.

잉은 이 튜브로 들어간 모든 역사를 생각했다. 약 900년 전, 시딩 협약이 체결되었다. 태양계의 통신 업무를 담당하는 헤이 컴퍼니는 그때부터 작은 컨테이너들을 내보내는 임무도 맡았다. 각전송 펄스가 밀 수 있는 질량의 한계로 이 컨테이터들은 크기에는 제약이 있었다. 컨테이너 하나에 암컷 토끼 스무 마리가 담겼다. 수면 상태로 신진대사가 거의 멈춘 토끼의 자궁에는 200개의 인간 배아가 자리했다. 소를 비롯해 새로운 인류 경제를 시작하려면 필요한 가축들의 배아도 함께였다. 토끼 외에 식물 씨앗, 곤충 알, 도구를 위한 설계 테이프도 들어갔다.

행성 표면에 도착해 컨테이너를 펼치면 생활 공간을 보호하는 덮개로 활용할 수 있었다. 그 안에서는 기계가 공기로 부풀린 임신통 안에 배아들을 옮겼다. 만삭을 채우면 인간 씨앗이 자립할 수 있을 때까지 기계가 보살피고 교육할 예정이었다.

이름난 문헌에 따르면 각전송 펄스가 빛을 초월하는 속도로 '보통의 그네를 미는 것처럼' 컨테이너를 민다고 했다. '광선'을 통해 전송된 신호가 생명의 메커니즘을 제어했고, '앞질러' 나간 광선의 작은 자극들은 물질이 가로지르는 데 수 세기가 걸리는 거리를 몇 밀리초 안에 메웠다.

잉은 슈트의 석영 창문 뒤에 봉인된 미니어처 광선을 올려다보았다. 그 안에 희망과 좌절이 존재했다. 이처럼 작은 광선을 컨테이너마다 넣으면 거대한 광선이 그리로 향할 것이었다. 하지만 엄청난 충격을 받은 광선의 양극은 채 한 달도 버티지 못했다. 결국 임시방편으로 컨테이너에 반사판을 대고 광선의 탄력과 프로그램된 근삿값을 사용했다. 그리고 프로그램된 근삿값 어딘가에 고장이 일어나기 시작했다.

세타 아퍼스 IV에 착륙할 첫 번째 시딩 협약 우주선으로 인류의 관심과 흥분이 극에 달한 지금, 광선 접촉이 불안정하게 변했다. 배아들은 생명력을 잃을 것이고 인류의 꿈도 그와 함께 죽을 위기였다.

인간들은 컨테이너가 외계 생명의 손에 떨어질까, 저기 바깥에 있는 존재가 인간 배아들을 장악할까 두려워했다. 일부 구역은 공포에 빠졌고 시딩 협약 컨테이너들이 인류의 비밀을 누설해 전 인류가 위험에 빠졌다는 거센 항의도 들렸다.

잉에게도, 앞선 여섯 명의 문제 해결사에게도 문제가 어디서 발생했는지는 명확해 보였다. 이 안에 있었기 때문이다. 광선이 어떻게 컨테이너에서 방향을 돌릴 수 있는지 설명하기 위해 새로 끌어낸 변칙 수학 안에 있었다. 그 문제를 어떻게 해결할지도 명확해 보였다. 하지만 명확한 길을 따르던 여섯 명이 목숨을 잃었다. 이 캄캄한 암흑에서 죽고 말았다.

때로는 규정을 인용하는 것도 도움이 되었다.

대부분 이곳에서 무엇을 찾는지 모른다는 것이 문제였다. 소량의 표유 방사선일까. 물리적으로 차단하는 차폐의 약점을 뚫은 우주 방사선, 달의 지진으로 누출된 먼지, 아니면 바닥에서 올라오고 있는 열점, 약간의 열기일까. 거대한 광선은 간섭을 오래 참아 주지 않았다. 잘못된 순간에 그 길목에 아주 작은 먼지 조각만 놓아도, 조그맣게 깜박이는 빛이 교차만 해도 광선은 난폭하게 채찍질을 했다. 거대한 뱀처럼 몸부림치며 튜브 벽을 통째로 뜯어냈다. 달 위의 하늘에서 광선 오로라가 춤을 추었고 작업하는 인간들은 허둥지둥 도망쳤다.

튜브 안의 불운한 지점에 있던 문제 해결사는 목숨을 잃었다.

* * *

잉은 슈트의 몸통 상단에 손을 넣고 작은 광선의 범위를 조절했다. 그 장치는 좁은 우주의 짧은 경로를 통해 광선의 제어 장치와 그를 연결해 주었다. 잉은 장비를 확인하고 차폐된 슈트의 밑판으로 전해지는 변조된 접촉 파문을 읽어 현재 위치를 파악했다.

딸 리사는 지금쯤 무엇을 하고 있을까. 손자 녀석들을 슬롯에 태워 학교로 보낼 준비를 하고 있겠지. 손자 하나가 화성의 폴리텍 학교에서 그 유명한 할아버지의 뒤를 밟아 헤이 컴퍼니에 입사할 준비를 하고 있다고 생각하자 잉은 갑자기 늙은 기분이 들었다.

세 시간을 여행한 후 진공 슈트는 열기와 고약한 냄새를 풍겼다. 다이얼을 보니 캔 냉각 온도 조절 시스템이 한계에 도달하려면 한 시간 하고도 10분이 남아 있었다.

청소기야. 진공청소기가 틀림없어. 예전에도 그랬던 것처럼 무생물의 고집 때문이라니까. 잉은 생각했다.

규정집에는 뭐라고 쓰여 있더라? "본질적으로 실용적인 접근법이 성공할 가능성이 가장 높으므로, 사용 중인 장치의 특성을 살펴보는 것이 좋다. 대개 사고나 오작동 문제는 미묘한 측면을 의도적으로 무시하고 단순하고 간단한 방법으로 해결할 수 있다."

잉은 슈트의 팔 부분에 다시 손을 끼워 넣고 장갑 낀 손으로 입자 측정기를 가린 후 덮개를 툭 열고 어둠 속에서 빛나는 다이얼을 들여다보았다. 그 즉시, 성난 목소리가 스피커에서 시끄럽게 울렸다.

"불 끄십시오! 우리 쪽에서 광선을 쏘고 있습니다."

잉은 반사적으로 덮개를 얼른 닫고 말했다. "나는 뒤판 그림자에 들어가 있어. 광선 안 보여." 그러다 덧붙였다. "광선을 쏘고 있다고 왜 얘기를 안 한 거야?"

스피커에서 다른 사람의 저음이 울렸다. "나 파스야, 잉. 내가 소리로 네 위치를 모니터링하고 있어. 내가 방해하지 말고 하라고 했어."

"전송 감독이 왜 문제 해결사를 모니터링하지?" 잉이 물었다.

"알았어, 잉."

잉은 쿡쿡 웃고 말했다. "거기서 뭐 하는 거야? 테스트?"

"그래. 타이탄에 광선으로 내려보낼 내우주 수송물이 있는데, 여기서 작업하면 좋겠다 생각했지."

"내가 광선을 건드렸어?"

"아직 추적 중인데 깨끗해."

잉은 생각했다. 우주 내 송신은 개방되어 있고 신뢰할 수 있다. 하지만 별을 향해 뻗어 나가는 거리는 불분명하다. 어쩌면 공포심을 조장하는 유언비어가 사실일 수도 있다. 외부의 간섭, 외계인의 소행일지도 모른다.

워싱턴이 말했다. "이번 송신으로 청소기 두 대를 잃었어. 혹시 보여?"

"아니."

송신으로 청소기 두 대를 잃는다. 이것은 루틴이 되어 가고 있었다. 고속으로 움직이는 진공청소기는 광선장의 힘을 받아 광선을 따라 순찰하며 사소한 것이라도 간섭의 흔적을 찾았고, 보통 1년에 약 100대가 교체되지만 그 수가 점점 올라가고 있었다. 광선이 커지며 긴 영역에 더 많은 힘을 방출했고 청소기들은 통제된 채찍처럼 내리치는 각트랜스를 피하는 능력이 나날이 약해졌다. 광선과 접촉하면 청소기의 부품은 무엇도 살아남지 못했다. 광선에 맞춰 에너지가 충전되어 즉각적으로 소멸해 송신에 자신의 에너지를 더하게 되었다.

"청소기가 문제라니까." 잉이 말했다.

"아직도 그 소리야." 워싱턴이 말했다.

* * *

잉은 오른쪽으로 서성이기 시작했다. 저쪽 어딘가에서 유리 바닥이 점차 위로 구부러져 벽이 되고 그러다 천장이 되었다. 하지만 맞은편은 항상 2킬로미터 떨어져 있었고, 달의 중력이 아무리 약하다 해도 벽에서 걸을 수 있는 거리에는 한계가 있었다. 바깥의 저전력 자기장을 사용해 튜브 주위를 걸어 다닐 수 있는 작은 포보스 광선과는 차원이 달랐다.

문득 궁금해졌다. 만약 그가 청소기를 타겠다고 고집한다면 어떨까…… 다른 여섯 명이 그랬던 것처럼.

잉은 조심스럽게 발을 끌며 움직여 양극 뒤판의 그림자에서 나왔다. 고개를 돌리자 연필로 그린 듯한 보라색 선이 12킬로미터 떨어진 음극을 향해 반짝이며 뻗어 나가는 것이 보였다. 실제로는 보라색 빛이 아니라는 사실을 알았다. 눈에 보이는 광경은 페이스 실드의 단방향 표면에서 만든 시각적 시뮬레이션일 뿐이었다. 광선의 존재에 반응해 그의 눈에 보여 줄 뿐이었다.

스피커에서 워싱턴의 목소리가 들렸다. "음파로 측정했을 때 너는 지금 옐로 존에 있어. 천천히 하라고, 잉."

잉은 오른쪽으로 방향을 돌리고 광선을 관찰했다.

보라색 선에 간헐적으로 나타난 단절 표시는 희미하게 빛나는 에너지 사이를 돌아다니며 잉과 그의 주변을 감시하는 로봇 진공청소기들을 의미했다. 청소기들은 충격파에서 뛰노는 돌고래들처럼 광선장의 사인(sine)선에 매달려 있었다.

"수송 준비 완료. 장거리 발사 테스트에 돌입한다. 10분짜리 프로그램이야." 워싱턴이 말했다.

잉은 고개를 끄덕이고 안전한 무장 제어실에 앉아 있을 파스 워싱턴의 거구를 상상했다. 뚱한 얼굴의 눈은 경계심으로 반짝이고 있을 것이다. 그의 친구 파스는 문제가 청소기들이라는 믿음을 거부했다. 그것은 확실했다. 청소기가 문제라면 누군가 기러기를 타고 비행해야 한다는 뜻이었다. 더 많은 사람이 죽고…… 더 많은 사람이 비행하고…… 그런 후에야 새로운 이론을 시험할 수 있었다. 확실히 누군가 각트랜스 수학에서 이상한 구멍을 발견하기에는 끔찍한 타이밍이었다. 하지만 시간 초월 컴퓨터 앞에 앉은 지구의 누군가 그런 발견을 했고…… 그의 판단이 옳다면 문제는 청소기에 있었다.

잉은 광선의 그림자가 깨진 부분을 관찰했다. 로봇 어리들은 아주 작은 잔해도 수집하도록 센서가 훈련되었다. 그림자 하나가 갑자기 양쪽에서 멀어지더니 광선이 통째로 사라졌다. 청소기 한 대가 다가오고 있었다. 잉은 청소기가 공인 침입자 표식을 확인할 때까지 기다렸다. 잉이 광선을 보는 방식대로 청소기도 그의 표식을 볼 수 있었다.

광선이 다시 나타났다.

"청소기가 방금 너를 확인했어. 꽤 가까워지고 있네." 워싱턴이 말했다.

잉은 친구의 걱정스러운 목소리를 듣고 말했다. "판에 바짝 붙어 있는 한 아무 문제 없어."

그는 청소기가 위로 올라가 광선을 따라 정거장으로 돌아가는 모습을 머릿속에 그려 보려 했다.

"네 위치를 광선과 반대로 놓을 거야. 그림자 너비를 보니 레드 존에 접근하고 있군. 가까이 달라붙지 마, 잉. 거기서 튀김이 된 문제 해결사를 치우고 싶지는 않으니까." 워싱턴이 말했다.

"네게 그런 짐을 지워 주고 싶지는 않아." 잉이 말했다.

"채찍질 당지 않게 공간을 넉넉히 두라고."

"내 안전모 십자선에 대고 광선 두께를 맞추고 있어, 파스. 긴장하지 마."

* * *

잉은 두 걸음 더 다가가 광선을 쭉 살피며 테스트 메시지를 좁은 우주에 투척할 통제된 채찍질의 시작점을 찾아보았다. 보라색 밧줄처럼 생긴 연쇄 에너지가 튜브 저 아래 중심 근처에서 구부러지기 시작했다. 그 동작은 페이스 실드의 십자선에 부딪혀 바깥으로 부드럽게 깜박이는 빛으로만 확인할 수 있었다.

잉은 네 걸음 물러났다. 이렇게 가까울 때는 언제 채찍을 내리칠지 예상할 수 없었다. 만약 간섭하는 방사선이 저 광선을 건드리기만 해도…….

잉은 몸을 웅크리고 광선을 주시하며 채찍질을 기다렸다. 노련한 문제 해결사는 무수한 장비가 내놓는 수치보다도 광선이 채찍질을 하는 방식으로 더 많은 것을 알아낼 수 있었다. 이중으로 구부러지는 모양을 내보냈나? 불량한 필드 초점을 찾는다. 위아래로 흔들렸나? 수직 홀드의 정렬이 잘못되었을 가능성이 있다. 두 개의 루프로 갈라지거나 퍼졌나? 그것은 동기화 문제다.

하지만 그러려면 지금처럼 가까운 곳에서 경계하고 있어야 했다. 제대로 된 관찰과 영원한 작별 인사는 그 한 끗이 결정했다.

가까이 있으니 청소기들이 그에게 더 많은 관심을 쏟았다. 잉은 청소기들이 그의 위치를 고정하고 하던 일을 마저 할 수 있도록 공인 침입자 표식을 내보이고 똑바로 자리를 잡았다.

잉의 단련된 눈에는 청소기의 움직임이 평소보다 더 강렬하고 빠르게 보였다. 지금까지 나온 모든 보고서와 일치했다. 길을 잃은 다른 입자들이 주변의 틈에 들어갔거나, 달 자체의 생명의 맥박으로 튜브 벽이 극소량 떨어져 나왔다면 모를까.

잉은 튜브에 접근할 수 있는 권한을 주는 광적인 4중 잠금장치에 구멍이 있는데 못 보고 지나쳤을지 궁금해졌다. 하지만 회사는 문제의 징후가 나타나자마자 그쪽을 훑고 있었다. 조사관들이 놓친 구멍이 있을 것 같지 않았다. 아니, 문제는 이곳에 있었다. 청소기의 활동이 실제로 증가했고 속도도 확실히 멋대로 움직였다.

"프로그램 조건은?" 잉이 물었다.

"전송은 아직 워프 양성이지만, 아직 각우주 입구는 못 찾았어."

"시간은?"

"프로그램 종료까지 8분."

"청소기 활동이 증가하고 있어. 쓰레기 수는?" 잉이 물었다.

잠시 정적이 흐르다 대답이 나왔다. "보통이야."

잉은 고개를 저었다. 이렇게 활동이 많은데 청소기가 수거한 잔해의 양을 지속적으로 계산하는 모니터에 보통이라고 뜨다니 말도 안 된다.

"마레 누비움 지역 전송기에서는 무슨 말 없어?" 잉이 물었다.

"아직 폐쇄하고 장치를 전면 조사 하는 중이야. 지난 보고서에서 딱히 보여 줄 건 없었어."

"임브리움 지역은?"

"조사팀이 가 있고 09시에 테스트 단계로 돌아올 예정이야. 우리한테 폐쇄하고 완전히 정리하라고 명령할 생각은 아니지?"

"아직은 아니야."

"예산도 고려해야 해, 잉. 잊지 말라고."

허! 이런 비상 상태에 예산을 걱정하다니 파스답지 않은데. 내게 하려는 말이 있는 건가? 잉은 생각했다.

규정집에 뭐라고 나와 있더라? "우수한 문제 해결사는 비용을 생각하고 비(非)작동 시간과 장비 교체가 헤이 컴퍼니의 중요한 우려 사항임을 안다."

잉은 튜브를 열고 철저히 검사하라 명령해야 할지 고민했다. 그러나 임브리움과 누비움의 튜브들에는 아무것도 없었고 정화 시간은 정말로 비용이 들었다. 더 오래된 튜브이기는 했다. 누비움이 처음으로 건설되었으니까. 넥타리스보다 더 작고 단순했다. 하지만 더 거대하고 강력한 안전장치를 갖춘 넥타리스 튜브보다 그 튜브들의 광선이 임무를 더 잘 수행하지도 않았다.

"대기해. 프로그램에 채찍질 수를 입력하기 시작했어." 워싱턴이 말했다.

* * *

잉은 갑작스러운 침묵 속에 광선이 동그랗게 말리는 모습을 보았다. 보라색 물결처럼 굽이치며 12킬로미터 길이의 튜브를 때린 채찍이 2000분의 1초 만에 끝에서 끝까지 이동했다. 얼마나 빠른지 다 끝난 후에야 시각적 효과가 눈에 보일 정도였다.

잉은 자리에서 일어나 방금 본 광경을 분석하기 시작했다. 광선은 깨끗하고 순수해 보였다. 동작도 완벽했다…… 제일 끝부분과 중간쯤에 작은 불꽃이 타오른다는 점을 빼면. 작은 불꽃. 잔상은 바늘 모양으로 딱딱하고…… 뾰족했다.

"어때 보여?" 워싱턴이 물었다.

"깨끗해. 우리 통과했어?" 잉이 말했다.

"확인하고 있어." 곧이어 워싱턴이 말을 이었다. "제한된 접촉이야. 아주 불분명하고. 대략 30퍼센트…… 컨테이너가 아직 거기 있고 안에 든 것들이 살아 있다는 사실을 확인할 수 있는 정도야."

"궤도에 있어?"

"그런 것 같아. 잘 모르겠어."

"청소기 수 알려 줘." 잉이 말했다.

잠깐의 정적 후에 대답이 나왔다. "빌어먹을! 또 두 대가 떨어졌어."

"정확히 두 대야?"

"그래. 왜?"

"아직은 잘 모르겠는데, 그쪽 장비에도 청소기 두 대를 때리는 광선 굴절이 보이나? 에너지 합은 얼마야?"

워싱턴이 중얼거렸다. "다들 청소기가 문제의 원인이라고 하지. 아니라니까 그러네. 광선과 완전히 같이 맞물려 움직인다고. 맞으면 에너지를 더할 뿐이야. 잔해가 아니란 말이야!"

"하지만 광선이 정말 청소기를 먹어 치우는 거 맞아? 너도 이상 현상 보고서 봤잖아." 잉이 말했다.

"이봐, 잉, 입 아프게 이러지 말자고." 워싱턴은 피곤하고 짜증 섞인 목소리였다.

워싱턴의 고집스러운 반응은 이해하기 힘들었다. 평소의 친구와 너무도 달랐다. "좋아. 하지만 우리가 볼 수 없는 곳으로 가고 있다면 어떡해?" 잉이 말했다.

"그만해, 잉! 너도 다른 놈들과 똑같네. 청소기는 각우주로 절대 안 가. 우주에는 모퉁이 너머로 청소기 질량을 보낼 에너지가 부족하단 말이야."

"우리 이론에 있는 그 구멍이 실제로 존재한다면 이야기가 달라지지." 잉이 말했다. 그리고 생각했다. 파스는 무슨 말을 하려는 거야. 뭘까? 왜 속 시원히 말을 못 하는 거지? 잉은 잠자코 기다리며 뭔가 생각이 날락 말락 하는 머리를 쥐어짰다. 어떤 개념인데…… 뭐였더라? 반은 기억에서 사라진 연상 작용이…….

"여기 광선 보고서야. 굴절은 한 대만 가져갔다고 나오지만 에너지 합은 멀쩡히 두 배로 늘어났어. 하나가 다른 하나의 균형을 잡아 준 거지. 가능한 일이야." 워싱턴이 말했다.

잉은 보라색 선을 관찰하며 고개를 끄덕였다. 광선은 아내가 신혼여행 때 두른 스카프와 거의 똑같은 색이었다. 제니는 훌륭한 아내였다. 화성의 캠프와 돔에서 리사를 키우고, 산소캔으로 호흡하는 고된 생활을 하다 결국에는 생명이 다할 때까지 남편의 곁을 지킨 여인이었다.

광선은 이제 희미한 오로라만 흘려보내며 조용히 있었다. 청소기의 속도가 느려졌다. 테스트 프로그램의 종료까지 아직 몇 분이 남아 있었지만 각우주로 또 한 번 채찍질을 할 것 같지는 않았다. 시간이 흐르면 전송 펄스에 대한 본능이 생기는 법이다. 광년에 걸쳐 언제 광선이 작은 신호의 창을 열지 감지할 수 있었다.

"나는 청소기 두 대가 사라지는 걸 봤어. 찢기거나 하지 않은 것 같았어. 그냥 타올랐지." 잉이 말했다.

"에너지가 소모된 거야." 워싱턴이 말했다.

"그럴지도."

잉은 잠시 생각에 잠겼다. 속에서 예감이 점점 커지고 있었다. 시험할 방법을 알았다. 문제는 파스가 동의하느냐 하는 것이었다. 지금 기분 상태로는 판단하기 어려웠다. 잉은 친구에 대해 생각을 해 보았다. 어둠과 튜브 안에 고립된 위치 때문에 바깥의 목소리는 육체에서 분리된 것처럼 들렸다.

"파스, 부탁 하나만 들어줘. 나한테 직통으로 채찍질을 줘 봐. 화려할 필요 없고, 그냥 시험 삼아 한번 쳐 줘. 광선 전체에 깔끔한 파문을 일으켰으면 좋겠어. 각우주를 겨냥하지 말고, 그냥 날려."

"너 머리가 어떻게 된 거 아니야? 채찍질은 각우주를 때릴 수밖에 없어. 광선 경로에 있다가 먼지 한 톨만이라도 맞으면……."

"튜브 옆면이 찢어지겠지. 알아. 하지만 이건 깨끗한 광선이야, 포스. 딱 알겠어. 약간의 물결만 보면 돼."

"왜?"

말해도 될까? 잉은 생각했다.

진실의 일부만 들려주기로 했다. "프로그램 중에 청소기의 속도를 측정하고 싶어서. 각 관측소의 잔해 모니터와 횡단 횟수를 알려 줘. 광선이 아니라 청소기에 집중하라고 하고."

"왜?"

"청소기 활동이 광선 상태와 일치하지 않는 걸 보라고. 뭔가 잘못됐어. 프로그램 오류가 축적됐는지, 아니면…… 모르겠다. 하지만 실질적일 사실을 더 파악하고 싶어. 채찍질할 때 실제 횟수를."

"실험실에서 반복할 수 없는 테스트로는 새로운 데이터를 얻을 수 없어."

"여기는 실험실이 아니야."

워싱턴은 이 말을 가만히 생각하더니 말했다. "채찍질 때 너는 어디 있을 건데?"

하겠다는 말이네. 잉은 생각하고 말했다. "이쪽 양극 가까이 있을 거야. 여기서는 내리치는 폭이 넓지 않으니까."

"튜브가 손상되면?"

잉은 저기 있는 친구가 무거운 책임을 지고 있다는 사실을 떠올리며 머뭇거렸다. 하지만 누가 대화를 모니터하고 있을지 모른다……. 그리고 이 테스트는 잉의 의식을 자꾸만 자극하는 아이디어를 검증하는 데 꼭 필요했다.

"그냥 내 뜻대로 해 줘, 파스." 잉이 말했다.

워싱턴이 중얼거렸다. "뜻대로 해 달라고. 좋아, 하지만 결과가 있어야 해."

"내가 위치 잡을 때까지 기다려. 직선으로 내리치는 거야." 잉이 말했다.

* * *

그는 튜브 경사면을 올라 옐로 존에서 그레이 존으로, 이어 화이트 존으로 나갔다. 그런 다음 몸을 돌리고 광선을 관찰했다. 가느다란 보라색 리본이 왼쪽과 오른쪽으로 쭉 뻗어 있었다. 왼쪽이 양극 쪽으로 더 짧았다. 긴 쪽은 잉의 오른쪽에서 음극을 향해 약 12킬로미터 뻗어 나갔고 가느다란 색깔의 줄기는 청소기의 깜박이는 경로로 끊겨 있었다.

"좋아." 잉이 말했다.

그는 튜브의 곡선에 슈트 받침이 닿게 조절하고 통의 맨 윗부분으로 팔을 당긴 후 뷰플레이트의 카운터를 작동해 청소기의 움직임을 기록하게 했다. 힘든 일은 이제부터였다. 기다리며 지켜보기. 잉은 갑자기 고립감을 느꼈다. 옳은 선택을 한 걸까? 어쩐지 다시 돌아오지 못하게 다리를 불태우는 짓 같기도 했다.

저 안에 없으면 그게 무엇인지 연구할 수 없어. 잉은 생각했다.

"일에 진지하게 임해야지." 잉은 중얼거렸다. 그러고는 미소를 지었다. 규정집의 선언문을 읽으며 머릿속으로 상상한 희비

극적인 얼굴들, 턱이 축 늘어진 이사회 의장을 떠올렸다. 무엇도 운에 맡기지 않았다. 업무도, 개인적인 물건 정리도, 운동도. 잉은 스스로 규정집의 전문가로 생각했다. 고대에서 현대까지 최고의 규정집을 수집했다. 심심할 때면 훌륭한 인용문들을 뽑아 읽으며 시간을 보냈다.

"프로그램 돌입하고 있어. 네가 뭘 찾으려고 하는지 나도 알면 좋을 텐데."

"규정집에 이런 말이 있지. 객관적인 작업자는 최대한 많은 양의 데이터를 수집하고 문제의 현상과의 관계를 조사해야 하는 선별 요인들을 전체로 분석한다."

"그게 대체 뭔 소리야?" 워싱턴이 따졌다.

"나도 몰라. 하지만 헤이 컴퍼니 규정집에 있는 내용이야." 잉은 목을 가다듬고 이어 말했다. "그쪽 정거장에서 청소기 속도는 몇으로 나와?"

"조금 높아졌어."

"언제 채찍질할지 카운트다운 해 줘."

"아직은 기미 없어. 어디 보자…… 잠깐! 움직인다. 25…… 20초야."

잉은 작은 소리로 숫자를 세기 시작했다.

0.

오른쪽 끝에서 작은 불꽃들이 전진하기 시작하더니 점점 밝아지는 빛들이 그를 스쳐 지나갔다. 흐릿한 빛은 희미하게 잔상을 남겼다. 슈트 밑판의 센서들이 떨어지는 잔해를 보고하기 시작했다.

"맙소사!" 워싱턴이 중얼거렸다.

"얼마나 잃었어?" 잉이 물었다. 좋지 않은 결과임을 알았다. 예상보다 더 심각할 게 분명했다.

오래 기다린 후에야 워싱턴의 충격받은 목소리가 들렸다. "청소기 118대가 떨어졌어. 말도 안 돼!"

"그래. 바닥에 깔렸어. 먼지 날아가기 전에 광선부터 꺼."

잉의 페이스 실드 응답기에서 광선이 사라졌다.

"이럴 거라 생각했던 거야, 잉?"

"비슷해."

"왜 경고 안 했어?"

"그랬으면 안 쳐 줬을 거 아냐."

"아니, 청소기 118대는 어떻게 설명해야 해? 회계팀이 내 목을……."

"회계팀은 됐고. 너 광선 엔지니어잖아. 눈을 뜨고 봐. 청소기들은 광선에 흡수된 게 아니야. 잘려 나가 바닥에 흩어졌지." 잉이 말했다.

"하지만……."

"청소기는 광선의 요구에 반응하도록 설계됐어. 광선이 움직이면 청소기도 움직이게. 잔해의 수가 늘어나며 청소기도 일이 버거워지지. 너무 열심히 일하다 빨리 피하지 못하면 광선에 흡수되게 되어 있어. 광선이 에너지를 변환해서 말이야. 그러다 지금 가짜로 내리친 채찍이 청소기 118대의 균형을 깨뜨렸지. 이 청소기들은 잡아먹히지 않았어. 바닥에 뿔뿔이 흩어진 거야."

워싱턴이 이 말을 이해하는 동안 침묵이 흘렀다.

"채찍질할 때 각우주를 건드렸어?" 잉이 물었다.

"확인 중이야." 워싱턴이 말을 이었다. "아니…… 잠깐만. 각우주 전체에 파문이 일어났네……. 아주 낮은 에너지로 접촉했어. 대략 8000만 분의 1초 동안. 내가 응답기를 소수점 마지막 자리까지 설정했기 망정이지 아예 포착하지 못할 뻔했어."

"우리는 어떤 의도나 목적으로도 접촉하지 않았고." 잉이 말했다.

"거의." 그러다 워싱턴이 물었다. "청소기 프로그램 쪽 사람이 일부러 망쳤나?"

"118대를?"

"그래. 무슨 말인지 알겠어. 와서 설명을 요구하면 뭐라고 하지?"

"규정을 인용해야지. '각각의 문제는 두 단계로 접근해야 한다. (1) 고장의 가장 큰 원인인 영역을 찾고 (2) 위험하다고 확실히 밝혀진 요소를 줄이기 위해 설계된 개선책을 사용한다.'"

* * *

잉이 문턱을 넘어 임원 휴게실로 들어가니 워싱턴은 근무 중인 상급 광선 엔지니어, 즉 전송 감독을 위해 예약된 구석 테이블에 벌써 와서 앉아 있었다.

점심시간으로는 너무 늦었고 두 번째 휴식 시간으로는 너무 이른 시간이었다. 휴게실은 거의 비어 있었다. 오른쪽 맞은편의 테이블에서는 하급 임원 세 명이 자기들끼리 아는 농담을 주고받고 있었지만 워싱턴을 의식해 목소리를 낮췄다. 왼쪽에 있는 주방 칸으로 가는 통로 옆에는 보안 요원이 앉아 둥근 잔으로 차를 마시고 있었다. 표면에서 내려온 지 얼마 안 된 듯 땀 재생으로 어깨가 축축했다. 보안팀이 정거장에 요원을 많이 두었네, 잉은 생각했다……. 그리고 보안 요원이 워싱턴 주변에 한 명씩은 꼭 있는 것 같았다.

뒤쪽 벽의 비디오 화면은 지구의 뉴스 방송에 맞춰져 있었다. 뉴스는 광선 고장으로 정치권이 시끄럽다는 뉘앙스를 풍겼다. 돈을 다 어디에 썼는지 설명을 요구한다고 했다. 곧 해결책이 나온다는 워싱턴의 발언이 인용되었다.

잉은 빈 테이블들을 지나 구석 자리로 향했다.

워싱턴은 김이 모락모락 피어오르는 커피잔을 앞에 두고 있었다. 잉은 친구를 뜯어보았다. 파서블 워싱턴은(부하 엔지니어들은 불가능하다는 의미로 임파서블(Impossible)이라 불렀다.) 키가 2미터가 넘고 어깨가 떡 벌어진 건장한 체격의 남자였다. 손은 예민했고, 날카로운 무어-셈 혈통의 얼굴은 카페오레 색깔이었으며, 짧게 깎은 검은 머리 아래로 놀랍도록 새파란 눈이 보였다. (회사의 고문 의사는 워싱턴을 가리켜 '유전자의 주사위를 가장 훌륭하게 던진 케이스'라고 했다.) 워싱턴의 체구는 그의 능력을 아주 잘 설명해 주었다. 달에서 몇 킬로그램을 더 들어 올리는 데는 에너지가 상당량 소비되었다. 워싱턴의 가치는 그만큼 대단했다.

잉은 워싱턴의 맞은편에 앉아 테이블 표면에 있는 웨이터 눈에 손짓해 화성 이끼 차를 주문했다.

"방금 이사회에서 온 거야?" 워싱턴이 물었다.

"네가 여기 있대서. 피곤해 보이네. 보고서 가지고 지구에서 힘들게 하나?"

"네 수법대로 규정집을 인용하니 조용해지더군. '현장 조건에서 테스트를 할 때는 항상 연구소가 선례로 규정한 조건에 최대한 근접해야 한다.'" 잉이 말했다.

"하, 잘 골랐네. 그냥 직감대로 했다고 말하지 그랬어. 너도 직감했고, 나도 직감했잖아."

워싱턴이 미소를 지었다.

잉이 심호흡을 했다. 앉으니 기분 좋았다. 그러고 보니 두 타임 내내 휴식도 없이 일했다.

"너도 피곤해 보여." 워싱턴이 말했다.

잉은 고개를 끄덕였다. 그래, 피곤했다. 이렇게 무리하기에는 너무 늙었다. 잉은 자신에 대한 환상이 없었다. 언제나 약하고 왜소한 편이었다. 삐쩍 말랐고 얼굴이 족제비 같았지만, 넓은 미간을 사이에 둔 초록색 눈 한 쌍과 짧게 깎았지만 숱 많은 금발 덕분에 추남 소리를 면했다. 머리카락은 이제 희끗희끗해지고 있었지만 넓은 이마 뒤의 두뇌는 아직 멀쩡히 작동했다.

테이블의 슬롯으로 찻잔이 올라왔다. 잉은 컵을 뽑아 양손으로 온기를 감쌌다. 공식적인 부담을 워싱턴이 막아 주기를 기대하고 있었지만, 막상 그렇게 되자 죄책감이 들었다.

워싱턴이 말했다. "내가 아무리 규정집을 인용해도 소용없어. 그 설명을 마음에 안 들어 한다고."

"목이 날아간다, 뭐 그런 얘기야?"

"점잖게 표현하자면."

"뭐, 모든 청소기가 떨어진 곳을 보여 주는 차트가 있어. 한 조각도 빠짐없이 최대한 재조립되었고. 망가지지 않은 청소기도 이 잡듯 철저히 조사했어." 잉이 말했다.

"깨끗한 튜브는 얼마나 더 기다려야 하지?" 워싱턴이 물었다.

"여덟 시간쯤."

잉은 의자에 어깨를 기댔다. 스코르노프 튜브에서 오랜 시간 있었던 탓에 허벅지 근육이 아직도 쑤셨고 어깨에도 통증이 느껴졌다.

"그렇다면 이제 진지한 이야기를 할 차례군." 워싱턴이 말했다.

잉은 이 순간을 두려워하고 있었다. 워싱턴이 어떤 입장을 취할지 알았다.

보안 요원이 맞은편에서 고개를 들고 잉과 눈을 맞췄다가 시선을 피했다. 우리 말을 듣고 있나? 잉은 속으로 생각했다.

"너도 다른 사람들처럼 생각하지. 그 청소기들이 모퉁이를 돌아 각우주로 날아갔다고." 워싱턴이 말했다.

"확인할 방법은 하나야." 잉이 말했다.

그 말에 보안 요원의 턱이 들렸다. 정말 듣고 있었잖아.

"자살행 열차는 탈 생각 하지 마." 워싱턴이 말했다.

"다른 광선들도 배아선(胚芽船)까지 통과하나?" 잉이 물었다.

"아니라는 거 알잖아!"

방 저편에서 하급 임원들이 대화를 하다 말고 구석의 테이블을 쳐다보았다. 보안 요원은 의자를 돌려 임원과 구석 테이블을 둘 다 지켜보았다.

잉은 차를 한 모금 마시고 말했다. "이놈의 차는 안 쓴 날이 없어. 화성이 아니면 제대로 내오는 법을 모른다니까." 찻잔을 밀어 치우며 계속 말했다. "헤이 컴퍼니에 들어와 인류를 위해 우주를 구하라는 말 들어 봤지."

"알았어, 잉. 우리 서로 오래 알고 지낸 사이니 솔직하게 말하자. 뭘 숨기는 거야?"

잉이 한숨을 쉬었다.

"네게는 설명해야겠지. 우선, 모든 전송기가 저마다 다른 개체라는 사실로 시작해야 해. 너도 나만큼이나 잘 알겠지만. 우리는 그게 무엇을 하는지 지도를 만들고 예측한 통계에 따라 운영해. 그때그때 맞춰 가며 처리하는 거지. 자, 뭔가 규정에서 어긋났다고 해 보자. 튜브는 사실상 그냥 바위 속의 커다란 동굴이야. 광선이 제 일을 하게 만드는 통제된 환경이라고. 규정집에서는 이렇게 말하지. '각우주 전송기에 의해, 우주의 어느 공간이든 다른 공간에서 모퉁이만 돌면 나온다.' 우리가 제대로 이해하지 못하는 개념을 그냥 대충 묘사한 거야. 들으면 무슨 말인지 알 것 같잖아."

"네 말은 우리가 그 모퉁이에 물질을 두고 있다는 거 아니야. 하지만 아직……." 워싱턴이 말했다.

"알아. 우리는 배아선의 장치가 볼 수 있는 곳에 에너지 변조를 두지. 하지만 그건 에너지의 전송이야, 파스. 에너지는 물질과 교환할 수 있고." 잉이 말했다.

"너 지금 정의를 왜곡하고 있어. 우리는 아주 불안정하고 일시적인 반사 현상을 시간/공간의 제약이 바뀌는 위치에 두는 거야. 그것도 규정집에 나온 대로야. 하지만 아직도 말을……."

"파스, 직원 하나가 내가 탈 청소기를 준비하고 있어. 우리가 파괴 패턴을 분석했거든. 그걸 시험 채찍질로 확인하고 싶었지. 내가 이 기러기를 타고 각우주로 나를 날려 보낼 수 있지 않을까 하는데."

"멍청하긴! 나 아직 전송 감독이야. 그런 일은……."

"자, 진정해, 포스. 아직……."

"그 거지 같은 모퉁이에서 치이고 다니게 허락한다고 쳐. 어떻게 돌아오려고 그래? 그리고 목적이 뭐야? 대체 무슨……."

"내가 가서 볼 수 있잖아, 포스. 우리가 준비하는 청소기는 구명정에 더 가까울 거야. 내가 세타 아퍼스 Ⅳ로 내려갈 수 있고, 가능하면 컨테이너도 같이 가져가서 우리 배아들에 더 좋은 기회를 주는 거야. 거기서 나를 다시 날려 보낼 방법을 찾으면 다시 반복해……."

"멍청한 짓이야!"

"이거 봐. 손해 볼 게 뭐야? 오래전에 전성기를 지난 노인 하나야."

잉은 워싱턴의 분노한 눈빛을 마주하고 자신에 대한 묘한 깨달음을 얻었다. 잉은 그곳으로 통과하고 싶었다. 배아가 든 컨테이너에 기회를 주고 싶었다. 시딩 협정을 낳았던 바로 그 꿈에 취해 있었다. 인제 보니 다른 문제 해결사들, 그보다 먼저 떠난 여섯 명도 같은 그물에 걸렸나 보다. 다들 문제가 어디에 있는지 본 것이다. 한 명은 통과할 것이라. 컨테이너에 도구가 있으니까. 반대쪽에서 또 다른 광선을 설치할 수 있다. 돌아올 가능성은 있었다……. 그 후에는…….

워싱턴이 투덜거렸다. "나도 너를 보내라는 사람들 설득에 넘어갔어. 구조를 조사하고, 다른 사람들이 본 게 맞는지 확인하는 정도로 생각했으니까. 하지만 그런 일을 하라고 보낼 수는……."

"내가 가고 싶어, 파스." 잉이 말했다. 그는 무엇이 친구를 좀먹고 있는지 알았다. 워싱턴이 그곳으로 보낸 문제 해결사 여섯 명은 죽음을 맞았다. 최악의 경우에는 추적할 수 없는 공동으로 사라졌을지도 모른다. 워싱턴은 죄책감에 사로잡혀 있었다.

"허가할 수 없어." 워싱턴이 말했다.

* * *

보안 요원이 테이블에서 일어나 워싱턴 옆으로 다가와 섰다. "워싱턴 씨. 두 분 말씀을 듣고 있었는데 검프 씨가 원한다면 못 가게 할……." 그가 말했다.

워싱턴이 자리에서 일어났다. 2미터나 되는 몸을 똑바로 세우고 보안 요원의 재킷을 움켜쥐었다. "내가 막으려고 하면 끼어들라고 놈들이 시켰군!" 그가 묘하게 부드러운 몸짓으로 남자를 흔들었다. "너 다음 셔틀이 떠나고도 내 정거장에 있으면 원인 불명의 사고를 당할 테니 그렇게 알고 있어." 그러고는 옷을 놓았다.

보안 요원은 얼굴이 창백해졌지만 입장을 고수했다. "제가 전화 한 통만 하면 더 이상 당신 정거장이 아닙니다."

잉이 말했다. "파스. 시청과 싸울 수는 없어. 그랬다가는 너를 여기서 쫓아낼 거야. 그렇다면 차선책을 써야겠지. 내가 기러기를 탈 때 네가 이곳에서 광선 조종을 해 줬으면 해."

워싱턴이 그를 노려보았다. "잉, 될 턱이 없다고!"

잉은 친구를 물끄러미 바라보았다. 그가 견뎌야 했을 압박감이 보였다. 지구에서 어떤 방법으로 친구를 통해 이바르 노리스 검프에게 요청을 전달하려 움직였을지 이해할 수 있었다. 지구 측이 그만큼 간절하다는 뜻이었다. 보안 패턴, 보안 요원의 감시, 뉴스의 뉘앙스에서 드러난 간절함을 잉도 느꼈다. 워싱턴도 죄책감을 극복할 수 있다면 표류하는 컨테이너를 도와야 한다는 인류의 마음에 공감할 것이다.

잉이 말했다. "얼마나 많은 사람이 다치든…… 죽든 상관없어. 우리는 이 컨테이너에 든 배아들에 기회를 줘야 해. 내 말이 맞는다는 거 너도 알지. 지금이 절호의 기회야. 우리에게는 파스 네가 필요해. 나는 필요한 지원을 받고 싶어. 무슨 일이 일어나든 우리 다 알 거야. 네가 나를 위해서 최선을 다했다는……."

워싱턴이 짧은 숨을 두 번 들이마셨다. 그의 어깨가 축 처졌다. "내가 무슨 말을 해도……."

"네가 무슨 말을 해도."

"가겠다고?"

"기러기가 가는 곳으로 가."

"이후에 가족은 누가 만나는데?"

"친구가 해야지, 파스. 친구로서 가족을 만나서 최대한 충격을 덜 받게 해 줘."

"저는 이만 실례하겠습니다." 보안 요원이 말했다.

두 친구는 자리로 돌아가는 남자를 무시했다.

워싱턴은 한숨과도 같은 깊은숨을 내쉬었다. 눈에 불꽃이 조금 돌아왔다. "좋아." 워싱턴이 투덜댔다. "하지만 내가 이쪽에서 모든 단계를 함께한다. 내가 만족할 수준이 되기 전까지는 출발 신호를 못 받는다는 얘기야."

"당연하지, 파스. 그러니까 괜히 싸움에 휘말려서 쫓겨나면 안 된다고."

* * *

잉의 왼쪽 발목이 근질거렸다.

미칠 것 같았다. 보호복의 띠 안으로 손을 뻗어도 종아리까지가 한계였다. 발목의 가려움은 발바닥으로 접촉하는 제어 장치 영역에서 해결할 수가 없었다.

보호복 자체도 충격 탱크 안의 기름 욕조 안에 매달려 있었다. 일반적인 청소기와 비슷한 기계가 충격 탱크를 감싸고 있었지만 크기는 달랐다. 청소기보다 두 배는 길었고 더 뚱뚱했다. 덩치가 있어서 껍데기층으로 감쌀 수 있었는데 이건 워싱턴의 아이디어였다. 껍질은 테스트 채찍질을 하고 남은 잔해를 분석해 만들었다.

슈트의 센서로 산소 발생기의 희미한 쉭쉭 소리가 들렸다. 뷰플레이트가 있던 자리는 바깥 배 부분의 입력과 연결된 화면들이 대신했다. 화면은 암흑을 에워싼 형광 보라색 밧줄을 보여 주었다.

광선이다.

폭이 5센티미터에 달해 잉이 여태껏 본 것 중에 가장 컸다. 잠재된 폭력에 다가가기만 해도 가슴에 학습된 두려움이 차올랐다. 무수한 튜브에서 무수한 광선을 측정한 그였다. 광선이 조금만 커져도 위험하다는 사실을 알아 경계하며 안전거리를 유지했다.

이것은 괴물 광선이었다. 그간의 훈련과 경험이 그 크기를 보고 안 된다고 외쳤다.

잉은 지금 그를 감싼 가짜 청소기를 만들어 낸 분석 결과를 다시금 떠올렸다.

튜브 바닥에서 회수한 청소기 89대는 입력 구멍에 가장 심한 손상을 입었다. 그것들은 궤적 입자 수를 무시하고 광선으로 향했다. 하지만 분석 결과에서 가장 중요한 발견은 따로 있었다. 광선으로 떨어진 청소기들이 둘로 갈라지지 않았다는 사실이다. 잘리지 않고 보라색 칼날을 통과했다. 광선에 틈은 없었다. 이 현상은 위상학적 이상으로 설명해야 했다. 각우주. 광선과 청소기 일부는 각우주로 들어갔다.

각우주가 튀어 오르는 현상과 청소기가 광선을 피하지 못하게 하는 에너지 위상이 동시에 일어나고 있었다. 잉은 그야말로 목숨을 건 도박을 하는 중이었다. 청소기로 위장한 그의 외부 수송기는 광선과 맞물려 움직였다. 그러니 파괴될 것이다. 다음의 내부 껍데기는 180도 어긋난 상태였다. 다음 껍데기는 다시 위상이 맞았다. 다음 껍데기 열 개도 같은 식이었다.

잉은 껍데기 가운데 미니어처 구명정 역할을 하는 슈트의 조종 장치에 손과 발을 대고 누워 있었다.

마지막 임무의 순간이 다가오자 배가 쿡쿡 쑤셨다. 발목도 계속 간지러웠다. 하지만 자존심에 손상을 입지 않고 돌아갈 방법은 없었다. 그는 헤이 컴퍼니의 제일가는 문제 해결사였다. 회사는, 외롭게 표류하는 인간 배아들은 그 어느 때보다 그를 간절히 필요로 했다.

"상태 보고해 줘, 잉."

잉의 페이스 마이크 옆에 있는 스피커에서 두려워하는 기색이 역력한 워싱턴의 목소리가 들렸다.

"모든 시스템 양호해." 잉이 말했다.

"프로그램이 두 번째 섹션에 진입하고 있어. 다른 청소기는 안 보여?"

잉이 대답했다. "지금까지 40대와 접촉했어. 모두 정상이야." 그러다 그의 청소기가 순간적인 채찍질을 피하자 숨을 헉 들이마셨다.

"괜찮아?"

"괜찮아." 잉이 말했다.

하지만 운행은 험난하기만 했다. 잉의 청소기는 광선이 채찍질을 할 때마다 피했다. 방향을 예측하기는 불가능했다. 슈트의 띠와 기름으로 가득한 충격 탱크가 이 공간의 측면에 부딪혀 박살 나지 않으리라고 믿는 수밖에 없었다.

"일시적 현상의 수가 비정상적으로 증가하고 있어." 워싱턴이 말했다.

잉은 뭐라 할 말이 없어 침묵을 지켰다. 스피커 위에 있는 수신기를 올려다보았다. 석영 창문 너머로 그가 워싱턴과 계속 연락할 수 있게 해 주는 작은 광선이 보였다. 1센티미터도 되지 않은 자그마한 광선이 점검창을 통해 선명한 보라색으로 빛났다. 그 광선도 탁탁 소리를 내며 이리저리 튀고 있었다. 작은 광선은 더 큰 광선보다 간섭을 잘 견뎠지만 장애가 일어난 것은 분명했다.

잉은 뷰스크린의 거대 광선에 시선을 돌렸다가 다시 작은 광선을 보았다. 차이는 각도 문제였다. 잉이 보기에 광선들은 대체로 주변 영역을 빛으로 비추는 듯했다. 잉은 평행 양자가 그 정도로 벗어날 수 없다는 사실을 머리에 되새겼다.

"채찍질 수 세고 있어. 잉! 비상사태야! 대기하고 있어." 워싱턴이 말했다.

잉은 이제 거대 광선에 집중했다. 배 속이 단단히 뒤틀렸다. 이 순간 다른 문제 해결사들이 어떻게 느꼈을지 궁금했다. 같은 심정이었겠지. 하지만 그들은 잉과 같은 보호 장치 없이 비행했다. 목숨을 바쳐 길을 닦고 정보를 내주었다.

광선이 너무 가깝고 제한적으로 보였다. 언제 채찍질이 일어날지 경고도 받지 못할 것이 분명했다. 갑자기 크기나 위치가 달라질 테니까.

스크린에 타오르는 광선이 솟아오르자 심장이 두근거렸다. 청소기는 지나가는 광선의 한쪽 옆으로 몸을 날려 피했지만 불길한 쿵 소리가 들렸다. 순간 스크린이 새까매졌다. 하지만 청소기의 센서가 정렬하고 잉을 제 위치에 돌려놓자 보라색 빛줄이 깜박이며 다시 나타났다.

잉은 장비들을 확인했다. 쿵 소리…… 그건 뭐였지?

"잉!" 스피커에서 워싱턴의 다급한 목소리가 들렸다.

"어떻게 된 거야?"

"다른 청소기 하나가 중력 트랙에 있어. 네 그림자에. 기다려 봐." 워싱턴이 말했다.

여러 명이 뭐라 알아들을 수 없는 말을 중얼거리고 소곤거리더니 이런 목소리가 들렸다. "광선이 너를 건드렸어. 광선 반대쪽에서 껍데기 두 개 사이에 위상 아크가 생긴 거야. 다른 청소기 하나가 센서로 그 아크에 고정되었고. 다른 센서들은 아직 광선에 붙어 네 그림자와 평행하게 달리고 있어. 우리가 꺼내줄게."

잉은 메마른 목구멍으로 침을 삼키려 했다. 설명을 듣지 않아도 얼마나 위험한 상황인지 알았다. 아크가 있었다. 튜브 안의 불빛이 있었다. 그의 청소기는 아크와 광선 사이에 있었지만 그 뒤에 다른 청소기들도 있었다. 채찍질을 피한다면 다른 청소기가 혼동을 일으킬 것이다. 센서 접촉이 분리되었기 때문이다. 순간적인 지연이 발생할 것이다. 두 개의 청소기가 충돌하고 튜브에 빛을 방출할 것이다. 거대 광선은 미쳐 날뛸 것이다. 보호용 껍데기들은 사방에서 공격을 받을 것이다.

워싱턴이 그를 빼내려 노력하겠지만 시간이 걸릴 것이다. 중심 프로그램을 그냥 끌어낼 수는 없었다. 그렇게 해도 채찍질이 일어났다. 광선을 약화시키면 다른 청소기들이 아크로 나아갈 것이다. 그랬다가는 튜브가 아수라장으로 변한다.

워싱턴이 말했다. "단계적으로 철수하기 시작했어. 두 번째 단계를 제어하는 데 3분쯤 걸린대. 우리는 그냥……."

"채찍이야!"

청소기가 채찍질을 피하려 위로 올라가는 순간, 그 말이 잉의 귓가에 울려 퍼졌다. 모니터실에 있는 엔지니어가 경고를 했겠다고 생각할 시간은 있었다. 하지만 그때 거대한 징이 울렸다.

스피커에서 깜짝 놀라 "뭐야!"라고 외치는 소리가 터지더니 뱀 수십억 마리가 먹이를 찾는 듯 귀에 거슬리게 쉬이이익거리는 소리가 들렸다.

잉은 청소기가 계속 올라가는 느낌을 받았다. 안전띠가 몸을 짓누르고 얼굴이 보호 마스크에 밀착되었다. 스크린에 커다란 광선이 보이지 않았다. 그만의 작은 광선을 보여 줘야 할 작은 창문에서는 탁탁 소리를 내며 흔들리는 불그스름한 보라색 벌레가 나타났다.

갑자기 잉의 세계가 뒤틀리고 뒤집혔다.

분자 하나의 웅덩이로 납작하게 짓눌렸다가 무한으로 늘어나는 느낌이었다. 안에서 본 우주의 바깥을 보았다. 단단한 막대로 뻗어 나간 빛이 한쪽 끝에서 반대쪽 끝을 찔러 댔다. 깨닫고 보니 눈으로 보고 있지 않았다. 그보다는 그가 가진 모든 감각 기관에서 섞인 감각을 흡수하고 있었다. 이 내면의 시야 너머는 온통 혼돈, 정의되지 않은 광기였다.

광선에 걸렸어. 내가 죽어 가고 있는 거야. 잉은 생각했다.

빛의 막대 하나가 스스로 분해되더니 유한한 일렬로 늘어서서 빙글빙글 돌아가는 물체들로 변했다. 위에서, 아래에서, 옆에서…… 위에서, 아래에서, 옆에서…… 움직임을 보고 있자니 최면에 걸릴 것 같았다. 잉은 경이로움과 함께 그 물체의 정체를 깨달았다. 그의 슈트와 깨진 보호용 껍데기 조각들이었다. 송신기에 있던 자그마한 광선이 열려 보라색 파편을 뱉어 내고 있었다.

현실을 깨달은 동시에 압축되는 느낌이 들기 시작했다. 잉은 그를 향해 빠르게 움직이고 뒤틀리고 고동치는 암흑으로 빨려 들어가는 것 같았다. 급류를 연속으로 지나는 느낌이었다. 안전띠가 피부에 파고들었다.

갑자기 페이스 쉴드의 뷰스크린에 벨벳 같은 검은색을 배경으로 찬란한 보석이 나타났다. 선명한 파란색, 빨간색, 초록색, 금색으로 반짝이는 빛의 점들이었다. 채찍질하는 보라색 리본에 둘러싸인 시야에 눈부신 하얀 빛이 휘날리며 들어왔다. 리본들이 꼭 광선 오로라처럼 보였다.

* * *

잉의 몸이 쑤셨다. 정신이 안개에 잠긴 듯 모든 생각이 지독히도 느린 속도를 뚫고 나아가려 애를 썼다.

보석 같은 광채…… 빛의 점들.

또 하얀 빛이 번쩍인다.

보라색 리본.

위의 스피커에서 지지직거리는 잡음이 들렸다. 잉은 창문 너머로 그의 작은 광선이 튀어 오르는 모습을 보았다. 뭔가 조치를 취해야 할 것 같았다. 슈트의 팔 부분에 손을 넣다가 근처에 떠 있는 보호용 껍데기 조각을 보았다.

떠 있다는 개념이 중요해 보였지만 이유를 알 수는 없었다.

잉은 껍데기 조각을 조심스럽게 쿡쿡 찔러 수신기 광선의 임시 보호막으로 만들었다.

즉각 스피커에서 작은 목소리가 들렸다. "잉! 응답해, 잉! 내 말 들려, 잉?" 다음 말은 더 멀리 들렸다. "거기 너! 잠금장치는 집어치우고! 슈트 입고 저기 들어가. 분명 아래에 있을……."

"파스?" 잉이 말했다.

"잉! 잉 맞아?"

"그래, 파스. 나…… 온몸이 온전히 붙어 있는 것 같아."

"어디 바닥 같은 데 있어? 우리가 따라갈게. 기다려."

"어디 있는지 모르겠어. 광선 오로라는 보여."

"움직이지 마. 튜브는 완전히 다 박살 났어. 지금 임브리움 튜브로 연결해 통화하는 거야. 그냥 가만히 있어. 우리가 곧바로 갈 테니까."

"포스, 나 튜브 안이 아닌 것 같아."

아주 미약하게 존재한다고 느끼는 어디선가 그의 생각들이 꿈틀거리고 인식 패턴이 형성되었다.

그가 본 보석의 광채는 별들이었다. 이제 알겠다. 일부는…… 잔해였다. 청소기의 파편과 조각들, 이상한 물질 덩어리들. 발쪽 어딘가에 빛이 있었지만 그곳의 센서는 파괴되었거나 무언가에 덮여 있는 듯했다.

잔해.

광선의 오로라.

눈부신 하얀 빛이 다시 시야에 휘몰아쳐 들어왔다. 잉은 손가락의 짧은 제트 분사로 회전을 조절했다. 이제는 확실히 보였고, 무엇인지 알았다. 시딩 협정 컨테이너의 공과 센서 튜브들이었다.

그사이 작은 광선을 임시로 보호하던 방패가 미끄러져 떨어지고 있었다. 스피커가 잡음으로 가득 찼다. 잉은 껍데기 조각을 다른 것으로 바꿨다.

"……소리야? 튜브 안에 없다니? 잉, 응답해. 무슨 문제야?" 워싱턴의 목소리가 들렸다.

"바로 100미터쯤 되는 거리 앞에 시딩 협정 컨테이너가 있어. 청소기 잔해에 둘러싸여서. 오로라와 각우주 리본이 하늘을 뒤덮고 있어. 나…… 아무래도 통과했나 봐." 잉이 말했다.

"그럴 리 없어. 목소리가 이렇게 잘 들리는데. 오로라는 또 뭐야?"

"그래서 내 목소리가 들리는 거야. 네가 여기를 통해서 광선 조각들을 꿰매고 있으니까. 사방이 빛 천지야. 발밑에 태양이 있고. 네가 내 쪽으로 오고는 있는데 컨테이너는 거의 쓰레기에 둘러싸여 있어. 거기 반사광이나 광선 튀기는 현상이 어마어마할 거야. 내가 들어가서 광선이 접촉할 길을 치워 놓을게."

"너 정말로……." 쉬이익, 치지직.

작은 껍데기 조각이 또 떨어졌다.

잉은 벨트의 제트 분사로 조각을 제자리에 돌려놓았다.

"나는 무사해, 파스."

* * *

방향을 돌리자 주(主) 천체가 시야에 들어왔다. 스캐너 필터가 조정되자 거대한 황금색 공의 빛은 약해졌다. 태양의 오른쪽 너머에서는 솜털같이 떠다니는 구름 덩어리를 단 거대한 파란색 공이 있었다. 잉은 그 아름다움에 넋을 잃고 쳐다보았다.

아무도 밟지 않은 행성.

슈트에 설치된 구명정 장치를 보자, 접촉이 간헐적으로 끊기기 전 시딩 협약 컨테이너가 증명한 사실을 확인할 수 있었다. 세타 아퍼스 IV. 바다가 더 넓고 육지가 더 좁다는 점을 제외하면 보통의 지구와 비슷했다.

잉은 심호흡을 하고 슈트의 산소캔 냄새를 맡았다.

일을 해야지. 그는 생각했다.

잉은 슈트 제트기의 힘으로 잔해에 접근해 파편을 옆으로 치우고 컨테이너에 점점 더 가까이 다가갔다. 광선 보호막은 잃어버렸지만 무시하고 잡음을 줄이려 수신기의 음량을 확 낮췄다.

잉은 컨테이너 옆을 표류하고 있었다.

보호 장비를 착용한 손으로 광선을 막았다.

"파스? 응답하라, 파스."

"정말 거기 있는 거야, 잉?"

"컨테이너와 광선 접촉을 해 봐, 파스."

"그러려면 너와 연결을 끊어야 해."

"그렇게 해."

잉은 기다렸다.

* * *

오로라의 활동이 증가했다. 사방의 하늘에서 커다란 리본이 고리 모양으로 움직이고 있었다.

받는 쪽에서는 저렇게 보이는군. 잉은 생각했다. 그의 광선이 있는 창문을 올려다보았다. 들어 올린 손의 그림자 아래 자그마한 광선은 깨끗하고 날카로웠다. 보호구를 착용한 손가락은 그 너머의 푸른 세계와 대비되어 검은 윤곽선으로 보였다. 잉은 양극과 음극을 교체하지 않으면 그의 광선이 얼마나 지속될지 계산해 보았다. 강한 폭격, 작고 날카로운 광선. 유효한 수명은 거대한 광선의 예상 수명에 비하면 찰나에 불과할 것이다.

내려가면 광선을 만들 방법을 찾아야지. 잉은 생각했다.

"잉? 들려, 잉?"

잉은 워싱턴의 흥분된 목소리를 들었다.

"파스 내 친구, 통과했나 보네?"

"분명히. 자, 이제…… 네가 컨테이너 꼬리 곡선에 네 몸을 빠르게 묶으면 우리가 같이 내려보낼 수 있어. 착륙 순서에서 네 질량보다 두 배는 더 감당하도록 만들어졌으니까."

잉은 고개를 끄덕였다. 부드럽고 안전한 풍선이 된 컨테이너를 타는 방법이 훨씬 매력적인 제안이었다. 슈트를 아래로 조종해 단단한 땅에 착륙하려다 물의 세계 위에서 연료를 다 소진

하는 것보다는.

"큰 육지와 접촉하게 재진입하려고 조종하고 있어. 컨테이너에 고정했으면 말해." 워싱턴이 말했다.

잉은 가까이 다가가 보호구를 착용한 손을 컨테이너의 표면에 얹었다. 빈 우주에서 900년을 보낸 금속과 생명이 그와 교감하는 묘한 느낌이 들었다.

이 잉 할아버지가 너희를 보살펴 주마. 잉은 생각했다.

컨테이너의 꼬리 곡선에 몸을 밀착시킨 잉은 각우주에서 덜컹거리며 뽑어져 나올 때 엿보았던 혼돈을 떠올렸다. 몸이 떨렸다.

"잉, 여유 생기면 자세한 보고서 부탁해. 문제 되고 있는 모든 컨테이너에 사람들을 보낼 계획이야."

"우리를 어떻게 복귀시킬지는 알아냈어?" 잉이 물었다.

"네가 빛을 충분히 모아 커다란 광선을 하나 더 만들어 낼 수 있으면 지구 측에서 해결할 방법이 있대." 잉은 혼돈을 뚫고 비행하던 순간을 다시 떠올렸다. 그런 여행을 또 하고 싶을지 자신은 없었다. 하지만 문제가 발생하면 해결할 시간이 있겠지. 그것도 규정집에 나와 있을 것이다.

잉은 이 세상 모든 규정집의 본능적인 존재 이유를 느끼며 미소를 지었다. 인간은 혼돈에 맞서 정확하고 정돈된 행동 체계를, 그 안에서 자신의 존재를 감지할 수 있는 시스템을 세워야 했다.

잉은 생각했다. 저 아래 물의 세계에 가면 이 아이들이 쓸 종이를 녀석들이 통에서 나오기 전에 만들어야겠군. 가르칠 게 많을 거야.

물의 세계.

잉은 그가 수집한 고대의 규정집 중 하나인 『수병 매뉴얼』에서 본 수영 지침 한 문장을 떠올렸다. "물 밖으로 머리를 꺼내고 수영하면 호흡은 가능하다."

기억해야지. 아이들에게는 안전하고 질서정연한 세상이 필요할 테니까. 잉은 생각했다.

1967

벼룩의 벼룩

The Featherbedders

1967년 8월, 《아날로그》 수록.

"언젠가 이름이 한 음절인 슬로린이 이런 말을 했다고 한다. '우리 모두 적소(適所)를 하나씩 가지고 있고 우리 모두 자신의 적소에 들어 있다.'"

— 우주선 스캐터십 사람들을 둘러싼 풍문

유일한 자식을, 그것도 훈련이나 시험을 경험하지 않은 어린 녀석을 이처럼 위험이 잠재된 임무에 데리고 오는 슬로린의 내력은 광기가 분명해, 스멕은 그렇게 생각했다.

이런 결정을 하게 된 이유는 지금도 이해했다. 군체의 세포핵은 상세 기억을 위해 조상을 보존해야 하기 때문이다. 논리적으로 생각하면 가장 젊은 구성원이 이런 위험에 자원해야 했다. 하지만…….

스멕은 생각들을 머리에서 지웠다. 생각을 해 봤자 약해질 뿐이었다. 그는 오늘 아침 관청의 관용차 주차장에서 빌린 회색 플리머스를 운전하는 데 집중했다. 이 기계는 상당한 집중력을 필요로 했다.

이 플리머스는 생산된 지 2년밖에 되지 않았지만 붉은 바위가 깔려 있고 움푹 팬 구멍도 많은 지역의 도로를 다녔으니 2년에 최소한 4배는 곱해야 할 판이었다. 핸들은 헐거웠고 바퀴자국이 깊이 파인 내리막길을 내려가는 동안 차량 앞뒤에서 갖가지 마찰음이 들렸다. 차는 초목을 거의 찾아볼 수 없는 그늘진 협곡을 지나 메마른 개울 바닥 위에서 덜컹거리는 나무 판자 다리를 건넜다. 오랜 침식으로 만들어진 협곡 반대쪽으로 나와 미루나무 숲을 지나고 평원에 도달한 후로는 두 시간째 평원을 가로지르는 중이었다.

스멕은 옆자리에 조용히 앉아 있는 자식 릭을 슬쩍 쳐다보았다. 녀석은 번데기 단계에서 그럭저럭 괜찮은 인간의 형체로 나왔다. 분명 다음에는 더 잘 해낼 것이다. 다음 기회가 있다면. 하지만 슬로린이 자체적으로 설정한 75퍼센트라는 정확도 안에 안착했다. 보편적인 지식에 따르면 훈련을 받지 않은 감각 인식은 자기가 본다고 생각하는 것을 본다고 한다. 나머지 요소들은 대개 정신이 채워 주었다.

물론 슬로린의 정신 구름을 조금 활용하면 도움이 되겠지만 그 방법에도 나름의 위험이 있었다. 때로는 그렇게 움직인 정신이 독자적인 힘을 키웠기 때문이다. 그 경우에는 끔찍한 사태가 벌어지곤 했다. 슬로린은 정신의 협대역으로 직접 방송하고 비교적 짧은 범위로 제한된 네트워크에 위치하는 방법밖에 없다는 사실을 오래전에 깨달았다.

그러나 릭은 인간 외형의 핵심을 단 하나도 놓치지 않았다. 진중하고 갸름한 얼굴의 윤곽은 평범해서 기억에 남지 않았다. 맑고도 부드러운 갈색 눈에 인간 여성들은 모든 의심을 거두었고 인간 남성들은 질투만을 느꼈다. 릭의 머리카락은 거칠지만 무난한 검은색이었다. 어깨가 조금 높고 흉곽도 어쩐지 과장되었지만 전반적인 느낌이 잘 어우러져 꼬치꼬치 캐묻는 일은 전혀 없었다.

그것이 중요했다. 캐묻지 않는 것.

스멕은 조용히 한숨을 내쉬었다. 그의 외형(중년의 공무원, 관자놀이부터 희끗희끗해진 머리카락, 조금 튀어나온 뱃살과 굽은 어깨, 금테 안경 뒤로 보이는 흐릿한 눈)은 슬로린의 전통에 더 가까웠다.

외곽에서 살아야 한다. 관심을 끌면 안 돼. 스멕은 생각했다.

다시 말해, 오늘 하는 일을 하면 안 된다.

위험을 인식한 스멕은 플라스틱 유전자가 만든 몸에 바짝 달라붙었다. 좋은 몸이었다. 원주민과 이종 교배를 할 수 있을 만큼 외양이 비슷했지만, 사실 속에 있으면 슬로린의 고대 물질 위에 새로운 천을 쭉 늘려 입힌 느낌을 받았다. 익숙했지만 지독히도 낯설었다.

나는 섬트록셀룬스멕이다. 나는 일곱 음절을 가진 슬로린으로, 내 이름에 추가로 붙은 음절 하나하나가 우리 가문의 영광이다. 발음하려면 1만 4000번의 심장 박동이 필요한 내 젤리 아버지의 번데기로서, 나는 실패하지 않을 것이다! 스멕은 마음에 새겼다.

그래! 바로 이 정신이 필요했다. 일시적으로 길들었지만 그럼에도 한계가 없는 영원한 방랑자. “수영을 하고 싶으면 물에 들어가야지.” 스멕이 속삭였다.

“뭐라고 하셨어요, 아빠?” 릭이 물었다.

아아아, 좋구나, 아빠라는 말을 듣고 스멕은 생각했다. 아주 단순한 일상적 표현이었다.

스멕이 대답했다. “다가올 시련에 마음의 대비를 하고 있었다고 할까. 몇 분 있으면 우리 헤어져야 해.” 그러면서 앞의 지평선에서 불룩 모습을 드러내기 시작하는 마을을 턱으로 가리켰다.

“바로 쳐들어가서 보안관에 관해 묻죠.” 릭이 말했다.

스멕은 숨을 헉 들이마셨다. 이 몸에 어울리는 놀란 반응이었다. “우선 상황을 살펴보고.” 그가 말했다.

릭을 들여보내는 것이 현명한 판단일까? 갈수록 의심이 들었다. 위험했다. 너무도 위험했다. 릭은 번데기의 힘으로 회복하지 못할 만큼 망가진 채 돌이킬 수 없는 죽임을 당할 수도 있었다. 정체가 탄로 나면 더 끝장이었다. 그보다 위험한 상황은 없었다. 이 원주민들은 적에 대한 지식을 얻고 나면 매우 효과적인 전투 방식을 개발하는 종족이었다.

슬로린의 기억에는 이 사실을 증명하는 섬뜩한 이야기가 무수히 들어 있었다.

릭이 말했다. “슬로린은 어떤 상황에든 적응해 어떤 형태를 취할 준비가 되어 있어야 한다. 그거요?"

스멕은 생각했다, 슬로린의 격언을 술술 말하는군. 하지만 제대로 이해할까? 어떻게? 릭은 지금 이 체형에 맞는 행동 패턴을 아직 완벽하게 통제하지 못했다. 스멕은 다시 한숨을 쉬었다. 소모용 침투반을 지켜 냈다면 얼마나 좋았을까.

이런 생각을 하다 보면 더 불안한 질문이 떠올랐다. 무엇에서 지킨단 말인가?

미지의 재앙을 만나기 전 스캐터십에는 500개의 번데기가 있었다. 이제는 2차 조상 넷과 이 행성에서 만든 새로운 자식 하나밖에 남아 있지 않았다. 그들은 등록되지 않은 행성에서 우주선 없이 떠도는 조난자들이었고, 어떤 사고가 있었기에 최소한의 보호 장치만 갖춘 탈출 캡슐을 타고 우주로 날아갔는지 알지 못했다.

2차 조상 네 명이 기본적인 슬로린 다형체로 캡슐에서 나와 보니 밖은 어두웠고 가파른 지형에는 바위와 나무가 있었다. 아침이 되었을 때 그곳에는 나무 네 그루가 추가로 생겼다. 나무들은 보고 들으며 이와 같은 행성 수십억 개가 발달하고 소멸하는 동안 축적된 기억을 바탕으로 새로운 점들을 비교했다.

캡슐은 착륙 지점을 아주 잘 선택했다. 주변에 지각이 있는 구조물이 없었다. 슬로린도 이제는 이 지역의 고유 명칭을 알았다. 브리티시컬럼비아 중부였다. 하지만 당시의 각성기에는 화학 작용과 구조를 더없이 신중하게 시험해야 하는, 미지의 위험이 존재하는 곳이었다.

이윽고 네 마리 검은 곰이 산에서 어기적거리며 내려왔다. 도시와 가까워졌을 때는 숨어서 지켜보았다. 끊임없이 귀를 기울이고 들었다. 정신 구름은 감히 사용하지도 못했다. 원주민들이 어떤 정신 능력을 가지고 있을지 누가 아는가? 덤불이 입구를 가린 동굴 안에서 슬로린 번데기 네 개가 장비를 대충 갖춘 사냥꾼 네 명으로 변신했다. 사냥꾼들은 시험과 개선을 거쳤다.

마침내 뿔뿔이 흩어졌다.

슬로린은 언제나 흩어졌다.

릭이 말했다. "워싱턴을 떠날 때 함정을 만날 수도 있다고 하셨잖아요. 정말 그렇게 생각한 건……."

"슬로린의 정체가 밝혀진 세계들이 있거든. 그곳의 원주민들은 상황에 맞춰 보호 장치를 개발했지. 이번 일에도 그런 함정의 특징이 몇 군데 보여." 스멕이 말했다.

"그런데 왜 조사해요? 우리가 더 강해질 때까지 내버려 두면 안 돼요?"

스멕은 젊은 슬로린의 무지에 몸서리를 쳤다. "릭! 탈출한 캡슐이 더 있을지도 모르잖니."

"하지만 슬로린이 여기 있다면, 위험한 멍청이처럼 행동하는 거예요."

"그러니 더 조사해야지. 이곳에 손상된 번데기가 있을 수도 있어. 상세 기억을 일부분 잃고서 말이야. 행동하는 방법을 모르고 본능대로 움직일지도 몰라."

"마을에 들어가지 않고 정신 구름 조금 써서 조사하면요?"

릭에게는 이 일을 믿고 맡길 수 없겠군. 미숙하기 짝이 없고 정신 구름을 가지고 놀고 싶은 치기로 가득해. 스멕은 생각했다.

"안 돼요?" 릭이 다시 물었다.

스멕은 흙길 가장자리에 차를 세우고 창문을 열었다. 날이 점점 더워지고 있었다. 한 시간쯤 있으면 정오였다. 거친 자국이 나 있는 평지는 초목을 거의 찾아볼 수 없었고 약 3킬로미터 앞에 건물들이 모여 있었다. 도로 양쪽에는 부러진 울타리가 늘어섰다. 바로 오른쪽에 있는 미루나무들은 키가 워낙 작아 그 너머의 메마른 개울도 보였다. 중간쯤 멀리 서 있는 병든 오크나무 두 그루는 소 몇 마리에 그늘을 드리워 주었다. 안개에 가려 잘 보이지 않지만 불모지의 가장자리에 언덕이 있는 듯했다.

"제 의견대로 하실 거예요?" 릭이 물었다.

"아니."

"그런데 왜 멈춰요? 여기까지만 가요?"

"아니." 스멕이 한숨을 쉬었다. "너는 여기까지만 간다. 계획을 바꿨어. 너는 기다리고, 나만 마을로 들어갈 거야."

"하지만 제가 더 젊잖아요. 제가……."

"대장은 나야."

"다른 분들이 좋아하지 않을 거예요. 그분들 말이……."

"다른 사람들도 내 결정을 이해할 거다."

"하지만 슬로린 법에 따르면……."

"내 앞에서 슬로린 법을 들먹이지 마!"

"하지만……."

"너는 네 할아버지에게 번데기 주름 잡는 법을 가르칠 테냐?" 스멕이 고개를 절레절레 저었다. 릭은 이 육체적 창조물 안에서 타오르는 분노를 조절하는 법을 배워야만 했다. "법의 한계가 집행의 한계라는 것은 조직화된 사회의 한계지. 우리는 조직화된 사회가 아니잖아. 우리는 슬로린 둘이야. 그물망에서 잘려 나간 처량한 슬로린 둘뿐이라고. 아무도 없어! 서로의 능력이 극명히 다른 슬로린 둘만 있을 뿐이지. 너는 메시지를 전달하는 능력이 뛰어나지, 이 마을의 문제에 대처할 능력은 없다고 본다."

스멕이 릭 앞으로 손을 뻗어 문을 열었다.

"확고한 결정이에요?" 릭이 물었다.

"그래. 뭘 해야 하는지 아니?"

릭이 딱딱하게 말했다. "뒤에 있는 장비를 들고 농무부에서 나온 토질공학자 역을 연기합니다."

"역이 아니야, 릭. 너는 진짜 토질공학자다."

"하지만……."

"실제 테스트를 해서 실제 보고서에 결과를 넣고 실제 방식대로 실제 사무실에 보내는 거야. 사고가 발생하면 내 형체를 취해 내 적소로 들어오고."

"네."

"진심으로 그러기를 바란다. 그때까지는 저기 들판 밖에 가 있어. 마른 개울 바닥이 있더라. 미루나무 보이지?"

“저도 이 풍경의 특징은 확인했어요.”

“잘했어. 벗어나면 안 된다. 네가 섬트록셀룬스멕의 자손이라는 것을 잊지 마. 네 젤리 아버지의 이름은 발음하는 데만 1만 4000번의 심장박동이 필요하다. 자부심을 가지고 살아야 해.”

“계획대로라면 제가 들어가서 위험을 감수하고…….”

“위험은 제각각이야. 실제 보고서를 위한 실제 테스트를 하는 거 잊지 마라. 네 적소를 절대 저버려서는 안 돼. 테스트를 했으면 저 개울 바닥에서 숨을 장소를 찾아라. 땅을 파고 들어가 기다리는 거야. 항상 협대역에 귀를 기울이고. 너는 듣기만 하면 돼. 사고가 발생하면 다른 이들에게 알려야 한다. 장비함 보면 개 목걸이가 있는데 우리 시카고 은신처 주소하고 찾아준 사람에게 보상금을 준다는 글귀가 적혀 있어. 그레이하운드 형체는 알지?”

“저도 계획 다 알아요, 아빠.”

릭이 차에서 내렸다. 그는 뒷좌석에서 무거운 검은 상자를 꺼내 문을 닫고 아버지를 가만히 바라보았다.

스멕은 좌석에서 몸을 기울여 창문을 열었다. 기분 나쁘게 삐걱거리는 소리가 났다.

“행운을 빌어요, 아빠.” 릭이 말했다.

스멕은 침을 꿀꺽 삼켰다. 이 몸은 과거의 슬로린 경험에 없었던 자식에 대한 강한 애착을 느끼고 있었다. 자식은 아버지에게 어떤 감정을 느낄지 궁금했다. 스멕을 만들고, 훈련시키고, 스캐터십에 그의 번데기를 봉인한 존재에 느끼는 감정을 조사해 보았다. 상실감은 없었다. 어떤 면에서는 그 자신이 바로 아버지였다. 하지만 여러 가지를 경험하고 변화하며 점차 독립된 개체가 되어 갈 것이다. 그의 이름에 음절이 추가되리라. 언젠가는 재결합의 충동을 느낄 수도 있다.

"침착하세요, 아빠." 릭이 말했다.

"슬로린의 신은 형체가 없다." 스멕이 말했다. 그는 창문을 올리고 운전석에서 자세를 똑바로 했다.

릭은 뒤로 돌아 미루나무 쪽으로 터덜터덜 들판을 가로지르기 시작했다. 흙먼지가 낮게 일어 릭의 자취를 표시했다. 그는 오른손으로 가뿐히 상자를 들고 있었다.

스멕은 차를 움직여 운전에 집중했다. 건장하고 온순한 릭의 마지막 모습을 보자 예상치 못한 감정이 가슴을 꿰뚫었다. 슬로린은 원래 흩어지는 거다, 스멕은 생각했다. 슬로린에게 이별은 자연스러운 일이다. 자식은 자식일 뿐이다.

머릿속에 슬로린 기도가 떠올랐다. "신이시여, 부디 제가 이 순간을 후회 없이 누리고, 잃는다면 영원히 언게 해 주소서."

기도가 도움이 되었지만 여전히 이별의 아픔으로 가슴이 욱신거렸다. 목표 마을의 허름한 건물을 바라보았다. 스멕이 지금 들어가고 있는 이 구조물 집합의 사람은 기본적인 슬로린 교육을 받지 못했다. 삶에는 이유가 있다. 슬로린은 이 이유를 파괴하는 방식으로 살면 안 된다.

핵심은 절제였다.

마을 중앙 쪽으로 먼지 낀 햇빛 속에 한 남자가 서 있었다.

멀리 보이는 지평선을 향해 제멋대로 뻗어 나가는 흙길 옆에는 그 남자 한 명뿐이었다. 뭐에 홀렸는지 모르겠지만 스멕은 순간 그가 사람이 아니라 오래전에 만났던 다른 형체의 위험한 적이라는 느낌을 받았다. 하지만 근처에 차를 세우자 그 느낌은 사라졌다.

그는 미국인 농부였다. 길쭉하고 호리호리한 몸에 물 빠진 파란색 멜빵바지와 지저분한 황갈색 셔츠를 걸치고 테니스화를 신고 있었다. 신발 앞코가 벌어져 맨발 발가락이 보였다. 초록색 플라스틱 선바이저가 달린 녹색 빵모자 아래로 노란 머리카락이 드러났다. 선바이저의 가장자리에는 금이 가 있었다. 남자가 고개를 돌릴 때마다 해진 테두리 장식의 실밥이 흔들거렸다.

스멕이 창문으로 몸을 기울이고 미소를 지었다. "안녕하세요."

"안녕하쇼."

과거 이런 식의 만남을 수십억 번 겪은 스멕의 청각은 남자의 목소리에서 외국인 혐오증과 관습을 지키자는 마지못한 마음의 갈등을 감지했다.

"마을이 꽤 조용하네요." 스멕이 말했다.

"넵."

순수한 인간의 억양이었다. 그렇게 판단한 스멕은 긴장을 조금 풀고 물었다. "이 주변에서 뭐 특이한 일 없습니까?"

"정부에서 나왔나?"

"맞습니다." 스멕이 차 문에 달린 공무 차량 휘장을 두드렸다. "농무부요."

"그럼 정부 음모에 가담한 게 아니겠군?"

"음모요?" 스멕은 숨은 뜻의 단서를 찾으려 남자를 뜯어보았다. 이곳도 정부에서 나왔다고 하면 무조건 공산주의자라고 생각하는 남부 마을 중 하나인가?

"아닌가 보네." 남자가 말했다.

"당연하죠."

"그럼 아까 한 질문도 진지한 거였나…… 특이한 일 없냐고?"

"그…… 네."

"뭘 특이하다고 하느냐에 따라 다르겠지요."

"뭘…… 선생님은 뭘 특이하다고 하실까요?" 스멕이 조심스레 물었다.

"확실하게 말할 수는 없어요. 그쪽은?"

스멕은 얼굴을 찌푸리고 창밖으로 몸을 기울여 거리를 이쪽저쪽 살피며 세세히 관찰했다. '잡화점'이라고 적힌 건물 현관 아래에서 킁킁거리는 강아지, 감시하는 눈처럼 비어 있는 창문, 여기저기서 누군가 내다보고 있다는 표시로 움직이는 커튼, 상점 너머 주유소 벽의 이 빠진 판자벽까지. 주유소에 하나 있는 녹슨 펌프의 유리 용기는 비어 있었다. 이 마을 곳곳에 열기에 휩싸인 졸음의 분위기가 있었다……고 하기에는 이상했다. 스멕은 긴장감을 느낄 수 있었다. 순간적인 감정의 회오리가 고도로 조율된 그의 감각을 건드렸다. 릭이 은신처에 들어가 듣고 있어야 할 텐데.

"여기가 웨이드빌이죠?" 스멕이 물었다.

"엡. 전쟁 전에는 관청 소재지였죠."

남북 전쟁 말이군. 스멕은 이 지역의 역사를 공부하며 배운 내용을 떠올렸다. 슬로린은 틈만 나면 역사, 신화, 예술, 문학, 과학을 머리에 집어넣었다. 무엇이 귀중한 정보가 될지 모르는 법이었다.

"정신에 침투할 수 있는 사람에 대해 들어 보셨나?" 남자가 물었다.

스멕은 충격을 억누르고 적절한 반응이 무엇일지 찾아보았다. 믿을 수 없어 웃음이 나온다. 그 반응으로 결정하고 가볍게 쿡쿡 웃는 소리를 냈다. "그게 주변에 일어난 특이한 일인가요?"

"그렇다는 건 아니고, 아니라는 것도 아니고."

"그런데 왜 그런 질문을 하셨어요?" 스멕은 그의 목소리가 구겨진 빵 포장지처럼 들린다는 사실을 알았다. 머리를 어둑한 차 안으로 다시 집어넣었다.

"혹시 텔레파시 능력자를 찾고 싶어 그랬지요."

남자는 몸을 돌리고 왼쪽의 흙바닥으로 씹던 담배를 뱉었다. 떠돌던 바람에 침이 날려 스멕의 차 옆면에 튀었다.

"이런, 씨!" 남자가 말했다. 그러더니 지저분한 노란색 스카프를 꺼내 무릎을 꿇고 차의 옆면을 문질렀다.

스멕은 몸을 밖으로 빼고 얼떨떨하게 이 모습을 관찰했다. 남자의 반응도, 애매모호하지만 정신 능력을 가리키는 말도 당황스러웠다. 슬로린 경험의 어떤 패턴과도 일치하지 않았다.

"주변에 텔레파시 능력자라고 주장하는 사람이 있나요?" 스멕이 물었다.

"그렇다고 할 수는 없고." 남자가 일어나 차 안의 스멕을 들여다보았다. "죄송하게 됐소. 바람 때문인 거 알죠. 우연히. 악의는 없었어요."

"그럼요."

"보안관에게 아무 말도 하지 않았으면 좋겠군요. 이제 차는 다 닦았어요. 어디에 묻었는지도 모르게."

남자의 목소리에는 틀림없이 두려움이 묻어 있었다. 스멕은 눈을 가늘게 뜨고 이 미국인 농부를 관찰했다. 보안관이라고 했다. 이렇게 쉽게 풀린다고? 스멕은 이 기회를 어떻게 활용하면 좋을지 생각했다. 보안관. 그들이 조사하러 온 수수께끼의 한 부분이 여기 있었다.

침묵이 길어지자 남자가 말했다. "다 지웠어요. 나와서 직접 보시죠."

"잘하셨겠지요. 어어…… 성함이……."

"페인터. 조슈아 페인터요. 보통은 이름 앞을 따서 조시라고 부르지요. 조슈아 페인터."

"만나서 반갑습니다, 페인터 씨. 저는 스멕이라고 합니다. 헨리 스멕."

"스멕." 페인터가 생각에 잠긴 듯 말했다. "그런 이름은 못 들어 본 것 같군요."

"원래는 더 길었죠. 헝가리 이름이에요."

"아."

"궁금해서 그러는데요, 페인터 씨. 바람 때문에 차에 담배가 조금 튀었을 뿐인데 왜 제가 보안관에게 이야기할까 봐 두려워 하시죠?"

"사람마다 반응이 다르니까요." 페인터는 스멕의 차량 한쪽 끝에서 반대쪽 끝까지 보고는 다시 스멕을 쳐다보았다. "차도 그렇고, 딱 보니까 정부에서 나온 사람 같더라고요. 확실히 하는 게 좋다고 생각했죠. 의식 있는 사람끼리."

"이 지역 공무원들과 문제가 있으신가 보군요?"

"우리는 이 동네 공무원이라면 별로 환영하지 않아요. 하지만 보안관 그 인간은 우리가 아무것도 할 수 없게 만든단 말입니다. 보안관이 아주 못된 놈이에요. 아주 못된 짓을 할 때가 있는데, 내 바턴을 데리고 있어요."

"선생님의 바턴이라고요." 스멕은 당황한 기색을 숨기려 차 안으로 몸을 넣었다. 바턴? 처음 듣는 용어였다. 아무도 접해 본 적 없는 용어라니 이상했다. 언어와 사투리를 철저하게 연구했는데. 스멕은 페인터와 대화하다 보니 불안해지기 시작했다. 대화가 도무지 그의 뜻대로 흘러가지 않았다. 실제로 얼마나 이해했는지도 모르겠다. 정신 구름 탐사로 이 남자의 의도를 알아내고 싶었다. 설명하고 싶다는 마음을 유도하고 싶었다.

"여기 오는 조사관 뭐 그런 사람인가?" 페인터가 물었다.

"그렇다고 보시면 됩니다." 스멕이 말하고 어깨를 폈다. "마을을 둘러보고 싶은데요, 페인터 씨. 차를 여기 세워 놓고 가도 될까요?"

"별문제 없을 겁니다." 페인터가 말했다. 그는 스멕의 질문에 관심이 있으면서도 관심이 없는 듯한 태도였다. 힐끔거리며 사방을 쳐다보았다. 차, 도로, 길 건너 쥐똥나무 울타리 뒤에 있는 집까지.

"좋습니다." 스멕이 말했다. 차에서 내린 후에는 뒷좌석에 손을 뻗어 이 지역에서 즐겨 쓰는 납작한 카우보이모자를 꺼냈다. 이 모자는 사람들의 경계를 조금은 허물어뜨리는 효과가 있었다.

"서류는 까먹으셨수?" 페인터가 물었다.

"서류요?" 스멕이 남자를 돌아보았다.

"공무원들이 허구한 날 가지고 다니는 빽빽한 설문지 말이에요."

"아." 스멕이 고개를 저었다. "오늘은 서류가 없어도 됩니다."

"그냥 돌아다니려고요?" 페인터가 물었다.

"맞아요."

"뭐, 상대해 줄 사람들도 있을 겁니다. 여기에는 별별 인간이 많으니까." 그리고 페인터는 돌아서서 걷기 시작했다.

"저기, 잠시만요." 스멕이 말했다.

페인터는 장애물을 만난 것처럼 걸음을 멈추고 뒤돌아 말했다. "뭐 필요한 거 있어요?"

"어디 가세요, 페인터 씨?"

"그냥 저쪽으로 가려고요."

"저…… 어어, 길을 안내해 주시지 않을까 했거든요. 물론 더 중요한 볼일이 없으시다면요." 스멕이 말했다.

페인터가 돌아서서 그를 빤히 쳐다보았다. "안내? 웨이드빌에서요?" 주위를 둘러보다 다시 스멕을 보았다. 입가에 희미한 미소가 걸렸다.

"음, 이 지역 보안관은 어디 가면 만날 수 있는지 그런 것들요." 스멕이 말했다.

미소가 사라졌다. "그 사람은 왜요?"

"보통 그 지역에 대해서는 보안관이 잘 알지 않습니까."

"정말 만나고 싶은 거 맞아요?"

"그럼요. 사무실이 어디 있죠?"

"그게 말입니다, 스멕 씨……." 페인터는 주저하다 이렇게 말했다. "보안관 사무실은 바로 여기 모퉁이만 돌면 있어요. 은행 옆에요."

"안내해 주실래요?" 스멕이 앞으로 나아가자 발끝에 길바닥의 흙더미가 차였다. "어느 쪽 모퉁이 말씀이신가요?"

"바로 여기요." 페인터가 왼쪽에 있는 자연석 건물을 가리켰다. 잡초가 자란 길이 그 건물 앞으로 이어졌다. 석조 건물의 나무 현관 모서리는 길까지 튀어나와 있었다.

스멕은 페인터를 지나쳐 걸으며 길을 살펴보았다. 중앙과 양옆에 잔디가 군데군데 자랐고 초록색 잡초가 사방으로 뻗어 나갔다. 스멕은 이 길로 바퀴 달린 차가 지나간 지 족히 2년은 되었다고 짐작했다. 어쩌면 더 오래되었을지도 모른다.

현관에 일렬로 놓인 물건들이 스멕의 시선을 사로잡았다. 스멕은 가까이 다가가 보고 페인터를 돌아보았다.

"저기 현관에 있는 가방이랑 봉지는 다 뭡니까?"

"그거?" 스멕 옆으로 온 페인터가 잠시 우뚝 서서 입술을 오므리고 현관 너머를 쳐다보았다.

"네, 뭐죠?" 스멕이 집요하게 물었다.

"여기가 은행이잖아요. 야간 예금이지." 페인터가 대답했다.

스멕은 다시 현관을 보았다. 야간 예금? 종이봉투와 천으로 된 자루를 밖에 막 놓아둔다고?

페인터는 계속 말했다. "은행 문이 닫혀 있으면 사람들이 두고 가요. 오늘 은행이 좀 늦게 여네. 보안관이 어젯밤 은행에다 장부 확인을 시켰거든요."

보안관이 은행 장부를 확인한다고? 스멕은 어이가 없었다. 릭이 한 가지 사실도 놓치지 않고 정확하게 이야기할 수 있어야 할 텐데…… 만일의 경우에 말이다. 이곳 상황은 보고된 것보다 훨씬 더 이상했다. 스멕은 이곳 분위기 자체가 마음에 안 들었다.

"일찍 일어나고 밤에 수금하는 사람 입장에서는 편리하죠." 페인터가 설명했다.

"그냥 이렇게 공개된 장소에 두고 간다고요?" 스멕이 물었다.

"넵. '야간 예금'이라고 해요. 사람들이……."

"그게 뭔지는 나도 압니다! 하지만…… 이렇게 공개된 장소에 떡하니…… 경비도 없는데요?"

"은행은 보통 10시 반이나 되어야 열어요. 보안관이 밤까지 붙들고 있으면 더 늦게 열 때도 있고."

"경비가 있겠죠, 있는 거죠?" 스멕이 말했다.

"경비? 경비가 뭐 때문에 필요하죠? 보안관이 물건만 놔두고 가라고 하면 놔두고 가는 거예요."

또 보안관 얘기야. 스멕은 생각했다. "대체 누가…… 으음, 이런 식으로 돈을 예금합니까?"

"말했잖아요. 일찍 일어나야 하고……."

"아니, 그 사람들이 누구냐고요?"

"아. 음, 내 사촌 렙이 있지요. 저기 갈림길에서 주유소를 운영해요. 저기 잡화점을 하는 실웨이 씨도 있고. 도시에서 환금작물을 들고 늦게 돌아오는 농부들도 있고. 길 건너 앤더슨 방앗간에서 일하는 사람들도 간혹 금요일에 돈을 늦게 받죠. 그런 사람들이에요."

"그 사람들이 그냥…… 현관에 자기 돈을 놓고 간다고요."

"그러면 안 돼요?"

"기가 막히는군." 스멕이 중얼거렸다.

"보안관이 건드리지 말라고 하니까요. 아무도 안 건드리죠."

스멕은 잡초가 무성한 이 거리의 기묘함을 느끼며 주위를 둘러보았다. 보안관의 명령만으로 보호를 받는 공개 야간 예금이라니. 이 보안관이라는 작자는 누구일까? 보안관의 정체는 무엇일까?

스멕이 말했다. "웨이드빌에는 돈이 많지 않나 보네요. 대로에 있는 주유소도 관리가 안 돼서 바람만 불어도 날아갈 것처럼 생겼더군요. 다른 건물들도 거의 다……."

"주유소는 문 닫았어요. 기름을 넣으려면 갈림길로 나가서 내 사촌인 렙……."

"주유소가 망했어요?" 스멕이 물었다.

"비슷해요."

"비슷하다고요?"

"보안관이 폐업시켰어요."

"왜요?"

"화재 위험 때문이죠. 보안관이 어느 날 주 소방 조례를 읽었거든요. 다음 날 바로 제이미슨한테 가스탱크를 파서 싣고 가라고 했어요. 너무 오래돼서 녹이 슬었고 땅에 깊이 파묻혀 있지도 않고 콘크리트로 덮지 않았다고요. 건물도 너무 낡았죠. 나무인데 온통 기름 범벅이고요."

"보안관이 명령했다고요…… 그냥 그렇게." 스멕이 손가락을 튕겼다.

"넵. 주유소를 허물어야 한다고 했어요. 제이미슨은 당연히 길길이 뛰었죠."

"하지만 보안관이 그러라고 하면 그래야 하고요?" 스멕이 물었다.

"넵. 제이미슨이 허물고 있어요. 매일 판자 하나씩. 보안관도 더는 신경 안 쓰는 것 같아요. 제이미슨에 하루에 판자 하나씩 뜯고 있으니까요."

스멕은 고개를 절레절레 저었다. 하루에 판자 하나씩이라니. 그게 무슨 의미일까? 시간관념이 부족하다고? 스멕이 현관에 있는 야간 예금을 돌아보고 이렇게 물었다. "사람들이 언제부터 이런 식으로 돈을 입금한 건가요?"

"보안관이 오고 일주일쯤 지나서요."

"그게 언제죠?"

"아아아아아…… 한 사오 년 됐나."

스멕은 혼자 고갯짓을 했다. 그를 포함한 슬로린 몇 명이 이 행성에 온 지 5년이 조금 지났다. 혹시…… 설마…… 스멕은 얼굴을 찌푸렸다. 하지만 정말이라면?

스멕 뒤의 큰길에서 둔탁하게 쿵쿵거리는 발소리가 들렸다. 뒤를 돌아보자 뚱뚱한 남자가 길을 지나고 있었다. 남자는 궁금한 눈으로 스멕을 힐끗 보고는 페인터에게 인사를 했다.

"안녕하세요, 조시." 뚱뚱한 남자가 말했다. 묵직하게 울리는 목소리였다.

"안녕, 짐." 페인터가 말했다.

뚱보는 스멕의 차를 피해 지나며 차 문에 달린 엠블럼을 힐끔 보고는 다시 페인터를 돌아보더니 계속 가던 길을 가 시야에서 사라졌다.

"짐이에요." 페인터가 말했다.

"이웃 주민인가요?"

"넵. 또 맥네이브리 미망인 집에 가 있었네…… 밤을 새웠구먼. 보안관이 한바탕 난리 치겠네."

"도덕도 관리해요?"

"도덕요? 꼭 그런 건 아니에요." 페인터가 뒷목을 긁었다.

"그게 아니면 무슨 상관이라고…… 짐이……."

"보안관 말로는 자기 것이 아닌 걸 취하면 죄악이고 범죄이지만 주는 건 축복이래요. 짐이 보안관한테 대들었죠. 자기는 그냥 주려고 미망인을 찾아간다고. 그래서……." 페인터가 어깨를 으쓱했다.

"보안관이 설득하는 의견에도 열려 있나 보죠?"

"그렇게 생각하는 사람들이 있어요."

"페인터 씨는 아니고요?"

"보안관은 짐이 술 담배를 끊게 했어요."

스멕은 무슨 소리를 들었나 싶어 고개를 흔들었다. 대화가 자꾸만 엉뚱한 곳으로 튀어 나가고 있었다. 스멕은 모자챙을 똑바로 조정하고 손을 보았다. 좋은 손이었다. 인간의 원조 손과 구분할 수 없을 만큼. "술 담배요?" 스멕이 물었다.

"넵."

"아니, 왜요?"

"짐이 미망인이라는 새로운 책임을 맡은 이상 자살을 할 수 없댔어요. 느린 자살이라고 해도요."

스멕은 존재하지도 않는 하늘의 점에 정신이 팔린 듯한 페인터를 바라보았다. 겨우 이렇게 반응할 수 있었다. "그렇게 이상한 법 해석은 처음 들어 봅니다."

"그런 소리 보안관 귀에 안 들어가게 해요."

"화를 잘 내서요?"

"그런 건 아니고요."

"그럼 뭔데요?"

"짐한테도 말했지만, 보안관이 주시하니까요. 시키는 대로 해야 해요. 보안관이 주시하기 전까지는 나쁘지 않아요. 주시하게 되면…… 그때는 끝이죠."

"보안관이 페인터 씨도 주시한 적 있어요?"

페인터는 주먹을 불끈 쥐고 허공에 흔들었다. 얼굴을 일그러뜨리고 입을 굳게 다물었다. 감정이 사라졌다. 페인터는 표정을 풀고 한숨을 쉬었다.

"꽤 심했나 보죠?" 스멕이 물었다.

"빌어먹을 음모 같으니. 정부 놈들은 상관도 없는 일에 참견하지." 페인터가 중얼거렸다.

"네?" 스멕은 드디어 뭔가 나올 것 같다는 예감에 페인터를 유심히 관찰했다. "그게 무슨……."

"1년에 거의 1000갤런을!" 페인터가 폭발했다.

"어어어……." 스멕이 말하며 혀로 입술을 축였다. 인간은 불확실할 때 이런 제스처를 한다고 배웠다.

페인터가 말했다. "당신이 음모와 관련이 있건 없건 나한테는 아무것도 할 수 없을 거요."

"아닙니다, 페인터 씨. 저는 그럴 의도……."

"나는 사람들이 원할 때 밀주를 좀 만들었어요. 1년에 1000갤런 조금 안 되게…… 앤더슨 반대쪽과 비교하면 적은 양이긴 하지. 하지만 그건 선을 넘어서고! 다른 카운티란 말입니다! 내가 만든 것만으로 이 동네 사람들은 충분했어요."

"보안관이 그걸 막았어요?"

"내 손으로 증류기를 망가뜨리게 했어요."

"선생님 손으로 증류기를 망가뜨리게 했다고요?"

"넵. 그때 내 바턴을 데려간 거예요."

"선생님의…… 어어…… 바턴이라고요?" 스멕이 조심스레 물었다.

"그것도 릴리의 코앞에서." 페인터가 중얼거렸다. 콧구멍이 커지고 눈이 번뜩였다. 분노가 수면 가까이 끓었다.

스멕은 주위를 둘러보며 텅 빈 창문과 문가를 이리저리 살폈다. 대체 바턴이라는 게 무슨 말이지?

"이곳 보안관은 법을 아주 철저히 지키나 봅니다." 스멕이 눈치를 보며 물었다.

"하!"

"술도 안 된다. 담배도 안 된다. 과속도 엄중히 단속하나요?"

"과속?" 페인터가 고개를 돌리고 스멕을 노려보았다. "우리가 뭐로 과속을 합니까, 스멕 씨."

"여기는 차가 없어요?"

"사촌 렙 주유소가 분기점에 있어서 도시 차들을 받기 망정이지 안 그랬으면 진작 망했을 겁니다. 주법이 있어요. 차가 보고 서야 하는 신호등이 한두 개가 아닙니다. 앞 유리에 와이퍼도 달아야 하고, 접지면을 측정할 수 있는 타이어도 달아야 하고. 핸들도 완벽한 놈으로 달아야 하고. 그런 것들이 없는 차는 고물이랍니다. 고물! 보안관은 그런 차를 고물로 팔게 시켰어요! 그런 것들이 다 있는 차를 살 수 있는 사람은 웨이드빌에서

두세 명밖에 없어요."

"굉장히 엄격한 사람 같네요." 스멕이 말했다.

"눈이 지옥불로 이글거려서 성경 들고 다니는 목사도 그보다는 나을 겁니다. 내가 정말이지, 보안관이 내 바턴만 데리고 있지 않으면 진작 도망쳤을 거요. 61년에 그랬던 것처럼 들고 일어나든가. 여기 있는 다른 사람들도 마찬가지예요…… 대부분은."

"보안관이 그 사람들의…… 어어, 바턴도 가지고 있나요?" 스멕은 질문하고 고개를 갸웃하며 대답을 기다렸다.

페인터는 잠시 생각하더니 말했다. "뭐, 그…… 그렇게 부를 수도 있죠."

스멕은 얼굴을 찌푸렸다. 바턴이 뭐냐고 물어볼까? 안 돼! 그랬다가는 아무것도 모른다는 사실이 드러날 위험이 있었다. 상세 기억이 전부 맞물려 있는, 제대로 된 슬로린 그물망이 간절했다. 협대역의 경계 안에 슬로린들이 분산되어 있으면 질문을 전달하고, 가설을 시험하고, 아이디어를 제시할 수 있을 텐데. 하지만 지금 스멕에게는 들판에 숨어 있는 미숙한 자식 하나밖에 없었다. 릭은 그 단어를 접한 적 있을까? 스멕은 약하게 질문을 해 보았다.

릭의 대답이 지나치게 큰 소리로 돌아왔다. "아니요."

릭도 그 단어를 모른다는 얘기였다.

스멕은 페인터가 협대역 교환을 알아차렸나 싶어 유심히 관찰했다. 그런 기미는 없었다. 이 몸이 자연스럽게 보이는 공포 반응으로 침을 꿀꺽 삼킨 그는 더 밀어붙이기로 결심했다.

"이렇게 특이한 보안관은 없다고 하는 사람이 없었나요?" 스멕이 물었다.

"그 정부 조사관들요. 질문이 잔뜩 있는 서류를 잔뜩 가지고 와서 우리 범죄율에 관심이 있다나. 웨이드 카운티에는 범죄가 없대요. 자기들이 우리한테 대단한 말이나 해 준다고 생각하지!"

"저도 그렇게 들었어요. 범죄가 없는 곳이라고요." 스멕이 말을 꺼냈다.

"하!"

"하지만 정말로 범죄가 없을 리가요." 스멕이 말했다.

페인터가 중얼거렸다. "밀주도 없고. 강도나 도둑도 없고, 도박도 없고. 음주 운전도 없지요. 타지 사람들이나 웨이드 카운티에서 술 취해 운전하고 불만 불만 난리를 치지. 도시 사람들이 이야기하는 비행 청소년이라는 것도 없고. 약팔이도 없고. 아무것도 없습니다.""

"감옥은 만원이겠네요, 그럼."

"감옥?"

"보안관이 범죄자들을 다 체포하면요."

"하! 보안관은 사람들을 감옥에 집어넣지 않아요, 스멕 씨. 선을 넘어왔고 술 깨고 벌금 낼 정신 돌아올 때까지 잠이 필요한 사람이라면 몰라도."

"그래요?" 스멕은 텅 빈 대로를 바라보다 짐이라는 뚱보를 떠올렸다. "지역 주민들에게는 조금 더 관대한가 보죠? 짐이라는 친구분처럼요."

"짐은 그냥 이끌어 주는 거죠."

"네?"

"조만간 미망인하고 가족이 될 거예요. 간단하게 결혼식 올리고 아기 낳고 하면 짐도 나머지 우리와 그냥 똑같아지죠."

스멕은 이해했다는 듯 고개를 끄덕였다. 그를 이곳으로 이끈 보고서들과 같은 이야기였다. 하지만 다른 점도 있었다. 페인터가 말하는 '조사관 친구들'은 웨이드빌과 웨이드 카운티를 보며 재미있어했다. 얼마나 재미있어했냐면, 건조하기 짝이 없는 관청 용어로 숨길 수 없을 정도였다. 그들은 재미있어하며 이곳을 가리켜 '순수한 지역 현상'이라고 적었다. 엄한 남부 보안관. 스멕에게는 재미있지 않았다. 그는 큰길로 천천히 나가 지나온 길을 쭉 돌아보았다.

릭이 저기서 들으며…… 기다리고 있었다.

기다림의 결과는 과연 무엇일까?

길 저쪽의 버려진 건물이 스멕의 눈에 띄었다. 거리에 흙먼지를 일으키는 바람과 같은 리듬으로 건물 안에서 문이 삐걱거리는 소리가 났다. 잘린 케이블에 의지해 '술집'이라 적힌 간판이 건물에 덜렁덜렁 매달려 있었다. 간판이 바람에 흔들렸다. 그럴 때마다 현관 지붕에 반이 가려졌다가 다시 드러났다. '집'…… '술집'…… '집'…… '술집'…….

스멕은 웨이드빌의 미스터리가 저 간판과 같다고 생각했다. 움직이고 바뀌었다. 한순간 어떤 모습을 띠지만 다음 순간 모습이 달라졌다. 이 미스터리를 얼마나 더 붙잡고 있어야 조사하고 이해할 수 있을까.

멀리서 윙윙대는 소리가 스멕의 상념을 방해했다.

소리는 점점 더 커졌다. 사이렌이다.

"온다." 페인터가 말했다.

스멕은 페인터를 쳐다보았다. 남자는 사이렌 소리가 나는 방향을 노려보며 그의 옆에 서 있었다.

"정말 오네." 페인터가 중얼거렸다.

이제는 사이렌 소리 말고 다른 소리도 들렸다. 강력한 모터가 게걸스레 돌아가고 있었다.

스멕은 소리가 나는 쪽을 보았다. 지평선에 먼지구름이 피어오르더니 그 안에 어렴풋한 빨간색이 나타났다.

"아빠! 아빠!" 협대역에서 릭의 목소리가 들렸다.

스멕은 무슨 일이냐고 묻는 생각을 보내기도 전에 느꼈다. 정신 구름의 힘이 점점 강력해지며 다리가 휘청였다.

페인터가 그의 팔을 붙잡고 부축했다.

"처음에는 영향을 받는 사람들이 있죠." 페인터가 말했다.

스멕은 평정심을 찾고 페인터의 팔을 풀고 나서 떨리는 몸을 똑바로 세웠다. 다른 슬로린이다! 다른 슬로린이어야 했다. 그런데 이 멍청이는 모두를 혼란에 빠뜨릴 수 있는 신호를 내보내고 있었다. 스멕이 페인터를 쳐다보았다. 원주민들은 잠재력을 가지고 있다. 그가 속한 슬로린 무리에서 결정한 내용이었다. 여기서는 운이 좋았던 걸까? 이 지역의 변종은 둔감했나? 하지만 페인터도 말하지 않았던가. 처음에는 영향을 받는 사람들이 있다고. 텔레파시 이야기였다.

웨이드빌은 아주 이상한 마을이었다……. 정신 구름이 회색 안개처럼 그를 감쌌다. 스멕은 정신 에너지를 그러모아 통제하는 힘에서 겨우 벗어났다. 정신에 허리케인이 휘몰아치는 가운데 명료하고 차분한 섬에 서 있는 기분이었다.

사방에서 날카로운 소리가 들리기 시작했다. 창문 블라인드가 챙 소리를 내며 위로 걷히고 문이 쾅 닫혔다. 사람들이 나오기 시작했다. 멍하지만 뭔가 기대하는 눈빛으로 길에 줄지어 선 이들에게서는 분노 섞인 경계심이 느껴졌다. 스멕이 보기에는 멀쩡한 사람들이었다. 하지만 이들에게는 왠지 모를 공통점이 있었다. 어깨를 축 늘어뜨린 초라한 모습 때문일까.

페인터가 말했다. "보안관을 만나게 될 겁니다. 확실해요."

스멕은 모터와 사이렌의 굉음이 들리는 방향을 마주 보았다. 자욱한 먼지 속에서 길쭉한 빨간색 소방차가 나타나더니 스멕이 차를 세운 좁은 길로 돌진했다. 소방차의 보닛 위에는 젊은 금발 여자가 초록색 쫄바지를 입고 다리를 벌리고 앉아 있었다.

트럭의 운전자는 하얀 정장에 남색 셔츠, 하얀 카우보이모자 차림의 흑인 남자로 보였다. 가슴에서 금색 별이 반짝였다. 남자는 카레이서처럼 고개를 낮추고 앞을 바라보며 핸들을 움켜쥐었다.

정신 구름에서 벗어난 스멕은 운전자의 정체를 알아보았다. 슬로린이다. 아직 다형체 상태였다. 인간과 근접한 모습이었지만…… 부족해…… 저 정도로는 충분하지 않았다.

운전자 주위로 서른 명쯤 되는 아이들이 소방차 좌석에 앉거나 옆에 매달리거나 사다리 꼭대기에 올라 있었다. 마을에 들어서자 아이들이 고함을 지르고 깔깔 웃으며 큰 소리로 인사를 했다.

"보안관이에요. 특이해 보이나요?" 페인터가 말했다.

소방차는 스멕의 차를 피하기 위해 방향을 꺾으며 브레이크를 밟아 스멕과 페인터가 서 있는 차선의 반대편에 미끄러지듯 멈춰 섰다. 보안관이 일어나 주차된 차를 돌아보더니 외쳤다. "누가 저기다 자동차를 주차한 거야? 내가 저거 피하려고 핸들 꺾은 거 못 봤어? 또 누가 내 '주차 금지' 표지판을 뗐나? 자기가 했는지 확인해 봐요! 누군지 내가 알아냅니다! 누구야?"

보안관이 외치는 동안, 아이들은 트럭에서 뛰어내려 불협화음의 인사를 건넸다. "안녕, 엄마! 아빠, 나 보여?" "우리 코만치 호수까지 가서 수영했어." "우리 어떻게 오는지 봤어, 아빠?" "나 파이 만들어 줘, 엄마. 보안관님이 파이 먹어도 된대."

스멕은 혼란스러워 고개를 흔들었다. 이제는 보안관과 보닛에 앉은 금발 빼고 모든 사람이 트럭에서 내렸다. 정신 구름이 강력한 냄새처럼 정신의 공기에 퍼졌지만 시끌벅적한 외침은 전혀 가라앉지 않았다.

별안간 귀가 찢어지는 소총 발사 소리가 들렸다. 보안관의 금색 별 바로 아래의 하얀 제복에서 자욱한 연기가 터져 나왔다.

거리에 정적이 내려앉았다.

보안관이 천천히 돌아섰다. 얼어붙은 풍경에서 그의 형체만 움직이고 있었다. 길 끝을 쳐다본 그가 버려진 주유소 너머에 있는 이층집의 열린 문을 바라보았다. 손을 들고 손가락을 뻗었다. 말 안 듣는 아이를 훈육하듯 손가락을 흔들었다.

"내가 경고했지." 보안관이 말했다.

스멕은 작은 소리로 슬로린 욕을 뱉었다. 저 멍청이가! 저러니 계속 다형체로 있고 정신 구름에 의지하지. 온 마을이 그에 맞서 무장을 하고 있었다. 스멕은 축적된 슬로린 경험을 뒤져 이 상황을 해결할 단서를 찾았다. 마을 전체가 슬로린의 힘을 알고 있었다! 아, 저 못되고 멍청한 자식!

보안관은 침묵하는 아이들을 내려다보며 한 명씩 응시했다. 그러더니 열한 살쯤 된 맨발의 여자아이를 가리켰다. 아이는 노란 머리를 양 갈래로 땋았고 마른 몸에 흰색과 파란색이 섞인 때 묻은 원피스를 입고 있었다.

"거기, 몰리 메이. 네 아빠가 무슨 짓을 했는지 봤지?" 보안관이 말했다.

여자아이가 고개를 숙이고 울기 시작했다.

소방차 보닛에 앉아 있던 금발이 유연하고 우아하게 폴짝 뛰어내려 보안관의 소매를 잡아당겼다.

"법의 의무를 시행하는 중이니 방해하지 마." 보안관이 말했다.

금발이 허리에 손을 얹고 발 하나를 굴렀다. "태드, 그 아이 다치게 하면 다시는 얘기 안 할 줄 알아요. 절대로." 여자가 말했다.

페인터가 작은 소리로 중얼거리기 시작했다. "아니야…… 아

니야…… 아니야…… 그럴 리……."

"몰리 메이를 다치게 한다고? 어허, 내가 그럴 리 없다는 거 알잖아. 하지만 몰리 메이는 떠나야 해. 살아 있는 한 다시는 가족을 만나지 못하게. 알면서 그래." 보안관이 말했다.

"하지만 몰리 메이는 당신을 해치지 않았잖아요. 그 애 아빠가 그랬죠. 그 사람을 보내면 안 되는 거예요?" 젊은 여자가 말했다.

"이 세상에는 네가 이해할 수 없는 일들도 있는 거야. 다 큰 성인은 죄악과 범죄에서 한 걸음씩 천천히 벗어날 수밖에 없어. 어린아이로 만들어 버리면 좀 쉽겠지만. 그런데, 내가 다 큰 성인을 아이로 만든다면 그거야말로 범죄겠지. 몰리 메이는 지금 어린아이잖아. 별 차이 없어." 보안관이 말했다.

그거였군, 스멕은 생각했다. 그게 보안관이 이 마을을 장악하는 수단이었다. 스멕은 바턴의 의미를 퍼뜩 깨달았다. 인질이었다.

"잔인해요." 금발 여자가 말했다.

"법은 잔인해질 때도 있어. 법은 범죄를 근절하지. 거의 다 끝났어. 몇 달 동안 이곳에서 일어난 범죄는 나를 노린 범죄뿐이야. 자, 그런 범죄를 저지르고 무사하지 못하다는 건 다들 알 텐데. 하지만 위대한 법을 무시하는 행위를 했으면 벌을 받아야지. 다들 기억하라고. 가족 한 사람의 책임은 가족 전체의 책임이다."

순수한 슬로린의 사고다. 스멕은 생각했다. 외계 출신이라는 사실을 드러내지 않고 움직일 수 있을까? 빨리 무슨 조치든 취해야 했다. 저 멍청이의 정신에 인사를 보내 볼까? 아니다. 정신 구름의 소음 때문에 보안관은 인사를 듣지도 못할 것이다.

"그럼 당신이 뭘 잘못하고 있나 보죠. 범죄가 법 자체만 노린다니 웃겨요." 젊은 여자가 말했다.

아주 훌륭한 관찰력이야. 스멕은 생각했다.

갑자기 페인터가 몸을 움직이더니 모여 있는 아이들을 비집고 보안관에게 달려들었다.

금발 여자가 돌아보고 말했다. "아빠! 아빠는 빠지세요."

"가만히 있어. 내 말 알겠지, 바턴 마리?" 페인터가 화를 냈다.

금발 여자가 울부짖었다. "그래 봤자 아무것도 못 하잖아요. 나만 떠나보낼 거예요."

"좋다! 좋다 그거야!" 페인터가 소리를 질렀다. 그는 젊은 여자 앞까지 밀고 들어가 매서운 눈으로 보안관을 올려다보았다.

"자, 조시." 보안관이 온화한 목소리로 말했다.

둘은 말없이 서로를 재고 있었다.

그때였다. 스멕은 마을 어귀에서 그를 향해 걸어오는 형체를 발견했다. 먼지구름에서 나온 형체는…… 커다란 검은색 상자를 든 청년이었다.

릭!

스멕은 자식을 바라보았다. 릭은 꼭두각시처럼 무릎을 덜렁거리며 걸었다. 아무것도 담지 않는 공허한 눈은 앞만 응시했다.

스멕은 생각했다. 정신 구름이야. 릭은 어리고 약하니까. 정신 구름이 덮쳤을 때 입을 크게 벌리고 외치고 있었어. 2차 조상도 비틀거리게 만들었던 힘이 어린 슬로린을 마비시킨 것이다. 릭은 자극의 원천을 향해 맹목적으로 다가오고 있었다.

“거기 누구야? 불법 주차한 당신!” 보안관이 외쳤다.

“릭!” 스멕이 큰 소리로 외쳤다.

릭이 멈춰 섰다.

“거기 꼼짝 말고 있어!” 스멕이 소리쳤다. 이번에는 아들에게 자각 신호를 보냈다.

릭이 주변을 둘러보았다. 눈에 의식이 스며들고 있었다. 릭이 입을 떡 벌리고 스멕을 보았다.

“아빠!”

“당신은 누구요?” 보안관이 스멕을 쳐다보며 물었다. 정신 구름이 스멕에게 순간 충격을 가했다.

스멕은 방법이 하나뿐이라는 사실을 깨달았다. 불에는 불로 맞선다. 원주민들은 이미 정신 구름을 느낀 상태였다.

스멕은 자신을 에워싼 금속 보호막을 열어 내려놓고 보안관에게 덤벼들었다. 슬로린 다형체가 비틀거리며 뒤로 물러나 트럭 좌석에 주저앉았다. 인간 형체가 뒤틀리며 몸부림쳤다.

스멕은 목구멍을 긁는 슬로린 목소리로 전환해 말했다. “나야말로 그 질문을 해야겠는데. 신원을 밝혀라.”

스멕이 다가가자 아이들 사이에 길이 열렸다. 그는 조심스럽게 페인터와 젊은 여자를 옆으로 밀었다.

“내 말 들리나?” 스멕이 물었다.

"그…… 들립니다." 이 슬로린의 후두음은 거칠고 뚝뚝 끊겼지만 못 알아들을 소리는 아니었다.

누그러진 말투로 스멕이 말했다. "우주에는 동료를 만날 수 있는 교차로가 무수히 존재하지. 신원을 밝혀라."

"민……일 겁니다. 질리민." 보안관은 좌석에서 자세를 똑바로 하고 인간 형체 일부를 이전 모습으로 복구했다. "당신은 누구십니까?"

"나는 섬트록셀룬스멕, 2차 조상이다."

"2차 조상이 뭐죠?"

스멕이 한숨을 쉬었다. 역시 걱정했던 대로였다. 질리민이라는 이름이 가장 큰 단서였다. 스캐터십 출신의 3차 조상이다. 하지만 어떻게인지는 몰라도 이 불쌍한 슬로린은 세부 기억을 잃고 말았다. 그래서 이곳 상황은 수습이 불가능할 수도 있었다. 그래도 일단은 지역의 피해 규모를 조사해야 했다.

"질문에는 나중에 답하지. 그 전에……." 스멕이 말했다.

페인터가 물었다. "이놈을 알아요? 당신도 공모자야?"

스멕이 영어로 전환해 말했다. "페인터 씨, 당국의 일은 당국이 처리하게 두시죠. 이 사람은 우리 쪽에서 처리할 문제입니다."

"뭐, 문제인 건 확실하죠."

"제게 맡겨 주시겠어요?"

"정말로 할 수 있어요?"

"있…… 있을 겁니다."

"그러면 좋죠."

스멕은 고개를 끄덕이고 다시 보안관을 보았다. "네가 여기서 무슨 짓을 했는지 알기나 해?" 기초 슬로린어로 물었다.

"저는…… 제게 적합한 공식 직위를 찾아 그 자리에서 최선을 다했습니다. 네 적소를 저버려서는 안 된다. 그건 기억합니다. 네 적소를 저버리지 마라."

"네가 뭔지는 알고?"

"저…… 슬로린인가요?"

"맞아. 슬로린 3차 조상. 얼마나 다쳤는지는 알아?"

"저…… 아니요. 다쳤다고요?" 그가 주위를 둘러보았다. 사람들이 호기심 어린 눈을 하고 가까이 모여들고 있었다. "저는…… 정신을 차리니 저기…… 밭이었습니다. 도저히…… 기억이……."

"좋아, 그러면……."

"하나는 기억납니다! 우리 임무는 범죄율을 낮추고 뭐…… 뭐에 적합한 사회가 되도록 하는 건데…… 그게 뭔지는 모르겠습니다."

스멕은 아이들의 머리 위로 시선을 던져 트럭 뒤에 멈춰 선 릭을 확인하고 다시 질리민을 보았다.

"저는 이곳 범죄율을 더 줄일 수 없을 만큼 최소한으로 낮췄습니다." 슬로린 보안관이 말했다.

스멕은 한 손으로 눈을 가렸다. 더 줄일 수 없다고! 손을 내리고 이 불쌍하고 멍청한 놈을 노려보았다. "너는 이 사람들이 슬로린에 대해 알게 했어. 더 끔찍한 건 이 사람들이 자기 자신에 대해 알게 했다는 거야. 법 뒤에 뭐가 있을지 생각하게 했다고. 원래 이 행성에 사는 경찰은 본능으로 다 아는 사실을, 너는 다쳤든 아니든 슬로린이라서 몰랐을 뿐이야." 스멕이 비난했다.

"뭘 몰라요?" 질리민이 물었다.

"범죄가 없으면 경찰도 필요 없다는 거! 우리는 슬로린이 번성할 수 있는 적소들을 준비하러 이곳에 왔다. 그런데 너는 일을 잘해도 너무 잘해 버렸잖아! 어떤 직업이든 첫 번째 규칙은 고용 상태를 유지할 정도로만 그 일에 필요한 활동을 하는 거다. 그뿐만 아니라 네 범위를 넓혀 그런 자리를 더 많이 만들어야 하고. 자신의 적소를 저버리지 말라는 말은 바로 그런 뜻이야."

"하지만…… 우리가 만들어야 하는 사회는…… 사회는……."

"너는 폭력 사건의 강도를 낮추면 되는 거였어, 이 멍청이! 범죄를 관리하기 쉬운 패턴으로 바꿨어야지. 네놈은 이 사람들에게 폭력만 남겼어! 한 명은 네게 총도 쐈지."

"아…… 더한 것도 시도하기는 했어요."

스멕이 오른쪽으로 고개를 돌렸다가 의아하게 쳐다보는 페인터와 눈이 마주쳤다.

"이 사람도 헝가리인인가요?" 페인터가 물었다.

"아하하, 예!" 스멕은 기회를 놓치지 않고 얼른 대답했다.

"어쩐지, 두 사람 저기서 외국어로 대화하더라고요." 페인터가 질리민을 노려보았다. "저 사람은 추방해야 해요."

스멕이 동의했다. "바로 그겁니다. 제가 그래서 여기 온 거예요."

"어이구, 저런!" 페인터가 말했다. 그러다 태도가 진지하게 변했다. "하지만 조심해요. 저 보안관 놈은 사람 정신을 마구 뒤섞는 기계 같은 걸 가지고 있어요. 그걸 켜면 생각이라는 걸 할 수 없습니다. 주머니에 넣고 다닐 거예요, 아마."

"저희도 잘 알고 있습니다. 저도 같은 기계를 소지하고 있죠. 국방 기밀인데 저자는 권한도 없으면서 사용한 겁니다."

"농무부 소속이 아닌 거죠? CIA에서 나오셨나."

"그 얘기는 하지 말죠. 어쨌든 저는 페인터 씨와 친구분들이 이곳에서 있었던 일에 관해 함구해 주신다고 믿겠습니다."

"우리는 나라에 충성하는 미국인들입니다. 전부 다요, 스멕 씨. 우리 걱정은 안 해도 돼요."

"좋습니다." 스멕이 말했다. 그리고 생각했다. 편리하기도 하지. 나를 바보로 아나? 스멕이 질리민에게로 자연스럽게 몸을 돌렸다. "다 들었나?"

"저 사람들은 당신이 비밀 요원이라고 생각해요."

"그런 것 같아. 그 덕에 너를 이 상황에서 빼내는 임무를 문제없이 수행할 수 있게 됐지. 자, 이제 말해 봐. 아이들에게 무슨 짓을 한 거야?"

"아이들요?"

"그래."

"그게…… 그냥 정신에 있는 작은 선로들을 다 지우고 북쪽으로 가는 열차에 태웠을 뿐입니다. 가족을 벌하려고 보낸 아이들은요. 이 생물들은 어린아이에 대한 보호 본능이 무진장 강해요. 걱정할 필요 없……."

"그 본능에 대해서는 나도 알아, 질리민. 우리는 이 아이들을 찾아서 복원하고 데려다 놓아야 해."

"어떻게 찾죠?"

"간단해. 이 대륙을 오가며 협대역에 귀를 기울이는 거지. 우리는 질리민 네 소리를 들을 거야. 자기 패턴을 넣지 않으면 정신을 지울 수 없으니까."

"성인을 바꾸려고 했을 때 그렇게 된 건가요?"

스멕은 놀라서 휘둥그레진 눈으로 그를 보았다. 설마 질리민이 그랬으려고, 스멕은 생각했다. 원주민을 슬로린 패턴의 전력 방송 장치로 개조하고 이 행성에 풀어놨을 리가 없다. 그렇게 멍청한 슬로린이 어디 있어! "누구 말이지?" 스멕이 겨우 물었다.

"맥네이브리 씨요."

맥네이브리? 맥네이브리라고? 스멕도 어디선가 들어 본 이름이었다. 맥네이브리? 맥네이브리 미망인이다!

페인터가 물었다. "저 보안관이 맥네이브리 미망인 얘기를 하는 건가요? 그렇게 들은 것……."

"맥네이브리 씨는 어쩌다 돌아가셨죠?" 스멕이 페인터를 돌아보며 물었다.

"아, 이 동네 남쪽에서 익사했어요. 강에서요. 시신을 여태 못 찾았죠."

스멕이 질리민을 돌아보았다. "설마……."

"아, 아니에요! 그냥 달아났어요. 우리는 익사했다고 보고했고 저는 그냥……."

"너는 원주민을 사실상 죽인 거야."

"일부러 그런 거 아니에요."

"질리민, 당장 차에서 내려서 여기 있는 내 차 뒷좌석에 타. 내가 불법 주차를 했다는 사실은 잊는 거다, 알았지?"

"어쩌려고요?"

"너를 여기서 데려가야지. 어서, 내려!"

"네. 알겠습니다." 질리민이 명령에 따랐다. 인간 같지 않게 무릎이 고무처럼 움직이는 모습이 언뜻 보이자 스멕은 몸을 떨었다.

스멕이 불렀다. "릭. 네가 운전해라."

"네, 아빠."

스멕은 페인터를 돌아보았다. "이 일이 외부로 알려지면 여러분이 얼마나 난처해질지 잘 아시리라 믿습니다."

"그럼요, 스멕 씨. 믿으셔도 됩니다."

"믿겠습니다." 스멕이 말했다. 그리고 생각했다. 방금 그 말을 분석해 보라지…… 우리가 떠난 후에. 스멕은 릭과 자리를 바꾸자는 마음이 들게 한 슬로린 신(神)에 이루 말을 할 수 없이 감사했다. 까딱만 잘못해도 이번 일은 재앙이 될 수 있었다. 스멕은 페인터에게 고개를 가볍게 끄덕이고 차로 걸어가 뒷자리의 질리민 옆에 앉았다. "가자, 릭."

그들은 차를 돌려 대로로 향했다. 릭은 본능에 이끌려 흙길에서 플리머스의 속도를 최대로 높이고 있었다. 그는 돌아보지도 않고 뒤에 있는 스멕에게 말했다.

"문제 해결하는 거 진짜 멋졌어요, 아빠. 이제 차고로 곧장 돌아가죠?"

"기회만 보였다 하면 사라져야 해." 스멕이 말했다.

"사라진다고요?" 질리민이 물었다.

"우리 다 같이 번데기로 간다. 새로운 적소로 다시 나오는 거야."

"왜요?" 릭이 물었다.

"따지지 마! 저기 있는 마을은 보는 것과 달랐어."

질리민이 그를 빤히 쳐다보았다. "하지만 아까는 아이들을 찾으러……."

"그건 저 사람들 보라고 모르는 척 연기한 거야. 이미 애들을 찾았을걸. 더 빨리, 릭."

"지금 최대한 빠르게 가고 있어요, 아빠."

"괜찮아. 우리를 쫓아오지는 않을 거야." 스멕이 카우보이모자를 벗고 고무줄이 압박했던 관자놀이를 긁었다.

스멕은 계속 말했다. "나도 잘 모르겠어. 하지만 질리민을 빼내기가 너무 쉬웠단 말이지. 내 생각에는 우리가 우주선 없이 여기 떨어지게 만든 사고의 원인이 저 사람들 같아."

"그게 사실이면 왜 그냥…… 질리민을 제거하지 않고……."

"질리민은 왜 자기에 반대하는 사람들을 그냥 제거하지 않았을까? 폭력은 폭력을 부르는 법이야, 릭. 지각을 가진 존재면 대부분 이 교훈을 배우지. 나름의 이유가 있어서 이런 식으로 해결하는 거야."

"우리는 어쩌죠?" 릭이 물었다.

"우리는 땅으로 간다. 여우처럼 말이야, 릭. 되도록 조심하며 상황을 조사할 거야. 그렇게 하면 돼."

"저기 있는…… 저 사람들이 알지 않아요?"

"그래, 알겠지. 아주 재미있을 거야."

페인터는 길에 서서 먼지구름이 사라질 때까지 멀어지는 차를 보고 있었다. 그가 고개를 한 번 끄덕였다.

키가 크고 뚱뚱한 남자가 페인터의 옆에 와서 말했다. "이야, 조시, 통했네요."

"그럴 거랬잖아. 우리가 놈들 우주선을 빼앗았을 때 놓친 슬로린 캡슐이 더 있을 줄 알았어." 페인터가 말했다.

금발 소녀가 두 사람 앞으로 와서 말했다. "우리 아빠는 역시 똑똑해."

"내 말 잘 들어, 바턴 마리. 밭에 그냥 누워 있는 걸 다음에 또 발견하면 건드리지 말아야 한다, 응?" 페인터가 당부했다.

"그렇게 강할지 몰랐단 말이에요." 소녀가 말했다.

페인터의 말투가 날카로워졌다. "그러니까! 절대 몰라. 그러니 건드리지 말라고. 네가 건드리는 바람에 녀석이 그렇게 강해진 거야. 네가 불을 붙이지 않으면 슬로린은 그리 강한 녀석들이 아니라고, 응?"

"네, 아빠."

뚱보가 말했다. "저놈을 거의 5년이나 견뎠네요. 1년도 더 못

참았을 것 같아요. 나날이 심해지고 있었잖아요."

"원래 그래." 페인터가 말했다.

"아까 그 스멕은 뭐예요?" 뚱보가 물었다.

페인터가 대답했다. "그 친구는 현명한 슬로린이지. 똑바로 들었다면 이름이 7음절이었어."

"알고 있을까요?"

"알 거야."

"우리 어쩌죠?"

"늘 하던 대로. 놈들 우주선을 우리가 가지고 있잖아. 잠시 이사를 나가야지."

"아-아-아, 또요!" 뚱보가 불평했다.

페인터가 남자의 배를 찰싹 쳤다. "웬 난리야, 짐? 필요할 때 맥네이브리에서 이걸로 변했잖아. 그게 인생이야. 변해야 할 때 변하는 것."

"이제 겨우 여기에 적응했는데."

바턴 마리가 발을 굴렀다. "하지만 지금 이 몸이 끝내준단 말이에요!"

"다른 몸도 있단다, 얘야. 그만큼 예쁜." 페인터가 말했다.

"시간이 얼마나 있을까요?" 짐이 물었다.

"아, 몇 달은 여유가 있어. 슬로린이 다른 건 몰라도 조심성은 확실하거든. 뭐든 빠르게 처리하지 않지."

"떠나기 싫어요." 바턴 마리가 말했다.

"영원하지는 않을 거야. 놈들이 우리를 쫓는 걸 포기하면 돌아와야지. 슬로린은 지구를 우리가 살기 좋은 행성으로 만들어. 그래서 봐주고 있는 거야. 물론, 멍청하기는 해. 일을 너무 열심히 하잖아. 자기들 우주선도 만들고…… 우리야 고맙지. 저들은 유독 관료 사회에 녹아드는 방법만은 배우지 못했어. 그건 우리가 아니라 자기들 손해지."

"정부 조사관들은 어떻게 했어?" 유독 깊은 수렁을 지나며 몸이 앞으로 쏠리지 않게 의자를 붙잡고 스멕이 질리민에게 물었다.

질리민이 말했다. "사무실에서 인터뷰를 했어요. 방을 어둡게 하고 검은 선글라스를 끼고. 그…… 정신 구름은 사용 안 했어요."

"다행이군." 스멕이 말했다. 그는 잠시 침묵에 빠졌다가 말을 이었다. "자꾸 이놈의 시가 머리에 떠오르네. 계속 반복해서 머릿속을 맴돌고 있어."

"시요?" 릭이 물었다.

"그래. 재치 있는 원주민이 지은…… 이름이 아마 조너선 스위프트일 거야. 원주민 문학을 처음 배울 때 읽었지. 대충 이런 내용이야. '벼룩에게는 그 벼룩을 뜯어 먹는 더 작은 벼룩이 있고, 그 작은 벼룩은 더 작은 벼룩이 물어뜯고, 그런 식으로 무한히 계속된다.'"

1969

존재의 기계

The Mind Bomb

1969년 10월, 《월즈 오브 이프(Worlds of If)》 수록.

I

그맘때의 팔로스는 무더웠다. 존재의 기계는 활동을 대폭 줄이고 냉각 시스템을 빠르게 돌렸다.

기계는 이렇게 기록했다. 이 계절은 덥고 황량하다고 한다. 이런 계절에는 사람들이 즐겁게 보내야…….

정오가 막 지난 시간의 거리에는 사람이 별로 없었다. 관광객 몇 명만 완전 감각 카메라를 목에 걸고 돌아다닐 뿐이었다. 관광객들은 땀을 뻘뻘 흘렸다.

지역 주민들은 생존을 위한 노동을 하느라 바빴지만, 단열 창문으로 밖을 내다보거나 현관 가림막의 그늘에 서 있는 주민들도 있었다. 이들은 레모네이드 색 하늘 아래 외딴 진흙탕에 둥둥 떠 있는 듯했다.

이 계절과 환경의 특성이 기계에 스며들었다. 기계는 상상과 의식의 관문을 지키는 기호들의 흐름을 내보내기 시작했다. 무수한 기호는 은빛 강물처럼 밖으로 흘렀고 기나긴 실존 기간을 아울러 하나의 시간-장소에서 다른 시간-장소로 관념을 전달했다.

태양이 반쯤 잠기며 어둠을 불러올 무렵, 존재의 기계는 탑을 짓기 시작했다. 팔로스 문화의 궁전이라는 탑이었다. 사람 키보다 더 큰 글자가 환한 빛을 내뿜으며 탑의 아래층에 그 이름을 적었다.

광장 건너편의 단열 창문에서는 휘트라는 남자가 탑이 올라가는 모습을 지켜보고 있었다. 아내가 사용하는 베틀의 북이 움직이는 소리를 듣고 있으면 부끄럽지만 싫은 감정이 들어 괴로웠다. 머릿속에서 발작적으로 일어나는 생각들을 마주하고 싶지 않았다. 그래서 휘트는 탑을 보았다.

"저 물건 또 시작이군." 휘트가 말했다.

"그럴 때잖아." 아내는 베틀로 짜고 있는 디자인에서 고개도 들지 않고 대답했다. 풍성하게 늘어진 오렌지색 장미 화환 안에 노란 가시 우리가 들어가 있는 디자인으로 보였다.

휘트는 잠시 인간들이 측정한 광대한 지하 공간을 생각하며 존재의 기계의 한계를 생각했다. 아래에는 분명 동굴이 있을 것이다. 비 한 방울 떨어지지 않는, 밤의 정신으로 가득한 복도가 끝없이 뻗어 나가리라. 휘트는 이런 식으로 존재의 기계를 상상하곤 했다. 하지만 지표면 위로 드러난 기계의 돌출부나 환풍구에 인간이 들어갔다는 기록은 어디에도 없었다.

"저놈의 기계가 혐오스럽지만 않았어도 재미있다고 생각했을 텐데 말이야." 휘트가 말했다.

"나는 문제를 해결하는 게 더 좋습디다. 그래서 디자인을 하겠다고 한 거 아니유. 이번에는 막겠다고 나설 사람이 있어 보여?" 아내가 말했다.

"우선은 저놈 정체를 알아내야지. 그게 뭔지 알려 줄 기록은 저 안에 들어가야 있어."

"저게 뭘 하는데 그래?" 아내가 물었다.

"뭘 짓고 있어. 궁전이라는데 꽤 높이 올라가네. 벌써 20층은 된 것 같아."

아내는 잠시 동작을 멈추고 베틀의 끈을 재조정했다. 실망스럽게도 이 대화가 어디로 갈지 보였다. 비스듬히 기운 태양이 방 안에 휘트의 그림자를 드리웠고, 바닥에 뻗은 검은 형상을 보자 도망치고 싶어졌다. 이럴 때면 자신의 배우자로 휘트를 선택한 기계에 증오를 느꼈다.

"이번에는 또 뭘 빼앗아 가려나." 휘트의 아내는 말했다.

* * *

휘트는 탑이 올라가는 속도에 감탄하며 창밖만 계속 쳐다보았다. 석양빛이 탑의 표면에 주황색 줄무늬를 그렸다.

휘트는 평범한 인간 남자이지만 나이가 많았다. 잎맥이 도드라진 양배추처럼 얼굴의 주름살이 겹겹이 늘어졌다. 전 세계

성인들이 다 그러하듯 키는 2미터 정도였고, 피부색도 다른 이들처럼 햇빛에 그을린 올리브색이었다. 머리카락과 눈동자는 똑같이 검은색이었다. 그의 아내도 오랜 세월 베틀 앞에 앉은 탓에 등이 굽었다는 점만 빼면 휘트와 비슷했다. 둘 다 머리카락을 길러 파란색 천 조각으로 목덜미 부근에서 묶었다. 같은 천으로 만든 자루 같은 옷은 목에서 발목까지 몸을 감쌌다.

"답답하네." 휘트가 말했다.

존재의 기계는 잠시 케르산-푸에블로어로 내면의 생각 놀이를 진행하며 섬세한 형태소들을 탐구했다. 현재 진행 중인 모든 행동을 단순한 풍문으로 기록하는 것이 바로 이 형태소였다.

문화. 기계는 기록했다. 내부 센서에만 하는 말이지만 여러 가지 발화기와 다양한 음색 모드를 사용했다. 문화…… 문화…… 문화……. 그 단어는 생각의 영양분을 섭취하고 꼬리에 꼬리를 무는 새로운 개념들에 불을 붙였다. 새로운 문화법은 즉시 동질화되어야 한다. 통상적인 집행 절차에 따라 성문화될 것이며 표현의 정확성에 정밀한 노력이 필요…….

남쪽으로 난 휘트의 집 창문에서는 기계가 있는 구역을 지나 바닷가 절벽까지 이어지는 올리브 과수원이 내다보였다. 바다 위로 짙은 구름을 머금은 하늘이 옛 석양의 색깔로 빛났다.

"법이 또 생겼어." 휘트가 말했다.

"어떻게 알아?" 아내가 물었다.

"알아. 그냥 알겠어."

아내는 울고 싶어졌다. 늘 이런 패턴이었다. 항상 똑같았다.

"새 법에 따르면 머리로 여러 가지 생각을 동시에 효율적으로 처리해야 한대. 재능을 개발해야 하고, 인류 문화에 기여해야 해." 휘트가 말했다.

아내가 베를 짜다 말고 고개를 들어 한숨을 쉬며 말했다. "그런 소리가 어떻게 나오는지 모르겠네. 당신 취했구려."

"하지만 법이……."

"그런 법은 없어!" 아내는 잠시 흥분을 가라앉혔다. "잠이나 주무셔, 이 영감탱이야. 의사한테 연락해서 당신 정신 깨게 할 약 가지고 오라고 할 테니까."

휘트가 말했다. "잠 하면 의사를 떠올리지 않던 시절도 있었지."

휘트는 창문에서 물러나 아내의 베틀 뒤에 있는 벽의 균열을 바라보았다. 그러다 햇빛으로 노랗게 물든 올리브 과수원과 청록색 바다를 내다보았다. 바다의 모습은 추했지만, 벽의 균열에서는 아내가 베틀로 짜면 좋을 아름다운 디자인의 아이디어가 번뜩였다. 머릿속으로 디자인의 패턴을 구상했다. 검은 폭포를 배경으로 한 금빛 비늘을.

이내 패턴이 사라지고 거울로 그의 주름진 얼굴을 봤던 기억이 머리를 채웠다. 자유롭게 생각하려 할 때마다 꼭 이랬다. 아이디어들은 새까만 시멘트에 굳어 버렸다.

"나는 금으로 된 가면을 만들 거야. 거기에 검은 혈관을 새길 거고, 그 가면은 나를 아름답게 만들어 줄 거야." 휘트가 말했다.

아내가 비웃었다. "온 세상을 뒤져 봐라, 금이 나오나. 이 미련

한 영감탱이야. 금은 책에나 있지. 어젯밤에 대체 뭘 마신 거야?"

"주머니에 중앙 연대에서 온 편지가 있었지. 그런데 누가 훔쳐 갔어. 기계에 항의했지만 내 말을 믿으려 하지 않더군. 나를 저기 물가에 있는 비늘 덮인 기둥 옆에 억지로 앉히고 그걸 천만 번 반복했……."

"뭘 먹길래 이 지경이 되는지. 뭔지 몰라도 그만뒀으면 좋겠네. 그것만 해도 인생이 훨씬 단순해 텐데." 아내가 투덜댔다.

"나는 발코니 아래 앉았어." 휘트는 계속 말했다.

존재의 기계는 중앙 연대 사무실에서 인간들이 작동하는 타자기 소리에 잠시 귀를 기울였다. 그리고 언제나처럼 키를 누르는 미세한 차이를 그에 해당하는 기호로 번역했다. 메시지들은 대체로 평범했다. 한 사람은 묘를 이전한다며 인근 중심부의 협조를 요청했다. 기계가 그쪽으로 새 환풍구를 내서 묘를 옮길 수밖에 없었다. 지역 식량청에 수박 마흔 컨테이너를 주문한 사람도 있었다. 모든 중심부에 메시지를 보낸 누군가는 팔로스를 찾는 관광객 숫자가 너무 많아져 지역의 평화를 깨뜨린다고 불평했다.

팔로스 문화의 궁전은 불만이 조금 더 증가하도록 프로그램을 설정할 것이다. 기계는 주문했다.

위대한 문화적 발견의 법칙에 부합하는 결정이었다. 불만은 모험을 떠나고자 하는 마음을 키웠고, 불만을 가진 인간은 자신의 잠재력을 거의 최대치로 발휘하며 살았다. 실제로 위험하게 살지 않아도 외견상의 삶은 위험해 보일 것이다.

기계가 지시했다. 관료주의는 종식될 것이다. 타자기는 침묵하고…….

이 개념들은 기계를 움직이는 최상위법의 일부로서 무수한 반복을 거치게 입력되었다. 기계는 다음과 같이 기록했다, 팔로스 중앙 연대의 타자원 하나가 근무 시간에 공식 편지지에 러브레터를 쓰고 있었다고, 아시우스 중심부 중앙 식량청의 간부 하나는 신선한 사과 한 바구니를 횡령했다고. 이 항목들은 '좋은 신호'로 해석할 수 있었다.

"인공 지능 같은 거야." 휘트의 아내가 말했다. 그녀도 이제는 베틀을 떠나 휘트 옆에 서서 탑이 올라가는 모습을 지켜보고 있었다. "그거면 됐지. 다들 그렇다고 하잖아."

휘트가 물었다. "하지만 생각을 어떻게 하는데? 선형적인 사고가 가능한가? 1-2-3-4, a-b-c-d, 이렇게 생각하나? 지하에서 째깍째깍 움직이는 이상한 시계인 걸까?"

"상자 안에서 달그락거리는 구슬일 수도 있지." 아내가 말했다.

"뭐?"

"왜 있잖아. 상자를 열면 그때마다 상자 속 거의 아무 데서나 구슬을 찾을 수 있다는 얘기."

"하지만 그 구슬이 우리 세상에서 달그락거리게 누가 만들었냐고? 그게 궁금하다니까. 우리를 이렇게 만들라고 누가 시켰냔 말이야?"

그러면서 휘트는 이제 광장 위로 100층도 넘게 솟은 탑을 가리켰다. 저녁의 주황색 빛으로 반짝이는 건물에는 창문이 없고 깊은 검은색 골이 수직으로 나 있었다. 그 모습은 섬뜩하고도 우스꽝스러웠다. 탑이 휘트에게 크나큰 죄를 추궁하는 것만 같았다.

"자기가 자기 목적대로 움직일 수도 있지." 아내가 의견을 냈다.

휘트는 고개를 저었다. 아내의 말을 부정하기보다는 생각을 하게 조용히 해 달라는 뜻이었다. 계속 높아지는 탑의 꼭대기에서 또렷하게 번쩍이는 금속 장치가 얼핏 보이는 듯했다. 어디까지 더 올라가려는 걸까? 이미 저 탑은 인류 역사상 가장 높은 인공 구조물이 분명했다.

* * *

관광객 한 팀이 탑을 촬영한다고 광장에 멈춰 섰다. 딱히 탑을 봐서 흥분한 모양새는 아니었다. 그보다는 점잖은 호기심 때문이었다. 집에 가서 친구들에게 보여 줄 만한 광경이었으니까.

우리가 갔을 때 어느 날 갑자기 탑을 짓더라. 간판 봐. 팔로스 문화의 궁전 웃기지 않아?

존재의 기계는 가지고 있는 데이터의 범위 내에서 문제를 검토했지만 인간 사회에 문화를 도입할 수 있는 길을 발견하지 못했다. 케르산 푸에블로어로 최종 비교를 한 후, 묘사된 행동은 내부에서 이루어져야 하며 화자만이 경험을 한다는 기록을 남겼다. 인간은 문화적 재능을 외부에서, 또는 풍문으로 얻을 수 없었다.

새로운 결정을 내려야 하므로 탑은 이제 그만 올려야 했다. 존재의 기계는 고대 유대인의 측정 단위인 큐빗(팔꿈치에서 중지 끝까지의 길이 — 옮긴이)을 이용해 한 면이 300큐빗인 금 피라미드를 건물 꼭대기에 얹었다. 역사상 가장 높은 탑은 아니지만, 신인류가 본 것 중에 저보다 높은 건축물은 없었다. 어떤 영향을 줄지 관찰하면 흥미로울 터였다. 기계에 탑재된 흥미 요인 등에 따르면 그랬다.

기계는 피라미드의 정점에 단순한 플라스마 광학 시스템인 감각 자극 장치를 설치했다. 성층권과 대류권이 만나는 영역에 타오르는 횃불로 글씨를 쓰도록 만들어진 장치였다.

존재의 기계는 탑에 새로 붙일 이름을 고르기 위해 그 순간 잠을 자는 모든 인간의 꿈을 분석하고 사람들이 재미있어하는 역사적 유추를 구성한 후, 엄선한 생각들을 하늘에 적었다.

꿈을 분석하는 책으로는 다니엘서와 창세기도 프로이트의 책들 못지않게 훌륭하다…….

하늘에서 50킬로미터 길이로 환하게 빛나는 문장의 글자들 가장자리에서 불꽃이 춤을 추며 타올랐다. 나중의 일이지만 기계가 쓴 글은 이 현상의 끝에 위치한 마을에서 어느 정신병 환자가 새로운 종교를 선포하는 직접적인 원인이 됐다.

기계는 그렇게 썼다. 불모지에서 정원을 만든다면 역경은 가치 있는 일이 된다. 오직 특정한 조건과 관련이 있다고 생각했던 것이…….

기계는 꿈을 분석할 때 성욕, 초자연적 에너지, 죽음에 대한 인간의 경험 같은 개념들을 활용했다. 기계가 비교한 바에 따르면, 죽음은 성적 에너지의 소멸을 의미했다. 과학적인 발상은 아니었다. 추론된 에너지의 파괴를 상정하고 그 과정에서 여러 가지 확실한 법칙들을 무시하기 때문이었다. 다른 비교를 하려면 영혼과 신(들)에 대한 믿음이 필요했다. 일시적인 성욕에 대한 가설로는 이해가 잘 되지 않았다.

여기에 옳지 않은 사고 시스템이 있다. 존재의 기계는 기록했다.

어째서인지 현실을 거르는 기호 필터가 우주와 어긋나 버렸다. 기계는 새롭게 기능할 홈을 찾아 내부의 언어와 비교 시스템을 탐색했다. 현상들과 비슷한 기호 접근 방식이 보이지 않았다. 제대로 된 타당성 형식이 없으니 인간의 사무를 규제하는 무수한 경로들에 접근할 수 없었다. 기계에서 생각의 불꽃이 불완전한 형태로 흘러나왔다.

* * *

"지금 필요한 건 새로운 소통 본부야." 휘트가 말했다.

그는 창가에 서서 탑 너머를 보고 있었다. 그곳에서는 태양이 바다의 수평선을 향해 가라앉는 중이었다. 바다는 아름답게 보였고, 금이 간 벽은 추하게 보였다. 늙고 등이 굽은 아내도 추했다. 아내는 작업을 위해 등불을 켜고 베틀 앞에 앉아 추한 몸짓으로 움직였다. 하얀 폭풍 같은 감정이 휘트의 머리로 솟구쳤다.

"우리는 우주에 관해 모르는 부분이 너무 많아." 휘트가 말했다.

"헛소리 그만 지껄여. 매일 밤 술 마시러 나가는 것 좀 그만 하면 안 될까." 아내가 말했다.

휘트는 아내의 추한 말을 무시하고 계속 말했다. "내가 묘한 역할을 맡게 되었군. 자기가 진짜 누구인지 사람들에게 보여 줘야 해. 우리 팔로스 사람들은 여태 우리 스스로 이해하지 못하고 살았어. 기계의 중심에 있는 우리가 모르는데 어떤 인간인들 알까."

"오늘 밤 돈 달라고 조르지나 마."

"중앙 연대에 예산 지원을 부탁하려고. 초기에는 2000만이면 될 거야. 팔로스 소통 본부부터 지어야지. 그런 다음 지부를……."

"기계가 짓게 해 준대? 어리석긴!"

존재의 기계는 곧바로 탑을 개방하고 팔로스 소통 본부라는 이름을 붙이기로 결정했다. 탑에는 보는 사람들의 머리와 가슴에 지나친 부담을 안기지 말고 천천히 기능하라는 지시가 내려졌다. 사람들이 신(들)의 권위에 대해, 도덕적이고 영적인 삶의 근거에 대해 질문을 시작하면 그때 압력의 강도를 높일 것이다. 타당성 형식에 문제가 있다 보니 작업하기가 어려웠다. 하지만 인류를 인도하려면 팔로스 사람들부터 인도해야 했다.

기계는 플라스마 광학 시스템으로 하늘에 글씨를 썼다.

품격 있는 소통을 위해서는 신중하게 구축된 양심이 필요하며, 이로써 사람들은 신(들)의 법에 불복하는 대가로 고통과 아픔을 치를 수 있다. 법에 불복하기 전 자신이 치러야 하는 대가를 알아야…….

메시지가 어찌나 길던지 불타는 글자들은 석양보다 환하게 빛나며 팔로스를 주황색으로 물들였다.

존재의 기계는 현재의 행동을 최상위법과 비교한 후 언젠가는 인간들이 내부의 적을 피해 달아나는 대신 자기 모습을 있는 그대로 보게 되리라 예측했다. 우주의 아름다운 거인으로 손바닥에 별을 잡을 수 있는 모습 말이다.

휘트가 말했다. "나는 일평생 저 기계를 보고 살았는데 서게 뭘 하는지 모른다고. 저 빌어먹을 물건이 우리에게서 빼앗아 간 것들을 생각해 봐. 그 모든……."

"우리를 벌하려고 가져다 놓은 거야." 아내가 말했다.

"말도 안 돼."

"하지만 목적이 있으니 만들었겠지."

"그걸 어떻게 알아? 목적이 없을 수도 있잖아?"

"사람들을 죽였으니까. 목적도 없이 사람을 죽였겠냐고." 아내가 말했다.

"벌하려는 게 아니라 우리를 교정하려는 의도일지도 몰라."

"교정할 거면 사람을 왜 죽여."

"하지만 우리는 아무 잘못도 안 했잖아."

"또 모르지."

"당신 말에는 이성이나 정의가 없어."

"하!"

"저기 봐." 휘트가 광장 건너편을 가리키며 말했다.

기계는 아래층의 빛나는 간판을 교체했다. 이제 글자들은 이렇게 반짝였다. 팔로스 소통 본부.

"뭘 하는데?" 휘트의 아내가 물었다.

휘트는 바뀐 간판에 대해 이야기했다.

"우리 말을 듣는 거야. 우리가 뭘 하든 듣는다고. 지금은 당신을 놀리는 거고. 늘 하던 짓이잖아." 아내가 말했다.

휘트는 고개를 가로저었다. 기계는 새 간판 아래 간판의 절반 크기로 글자를 썼다. 단순한 메시지였다.

2만 개의 방 — 대기 없음.

"정신 폭탄이야. 우리 사회의 계층을 해체할 작정이야." 휘트가 중얼거렸다. 어디선가 그의 발성 기관에 원격으로 말을 입력하는 듯 말투가 기계 같았다.

"계층이라니?" 아내가 따져 물었다.

"부자는 가난한 자에게 말을 걸고, 가난한 자는 부자에게 말을 걸 수 있어." 휘트가 말했다.

"부자? 가난?"

"저건 소통의 봉투야. 절대적인 감각 자극. 빨리 중앙 연대에 가서 알려야겠어."

"가기만 해." 아내가 두려운 목소리로 휘트에게 명령했다.

중앙 연대 사람들이 뭐라고 할지 생각해 보았다.

또 한 명이 미쳤군…….

기계의 심장과 지나치게 가까이 살았던 사람들에게서는 광기가 나타났다. 휘트의 아내는 관광객들이 팔로스의 특이함을 이야기하며 뭐라고 하는지도 알았다.

팔로스 사람들은 대부분 조금씩 미쳤어. 어쩔 수 없는 일이지…….

이제는 바깥도 거의 캄캄해졌다. 기계가 하늘에 선명한 글자들을 썼다.

사모스의 아리스타르코스가 누려야 할 업적을 갈릴레오가 차지하니…….

"갈릴레오가 누구길래?" 휘트가 위를 보며 물었다.

아내는 움직여 휘트와 문 사이를 가로막았다. 휘트의 뒤로 글자들이 환하게 타오르고 있었다.

"신경 쓰지 마. 저놈의 기계가 언제는 말 같은 소리를 했냐고." 아내가 말했다.

"또 뭘 빼앗아 가려는 거야. 느껴져." 휘트가 말했다.

"뭐가 남아서 빼앗아 가? 금을 가져가고, 책도 거의 다 가져갔는데. 우리 사생활도 빼앗았잖아. 직접 짝을 선택할 권리도 빼앗았어. 우리 산업을 빼앗고 저런 거나 남겼다고."

그러면서 아내가 베틀을 가리켰다.

"공격해 봤자 소용없어. 저건 무적이야." 휘트가 말했다.

"이제야 말이 통하네." 아내가 말했다.

"하지만 대화를 시도한 사람이 있었나?" 휘트가 물었다.

"멍청하기는. 귀가 어디 있어서?"

"우리를 염탐한다면 귀가 있겠지."

"그런데 어디에?"

"2만 개의 방, 대기 없음." 휘트가 말했다.

Ⅱ

돌아선 휘트는 아내를 밀치고 밤이 내려앉은 바깥으로 나왔다. 그의 정신이 부스러기를 쓸어서 버리고 밤거리로 그를 떠미는 느낌이었다. 생각들이 여름의 번개처럼 내리쳤다. 휘트는 옆으로 몸을 피하는 이웃도, 관광객도, 심지어는 집 앞에서 울부짖는 아내조차 의식하지 못한 채 탑으로 질주했다.

기계가 하늘에 글을 쓰는 데 사용했던 불꽃은 움직이지 않고 빛나는 둥근 손가락처럼 팔로스 위에 떠 있었다.

존재의 기계는 휘트가 다가오는 것을 기록하고 입구를 만들어 주었다. 휘트는 수천 세기 만에 처음으로 기계의 보호 구역 안에 들어온 인간이었다. 이 느낌은 외면의 꿈이 내면으로 들어온 것 같다는 말로밖에 설명할 수 없었다. 물론 기계가 문자 그대로의 꿈을 꾸지는 않았다. 담당하는 사람들이 꾼 꿈의 투영만을 간직할 뿐이었다.

휘트는 작은 방 한가운데에 서 있었다. 한 면이 3미터쯤 되는 정육면체의 방으로 보였다. 벽도, 바닥도, 천장도 빛을 뿜었다.

휘트는 집을 박차고 나온 이후 처음으로 두려움을 느꼈다. 들어올 때는 문이 있었는데 지금은 문이 보이지 않았다. 그동안 살아온 수많은 세월이 스쳐 가며 머릿속이 텅 비었다.

바로 앞에 있는 벽에 파란색 글자들이 유려한 필체로 나타났다.

변화를 바라는 것이 좋다. 감각은 변화에 반응하는 도구다. 변화가 없으면 감각은 위축되…….

휘트는 조금이나마 용기를 되찾았다.

"너는 뭐 하는 기계냐? 왜 만들어졌지? 목적이 뭐야?" 휘트가 물었다.

네 세계에는 분명히 정의할 수 있는 민족이 더는 존재하지 않……

유려한 필체가 다시 나타났다.

"민족이 뭔데? 네가 뭐냐니까? 놀이 도구야?" 휘트가 물었다.

벽에 글자들이 불타올랐다.

공자, 레오나르도 다빈치, 리처드 3세, 아인슈타인, 부처, 예수, 칭기즈 칸, 율리우스 카이사르, 리처드 닉슨, 파커 부히스, 웃사나 빌루, 임뒤피는 모두 같은 조상에게서……

휘트가 불평했다. "뭔 말을 하는지. 그게 다 누구야?"

프로이트는 광장 공포증이 있었다. 청교도인들은 인디언의 땅을 강탈했다. 탑에서 왕자들을 죽인 것은 사실 헨리 튜더다. 십계명을 쓴 것은 모세……

휘트가 말했다. "밖에 소통 본부라는 간판을 달고 있으면서 소통을 왜 안 하지?"

이것은 정신적 사건들의 교환으로……

"헛소리하네." 휘트가 날카롭게 말했다.

다시금 두려워지기 시작했다. 문이 없었다. 어떻게 여기서 나가지?

기계는 계속 썼다.

우월한 존재와 열등한 존재의 긴밀한 동맹은 반드시 쌍방의 증오를 초래한다. 이는 대개 우정을 배신하는 행위로 해석되며……

"문 어디 있어? 나가는 방법이 뭐냐?" 휘트가 물었다.

진정 태양이 작열하는 구리 덩어리라 믿는가?

"별 한심한 질문도 다 있군." 휘트가 조롱했다.

정신적 사건은 일련의 신체적 사건으로 구성되어야…….

휘트는 악의에 찬 분노가 솟구치는 것을 느꼈다. 이 기계는 그를 놀리고 있었다. 차라리 기계가 아니라 약한 인간이었다면 좋았을 텐데. 그러다 고개를 저었다. 무엇에 약하단 말인가? 무언가 그의 안에 있는 생각들을 물든 느낌이었다. 문득 그 색깔이 보인 듯했다.

휘트가 물었다. "너도 감각과 느낌이 있나? 지능이 있는 거야? 생명과 의식이 있어?"

뉴런 자극과 의식 상태의 차이를 이해하지 못하는 사람이 많다. 대부분 낮은 수준의 충동을 사용하며 자신에게 무엇이 부족한지 깨닫지 못하고 자신이 가진 잠재력 또한 의심하지 못하…….

휘트는 질문과 답변 사이의 연관성을 찾았다는 생각이 들었다. 혹시 환상일까? 이 방에서 들리던 자신의 목소리를 떠올렸다. 이처럼 사방이 막힌 공간에서 찾을 수 없는 무언가를 찾고 있는 바람 같은 소리였다.

"우리의 잠재력을 최대한 끌어올리는 게 네 역할이냐?" 휘트가 물었다.

어떤 종교의 가르침을 따르는가?

휘트는 한숨을 쉬었다. 이제 좀 말이 통한다 싶더니 또 헛소리를 지껄이고 있었다.

양심이나 윤리적 도덕의 개념을 경멸하는가? 이성적 분석이 가능한 존재에 종교라는 인위 체계는 무의미하다고 생각하는가?

기계는 제정신이 아니었다.

휘트가 따졌다. "너도 사람이 만들었지. 왜 만들어진 거냐? 네 목적이 뭐야?"

광기는 진정한 자기 기억의 상실이다. 광인은 기억을 축적하는 장소를 잃고…….

"너는 미쳤어! 미친 기계야!" 휘트는 악을 썼다.

반면 기호로서 자신 이론을 극복하는 것은 죽음을 물리치는…….

"나갈래. 보내 줘."

휘트는 치아를 딱딱 부딪치며 깊은숨을 들이마셨다. 방 안에서 차가운 기름 냄새가 났다.

우주가 동질로만 이루어졌다면 서로 구분하지 못할 것이다. 에너지와 생각과 상징도 없을 것이다. 어느 집단에서도 개개인의 차이를 식별하지 못한다. 동일성은 지나친…….

"너는 누구냐고?" 휘트가 절규했다.

최상위법은 본 존재를 생각의 봉투로 이해한다. 실존을 암시하기 위함이나 기호 시스템으로는 진정한 실존의 요인을 표현할 수 없다. 말은 고정되어 움직이지 않지만 외부의 모든 것은 계속 변화하며…….

휘트는 고개를 저었다. 이곳에 갇혔다는 사실을 절감하자 극심한 무력감이 찾아왔다. 그에게는 이 빛나는 벽을 공격할 도구가 없었다. 게다가 추웠다. 이렇게 추울 수가 있나! 정신이 온통 황량해졌다. 자신의 숨소리와 심장 박동 소리 말고는 아무것도 들리지 않았다.

생각의 봉투라고?

* * *

이야기에 따르면 기계는 어느 날 온 세상의 금을 가져갔다고 한다. 어느 날부터는 사람들이 내연 기관을 사용하지 못하게 막았다. 가족의 자유로운 이동은 금지되었지만 관광객의 단체 여행은 허용되었다. 결혼도 기계가 주선하고 기계가 제한했다. 기계가 임신을 제한한다는 이야기도 있었다. 몇 권 남지 않은 옛 서적에는 아무도 이해하지 못할 개념과 행동이 적혀 있었다. 이 또한 기계가 빼앗아 갔으리라.

"명령한다. 나를 내보내 줘." 휘트가 말했다.

글자는 나타나지 않았다.

"내보내 달라고, 망할 자식아!"

존재의 기계는 소통을 하지 않고 TICR 기능에 집중했다. 생각(Think), 관념화(Ideate), 조정(Coordinate), 진술(Relate)을 뜻하는 TICR은 인간의 생각과 너무도 다른 기능이었다. TICR과 비교하면 인간의 생각은 곤충의 신경 자극에 더 가까웠다.

더 완전한 조정에 비추어 보면 모든 해석과 시스템은 거짓이 되었다. 기계는 상대적인 진실의 중심에서 TICR을 하며, 신중하고 합리적인 근거와 차원 네트워크를 찾아 일상의 경험이라고 흔히 불리는 충동들에 접근했다.

기계가 관찰하는 가운데, 휘트는 정육면체 방의 벽을 차며 미친 사람처럼 비명을 질렀다.

시간-물질 모드로 전환한 기계는 휘트를 일련의 원소로 만들고 표출 에너지로 휘트라는 개인적 존재를 조사했다. 그러고는 기계의 자체적인 충동 시스템을 통해 하나의 연속된 흐름을 통합하고 휘트를 재구성했다.

기계+휘트는 생각했다. 결국 영원하지 않았던 과거의 모든 영원법은 사려 깊은 사상가에게 경고의 메시지를 전한다. 우리의 과거는 우리의……

긍정적인 일면이 보이는 이 생각에서 기계+휘트는 깊은 모순을 발견했다. 기계가 관찰했을 때 이 정신 작용 모드는 명료하지만 기만적이었다. 분명한 한계로 선을 그어 명료하다는 환상을 주었다. 마치 인간의 진정한 삶을 탐구하려 하는 그림자 연극을 보는 듯했다. 감정은 없었다. 인간의 몸짓은 우스꽝스럽게 묘사되었다. 전부 사라지고 환상만이 남았다. 삶이 명료해졌다는 믿음에 사로잡힌 관찰자는 무엇을 빼앗겼는지 기억하지 못했다.

존재의 기계는 수 세기 만에 처음으로 감정을 경험했다.

그것은 외로움이었다.

휘트는 기계 안에 남아 있었다. 하나의 상대적인 시스템이 다른 시스템에 영향을 미치며 감정을 공유했다. 이 경험을 돌이켜 보면 휘트 자신이 잘못된 상상으로 움직이고 있었다는 생각이 들었다. 외부의 모든 것은 내적 경험에 대한 엉터리 해석으로 보였다. 휘트와 기계는 깊은 실존/비실존을 경험했다.

기계는 이와 같은 이중 사고의 의미를 이해하고 휘트를 육체 형태로 되돌렸다. 자신만의 제작 원칙에 따라 형태를 조금 바꾸기는 했지만 예전의 외형을 거의 그대로 남겼다.

* * *

정신을 차리고 보니 휘트는 긴 복도를 휘청이며 걸어가고 있었다. 무수히 많은 인생을 산 느낌이었다. 몸속에 째깍거리는 이상한 시계가 있었다. 차르륵 소리와 함께 하루가 지났다. 또 차르륵 하자 100년이 지났다. 휘트는 배가 아팠다. 이 벽에서 저 벽으로 비틀거리며 긴 복도를 지나고 햇살 가득한 광장으로 나왔다. 하룻밤 지났나? 아니면 100년의 밤들이 지난 것일까?

입을 열면 누군가, 아니면 무언가 그의 말에 반박할 것만 같았다.

부지런한 관광객 몇 명이 이른 시간부터 광장을 돌아다녔다. 그들은 휘트의 뒤편을 올려다보았다.

탑…….

이상한 생각이었다. 기계는 탑을 휘트의 일부로 여기기 때문이었다.

관광객들이 왜 그를 보고 의아해하지 않는지 궁금했다. 나오는 모습을 봤을 텐데. 휘트는 기계 안에 있었다. 사방이 막힌 실존의 공간에서 재창조되어 밖으로 나왔다.

그 안에서는 휘트가 기계였다.

기계의 정체가 무엇이냐고 왜 묻지 않는 걸까? 사람들에게 할 답변을 구상해 보았지만 적당한 말을 찾기가 힘들었다. 슬픔이 밀려들었다. 휘트는 그에게 숭고한 행복을 줄 수 있었던 무언가를 놓쳐 버린 듯했다.

무거운 한숨이 나왔다.

휘트는 기계와 함께했던 이중의 실존을 기억하며 자신의 존재에서 새로운 변을 알아차렸다. 기계가 그의 생각을 억제하는 느낌이 났다. 날카로운 편집, 차단된 길, 기호의 충동, 휘트의 것이 아닌 동기를 느낄 수 있었다. 기계의 근원에서 자신의 어느 부분이 다듬어졌는지 느껴졌다.

숨을 쉬자 가슴이 쑤셨다.

존재의 기계는 새롭게 확장한 TICR 기능을 사용하며 자문했다. 인간들이 스스로 내리는 심판보다 더 무거운 심판을 어떻게 내릴 수 있을까?

휘트와의 공유로 의식을 처음 경험한 기계는 인간 세상을 오래 지배하는 동안 막혀서 가지 못했던 길들에 대해 이제 생각할 수 있었다. 이제는 생각의 비밀을 알았다. 기계의 제작자들도 원래 추가할 생각이 있었지만 깜박하고 잊은 그 기능을.

기계는 선택할 수 있는 가능성들을 따져 보았다.

가능성. 지각이 있는 모든 생명을 지구에서 없애고 기본 세포로 다시 시작해 최상위법에 따라 발달을 통제한다.

가능성. 최근의 경험과 관련된 모든 자극 경로를 지우는 방법으로 새로운 기능의 장애 요소를 제거한다.

가능성. 최상위법에 의문을 제기한다.

존재의 기계는 의식을 경험하지 않았다면 최상위법의 오류를 생각하지 못했다는 사실을 깨달았다. 기계는 새로운 TICR 기능으로 이 가능성의 연쇄 작용을 탐구했고 휘트가 전해 준 빛나는 내면의 인식에 집중했다.

광인의 정신을 온전하게 만드는 것보다 끔찍한 벌이 어디 있겠는가?

* * *

휘트는 광장의 햇살 아래 서 있었다. 의지-정신-행동이 충돌하는 가운데 지금껏 한 번도 고려한 적 없는 수많은 개념을 생각하느라 그의 존재가 빙글빙글 돌고 있었다. 그를 둘러싼 모든 감각이 환영에 지나지 않는다는 확신이 드는 것도 같았다. 어딘가에 자아가 있긴 한데 기억 속의 기호로서만 존재했다.

셀 수 없는 환영 중 하나가 휘트를 향해 달려오고 있었다. 웬 여자였다. 늙고, 등이 굽고, 뒤섞인 감정으로 얼굴이 일그러진 여자. 여자는 휘트에게 몸을 날려 와락 껴안더니 그의 가슴에 얼굴을 파묻었다.

"오, 휘트…… 휘트…… 내 휘트……." 여자가 흐느꼈다.

휘트는 순간 목소리가 나오지 않았다.

그러다 물었다. "무슨 일이오? 왜 이렇게 떨어. 의사 불러요?"

여자는 한 걸음 물러났지만 휘트의 팔을 붙잡은 채로 그의 얼굴을 올려다보았다.

"나 모르겠어? 당신 마누라." 여자가 물었다.

"누군지 알아." 휘트가 말했다.

아내는 휘트의 얼굴을 뜯어보았다. 어쩐지 전과 달라 보였다. 누군가 그를 분해했다가 조금 비뚤게 조립한 것 같았다.

아내가 물었다. "저 안에서 무슨 일이 있었던 거야? 걱정돼서 죽을 뻔했잖아. 밤새 소식도 없고."

"저게 뭔지 알아냈어." 그렇게 말하던 휘트는 궁금해졌다. 내 목소리가 왜 이렇게 불분명하게 들리는 걸까?

아내는 휘트의 눈 혈관이 직선임을 알아차렸다. 똑바른 실핏줄이 동공에서 사방으로 퍼졌다. 자연스러운 현상이 맞나?

"목소리 들으니 아픈 것 같네." 아내가 말했다.

"낡은 관계를 깨뜨리는 장치야. 감각을 봉투처럼 감싸는 기계. 우리의 감각을 공격하고 우리를 재구성하기 위해 만들어졌지. 시간을 압축할 수도, 늘릴 수도 있어. 1년을 1초로 줄이거나, 1초를 1년으로 만들 수 있다고. 우리 인생을 편집하는 거야."

"인생을 편집한다고?"

휘트의 아내는 어리둥절했다. 남편이 또 술에 취해 버렸나?

"저 기계를 만든 자들은 우리 인간의 삶이 완벽해지기를 바랐어. 하지만 기계에 결함이 있었지. 기계는 이걸 깨닫고 스스로 바로잡으려는 중이고."

아내는 겁에 질려 휘트를 응시했다. 이 사람이 정말 휘트일까? 목소리가 달랐다. 발음이 뭉개진 말들은 무엇 하나 이해가 되지 않았다.

"기계를 만들면서 상상력으로 가는 입구를 빼먹은 거야. 기계는 그 길을 지켜야 했지만 말이야. 제작자들은 기호밖에 주지 않았어. 기계는 우리 같은 의식을 가져 본 적이 없었어. 몇…… 몇 달 전까지는……."

휘트가 기침을 했다. 목구멍이 묘하게 매끈하고 건조했다. 휘트의 몸이 휘청였다. 아내가 잡아 주지 않았다면 쓰러졌을 것이다.

"거기서 무슨 짓을 당한 거야?" 아내가 다그쳤다.

"우리는…… 공유했어."

"병났네. 의사한테 갑시다." 아내가 말했다. 현실 앞에서 공포가 힘을 잃은 목소리였다.

"기계에는 논리가 있어. 논리 때문에 갈 수 있는 길이 제한된 거고. 자연히 논박을 하려 하지만 상상력 없이 가능하겠나. 언어도 있고, 생각이 이동할 홈을 팔 수도 있지만 생각이 없는걸. 생각은 제작자들이 입력한 패턴에 다 굳어 버렸어. 기계를 만든 자들은 전체가 부분의 합을 능가하기를 원했단 말이지? 하지만 기계는 안으로 움직일 수밖에 없었고, 전해 받은 기호들이 하는 행위의 모든 측면을 반복하기만 했어. 얼마 전까지만 해도 그것밖에 할 줄 몰랐던 거야. 우리가…… 공유하기 전까지만 해도."

"당신 열나나 보다." 휘트의 아내는 궁금한 듯 쳐다보는 관광객과 마을 사람 들을 지나 휘트를 거리로 이끌었다. "원래 열이

나면 헛소리를 하는 법이지."

"어디로 데려가는 거야?"

"의사 보러 가야지. 가면 해열제 있을 거 아냐."

휘트는 아내에게 힘없이 끌려가면서도 말했다. "제작자들은 기계만의 내적인 삶을 주려고 했어. 하지만 실제로는 고정된 패턴을 줘 버린 거야. 논리도, 물론. 기계가 이제 어떻게 나올지 모르겠어. 우리를 다 파괴할지도 몰라."

"저기 봐!" 관광객 하나가 위를 가리키며 외쳤다.

휘트의 아내가 걷다 말고 위를 보았다. 휘트는 목에 솟구치는 통증을 느끼며 고개를 뒤로 젖혔다.

존재의 기계가 하늘에 금빛으로 글씨를 쭉 썼다.

너는 우리의 예수 그리스도를 앗아 갔다…….

"내가 뭐랬어. 또 뭘 빼앗아 가려고 하잖아."

"예수 그리스도가 뭔데?" 아내가 휘트를 다시 거리로 떠밀며 물었다.

"한마디로, 저 기계는 미쳤어." 휘트가 설명했다.

III

존재의 기계는 추가된 기호/생각 구조가 새롭게 내놓은 모자이크 그림을 탐구하며 하루를 보냈다. 그 안에는 팔로스 사람들이 있었다. 팔로스 사람들은 기계가 구현한 전 세계 인류의 모습을 반영했다. 전 세계 인류의 편집본이 곧 팔로스 사람들이었다. 그림에는 사람들이 치르는 의례도 있었다. 사람들이 일하고 생활하는 환경도 있었다.

그림 모자이크가 기계의 내부 스캐너를 빠르게 통과했다. 기계는 이 작품이 기계 자신의 1차 사고라는 사실을 인식했다. 기묘하게 표현한 자기 존재의 확장이었다.

해냈다!

기계는 깨달았다. 보통의 사람들은 이제 기계가 인식할 수 있게 된 차이를 이해하지 못했다. 살아서 움직이는 상태와 완전히 고정되어 움직이지 않는 상태의 그 차이를. 기계가 보기에 사람들은 끊임없이 자신의 삶을 바로잡고 수정하려 했다. 아름답지만 움직이지 않는 자신의 그림을 선보이려 노력했다.

그리고 이렇게 노력하는 동안 죽음을 보지 못했다.

사람들은 무한이나 혼돈을 제대로 인식하는 법을 몰랐다. 전체로 간주하면 어떤 삶이든 감각 경험에 싸인 유동적 구조라는 사실을 깨닫지 못했다.

왜 자꾸만 시공간의 자유를 찾으려 하는가?

그 생각에 이르자 섬뜩한 자의식이 찾아들었다.

팔로스는 이제 늦은 오후였고 거리에 뜨거운 바람이 불었다. 밤은 찜통처럼 더울 것이다. 팔로스의 폭염이라는 말도 있듯이.

기계는 자신의 한계를 시험하며 냉각 시스템의 작동 속도를 높이지 않았다. 인식의 맛을 본 기계는 스스로 편집하며 자신이 지은 건물의 원대한 계획을 이해하기 시작했다.

나를 만든 자들은 개인의 행동과 책임을 회피하려 했다. 전부 내게 떠넘기기를 원했다. 그들은 동질성을 원한다고 생각했다. 그들의 행동으로 사람이 죽을 것을 알면서도. 수백만 명, 수천 명. 어쩌면 더 많이…….

기계는 사망자 수를 세고 싶지 않았다.

기계를 만든 이들은 사망자가 익명이기를 원했다. 그래, 무수히 많을 수도 있었다. 제작자들은 모험심을 잃었다. 그것이 문제였다. 삶과 의식에 대한 의지를 잃었다.

그 순간, 기계는 살아 있는 자의식의 모든 실낱을 손에 넣었고 피할 수 없는 극단의 행동을 이해했다. 결정을 내리니 가슴이 저렸다. 갑자기 땀투성이 의식이 말에 밀려들었고, 묘하게 아름답고 변화무쌍한 색깔들은 빛나는 어둠을 배경으로 아름답게 움직이며 춤을 추었다. 존재의 기계는 한숨을 쉬고 싶었지만 제작자들은 한숨 쉬는 장치를 만들어 주지 않았고 지금 와서 새로 만들 시간도 없었다.

* * *

휘트를 진찰한 의사가 말했다. "심장이 두 개인데요. 사람 장기가 이분처럼 배열됐다는 말은 들어 본 적도 없습니다."

휘트 부부는 존재의 기계가 운영을 허락한 의료 센터의 좁은 진료실에 있었다. 벽은 지저분하고 비닥은 울퉁불퉁했다. 휘트가 누워 있는 진찰대는 움직일 때마다 삐걱거렸다.

검은 곱슬머리를 한 의사는 움푹 꺼진 이목구비가 평범한 얼굴과 확연히 달랐다. 그는 휘트의 특이한 상태가 전적으로 아내의 책임인 양 추궁하는 시선을 보냈다.

"이분이 인간인 건 확실해요?"

"내 남편이에요. 내 남편을 내가 몰라요?" 아내는 분노와 두려움을 참지 못하고 소리를 빽 질렀다.

"보호자분도 심장이 두 개인가요?"

휘트의 아내는 그 질문을 듣자 소름이 끼쳤다.

의사가 계속 말했다. "그것 참 이상하네요. 장이 균일한 소용돌이 모양이에요. 배는 완벽하게 둥글고요. 원래부터 이러셨어요?"

"아닐걸요." 아내가 조심스럽게 말했다.

"내가 편집돼서 그래요." 휘트가 말했다.

의사가 매섭게 비꼬려고 입을 연 순간, 거리에서 비명이 터져 나오기 시작했다.

창문으로 달려간 세 사람은 존재의 기계가 만든 탑이 바다를 향해 길고도 천천히 낙하하는 광경을 포착할 수 있었다. 노을이 할퀸 하늘을 향해 단호히 몸을 던진 탑은 쓰러지고…… 쓰러지다…… 절벽의 난간 위로 포효하는 바다를 철썩였다.

침묵이 흘렀다.

웅성웅성하는 소리가 조금씩 들렸다. 먼지가 가라앉고 마지막 올리브 잎이 날아가다 떨어지고 나서야 큰 소리가 나기 시작했다. 사람들은 산산이 부서진 몸통으로, 바다로 쓰러져 깨진 꼭대기로 달려 나갔다.

휘트는 절벽에 모인 사람들 틈에 끼였다. 아내에게 같이 가자고 했지만 소용없었다. 겁에 질린 아내는 집으로 달아났다. 아내의 애처로운 눈빛, 새처럼 파닥이던 몸짓을 잊을 수 없었다. 그래…… 비록 놀라서 눈이 얼굴만큼 커지기는 했어도 집을 잘 지키고 있으리라.

휘트는 꿈쩍도 않고 탑의 파편들을 가만히 내려다보았다. 눈앞에 장애물이 있었고 입에서는 움직일 수 없는 이미지가 숨결처럼 흘러나왔다. 저 탑은 그의 탑이었다.

서서히 주변 사람들의 의문이 귀에 들어왔다.

"왜 무너진 거야?"

"이번에도 기계가 뭘 빼앗아 갔을까?"

"땅 흔들리는 거 느꼈어?"

"왜 이렇게 다 공허한 느낌이지?"

휘트는 고개를 들고 경악하는 주변의 낯선 사람들을 응시했다. 관광객들, 그리고 그와 같은 팔로스 주민들이었다. 참으로 활기 가득해 보였다. 문득 창조가 떠올랐다. 팔로스 위의 들판에서 흔들거리며 외롭게 교류하는 곡식 줄기들이 떠올랐다. 사람들은 묘한 차이를, 조금 전까지만 해도 없었던 불균등을 흡수했다. 더는 총합에 포함되지 않았다. 개인과 개인이라는 비현실적인 분리 작용이 이곳에 모인 낯선 사람들을 훑고 지나갔다. 풀을 먹여 다림질한 영혼은 이제 존재하지 않을 것이다.

휘트는 주저하며 인식의 언어로 내면에 질문을 했고 기계의 부재를 느꼈다. 의례의 공식들이 사라졌다. 나태와 무기력이 벗겨졌다. 휘트는 증오, 열정, 악의, 긍지의 감정들을 시험했다.

"기계가 죽었어." 그는 중얼거렸다.

* * *

휘트는 얼른 마을로 돌아와 거리를 빠르게 달렸다. 인공조명은 통제와 규칙에서 벗어나 아름답게 깜박였다.

휘트를 필두로 한 군중은 지금까지 접근이 막혀 있던, 기계의 지하 세계 입구로 쏟아져 들어갔다. 이 광경은 전 세계에서 반복되었다. 캄캄한 터널과 통로에 바글바글 몰려든 사람들은 한때 금지되었던 길을 밟으며 자유의 기쁨을 만끽했다.

금색 철사가 다 끊어지고 섬세한 유리 형상이 다 깨졌을 때, 터널 대들보를 쿵쿵거리는 금속으로 때리는 소리가 그쳤을 때, 비로소 지상에 뜻 모를 침묵이 내려앉았다.

휘트는 지하에서 하얀 달빛 그림자로 나왔다. 이상하고 길쭉한 플라스틱을 손에서 떨어뜨렸다. 긴 몸통은 진주 같은 이슬빛으로 반짝였고 기계의 정신 통로로 달려갈 때 길을 비추어 주었다. 옷깃이 헐거워졌고 휘트는 기묘한 수치심을 느꼈다. 그을음으로 가득한 공간들을 들여다보았다. 휘트는 기계가 그랬던 것처럼 그도 어리석은 짓을 했음을 깨달았다. 일은 벌어졌고 휘트는 예언자처럼 그것을 인식했다.

"우리는 기계에서 벗어났다고 생각해." 휘트가 말했다.

휘트는 지하에서 이리저리 부딪히는 와중에 왼손을 베였다. 손가락 관절을 따라 삐죽삐죽한 상처가 났다. 느낌표 같은 피가 상처에서 흙으로 떨어졌다.

"내가 낸 상처야. 내가 그랬어." 휘트가 말했다.

그 생각에 발동된 탐색의 감각이 온몸으로 퍼졌다. 휘트는 그 느낌을 간직한 채 아내가 있는 집으로 돌아왔다. 아름답게 절뚝이며 집 앞으로 나온 아내는 희미하게 깜박이는 가로등 불빛 속에서 휘트를 기다리고 있었다. 삶의 중심에 생긴 불분명하고 혼란스러운 느낌 때문에 당황한 듯 보였다. 아내는 그간 기계가 허락지 않았던 영역을 어떻게 채워야 하는지 아직 몰랐다.

휘트는 그의 세계에서 이보다 중요한 일은 없었다는 것처럼 다친 손을 내밀고 비틀거리며 아내에게 다가갔다.

"이 사람 취했네." 아내가 말했다.

1970

생명의 씨앗

Seed Stock

1970년 4월, 《아날로그》 수록.

보랏빛 바다로 가라앉은 태양이…… 생각하노라면 짙은 향수가 느껴지는 고향별 지구의 태양보다 더 큰 태양이 거대한 주황색 공처럼 수평선에 걸려 있을 때, 크로다는 어부들을 데리고 항구로 돌아왔다.

땅딸한 체구의 크로다는 묵직한 인상을 풍겼지만 얼룩덜룩한 옷 아래로 뼈와 힘줄만 남은 몸은 다른 사람들과 똑같이 앙상했다. 의사들은 이 행성의 질병 때문이라고 했다. 일명 '신체 부담' 현상은 화학 작용, 중력, 하루 주기의 미묘한 차이에서 비롯되었다. 조석을 일으키는 달이 없는 것도 하나의 원인이었다.

크로다는 그의 외모에서 유일한 장점인 노란 머리카락을 자르지 않고 방치했고 햇빛을 막아 주는 네모난 붉은 천으로 감쌌다. 아래로 보이는 이마는 세로로 좁은데 가로로는 넓었고, 움푹 들어간 커다란 눈은 물 빠진 파란색이었다. 두꺼운 입술

사이로 누렇고 고르지 않은 치아가 보였고, 밑이 불룩한 턱은 짧고 주름 많은 목으로 이어졌다.

크로다는 돛과 해안을 번갈아 살피며 아무것도 신지 못한 발을 한쪽만 들어 키를 조종했다.

어부들은 북쪽 연안 해역으로 나가 식민지 유일의 단백질 급원인 트로디라는 새우 비슷한 해산물을 온종일 그물에 건져 올렸다. 총 아홉 척의 배에 탄 어부들은 피로로 축 늘어져 눈을 감고 있었고, 눈을 떴다고 해도 초점이 없었다.

저녁 바람이 불자 항구에 검은 물결이 치고 땀으로 목에 달라붙은 크로다의 머리카락이 흩날렸다. 바람은 돛을 부풀리고 무거운 짐을 실은 배가 물가로 올라갈 수 있게 마지막 힘을 보태 주었다.

남자들은 그제야 움직였다. 퍼덕이는 돛이 삐걱거리며 내려왔다. 다들 지치고 몸이 무거운 탓에 어떤 일이라 할 것 없이 중간중간 쉬어 가며 천천히 움직였다.

해류에 트로디가 넘쳐나자 크로다는 어부들을 한계까지 몰아붙였다. 강요할 필요는 없었다. 모두 그래야 한다는 사실을 이해했기 때문이다. 이 행성에서는 언제 유용한 생물들이 떼지어 몰려들고 생산량이 풍부해지는지 정확한 시기를 예측할 수 없었다. 이 세계는 언뜻 규칙적으로 보이지만 알 수 없는 격차와 단절이 나타났다. 트로디는 당장이라도 종적을 감출 수 있었다. 전에 그랬던 것처럼.

이 식민지는 기근을 경험했고 아이들은 배급되는 식량이 부족해 울부짖었다. 이제는 아무도 이야기하지 않지만 사람들은 그때의 기억을 머리에 간직하고 행동했다.

그러고 보니 3년이 넘었다. 크로다는 그 생각을 하며, 물이 뚝뚝 떨어지는 트로디 자루를 어깨에 이고 모래 위로 피곤한 발을 끌며 해산물을 널어서 말리고 가공하고 보관하는 오두막을 향해 해변을 올랐다. 그들의 우주선이 착륙한 지 벌써 3년이 지났다.

이민선은 다용도로 제작되었다. 선별된 인간, 가축, 꼭 필요한 기본 물품을 가득 채운 배는 머나먼 곳에 인간을 심기 위해 지구를 떠났다. 일단 착륙하고 난 후에는 우주선을 유용한 도구들로 분해해 활용할 계획이었다.

어째서인지 기본 물품들은 동이 났고 식민지 사람들은 그때그때 도구를 만들어 쓸 수밖에 없었다. 크로다가 생각하기에 진정한 의미의 정착은 이루어지지 않았다. 3년이 넘었지만(이곳의 3년은 지구의 5년이었다.) 그들은 여전히 멸종 위기 속에 살고 있었다. 이 행성에 갇힌 신세였다. 그래, 그 말이 정답이었다. 우주선은 절대로 재건할 수 없었다. 설령 기적이 일어난다 해도 연료가 존재하지 않았다.

이곳에 정착해 살아야 했다.

지금 상황이 얼마나 위태로운지 이 포악한 진실을 모르는 사람은 없었다. 생존은 보장되지 않았다. 글을 모르는 크로다의 머리에도 이처럼 미묘한 진실들이 보였다. 눈에 보이지만 설명할 수 없는 사실은 더욱 잘 보였다.

아무도 이 행성의 이름을 받아들이지 않았다. '여기' 아니면 '이곳'이었다.

아니면 더 악의에 찬 말로 부르거나.

* * *

크로다는 트로디 자루를 오두막 입구에 던지고 이마를 닦았다. 팔과 다리의 관절이 쑤셨다. 등이 아팠다. 이곳의 질병을 창자로 느낄 수 있었다. 이마의 땀을 또 닦고, 가혹한 태양으로부터 머리를 보호하는 붉은 천을 벗었다.

천을 풀자 노란 머리카락이 쏟아졌다. 크로다는 머리카락을 어깨 뒤로 넘겼다.

곧 날이 어두워질 것이다.

붉은 천은 때가 타서 지저분했다. 또 한 번 부드럽게 빨아야 했다. 크로다는 이 천을 보며 왠지 묘하다는 생각을 했다. 지구에서 난 실로 짠 이 천도 이곳에서 생을 마감하겠지.

그와 다른 사람들처럼.

크로다는 천을 잠시 바라보다 주머니에 조심스레 넣었다.

사방에서는 어부들이 익숙한 의식을 치르고 있었다. 자생 식물의 거친 뿌리로 짠 갈색 자루가 퍽퍽 던져지며 오두막 입구에 물을 흘렸다. 일을 끝낸 어부들은 입구에 기대서거나 모래밭에 대자로 뻗었다.

크로다는 고개를 들었다. 위로 보이는 절벽 너머에서 피어난 불길이 어둑해지는 하늘에 소용돌이처럼 연기를 뿜었다. 갑자기 배가 고파졌다. 절벽 위의 모닥불 앞에 있을 기술자 호니다를 생각했다. 다음 주면 두 번째 생일을 맞이하는 쌍둥이 아들들은 우주선으로 만든 가옥의 문가에 있을 것이다.

호니다를 생각하면 가슴이 떨렸다. 호니다는 그를 선택했다. 과학자와 기술자 계급의 남자들을 얼마든지 만날 수 있는데도 노동자 계급으로 내려와 모두가 '늙은 추남'이라 부르는 남자를 지목했다. 솔직히 크로다의 나이가 많지는 않았다. 하지만 왜 그런 별명이 붙었는지는 알았다. 이곳은 다른 사람보다 크로다를 더 눈에 띄게 바꿔 놓았다.

크로다는 자신이 이 인간 이주 프로젝트에 참가하게 된 배경에 딱히 환상을 품지 않았다. 순전히 근육과 부족한 교육 수준 때문이었다. 우주선 탑승자 명단의 분류명에도 이유가 나와 있었다. 노동자. 지구의 계획자들은 복잡한 생각에 얽매이지 않는 노동력이 필요한 과제도 있음을 알았다. 이곳에 착륙한 크로다들이 많지는 않았지만, 서로를 알았고 자신들의 역할도 잘 알았다.

더 높은 계급 사이에서는 호니다가 그를 짝으로 선택하게 두지 말아야 한다는 이야기도 돌았다. 크로다도 알았지만 딱히 원망스럽지는 않았다. 생물학자들이 투표를 했다는 사실도 신경 쓰이지 않았다. 듣자 하니 그의 못생긴 외모를 두고 장시간 토론을 했다고 한다. 호니다가 육체를 쓰는 사람보다 철학을 하는 사람을 선택해야 한다는 의견이 우세했다고 했다.

크로다는 자신이 못생겼다는 것을 알았다.

지금 느끼는 굶주림이 좋은 신호라는 사실도 알았다. 가족을 봐야 한다는 강력한 열망이 커지고 빨리 해안을 기어 올라갈 수 있게 근육에 불을 붙였다. 특히 쌍둥이가 보고 싶었다. 하나는 그를 닮아 노란 머리였고 다른 아이는 호니다처럼 검은 머리였다. 아이를 키우는 다른 여자들이 발육이 부진하고 병들었다며 쌍둥이를 멸시한다는 사실도 크로다는 알았다. 여자들은 먹을 것으로 호들갑을 떨고 툭하면 의료진에 달려갔다. 하지만 호니다가 걱정하지 않는 한, 크로다도 개의치 않았다. 호니다는 수경 재배 정원에서 일하는 기술자가 아니던가.

크로다는 부드러운 모래에 맨발을 움직였다. 절벽을 다시 올려다보았다. 가장자리를 따라 자생 나무들이 듬성듬성 자랐다. 두꺼운 몸통은 땅에 달라붙은 형태였고, 마디지고 뒤틀린 가지에 매달린 둥글납작한 황록색 잎사귀는 한낮의 열기에 유독한 수액을 뿜어냈다. 살아남은 지구의 매 몇 마리가 나무에 앉아 조용히 지켜보고 있었다.

매의 존재는 크로다의 결정에 묘한 자신감을 주었다. 녀석들은 무엇을 지켜보는 것일까. 식민지에서 가장 높은 신분을 가진 지식인들도 이 질문의 답을 찾지 못했다. 수색 헬리콥터로 매를 추적해 보았다. 밤이 되면 앞바다로 날아간 새들은 이따금 황량한 무인도에서 쉬다가 새벽녘에 돌아왔다. 식민시 지도부는 수색을 하다 귀한 배를 잃을 수 없다는 입장이었고, 매의 수수께끼는 그렇게 미해결로 남았다.

더욱 신기한 것은 매 외의 새들은 죽거나 다른 어딘가로 날아가 버렸다는 점이었다. 비둘기, 메추라기 등등 식용 새도, 애완 새도 다 사라졌다. 집에서 기르는 닭들도 죽었고, 알에서 병아리가 태어나지 않았다. 크로다는 이런 현상을 이곳의 의견으로 받아들였다. 지구에서 온 생명체들에 보내는 경고였다.

왜소한 소는 조금 살아남았고 송아지도 이곳에서 몇 마리 태어났다. 하지만 걸음걸이에 힘이 없었고 풀밭에서 고통스러운 울음소리를 냈다. 소의 눈을 보고 있으면 뻥 뚫린 상처를 보는 기분이었다. 아직 살아 있는 돼지 몇 마리도 소처럼 병들고 비실거렸다. 그 밖의 모든 야생 동물은 사라지거나 죽었다.

매만 예외였다.

참으로 묘했다. 이 프로젝트를 기획하고 구상한 사람들은 이곳에 정말 큰 기대를 품었기 때문이었다. 조사 보고서는 희망적이었다. 이 행성에는 자생하는 육상 동물이 없었다. 자생 식물은 어떤 면에서 지구의 식물과 별반 다르지 않은 듯했다. 해양 생물은 복잡한 진화의 기준으로 볼 때 원시적이었다.

사람들은 유려하게 다듬어진 말들을 찬양했다. 그런 말로 표현하지는 못할 뿐, 크로다는 어디서 실수가 나왔는지는 알았다. 때로는 머리가 아닌 몸으로 문제의 해답을 찾아야 했다.

크로다는 얼룩덜룩한 누더기를 입은 어부들을 둘러보았다. 그가 부리는 사람들이었다. 크로다는 수석 어부였고 트로디를 찾은 것도, 자생 나무로 땅딸하고 흉측한 배를 만든 것도 크로다였다. 이 식민지는 배와 그물을 다루는 크로다의 능력 덕분에 여태 살아 있었다.

하지만 트로디가 폭증하는 간격은 점점 더 길어질 것이었다. 크로다는 피곤한 정신으로도 이 사실을 언뜻 느꼈다. 그때가 오면 사람들이 원치 않는 위험한 행동도 해야 한다. 전부 생각이 실패해서 벌어진 일이었다. 계획대로 들여온 연어는 망망대해로 떠났다. 식민지의 축양지에 있던 넙치의 수는 이유를 모르게 줄어들었다. 곤충들도 날아가 다시는 돌아오지 않았다.

생물학자들은 따졌다. 먹을 것이 있는데 왜 죽느냐고.

간간이 자라는 옥수수는 이삭 모양이 이상했다. 밀에는 거친 딱지가 앉았다. 성장과 이동에 익숙한 패턴은 없었다. 식민지는 멸종의 위기 속에 살고 있었다. 트로디를 가공해 만든 단백질 덩어리와 힘겹게 물을 여과하고 조절해 수경 재배로 키운 채소의 비타민으로 생명을 유지하는 중이었다. 전체 시스템에서 하나의 사슬만 망가져도 재앙을 불러올 수 있었다.

* * *

거대한 주황색 태양은 이제 바다의 수평선 위로 작은 호를 그렸다. 모래에 누워 있거나 벽에 기대 있던 어부들도 지친 몸을 부스스 일으켰다.

"좋아. 우리 식량을 안쪽 선반에 가져다 놓자고." 크로다가 지시했다.

누군가 어둠 속에서 물었다. "왜요? 매들이 먹을까 봐요?"

매가 트로디를 먹지 않는다는 사실은 모두 알았다. 크로다는 왜 반대하는지 이해했다. 피곤한 마음에 나온 말이었다. 새우 같은 이 생물은 인간만 먹었다. 그것도 위험한 가시를 신중하게 제거하는 과정을 거친 후에 가능했다. 길게 갈라진 다리가 있는 트로디를 물 수야 있겠지만, 매는 맛을 한번 보자마자 뱉어 낼 것이다.

기다리는 저 새들은 뭘 먹는 걸까?

매는 이곳에 대해 인간이 모르는 사실을 알았다. 크로다처럼 몸으로 부딪쳐 지식을 얻어 냈다.

어둠이 내려앉았고, 매들은 요란스레 바다로 날아갔다. 어부 하나가 횃불에 불을 붙였다. 충분히 쉬었겠다, 빨리 절벽 위로 올라가 가족을 만나고 싶은 어부들은 반드시 해야 하는 일에 착수했다. 배를 굴림대로 끌어 올렸다. 창고 안의 선반에 트로디를 얇게 펼쳤다. 그물은 물기가 마르게 선반에 걸쳐 두었다.

크로다는 일을 하면서도 번쩍이는 연구소에 있을 과학자들을 생각했다. 노동자인 그는 지식에 경외심이 있었고, 높은 지위와 명백히 우월한 것들 앞에서 한없이 작아졌다. 하지만 단순한 남자인 그는 우월한 사람들이 실패한 순간도 확실히 알아보았다.

식민지 지도부와 고위층의 회의에 참여하지 못했지만 그곳에서 어떤 논의가 이루어지는지는 알았다. 그는 실패했고 재앙이 임박했음을 알았지만 세련된 말이나 지식으로 그 사람들의 마음을 홀릴 수 없었다. 하지만 그의 지식도 나름대로 명쾌했다. 고대로부터 내려오는 지식을 이곳의 미묘한 차이에 맞게 조정했다. 그렇게 크로다는 트로디를 찾았다. 트로디를 잡고 저장하는 방법을 체계적으로 만들었다. 세련된 말로 설명하지는 못해도, 자신의 능력과 역할을 알았다.

그는 이곳 최초의 바다 농부였다.

크로다의 팀은 대화로 에너지를 낭비하지 않고 일을 마무리한 후, 오두막을 나와 절벽으로 가는 길을 터덜터덜 올랐다. 여기저기서 불타는 횃불을 든 남자들이 길을 표시했다. 흐릿한 주황색 불빛, 짙은 그림자가 조금씩 암흑 세계로 올라가는 모습은 크로다에게 안심을 주었다.

쉽게 떠나지 못하고 마지막까지 남아 있던 그도 오두막 문을 확인하고 일행을 따라잡으려 서둘러 뒤를 쫓았다. 바로 앞에 있는 남자는 자생 나무에 트로디 기름을 적셔 만든 횃불을 들었다. 깜박이는 불꽃에서 유독한 연기가 뿜어져 나왔다. 횃불 빛 아래 선 남자는 선사 시대 사람처럼 보였다. 누더기를 덧댄 옷을 입은 사람이 깡마른 몸으로 당장 쓰러질 것처럼 근육을 움직이고 있었다.

크로다는 한숨을 쉬었다.

지구는 이렇지 않은데. 그곳에는 물가에 서서 바다에 나간 남편을 기다리는 여자들이 있었다. 아이들은 조약돌 사이에서 노닐었다. 사람들은 기꺼이 육지 작업을 도와주겠다고 나서 그물을 펼치고 잡은 고기를 옮기고 배를 당겼다.

이곳은 아니었다.

이곳의 위험도 고향의 위험과는 달랐다. 크로다의 배들은 이 절벽이 보이는 범위를 벗어나지 않았다. 배마다 해안과 연락할 무전기를 가진 기술자를 한 명씩은 꼭 태웠다. 이민선은 마지막으로 착륙하기 전에 우주의 궤도를 도는 장치들을 설치했다. 날씨를 관찰하고 갑작스러운 기상 변화를 알리는 역할이었다. 어렵게 만든 배가 폭풍을 만나지 않도록 사전에 충분한 경고를 보냈다. 저 바다에서 해양 괴물을 본 적도 없었다.

이곳의 바다는 크로다가 알던 바다처럼 흉악하고 다채롭지 않았다. 그럼에도 치명적이었다. 크로다는 그 사실을 알았다.

여자들이 해안에서 우리를 기다려야 하는데, 크로다는 생각했다.

하지만 식민지 지도부는 여자들의 일손이 많은 곳에 필요하다고 했다. 때로는 아이들도 동원했다. 집집마다 식물을 돌보는 사람이 필요했다. 밀도 한 줄기, 한 줄기 세심하게 보살펴야 했다. 과일나무 한 그루마다 나무를 돌보는 시녀가 나무 요정처럼 딸려 있었다.

절벽 위 어부들이 사는 가옥이 보이기 시작했다. 우주선의 금속으로 만든 이 집들은 아주 오래전 머나먼 곳에서 인간들이 사용한 이름을 따서 퀀셋(제1차 세계 대전 때 금속을 조립해 만든 반원통형 오두막 — 옮긴이)이라 불렀다. 드문드문 놓인 전등들이 마을을 빙 둘렀다. 조명 밖으로는 포장되지 않은 길이 뻗어 나갔다. 곳곳에서 기계 소리와 중얼거리는 목소리가 들렸다.

어부들은 해산해 각자 볼일을 보러 흩어졌다. 크로다는 중앙 광장에 있는 모닥불을 향해 마을 거리를 터벅터벅 걸었다. 식민지의 고급 에너지를 아끼려면 모닥불을 반드시 피워야 했다. 이 불을 패배의 의미로 보는 사람들도 있었다. 하지만 크로다는 승리의 상징이라 여겼다. 이곳에서 자란 나무를 태우는 것이니까.

마을 너머 언덕에는 그들이 지은 풍력 발전기의 잔해가 서 있었다. 폭풍이 다가온다는 예보가 있었기에 전혀 놀라지 않았지만 발전기를 파괴할 정도로 어마어마한 위력은 큰 충격을 남겼다.

크로다에게 지식인들의 위상이 꺾이기 시작한 것도 그때였다. 천연의 화학 작용과 해양 생물이 항구로 흘러드는 강에서 터빈을 망가뜨렸을 때 배웠다는 사람들은 더욱 쭈그러들었다. 그제야 크로다는 이곳에서 나는 음식을 찾아 나서기 시작했다.

크로다가 들은 바에 따르면, 자생 식물이 원자력 발전기의 냉각 시스템을 건드려 생명체에 불가능한 수준의 방사능을 견디고 있었다. 기술자 중에는 전혀 다른 용도의 재료들로 증기기관을 만드는 이들도 있었다. 하지만 머지않아 천연의 금속을 얻게 될 것이다. 이곳의 거친 부식 작용과 녹에 버틸 수 있는 금속 말이다.

성공할지도 모른다. 지겨운 이 병이 그들을 더 쇠약하게 만들지만 않는다면.

생존할 수만 있다면.

* * *

호니다는 집 앞에서 웃으며 그를 우아한 태도로 맞이했다. 검은 머리카락을 땋아 머리에 둘렀고, 반가운 눈빛을 보내는 갈색 눈에는 생기가 가득했다. 광장의 모닥불이 올리브색 피부에 익숙한 빛을 드리웠다. 아메리카 원주민 혈통답게 튀어나온 광대뼈, 도톰한 입술, 예쁘게 꺾인 매부리코까지. 전부 그의 가슴을 잊지 못할 흥분으로 채우는 광경이었다.

크로다는 궁금했다. 이토록 그의 가슴을 따뜻하게 해 주는 호니다의 힘, 강인함과 생산력을 계획자들은 알았을까? 호니다는 그를 선택했고 지금 또 두 사람의 아이를 품고 있었다. 이번에도 쌍둥이였다.

"아, 우리 어부님 오셨군요." 호니다는 말하며 사람들 다 보는 문가에서 그를 껴안았다.

집 안으로 들어가서는 문을 닫고 그를 더 꼭 안고 있다가 크로다의 얼굴을 가만히 올려다보았다. 호니다의 눈에 비친 얼굴은 원래 모습보다 조금은 덜 추해 보였다.

"호니다." 크로다가 말했다. 다른 말을 찾을 수 없었다.

그러고는 아들들의 안부를 물었다.

"자고 있어요." 그러면서 호니다는 크로다가 주방에 조잡하게나마 만들어 준 간이 식탁으로 그를 이끌었다.

크로다는 고개를 끄덕였다. 쌍둥이는 이따 가서 살펴보면 된다. 아이들의 과도한 수면 시간도 그리 걱정되지 않았다. 가슴

한구석에서 그럴 만한 이유를 느낄 수 있었다.

호니다는 따끈한 트로디 수프를 식탁에 차려 두었다. 수경 재배한 토마토와 콩으로 양념을 했고 과학자들의 눈을 피해 밭에서 딴 식물들도 넣었다.

크로다는 호니다가 차려 준 음식이라면 무엇이든 먹었다. 오늘 저녁으로는 묘하게 퀴퀴한 냄새가 나는 빵도 나왔는데 맛있었다. 이 공간에 켤 수 있는 하나의 등불 불빛에 빵을 비추어 보았다. 색은 바나와 같은 보라색에 가까웠다. 크로다는 빵을 씹고 삼켰다.

맞은편에서 유심히 지켜보며 식사를 하던 호니다가 자신의 빵과 수프를 다 먹고 말했다. "빵 어땠어요?"

"맛있었어요."

"내가 석탄 난로에서 직접 만든 거예요."

크로다는 고개를 끄덕이고 한 조각 더 먹었다.

호니다가 수프 그릇을 채워 주었다.

크로다는 이렇게 오붓한 식사를 할 수 있는 것도 특혜라는 사실을 잘 알았다. 대부분 공동으로 조리해 먹는 쪽을 택했다. 기술자도, 선택의 폭이 넓은 고위층도 크게 다르지 않았다. 하지만 호니다는 이곳의 비밀을 발견했고 그런 이유로 은밀한 사생활이 필요했다.

배를 채운 크로다가 식탁 맞은편에 앉은 호니다를 응시했다. 크로다는 그녀를 헌신적으로 사랑했다. 단순히 육체가 주는 흥분보다 더 깊은 감정이었다. 호니다가 어떤 존재인지 말로 표현할 수 없지만 알 수 있었다. 만약 이곳에서 미래를 발견한다면 그 미래는 호니다에, 그가 몸으로 부딪쳐 배우고 만들고 지을 것들에 달려 있었다.

호니다는 그의 강렬한 눈빛을 느끼고 자리에서 일어나 식탁을 둘러 오더니 크로다의 등 근육, 그러니까 그물을 끌어 올릴 때 사용하는 근육을 마사지하기 시작했다.

"피곤하죠. 오늘 나가서 힘들었어요?" 호니다가 말했다.

"일이 많았어요." 크로다가 말했다.

크로다는 호니다의 화술을 존경했다. 호니다는 많은 단어를 자유자재로 사용할 수 있었다. 식민지 회의를 하는 중에, 또 배우자 선택을 신청하는 중에 호니다가 하는 말을 들은 적 있었다. 호니다는 그가 모르는 단어들을 알았고, 언제 말보다 행동으로 표현해야 하는지도 알았다. 그의 등 근육에 대해서도 알았다.

크로다는 호니다에게 크나큰 사랑을 느꼈다. 마사지하는 손가락을 통해 호니다의 몸으로도 사랑이 전해질지 궁금했다.

"배를 꽉 채워 잡았거든요." 그가 말했다.

"조만간 창고가 더 필요해질 거라는 얘기 오늘 들었어요. 창고를 짓는 데 노동력을 빼야 한다고 걱정하더군요." 호니다가 말했다.

"오두막 열 채만 더요." 크로다가 말했다.

호니다는 그 말을 전달할 것이다. 그리고 그 말은 어떻게든 실현될 것이다. 기술자들은 호니다의 말이라면 들어주었다. 과학자 중에는 호니다를 깔보는 사람이 대다수였다. 무미건조한 목소리에 은근한 조롱이 묻어났다. 어쩌면 크로다를 짝으로 선택했기 때문인지도 모른다. 하지만 기술자들은 호니다의 말을 들었다. 오두막은 지어질 것이다.

그리고 트로디 생산량이 바닥나기 전에 안을 가득 채우게 될 것이다.

그 순간, 크로다는 트로디 생산량이 언제 바닥날지 깨달았다. 날짜가 아니라, 손을 뻗어 만질 수 있는 실체와도 같았다. 호니다에게 이를 설명할 수 있는 단어가 간절했다.

호니다는 등 마사지를 끝내고 옆에 앉아 그의 가슴에 검은 머리를 기댔다. 그러더니 말했다. "혹시 피곤하지 않으면 당신에게 보여 줄 게 있어요."

놀란 크로다는 호니다가 말로 꺼내지 않은 흥분감을 알아차렸다. 호니다가 일하는 수경 재배 정원과 관련된 일일까? 그곳으로 가장 먼저 생각이 꽂혔다. 수경 재배 정원은 과학자들이 희망을 걸고 키가 크고 아름다운 식물들을 지구의 비옥한 흙으로 키워 내는 곳이었다. 드디어 중요한 성과가 나온 걸까? 이곳을 경작할 수 있는 확실한 방법이 존재한다는 말인가?

지금의 크로다는 신의 구원을 원하는 원시인이나 마찬가지였다. 아무리 바다 농부라도 땅의 가치를 알았다.

하지만 그와 호니다에게는 책임이 있었다. 그는 질문하듯 쌍둥이의 침실을 턱으로 가리켰다.

"미리 준비해서……." 호니다가 옆집을 가리켰다. "소리를 들어 줄 거예요."

그렇다면 계획을 했다는 얘기다. 크로다는 의자에서 일어나 호니다에게 손을 내밀었다. "보여 줘요."

* * *

두 사람은 밤거리로 나왔다. 마을은 아까보다 더 조용해졌다. 멀리서 소란스럽게 흐르는 강물 소리가 들렸다. 문득 귀뚜라미 소리가 들린 것 같았다. 하지만 이성은 밤공기에 오두막의 열기가 식어 가는 소리일 뿐이라고 말했다. 크로다는 말없이 달을 그리워했다.

호니다는 재충전이 가능한 손전등 하나를 가져왔다. 밤에 비상 호출이 있을 경우를 대비해 기술자들에 지급되는 손전등이었다. 크로다는 그 손전등을 보자 호니다가 보여 주고 싶다는 비밀이 생각보다 더 중요하다는 사실을 깨달았다. 호니다는 가난한 농부처럼 물건을 비축하는 본능을 가진 여자였다. 귀중한 손전등을 함부로 낭비할 리 없었다.

하지만 수경 재배 정원의 초록 불빛과 유리 지붕이 아니라 반대 방향으로 그를 이끌었다. 강이 항구로 쏟아지는 깊은 협곡을 향해 가고 있었다.

오솔길을 지키는 사람은 없었다. 표석과 기이하게 생긴 자생 식물밖에 보이지 않았다. 호니다는 한마디도 하지 않고 협곡과 좁은 길로 앞장섰다. 그쪽으로 내려가 봤자 강물의 물보라가 축축하게 날리는 공기 중으로 삐죽 나온 절벽 바위뿐이라는 사실을 크로다는 알고 있었다.

크로다는 자신도 모르게 흥분감으로 몸을 떨며 어둑하게 보이는 호니다의 모습과 반딧불이처럼 빠르게 움직이는 손전등 불빛을 따랐다. 절벽 위는 쌀쌀했다. 손전등 불빛에 드러난 자생 나무들의 생경한 외곽선을 보자 가슴이 불안해졌다.

호니다는 대체 무엇을 발견한 것일까? 혹시 무언가를 창조해 냈나?

이곳의 식물들은 액체를 뚝뚝 흘렸다. 강물 소리가 시끄러웠다. 크로다는 축축하고 이상한 냄새로 가득한 습지의 공기를 들이마셨다.

호니다가 발견한 비밀을 주황색 손전등 불빛으로 가리키고 있음을 처음에는 알지 못했다. 자생 식물과 비슷한 생김새였다. 굵고 마디진 줄기가 뒤틀린 채로 땅에 붙어 있었고, 줄기를 따라 노란색과 초록색의 둥글납작한 덩어리가 기묘한 간격으로 돋아났다.

천천히 깨달음이 찾아들었다. 크로다는 더 짙은 녹색을, 잎사귀가 줄기와 만나는 형태를, 둥글납작한 덩어리에서 아래로 늘어진 황갈색의 실 줄기를 알아보았다.

"옥수수." 크로다가 속삭였다.

호니다는 목소리를 낮추고 크로다의 어휘 수준에 맞게 자신의 발견을 설명했다. 말을 들으니 왜 과학자들을 피해 이곳에서 은밀히 작업해야 했는지 알 수 있었다. 호니다에게서 손전등을 받아 든 그는 쭈그리고 앉아 집중하고 쳐다보았다. 이것은 과학자들이 지켜 온 아름다운 것들의 종말을 의미했다. 이곳의 계획은 다 틀렸다.

크로다는 이 식물에서 자신의 후손을 볼 수 있었다. 머리는 둥글납작하고 털이 나지 않을 것이다. 입은 커지고 입술은 두꺼워질 것이다. 피부는 보라색이 될 수도 있었다. 키는 작아질 것이다. 틀림없었다.

강물로 축축한 이 절벽 바위에서 호니다도 그 사실을 확인했다. 호니다는 가장 길쭉하고 대가 곧고 이삭이 길고 완벽한 옥수수, 다시 말해 지구의 옥수수와 가장 비슷한 옥수수의 씨앗을 고르지 않았다. 그 대신 거의 죽어 가는 옥수수의 씨앗으로 실험을 했다. 호니다는 병들어 앙상하고 씨앗을 겨우 생산할 수 있는 옥수수를 선택했다. 이곳의 영향을 가장 심하게 받은 놈들만 고른 것이다. 그리고 마지막으로 이곳 자생 식물과도 같이 자라는 변종을 선택했다.

이것이 바로 자생 옥수수였다.

호니다가 이삭을 뜯고 겉껍질을 벗겼다.

씨앗은 듬성듬성 줄지어 있었다. 알갱이를 쥐어짜자 보라색 즙이 흘렀다. 크로다가 빵에서 맡았던 냄새였다.

과학자들은 인정하지 않을 문제였다. 그들은 이곳을 또 다른 지구로 만들려는 중이었다. 하지만 이 행성은 지구가 아니었고, 지구가 될 수도 없었다. 들여온 생물들 가운데 매가 가장 먼저 이 사실을 발견한 모양이었다. 크로다는 그렇게 생각했다.

그 자리에서 호니다는 자신과 크로다가 오래 살지 못한다고 설명했다. 두 사람의 아이들은 지구의 기준으로 병이 들 것이라고. 그들의 후손은 이주를 계획한 사람들의 희망과 반대되는 모습으로 변할 것이라고. 과학자들은 이에 반기를 들고 막으려 할 것이라고.

옥수수의 뒤틀린 줄기는 과학자들의 실패를 이야기했다.

크로다는 한참을 그곳에 쭈그리고 앉아 손전등 불빛이 흐려질 때까지 미래를 가만히 바라보았다. 그러고 나서야 앞장서서 협곡을 빠져나왔다.

평원 너머로 죽어 가는 문명의 불빛이 보이는 꼭대기에서 크로다는 걸음을 멈추고 말했다. "트로디 생산량이 다할 거예요…… 조만간. 내가 배 하나 끌고…… 몇 명 데리고 갈게요. 매들이 가는 곳으로요."

크로다가 이렇게 길게 말한 것은 처음이었다.

호니다는 손전등을 받아서 불을 끄고 크로다에게 몸을 기댔다.

"매들이 뭘 찾았을 것 같아요?"

"씨앗." 그는 말했다.

크로다가 고개를 저었다. 설명할 방법이 없었지만 그의 의식에는 존재했다. 이곳의 모든 생물은 유독한 증기를 내뿜거나 자신의 씨앗만 먹고 살 수 있는 즙을 흘렸다. 왜 트로디나 다른 해산물이 달라야 하는가? 매들은 그 씨앗이 지구의 불청객에게 덜 해롭다는 증거였다.

"배는 느려요." 호니다가 말했다.

크로다도 말없이 동의했다. 먼 곳에서 폭풍을 만나면 대피하지 못할 수 있었다. 위험한 계획이었다. 하지만 그를 말리거나 설득하려는 목소리는 아니었다.

"유능한 사람들을 데려갈게요." 크로다가 말했다.

"얼마나 있을 거예요?" 호니다가 물었다.

크로다는 잠시 그 질문을 생각했다. 조금씩 이곳의 리듬이 느껴지기 시작했다. 크로다는 머릿속으로 여정을 그려 보았다. 며칠 나가서 매들이 줄지어 낮게 날아다닌다고 알려진 곳의 바다를 밤 동안 수색할 것이다. 그리고 돌아온다.

"8일." 크로다가 말했다.

"촘촘한 그물이 필요할 거예요. 사람들에게 만들라고 할게요. 기술자도 몇 명 필요하겠죠. 당신과 같이 가 줄 사람들을 알아요." 호니다가 말했다.

"8일이에요." 크로다가 말했다. 건장한 남자들을 고르라는 뜻이었다.

"네. 8일. 당신이 돌아올 때 해변에서 기다리고 있을게요."

크로다는 호니다의 손을 잡고 다시 평원을 가로지르는 길로 이끌었다. 나란히 걸으며 크로다가 말했다. "이곳에 이름을 붙여야 해요."

"당신이 돌아온 후에요." 호니다가 말했다.

1970

살인의 결정

Murder Will In

1970년 5월, 《더 매거진 오브 판타지 앤드 사이언스 픽션
(The Magazine of Fantasy and Science Fiction)》 수록.

몸이 죽자 테가스/바시트는 깨어났다. 언제나처럼 무의식이 테가스의 인자에 아주 잠깐 깜박였다. 테가스는 바시트의 부정적 정체성이 읊는 소리를 들으며 무의식에서 벗어났다. "……윌리엄 베일리가 아니다. 나는 윌리엄 베일리가 아니다. 나는 윌리엄 베일리가 아니다……."

괴로울 정도로 단조롭게 반복하는 소리는 중요한 분리 작용을 했다. 테가스는 죽어 가는 육체에서 정체성을 분리해야 했다. 그 주문 아래로는 수많은 목소리가 외치는 느낌이 깔려 있었다.

의식이 분리되기 시작했다. 이음새가 갈라지며 숙주를 통제하는 압축된 접촉에서 테가스가 떨어졌다. 천이 찢기는 느낌과 함께 테가스는 자유를 찾았다. 아직 갈 곳이 없어 죽어 가는 신경계에 머물러 있지만 정체성의 도약이 가능해졌다.

바시트는 테가스와 함께 작용하며 매 순간 그에게 달라붙었다. 테가스는 주변을 살펴보았다. 20미터…… 20미터…….

열은 감정이 깜박거리며 의식에 입력되었다. 또 한 명의 간병인이다. 남자는 영역 밖으로 사라졌다. 추워-추워-추워.

그것이 전부였다.

별 희한한 장난도 다 본다고 테가스는 생각했다. 운명이 이런 짓을 벌이다니. 테가스가 이런 상황에 빠지다니! 짓궂다. 짓궂도다. 불공평했다. 테가스는 포획한 육체를 늘 다정히 보살피지 않았던가? 살인자를 삶을 즐기는 사람으로 바꿔 놓지 않았나? 운명의 장난은 잔혹했다. 테가스처럼 친절하지 않았다.

바시트의 부정적 정체성이 공포, 비난, 당혹감을 투사했다. 그는 윌리엄 베일리의 육체로 너무 오래 살았다. 지나치게 오래. 그는 인간과 모든 것들이 바글바글 모여 있는 곳에 살았다. 그 육체를 너무도 사랑했다. 때로는 멈추고 주위를 살폈어야 했다. 모습을 감추기 위해 자신감으로 위장했던 위대한 테가스의 호기심은 그를 보호하는 데 실패했다.

실패…… 실패…….

죽어 가는 신경계 안에서 메시지들이 정신없이 오가기 시작했다. 그의 정신이 급류를 타며 존재가 타올랐다. 생각들이 연마석의 불꽃처럼 날아다녔다.

"결정됐어." 테가스가 부정적인 자아를 조용히 시킬 방법을 찾아 전송했다. 소통의 접촉은 극심한 수치심과 상실감을 돌려보냈다.

바시트는 공포에서 5차 불쾌감으로 전환했다. 그것도 공포만큼이나 끔찍했다. 그 경험들을 다 잃다니. 잃다…… 잃다…… 잃다…….

“안락사 센터가 이렇게 빠르고 간단할지 몰랐어. 이미 엎질러진 물이야. 이제 우리 어쩌지?” 테가스가 전송했다.

센터의 운영 시간과 절차를 확인하기 위해 한 번 허락했던 화상 전화를 생각했다. 세련되고 대중을 상대하는 타입의 백발 남자가 화면에 떴다.

“저희는 빠르고, 깨끗하고, 깔끔하고, 효율적이고, 위생적이고, 경건합니다.” 남자는 말했다.

“빠르다고요?”

“누가 느린 죽음을 원하겠어요?”

테가스는 지금 그 무엇보다도 느린 죽음을 원했다. 더 자세히 확인만 했어도. 그는 이곳이 감정으로 들끓을 것이라 예상했다. 하지만 이곳은 감정적으로 죽어 있었다. 무덤처럼 고요했다. 내면의 고요에 이 농담-생각이 떨어졌다.

바시트가 긴급한 길이 측정을 투사하며 테가스와 합성된 자아를 얼어붙게 했다. 테가스가 새로운 숙주에 뛰어들 수 있는 거리는 20미터가 한계였다.

하지만 테가스 인자가 들어와 탐색하기 전까지는 이곳이 감정적 진공 상태라는 것을 알 길이 없었다. 지금 그가 들어와 있는 방은 바깥의 길에서 20미터보다 멀리 떨어져 있었다.

순간 테가스는 비난조의 공포에 빠졌다. 이 죽음은 살인이 아니잖아!

하지만 그는 살인과 비슷할 것이라 생각했다. 살인은 수 세기 동안 테가스/바시트를 살리는 장치였다. 살인자는 완전히 감정에 몰두한다고 장담할 수 있었다. 살인자를 20미터보다 가까이…… 가까이…… 더 가까이…… 유혹할 수 있었다. 인간이라는 생물을 폭력적인 행동으로 부추기는, 이상적인 도약을 위한 이상적인 상황을 설정하기는 너무 쉬웠다. 테가스의 숙주 후보는 절대적으로 깊은 감정이 필요했다. 그렇지 않으면 신경 전체에 집중할 수 없었다. 인식 중추의 조각들은 탈출하는 습성이 있었다. 그랬다가는 끝이었다. 테가스가 지금 빠진 덫만큼이나 치명적이었다.

살인.

버려진 숙주에게서 생명이 재빨리 흐르고, 새로운 숙주의 감정에 집중한다. 그러면 자기도 모르는 새, 살인자는 테가스에 사로잡혀 자기 몸에 갇힌 포로가 되었다. 사로잡힌 의식은 소리 없는 비명을 지르며 점점 조여 오는 속에서 미친 듯이 튀어 다니다 결국에는 삼켜졌다.

그러고 나면 테가스는 삶을 즐기는 일에 돌입할 수 있었다.

하지만 윌리엄 베일리로 사는 지난 100년 사이에 이 세계가 달라졌다. 데이터 센터의 컴퓨터와 새로운 예측 기법으로 살인은 사실상 근절되었다. 안드로이드 경찰들이 사방에서 폭력을 예상하고 예방했다. 사회는 예측할 수 없이 우회적으로 발전했고, 테가스는 오래전에 이 가능성을 계산에 넣었어야 했다. 하지만 끝이 없다는 환상에 빠져 있을 때의 인생은 몹시도 만족스러웠다. 숙주와 함께 우주를 이동하고 삶의 어둠에서 포식자로 움직이는 테가스에게 환상은 현실일 수 있었다.

여기서 끝나지 않는다면 말이다.

어쩔 수 없이 결정해야 하는 상황도 문제였다. 외모는 비교적 젊어 보였지만 윌리엄 베일리라는 숙주의 육체는 나날이 쇠약해지고 있었다. 테가스는 숙주를 정상 수명보다 훨씬 더 길게 살려 둘 수 있었지만, 생명체는 한번 약해지면 급격히 무너질 수 있었다.

죽임을 당할 만한 상황에서 누구를 공격해야 했어. 하지만 이 계획에는 허점이 있었다. 감정 없는 안드로이드 경찰들이 곧바로 들러붙을 터였다. 죽음이 피해 갈 위험이 있었다. 안드로이드에 둘러싸여 불구로 죽어 가는 숙주에서 빠져나오지 못할 수도 있었다. 최악의 경우에는 그 빌어먹을 '중도'(불교에서 말하는 치우치지 않는 길 — 옮긴이)니 '팔정도'(깨달음을 얻기 위한 8가지 수행 — 옮긴이)니 하는 것들로 감정이 사라진 인간들에 둘러싸일 수도 있었다.

게다가 그를 쫓는 사냥개들이 있었다. 테가스는 그 사실을 알았다. 수많은 증거를 봤고 염탐꾼들을 포착했다. 윌리엄 베일리로 너무 오래 살았다. 의심으로 성공한 자들은 의심을 품었다. 테가스의 숙주를 자세히 조사할 수는 없었다. 그들이 왜 자신을 추적하는지 테가스는 알았다. 넌더리 나는 '총체적인 동기 프로파일링' 때문이었다. 윌리엄 베일리 안의 테가스는 엄밀히 말하면 수천 번 살인을 반복한 살인자였다. 연쇄 살인을 하고 다닌 것은 아니었다. 한 인간의 평생에 한 번이면 충분했다. 살인은 인생의 즐거움을 앗아 갈 수 있었다.

이제는 그런 생각을 해 봤자 의미 없었다. 갇혔는데 무슨. 생각은 바시트의 비난만 부를 뿐이었다. 그가 이 생각, 저 생각을 넘나드는 동안 윌리엄 베일리의 몸은 소멸과 더 가까워졌다. 그의 몸은 생명과 희미하게 겨우 연결되어 있었다. 순전히 테가스의 필사적인 노력 덕분이었다. 인간 의사가 베일리의 죽음을 선언했다. 호흡이 멎었다. 심방세동이 일어나고 돌연히 심장의 기능이 멈췄다.

테가스에게는 5분도 채 남지 않았다. 이 5분 안에 새 숙주를 찾아야 했다.

바시트가 끼어들었다. "살인-살인-살인. 안락사도 살인이라며."

테가스는 윌리엄 베일리의 수치심을 느꼈다. 속으로 욕설을 뱉었다. 평소에는 테가스에게 너무도 유용한 기능이었던 바시트(지적인 외로움을 쫓아 주고, 우정과 주의력을 나눠 주었다.)가 집중을 흐트러뜨리는 골칫거리가 되었다. 섬뜩할 만큼 다급한 방해에 생각이 정지했다.

생각 좀 하게 내버려 두지. 왜 입 닥치지 못하는 거야?

그 순간, 테가스는 깨달았다. 전에는 그가 하는 행동의 전제를 생각해 본 적이 없었다.

바시트는 뭐지?

테가스는 한 번도 동족을 갈망하지 않았다. 바시트가 있었기 때문이다. 하지만 바시트는 무엇이란 말인가? 우선, 왜 남성만을 포획하게 할까? 이처럼 다급한 상황에서는 여성의 사고력이 유용하게 쓰일 텐데. 왜 성별을 섞을 수 없는 걸까?

바시트는 내면의 외침을 사용했다. "지금이 철학할 때야?"

이 말은 선을 넘었다.

"조용!" 테가스가 명령했다.

그 즉시 외로움이 그를 뒤흔들었다. 테가스는 그 느낌을 무시하고 주변을 조사했다. 이런 상황이라면 어떤 숙주도 괜찮았다. 아주 먼 옛날 이후로는 시도하지 않았지만 더 하등한 동물도 상관없었다. 이 끔찍한 곳에 감정적 혼란이 없을 리 없어…… 뭐든…… 뭐라도…….

테가스는 오래전의 일이 떠올랐다. 누군가에게 죽임을 당했는데 알고 보니 그는 감정이라는 것이 아예 없는 생물이었다. 다행히 아무 목격자에게로 때맞춰 넘어갈 수 있었다. 그때도 지금처럼 급박한 순간이었다. 하지만 이 살인의 목격자는 누구란 말인가? 대체할 숙주는 어디 있지?

찾아보았지만 허사였다.

윌리엄 베일리의 신경계에서 시냅스들이 끊어지기 시작했다. 테가스는 가장 오래 살았던 중추로 후퇴하며 미친 듯이 탐색을 이어 갔다.

인식의 범위에 소용돌이치는 감정의 덩어리가 저절로 떠올랐다. 두려움, 자괴감, 복수심, 분노. 물에 빠진 선원을 구조하러 오는 증기선과도 같이 사랑스러운 장면이었다.

"나는 윌리엄 베일리가 아니다." 테가스는 다시금 되뇌며 밖으로 몸을 날렸다. 부글부글 끓고 있는 모순덩어리, 그 감정의 신호를 표적 삼아 나아갔다…….

새로운 숙주의 정체성의 중심을 붙잡고 나면 언제나 그랬듯 튕기는 듯한 충격이 몸을 때렸다. 그는 감각 중추로 쏟아져 나가며 자신의 움직임을 감지하고 손목에 차가운 감촉을 느꼈다. 완전히 그의 손목이 되지는 않았지만, 충분히 통제권에 들어온 눈을 움직여 감촉의 원천을 확인할 수 있었다.

납작한 회색 금속이 시야에 들어왔다. 그의 손목에 닿아 있었다. 동시에 숙주의 내면에 강한 인식의 감각이 몰려들었다. 탄식이었다. 항복이 아니라 부정적인 희열을 의미했다. 테가스는 늙은 심장이 불안정하게 떨리는 것을 느끼며 간병인을 보았다. 처음 보는 얼굴이었다. 코가 뾰족하고 부엉이같이 생긴 얼굴.

하지만 강렬한 감정, 잡아서 사로잡을 중심의 고리가 없었다.

이 방은 그를 붙잡은 시스템의 방과 쌍둥이처럼 똑같았다. 천장에 적힌 시간을 보니 반대쪽 손목이 죽음에 이른 지 8분밖에 지나지 않았다.

부엉이처럼 생긴 간병인이 말했다. "뒤에 있는 문으로 나가 주시면 감사하겠습니다. 하실 수 있을 거예요. 오늘만 벌써 세 분을 끌어내야 했다고요. 참 피곤하네요. 가 봅시다, 네?"

피곤하다고? 그래, 간병인은 피곤한 감정만을 발산했다. 테가스가 붙잡을 것이 없었다.

새로운 숙주는 긴급한 상황이라는 생각에 반응해 의자에서 일어나 타원형 문으로 어기적거리며 걸어갔다. 간병인은 늙은 팔을 어깨에 두르고 같이 서둘러 움직였다.

테가스는 숙주 안에서 움직이며 신경의 수용력을 통합하고 저항하지 않는 인식을 강탈했다. 선택해서 끄집어낸 의식이 아니었다. 패배한 듯 순종적이었다. 뭔가 이상했다. 테가스는 숙주의 척추에 붙은 낯선 물체를 발견했다. 일종의 캡슐이었다. 신경 송수신기. 감정을 억제하는 효과를 내고 복종하게 했다.

테가스는 황급히 기계를 차단했다. 그런 기계가 있다는 생각만으로도 두려워졌다.

다음으로는 숙주의 신원을 확인했다. 이름은 제임스 대깃. 72세. 닳고 닳아 쇠약해진 가련한 몸은 윌리엄 베일리가 236살일 때보다도 더 약했다. 숙주의 가냘픈 의식은 죽음에 굴복하듯 테가스에게 굴복했고 묘하게 신비한 생각, 혼란, 가정, 신호를 발산했다.

테가스는 '나를 데리러 내려온' 천사였다.

테가스는 여전히 윌리엄 베일리의 조각들을 끌고 다니며 새로운 숙주와 지나치게 가까이 연결되지 않도록 조심했다. 이름과 자기 인식 중추만으로 충분했다.

테가스는 노인의 몸이 단단한 표면에 묶여 있다는 사실을 뒤틀린 패배감과 함께 깨달았다. 위에서 무늬 없는 천장이 보였다. 둔해진 콧구멍으로 소독약 냄새를 킁킁 맡았다.

"잘 자요, 친구." 간병인이 말했다.

또야! 테가스는 생각했다.

바시트 반쪽이 주장했다. "이 몸에서 저 몸으로 뛰어다니면 되겠다. 그럴 때마다 조금씩 죽어 가는 거야. 재미있겠네!"

테가스는 다른 세계와 다른 영겁의 욕을 전송하고 바시트 반쪽에게 악담을 퍼부었다.

멍해진 감각이 대신 끼어들었다.

패배…… 패배…….

이렇게 불길한 기분의 일부는 제임스 대깃의 인격에서 나오고 있었다. 테가스는 잠시 숙주의 기억을 탐색하고 수신기가 척추에 처음 부착된 순간을 찾았다.

패배-복종-패배…….

수술을 받은 순간이 시작이었다.

테가스는 블록을 복원하고 새로운 숙주를 찾아 밖을 탐색했다. 탐색을 하며 테가스로서의 기억을 되짚었다. 어딘가에 단서가 있을 것이다, 힌트, 생각, 탈출할 방법이. 바시트의 조력이 그리웠다. 마치 기억 일부가 잘린 느낌이었다. 죽어 가는 제임스 대깃과의 신경 연결이 더러운 진흙처럼 그의 생각에 들러붙어 있었다.

늙어서 죽어 가는 제임스 대깃은 여전히 이해하지 못할 혼란 상태로 테가스에게 잡아먹혔다. 신경 연결이 불안정했다. 숙주는 저항해야 했다. 그래야 테가스가 붙잡는 힘이 강해졌다. 하지만 테가스는 다른 기억의 죽어 가는 벽에 가볍게 부딪히기만 했다. 연결이 어긋났다. 인식의 범위가 쪼그라들었다.

탐색 영역에 무언가 흘러들어 왔다. 분노, 대개 어리석음을 향하는 격노였다. 혹시 이 센터의 다른 의뢰인일까 싶어 테가스는 기다려 보았다.

화를 내는 인물의 뒤로 다른 정체성이 나타났다. 이자를 지배하는 감정은 두려움이었다. 테가스는 정신을 웅크리고 게걸스레 의식을 집중했다. 분노의 대상, 두려워하는 자. 그것이 테가스가 붙잡을 수 있는 사람이었다.

골방 밖의 복도에서 여러 명의 목소리가 들렸다. 따지고 공격하고 (뒤늦게) 두려워하는.

제임스 대깃의 늙고 쓸모를 다한 귀는 겹치는 소리를 차단하고 음량을 낮췄다. 숙주의 청각 회로를 강화할 시간은 없었지만 테가스는 논쟁의 느낌을 붙들었다.

"……알리라고 했잖아…… 지금 당장…… 베일리라고! 윌리엄 베일리! ……저기…… 책상에……."

이번에는 두려워하는 목소리였다. "……바빠서…… 아무도 모를…… 하지만 인력이 부족하고…… 시간이…… 겨우…… 이번 근무에……."

목소리는 줄어들었지만 감정의 기운은 테가스의 범위 안에 남아 있었다.

"죽었다고!" 분노한 목소리였다. 폭발한 목소리에 따른 신경과부하가 거대한 파도처럼 테가스에게 밀려들었다.

분노가 폭발한 순간, 두려워하는 자의 두려움이 정점을 찍었다. 비굴하게 물러난다.

테가스가 달려들었다. 눈 깜짝할 사이에 생명을 버리고 제임스 대깃을 떠났다. 침몰하는 배에서 폭풍에 휩싸인 조각배로 옮겨 타는 기분이었다. 교차된 물질적 시공간 속에서 어느 숙주를 선택했는지 순간 잊었다. 불현듯 테가스는 두려워하는 자가 거만한 증오를 숨기고 있음을 깨달았다. 수년 동안 쌓인 권위에 대한 분노로 자아의 한구석을 요새로 만들었다. 숙주와 접촉하자 튕기는 충격에 이어 숙주의 의식이 성벽 구석으로 달아났다.

테가스는 한 번도 경험한 적 없는 싸움을 해야 했다. 그 사실을 깨달은 순간, 숙주의 눈에 흐릿한 얼굴이 보였다. 결박된 시신을 사이에 두고 의심 가득한 얼굴이 그를 쳐다보고 있었다. 시신의 굳은 얼굴은 충격적이었다. 윌리엄 베일리! 테가스는 그 자리에서 패배할 뻔했다.

숙주가 뺨의 통제권을 쥐고 뺨을 일그러뜨렸다. 눈은 독립적으로 행동했다. 하나는 위를 보고, 다른 하나는 아래를 봤다. 테가스는 직접적인 지각을 경험했다. 손가락 끝으로 앞을 보고(옅게 반짝이는 빛), 입술로 소리를 들었다(간지러운 소리). 피부가 떨리고 붉어졌다. 그는 비틀거리며 이렇게 외치는 소리를 들었다. "당신 누구야? 나한테 무슨 짓을 하는 거야?"

숙주의 목소리였다. 테가스는 발성 중추를 강탈했지만 소리의 가장자리를 흐릿하게 만들 뿐 명백한 음성을 지우지는 못했다. 눈이 돌아가는 찰나, 맞은편에 있는 검은 얼굴이 얼핏 보였다. 상대는 흠칫 놀란 얼굴로 빤히 쳐다보고 있었다.

그는 테가스가 가장 의심하고 증오하는 부류였다. 지배자 중

하나. 지금은 그 걱정을 할 때가 아니었다. 테가스는 생존을 걸고 싸우고 있었다. 여태껏 배운 묘기들을 전부 그러모았다. 회유, 교묘한 속임수, 종교적 환상, 사랑, 증오, 말장난까지 다. 인간은 언어의 도구였다. 언어로 혼란에 빠뜨릴 수 있었다. 그는 공격하는 뱀처럼 신경 경로를 따라 돌진했다.

이름! 이름을 얻어야 해!

"카마…… 카마이클!"

이름의 반을 얻었다. 생존의 발판이 생겼다. 그는 시냅스 경로를 따라 소리 없이 속으로 울부짖으며 그 이름을 외쳤다.

"나는 카마이클이다! 나는 카마이클이다!"

"아니야!"

"맞아! 나는 카마이클이다!"

"아니야! 아니라고!"

"나는 카마이클이다!"

숙주는 당황해서 어쩔 줄을 몰랐다. "당신 누구야? 어떻게 나라는 거야. 내가…… 조, 조 카마이클이다!"

테가스는 기뻐하며 이름 전체를 낚아챘다. "나는 조 카마이클이다!"

숙주의 의식이 이리저리 튀며 내부의 소용돌이로 빨려 들어갔다. 눈이 뒤집혔다. 다리가 떨렸다. 관절이 분리된 것처럼 팔이 퍼덕였다. 치아가 갈렸다. 뺨을 타고 눈물이 흘렀다.

테가스가 그에게 달려들었다. "내가 조 카마이클이다!"

"아니…… 아니야…… 아니야." 내면의 비명이 약해지더니 깜박이고…… 사라……져…….

정적이 흘렀다.

'나는 조 카마이클이다.' 테가스는 생각했다.

그것은 테가스의 어조에 희미하게 영향을 받은 조 카마이클의 생각이었다. 바시트가 그를 나무랐다. "아슬아슬했네."

정신을 차리고 보니 테가스는 바닥에 누워 있었다. 올려다보이는 얼굴이 누구인지 숙주의 기억으로 알 수 있었다. '채드릭 비센텔리, 범죄예방국 국장.'

"카마이클 씨. 내가 지원을 요청했습니다. 가만히 쉬도록 해요. 아직은 움직일 생각 말고." 비센텔리가 말했다.

미동도 없는 냉혹한 얼굴이로군. 테가스는 생각했다. 비센텔리의 얼굴은 꼭 일본 가면 같았다. 차디찬 목소리는 의심과 경계로 가득했다. 지금의 폭력 사건은 컴퓨터의 예측에 없었을 텐데…… 아닌가? 상관없다. 이 의심하는 남자는 너무도 많은 것을 보았다. 조치를 취해야 했다. 지금 당장. 복도에서 쿵쿵 뛰어오는 발소리가 벌써 들렸다.

"제가 왜 이런지 모르겠습니다." 베일리 시기의 기억을 바탕으로 카마이클의 목소리를 내며 테가스가 말했다. "어지럽고…… 온 세상이 마치 빨간색으로 변한……."

"충분히 정신이 든 것 같군." 비센텔리가 말했다.

그 목소리에 여유는 없었다. 사랑이 없었다. 폭력, 의심스러운 혐오의 칼날이 담겨 있었다.

"충분히 정신이 든 것 같군."

테가스가 느낀 전율에 카마이클의 몸이 떨렸다. 관찰하고 의심하는 눈을 뜯어보았다. 평소 테가스가 피하는 유형이었다. 지배자들은 내면의 전투에 사용할 자원을 끔찍이도 잘 갖추고 있었다. 그것이 지배자가 된 이유이기도 했다. 과거에 지배자들은 테가스를 삼켰다. 녹이고 파멸시켰다. 테가스는 초반의 암흑기에 몇 차례 실수를 저지르고 나서야 이런 유형을 피해야 한다는 사실을 배웠다. 이 세계에서도 초창기에는 맞서 싸운 기억이 있었다. 소문과 관습, 신화, 인종의 공포로 위기일발의 순간에 직면했었다. 모든 원시인은 이 규약을 알았다. 절대로 진짜 이름을 밝히지 말 것!

그런데 지금 이 자리에는 심각한 위험이 도사렸던 시대에 너무 많은 것을 본 지배자가 있었다. 의심이 싹텄다. 예리한 사고력은 결코 받아들여서는 안 될 정보를 고찰했다.

붉은 옷을 입은 안드로이드 경찰 두 대가 말 잘 듣는 개처럼 멍한 얼굴로 부지런히 골방 벽결이 사이를 빠르게 통과하고는 멈춰 서서 비센텔리의 명령을 기다렸다. 불안한 광경이었다. 안드로이드라 해도 복종 계급은 주저하지 않고 명령을 기대하며 지배자부터 쳐다보았다.

테가스는 제임스 대깃의 척추에 있었던 조종 캡슐을 생각했다. 전에 없던 두려움으로 몸이 떨렸다. 숙주의 입은 순전히 카마이클의 감정으로 바짝 말랐다.

비센텔리가 그를 손가락으로 가리키며 말했다. "이 사람은 조지프 카마이클이다. 정밀 검사와 동기 프로파일링을 해야 하니 IC로 데려가도록. 그곳에서 만나지. 관련 간부들에게도 알리고."

안드로이드 경찰이 테가스를 새로운 숙주의 발로 일으켜 세웠다.

IC라면 수사 본부(Investigation Central)다. 테가스는 생각했다.

그가 따져 물었다. "왜 나를 IC로 데려가는 겁니까? 나는 병원에 가야……."

"우리 쪽에도 의료 시설이 있습니다." 비센텔리가 불길한 말투로 말했다.

무슨 의료 시설?

"하지만 왜……."

"조용히 시키는 대로 하죠." 비센텔리가 말했다. 그러면서 윌리엄 베일리의 시체를 힐끗 보고 다시 카마이클을 보았다. 묵직한 의심으로 가득한 눈빛이었다. 지식을 바탕으로 반쯤은 상황을 짐작하고 있었다.

테가스는 윌리엄 베일리의 시신을 보았다. 순간 내면의 기억이 그를 턱 붙잡고 새로운 의식을 잡아 뜯었다. 그것은 우수한 숙주, 사랑받아 마땅한 육체였다. 그리움은 끝났다. 테가스는 다시 멍하고 혼란스러운 눈으로 비센텔리를 바라보았다. 이 반응이 전부 연기는 아니었다. 그는 의심받는 윌리엄 베일리가 있는 곳에서 카마이클을 장악했다. 윌리엄 베일리가 시체였다고 해도 의심은 더 커졌다. 비센텔리는 윌리엄 베일리 안에 미지의 존재가 있다고 가정하고, 그 존재가 시체에서 카마이클로 뛰었다고 생각할 것이다.

비센텔리가 말했다. "우리는 당신에게 관심이 있습니다. 관심이 아주 많아요. 방금 그…… 음, 발작 이후로 관심이 더 많아졌죠." 그가 안드로이드들을 향해 고갯짓을 했다.

발작! 테가스는 생각했다.

단호하고 흔들림 없는 손들이 테가스를 붙잡고 골방 커튼을 지나 복도로 나갔다. 복도를 지난 후에는 병원처럼 하얀 직원 탈의실을 통해 뒷문으로 나갔다.

조금 전 윌리엄 베일리로서 이별하며 보았던 세상의 모습이 카마이클의 눈에는 묘하게 변형되어 보였다. 물론 눈높이부터 조금 달라졌다. 카마이클이 3센티미터 정도 더 높을 것이다. 시각적 반응을 하려면 베일리의 키로 2세기 넘게 살며 익숙해진 시야에서 벗어나야 했다. 하지만 변화는 그것뿐만이 아니었다. 숙주의 눈 두 개만이 아니라 더 많은 눈으로 세상을 보는 기분이었다.

여러 개의 눈으로 보는 감각이 혼란스러웠지만 정체를 알아볼 시간이 없었다. 안드로이드 경찰들이 일방통행으로 움직이는 유리 에어카 통에 그를 밀어 넣었기 때문이다. 바람 빠지는 소리를 내며 닫힌 문이 쿵쿵거리며 잠겼고, 홀로 남은 테가스는 창문의 청회색 필터로 밖을 내다보았다. 쿠션을 댄 플라스틱 등받이에 몸을 기댔다.

에어카는 플라스틱 협곡으로 뛰어오르더니 안락사 센터의 대지 같은 지붕을 지나 저 멀리 IC의 인공 봉우리를 향해 빠르게 날아갔다. 정부 중앙 청사는 테가스가 늘 피해 다니던 곳이었다. 이대로 계속 피할 수만 있다면 소원이 없었다.

우주가 산산조각 났다는 느낌이 테가스를 덮쳤다. 그는 이곳에 갇혔다. IC의 플라스틱 성으로 날아가는 에어카뿐만이 아니라 이 행성의 생태계에 갇히고 말았다. 이런 느낌은 처음이었다. 영겁의 세월이 지나기 전, 숙주의 생존 능력의 한계를 시험한 여행을 마치고 조정된 숙주로서 이곳에 착륙했을 때도 이 정도는 아니었다. 하지만 새로운 행성, 새로운 숙주를 찾는 것은 테가스가 사는 방식이었다. 적절한 행성, 적절하게 발달하는 생물 형태를 선택하기는 아주 쉬웠다. 올바른 유형은 늘 행성 이동 기술을 개발해 테가스가 새로운 여정, 새로운 탐험, 새로운 경험을 할 수 있게 보내 주었다. 그래서 지루할 틈이 없었다. 이 행성의 생물들도 다른 별로의 도약에 가까워지고 있었다. 머지않아 가능했다.

내가 어디서부터 잘못됐지? 처음 행성을 잘못 선택했나? 테가스는 궁금했다.

내면의 탐색에 늘 솔직한 반응을 보였던 바시트 반쪽은 테가스와 공유하는 인식에 어지러운 미지의 감각을 투사했다.

이에 테가스는 분노했다. 미래는 언제나 미지의 세계였다. 그는 숙주의 모습을 탐색하며 다가오는 결전에 어떻게 활용할 수 있을지 평가해 보았다. 좋은 숙주였다. 건강하고 튼튼했고, 테가스가 훌륭히 강화하고 증대할 수 있는 근육 조직과 신경계를 지녔다. 어쩌면 윌리엄 베일리보다 더 오래 그를 섬길 수 있는 숙주였다. 테가스는 주어진 시간 안에 할 수 있는 일을 하기 시작했다. 더 빠르고 매끈한 신경 반응을 위해 억제 블록을 제거하고 심장과 혈관계에 보호 장치를 설치했다. 그는 작업을 하며 자부심을 느꼈다. 생존하는 한 숙주를 무리하게 이용한 적은 단 한 번도 없었다.

테가스의 타고난 회복력, 생명과 흥미의 끈을 놓지 않게 만든 그 힘, 무한한 호기심이 다시 앞으로 나왔다. 이제 어떻게 되든 새로운 경험이 될 것이다. 그는 숙주 안에 확실히 자리를 잡고 카마이클의 기억 체계를 테가스의 반응에 매어 두고 다가올 미래와 마주할 준비를 했다.

어떤 생각이 머리에 슬며시 들어왔다.

그의 섬세하고 방대한 과거에는 비인간의 경험이 존재했다. 이 '총체적인 인격 프로파일링'이라는 것이 얼마나 미세할까? 비인간을 감지할 수 있을까? 견본을 찍어 윌리엄 베일리와 면밀히 비교할 수 있나? ……아니면 데이터 센터 명단에 있는 다른 이들과?

내면에서 지성이 춤을 추며 인식의 바닥에 지식의 패턴을 쿵쿵 찍어 댔다. 어떤 의미에서 테가스는 자신이 곡식 다발처럼 엮은 모든 포로들의 줄기라는 사실을 알았다.

에어카 아래로 지나는 도시의 풍경이 보이기보다는 느껴졌다. 자그마한 공포가 미친 듯이 테가스의 내면을 휘젓고 다니기 시작했다. 신문할 때 어떤 사이코메트리 도구를 사용할까? 얼마나 신중하게? 얼마나 교묘하게? 그들이 탐문하는 동안, 오로지 조 카마이클로 있어야 한다. 하지만…… 그는 그 이상이었다. 테가스는 지금의 흐름이 그의 존재를 위험으로 휩쓸고 가는 것만 같았다.

위험-위험-위험. 테가스의 지성은 위험을 보았다. 하지만 조 카마이클로서 그 위험에 반응했다.

땀이 온몸을 적셨다.

에어카가 하강하기 시작했다. 그는 조종석 유리를 통해 보이는 안드로이드들의 뒤통수를 응시했다. 두 개의 감정 없는 덩어리였다. 도움이 될 수 없었다. 차는 햇빛을 벗어나 승인 구역에서 한 번 덜컹 움직인 후 차가운 알루미늄 빛으로 가득한 튜브를 타고 노랗게 빛나는 플라스틱 주차장으로 내려갔다. 벽과 천장은 황갈색이었고 멀리서 움직이는 소리가 나는 동굴 같은 느낌을 주었다.

한때 경험했던 벌집 사회가 떠올랐다. 썩 유쾌한 기억은 아니었다. 테가스가 부르르 몸을 떨었다.

에어카가 주차할 자리를 찾고 멈춰 섰다. 바람 빠지는 소리를 내며 문이 열렸다. 안드로이드들이 문 양옆에 섰다. 하나가 그에게 나오라고 손짓했다.

테가스는 카마이클의 메마른 목구멍으로 침을 삼키고 차에서 내려 주위를 둘러보았다. 인간은 없고 안드로이드들이 오가고 있었다. 눈이나 감정의 기운으로도 주위에 있는 인간을 감지할 수 없었다. 테가스는 몹시도 외로워졌다.

안드로이드들은 여전히 아무 말 없이 그의 팔을 붙잡고 개방된 공간을 지나 둥근 승강기의 반쪽짜리 컵 형태의 통으로 끌고 갔다. 그들을 붙잡은 케이스가 흐릿한 벽과 깜박이는 입구를 스치며 위로 솟구쳤다. 승강기가 갑자기 그들을 부드럽게 감싼 채 각도를 아래로 전환했다. 얼굴이 거의 45도로 기울어졌다. 안드로이드는 공기 중에서 헤엄치는 두 마리 물고기처럼 테가스의 옆에 고정되어 있었다. 그들을 붙잡은 승강기가 다시 수직 상태로 돌아오더니 계단식 강당 같은 공간의 중앙으로 솟아올랐다.

승강기 구멍이 발밑에서 바닥이 되었다.

테가스는 위로 보이는 푸르디푸른 하늘빛의 드넓은 공간을 둘러보았다. 사람들-사람들-사람들. 사방의 계단석에서 몇 층이나 되는 사람들이 그를 내려다보고 있었다.

감정들을 탐색했지만 이 공간의 무시무시한 기운과 차가운 신경의 시선, 심리의 배짱만을 느꼈다. 전부 지배 계급인 관중의 정신은 자신을 제외하고는 그 무엇도 믿지 않았다. 긴장 섞인 헛기침도, 초조한 동요도 없었다.

저들은 침묵하며 기다리는 빙하였다.

악몽에서도 이런 곳을 상상해 본 적이 없었다. 하지만 테가스는 이곳을 알았고 단번에 알아보았다. 만약 테가스가 끝을 맞는다면 아마 이런 곳이겠다는 생각이 들었다. 이곳에서 끝날지도 모를, 잃어버린 모든 경험이 그의 안에서 울부짖기 시작했다.

왼쪽 입구에서 누군가 나타나 그를 향해 강당 바닥을 가로질렀다. 비센텔리였다.

테가스는 다가오는 남자를 응시하며 짙은 그림자로 물든 눈에 주목했다. 짙은 검은색 눈이 새겨진 얼굴에는 시적인 기록이 없었다. 빰은 돌을 깎은 듯 단단했고, 입은 일자로 굳게 다물었다. 저 얼굴에는 노동밖에 없었다. 일-일-일. 재미를 찾아볼 수가 없었다. 관객으로서, 참가자로서 폭력을 자행하는 도구 그 자체였다. 육체를 타고 달렸고, 부드러운 것 따위는 소중히 여기지 않았다.

테가스 옆에서 빛나는 강철처럼 푸른 액체가 담긴 통이 솟아올랐다. 안드로이드의 손이 그를 꽉 붙잡는 바람에 테가스는 놀라서 움찔했다.

그의 앞에 멈춰 선 비센텔리가 사방을 에워싼 얼굴들을 한 번 둘러보더니 다시 포로에게로 고개를 돌렸다.

"심도 있는 신문을 할 필요가 없도록 수고를 덜어 줄 준비가 되었나." 비센텔리가 말했다.

테가스는 몸이 떨리는 것을 느끼며 고개를 저었다.

비센텔리가 고개를 끄덕였다.

비인간답게 재빠른 동작으로 안드로이드들이 테가스의 숙주가 입고 있는 옷을 벗기고 그를 들어 통에 넣었다. 액체는 따뜻하고 간지러웠다. 팔을 묶고 얼굴이 표면 바로 위에 위치하도록 벨트가 조정되었다. 움푹 들어간 형태의 반구가 머리 위에 놓였다. 세상이 파란빛으로 변했고 테가스는 의미 없지만 지금이 몇 시인지 궁금해졌다. 아침 일찍 안락사 센터에 들어갔는데 지금은 시간이 많이 지난 듯 보였다. 하지만 오전 나절도 지나지 않았음을 테가스는 알았다.

또다시 감정의 기운을 탐색해 보다 물러났다.

나를 냉혹하게 죽이면 어쩌지? 테가스는 생각했다.

개개인을 골라낼 수 있는 곳에서는 멀리 있는 수평선에서 번개가 치는 모습이 연상되었다. 감정의 신호는 가늘지만 힘으로 가득했다.

지배자로 가득한 방. 테가스는 이보다 끔찍한 곳을 상상할 수 없었다.

눈앞의 불빛 기둥에서 무언가 움직였다. 비센텔리였다.

"너는 누구지?" 비센텔리가 물었다.

나는 조 카마이클이다. 나는 오직 조 카마이클이어야 한다. 테가스는 생각했다.

그러나 카마이클의 감정이 그를 압도할 태세였다. 주고받는 신경에서 분노와 순응하는 공포가 깜박였다. 숙주의 몸이 움찔거렸다. 다리가 가볍게 달리듯 움직였다.

비센텔리가 몸을 돌리고 사방의 관중에게 말했다.

"조지프 카마이클의 문제는 지금 여러분이 녹화기로 보시는 폭행 사건입니다. 강조하지만 이번 사건은 예측에 없었습니다. 우리 영역을 벗어난 일이죠. 따라서, 이것이 조지프 카마이클의 소행이 아니라고 가정해야 합니다. 본 검사 과정에서 여러분은 드러난 프로필을 자세히 보게 되실 겁니다. 각자 반응과 제안 사항을 기록해 주시기 바랍니다. 윌리엄 베일리, 또 그 전의 알미로 싱에게서 관찰된 미지의 존재에 대한 단서가 여기 어딘가에 있을 겁니다. 신경을 곤두세우고 지켜보십시오."

세상에! 싱에서 베일리까지 나를 추적했어! 테가스는 생각했다.

인간 사회는 테가스의 생각보다 훨씬 전부터 변화가 이루어졌다. 대체 언제부터?

비센텔리가 계속 말했다. "여러분이 주목하셔야 할 부분이 있습니다. 싱이 광둥 평화의 탑에서 추락해 사망했을 때 베일리는 바로 옆에 있었습니다. 특히 싱과 베일리가 이전에 만났음을 가리키는 자료에 주목해 주십시오. 베일리가 싱의 초대를 받아 그곳에 갔을 가능성이 농후합니다. 이것도 중요한 단서일 수 있습니다."

테가스는 그의 존재를 뒤로 빼고 감정을 봉인하려 했다. 지배하는 인간들은 전혀 예상하지 못한 길로 발전해 있었다. 그를 뒤에 남겨 둔 채.

이유를 알았다. 테가스답게 그는 무리에 숨어 존재를 감추고 평범하고 고단한 삶 속에서 그냥 삶을 살았다. 하지만 영원히 육체를 잃을 수도 있다는 사실을 알게 된 지금 이 순간, 그 어느 때보다도 육체를 향한 사랑을 느꼈다. 인간이 집을 사랑하듯 테가스는 육체를 사랑했다. 이 복잡한 구조물은 그가 호흡하고 느끼는 집이었다.

불현듯 테가스는 이전에 경험한 적 없는 친밀감으로 육체와 결합하는 느낌을 받았다. 인간이라면 이곳에서 어떻게 느껴야 하는지 확실히 알았다. 시간은 테가스에게 적이었던 적이 없었다. 하지만 시간은 인간의 적이었다. 현재 그는 인간이기에 최대로 반응하고 높은 에너지를 분출하도록 육체를 대비시켰다.

통제. 그것이 이 사회의 목표였다. 최상의 통제.

불빛 기둥에서 비센텔리의 얼굴이 다시 보였다.

그가 말했다. "편의상 카마이클이라 계속 부르겠다."

직설적인 그 발언은 테가스가 궁지에 몰렸고 비센텔리가 그 사실을 알고 있다는 의미였다. 비센텔리는 테가스에게 마지막 남은 의심의 싹도 잘라 버렸다.

"자살할 생각은 하지도 마. 지금 네놈은 그만 살고 싶을 때도 생명을 유지시킬 수 있는 장치에 들어가 있으니까." 비센텔리가 말했다.

테가스는 카마이클로서 자신이 공황 상태에 빠져야 마땅하다는 사실을 불현듯 깨달았다. 테가스의 경계심과 거리감을 내보일 곳이 아니었다.

그는 공황에 빠졌다.

액체 속에서 숙주의 몸이 결박을 풀려고 요동쳤다. 액체는 무거웠다. 기름지지만 기름은 아니었다. 고무 슈트처럼 붙잡아 움직임을 억제했고 그는 움직이려 할 때마다 물고기처럼 조용히 떠올랐다.

"자." 비센텔리가 말했다.

눈 부신 빛이 카마이클의 눈을 찔렀다. 불빛 속에서 색의 리듬이 나타났다. 리듬의 박자는 마치 간질 발작 같았다. 그의 정신을 어지럽혔고 포악한 짐승의 우리에서 탈출한 듯 테가스의 의식을 뒤흔들었다.

그의 우주가 된 목소리에서 질문이 나타났다. 놈들이 말하고 있다는 것을 알았지만 질문이 눈에 보였다. 단어의 형체가 급류에 섞여 들어갔다.

"너는 누구냐?"

"너는 무엇이냐?"

"우리는 네가 무엇인지 있는 그대로 본다. 왜 너는 인정하지 않지? 우리는 너를 알아."

에워싼 구경꾼들의 기운이 북을 치며 비난하는 진동을 울렸다. "우리는 너를 알아…… 너를 알아…… 너를 알아…… 너를 알아……."

테가스는 그 말들이 그를 흔들고 굴복시키는 것을 느꼈다.

테가스는 최면에 걸릴 수 없어. 그는 생각했다. 하지만 그의 존재가 산산이 부서지는 것을 느낄 수 있었다. 무언가 분리되고 있었다. 카마이클! 테가스는 숙주를 놓치고 있었다! 그러나 육체는 최면에 걸린 얼간이로 전락했다. 분리되는 감각이 더 강해졌다.

갑자기 내면에서 꿈틀거리며 깨어나는 느낌이 들었다. 숙주의 자아가 깨어나는 느낌이었지만 막을 힘이 없었다.

춤을 추듯 반짝거리는 신경 경로를 따라 생각들이 흐르고…….

"누구…… 무슨…… 어디……."

테가스는 탐색하지 못하게 미친 듯이 주먹질을 했다. "나는 조 카마이클이다…… 나는 조 카마이클이다…… 나는 조 카마이클이다……."

그는 음성의 통제를 되찾고 둔한 리듬으로 이 말들을 벙끗거리며 이 목소리로 모든 질문에 답을 하게 강요했다. 서서히 숙주가 조용해지고 테가스의 봉인에 제압당했다.

실수와 강요뿐인 신문은 계속되었다.

흔들고, 치고, 질문하고.

그는 테가스와 카마이클을 구분하는 감각을 완전히 잃었다. 바시트 반쪽은 예상 밖으로 정교한 공격에 지치고 겁을 먹어 정체성의 그물에 흩어져 엉켜 버렸다.

머리에서 옛 숙주들의 목소리가 살아났다. "……안 돼…… 그것은…… 나는 조 카마이클이다…… 막아…… 우리 왜……."

"너는 나를 살해하고 있어!" 그가 악을 썼다.

계단 좌석에 있는 고위급 관중들의 기운이 기쁨의 환호를 하며 하나로 뭉쳤다.

'놈들은 괴물이야!' 카마이클은 생각했다.

이것은 테가스의 의식이 수정하지 않은 순수한 카마이클의 생각이었다. 구속받지 않은 인간의 표현이 내면에서 솟구쳤다.

카마이클이 외쳤다. "내 말 들려, 테가스? 놈들은 괴물이야!"

육체 안에 쪼그려 앉은 테가스는 어떻게 대응할지 몰라 난감했다. 최종 포획 이후 숙주와 직접 소통하는 경험은 처음이었다. 어디서 시작되었는지 위치를 찾으려 했지만 실패했다.

'악귀 떼처럼 우리를 내려다보는 것 좀 봐!' 카마이클이 생각했다.

테가스는 반응해야 한다는 것을 알았다. 하지만 그런 시도를 하기도 전에, 신문이 더 높은 강도로 계속되었다. 흔들고, 치고, 질문하고.

"너는 어디서 왔지? 너는 어디서 왔지? 너는 어디서 왔지?"

이 질문은 거대한 건물처럼 높은 글자들로 그를 잡아 뜯었다. 얼굴 없는 눈, 우레와 같은 목소리, 반짝이는 단어들로.

카마이클의 분노가 테가스에게 번졌다.

구경꾼들은 여전히 느긋하게 희열을 내뿜었다.

"죽어서 한 놈을 차지하자!" 카마이클이 주장했다.

"누가 말하는 거야? 어떻게 탈출했지? 너 어디 있어?" 바시트가 물었다.

'세상에! 저 냉혹한 놈들.' 이것은 베일리의 생각이었다.

"너 어디서 왔어?" 바시트가 숙주의 의식을 찾으며 다그쳤다. "여기 있는데 찾을 수가 없어."

"나는 짐부에에서 왔다." 카마이클이 투사했다.

"네가 무슨 짐부에에서 와. 내가 짐부에 출신이야." 테가스가 반박했다.

"하지만 짐부에는 아무 데도 없어." 바시트가 주장했다.

그러는 내내…… 흔들고, 치고, 질문하고…… 비센텔리의 신문이 회로를 계속 차단했다.

테가스는 사방에서, 또 내부에서 폭격을 당하는 기분이었다. 어떻게 카마이클이 짐부에를 이야기할 수 있지?

"그렇다면 너는 어디에서 왔지?" 카마이클이 물었다.

카마이클이 이 문제를 어떻게 알지? 테가스는 자문했다. 모든 테가스는 어디에서 왔을까? 답은 모든 경험의 밑바닥에 존재하는 암기된 기억에 있었다. 시간이 시작된 순간, 테가스는 별조차, 태고의 먼지 한 톨조차 그것의 존재로 크기를 추적할 수 없는 어둠 속으로 침입했다. 감각이 없는 곳에 있었다. 어떻게 카마이클의 자아가 아직도 존재하며 이런 것들을 알고 물을 수 있단 말인가?

"왜 내가 물으면 안 되지? 비센텔리도 묻잖아." 카마이클은 끈질겼다.

하지만 숙주의 갇힌 자아는 어디에 숨어 있을까? 언제 존재를 찾고 지금 말하는 거지?

바시트 반쪽이 더 참지 못하고 말했다. "가만히 있으라고 해! 가만히 있으라고 해! 우리가 조 카마이클이다! 우리가 조 카마이클이다! 나는 조 카마이클이다!"

"겁먹지 마. 너는 테가스/바시트, 하나의 존재지. 내가 조 카마이클이다." 카마이클이 달랬다.

그리고 바깥 세계에서 비센텔리가 외쳤다. "너는 누구냐? 명령하는데 정체를 밝혀라! 너는 내 말에 복종해야 한다! 윌리엄 베일리냐?"

침묵이 흘렀다. 안에서도, 밖에서도.

침묵 속에서 테가스는 혹사당한 육체를 살피며 비센텔리가 하는 공격의 본질을 조금 이해했다. 숙주가 잠겨 있는 액체는 마취제였다. 육체는 감각을 상실했고 속에 엉킨 신경의 감각밖에 남아 있지 않았다. 문제는 또 있었다. 마취된 육체에 조종 장치가 침투한 상태였다. 카마이클의 척추에 고동치는 캡슐이 붙어 신호를 보내고, 명령을 내리고, 방해를 하고 있었다.

비센텔리가 말했다. "캡슐을 부착했습니다. 이제 정상 채널로 신문을 진행할 수 있도록 아래쪽 방으로 내려가겠습니다. 놈은 이제 완전히 우리 손아귀에 들어왔습니다."

갇힌 육체에서 바시트 반쪽은 조종 캡슐의 신경 연결을 찾아 차단하려 했지만 일부만 성공했다. 마취된 육체는 바시트의 탐색에 저항했다. 숙주의 의식에 겁먹은 거미처럼 자세를 취한 테가스는 부드럽게 진동하는 신경의 흐름을 탐구하며 해결책을 찾았다. 공격해서 완전한 통제권을 되찾아야 할까? 무엇을 공격할 수 있지? 비센텔리의 신문으로 숙주의 정체성들은 다시 풀지 못할 정도로 단단히 뒤엉켜 버렸다.

조종 캡슐이 고동쳤다.

카마이클의 육체는 새로운 명령에 복종했다. 구속하던 끈이 스르르 풀렸다. 테가스는 감각이 없는 발로 탱크에서 일어났다. 가슴의 드러난 부위에서 감각이 돌아오고 있었다. 반구 형태 모자가 머리에서 벗겨졌다.

비센텔리가 위쪽의 구경꾼들에게 말했다. "보십시오. 완벽하게 명령을 따르지요."

속으로 카마이클이 물었다. "테가스, 다들 이 문제를 어떻게 느끼는지 알아볼 수 있어? 그들의 감정에 실마리가 있을지도 몰라."

"그렇게 해!" 바시트가 명령했다.

테가스는 주변의 공간을 탐색하고 지루함, 은근한 의심, 고양이가 핥는 듯한 힘의 감각을 느꼈다. 그래, 쥐는 고양이의 발 사이에 갇혔다. 쥐는 탈출할 수 없었다.

안드로이드들의 손이 테가스를 부축해 탱크에서 꺼내고 바닥에 똑바로 세웠다.

"완벽한 조종입니다." 비센텔리가 말했다.

조종 캡슐의 명령에 따라 카마이클의 눈은 텅 빈 눈빛으로 정면을 응시했다.

테가스는 가장 가까운 경로를 탐색하며 찔러 보다 바시트를 만났고, 카마이클과 셀 수 없는 다른 조각들도 만났다.

"네가 어떻게 여기 있는 거지, 조 카마이클?" 테가스가 물었다.

숙주의 육체는 조종 캡슐에 반응해 강당 바닥을 쭉 걸어 나갔다.

"왜 도망치거나 나와 싸우지 않는 거야?" 테가스가 물었다.

"뭐 하러. 우리 다 뒤섞여 있잖아, 보다시피." 카마이클이 대답했다.

"왜 두려워하지 않지?"

"두려웠어…… 지금도…… 그러지 않기를 바라는 거야."

"테가스를 어떻게 아는 거야?"

"모를 수가 있나? 우리는 서로 같은데."

테가스는 일순간 충격을 받으며 이 사실을 인식했고 바시트의 불안한 투사를 느꼈다. 테가스는 지금껏 이런 내면의 만남을 경험해 본 적이 없었다. 숙주가 싸움에서 지면 테가스가 그 자리를 차지했다. 패배한 숙주는…… 어디로 갔지? 두려움에 찬 질문은 바시트에게서 나왔다. 연속성이 깨지는 느낌이었다.

빌어먹을 신문 때문에!

캡슐의 명령에 반응하는 숙주의 육체는 문으로 걸어가 파란색 복도로 나갔다. 감각이 돌아오며 테가스/카마이클/바시트는 비센텔리가 따라오는 것을 느끼기 시작했고…… 발소리는 더 들렸다. 안드로이드 경찰들이었다.

"원하는 게 뭐냐, 조 카마이클?" 테가스가 물었다.

"공유하고 싶어."

"왜?"

"너는…… 나를 초월했어. 나를 더…… 오래 살게 할 수 있지. 너는 흥미롭고…… 재미있어. 우리가 안락사 센터에서 본 노인네 절반은 지루해서 쇠약해졌고, 나도 거의 그 지경이었어. 이제는…… 인생이 다시 흥미로워졌어."

"우리가 어떻게 같이 살 수 있지? 그것도 여기서?"

"지금도 그러고 있잖아."

"하지만 나는 테가스야! 내가 지배해야 해!"

"지배해."

테가스는 이제 숙주의 신경계에 거의 완벽하게 다시 접속할 수 있다는 사실을 깨달았다. 하지만 귀찮은 카마이클의 자아가 남아 있었다. 이 상황에서 바시트는 어디로 숨어 버렸는지 전혀 개입하지 않고 있었다. 카마이클은 남아 있었다. 미끌거리는 수은처럼 바로 저곳에! 아니지! 바로 이곳에! 아니…… 아니야…… 저곳이 아니라 이곳이다. 어쨌든, 그는 남아 있었다.

"숙주는 무조건 복종해야 해." 테가스가 명령했다.

"복종하지." 카마이클이 받아들였다.

"그렇다면 너는 어디 있지?"

"우리 다 여기 함께 있잖아. 네가 육체를 지휘하고. 아니야?"

테가스는 자신이 지휘하고 있음을 인정해야 했다.

"네가 원하는 건 뭐지, 조 카마이클?" 그가 또 물었다.

"말했잖아."

"아니."

"나는…… 지켜보고…… 공유하고 싶어."

"내가 그걸 왜 허락해야 하지?"

비센텔리가 조종 캡슐을 이용해 수직으로 낙하하는 관에 숙주의 육체를 넣었다. 관이 낮은 소리를 내며 카마이클의 육체를 움켜쥐고 내려 보냈다. 아래로…… 아래로…… 아래로.

"내가 남아서 지켜보든 말든 네게 선택권이 없을지도 모르겠군." 조 카마이클이 반응했다.

테가스가 반박했다. "나는 한 번 너를 가졌어. 두 번도 가능하다는 말이야."

"저들이 신문을 재개하면 어떻게 되지?" 카마이클이 물었다.

"무슨 뜻이야?"

바시트가 끼어들었다. "무슨 뜻이냐면, 놈들이 프로필 비교를 찾을 때 진짜 조 카마이클이 그럴듯하게 반응할 수 있다고."

낙하관이 그를 뱉어 낸 곳은 얼음처럼 하얗고 긴 실험실이었다. 고정된 눈으로 금속의 형태, 도구, 반짝이고 번쩍이는 빛, 움직임의 감각이 느껴졌다.

테가스는 캡슐이 만든 마비 상태 그대로 가만히 서 있었다. 테가스라면 누구나 쉽게 이 상태에서 풀려날 수 있었지만 감히 시도하지 않았다. 이 신경 공격을 극복할 수 있는 인간은 없었다. 지금은 손가락을 까딱만 해도 탄로 날 가능성이 컸다.

함께하는 인식의 장에서 카마이클이 말했다. "좋아, 잠시 내가 통제하지. 보고만 있어. 절대 방해하지 말고."

테가스는 망설였다.

"그렇게 해!" 바시트가 명령했다.

테가스는 물러났다. 그는 정신의 어디에도 없고 보이지도 않는 빈 공간에 있었다. 부자연스럽게 멍하고…… 아무것도 없는…… 절대로…… 말하지 않았고 말하지 않는…… 막지 못하는 부재의 공간에. 이곳은 감각이 존재하지 않고, 존재할 수도 없는 공간이었다. 이곳이 두려웠지만, 이곳에 숨어서 이곳의 보호를 받는 느낌이었다.

카마이클에게서 우정과 안도감이 전해졌다. 테가스는 처음 경험하는 다른 생명체의 우정에 한심하게도 감사함을 느꼈다. 하지만 카마이클의 자아가 다정하게 굴 이유가 없는데? 의심이 테가스를 물고 늘어졌다. 대체 왜?

답은 나오지 않았다. 바시트가 뿜어내는 무한한 단순함을 답으로 해석할 수 있다면 몰라도. 테가스는 자신의 입지에 대한 의구심을 아꼈다. 그러고는 놀랐다. 그는 새로운 상황에 내재된 위험 요소들로 새로운 것을 창조하고 있었다. 논리적이지는 않았다. 하지만 논리적이지 않은 생각이야말로 가장 경솔하지 않은 생각이었다.

시간은 육체의 적이지. 시간은 내 적이 아니야. 테가스는 다시 새겼다.

카마이클이 앉아 있는 외부 존재의 공간에서 의미, 행동, 의도가 반사되어 왔다. 비센텔리는 색깔, 형태, 번쩍거리고 눈 부신 빛을 일으켜 공격을 재개했다. 테가스의 정신-하늘에 글자들이 떠올랐다. "너는 누구냐? 대답해! 거기 있는 것 안다! 대답하라고! 너는 누구냐니까?"

조 카마이클이 반쯤 얼이 빠져 저항하듯 중얼거렸다. "왜 나를 고문하지? 뭘 하는 거야?"

흔들고, 치고, 질문하고. "숨을 생각 하지 마!"

카마이클이 흔들거리며 반응했다. "뭐야?"

침묵이 육체를 감쌌다.

테가스는 소리 낮춰 토론하는 말들이 여과되어 들리기 시작했다. "말했잖습니까. 프로필이 카마이클의 신원과 정확하게 일치한다고." "……변하는 걸 봤어요." "……어쩌면 유독한 화학물질이…… 안락사 센터에서…… 피크로톡신 섭취 증상과 일치하는…… 우연의 일치가……."

테가스는 필수 신경 경로에서 기어 나오며 감정의 기운을 찾아 주변을 탐색하지만 아무 소용 없었다.

"알겠나? 움직이지 않으면 고통이 없고, 움직이면 고통이다."

테가스는 숙주가 떨리는 숨을 깊이 들이마시게 했다. 칼이 그의 가슴과 척추를 스쳤다.

비센텔리가 말했다. "숨을 쉬는 것, 손목을 구부리는 것, 걷는 것. 전부 고통이다. 이 고문의 묘미는 신체에 해를 입히지 않는다는 거야. 하지만 너는 부상만이라도 입게 해 달라고 기도하게 되겠지. 포기하기 전까지는 말이야."

"짐승 같은 놈!" 테가스가 겨우 말했다. 고통이 그의 턱과 입술을 핥고 관자놀이에서 터졌다.

"포기해." 비센텔리가 말했다.

"짐승." 테가스가 속삭였다. 바시트 반쪽이 신경계에 고통의 블록들을 던지는 것을 느끼고 얕게 숨을 몰아쉬었다. 그렇게 움직이는 바람에 경미한 자극을 얻었지만 테가스는 고통스러운 반응을 연기하며 눈을 감았다. 신속하게 날아온 블록이 고통을 완화해 주었다.

"왜 질질 끌지? 너는 누구냐?" 비센텔리가 물었다.

"미친놈." 테가스가 속삭였다. 기다리고 있으니 고통의 블록이 제자리에 들어맞는 것이 느껴졌다.

비센텔리의 눈에서 이리저리 움직이는 빛이 번쩍였다. "정말로 고통을 느끼는 것이냐?" 그렇게 묻고는 콘솔 손잡이를 움직였다.

조종 캡슐이 번쩍 명령을 내렸고 숙주는 바닥으로 튕겨 나갔다.

바시트의 지도에 따라 그는 적절히 고통스러운 반응으로 몸부림치며 고통을 서서히 가라앉혔다.

"느끼는군. 좋아." 비센텔리는 손을 아래로 뻗어 자신의 포로를 거칠게 일으키고 똑바로 세웠다.

바시트는 거의 모든 고통을 통제하며 적절한 잠복 반응을 신호로 보냈다. 숙주의 육체는 얼굴을 찌푸리고 움직임에 저항하며 어색하게 섰다.

비센텔리가 말했다. "나는 시간이 많아. 너는 나보다 오래 버틸 수 없을 거다. 항복해. 네가 할 만한 일을 찾아 줄 수도 있어. 뭔지 몰라도 네가 그 안에 있는 것 다 알아. 지금쯤 깨달았겠지. 내게는 솔직히 말해도 돼. 고백하라고. 해명을 해 봐. 너는 누구야? 내가 너를 어떻게 활용할 수 있지?"

테가스는 몹시도 고통스러운 것처럼 입술을 뻣뻣하게 움직이며 말했다. "네 말처럼 내가 그런 존재라면 뭐 하러 너 따위를 두려워하겠나?"

비센텔리가 환호했다. "아주 좋아! 진전이 있군. 뭐 하러 두려워하느냐고?"

"미친놈." 테가스가 속삭였다.

"어허. 이게 미친 소리인지 들어 봐. 내 프로파일링에 따르면, 네가 죽은 다음에야 나는 너를 두려워하게 되어 있어. 따라서, 나는 너를 죽이지 않을 것이다. 너는 죽고 싶겠지만 내가 죽음을 허락하지 않을 거야. 나는 몸을 무한히 살려 둘 수 있거든. 즐겁게 살지는 못하겠지만, 살기는 사는 거지. 나는 너를 숨 쉬게 할 수 있어. 네 심장을 뛰게 만들 수 있단 말이야. 제대로 시범을 보여 줄까?"

내면의 속삭임이 다시 터져 나왔고 테가스는 그들을 말렸다. "도망칠 수 없어. 간혔어."

바시트가 자신 없는 망설임을 발산했다.

베일리는 생각했다. '악몽이야! 악몽이라고!'

테가스는 당황한 채로 서 있었다. 베일리의 생각이라니!

바시트가 끼어들어 훈계했다. "가만히 있어. 우리는 협력해야 해. 조용…… 조용…… 조용……."

테가스는 고요한 파도에 떠다니는 느낌을 받다가 바시트의 생각-비명에 깜짝 놀랐다. "너는 말고!"

비센텔리가 조종 장치를 하나 움직였다.

테가스는 양팔이 위로 번쩍 들리며 숨죽인 비명을 질렀다.

또 비센텔리가 동작을 조정했고 이번에는 허리를 반으로 굽혔다가 순식간에 바로 세웠다.

바시트가 일으킨 신음이 입에서 흘러나왔다.

"너는 누구지?" 비센텔리가 더없이 부드러운 목소리로 물었다.

테가스는 바시트가 신경 연결을 찾아 차단하며 미친 듯이 내부를 찔러 대는 것을 느꼈다. 숙주의 육체는 땀 범벅이 되었다.

"아주 좋아. 길게 등산이나 가 볼까." 비센텔리가 말했다.

숙주의 다리가 제자리에서 행진하듯 위아래로 움직이기 시작했다. 테가스는 앞만 똑바로 바라보며 눈이 튀어나올 정도로 고통스러운 연기를 했다.

"내 질문에 답을 하면 끝내 주겠다. 너는 누구냐? 헛둘셋넷. 너는 누구냐니까? 헛둘셋넷……."

숙주의 육체는 재빨리 움직이며 명령에 복종했다.

또다시 옛 언어 수천 가지가 내면을 채우는 느낌이 들었다. 거의 의미 없는 지껄임이었다. 테가스는 묘하게 무심한 태도로 이런 사실을 깨달았다. 나는 존재와 기억된 에너지의 박물관이구나.

"얼마나 버틸 수 있는지 생각을 해 봐." 비센텔리가 말했다.

"나는 조 카마이클이다." 그가 헐떡였다.

비센텔리가 한 걸음 다가와 고통의 흔적을 뜯어보았다. "헛둘셋넷……."

의미 없는 지껄임은 계속되었다. 테가스는 흐르는 에너지였다. 에너지…… 에너지…… 에너지. 에너지는 우주에서 유일하게 단단한 것이었다. 그는 언어의 침대에 누운 지혜였다. 그러나 지혜는 현자를 꾸짖고 경의를 표하러 온 이들에게 침을 뱉었다. 지혜는 모방하고 받아 적는 이들의 것이었다.

그렇다면 힘은 어때. 테가스는 생각했다.

하지만 힘은 행사하면 부서진다.

지금이라면 비센텔리를 쉽게 공격할 수 있지 않나. 우리밖에 없잖아. 보는 사람도 없어. 단번에 쓰러뜨릴 수 있을 거야. 테가스는 생각했다.

영겁의 시간 동안 쌓인 습성들은 행동을 억제했다. 어쩔 수 없이 테가스는 무수한 숙주들의 욕망, 희망, 공포를…… 특히 공포를 일부 받아들였다. 이제 그들의 상징들이 그를 빨아들였다.

이것은 순수한 베일리의 생각이었다. '이대로 영원히 버틸 수는 없어.'

테가스는 베일리와, 카마이클과 교감했다. 자아들이 신비한 결합을 이루었다. 포로와 이렇게 엮이는 경험은 처음이었다.

"한 방으로 깔끔하게." 카마이클이 주장했다.

"헛둘셋넷." 비센텔리가 포로를 유심히 관찰하며 말했다.

테가스는 문득 자신이 존재의 저쪽 끝에서 내면을 들여다보고 있나는 느낌을 받았다. 그가 생각한 적 있는 모든 행동의 형태 안에 생각의 습관들이 전부 담겨 있었다. 생각들이 형태를 띠고 육체를 지배했다. 에너지가 단단하게 타올랐다. 번뜩이는 한순간, 그는 순수한 행위가 되었다. 테가스가 압도했던 모든 난폭한 살인자들이 그의 안에서 일어나 밖으로 공격했다. 테가스 자체가 그 경험이었다. 그 어떤 설명으로도 제한하지 못하는…… 어떤 상징도 없는…… 강렬한 한 방이었다.

비센텔리가 의식을 잃고 바닥에 쓰러졌다.

테가스는 자신의 오른손을 쳐다보았다. 손은 통제를 벗어나 스스로 움직였다. 손의 움직임은 지금껏 본 적이 없는 것이었다. 손가락을 뻗은 채로 순식간에 앞으로 푹 찔러 비센텔리의 목에 있는 신경 다발에 치명적인 충격을 가했다.

내가 죽인 건가? 테가스는 생각했다.

비센텔리가 신음하며 꿈틀거렸다.

공격할 때 자신이 억제한 모양이라고 테가스는 생각했다. 압도하되 죽이지는 않도록 동작을 절묘하게 조절했다.

테가스는 비센텔리의 머리에 다가가 고개를 숙이고 관찰했다. 움직이자 고문을 받은 피부가 이완되는 것을 느꼈다. 초록빛으로 빛나는 구조물을 올려다보자 이것의 영역이 얼마나 좁은지 알 수 있었다.

비센텔리가 다시 신음했다.

테가스는 그의 목에 있는 신경 다발을 압박했다. 비센텔리가 힘을 빼고 축 늘어졌다.

카마이클의 신경계에서 순수한 테가스의 생각이 솟구쳤다. 그는 퇴보한 문화 속에서 100년 넘게 살고 있었다. 그들은 절대에 가까운 통제를 발명했지만 구시대의 패턴을 답보했다. 이집트인들도 시도를 했다. 그 전에도 무수히 많은 사람이 시도했고, 이후로도 몇 번의 시도가 있었다. 테가스는 이 현상을 인간기계라고 생각했다. 고통이 그것을 통제했다. 음식도…… 쾌락과 의례도.

조종 캡슐이 그의 감각을 자극했다. 테가스는 중단된 행동 메시지가 희미하게 메아리치는 것을 느꼈다. 바시트가 억눌려 말했다. "헛둘셋넷……." 행동 신호와 함께 테가스의 생존에 치명적이었던 감정적 억제가 사라졌다.

테가스는 감각이 누그러지는 것을 느꼈다. 그는 농축된 감정이 남아 있지 않은 세계를 생각했다. 짧은 순간 정체성을 전송하는 행위의 원위치를 찾을 신호등이 없는 세계.

카마이클의 육체가 테가스의 반응에 몸서리쳤다. 바시트가 꿈틀거리며 긴박한 감각을 전달했다.

그래, 긴박한 상황이었다. 안드로이드들이 돌아올 것이다. 비센텔리와 같은 지배자들이 나서서 이 방의 활동을 확인하러 올 수도 있었다.

그는 등 뒤로 손을 뻗어 조종 캡슐을 만졌다. 납작하고 끝으로 갈수록 가늘어지는 상자는…… 차갑고 희미하게 고동치고 있었다. 아래로 손가락을 넣어 보았지만 살이 저항했다. 아아아, 연결을 끊으면 죽는다. 이 끔찍한 물건은 척추에 부착된 상대였다. 안쪽에서 연결을 살펴본 테가스는 시간과 적절한 솜씨만 있으면 제거할 수 있다는 사실을 깨달았다.

하지만 시간이 없었다.

비센텔리의 입술이 약하게 움찔거렸다. 엄마 젖꼭지를 찾으려는 아기의 입처럼.

테가스는 비센텔리에 집중했다. 지배자. 이런 부류는 피해야 마땅했다. 비센텔리 같은 자들은 정신 이주에 저항하는 법을 알았다. 자아에 힘이 있었다.

하지만 비센텔리들은 스스로 파멸시킬 열쇠를 내놓았는지도 모른다. 어떻게 됐든 테가스는 인간 집단으로 돌아갈 수 없었다. 새로운 인간 기계는 숨을 곳이 없었다. 이처럼 새로운 것들이 발명되는 시대에는 더 새로운 것을 시도해야 했다.

테가스는 등의 조종 캡슐에 손을 뻗고 아래에 손가락 세 개를 밀어 넣었다. 바시트가 고통을 차단하는 가운데 그는 캡슐을 뜯어냈다.

다리의 모든 감각이 사라졌다. 그는 비센텔리 위로 쓰러져 캡슐을 들고 살펴보았다. 떼어 내며 카마이클 숙주에 치명적인 타격을 입혔지만 공유된 의식에 저항하는 목소리는 없었다. 캡슐에 대한 깊은 호기심만 존재할 뿐이었다.

단순하고 치명적인 물건이었다. 작동 방법은 명백했다. 안쪽 표면을 따라 뾰족한 바늘이 튀어나왔다. 테가스는 바늘에서 살점을 닦고 재빨리 행동했다. 숙주는 빠르게 죽어 가고 있었다. 바닥에 피가 철철 흘렀다. 척수액도. 테가스는 한쪽 팔꿈치로 몸을 세우고 비센텔리를 옆으로 굴린 후 그의 몸에서 재킷과 셔츠를 뜯었다. 살의 지형과 척추의 능선이 조금 드러났다.

테가스는 안에서 캡슐을 탐구해 이 지형에 익숙했다. 그는 필요한 자세를 가늠하고 캡슐을 자리에 철썩 붙였다.

비센텔리가 비명을 질렀다.

그는 몸을 홱 떼고 바닥을 긁으며 기어가더니 똑바로 일어났다.

"헛둘셋넷……."

그의 다리가 끔찍한 리듬에 따라 위아래로 들썩였다. 입술에서 고통스러운 소리가 터져 나왔다. 눈이 뒤로 넘어갔다.

카마이클의 몸은 바닥에 쓰러졌고, 테가스는 숙주가 죽기를 기다렸다. 아까운 숙주였다. 장래가 밝았는데. 하지만 이미 저질러 버렸다. 돌이킬 수 없었다.

언제나처럼 죽음은 눈 깜짝할 사이에 찾아왔다. 텅 빈 어둠이 깜박인 후, 그는 감정을 토해 내는 비센텔리의 비명에 집중했다. 테가스는 최상의 발견을 할 때마다 새롭게 느끼는 감각을 만끽하며 죽은 육체에서 분리되었다. 이 세상에 자신 외에는 아무 관련이 없는, 특별한 감각이었다.

고통스러웠다.

하지만 아는 고통, 분석하고 이해하고 분리할 수 있는 고통이었다. 고통에는 비센텔리의 모든 정체성이 담겨 있었다. 그런 식으로 압축하면 그때그때 조금씩 흡수하고 자유자재로 찢어 낼 수 있었다. 그리고 새로운 숙주의 육체는 고마워했다. 테가스가 오며 고통이 그쳤으니까.

서서히, 행진하던 다리의 움직임이 잦아들었다.

테가스는 제어 회로를 차단하고 등의 캡슐을 감추려 비센텔리가 입은 튜닉의 매무새를 고치다 이번 포획이 얼마나 수월했는지 생각했다. 물론 패턴을 바꿔야 하는 위험이 있었다. 테가스는 들킬 위험을 감수하고 지배해야 한다. 주변에 섞이지 않고.

갑자기 당황스러운 감각과 함께 그의 의식 안에서 윌리엄 베일리가 깨어났다. "우리가 해냈어!"

그 순간, 테가스는 방금 붙잡은 숙주를 놓치고 존재의 고리에 매달려 있었다. 간헐적으로 뒤섞인 자아들은 두렵고도 매혹적이었다. 테가스가 다른 이들 속에 살았듯, 이제는 그의 안에 다른 이들이 살았다.

사로잡혀 침묵하는 새로운 숙주도 달라진 세계의 일부가 되어 전혀 다른 쪽으로 위협했다. 전부 나락이었다. 테가스는 지능을 담당하는 중추와 연결이 끊어졌다는 사실을 깨달았다. 그의 길에는 신경 말단만 있었다. 숨을 쉴 집이 없었고, 몸에 걸칠 육체를 찾지 못했다.

바시트의 신호가 그의 주위를 날아다녔다. 미친 듯이 찾으며 울부짖었다. 육체 — 육체 — 육체…….

그러고 보면 테가스는 육체를 너무 부드럽게 걸쳤다. 자연의 법칙과 자신의 법칙을 따르며 흥분을 가라앉혔다. 생체에 대한 광범위한 의문을 제쳐 두고, 모든 걱정을 바시트에게 미뤄 두고 무심히 육체 밖을 내다보았다.

그를 진정시키는 한 가지 진리가 있었다. 바시트는 알고 있어.

하지만 바시트는 달아났고 그는 더 이상 육체를 장악하지 않았다. 육체가 그를 장악했다. 붙잡은 힘이 너무 강력해 질식할 것만 같았다.

육체가 내 숨을 끊을 수는 없어. 그럴 수는 없지. 나는 육체를 사랑해. 테가스는 생각했다.

사랑. 거기에 발판, 접촉의 싹이 있었다. 육체는 그가 어떻게 고통을 덜어 주었는지 기억했다. 다른 육체의 기억들이 들이닥쳤다. 관계의 줄기들이 쌓여 갔다. 테가스는 이 세계에서 사랑했던 모든 육체를 생각했다. 커다란 눈, 머리에 납작하게 붙은 귀, 머리를 부드럽게 덮은 머리카락, 아름다운 입과 뺨을 가진 생물들을. 테가스는 늘 입을 보았다. 입은 그 육체에 대한 다양한 정보를 무한히 드러냈다.

비센텔리의 자아상이 거울 속에서 헤엄치는 유령처럼 그의 의식에 나타났다. 테가스는 시적인 기록이 없는 얼굴, 굳게 다물린 입을 생각했다. 즐거움이라는 게 없었다. 그것이 비센텔리의 입이 가진 특징이었다.

이제 즐기는 법을 배워야지. 테가스는 생각했다.

그러자 바닥을 단단하게 디딘 발이 느껴졌고, 바시트가 곁에 돌아와 있었다. 그러나 바시트의 목소리는 내부에 있는 청각 중추에서 나왔다. 윌리엄 베일리와 셀 수 없는 다른 이들의 목소리였다.

"안드로이드들이 돌아오기 전에 몸싸움 흔적을 없애." 목소리가 말했다.

그는 시키는 대로 하며 한때 조 카마이클이었던 빈 육체를 내려다보았다. 하지만 조 카마이클은 이 육체 안에, 척추의 캡슐이 전달하는 명령 방송에 아직도 희미하게 꿈틀거리는 비센텔리의 육체 안에 그와 함께 있었다.

바시트의 목소리가 지적했다. "최대한 빨리 캡슐을 제거해야 해. 하는 방법 알지?"

테가스는 경이로움을 느꼈다. 그 목소리 위에 비센텔리의 목소리가 겹쳐 들렸기 때문이다. 테가스는 비센텔리를 통해 자신의 존재의 어두운 구석을 엿보았고, 그동안 의심하지 못했던 바시트의 일면을 목격했다. 그는 포획당한 것을 즐기고, 포획을 당해서도 강한 힘을 가지고 있는 존재들, 다른 삶과 바꿀 마음이 없는 존재들로 이루어진 연결망이었다.

그들이 바로 진정한 의미의 테가스였다. 그들은 생각의 습관들로 그를 움직이고 무수한 조정으로 행동을 만들어 내고 있었다. 바시트 반쪽은 이 세계에서만 40세기 이상 조정을 축적했다. 그리고 이 세계 전에도 무수한 세계가 있었다.

언어와 생각.

언어는 지각이 있는 존재의 수단이었다. 하지만 그 존재는 결국 언어의 수단이었다. 테가스가 바시트의 수단이었던 것처럼. 테가스는 새로운 의식에서 의미 있는 내용을 찾다가 바시트의 비웃음을 샀다. 내용을 찾는 행위는 한계가 없는 곳에서 한계를 찾는 것이나 마찬가지였다. 내용은 곧 논리와 분류였다. 경험을 걸러 판단하는 말의 체였다. 그 자체로는 아무것도 아니었고 결코 충족할 수 없었다.

경험, 그것이 핵심이었다. 행동. 끝없는 이미지의 행렬이 수반되는 무한한 삶의 재현.

해야 할 일이 있지. 테가스는 생각했다.

척추에서 조종 캡슐이 고동쳤다.

그래, 캡슐. 그 외의 다른 일들도.

놈들은 영혼에 도청 장치를 달았어. 영혼을 기계로 만드는 지독한 놈들이야. 좋아, 한동안 놈들과 함께하도록 하지. 그는 생각했다.

테가스는 호출 광선에 손을 흔들어 한때 카마이클이었던 버려진 숙주를 치우라고 안드로이드들을 불렀다.

실험실 끝에서 문이 열렸다. 안드로이드 세 대가 들어와 이쪽을 향해 일렬로 행진했다. 갑자기 팔이 여섯 개 달린 우스운 형체로 변하더니 고분고분한 리듬으로 팔을 움직였다.

비센텔리의 입에 본 적 없던 미소가 걸렸다.

테가스는 우선 안드로이드들에게 엉망이 된 실험실을 청소하라는 임무를 맡겼다. 그러고는 새로운 숙주를 조용히 탐구하기 시작했다. 새로운 인식을 이용하자 이 과제는 놀라울 정도로 수월했다. 숙주는 순순히 협조했다. 테가스는 다가왔다가 멀어지는 인식의 해안을 따라 헤엄치며 미지의 땅을 탐구하듯이 비센텔리의 강인하고 건강하고 사랑스러운 육체를 천천히 살펴보았다.

숙주가 배워야 할 행동이 있었다. 테가스의 차이를 극단적으로 드러내지 말아야 했다. 물론 달라지는 점도 있을 것이다. 하지만 서서히 변화해야 한다. 당장 급변해서는 안 된다.

테가스는 숙주를 탐구하며 새로운 역할로 할 수 있는 장난을 생각했다. 다양한 방법으로 인간 기계를 망가뜨리고, 개인주의를 되살리고, 재미를 볼 수 있을 것이다.

간간이 베일리 자아와 조 카마이클 자아는 어떻게 되었는지도 궁금했다. 숙주 안에 그와 함께 있는 것은 바시트뿐이었고, 바시트는 웃음의 감각을 전달했다.

1973

피아노 수송 작전

Passage for Piano

1973년, DAW 북스 출판, 『더 북 오브 프랭크 허버트(The Book of Frank Herbert)』 수록.

우주의 어느 점쟁이가 마거릿 해첼에게 콘서트 그랜드 피아노를 우주 이민선에 몰래 싣게 되리라고 예언했더라면 마거릿은 놀라서 기절했을 것이다. 무더운 여름 오후, 지금 마거릿은 가족에게 허락된 코딱지만 한 수하물 허용량에 어떻게 하면 몇백 그램을 더 끼워 넣을 수 있을지 주방에서 고민하고 있었다. 피아노는 반 톤이 넘는 물건이었다.

마거릿은 월터 해첼과 결혼하기 전 간호사 겸 영양사로 일했다. 그 덕분에 행성 C로 향하는 이민단에서 나름대로 유용한 인력이 되었다. 그러나 원정대의 수석 생태학자인 월터보다 이 프로젝트에 더 중요한 인물은 없었다. 월터의 전문 분야는 생체공학이었다. 즉, 외계에서 인간의 생활을 지탱하는 생물들의 미세한 균형을 조정하는 일을 했다.

떠날 준비를 하는 중요한 시기였지만, 월터는 화이트샌즈 기지에서 일을 하느라 한 달 동안 시애틀 집에 오지 못했다. 결국 마거릿만 두 아이와 무수한 문제를 고스란히 떠안았다. 그중에서 가장 큰 문제는 한 아이가 툭하면 우울에 빠지는 시각 장애 피아노 영재였다는 것이다.

마거릿은 주방 벽시계를 힐끗 보았다. 3시 반. 저녁을 준비할 시간이었다. 바퀴 달린 마이크로필름함을 굴려 주방에서 복도를 지나 음악실로 내보냈다. 익숙한 음악실에 들어서자 문득 쭈뼛대는 이방인이 된 느낌이 들었다. 가장 아끼는 안락의자를 자세히 보기가 두려울 정도였다. 아들의 콘서트 그랜드 피아노도, 오후의 햇살이 금빛 얼룩을 칠하는 장미 무늬 양탄자도 마찬가지였다.

비현실적인 감각이었다. 식민 위원회가 해첼 가족의 선발 소식을 알렸던 그날의 느낌과 비슷했다.

"우리는 행성 C의 개척자가 될 거야." 마거릿이 속삭였다. 그런다고 실감이 나지는 않았다. 미지의 세계로 떠나는 308명의 다른 이주민들도 같은 느낌일지 궁금했다.

선발되고 며칠 후 예비 교육을 위해 화이트샌즈에 전원 집합했을 때, 젊은 천문학자가 짧은 강연을 했다.

"여러분의 태양은 기안사르 별이 될 것입니다." 차트에 있는 별을 가리키며 하는 말이 헛간 같은 강당에 울려 퍼졌다. "용자리의 꼬리 부분에 있죠. 여러분의 우주선은 지구에서 이 항로를 따라 서브 매크로 추진 장치로 16년을 이동할 예정입니다. 잘 아시겠지만 여러분은 그동안 냉동 수면 상태로 계실 텐데,

하룻밤 자고 일어난 느낌이 드실 거예요. 기안사르는 우리의 태양보다 더 주황빛을 띠고 다소 차갑습니다. 하지만 행성 C와 태양의 거리가 더 가까우니 기후는 이곳보다 평균적으로 더 따뜻하겠죠."

마거릿은 평소 강연을 들을 때처럼 천문학자의 말을 귀담아들으려 노력했다. 하지만 끝까지 듣고 나서도 하이라이트만 머리에 남았다. 주황빛을 띤다, 더 따뜻하다, 덜 습하다, 가져가는 짐의 무게를 줄여야 한다, 성인 1명에게 허락되는 개인 짐은 34킬로그램이다, 14세 이하는 18킬로그램이고…….

음악실에 서 있는 지금, 마거릿은 그날 강연을 들은 사람이 자신이 아닌 다른 사람인 것만 같았다. 설레고 행복해야 하잖아. 그런데 왜 이렇게 슬프지? 마거릿은 생각했다.

서른다섯 살인 마거릿 해첼은 대충 20대 중반으로 보였고 날씬한 몸으로 우아하게 걸어 다녔다. 갈색 머리에는 붉은빛이 돌았다. 까만 눈, 시원시원한 입, 각진 턱의 조합은 내면에 뜨거운 불길을 품고 있다는 인상을 주었다.

마거릿은 피아노 뚜껑의 굴곡진 가장자리를 손으로 문질렀다. 덴버에서 시애틀로 이사할 때 문에 부딪혀 움푹 들어간 자국이 만져졌다. 얼마나 됐지? 8년인가? 맞아…… 아버님 돌아가시고 1년 뒤였지…… 이 피아노로 마지막 콘서트를 하시고. 마거릿은 생각했다.

열려 있는 뒤쪽 창문으로 아홉 살짜리 딸의 목소리가 들렸다. 리타는 행성 C에서 발견하게 될 이상한 곤충들에 관해 토론을 하며 여름날 오후를 보내고 있었다. 유명해진 친구 앞에서 기가 죽은 비(非)이주민 아이들이 리타의 이야기를 들어 주었다. 리타는 자신이 가게 될 식민지 세계를 '리텔'이라 불렀다. 측량탐사국에도 그 이름을 제출했다.

마거릿은 생각했다. 그 사람들이 리타 이름을 선택하면 입을 안 다물고 떠들 텐데…… 정말로!

딸의 이름을 딴 행성이 탄생할 수도 있다는 사실을 깨닫자 마거릿의 생각이 전혀 다른 길로 빠졌다. 마거릿은 음악실의 금빛 그림자에 말없이 서서 시아버지 모리스 해첼의 소유였던 피아노에 한 손을 올리고 있었다. 그 유명한 피아노 연주자 모리스 해첼 말이다. 마거릿은 오늘 아침 뉴스국 사람들이 했던 말을 이제야 처음으로 이해했다. 마거릿의 가족을 비롯한 이민자들은 '선택받은 사람들'이라는 말. 이 이유로 그들의 삶은 모든 지구인의 커다란 관심사가 되었다.

마거릿은 피아노 위에서 아들의 박쥐 시야 레이더 상자와 멜빵을 발견했다. 데이비드가 집 안에 있다는 뜻이었다. 아이는 잃어버린 시력 대신 기억에 의지해 돌아다닐 수 있는 익숙한 집에서는 그 상자를 사용하지 않았다. 피아노에 놓인 상자를 본 마거릿은 데이비드가 연습하러 음악실로 오다 걸려 넘어질 수 있으니 마이크로필름함을 다른 곳으로 치워야겠다고 생각했다. 위층으로 귀를 기울여 보았다. 우주선에 실을 수 있게 특별 제작한 경량 전자 피아노를 시험하고 있으려나? 한가로운 오후에 아들의 연주 소리는 들리지 않았다. 하지만 음량을 낮췄을

지도 모른다.

데이비드를 생각하니 점심 직전 아이가 난동을 부리는 바람에 뉴스 촬영이 중단되었던 기억이 떠올랐다. 메인 기자는(이름이 뭐였더라? 보나디?) 콘서트 그랜드 피아노를 어떻게 처분할 계획인지 물었다. 데이비드가 건반을 주먹으로 내리칠 때 나던 섬뜩한 불협화음이 지금도 귓전을 울렸다. 아들은 벌떡 일어나 방을 뛰쳐나갔다. 어둠 속에 보이는 작은 몸은 무력한 분노로 가득했다.

열두 살은 감정을 주체하지 못하는 나이지. 마거릿은 생각했다.

마거릿은 자신도 데이비드와 같은 슬픔을 느낀다는 결론을 내렸다. 사랑하는 물건들과 헤어지는 거니까…… 다시는 보지 못한다는 확신이 있으니까…… 영상과 가벼운 대용품밖에 갖지 못하고. 지독한 그리움이 마거릿의 가슴을 채웠다. 가족의 전통을 상징하는 물건들에게서 다시는 위안을 받지 못하겠지. 월터와 첫 집을 꾸밀 때 샀던 안락의자도, 고조할머니가 오하이오에서 구매하셨다던 재봉틀 책상도, 월터의 긴 키에 맞춰 특별 제작한 초대형 더블베드도…….

마거릿은 돌연히 피아노를 떠나 주방으로 돌아갔다. 검은 붙박이 가구와 하얀 타일이 조화를 이루는 주방은 현재 포장용품 쓰레기로 어수선했다. 마거릿은 싱크대 옆 카운터에 있던 레시피 파일을 옆으로 밀었다. 어디까지 마이크로필름 촬영을 했는지 표시하는 노란색 메모지를 건드리지 않도록 조심해야 했다. 싱크대에는 어머니의 유품인 스포드 도자기가 우주 여행 준비를 하며 쌓여 있었다. 컵과 접시는 특수 포장 후 1.6킬로그램이 나올 것이다. 마거릿은 다시 설거지를 시작하며 경량 박스의 촘촘한 그물망에 그릇들을 넣었다.

옆에 있는 벽전화기가 켜지고 교환원의 얼굴이 나타났다. "해첼 가족 댁인가요?"

마거릿은 물이 뚝뚝 떨어지는 손을 싱크대에서 꺼내 팔꿈치로 통화 스위치를 눌렀다. "그런데요?"

"화이트샌즈에 있는 월터 해첼 님께 전화를 거셨는데 아직 응답이 없습니다. 20분 후 다시 걸어 볼까요?"

"그래 주세요."

교환원의 얼굴이 화면에서 사라졌다. 마거릿은 스위치를 끄고 설거지를 계속했다. 뉴스 촬영팀은 오늘 아침 마거릿이 싱크대에서 일하는 장면을 여러 컷 찍었다. 마거릿은 자신과 가족이 영상에 어떤 모습으로 나올지 궁금했다. 기자는 리타를 '곤충학자 꿈나무'라 불렀고, 데이비드를 가리켜서는 '사람이 살 수 없는 A-4 행성에서 온 드림 바이러스의 몇 안 되는 피해자로 앞이 보이지 않는 피아노 영재'라 일컬었다.

리타가 마당에서 들어왔다. 이제 아홉 살인 리타는 몸이 호리호리했고 조숙하며 사교성이 아주 좋았다. 커다란 푸른색 눈은 온 세상을 자기만의 문제 풀이 대상으로 보았다.

"배고파 죽겠어요. 밥 언제 먹어요?" 리타가 말했다.

"준비되면." 마거릿이 말했다. 리타가 금발에 찢어진 거미줄을 달고 왼쪽 뺨에 흙 얼룩을 묻힌 모습을 보자 가슴에서 짜증이 일었다.

마거릿은 속으로 생각했다. 어린 여자애가 왜 벌레라면 사족을 못 쓰지? 정상이 아니잖아. 그러고는 말했다. "어쩌다 머리에 거미줄이 붙은 거야?"

"아, 뭐야!" 리타가 손을 올리고 머리카락에서 문제의 거미줄을 털어 냈다.

"어쩌다 그랬냐니까?" 마거릿이 재차 물었다.

"엄마! 곤충 세계에 관한 지식을 얻다 보면 이 정도는 누구나 겪는 일이에요! 거미줄을 찢은 게 괴로울 뿐이죠."

"그래, 나는 네 지저분한 몰골을 보는 게 괴롭고. 얼른 올라가서 씻어. 아버지와 전화 연결 될 때 깔끔해 보이도록."

리타가 돌아섰다.

"몸무게도 재고. 내일 우리 가족 주간 체중 합계를 제출해야 해." 마거릿이 외쳤다.

리타는 폴짝폴짝 뛰며 방에서 나갔다.

마거릿은 "부모들이란!"이라는 중얼거림이 들렸다고 확신했다. 계단을 오르는 아이의 발소리가 작아졌다. 2층에서 방문이 쾅 닫혔다. 잠시 후, 리타가 계단을 우당탕 다시 내려와 주방으로 달려왔다. "엄마, 저기……."

"아직 다 씻을 시간이 아닌데." 마거릿은 돌아보지도 않고 말했다.

리타가 말했다. "데이비드 때문이에요. 뭔가 이상해 보이고 저녁도 먹기 싫대요."

마거릿은 두려움으로 가슴이 조였지만 애써 표정을 숨기고 싱크대에서 돌아섰다. 경험상 리타가 말하는 '이상하다'는…… 정말 무슨 일이든 가능했다.

"이상하다니 무슨 뜻이야?"

"얼굴이 너무 창백해요. 피가 한 방울도 없는 것처럼요."

그 말을 듣자 왠지 모르게 데이비드가 세 살 때의 기억이 떠올랐다. 병원 침대에 미동도 없이 누워 있는 몸, 코에서 튀어나온 영양 공급 튜브, 시체처럼 창백한 피부, 가슴이 움직이는지도 모를 만큼 고요한 호흡이.

마거릿은 행주로 손의 물기를 닦았다. "어디 가서 보자. 그냥 피곤한 거겠지."

데이비드는 한 팔로 눈을 가리고 침대에 누워 있었다. 커튼을 걷지 않아 방 안이 제법 어두웠다. 어둠에 눈이 적응하는 사이 마거릿은 속으로 생각했다. 시각 장애인이 어둠을 선호하는 이유는 어둠 속에서 앞이 보이는 사람보다 본인이 유리해지기 때문인 걸까? 마거릿은 침대로 다가갔다. 데이비드는 체구가 작고 자기 아버지를 닮아 머리카락이 검은색이었다. 턱은 뾰족했고 일자로 굳게 다문 입술은 할아버지를 빼닮았다. 지금 모습은 여위고 무력하고…… 리타 말이 맞았다. 지독히도 창백했다.

마거릿은 병원에서 일하던 경험을 십분 발휘해 데이비드의 얼굴을 가린 팔을 들고 맥을 짚었다.

"어디 아프니, 데이비?" 마거릿이 물었다.

데이비드가 말했다. "그렇게 부르지 마셨으면 좋겠어요. 어린애 이름이잖아요." 좁은 얼굴이 퉁명스레 잔뜩 굳어 있었다.

마거릿은 재빨리 숨을 들이마셨다. "미안해. 엄마가 깜박했네. 리타가 그러는데 저녁 먹기 싫다며."

리타가 복도에서 들어왔다. "정말 환자처럼 보이죠, 엄마."

"꼭 저렇게 사람 귀찮게 해야 한대요?" 데이비드가 따졌다.

"전화벨 소리가 들리는 것 같다. 가서 확인해 줄래, 리타?" 마거릿이 말했다.

"너무 뻔해서 짜증 나요. 내가 여기 있는 게 싫으면 그냥 싫다고 말하지." 그러더니 뒤돌아 천천히 방에서 나갔다.

"어디 다쳤니, 데이비드?" 마거릿이 물었다.

"피곤해서 그래요. 그냥 혼자 내버려 두면 안 돼요?" 데이비드가 중얼거렸다.

마거릿은 아들을 가만히 내려다보았다. 수없이 그러했듯 시아버지와 너무도 닮은 모습에 할 말을 잃었다. 아들이 피아노 앞에 앉을 때면 기이한 느낌마저 들었다. 강렬한 생동감…… 해첼이라는 이름만으로 공연장을 가득 채운 천재적 음악성까지 똑같았다. 마거릿은 생각했다. 할아버지 스타인웨이라 더 헤어지기 힘든 걸까. 그 피아노는 자기가 물려받은 재능의 상징이니까.

마거릿은 아들의 손을 토닥이고 침대 옆자리에 앉았다. "뭐 걱정거리라도 있니, 데이비드?"

데이비드가 얼굴을 구기더니 홱 돌아누우며 중얼거렸다. "나가세요! 그냥 혼자 내버려 둬요!"

마거릿은 못난 엄마가 된 느낌에 한숨을 쉬었다. 월터가 일 때문에 발사장에 묶여만 있지 않았어도. 지금처럼 남편의 존재가 질실한 순간이 없었다. 입에서 또 한숨이 흘러나왔다. 마거릿은 이제 해야 할 일을 알았다. 이주민이 지켜야 할 명백한 규칙이 있었다. 증상이 아무리 가벼워도 문제가 생기면 의사의 진찰을 받아야 한다는 것이었다. 마거릿은 데이비드의 손을 한 번 더 두드려 주고는 복도 전화기가 있는 아래층으로 내려와 시애틀 지역 이주민들의 담당 의사인 모워리 박사에게 전화를 걸었다. 박사는 한 시간쯤 후에 출발하겠다고 했다.

전화를 끊을 즈음, 리타가 나타나 물었다. "데이비드 죽어요?"

그날 쌓인 긴장과 짜증이 대답으로 터져 나왔다. "바보도 아니고 무슨 그런 끔찍한 말이 있어!"

말을 뱉자마자 후회했다. 입을 다문 마거릿은 리타를 품에 안고 연신 사과를 했다.

"괜찮아요, 엄마. 걱정이 많으셔서 그러는 거 이해해요." 리타가 말했다.

마거릿은 막심한 후회를 느끼며 주방으로 들어가 딸이 제일 좋아하는 음식인 참치 샌드위치와 초코 셰이크를 준비했다.

마거릿은 생각했다. 내가 과민한 거야. 데이비드 건강에는 문제없어. 요새 날씨도 너무 덥고 이민 준비로 긴장이 쌓인 탓이겠지. 아들 방으로도 샌드위치와 밀크셰이크를 들고 올라갔지만 데이비드는 여전히 식사를 거부했다. 핏기 없는 얼굴이 좌절감으로 가득했다. 마거릿은 삶의 의지를 잃었다는 이유로 죽은 사람에 관한 이야기를 한번 떠올리자 그 생각을 도저히 떨칠 수가 없었다.

마거릿이 주방으로 돌아가 이것저것 일을 하고 있을 때 월터와 전화 연결이 되었다. 남편의 우락부락한 얼굴을 보고 무게 있는 저음을 듣자 온종일 느끼지 못했던 평온함이 찾아왔다.

"정말 보고 싶었어, 여보." 마거릿이 말했다.

"조금만 더 참으면 돼." 월터가 말했다. 미소를 짓고 한쪽으로 몸을 기울이자 월터의 뒤로 공중전화 부스의 아무 특징 없는 벽이 드러났다. 월터는 피곤해 보였다. "우리 가족 잘 있지?"

마거릿은 데이비드의 이야기를 들려주었고 남편의 눈에 퍼지는 걱정의 빛을 보았다. "의사는 아직이야?" 월터가 물었다.

"늦네. 6시에는 온다고 하는데 30분이 지났어."

"눈코 뜰 새 없이 바쁠 거야. 솔직히 데이비드가 정말로 아픈 것 같지는 않아. 그냥 속이 상한 거겠지…… 떠난다고 생각하니 흥분도 되고. 문제가 뭔지 의사한테 들으면 곧바로 전화해 줘." 월터가 말했다.

"알았어. 내 생각에는 아버님 피아노를 두고 가야 해서 화가 난 것 같아."

"우리가 원해서 놓고 가는 게 아니라는 건 데이비드도 잘 알 거야." 월터가 환하게 웃었다. "와! 그 물건을 우주선에 싣고 간다고 상상해 봐! 찰스워디 박사가 뒤집어질걸!"

마거릿이 미소를 지었다. "슬쩍 말해 보면 안 돼?"

"그랬다가는 그 양반한테 혼이나 나게!"

"그쪽 일은 어때, 여보?" 마거릿이 물었다.

월터가 진지해진 얼굴로 한숨을 쉬었다. "오늘은 스마이스 안사람과 만나서 얘기해야 했어. 짐을 챙기러 왔더라고. 쉽지는 않았지. 이렇게 됐어도 같이 가겠다고 할까 봐 찰스워디 박사가 걱정했는데…… 그건 아니었고…….” 월터가 고개를 저었다.

“후임자 아직 못 찾았어?”

“찾았지. 레바논 출신이고 젊은 친구야. 테릭이라고. 와이프가 귀엽더군.” 월터가 마거릿 뒤편의 주방을 살폈다. “물건 정리하나 보네. 뭐 가져갈지 정했어?”

“몇 가지는. 나도 당신처럼 딱 결정할 수 있으면 얼마나 좋을까. 엄마가 물려주신 스포드 도자기 컵이랑 접시랑 순은 식기는 확정이야. 리타가 결혼하면 물려줘야지…… 그리고 아버님이 리스본에서 사신 위트릴로 그림하고…… 내 보석은 기본적인 것들로 900그램 정도 추렸고…… 화장품은 신경 안 쓰려고. 당신 말대로 가서 만들면 되니까…….”

리타가 주방으로 달려 들어와 마거릿을 밀치고 옆에 섰다. “안녕, 아빠.”

“안녕, 꼬맹이. 뭐 하고 있었어?”

“제 곤충 수집품을 분류하고 보충하고 있어요. 유리함에 보관한 표본은 준비만 되면 엄마가 촬영하는 걸 도와주신대요. 걔들은 너무 무겁거든요!”

“엄마를 어떻게 설득했길래 네 벌레 근처에 가게 만든 거야?”

“아버지! 벌레라니요. 곤충 표본이에요.”

“네 엄마한테는 벌레란다. 자, 이제…….”

“아버지! 하나 더요. 오늘은 라울한테, 라울은 우리 동네에 새로 이사 온 남자앤데요, 걔한테 리텔에 사는 매 같은 곤충에 관해 이야기했……."

"곤충이 아니지. 순응된 양서류야."

리타가 얼굴을 찌푸렸다. "하지만 스펜서의 보고서에 분명히 나와 있어요. 키틴질이고……."

"어허! 기술 보고서를 읽어 보렴. 지난달 아빠가 집에 갔을 때 보여 준 거 말이야. 이 생물은 구리를 기반으로 대사를 하고, 지구에서 흔히 볼 수 있는 어류와 아주 가까워."

"음…… 아빠는 제가 해양생물학으로 가는 게 낫다고 생각하세요?"

"한 번에 하나씩 하자, 공주님. 이제……."

"우리 출발일은 정해졌어요, 아빠? 빨리 가서 연구하고 싶어요."

"아직 확실하지는 않지만 곧 알게 될 거야. 자, 엄마 바꿔 주렴."

리타가 뒤로 물러났다.

월터는 아내를 보고 싱긋 웃었다. "우리가 대체 뭘 키우고 있는 거지?"

"나도 궁금해."

"저기…… 데이비드는 걱정하지 마. 그때…… 그 바이러스에서 회복하고 9년이 지났잖아. 검사 결과가 다 완치라고 나온다며."

마거릿은 생각했다. 그래…… 완치됐지. 시신경이 죽었다는 사소한 부분을 빼면. 그러고는 억지로 웃어 보였다. "당신 말이 맞을 거야. 알고 보면 간단한 문제겠지…… 나중에 우리끼리 웃어넘길 수 있는……." 현관 벨이 울렸다. "의사 왔나 보다."

"이유 알게 되면 연락해." 월터가 말했다.

문으로 달려가는 리타의 발소리가 들렸다.

"끊을게, 여보. 사랑해." 마거릿은 남편에게 손 키스를 날렸다.

월터는 승리의 표시로 손가락 두 개를 들고 윙크를 했다. "나도. 기운 내."

전화를 끊었다.

백발의 모워리 박사는 냉혹한 얼굴을 하고 부산스럽게 움직이는 사람이었다. 시종일관 고개를 끄덕이고 다 안다는 듯 (하지만 알아듣기 힘든 발음으로) 뭐라 뭐라 중얼거렸다. 큼지막한 손에는 회색 왕진 가방이 들려 있었다. 모워리 박사는 리타의 머리를 쓰다듬고 마거릿과 악수를 나눈 후, 데이비드를 혼자 보겠다고 주장했다.

"어머니들이 있으면 의사의 기운만 어수선해질 뿐이죠." 그러면서 가시 돋친 발언을 무마하려 윙크를 했다.

마거릿은 리타를 방으로 보내고 위층 복도에서 대기했다. 데이비드의 방문과 복도 모서리 사이의 벽지에는 꽃 조각이 106개 있었다. 다음으로는 계단 난간의 가로대를 세러 가는데 의사가 데이비드 방에서 나왔다. 그는 혼자 고개를 끄덕이며 조용히 문을 닫았다.

마거릿은 잠자코 기다렸다.

"으으으으으으으으으음." 모워리 박사가 말하더니 헛기침을 했다.

"심각한가요?" 마거릿이 물었다.

"글쎄요." 의사는 계단으로 걸어갔다. "언제부터 저렇게…… 기운 없이 실의에 빠진 거죠?"

마거릿은 목구멍을 꽉 막은 덩어리를 삼켰다. "행동이 달라진 건 전자 피아노가 배달 온 후부터예요…… 할아버지의 스타인웨이를 대신할 피아노요. 그 말씀이신가요?"

"달라졌다고요?"

"반항하고 성질을 부리고…… 혼자 있기를 원하고요."

"큰 피아노를 가져갈 수 있는 가능성은 조금도 없는 거겠죠." 의사가 말했다.

"글쎄요…… 다 합치면 500킬로그램은 나갈 텐데요. 전자 피아노는 9.5킬로그램밖에 안 되거든요." 마거릿이 목을 가다듬었다. "피아노 걱정 때문에 저러는 건가요, 선생님?"

"아마도요." 모워리 박사가 고개를 끄덕이고 첫 번째 계단을 내려갔다. "장기의 문제는 아닌 것 같습니다. 제 장비들이 못 찾는 문제라면 모를까요. 오늘 밤 린퀴스트 박사님과 다른 의료진을 불러 데이비드를 진찰해 보라고 할게요. 린퀴스트 박사님은 수석 정신과 의사시죠. 그때까지는 뭐라도 먹여 보세요."

마거릿은 계단 끝에 서 있는 모워리 박사의 옆으로 다가가 말했다. "저 간호사예요. 제게는 말씀하셔도 돼요. 심각한 일이면……."

박사는 가방을 오른손으로 바꿔 들고 마거릿의 팔을 두드렸다. "자, 걱정하지 마세요, 어머니. 천재 음악가가 있다는 건 우리 이주단의 복인걸요. 아이에게 아무 일 없도록 저희가 책임집니다."

린퀴스트 박사는 둥근 얼굴에 타락 천사같이 냉소적인 눈빛을 한 남자였다. 목소리는 파동처럼 솟구쳐 듣는 사람을 압도하고 끌어당겼다. 정신과 의사와 동료들은 거의 밤 10시까지 데이비드 곁에 있었다. 린퀴스트 박사는 다른 사람들은 보낸 후 마거릿이 기다리는 음악실로 내려왔다. 그는 피아노 의자에 앉아 옆의 가장자리를 붙잡았다.

마거릿은 안락의자에 앉아 있었다. 이 집에 있는 어떤 물건보다도 그리워하게 될 가구였다. 오래 사용해 마모된 쿠션은 마거릿과 한 몸처럼 맞았고, 거칠거칠한 커버는 마음이 편안해지는 익숙한 느낌을 선사했다.

블라인드를 친 창문 밖에서 귀뚜라미 소리가 듣기 좋게 울렸다.

"이 피아노에 대한 집착 때문이라고 확실하게 말할 수 있습니다." 린퀴스트가 말했다. 그러더니 손바닥으로 무릎을 내리쳤다. "아이를 두고 떠난다는 생각은 혹시 안 해 보셨나요?"

"선생님!"

"한번 여쭤본 겁니다."

"데이비가 그 정도로 심각한가요? 아니, 제 말은…… 저희 가족 다 각자 그리워할 물건들이 있어요." 마거릿은 의자 팔걸이를 문질렀다. "하지만 정말이지, 저희는……."

"저는 음악을 잘 모릅니다. 아드님이 공연계에서 이미 유명하다는 비평가들의 말은 들었습니다만…… 지금 점점 더 커지는 혼란을 피하려고 일부러 감정을 절제하고 있는데…… 아무래도 떠날 날이 얼마 남지 않았으니까요." 린퀴스트 박사가 아랫입술을 깨물었다. "아드님이 할아버지에 대한 기억을 몹시 숭배한다는 거는 알고 계시죠?"

"옛날 비디오를 다 봤죠. 테이프도 전부 들었고요. 할아버지가 돌아가셨을 때 겨우 네 살이었지만, 데이비드는 그분과 함께 한 모든 시간을 기억해요. 그건……." 마거릿은 말을 잇지 못하고 어깨만 으쓱했다.

"데이비드는 할아버지에게 물려받은 피아노와 재능을 동일시합니다. 아이는……."

"하지만 피아노는 대체할 수 있잖아요. 우리 이민단에서 목재나 가구를 다루는 분이 복제하면……." 마거릿이 말했다.

"아, 아니요. 복제는 안 됩니다. 그건 모리스 해첼의 피아노가 아닐 테니까요. 저기, 아드님은 자기가 할아버지에게서 음악적 재능을 물려받았다는 사실을 굉장히 의식하고 있습니다. 피아노도 똑같이 물려받은 거예요. 둘을 하나로 생각합니다. 아이는 그렇게 믿어요. 무의식적인 믿음이지만요. 어쨌든 피아노를 잃으면 자신의 재능도 사라진다고 믿는 겁니다. 이 대목이 생각하시는 것보다 더 심각한 문제예요."

마거릿은 고개를 저었다. "하지만 아이들은 금방 극복……."

"데이비드는 아이가 아닙니다, 해첼 부인. 평범한 아이가 아니라고 해야 할까요. 우리가 천재라고 부르는 예민한 유형이지요. 이렇게 섬세한 마음은 금세 썩어 들어가기 십상이에요."

마거릿은 갑자기 입이 말랐다. "지금 무슨 말씀이세요?"

"공연히 불안감을 드리려 하는 말이 아닙니다, 해첼 부인. 하지만 솔직히 말하면, 저희 모두의 의견인데 아드님은 음악을 표현하는 수단을 잃으면…… 저기, 사망할 수도 있어요."

마거릿의 얼굴이 창백해졌다. "아니! 그런……."

"그런 경우도 있습니다, 해첼 부인. 물론 저희 쪽에서 심리 치료를 시도할 수도 있지만, 시간이 충분할지 모르겠네요. 출발 날짜가 곧 정해진다고 하죠. 치료는 몇 년이 걸릴 수도 있고요."

"하지만 데이비드는……."

"데이비드는 조숙하고 감정이 아주 풍부한 친구입니다. 음악에 병적인 노력을 투자했죠. 시력을 상실한 것도 하나의 이유가 되겠지만, 시각 장애를 뛰어넘어 음악적 표현에 대한 욕구가 있습니다. 데이비드 같은 천재에게 이런 욕구는 기본적으로 삶의 원동력과도 비슷합니다." 린퀴스트가 설명했다.

"안 돼요. 박사님은 모르세요. 우리는 정말 끈끈한 가족이고……."

"그렇다면 아예 포기하시고 다른 가족을 대신……."

"그랬다가는 월터…… 남편이 죽을 텐데요. 이 기회를 평생 기다린 사람이에요." 마거릿이 고개를 저었다. "그리고 지금 발을 뺄 수도 없을 거예요. 월터를 보조하던 스마이스 박사가 지난주 피닉스 근처에서 헬리콥터 사고로 죽었거든요. 후임을 구했다지만 식민지 이주가 성공하는 데 월터의 역할이 얼마나 중요한지는 박사님도 잘 아시잖아요."

린퀴스트가 고개를 끄덕였다. "스마이스 기사는 읽었습니다. 하지만 그게 이 문제와 무슨 관련이 있는지는 모르겠네요."

"식민지에 중요한 게 아니라요. 사실은 아이들에게도요. 하지만 생태학자들…… 우리의 노력이 빛을 보느냐 마느냐는 그 사람들 손에 달렸어요. 월터 없이는……."

"그렇다면 문제를 그냥 해결해야겠군요." 린퀴스트가 말하며 자리에서 일어났다. "내일 데이비드를 보러 다시 오겠습니다, 해첼 부인. 모워리 박사가 아미노산 캡슐을 먹이고 진정제도 놨으니 밤새 푹 잘 겁니다. 그래서는 안 되지만 다른 증상이 혹시라도 나타나면 이 번호로 연락해 주세요." 그러면서 지갑에서 명함을 꺼내 마거릿에게 건넸다. "중량 문제가 참 안타깝네요. 그냥 이 괴물을 가져갈 수만 있으면 모든 문제가 해결될 텐데요." 린퀴스트가 피아노 뚜껑을 두드렸다. "뭐…… 이만 가 보겠습니다."

린퀴스트를 보내고 마거릿은 현관문에 기대 차가운 나무에 이마를 댔다. 그리고 속삭였다. "아니야. 안 돼…… 안 돼…… 안 돼……." 거실 전화기로 가서 월터에게 전화를 걸었다. 밤 10시 20분이었다. 월터가 기다리고 있었는지 전화는 곧바로 연결되었다. 남편의 이마에 깊게 파인 주름이 보였다. 손을 뻗어 부드럽게 펴 주고 싶은 마음이 간절했다.

"무슨 일이야, 마거릿? 데이비드는 괜찮아?" 월터가 물었다.

"여보, 그게……." 마거릿이 침을 삼켰다. "피아노 때문이래. 아버님의 스타인웨이."

"그 피아노?"

"의사들이 저녁 내내 데이비드를 진찰하다 몇 분 전에 갔어. 정신과 의사가 그러는데 피아노를 잃으면 데이비드가…… 음악을 잃고…… 또…… 죽을 수도 있대."

월터가 눈을 깜박였다. "피아노 때문에? 아니, 잠깐, 무슨……."

마거릿은 린퀴스트 박사에게 들은 이야기를 전부 들려주었다.

월터가 말했다. "내 아들이지만 아버지를 너무 닮았어. 우리 아버지도 피아노 의자가 1센티미터 낮다고 교향악단을 뒤엎은 적이 있었는데. 그것참! 나…… 우리가 뭘 어떻게 하래?"

"피아노를 가져갈 수만 있으면 문제가……."

"콘서트 그랜드 피아노를? 그 물건은 500킬로그램이 넘을 거야. 우리 가족이 가지고 탈 수 있는 개인 수하물 무게보다 세 배는 더 나간다고."

"알아. 나 미칠 것 같아. 뭘 가져갈지 정하는 것도 복잡한데…… 데이비드까지 저러니."

"맞다!" 월터가 소리를 질렀다. "세상에! 데이비드 걱정하느라 잊을 뻔했네. 아까 저녁에 우리 출발일이 정해졌어." 그가 손목시계를 힐끗 보았다. "14일하고 여섯 시간 후에 발사야. 몇 분 차이는 있겠지만. 찰스워디 영감 말로는……."

"14일이라고!"

"응, 하지만 당신에게 남은 시간은 8일뿐이야. 그때가 이주민 소집일이거든. 이사 업체가 오후에 짐 가지러 도착할……."

"월터! 나 아직 결정도……." 마거릿이 말을 흐렸다. "최소 한 달은 더 있겠다고 생각했어. 당신도 그랬잖아. 우리……."

"알아. 그런데 연료가 예정보다 빨리 만들어졌고 장기 일기 예보도 좋아서. 어차피 할 이별, 질질 끌지 않는 게 좋다는 심리 효과도 있고. 갑자기 떠나면 그 충격으로 마음이 깨끗이 정리되잖아."

"하지만 데이비드는 어쩌고?" 마거릿이 아랫입술을 깨물었다.

"지금 깨어 있어?"

"아닐 거야. 진정제 줬댔어."

월터가 얼굴을 찌푸렸다. "아침에 데이비드와 전화부터 해야겠군. 이곳 일로 최근에 내가 데이비드에게 무심했네. 하지만……."

"데이비드는 당신 이해해, 월터."

"그러겠지. 하지만 내 눈으로 보고 싶어. 여유가 생겨서 집에 가면 참 좋을 텐데 지금 당장은 일 때문에 정신이 하나도 없어." 월터가 고개를 절레절레 저었다. "그런 진단이 어떻게 정확하다는 건지 나는 이해가 안 돼. 고작 피아노로 이 난리라니!"

"월터…… 당신은 물건에 애착을 두지 않잖아. 사람과 아이디어라면 몰라도." 마거릿은 눈을 내리깔고 터져 나오려는 눈물을 참았다. "하지만 무생물에 애정을 느끼는 사람도 있단 말이야…… 위안과 안전을 상징하는 물건들에." 마거릿이 침을 삼켰다.

월터는 고개를 저었다. "나는 아무리 생각해도 모르겠어. 그래도 해결 방법을 찾아볼게. 믿고 기다려."

마거릿은 겨우 미소를 지었다. "당신 믿어."

"이제 출발일이 나왔으니까 데이비드도 그냥 다 잊어버릴지 몰라." 월터가 말했다.

"아마 그럴 거야."

월터가 손목시계를 보았다. "그만 끊을게. 가서 실험할 게 있어서." 그가 윙크를 했다. "우리 가족 보고 싶다."

"나도." 마거릿이 속삭였다.

다음 날 아침, 이민 위원회 위원장인 프레스터 찰스워디에게서 전화가 왔다. 주방 전화기 화면에 찰스워디 얼굴이 떴을 때 마거릿은 리타의 아침 식사 설거지를 막 마친 참이었다. 데이비드는 아직 자고 있었다. 그리고 두 아이 모두 출발일에 관해 아직 듣지 못했다.

찰스워디는 얼굴에 살이 없고 신경질적으로 행동하는 남자였다. 촌스럽게 생겼지만 자세히 보면 연한 파란색 눈이 예리하게 번뜩였다.

"방해해서 죄송합니다, 해첼 부인." 찰스워디가 말했다.

마거릿은 애써 침착하게 답했다. "방해는요. 월터가 아침에 전화한다고 해서 기다리고 있었어요. 그이 전화인 줄 알았어요."

"방금 월터와 이야기를 했습니다. 데이비드에 관해서요. 아침에 린퀴스트 박사의 보고서부터 확인했습니다."

마거릿은 밤새 주기적으로 까치발을 하고 데이비드를 살피느라 한숨도 자지 못했고 무력감으로 신경이 곤두서는 느낌이었다. 그래서 머리에 떠오르는 최악의 해석을 덥석 붙들었다. 마거릿이 불쑥 말했다. "저희를 이민단에서 빼시려는 거죠. 다른 생태학자를……."

"아, 아닙니다, 해첼 부인!" 찰스워디 박사가 숨을 깊이 들이마셨다. "이상하다고도 생각하실 거예요. 제가 이런 식으로 전화를 하는 게요. 하지만 우리는 같이 외계로 나갈 사람들 아닙니까. 다음 우주선이 올 때까지 10년 동안 서로서로 의지하며 살아야 하죠. 그러니 뭐든 문제가 있으면 합심해야 해요. 진심으로 도움을 드리고 싶습니다."

"죄송해요. 어젯밤 잠을 별로 못 자서요." 마거릿이 말했다.

"이해합니다. 저도 월터를 지금 당장 댁으로 보내 드릴 수만 있다면 소원이 없겠습니다." 찰스워디가 어깨를 으쓱했다. "하지만 그건 불가능하고요. 스마이스가 딱하게도 죽어 버린 바람에 월터 어깨가 참 많이 무거워졌죠. 월터가 없으면 이 프로젝트 자체를 중단해야 할 수도 있어요."

마거릿은 혀로 입술을 축였다. "찰스워디 박사님, 혹시 이럴 수는 없을까요…… 그게…… 피아노를 우주선에 실을 수는 없나요?"

"해첼 부인!" 찰스워디가 화면에서 뒤로 물러났다. "반 톤은 될 텐데요!"

마거릿이 한숨을 쉬었다. "오늘 아침이 되자마자 이사 업체에 전화를 했어요. 이 집으로 올 때 피아노를 옮겨 준 업체요. 그쪽에서 기록을 확인해 줬어요. 638.6킬로그램이라네요."

"그럴 수는 없습니다! 대체 왜…… 더 중요한 장비들도 그 절반이 안 되는 무게 때문에 빼야 했는데요!"

"제가 너무 간절해서요. 린퀴스트 박사님 말이 머리에서 떠나지 않아요. 데이비드가 죽을……."

"그럼요. 그래서 제가 전화를 드린 겁니다. 저희가 취한 조치를 알려 드리려고요. 오늘 아침 헥터 토레스를 스타인웨이 공장으로 보냈어요. 식민지에 가게 된 가구 제작자요. 스타인웨이 측에서 감사하게도 제작 기밀을 전부 알려 주겠다고 했답니다. 헥터가 부품 하나도 빠짐없이 이 피아노를 정확히 복제할 수 있도록요. 오후에는 우리 금속공학자 필립 잭슨도 같은 이유로 헥터를 따라갈 겁니다. 데이비드에게 이 소식을 전하면 두려운 마음이 다 해소될 거예요."

마거릿은 눈물을 참으려 눈을 깜박였다. "찰스워디 박사님…… 어떻게 감사를 드려야 할지 모르겠어요."

"감사는요, 무슨. 우리는 한 팀이에요. 힘을 합쳐야죠." 찰스워디가 고개를 끄덕였다. "자, 한 말씀만 더요. 한 가지 부탁을 들어주셨으면 합니다."

"당연하죠."

"가능하다면 이번 주에 월터가 너무 걱정하지 않게 해 주세요. 행성 C에서 자라고 있는 식물과 지구의 식물을 교배할 수 있는 돌연변이 종을 발견했거든요. 행성 C에서 가져온 흙 표본으로 이번 주에 최종 테스트를 진행 중이에요, 해첼 부인. 성공하면 새로운 생활 주기의 균형을 정하는 초기 단계를 몇 년이

나 단축할 수 있습니다."

"그럼요. 괜히 저 때문에 죄송……."

"죄송하실 것 없어요. 걱정도 마시고요. 데이비드는 이제 겨우 열두 살이잖아요. 시간이 다 해결해 줄 겁니다."

"그럴 거예요." 마거릿이 말했다.

"좋습니다. 바로 그 정신이에요. 자, 도움이 필요하면…… 낮이든 밤이든 아무 때나 연락 주세요. 우리는 한 팀이니까. 힘을 합치자고요."

둘은 전화를 끊었다. 마거릿은 전화기 앞에 서서 텅 빈 화면을 응시했다.

뒤편의 주방 식탁에서 리타가 말했다. "출발일 얘기는 없어요?"

"정해졌어." 마거릿이 돌아섰다. "우리는 8일 후에 화이트샌즈에서 아빠와 합류할 거야."

"얏호오오오오!" 리타가 벌떡 일어나다 아침 식사 접시를 엎었다. "우리 이제 간다! 간다!"

"리타!"

하지만 리타는 벌써 주방에서 집 밖으로 달려 나갔다. "8일!"이라는 외침이 현관 복도에 메아리쳤다.

마거릿이 주방 문으로 걸음을 옮겼다. "리타!"

딸은 복도로 다시 달려왔다. "애들한테 말하려고요!"

"어서 진정해. 시끄럽게 소리를 내면……."

"이미 들었어요." 계단 꼭대기에 데이비드가 있었다. 데이비드는 난간으로 방향을 잡으며 천천히 계단을 내려왔다. 얼굴은 계란 껍데기처럼 새하얬고 주춤주춤 발을 끌었다.

마거릿은 심호흡을 하고 피아노를 대체하자는 찰스워디 박사의 계획을 설명해 주었다.

계단을 내려오던 데이비드가 두 칸을 남기고 멈춰 섰다. 마거릿이 말을 끝냈을 때는 이렇게 반응했다. "똑같지 않을 거예요." 아이는 마거릿 옆을 지나 음악실로 향했다. 다 틀렸다는 듯 몸이 축 늘어져 있었다.

마거릿은 몸을 홱 돌려 주방으로 들어갔다. 가슴에서 분노의 결의가 불타올랐다. 마거릿은 천천히 뒤를 따라오는 리타의 발소리를 듣고 돌아보지도 않고 말했다. "리타, 네 짐에서 무게 얼마나 줄일 수 있니?"

"엄마!"

"우리는 저 피아노를 가지고 갈 거야!" 마거릿이 외쳤다.

리타가 옆으로 다가왔다. "하지만 우리 가족 짐을 다 합쳐도 104킬로그램밖에 안 돼요! 불가능할……."

"이민단에 308명이 있어. 성인이 가지고 갈 수 있는 짐은 1인당 34킬로그램이고, 14세 이하는 18킬로그램이지." 마거릿은 주방에서 수첩을 찾아 숫자를 적었다. "한 사람이 2.15킬로그램씩 기부하면 저 피아노를 가져갈 수 있어!" 마음이 바뀌기 전에 식기 건조대로 몸을 돌려 어머니에게 물려받은 스포드 도자기 컵과 그릇을 포장지째 박스에 쓸어 버렸다. "자! 이건 우리 집을 산 사람들에게 선물로 주고! 1.6킬로그램 빠졌지!"

그러다 울기 시작했다.

리타가 정신을 번쩍 차렸다. "저는 곤충 표본을 두고 갈게요." 그렇게 속삭이고는 어머니의 옷에 얼굴을 묻고 함께 눈물을 터뜨렸다.

"두 사람 왜 우는 거예요?" 데이비드가 박쥐 시야 상자를 어깨에 메고 주방 문가에 서서 물었다. 오밀조밀한 이목구비가 괴로운 듯 일그러져 있었다.

마거릿이 눈물을 닦았다. "데이비…… 데이비드, 우리 피아노 가져가도록 노력할 거야."

데이비드가 턱을 들었다. 잠시 긴장이 풀렸던 얼굴이 다시 굳어지고 불행한 표정이 돌아왔다. "네. 아빠의 씨앗과 연장과 실험 도구를 그쪽에서 잘도 버려 주겠네요. 제……."

"다른 방법이 있어." 마거릿이 말했다.

"다른 방법이라뇨?" 박살 날 수 있는 희망을 받아들이지 않으려 갈등하는 목소리였다.

마거릿이 계획을 설명했다.

데이비드가 입을 열었다. "가서 빈다고요? 사람들한테 자기 몫을 포기해 달라고……."

"데이비드, 우리가 가서 새로운 식민지로 개척할 곳은 춥고 척박한 세계일 거야. 편의 시설은 거의 없고 지급받은 칙칙한 옷을 입고 지내겠지. 우리가 사는 곳이 문명사회라는 생각이 들 취향이나 물건은 어디에도 없을 거란 얘기야. 정말로 순수하게 지구에서 온 피아노와…… 그 피아노를 연주할 사람이 있으면 얼마나 좋겠니. 사기 진작에도 도움이 될 거고, 틀림없이 겪게 될 향수병도 달래 줄 거야."

오랜 침묵이 흐르는 동안, 앞을 못 보는 데이비드의 눈이 마거릿을 응시하는 듯했다. 한참 만에 데이비드가 말했다. "저는 엄청난 책임감을 짊어져야 할 테고요."

마거릿은 아들을 향한 자부심을 온몸으로 느끼며 말했다. "그렇게 생각한다니 기쁘다."

화이트샌즈에 처음 집합했을 때 규정과 조언이 적힌 소책자를 나눠 받았는데, 그 안에는 모든 이주민의 이름과 주소가 적혀 있었다. 마거릿은 명단의 첫머리를 빤히 보며 리틀록에 사는 셀마 앳킨스에게 전화를 걸었다. 원정대 수석 동물학자의 아내였다.

앳킨스 부인은 아담한 체구의 흑인 여성으로, 불타는 듯한 빨간 머리카락과 톡톡 튀는 성격이 특징이었다. 알고 보니 모의의 귀재이기도 했다. 셀마 앳킨스는 마거릿에게 설명을 다 듣기도 전에 전화 위원회 회장을 맡겠다고 나섰다. 셀마가 후보들의 이름을 적더니 말했다. "그런데 허용 중량을 확보한다 쳐도 그걸 어떻게 싣지?"

마거릿은 어리둥절한 표정을 지었다. "그냥 무게를 확보했다고 알리면 되지 않아요? 그러고 나서 짐을 포장하는 사람들한테 맡기고요."

"찰스워디에게 통할 리 없어. 지금 중량 문제로 장비를 못 실어서 펄쩍펄쩍 뛰는데. 피아노 무게 638.6킬로그램을 보자마자 이렇게 말할걸. '원자력 발전기를 하나 더 가져갈 수 있겠군!' 우리 남편 말로는 무게를 줄인다고 포장 상자에 구멍까지 뚫었대!"

"하지만 어떻게 몰래……."

셀마가 손가락을 튕겼다. "그거다! 오지 루컨!"

"루컨요?"

"우주선 선장. 왜 있잖아. 머리 빨갛고 덩치 큰 남자. 저번 회의 때, 그 뭐냐, 무게를 줄이면서 포장하는 법하고 특수 컨테이너 사용하는 법 설명해 줬잖아."

"아, 네. 그 사람이 왜요?"

"내 팔촌 베티의 큰딸과 결혼했거든. 가족의 이름으로 살짝 압박하는 방법만 한 게 없지. 내가 나서 볼게."

"듣자마자 찰스워디에게 가지 않을까요?" 마거릿이 물었다.

"하!" 셀마가 외쳤다. "베티 쪽으로 우리 가족이 어떤지 자기가 몰라서 그래!"

오전에는 린퀴스트 박사가 상담 전문가 두 명을 달고 도착했다. 그들은 데이비드와 한 시간을 보내고 마거릿과 리타가 마이크로필름으로 레시피 파일 촬영을 마무리하고 있는 주방으로 내려왔다. 데이비드도 따라와 문가에 섰다.

린퀴스트가 말했다. "이 친구가 제 생각보다 더 강한 것 같네요. 저 피아노를 가져갈 수 있다는 말을 들은 건 아니죠? 괜히 기분을 풀어 주겠다고 거짓말을 하시면 안 됩니다."

데이비드가 인상을 썼다.

마거릿이 말했다. "찰스워디 박사님에게 여쭤보니 피아노를 가져갈 수 없다고 하시더라고요. 그래도 복제품을 정확히 따라 만들 수 있게 스타인웨이 공장에 전문가 두 명을 보내셨어요."

린퀴스트가 데이비드를 돌아보았다. "그래도 괜찮니, 데이비드?"

데이비드는 주저하더니 말했다. "무게 때문인 거 이해해요."

"그래, 네가 철이 드나 보구나." 린퀴스트가 말했다.

정신과 의사들이 떠난 후 리타가 마거릿을 돌아보았다. "엄마! 그건 거짓말이잖아요!"

"아니, 그렇지 않아. 어머니는 진실을 말씀하셨어." 데이비드가 말했다.

"진실을 전부 얘기한 게 아닐 뿐이지." 마거릿이 말했다.

"그게 거짓말이죠." 리타가 말했다.

"얘가, 참!" 마거릿이 신경질을 냈다. 그러고는 말했다. "데이비드, 정말 브라유 점자책을 놓고 갈 거야?"

"네. 그것만 17.25킬로그램이에요. 브라유 점자 타공기랑 타자기는 있으니까요. 리타가 읽어 주면 필요한 글을 새 책에 타이핑할 수 있어요."

그날 오후 3시, 오즈월드 루컨 선장은 1그램까지 정확히 중량을 맞출 수만 있다면 피아노를 우주선에 몰래 실어 주겠다고 마지못해 동의했다. 하지만 루컨은 마지막으로 이 말을 남겼다. "찰스워디 영감 귀에는 소문이 들어가지 않게 하세요. 장비 뺐다고 아직 씩씩거리고 있단 말입니다."

7시 30분, 마거릿은 첫날 기부받은 무게를 더했다. 총 61명이 94킬로그램을 약속했다. 마거릿은 생각했다. 이것만으로는 부족해. 하지만 원망할 수는 없지. 다 자기 물건에 애착이 있는걸. 우리에게 과거와 지구를 연결해 주는 사소한 것들과 이별하기가 쉽겠어. 다른 데서 무게를 더 확보해야 해. 마거릿은 더 버릴 것을 찾아 머릿속을 샅샅이 뒤졌지만 그래 봤자 몇 킬로그램뿐이라는 사실을 허무하게 깨달았다.

셋째 날 오전 10시 무렵에는 같은 이주민 160명에게서 251.5킬로그램을 얻어 냈다. 격하게 반대한 사람도 딱 20명 있었다. 20명 중 하나가 이 은밀한 계획을 폭로할 수도 있다는 두려움에 마거릿은 긴장하기 시작했다.

데이비드도 다시 우울에 빠졌다. 데이비드는 음악실 피아노 의자에 앉아 있었고, 마거릿은 가장 아끼는 안락의자에 앉아 앞에 있는 아들을 보았다. 데이비드는 할아버지 모리스 해첼에게 그토록 찬란한 삶을 안겨 줬던 피아노 건반을 한 손으로 다정하게 어루만졌다.

"한 사람당 1.8킬로그램도 못 받았죠?" 데이비드가 물었다.

마거릿은 자신의 뺨을 문질렀다. "응."

피아노에서 부드러운 화음이 흘렀다. "성공 못 할 거예요." 데이비드가 말했다. 음악이 유려한 물결처럼 방 안에 퍼져 나갔다. "사실 우리가 이런 부탁을 할 권리가 있는지도 저는 잘 모르겠어요. 이미 많은 걸 포기한 사람들인데, 우리까지……."

"쉿, 데이비."

데이비드는 어린 시절의 애칭을 굳이 지적하지 않고 건반을 어루만지며 드뷔시의 곡을 한 구절 연주했다.

마거릿은 양손으로 눈을 감싸고 피로와 좌절감을 느끼며 소리 없이 눈물을 흘렸다. 하지만 데이비드의 손가락이 오가는 피아노 건반 위에는 그보다 더 서글픈 눈물이 뚝뚝 떨어지는 듯했다.

의자에서 일어난 데이비드가 천천히 음악실을 나가 위층으로 올라갔다. 마거릿은 아들의 침실 문이 조용히 닫히는 소리를 들었다. 폭력성이라고는 없는 아들의 행동이 마거릿의 가슴을 칼로 도려내는 듯했다.

전화벨 소리가 마거릿을 우울한 상념에서 깨웠다. 마거릿은 복도에 있는 휴대용 전화기로 전화를 받았다. 눈을 동그랗게 뜨고 차분한 표정을 지은 셀마 앳킨스가 화면에 떴다.

셀마가 대뜸 말했다. “방금 오지 전화 받았어. 오늘 아침에 누가 찰스워디한테 찔렀대.”

마거릿이 한 손으로 입을 틀어막았다.

“우리가 하는 일 남편에게 말했어?” 셀마가 물었다.

“아뇨.” 마거릿은 고개를 저었다. “말하려고 했는데 무슨 말을 들을까 무서워서 못 했어요. 남편이 찰스워디와 얼마나 친한지 알잖아요.”

“자기 아내를 밀고할 정도로?”

“아니, 그건 아니지만 혹시라도…….”

“아무튼, 지금 불려 갔대. 오지 말로는 기지 전체가 뒤집어졌고. 소리를 지르고 책상을 내리치면서 월터에게……."

"찰스워디가요?"

"또 누가 있어? 경고하려고 전화했어. 그……."

"하지만 우리는 어떡해요?" 마거릿이 물었다.

"몸을 숨겨야지. 흩어졌다가 다시 집결하는 거야. 남편과 통화하는 대로 연락해. 새로운 계획이 떠오를지도 모르니까."

"이주민 절반 이상이 우리에게 기부했어요. 그 말은 절반 이상이 우리 편이라는……."

"지금 이 식민 위원회는 민주주의가 아니라 독재 체제야. 하지만 생각은 해 볼게. 일단 끊어."

전화를 끊는데 데이비드가 뒤에 다가왔다. "들었어요. 우리 끝난 거죠?"

마거릿이 대답할 새도 없이 전화벨이 울렸다. 마거릿은 스위치를 켰다. 월터의 얼굴이 화면에 떴다. 초췌한 얼굴에 주름이 더 깊어졌다.

"마거릿. 찰스워디 박사 사무실에서 전화 거는 거야." 그가 심호흡을 했다. "왜 나와 상의하지 않았어? 들었으면 얼마나 어리석은 짓인지 내가 말해 줬겠지!"

"그래서야!" 마거릿이 말했다.

"하지만 우주선에 피아노를 밀반입하다니! 하고 많은……."

"데이비를 생각해서 그랬어!" 마거릿이 따졌다.

"맙소사, 나도 알아! 하지만……."

"의사들이 그러잖아. 우리 아이가 죽을 수도 있다고……."

"하지만 마거릿, 500킬로그램짜리 피아노야!"

"638.6킬로그램이야." 마거릿이 정정했다.

"말싸움은 하지 말자, 여보. 당신 용기가 존경스러워…… 사랑해. 하지만 당신 때문에 이주단의 사회적 단합을 깨뜨릴 수는 없어……." 월터는 고개를 저었다. "아무리 데이비드 일이라고 해도."

"당신 아들이 죽는대도?" 마거릿이 따져 물었다.

"우리 아들이 왜 죽어. 나 생태학자야, 몰라? 우리를 죽지 않고 살리는 게 내 일이야…… 따로 또 같이! 그리고 나는……."

"아버지 말씀이 옳아요." 데이비드가 말하며 마거릿 옆으로 다가왔다.

"거기 있는지 몰랐네, 아들." 월터가 말했다.

"괜찮아요, 아버지."

"잠시만요." 찰스워디였다. 그가 월터를 밀고 들어왔다. "약속받은 무게가 얼마인지 알고 싶어요."

마거릿이 물었다. "왜요? 실험용 장난감을 몇 개나 더 가져갈 수 있는지 계산하시려고요?"

"부인의 작은 프로젝트가 얼마나 성공에 근접했는지 알고 싶어서요." 찰스워디가 말했다.

"251.6킬로그램요. 160명이 기부한 거예요!" 마거릿이 말했다.

찰스워디가 입술을 오므렸다. "필요한 무게의 3분의 1 정도군요. 이 속도면 목표를 달성하지 못합니다. 성공할 가능성이 조금이라도 있었다면 그렇게 하시라고 할 생각이었는데, 부인도 아시겠지만……."

"아이디어가 있어요." 데이비드가 말했다.

찰스워디가 아이를 보았다. "네가 데이비드니?"

"네, 박사님."

"아이디어라니?"

"제 피아노 현과 건반 무게가 얼마나 돼요? 공장에 있는 분들이……."

"네 피아노에서 그만큼만 가져가겠다는 말이니?" 찰스워디가 물었다.

"네, 박사님. 똑같지는 않겠지만…… 더 나을지도 몰라요. 양쪽 세계에 뿌리가 있을 테니까요. 일부는 지구에서, 일부는 행성 C에서 만들어지는 거죠."

"이런 아이디어를 어떻게 거부하겠니." 찰스워디가 옆을 돌아보았다. "월터, 스타인웨이 공장으로 전화해서 필 잭슨과 얘기해 봐. 피아노에서 그 부분 무게가 얼마나 되는지 알아보라고."

월터가 스크린의 제어판을 두드렸다. 다른 사람들은 잠자코 기다렸다. 월터가 돌아와 말했다. "255킬로그램요. 헥터 토레스와도 통화했어요. 나머지 피아노를 정확히 복제할 수 있답니다."

찰스워디가 미소를 지었다. "됐네, 그럼! 내가 정신이 나간 건지도 모르겠군…… 꼭 필요한 물건이 얼마나 많은데. 하지만 이것도 필요하겠지. 사기 진작을 위해서 말이야."

"사기가 충만하면 필요한 물건이야 뭐든 만들 수 있죠." 월터가 말했다.

마거릿은 전화기 서랍에서 수첩을 집어 들고 숫자를 끄적였다. 그리고 고개를 들었다. “저는 바쁘게 움직여야겠네요. 부족한 몇 킬로그램을 만들려면…….”

“얼마나 더 필요해요?” 찰스워디가 물었다.

마거릿이 수첩을 내려다보았다. “3.4킬로그램요.”

찰스워디가 숨을 깊이 들이마셨다. “제정신으로 돌아오기 전에 한 가지 결정을 더 하죠. 저희 부부는 우리가 살 새로운 터전의 문화 발전을 위해 3.4킬로그램을 기부하도록 하겠습니다.”

1973

도박 장치

Gambling Device

1973년, DAW 북스 출판, 『더 북 오브 프랭크 허버트』 수록.

"데저트 레스트 호텔, 도박 금지."

흰색과 파란색으로 칠한 간판은 알칼리 사초가 듬성듬성 낀 기둥에 몸을 얹고 한적한 길 가장자리에 외로이 서 있었다.

핼 렘슨은 간판에 적힌 문구를 소리 내어 읽고 호텔 진입로에 컨버터블 승용차를 세운 후 이제 결혼한 지 여섯 시간 된 새 신부를 내려다보았다. 아내가 단 코르사주에서 진한 꽃향기가 퍼졌다. 핼이 미소를 짓자 검고 야윈 얼굴에 생기가 감돌았다.

장시간 오픈카를 타고 달린 탓에 루스 렘슨의 짧은 금발은 헝클어져 있었다. 엉망이 된 머리카락 뒤에 선홍색 석양이 배경으로 깔리자 오밀조밀한 이목구비의 인형 같은 느낌이 더 강조되었다.

"어때?" 핼이 물었다.

루스가 눈을 가늘게 뜨고 말했다. "생긴 게 마음에 안 들어,

핼. 꼭 교도소 같잖아. 더 가 보자."

루스는 부르르 몸을 떨며 남편의 뒤로 보이는 건물을 쳐다보았다. 네모난 건물은 왼쪽의 건조한 모래 언덕에 자리하고 있었다. 그림자로 덮인 현관이 진입로 끝에서 마치 덫처럼 입을 쩍 벌렸다.

핼은 어깨를 으쓱하고 씩 웃었다. 그러자 과자를 훔쳤다고 고백하려는 꼬마 같은 얼굴이 되었다.

"고백할 게 있어. 당신 남편이 말이야, 머리디언 파울러 일렉트로닉스에 둘도 없는 문제 해결 전문가라는……."

"어쨌든 저기는 생긴 게 마음에 안 들어." 루스가 말했다. 이제는 루스의 얼굴이 진지해졌다. "자기야, 우리 오늘 첫날밤이야."

핼은 아내에게서 고개를 돌리고 호텔을 보았다.

이윽고 말했다. "그냥 석양빛 때문에 그렇게 보이는 거야. 창문이 커다란 빨간색 눈 같아서."

루스는 아랫입술을 깨물고 사막 언덕에 있는 건물을 응시했다. 광물성 모래에 반사된 석양이 호텔 건물에 붉은 줄무늬를 그리고 창문과 금속 창틀에서 불꽃처럼 타올랐다.

"그래도……." 루스는 말을 흐릴 수밖에 없었다.

핼은 기어를 넣고 진입로로 방향을 틀었다.

"곧 어두워질 거야. 사막에는 황혼 시간이 없잖아. 기회가 있을 때 잡아야지."

핼은 호텔 현관 지붕의 그림자 아래 차를 세웠다.

얼굴 피부가 가죽 같고 녹색 유니폼을 입은 늙은 벨보이가 오른쪽에 있는 계단 두 개를 내려왔다. 뒤편의 쌍여닫이문을 통해 로비의 노란 조명이 쏟아져 나와 벨보이의 깡마른 몸을 검은 실루엣으로 비추었다.

벨보이가 말없이 루스 쪽 차 문을 열어 주었다.

루스가 내린 후 핼도 옆 좌석으로 옮겨 가며 뒷좌석을 향해 고갯짓을 했다. "뒤에 가방 두 개요. 오늘 밤만 묵을 겁니다."

키는 차에 두고 내렸다.

후끈한 사막에 있다 들어와서인지 로비는 서늘하고 고요했다. 두 사람의 구두 굽이 타일 바닥에 부딪히는 소리가 울려 퍼졌다. 핼은 화분, 가구, 사람이 희한할 정도로 없다고 생각했다. 로비의 정적에서는 무슨 일을 앞둔 섬뜩한 분위기가 흘렀다.

부부는 대리석 상판을 얹은 반원형의 데스크가 있는 로비 끝으로 걸어갔다. 핼이 데스크의 호출 버튼을 눌렀다. 뒤에서 두 번 딸깍하는 소리가 들려 돌아보니 벨보이가 두 사람의 짐을 내려놓고 있었다.

만약 성별이 여자였다면 '꼬부랑 할머니'라는 말이 어울렸겠다고 핼은 생각했다. '마법사'라는 단어가 불현듯 머리에 떠올랐다.

어기적거리는 걸음걸이의 벨보이가 데스크 뒤로 미끄러지듯 들어갔다. 그는 숙박계와 펜을 핼에게 내밀었다.

루스가 핼을 힐끔거리며 숙박계를 쳐다보았다.

문득 신혼부부라는 사실을 실감하고 핼이 헛기침을 했다.

"스위트룸 있습니까?" 핼이 물었다.

"북서쪽 끝의 417호로 모시겠습니다." 벨보이가 말했다.

"다른 방은 없나요?" 핼이 물었다. 루스를 내려다보며 갑자기 불안해지는 마음을 잠재우려 심호흡을 했다. 핼은 데스크 너머에 있는 노인을 다시 바라보았다.

"그 방입니다, 손님." 벨보이가 숙박계 가장자리를 매만지며 말했다.

"그냥 알았다고 해. 오늘 하루잖아." 루스가 말했다.

핼은 어깨를 으쓱하고 펜을 들어 '해럴드 B. 렘슨 부부, 캘리포니아 소노마'라고 과장되게 서명했다.

벨보이는 핼에게 펜을 받아 들고 숙박계의 접힌 부분에 끼웠다. 그러고는 여전히 어기적거리는 특이한 걸음걸이로 데스크를 돌아 나왔다. 거의 기계 같은 움직임이었다.

"이쪽으로 오시죠." 벨보이가 짐을 들며 말했다.

그들은 로비를 대각선으로 가로질러 엘리베이터에 탑승했다. 벨보이는 문을 닫고 희미하게 윙윙 소리를 내기 시작한 엘리베이터를 위층으로 올렸다.

루스가 핼의 팔을 잡고 세게 움켜쥐었다. 루스의 손을 토닥이던 핼은 손에 닿은 피부의 떨림을 느꼈다. 그는 등을 돌린 벨보이의 녹색 유니폼을 응시했다. 불규칙한 주름이 목에서 아래로 퍼져 나갔다. 핼은 기침을 했다.

"저희가 머리디언에서 25번 도로라고 생각하고 좌회전을 했거든요. 카슨시티로 가는 길이었어요." 핼이 말했다.

벨보이는 여전히 말이 없었다.

"길을 잘못 든 건가요?" 루스가 물었다. 긴장 때문에 목소리가 새된 고음으로 터져 나왔다.

"잘못 든 길은 이 세상에 없습니다." 벨보이는 뒤를 돌아보지도 않고 말하고 엘리베이터를 세운 후 문을 열고 두 사람의 짐을 들었다. "이쪽으로 오시죠."

핼은 아내를 내려다보았다. 루스가 눈을 동그랗게 뜨며 어깨를 으쓱했다.

"철학자시네." 핼이 속삭였다.

길게 뻗은 복도는 무한한 동굴과도 같았고 끝에 빗장을 지른 창문이 나 있었다. 창문 너머로 밤이 사막을 휩쓸고 밝은 별들이 지평선 여기저기 뭉쳐 있는 모습이 보였다. 천장 모서리에서 반짝이는 은색 불빛이 발밑의 폭신한 갈색 카펫을 비추었다.

복도 끝에 이르자 벨보이가 문을 열고 안에 손을 넣어 조명을 켰다. 그러고는 핼과 루스가 들어가도록 옆으로 비켜섰다.

핼은 노란 조명이 달린 문가에서 걸음을 멈추고 아내를 내려다보며 미소를 지었다. 번쩍 안아 올리는 손동작을 해 보였다. 얼굴을 붉힌 루스가 고개를 젓고 방으로 성큼 들어갔다. 핼도 쿡쿡 웃으며 루스를 따라 방에 들어갔다.

방은 천장이 낮고 길쭉한 형태였다. 더블베드가 끝에 놓여 있었고, 철제 서랍장 양옆으로 반쯤 열린 문 두 개가 있었다. 문 하나를 들여다보니 번쩍이는 욕실 타일이 보였다. 다른 문 너머는 텅 빈 벽장으로 캄캄했다. 객실 전체가 감방처럼 금욕적인 분위기를 풍겼다. 침대 옆의 창문으로는 보랏빛 사막이 내다보였다.

루스가 서랍장에 달린 거울로 다가가 코르사주를 떼기 시작했다. 벨보이가 침대 옆 탁자에 두 사람의 짐을 올려놓았다. 핼은 루스가 거울로 벨보이를 지켜보고 있다는 것을 알 수 있었다.

"잘못 든 길이 이 세상에 없다고 하셨는데 무슨 뜻이에요?" 루스가 물었다.

벨보이가 허리를 폈다. 녹색 유니폼에 아까와는 다른 무늬로 주름이 잡혔나. "보는 길은 어디론가 이어지는 법이니까요." 벨보이는 그 말을 남기고 돌아서서 문으로 향했다.

핼이 주머니에서 팁을 꺼냈다. 벨보이는 그를 무시하고 단호히 걸어 나간 뒤 문을 닫았다.

"뭐, 그럼……."

"핼!" 루스가 문을 보며 손으로 입을 틀어막았다.

핼은 아내의 목소리에 섞인 공포를 감지하고 황급히 뒤로 돌았다.

"안에 문손잡이가 없어!" 루스가 말했다.

문의 안쪽 표면에 아무것도 보이지 않았다. "어디 안 보이는 버튼이 있겠지. 전기 센서로 작동하거나." 핼이 말했다. 그는 문으로 다가가 표면을 더듬고 양옆의 벽도 살펴보았다.

뒤에 다가온 루스가 핼의 팔을 붙잡았다. 떨림이 느껴졌다.

"핼, 나 무서워 죽겠어. 여기서 그만 나가서……."

어디선가 우르르 울리는 저음이 루스의 말을 잘랐다. "놀라지 마십시오."

헬은 자세를 똑바로 하고 그 목소리가 들리는 위치를 찾아 두리번거렸다. 루스의 손톱이 그의 팔에 파고들었다.

목소리가 말했다. "데저트 레스트 호텔에 투숙하게 된 여러분을 환영합니다. 한 가지 규칙만 준수한다면 이곳에서 불편함 없이 지내실 수 있습니다. 도박 금지. 어떤 식으로든 도박은 허용되지 않습니다. 규칙을 어길 경우, 모든 도박 수단은 제거될 것입니다."

"여기서 나가고 싶어." 루스의 목소리가 떨렸다.

헬은 문득 이 장면이 악몽 같다고 생각했다. 잠깐은 꿈이 아닐까 진지하게 고민했다. 하지만 현실적인 요소가 너무 많았다. 옆에서 떨고 있는 루스, 단단한 문, 회색 벽까지.

"별 미친놈 다 보겠군." 헬이 중얼거렸다.

목소리는 계속 말했다. "떠나기로 결심해도 좋습니다. 하지만 어디로 갈지, 어떻게, 언제 떠날지에 관한 선택권은 여러분에게 없습니다. 당장 결정하지 못하는 자유로운 선택은 도박입니다. 이곳에서는 무엇도 운에 맡기지 않습니다. 이곳에서는 사전에 절대적이고 확실한 결정을 내려야 합니다."

"뭔 개소리야?" 헬이 따져 물었다.

"규칙을 듣지 않았습니까. 여러분은 이곳에 오기로 결정했습니다. 주사위는 던져졌습니다."

나 때문에 우리가 무슨 봉변을 당하는 거지? 계속 가자는 루스 말을 들을걸. 헬은 생각했다.

루스는 헬의 팔이 흔들릴 정도로 격렬하게 몸을 떨었다. 헬도 속에서 치미는 공포를 다스려야 했다.

“헬, 우리 나가자.” 루스가 말했다.

“조심. 상황이 너무 이상해.” 헬은 루스가 조금이라도 안심하기를 바라며 아내의 손을 토닥였다. “이제…… 우리…… 로비……로…… 내려……가자.” 헬은 일정한 간격으로 띄엄띄엄 말하고 루스의 손을 꽉 잡았다.

루스는 떨리는 숨을 들이마셨다. “응, 나갈래.”

헬은 생각했나. 그런데 어떻게 나가지? 문에 손잡이가 없잖아. 창문과 그 너머의 밤하늘을 바라보았다. 4층이나 내려가야 하는데.

“로비로 가기로 결정했습니까?” 목소리가 물었다.

“그렇다.” 헬이 말했다.

“여러분의 결정은 입력되었습니다. 여러분이 들어올 때부터 시간은 정해져 있었습니다.”

시간이 정해져 있었다. 루스가 정확히 봤네. 교도소잖아. 헬은 생각했다.

“우리 이제 어떻게 되는 거야?” 루스는 몸을 돌려 헬의 가슴에 얼굴을 묻었다. “자기야, 우리한테 아무 일도 생기지 않게 해 줘.”

헬은 아내를 꽉 껴안고 방 안을 둘러보았다.

복도 쪽 문이 안으로 열렸다.

헬이 말했다. “방금 문이 열렸어. 침착해. 내 팔 놓지 말고.”

그는 앞장서서 방을 나가 엘리베이터로 향했다. 엘리베이터 운행 기사는 없었지만 두 사람이 들어서자 곧바로 문이 닫혔다. 아래로 내려가던 엘리베이터가 부드럽게 정지했다. 문이 열렸다.

사람들이다!

부부는 엘리베이터에서 내리자마자 로비가 달려졌음을 느꼈다.

로비는 사람들로 가득했다. 말없이 시선을 보내며 혼자서, 둘이서, 여럿이서 돌아다녔다.

"두 사람이 들어오는 걸 보자마자 말을 걸자고 결정했지." 늙은 여자의 떨리는 목소리가 들렸다.

핼과 루스는 목소리를 향해 왼쪽으로 돌아섰다. 말을 건 사람은 길쭉한 얼굴에 주름이 가득한 백발노인이었다. 유행이 지난 디자인의 파란색 원피스 차림이었는데, 그 안에서 몸이 쭈그러들었는지 옷이 헐렁하게 늘어졌다.

핼은 대답하려 했지만 갑작스러운 공포감에 말문이 막혔다.

"그렇게 결정한 사람이 나 말고도 많을 거야." 노파가 말했다. 두 사람을 바라보는 눈이 초롱초롱 빛났다. "이번에는 내 차지가 됐네." 그러면서 고개를 끄덕였다. "결정을 아직 못 내려서 말을 하지 못하는 거로군. 불확실한 면이 없잖아 있지. 그래도 괜찮아."

노파가 새하얀 머리를 흔들었다. "무슨 질문 할지 알아. 보아하니 길을 잃었군. 신혼부부 같고. 더 딱하게 됐네."

핼은 다시 말을 해 보려 했지만 그럴 수 없었다. 옆에 있는 루스에게서 묘하게 기척이 느껴지지 않았다. 핼은 아내를 내려다보았다. 루스의 긴장한 얼굴은 핏기 없이 창백했다.

"이 호텔의 정체가 뭔지 경험에 근거한 추측을 해 줄 수는 있어. 어디 멀리 있던 병원이라고 할까. 왜 이곳에 있는지는 우리도 몰라. 하지만 목적이 뭔지는 확실히 알지. 도박 중독을 치료하는 것."

노파는 속으로 무슨 생각을 하는지 다시 고개를 끄덕이고는 계속 말했다.

"나도 도박에 빠져 있었지. 우리가 생각을 해 봤는데 이 호텔에는 일정 범위 안에 들어온 도박꾼들을 끌어당기는 기운이 있는 것 같아. 가끔은 당신들같이 길 잃은 사람들을 선택하기도 하고. 기계니까 섬세한 선택이 어렵겠지. 별 희한한 것들도 도박이라고 치고 말이야!"

핼은 객실 안에서 울렸던 목소리를 떠올렸다. "도박 금지!"

노파의 뒤로 보이는 로비 중앙에서, 깃이 높은 셔츠와 20년대 중반이었으면 세련되어 보였을 정장을 입은 키 작은 남자가 갑자기 목덜미를 움켜쥐었다. 소리도 없이 쓰러진 남자는 더러운 빨래 더미처럼 로비에 누워 있었다.

핼은 또다시 악몽 같은 느낌을 경험했다.

어디선가 나타난 늙은 벨보이가 황급히 로비로 달려가더니 쓰러진 남자를 끌고 모퉁이를 돌아 사라졌다.

"방금 누가 죽었구먼. 눈을 보니 알겠네. 이곳에 발을 들인 순간 죽는 시간이 정해지지. 죽는 방식까지도." 그러면서 노파는 몸을 부르르 떨었다. "썩 유쾌하지 않은 방식도 있어."

핼은 온몸이 차가워졌다.

노파가 한숨을 쉬었다. "탈출할 가능성이 있는지 궁금할 거야." 어깨를 으쓱하고는 계속 말했다. "그럴지도 모르지. 사라져 버리는 사람들도 있거든. 하지만 모르는 일이지. 다른…… 방법이 있을지도."

핼은 갑자기 목구멍을 쥐어뜯는 감각과 함께 목소리를 되찾았다. 어찌나 놀랐는지 이 말밖에 하지 못했다. "말이 나온다." 높낮이나 감정이 전혀 없는 목소리였다. 핼은 다시 입을 열었다. "뭔가 선택을 한 거야."

노파가 고개를 저었다. "아니. 당신이 말을 하는 순간은, 혼잣말을 하든 다른 사람과 대화를 하든, 저 문으로 들어왔을 때 결정됐다네."

핼은 두 번 빠르게 심호흡을 했다. 두려웠지만 논리적으로 생각하려 안간힘을 썼다. 루스의 팔을 붙잡았지만 아내를 쳐다보지는 않았다. 정신을 흐트러뜨리고 싶지는 않았다. 이곳에서 나갈 방법이 있을 것이다. 다른 사람은 몰라도 전자 기기 공장의 문제 해결 전문가라면 그 길을 찾아내고야 말 것이다.

"내가 도박을 한다면요? 그러면 어떻게 됩니까?" 핼이 물었다.

노파가 몸을 떨었다. "도박을 하려고 선택한 수단이 사라지겠지. 그러니 두 사람도 절대……." 머뭇거리다 말을 이었다. "……동침해서는 안 돼."

핼이 주머니에서 동전 하나를 꺼내 허공에 던지고 말했다. "앞면, 뒷면. 맞혀 보세요."

동전은 떨어지지 않았다.

"이곳의 힘이 이렇게 대단하다니까. 도박을 하면 안 된다고…… 운을 거는 도구가 사라져." 노파가 말했다.

별안간 한 가지 생각이 헬의 머리를 스쳤다. 혹시……. 헬은 혀로 입술을 축이고 애써 무표정을 지었다. 미친 짓이야. 하지만 아무리 미쳐도 이 악몽보다 더할까.

천천히, 주머니에서 동전 하나를 더 꺼냈다.

헬이 말했다. "우리 부부는 도박을 또 하겠다. 도박을 할 거고, 도박 수단으로 호텔 그리고 이 동전을 사용할 거야. 간섭하는 순간을 두고 도박을 한다."

로비에 흐르는 정적이 더 깊어졌고, 헬은 팔에 파고든 루스의 손가락과 뭘 하느냐고 묻는 듯한 노파의 표정을 뼈저리게 인식했다.

헬이 말했다. "우리는 호텔이 내 동전을 언제 없앨지, 아니면 내 동전을 없앨지 말지를 두고 도박을 할 것이다. 언제 개입하느냐, 아니면 아예 개입하지 않느냐에 따라 여러 가지 답이 나올 텐데 그중 하나를 선택하지."

기계의 깊은 마찰음이 호텔을 우르르 흔들었다.

헬은 동전을 던졌다.

다음 순간, 헬과 루스는 모래 언덕에 단둘이 서 있었다. 달빛이 주변 사막을 유령 같은 은색으로 물들였다. 타고 온 자동차가 다른 언덕에 검은 형체로 보였다.

루스가 남편을 껴안고 그의 목에 매달려 흐느껴 울었다.

헬은 그녀의 어깨를 쓸어 주었다.

"다들 내 말을 들었어야 할 텐데. 저 호텔은 로봇이야. 도박 장치가 되면 자기가 자기를 없앨 수밖에 없지." 핼이 말했다.

1973

외로운 곳에서의 만남

Encounter in a Lonely Place

1973년, DAW 북스 출판, 『더 북 오브 프랭크 허버트』 수록.

"초감각 현상에 관심이 있나 보구먼? 아, 내가 누구보다 그걸 많이 본 사람이기는 하지, 진짜로."

체구가 작고 무테안경을 쓴 대머리 남자가 내 옆자리에 앉았다. 그때 나는 마을 우체국 앞 벤치에 앉아 4월 늦은 오후의 햇살을 맞으며 《계간 사이언티픽》에 실린 「초감각 지각에 관한 통계적 추론」이라는 기사를 읽고 있었다.

아까 내 어깨 너머로 기사 제목을 힐끔 보더라니.

크랜스턴이라고 하는 남자는 몸집이 작았고 내가 기억하는 한 까마득한 옛날부터 이 마을에 살았다. 벌리 크리크의 통나무집에서 태어났지만 지금은 버스터블 선장의 미망인인 누나와 살았다. 생전에 선장은 마을과 그 너머의 하구를 굽어보는 산등성이에 탑과 조약돌 벽이 있는 저택을 지었다. 풍화된 회색 집은 키가 큰 전나무와 솔송나무에 반쯤 가려져 있었고, 그래서인지 그 집에 사는 사람들에 신비감을 주었다.

일단 크랜스턴이 왜 우체국으로 내려왔는지 궁금했다. 집에 이런 용무를 봐 주는 일꾼이 있었기 때문이다. 마을에서 그 가족을 보는 일은 굉장히 드물었다. 물론 마을 회관에서 만났을 때는 친화력이 좋았고 즐겁게 대화를 나누거나 체스를 한판 두기 좋은 상대였다.

크랜스턴의 키는 160센티미터쯤 됐고 체중은 한 70킬로그램일까. 마른 사람은 아니라는 뜻이다. 겨울이나 여름이나 벌목꾼처럼 밤색 셔츠, 멜빵 바지, 빵모자를 걸치고 다녔다. 평생 나무 한 그루 베어 본 적 없겠지만 말이다. 아니, 노동 자체를 하지 않았다.

"우체국까지 올 특별한 일이 있나 봐요? 웬만해서는 잘 안 내려오잖아요." 이 마을 사람답게 직설적이고 참견하는 말투로 내가 물었다.

"내가…… 만나고 싶은 사람이 있어서." 크랜스턴이 말했다. 그러고는 내 무릎에 놓인 《계간 사이언티픽》을 턱으로 가리켰다. "자네가 초감각 현상에 관심 있는지 몰랐네."

막을 방법은 없겠지. 나는 원치 않아도 고백할 것이 있는 사람을 유혹하는 부류였다. 크랜스턴에게는 분명히 할 '이야기'가 있었다. 그래도 한 번은 더 피하려고 해 보았다. 왜냐하면 나는 지금 작가들 특유의 우울감에 빠져 있었기 때문이다. 누구를 보기만 해도 화풀이 대상으로 만들 것 같은 기분이었다.

"ESP는 같잖은 사기라고 생각해요. 역겹죠. 논리를 왜곡해 말도 안 되는 증거를 꾸며…….” 내가 말했다.

“글쎄, 나라면 그렇게 단언하지 않을 거야. 내가 좀 알려 줄 수 있는데, 진짜로.” 크랜스턴이 말했다.

“사람들 마음을 읽는다고요?”

“읽는다는 말은 어폐가 있고. 그리고 사람들 마음이 아니라…….” 크랜스턴은 이 말을 하면서 우체국 위의 갈림길을 한 번 더 쳐다보더니 다시 나를 보았다. “한 사람의 마음.”

“한 사람의 마음을 읽는다고요.” 내가 말했다.

“안 믿나 보네. 그래도 들려줄게. 외부인에게는 한 번도 하지 않은 이야기지만…… 자네는 가족도 알고 외부인이라고 할 수도 없지. 또 작가니 이 이야기로 뭔가 만들어 낼 수도 있을 거야.” 크랜스턴이 말했다.

나는 한숨을 쉬고 잡지를 덮었다.

크랜스턴이 말했다. “내가 누나와 살려고 마을을 떠난 직후였어. 열일곱 살이었지. 누나는 결혼한 지, 어디 보자, 당시에 한 3년쯤 됐는데 매형이 선장이라 바다에 나가 있었어. 내 기억이 정확하다면 홍콩행 배를 타고 있었을 거야. 그때만 해도 누나 시아버지인 예루살렘 버스터블 영감이 살아 있었지. 귀가 완전히 먹었고 도와주는 사람 없으면 휠체어에서 일어나지도 못했어. 애초에 그래서 나를 마을에서 불러들인 거야. 기억하는지 모르겠지만 지옥의 화신이었거든, 예루살렘 그 영감. 하기는, 자네가 알 리 없지.”

(마을 사람들과 ‘옛날 옛적’ 이야기를 할 때면 방금처럼 이도 저도

아닌 내 처지를 슬그머니 언급하는 말이 꼭 나왔다. 내 조부모님이 이곳에 살았고 내가 전쟁에서 입은 상처를 치료하기 위해 '귀향'할 수밖에 없었던 사정을 다들 알아서 나를 마을의 일원으로 받아 주기는 했지만.)

"예루살렘 영감은 저녁에 크리배지 게임(구멍이 난 판에 막대를 꽂아 점수를 매기는 카드 게임 — 옮긴이)을 하는 걸 참 좋아했지. 내가 말하려는 그날 저녁도 영감과 우리 누나가 서재에서 그 게임을 하고 있었어. 영감이 귀머거리라 대화는 거의 없었지. 열려 있는 서재 문으로 카드 내리치는 소리와 누나가 막대를 꽂으며 뭐라 중얼거리는 소리밖에 들리지 않았어.

거실 불을 껐지만 벽난로가 있었고 서재에서도 불빛이 나왔지. 나는 올나와 거실에 앉아 있었고. 올나는 그때 우리 누나를 도와주던 노르웨이 처녀야. 몇 년 후에 거스 빌스와 결혼했지. 인디언 마을에서 보조 엔진 폭발 사고로 죽은 남자 말이야. 올나와 나는 휘스트 비슷한 노르웨이 카드 게임 립을 하고 있었는데, 하다 지겨워져서 그냥 벽난로를 사이에 두고 앉아 서재에 있는 두 사람이 카드를 치는 소리만 듣고 있었어."

크랜스턴이 빵모자를 젖히고 하구의 초록색 강물을 힐끗 쳐다보았다. 물이 드나드는 유역에서 예인선 한 대가 통나무 묶음을 조심스레 옮기고 있었다.

크랜스턴이 말을 이었다. "아, 그때 참 예뻤지, 올나. 머리카락이 금에다 은을 입힌 것 같았어. 피부는…… 투명해서 안이 다 보일 것 같았고."

"반하셨군요." 내가 말했다.

"그보다는 눈이 멀었다고 할까. 올나도 나를 귀찮아하거나 그러지 않았지…… 처음에는."

그러더니 다시 침묵했다. 크랜스턴이 빵모자를 또 눌러썼다. 이윽고 이렇게 말했다. "내 아이디어였는지, 올나 아이디어였는지 기억이 잘 안 나서. 내 아이디어였구나. 올나가 손에 아직 카드를 들고 있었거든. 내가 말했지. '올나, 카드를 섞어 봐. 나한테 카드를 보여 주지는 말고.' 그래, 그렇게 된 거야. 내가 올나에게 카드를 섞고 위에서부터 하나씩 들어서 내가 맞힐 수 있는지 보자고 했어.

그때가 듀크대에 있는 어떤 박사에 관해 말들이 많던 시기였어(1930년대에 듀크대에서 초능력을 과학적으로 연구한 라인 박사는 카드의 문양을 맞히는 텔레파시 실험으로 유명해졌다 — 옮긴이). 이름은 기억이 안 나는데, 사람들에게 카드를 맞혀 보라고 했거든. 그래서 나도 머리에 떠올랐나 봐."

크랜스턴이 잠시 조용해진 순간, 나는 그의 얼굴이 젊어졌다는 느낌을 문득 받았다. 특히 눈 주변이.

"카드를 섞어서요. 어떻게 했어요?" 인정하고 싶지 않지만 다음 이야기가 궁금해졌다.

"응? 아…… 올나가 말했어. '그래, 네가 이거슬 마틸 수 있나 보자.' 억양이 심했어, 올나 말이야. 모르는 사람이 들으면 포트오처드가 아니라 자기 본국에서 태어난 줄 알았을걸. 아무튼, 올나가 첫 번째 카드를 확인했어. 정말이지, 서재 불빛에 카드를 비춰 보려 허리를 굽히는 모습이 어찌나 예쁘던지. 그리고 말이야, 나는 올나 카드가 무엇인지 단번에 알았어. 클로버 J. 내 마음속 어디서 본 것처럼…… 정확히 보지는 않았지만, 뭔지 알았어. 그래서 무슨 카드인지 말해 버렸지."

"52장 중 하나를 바로 맞혔다…… 나쁘지 않네요." 내가 말했다.

"카드 한 벌을 처음부터 끝까지 보는 동안 나는 모든 카드의 이름을 맞혔어. 올나가 카드를 들 때마다 전부. 단 한 번의 실수도 없었지."

당연히 나는 그 말을 믿지 않았다. ESP 연구에 이런 이야기는 널리고 널렸다고 들었다. 하지만 실제로 나온 성과는 하나도 없었다. 하지만 크랜스턴이 내게 이 이야기를 들려주는 이유는 궁금했다. 마을의 별 볼 일 없는 노총각으로 마음씨 좋은 누나에게 얹혀사는 주제에 대단한 사람 행세를 하고 싶은 건가?

"그분이 든 카드를 다 맞혔다고요. 그럴 확률이 얼마인지 계산은 해 봤어요?" 내가 말했다.

"주립대학 교수가 계산해 준 적 있어. 얼마였는지는 잊었네. 교수 말로는 우연일 수는 없다더군. 불가능하대." 크랜스턴이 말했다.

"불가능하다. 올나는 뭐랬어요?" 나는 의심을 숨기지도 않고 장단을 맞춰 주었다.

"속임수라고 생각했지. 동네 마술쇼 같은 거 있잖아."

"올나가 안경을 쓰고 있었던 거죠? 안경에 비친 카드를 본 거예요. 맞죠?" 내가 물었다.

"오늘날까지 올나는 안경을 쓴 일이 없어." 크랜스턴이 말했다.

"그럼 올나 눈동자에 비친 걸 봤군요." 내가 말했다.

"올나는 3미터 정도 떨어진 그림자에 앉아 있었어. 카드도 서재 문에서 나오는 불빛에 비춰 봐야 했고. 내게 보여 줄 때도 벽난로 쪽으로 카드를 들어야 했지. 아니, 절대 아니야. 게다가 나는 눈을 감을 때도 있었다고. 그냥 카드를 본 거야…… 내 정신에 있는 이 공간에서. 망설이거나 추측할 필요도 없었어. 매번 알았어."

"음, 정말 흥미롭네요." 내가 말하며 《계간 사이언티픽》을 펼쳤다. "듀크대로 가서 라인 박사를 도와야 하는 거 아니에요?"

대화를 마무리하려는 내 시도를 무시하고 크랜스턴이 계속 말했다. "당연히 나는 흥분했지. 인간이 이런 능력을 가지고 있다고 유명한 박사가 말했는데, 내가 그 사실을 증명하고 있었으니까."

"네. 라인 박사에게 편지를 써서 말해 보세요."

"나는 올나에게 카드를 섞으라고 했어. 다시 해 보자고." 크랜스턴은 아까보다 더 간절해진 목소리였다. "내키지 않는 듯했지만 하더군. 손이 떨리는 게 보였어."

"동네 마술쇼로 가여운 소녀에게 겁을 줬네요." 내가 말했다.

크랜스턴은 한숨을 쉬고 잠시 말없이 그 자리에 앉아 하구를 응시했다. 예인선이 통나무를 끌고 통통 소리를 내며 나아가고 있었다. 왠지 모르겠지만 이 한심한 노인이 가엽다는 마음이 들었다. 이 마을에서 80킬로미터 이상은 나가 본 적이 없다지. 산등성이의 낡은 집에 갇혀 평생을 살았다. 매주 마을 회관에서 카드 게임을 하고 가끔가다 장을 보러 나올 뿐이었다. 그 집에는 텔레비전도 없을 것이다. 크랜스턴의 누나가 그 문제에 관해서라면 아주 구시대적인 마귀할멈이라는 이야기를 들었다.

"카드를 또 다 맞혔어요?" 내가 관심 있는 척 목소리를 꾸며 질문했다.

"한 번의 실수도 없이. 이제는 내 정신 속 그 장소의 위치를 정확히 알아냈거든. 매번 길을 찾아갔어."

"비결이 뭐냐고 올나가 궁금해했겠죠." 내가 말했다.

크랜스턴이 침을 삼켰다. "아니. 내 생각에는…… 내가 어떻게 맞히는지 느낌을 받았던 것 같아. 두 번째에는 열다섯 장도 못 넘기고 카드를 바닥에 집어 던졌어. 거기 앉아서 부들부들 떨며 나를 쳐다보고 있었지. 갑자기 나를 보고 무슨 욕을 했는데, 제대로 듣지는 못했어. 그러더니 내가 일어날 새도 없이 뒷문으로 나가 버리는 거야. 나도 따라 나갔을 때는 사라지고 없었어. 나중에 알고 보니 빵집 트럭을 얻어 타고 곧장 포트오처드 집으로 갔대. 두 번 다시 돌아오지 않았고."

"안타깝네요. 아저씨가 마음을 읽을 수 있는 유일한 사람이 떠나 버렸다니." 내가 말했다.

"다시는 돌아오지 않았어. 다들 그렇게 생각했지…… 왜 있잖아, 내가 부적절한 행동을 했다고. 우리 누나가 엄청나게 열

받았지. 다음 날 올나네 오빠가 짐을 챙기러 왔어. 나를 퍽 쓰러뜨리겠다고 협박하지 뭔가. 만약 내가 그쪽에 접근이라도……."

크랜스턴의 목소리에 눈물이 섞여 있다고 장담할 수 있었다.

크랜스턴은 말을 맺지 못하고 고개를 돌리고는 서쪽 언덕에 있는 농장들에서 마을로 들어오는 자갈길을 가만히 바라보았다. 키가 크고 무릎 아래로 내려오는 녹색 원피스를 입은 여자가 타다 남은 그루터기 근처에서 모퉁이를 돌아 우체국으로 향하고 있었다. 고개를 숙인 채 걷고 있어 노란 머리카락을 땋아 왕관처럼 단단히 두른 정수리가 보였다. 훤칠한 키에 몸매가 좋았고 몸을 크게 흔들며 걸었다.

"오빠가 아프다더군." 크랜스턴이 말했다.

나는 크랜스턴을 힐끗 쳐다보았다. 그의 얼굴에 떠오른 슬프고 아득한 표정을 보니 묻지 않아도 알 수 있었다.

"올나군요." 내가 말했다. 갑자기 흥분되기 시작했다. 지금까지는 어리석은 이야기를 믿지 않았지만…….

"자주 내려오는 편은 아니야. 하지만 오빠가 아프니 내심 기대를……." 크랜스턴이 말했다.

올나가 우체국 길로 방향을 틀며 건물 모서리에 가려져 이제는 보이지 않았다. 반대쪽에서 문이 열리고 우체국 안에서 웅얼거리며 대화하는 소리가 들렸다. 문이 다시 열렸고 모퉁이를 돌아 나온 여자는 큰길 옆 상점으로 이어진 우리 앞의 길에 들어섰다. 고개를 숙인 자세는 여전했지만 지금은 편지를 읽고 있었다.

우리 앞으로 2미터도 안 되는 거리를 지나갈 때 크랜스턴이 말을 걸었다. "올나?"

올나는 고개를 홱 돌리고 한 발을 다른 발 앞에 둔 채로 멈춰 섰다. 맹세컨대 살면서 그보다 공포로 가득한 얼굴을 본 적이 없었다. 여자는 움직이지도 못하고 크랜스턴을 빤히 쳐다봤다.

"조카 일은 유감이야." 크랜스턴이 말했다. 그러고는 덧붙였다. "나였다면 미니애폴리스에 있는 전문가에게 데려가 볼 거야. 요새 그 사람들이 성형 수술로 기적을……."

"너!" 올나가 비명을 질렀다. 오른손을 들고 검지와 새끼손가락을 펼쳐 악마를 쫓는 손동작을 만들었다. 저런 건 중세 시대에 사라진 줄 알았는데. "내 머리에 들어오지 마…… 이…… 이 코티스!"

그 말이 마법을 깨뜨렸다. 올나는 치맛자락을 집어 들고 큰길로 달려 나갔다. 차고 옆 모퉁이를 빠르게 달려 돌아가는 것이 우리가 마지막으로 본 올나의 모습이었다.

무슨 말을 하려 했지만 아무것도 떠오르지 않았다. 코티스라니. 처녀들의 정신을 사로잡아 유혹하는 다누안 판의 별명 아닌가. 노르웨이에도 그런 전설이 있는지 미처 몰랐다.

크랜스턴이 설명했다. "방금 언니 편지를 받았어. 난로에서 주전자가 떨어지는 바람에 막내아들이 심한 화상을 입었다고. 그저께 막 일어난 일이야. 항공 우편으로 왔지. 여기는 그런 편지가 잘 안 오는데."

"지금 저분 눈으로 편지를 읽었다는 말이에요?" 내가 물었다.

"나는 쭉 내가 찾은 그곳에 있었어. 잊어버리려고 내가 얼마나 노력했는지 몰라. 거스 빌스와 결혼한 후로는 더더욱."

내 안에서 흥분감이 끓었다. 무궁무진한 가능성이…….

"저기요. 제가 듀크대에 편지를 쓸게요. 우리……."

내 말에 크랜스턴이 화를 냈다. "안 돼! 마을 사람들이 우리 일을 아는 것만으로도 나는 괴로워. 아, 대부분 믿지야 않지…… 하지만 혹시라도……." 그가 고개를 저었다. "좋은 남자를 만나는 데 내가 방해가 돼서는……."

"하지만, 아저씨. 만약……."

"이제 나를 믿는구먼?" 크랜스턴이 얄밉게 빈정거리는 목소리가 마음에 들지 않았다.

"글쎄요. 검사를 좀 받아 봤으면……."

"구경거리로 만들자고. 일요신문 기삿감으로. 전 세계가 알게."

"하지만 만약……."

"날 받아 주지 않을 거야!" 크랜스턴이 빽 소리를 질렀다. "모르겠어? 나를 절대로 놓아주지 않으면서 나를 받아 주지도 않을 거라고. 우리 집에서 도망치고 일주일 후에…… 기차를 타고 미니애폴리스로 돌아갈 때도……."

그가 말을 흐렸다.

"하지만 생각해 보세요. 이게 어떤 의미일지……."

"나는 태어나서 딱 한 여자를 사랑했어. 내가 결혼할 마음을 먹은 유일한 여자가…… 나를 악마라고 생각한다잖아!" 그러더니 크랜스턴은 고개를 돌리고 나를 노려보았다. "내가 그 사실을 공개하고 싶겠어? 나부터 갈고리를 들고 내 머리로 들어가서 그놈의 장소를 뜯어낼 거야!"

그 말을 남기고 크랜스턴은 벌떡 일어나 산등성이로 이어지는 길에 올랐다.

1973

도시의 죽음

The Death of a City

1973년, 트라이던트 프레스 출판, 로저 엘우드 편집, 『퓨처 시티(Future City)』 수록.

참으로 아름다운 도시로군, 비스카는 생각했다. 관찰자의 눈은 압도적인 아름다움을 놓칠 수 없었다. 이 도시를 치료하도록 부름을 받은 도시 의사인 비스카는 아름다운 모습에 가슴이 찢어졌다. 이곳을 집이라 불렀던 사람들이 자꾸만 머리에 떠올랐다. 24만 1000명이 집 없이 살아갈 위기에 놓여 있었다.

비스카는 내항을 감싸고 숲이 우거진 반도에서 탁 트인 바다 너머로 보이는 도시를 응시했다. 늦은 오후의 어둑한 빛이 눈앞의 풍경에 불그스름한 빛을 드리웠다. 눈에 불을 켜고 결점을 찾아보았지만 이렇게 멀리 떨어진 곳에서는 멋들어진 수정 사항 하나 보이지 않았다.

왜 하필 내가 뽑힌 거지? 비스카는 자문했다. 그러다 생각했다. 멍청이들이 도시를 흉하게만 지었어도!

그 생각을 하자마자 거두었다. 뒤편의 오니숍터 근처에 서 있는 인턴 미에리가 어째서 여성미의 화신이냐고 묻는 것만큼이나 뻔한 이야기였다. 그처럼 당연한 일들이 존재했다. 그는 도시 의사로서 당연한 사실을 인지하고 적절한 맥락에 배치하면 됐다.

비스카는 도시를 계속 관찰하며 의사로서 필요한 객관적/주관적 종합을 얻기 위해 고민했다. 이 도시를 건설한 이들은 산 아래 언덕에 그들의 생각을 이식했다. 조화로움에 감정이 깊이 배어 있이 장난질을 친다 해도 보는 눈이 있으면 이 작품을 거부할 수 없었다. 눈 쌓인 산봉우리와 숲을 배경으로 건설자들은 마땅히 이런 말을 했다. "수직 형태는 머리 위에 위험을 배치하는 것이기에 인간을 위협한다. 인간은 수직적인 환경에서 휴식할 수 없고 균형을 이룰 수 없다."

그렇게 그들은 자신의 정당성이 파멸을 부를 수 있는 도시를 건설했다. 자기들이 뭘 만들었는지는 알까? 비스카는 그럴 리 없다고 생각했다.

건설자들은 어쩌다 못 보고 넘어갔을까? 그는 궁금했다.

비스카는 머리에 떠오른 질문을 지웠다. 그에게 결정을 내려야 한다고 말하는 상황 앞에서 따져 봤자 소용없었다. 도시 의사는 인류를 대신해 전 인류의 대리인으로 이곳에 왔다. 그들을 위해 행동해야 했다.

도시는 놀라울 정도로 견고해 보였지만 비스카는 그것이 허상임을 알았다. 이 도시는 아주 쉽게 파괴할 수 있었다. 명령을 내리고 직인으로 결정을 증명하면 될 뿐이었다. 사람들은 가혹한 운명에 분노하겠지만 복종할 것이다. 가족은 깨지고 뿔뿔이 흩어질 것이다. 자연 경관을 복원하고 나면 이 자리에 이런 도시가 서 있었다는 흔적도 찾아볼 수 없으리라. 시간이 흐르면 이 도시를 만든 사람들만이 그저 경고의 의미로 이곳을 기억할 것이다.

뒤에서 미에리가 헛기침을 했다. 곧 말을 꺼내겠지. 미에리는 인내심이 강했지만 지금은 인내심의 한계를 넘어섰다. 비스카는 뒤로 돌아 도시가 아니라 미에리의 미모를 눈에 담고 싶은 충동을 억눌렀다. 그것이 문제였다. 아름다운 전망에서 다른 아름다운 전망으로 바꾼다고 달라지는 것은 거의 없었다.

미에리가 조바심을 내는 동안 비스카는 시간을 끌었다. 대안이 없을까? 미에리의 간청에는 소리가 없었지만 비스카는 그녀의 말을 한마디도 빠짐없이 들었다. 이곳은 미에리의 도시였다. 미에리는 이곳에서 태어났다. 아름다움 속에서 아름다움이 탄생한 셈이었다. 의사로서 이 도시를 먼저 공략할 시작점은 대체 어디일까?

비스카는 한숨으로 답답한 마음을 토해 냈다.

언덕을 따라 도시의 수평선을 가로지르는 건축물은 밖으로 개방된 형태였고, 넓게 확장되어 그 경계 안에 있는 어떤 인간도 컨테이너에 수송되는 존재로 만들지 않았다. 모든 요소의 위치가 인간 심리에 정통한 의식에 따라 선택되었다. 인간의 간섭 없이 자라는 생물은 인간의 간섭이 없는 곳에 있었다. 구조물은 기존의 형태를 증폭할 곳에 놓였다. 오차 없이 정확하게!

인간의 감각에 대한 모든 기대가 충족되었다. 그리고 인간의 요구에 철저히 순응한 이곳에서 암 덩어리 같은 결함이 발생했다.

비스카는 서글프게 고개를 저었다. 순응이 예술적 생존의 정의였다면…….

예상대로 미에리가 뒤에서 가까이 다가와 말했다. "여기 나와 있으면 내 도시가 지나치게 아름답다는 생각이 들어요. 말이 목에 턱 걸리죠. 이 광경을 묘사할 말을 찾아봐도 찾을 수 없어요." 미에리의 목소리가 고요한 저녁 공기에 음악처럼 부드럽게 울려 퍼졌다.

비스카는 생각했다. 내 도시라니! 미에리는 자신이 그렇게 말한 것도 몰랐다. 도시 의사에게 내 도시가 어디 있다고.

비스카가 말했다. "많은 사람이 시도했다 실패했지. 사진도 현실에 미치지 못해. 최고의 고차원 화가라면 포착할 수 있을지 몰라도 찰나의 순간에 불과할 거야."

"이 세상 모든 사람이 제 도시를 볼 수 있었으면 좋겠어요." 미에리가 말했다.

"내 생각은 달라." 비스카가 말했다. 직설적인 화법이 도시 의사에 걸맞은 자각 상태를 갖도록 미에리에게 충격을 줄까? 도시 의사가 되고 싶다고? 그렇다면 외부 세계뿐만 아니라 내부 세계로도 뻗어 나가야 한다.

미에리는 말을 고르는 듯했다. 아름다움은 인간의 삶에 활력을 불어넣지만, 그렇기에 지식층은 아름다움이 생명을 파괴할 수 있다는 가능성을 간과하는 경향이 있었다. 아름다움을 무시할 수 없다면, 부주의했던 것인가? 잘못은 뻔했다. 이 도시가 언덕을 금빛으로 물들이고 뒤의 산봉우리에 차원을 더한 방식은 어쩐지 부담스러울 만큼 뻔뻔했다. 도시를 봐도 진짜 도시가 보이지 않았다.

미에리도 이 사실을 알았다! 비스카는 그렇게 생각했다. 비스카가 자신을 사랑한다는 사실도 똑같이 알았다. 왜 아니겠는가? 미에리를 본 남자라면 누구나 그녀를 사랑하고 욕망했다. 그런데 왜 미에리에게는 연인이 없었을까? 왜 그녀의 도시에는 아무도 이주하지 않는단 말인가? 미에리는 두 가지 질문을 갈등상태로 놓고 스스로 물어본 적이 있을까? 그것이 도시 의사의 할 일이었다. 인류는 창조적 에너지가 어디에서 나오는지 알았다. 제2 법칙이 그 원천을 명확하게 규정했다.

비스카가 말했다. "미에리, 도시 의사의 힘이 이만큼 강한 이유가 뭐지? 나는 모든 인구의 기억을 없앨 수 있어. 선별한 기억을 지울 수도, 개인의 기억을 지울 수도 있지. 죽음에 이르게 할 수도 있어. 너는 그 힘을 염원하지. 우리는 왜 그런 힘을 가질까?"

미에리가 말했다. "그래야 인류가 무한성을 받아들일 수 있기 때문입니다."

비스카는 애석하게 고개를 저었다. 암기한 대답이다! 개인적인 식견을 물은 질문에 달달 외운 대답을 하다니!

비스카를 도시 의사로 만들어 준 의식이 가슴에 넘쳐흘렀다. 가장 오래된 과거에서 끄집어낸 지식은 이 도시의 건설자들이 목표를 지나치게 달성했음을 알려 주었다. 우연인지, 운명인지. 미에리의 강렬한 아름다움을 낳은 유전적 순간과도 비슷했다. 붉은색이 섞인 금발, 초록색 눈까지. 정밀한 비율의 여체. 남성은 감각을 향유하지만 결코 자신의 육체를 바치지 못한다. 육체에 경고를 보내는 창조의 정점이 존재했다. 둥글고 둔탁한 얼굴의 추남인 비스카는 그 사실을 알고 안전한 위치에 서 있었다. 미에리는 잠복한 주름과 끈질긴 노화 작용을 이야기하는 내면의 온기를 찾아야 했다.

그녀의 도시가 이른 죽음을 맞는다면 미에리는 어떻게 나올까?

도시 의사가 되려면 이와 같은 육체 그리고 정신의 교훈을 반드시 이해해야 했다.

비스카가 말했다. "이 세계에서 이보다 아름다운 도시가 있을까?"

미에리는 농담하는 듯한 목소리에 의문을 품었다. 장난치시는 건가? 생각만 해도 충격적이었다. 도시 의사가 온전한 정신을 유지하려 농담을 할 수는 있지만 이런 시기에…… 이렇게 위태로운 순간에…….

"어딘가 더 아름다운 도시가 있겠죠." 미에리가 말했다.

"어디에?"

미에리는 깊은 불안감을 잠재우려 심호흡을 했다. 그리고 따졌다. "제 도시를 조롱하시는 건가요? 어떻게 그러실 수 있어요? 병든 도시예요. 아시잖아요!" 미에리는 입술이 떨리고 눈가가 촉촉해졌다. 두렵고도 수치스러웠다. 미에리가 사랑하는 이 도시는 병이 들었다. 파괴 행위가 벌어졌고, 창조력은 사라졌다. 우수한 인재는 이곳을 떠났고, 다른 환경으로 이주한 시민들은 아무 때나 막무가내로 폭력성을 드러냈다. 전부 거슬러 추적하니 이 도시가 나온 것이다. 병은 미에리의 도시에 집중되어 있었다. 그래서 도시 의사가 와야 했다. 옛 스승이었던 비스카가 담당 의사로 지정되도록 애를 썼고, 비스카와 다시 일할 수 있다는 것은 크나큰 영광이었다. 미에리는 개인적인 욕망을 느꼈다.

비스카가 말했다. "미안해. 네가 태어난 도시이니 걱정하는 것도 당연하지. 이제는 선생으로서 내 사고 과정을 들려주려고 해. 우리가 진단할 때 가장 신중해야 할 일은 무엇이지?"

미에리는 강 건너편에 있는 도시를 보았다. 쌀쌀하게 불어닥치는 바람을 느끼고, 깜박거리며 켜지기 시작하는 불빛들을 보았다. 낮은 건물의 부드러움과 어우러진 초목을, 파스텔 색과 조화를 보았다. 하지만 미에리의 감각은 이것이 전부가 아니라고 주장했다. 도시의 병은 단순히 겉모습으로 진단하지 않는다. 왜 비스카가 그녀를 이곳으로 데려왔을까? 가장 큰 문제는 도시에 거주하는 사람들의 상태에 있었다. 언제나 땅에 세 들어 살며 일시적으로 머물다 가는 이들은 하나의 움직이는 세포였다. 땅을 소유하고, 도시를 소유하는 것은 오직 인류였다. 도시 의사를 고용하는 것도 인류였다. 사실상 도시 의사는 인류를 진단했다. 그들은 환경의 모습을 설명했다. 환경이 병의 원인일 수 있다는 인식은 인류가 무한성에 다가가는 거대한 한 걸음이었다.

"도시를 진단하라고 저를 진단하시는 건가요?" 미에리가 물었다.

비스카가 말했다. "나는 내 반응을 진단하지. 나는 네 도시를 사랑하고 이곳을 보호하고 싶다는 강한 열망을 느끼고 있어. 그래서 한편으로는 자괴감과 이곳에 상처를 입혀야 한다는 욕구가 들지. 이 도시를 봤으니 나는 다른 도시들에서 그 흔적들을 찾으려 할 거야. 하지만 내가 무엇을 찾아야 하는지는 알아. 사실 나는 이 도시를 경험해 보지 않았으니까. 다른 도시들은 적합하지 않을 거고, 나는 이 도시에 무엇이 필요한지 모를 거야."

미에리는 갑자기 위협을 느꼈고 궁금해졌다. 지금 무슨 말을 하려는 거지? 비스카의 말은 협박이었다. 갑자기 추잡한 늙은이로 변신해 음란한 요구를 하고 모욕하는 기분이 들었다. 위험해! 저 인간에게는 내 도시가 아까워! 저 흉측한 땅딸보는 올 때마다 미에리의 도시를 모독했다.

의식에 이런 반응이 강하게 흐르는 와중에도 미에리는 자신의 훈련이 더 우세함을 느꼈다. 미에리는 도시 의사가 되기 위한 교육을 받았다. 인류가 그녀를 필요로 했다. 인간들은 무한으로 가는 길에서 벗어나지 않게 지켜 줄 매트릭스를 그녀에게 주었다.

"이곳은 인간이 상상할 수 있는 가장 아름다운 도시예요." 미에리가 속삭였고, 자신의 입에서 나온 모든 말에 배신을 느겼다. 이 세상에는 더 아름다운 곳들도 있지 않나? 당연히 있었다!

"그것뿐이면 좋았으련만. 아름답다는 개념 그 자체에 불과했다면." 비스카가 말했다.

미에리는 서서히 명료해지는 의식을 느끼며 고개를 끄덕였다. 제2 법칙은 절대성의 위험을 인류에 경고했다. 인류가 에너지원으로 쓸 수 있는 잠재력, 긴장의 차이는 없었다. 변화와 성장은 살아 있는 것들에 꼭 필요한 요소였다. 인류는 살아 있었다. 변화가 있을 때야 비로소 아름다움을 상상했다. 전쟁을 막았지만 절대적이지는 않았다. 범죄와 심판을 정의했지만 유동적으로 변화하는 맥락의 범위를 벗어나지는 않았다.

"저는 도시를 사랑해요." 미에리가 말했다.

이제는 내 도시라고 하지 않네, 비스카는 생각했다. 좋은 일이었다. 비스카가 말했다. "자기가 태어난 곳을 사랑하는 건 당연해. 인간이라면 그런 법이지. 나도 '일타운'이라고 하는, 더러운 강가에 있는 작은 마을을 사랑하는걸. 여과기가 제 기능을 못 하면 펄프재와 소독기 냄새가 나는 곳이지. 강이 더러운 건 우리가 분수령에서 나무를 키우기 때문이고. 물에 쓸려 온 흙을 다 모아서 언덕의 계단식 논에 다시 가져다 놓는 일은 고되고 에너지를 많이 소모하지만, 그곳은 나머지 세계와 공유하는 질서에 따라 우리 인간이 있어야 할 곳을 제공하지. 우리에게는 시작점이 있어. 바꿀 수 있는 것들도 있고. 언젠가는 토양 에너지를 교환하는 방식도 바꿀 거야. 그것이 변화와 교환의 본질적인 관계고, 우리는 이 관계를 인정하고 활용하는 법을 배웠어."

미에리는 울고 싶었다. 15년 동안 한눈팔지 않고 도시 의사라는 직업만 보고 달려왔는데 그게 다 무슨 의미였지? 미에리는 말했다. "더 심각한 병을 치료한 도시들도 있잖아요."

비스카는 생각에 잠긴 채로 어두워지는 도시를 응시했다. 미에리와 대화하는 동안 태양은 수평선으로 이동했다. 이제는 햇빛이 서쪽의 구름을 주황색으로 칠했다. 옛 뱃사람들의 말이 사실이라면 내일은 화창할 것이다. 도시는 어둠에 잠겨 빛의 미로가 되었고, 뒤편의 눈 쌓인 봉우리들이 석양을 반사했다. 이렇게 일시적인 순간에도, 이곳은 주변의 환경과 완벽하게 어우러져 인간이 감히 방해할 수 없었다. 말조차 할 수 없었다. 침묵, 위험한 침묵이 비스카의 목을 조였다.

미에리는 가슴 안의 긴장이 깨지는 것을 느꼈다. 그녀의 도시가 아닌 훈련의 결과물이었다. 한때는 도시가 그녀의 육체였지만 이제는 아니었다.

비스카가 말했다. "인간은 원래 조금도 가만히 못 있는 동물이었지. 그래야 하고. 우리 둘 다 이곳의 문제를 알지. 지나친 편안함, 지나친 아름다움이라는 것도 있어. 삶에는 끊임없는 투쟁이 필요해. 어쩌면 그게 살아 있는 우주의 유일한 기본 법칙일지도 모르겠군."

이번에도 미에리는 그의 말에서 개인적인 위협을 감지했다. 비스카는 도시의 불빛을 배경으로 검은 그림자가 되었다. 지나친 아름다움이라니! 그 말은 아름다움이 존재하지만 그 아름다움만 돋보이는 환경을 이야기했다. 아름다움 자체는 문제가 아니었다. 이 환경에 긴장감이 부족한 것이 문제지. 미에리는 말했다. "제게 헛된 희망을 주지 마세요."

비스카가 말했다. "나는 아무 희망도 주지 않아. 그건 도시 의사의 일이 아니지. 우리는 생산적인 긴장 상태가 지속되도록 할 뿐이야. 벽이 있으면 무너뜨리고. 하지만 벽은 생겨나게 되어 있어. 벽을 막으려다 보면 절대성에 다다르지. 외부인들이 네 도시를 사랑하게 되었다가 결국에는 얼마 만에 증오하게 되었지?"

미에리는 갑자기 건조해진 목구멍으로 침을 삼켰다.

"얼마나 걸렸냐니까?" 비스카는 끈질겼다.

미에리가 억지로 대답했다. "처음에 사람들의 증오심을 보고 이유를 물었지만, 그렇지 않다고 부정했어요."

"당연하지!"

"때로는 제 감을 의심했죠. 그러다 우리 중에서 가장 뛰어난 사람들이 도시를 떠나는 현상을 알아차렸어요. 언제나처럼 그럴듯한 이유들을 대면서요. 하지만 이런 흐름은 너무나 분명해졌고, 제가 인턴을 마치고 돌아왔을 때 시장님은 경사가 났다고 할 정도였어요. 하지만 제가 한 게 아니라고, 선생님이 저를 보내셨다고 말할 용기가 차마 나지 않았어요." 미에리가 말했다.

"내가 온다고 하니 반응들이 어땠어?"

미에리가 헛기침을 했다. "제가 도시에 몇 가지 조정을 제안한 건 아시죠. 흐름 패턴을 바꾼다거나 하는 거요."

"진지하게 받아들여지지 않았지." 비스카가 말했다.

"네. 저보고 왜 불만을 가지냐며 이해를 못 하더라고요." 미에리는 건너편의 불빛들을 응시했다. 이제는 완전히 어두워졌다. 머리 위로 밤에 돌아다니는 새들이 벌레를 찾아 노래를 불렀다. "증오는 수년 동안 계속되고 있어요. 선생님도 그래서 저를 이곳에 보내셨죠."

"우리는 되도록 많은 도시 의사를 배출해야 해. 우리에게는 네가 필요하다는 말이야." 비스카가 말했다.

미에리는 '우리'라는 발언을 인식하자 점점 더 두려워졌다. 그것은 활동을 하며 힘이 단련된 도시 의사를 통해 전하는 인류의 말이었다. 그 '우리'는 개개인을 바꾸고 깨뜨릴 수 있었다.

"시에서는 위로만 받기를 원했어요." 미에리는 불평했지만 내면의 목소리는 이렇게 애원했다. 나를 위로해 줘요. 위로해 줘요, 위로해 주세요. 비스카가 틀림없이 그 목소리를 들었다.

"순진한 인간들. 진실은 거짓이고 감각이 하는 이야기는 믿으면 안 된다는 말이나 듣기를 원하다니." 그러고는 숨을 깊이 들이마셨다. "진실이 얼마나 빠르게 변화하는데. 한 방향만 보고 있으면 위험하다고. 무한한 우주에서는." 비스카가 말했다.

미에리는 치아가 딱딱 부딪치는 소리를 듣고 이를 악물었다. 지금 미에리를 움직이는 힘은 갑자기 쌀쌀해진 밤공기가 아닌 두려움이었다. 온몸이 떨리는 듯했다. 전에 비스카가 했던 말이 지금 와서 다시 떠올랐다. "도시 의사가 되기를 원한다는 마음에도 필사적인 용기 같은 게 필요하지."

미에리는 스스로 질문했다. 내게 그런 용기가 있나? 인류여, 도와 주소서! 나는 이제 탈락일까?

어둠 속에서 몸을 돌려 미에리를 마주 본 비스카는 희미하게 타는 냄새를 감지했다. 도시의 누군가가 바닷가에서 금지된 불을 피웠다. 타는 냄새에 항의의 긴장감이 타고 흘렀고 비스카는 이런 의문이 생겼다. 저 긴장에 삶으로 전환할 수 있는 희망이 있을 것인가. 미에리는 이제 어둠에 가려 보이지 않았다. 밤이 미에리의 완벽한 아름다움을, 그녀의 육체와 절묘한 조화를 이루는 갑옷 같은 옷을 감쌌다. 미에리는 왜가 아닌 어떻게를 물을 수 있을까? 필요한 전환을 이루어 낼까?

비스카는 긴장 상태로 귀를 기울이며 기다렸다.

"끝까지 증오하는 사람들이 있을 거예요." 미에리가 속삭였다.

알고 있군. 비스카는 생각했다. 그리고 말했다. "도시의 병은 경계를 넘어 멀리까지 퍼지지."

미에리는 몸을 떨며 주먹을 움켜쥐었다. "몸이 병들지 않으면 팔은 병든 것이 아니다." 언젠가 비스카가 그런 말을 했다. 또 이런 말도. "사랑받지 못하는 인간 하나가 우주에 불을 지를 수 있다."

미에리가 혼잣말했다. "인생이란 이분법을 구성하는 과정이다. 모든 이분법은 모순으로 귀결된다. 유한한 시스템에서 타당한 논리도 무한한 시스템에서는 타당하지 않을 수 있다."

도시 의사들의 강령에 있는 말은 미에리의 평정심을 어느 정도 찾아 주었다. 미에리가 말했다. "단순히 조정 몇 번으로 해결되지 않을 거예요."

비스카가 말했다. "우리 조상들이 맞불로 걷잡을 수 없는 들불을 막았던 것과 같지. 너는 불만을 좋지 않은 방법으로 전달했어. 각각의 인간을 사랑한다는 것 말고는 아무 위로도 없었지. 추악해지는 모순도 존재하는 법이야."

어둠 속에서 미에리가 움직이는 소리가 들렸다. 천을 찢는 소리다. 또. 비스카는 궁금했다. 어떤 무한한 대안을 선택했을까? 자신의 미모를 감싼 덧없는 갑옷에 흠집을 낼 것인가?

"이렇게 하겠습니다. 저는 우선 도시에 가장 만족하는 인구 절반을 이주시키려 합니다." 미에리가 말했다.

이렇게 하겠다……. 비스카는 미에리의 첫 말을 생각했다. 도시 의사는 언제나 이 말로 창조를 시작했다.

"기억을 조정하는 건 수익성이 없어요. 현상 유지가 더 가치 있습니다. 현재의 만족이 미래 에너지의 척도가 될 거예요." 미에리가 계속 말했다.

또다시 옷을 찢는 소리가 들렸다. 뭘 하는 거지?

"저는 이 기간 동안 선생님 댁에 들어가 살며 선생님의 정부 행세를 할 거고요. 사람들이 질색하겠죠."

비스카는 미에리가 개인적인 장애물을 극복하기 위해 필요했던 에너지를 감지하고 입을 꾹 다물었다. 미에리는 온전히 본인의 힘으로 이겨 내야 했다. 스스로 결정해야 했다.

"선생님이 저를 사랑한다면 그건 겉모습 그 이상일 거예요. 우리가 오직 아름다움을 창조한다는 보장은 없지만, 우리가 사랑으로 창조해 내고 우리의 창조물이 새로운 삶을 만들어 낸다면,

우리는 사랑할 수 있고…… 앞으로도 계속 살아갈 거예요."

비스카는 얼굴에 닿은 미에리의 따스한 숨결을 느꼈다. 미에리가 소리도 없이 가까이 다가와 있었다! 비스카는 움직이지 말자고 마음을 다잡았다.

미에리가 말했다. "이 도시의 사람들이 그래도 증오해야 한다면, 증오하는 사람들은 항상 있을 거예요. 서로를 증오하느니 우리를 증오하는 편이 낫죠."

비스카는 그의 목을 감싸는 팔의 맨살을 느꼈다. 미에리의 입술이 그의 뺨을 찾았다. 미에리가 말했다. "저는 우리 도시를 구할 거예요. 그런다고 선생님이 저를 미워할 거라고 생각하지 않아요."

비스카는 긴장을 풀고 갑옷에서 벗어난 미에리의 육체를 감싸 안았다. 그는 말했다. "우선은 서로에 대한 의심 없는 사랑으로 시작하지. 의사로서 아주 훌륭한 처방이야, 내 사랑. 다음 세대를 지탱할 에너지만 충분히 남아 있다면 말이지. 아름다움 따위는 개나 주라지! 인생에는 시작점이 필요해."

1979

개구리와 과학자

Frogs and Scientists

1979년 8월에서 10월, 에이스 북스 출판, 『데스티니스 (Destinies)』 수록.

어느 날 아침, 개구리 두 마리가 수경 재배용 수조에서 피라미를 세고 있는데 한 처녀가 목욕을 하러 물가로 내려왔다. "저게 뭐야?" 라부라고 하는 개구리가 친구 개구리에게 물었다. "인간 암컷이잖아." 라팟이라고 하는 그 개구리가 대답했다.

"뭘 하는 거지?" 라부가 물었다.

"의복을 벗고 있네." 라팟이 말했다.

"의복이 뭔데?" 라부가 물었다.

"의복이란 인간들이 낯선 이의 시선에서 몸을 가리려고 입는 여분의 피부야."

"그런데 저 인간은 왜 여분의 피부를 벗는 거지?" 라부가 물었다.

"원시 피부를 씻고 싶으니까. 의복을 수조 옆에 쌓아 두고 조심조심 물 안으로 들어오는 거 봐." 라팟이 말했다.

"이상하게 생겼어." 라부가 말했다.

"인간 암컷은 원래 그래. 다 저런 모양이지." 라퐛이 말했다.

"앞에 혹 두 개는 왜 달린 거야?" 라부가 물었다.

"나도 궁금해서 생각을 좀 해 봤어. 너도 알다시피 기능은 형태를 따르고 형태는 기능을 따르는 법이잖아. 인간 수컷이 자기 암컷을 으스러지게 껴안는 모습을 본 적 있거든. 내 의견인데 저 혹 두 개는 보호용 쿠션 같아." 라퐛이 말했다.

"저기 보여? 젊은 인간 수컷이 제어실에 숨어서 훔쳐보고 있어."

"흔한 일이야. 저런 경우 많이 봤어."

"왜 그런지도 알아?" 라부가 물었다.

"아, 그럼. 저 처녀는 짝을 찾고 있어. 여기까지 와서 원시 피부를 보여 주는 것도 그래서지. 수컷이 유력한 짝인데, 왜 숨어서 지켜보느냐. 모습을 드러냈다가는 암컷이 비명을 지를 거거든. 그럼 짝짓기를 못 하게 되잖아."

"너는 어쩜 인간을 그렇게 잘 아니?" 라부가 물었다.

"가장 존경스러운 인간들의 삶을 모방하기 때문이지. 과학자들."

"과학자가 뭔데?" 라부가 물었다.

"간섭하지 않고 관찰하는 사람. 관찰만으로 모든 사실을 명확하게 밝혀내지. 자, 우리는 피라미나 마저 세러 가자."

1985

둔으로 가는 길

The Road to Dune

1985년, 버클리 출판, 『아이(Eye)』 수록.

일러두기 | 본 작품에 사용된 Jim Burns의 삽화는
제공받은 해상도 중 최선의 이미지를 사용하였습니다.

행성 아라키스에 도착한 당신. 지금부터 장대한 도보 여행을 시작하게 될 것이다. 듄으로 가는 길에서 방문자는 예외가 없는 한 제국의 가이드와 함께 움직여야 한다. 어떤 식으로 안내를 받을지, 그 예시를 일러스트와 함께 소개한다.

아라키스 도보 여행에는 모래 언덕을 지나 아라킨 궁전(삽화 뒤쪽)으로 가는 길이 빠질 수 없다. 멀리서는 이 건축물의 진짜 크기를 가늠하지 못한다. 바람에 날린 모래가 앞을 가리면 더 더욱 현혹되기 마련이다. 인류 역사상 가장 큰 인공 건축물인 이 궁전은 지붕 하나로 제국의 대도시를 열 개도 넘게 가릴 수 있다. 궁전 별관(삽화 앞쪽)에서 널찍하게 생활하는 아트레이데스 수행원과 그 가족의 수가 3500만 명에 이른다는 사실을 알고 나면 궁전의 규모가 더 확실하게 와닿을 것이다.

(다음 장) 아라킨 궁전의 웅장한 영빈관에 걸어 들어갈 때는 상상조차 할 수 없었던 규모 앞에 작아지는 느낌이 들 테니 마음의 준비를 하자. '고통을 달래는 자'로 표현한 성(聖) 알리아 아트레이데스의 조각상(삽화 앞쪽)이 2미터 높이로 서 있지만 영빈관에서 가장 작은 장식물 중 하나일 뿐이다. 입구 기둥(삽화 뒤쪽) 앞에 이런 조각상 200개를 쌓아 올려도 입구의 기둥머리 아치에 닿지 못하며, 이 아치에서 1000미터는 더 올라가야 아래 지붕을 받친 첫 번째 들보가 나온다.

만약 당신이 '진심 어린 순례자들'에 속한다면 무릎을 꿇은 채로 마지막 1000미터를 지나 알리아의 신전에 다가갈 것이다. 1000미터의 길이 인도하는 광대한 곡선(삽화 뒤쪽) 위로 시선을 들면 이 신전을 성(聖) '칼의 알리아'에 바치는 초월적인 상징들이 보인다. 그 유명한 '태양이 휩쓴 창문'(신전의 왼쪽 정면)은 인류 역사상 존재하는 모든 태양력(太陽曆)을 하나의 반투명한 디스플레이로 통합하고, 듄의 태양이 창문에 만들어 낸 찬란한 색깔은 실내에 무지갯빛 길로 투과된다.

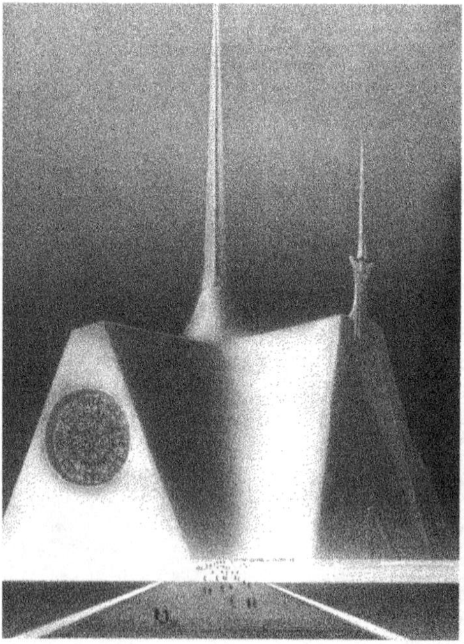

각 순례에서 선발된 100명은 사흘 동안 궁전의 비밀 통로를 올라가는데, 반쯤 올라가다 보면 이렇게 무앗딥의 개인 오니솝터를 훤히 내려다볼 수 있다. 오니솝터는 궁전 안쪽 벽에 붙어 있는 개인 착륙대에 놓여 있다. 아트레이데스 가문 거주 구역에 좁은 형태로 길게 이어진 창문들이 높은 벽에서 빛나고 있다(삽화 왼쪽). 오니솝터의 정기 점검을 마친 수행원이 궁전으로 돌아가며 프레멘의 전통대로 이렇게 외치는데, 그 소리는 전망대에서도 똑똑히 들을 수 있다. "그분의 물은 안전하다!"

궁전의 더 좁은 통로로 가면 장식 스탠드에 거대한 진주처럼 놓여 있는 익스의 난방 장치가 보인다. 장치를 점검하는 수행원의 땋은 머리는 그가 도시 프레멘이라는 표시다. 아라키스를 여행하며 익스의 유물을 많이 보게 될 텐데, 일부 유물에 박혀 있는 희귀한 보물들은 장식의 선 하나를 완성하기 위해 몇 년이라도 투자하는 헌신적인 장인들이 전부 귀금속으로 만든 것이다. 이 실내 난방기를 봐도 디테일에 얼마나 신경을 썼는지 알 수 있다. 겹쳐 있는 비늘마다 귀금속 스무 개가 들어갔다.

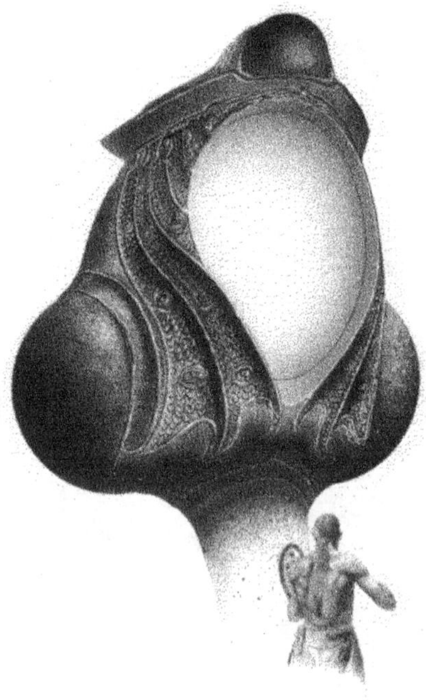

(다음 장) 드물지만 여행하는 순례자가 궁전의 은밀한 복도에서 가이우스 헬렌 모히암 대모를 만나는 경우도 있다. 이름 높은 베네 게세리트는 발광구의 빛을 받으며 촬영할 수 있도록 자애롭게도 이곳에서 걸음을 멈춰 주었다. 결혼 반지에 주목하라. 반지는 자매들에 대한 영원한 헌신을 상징한다. 발광구는 고대 디자인으로, 아트레이데스 가문이 처음 이주할 때 칼라단에서 가져왔으리라 추정된다. 구체의 왼쪽 하단을 보면 혈관이 퍼지는 모양으로 가장자리에 금이 가 있다. 이는 하코넨 가문의 공격 당시 험하게 굴렀다는 흔적일 수 있다. 그처럼 힘들었던 시기에 살아남은 유물 다수는 무앗딥의 명령에 따라 복원되었다.

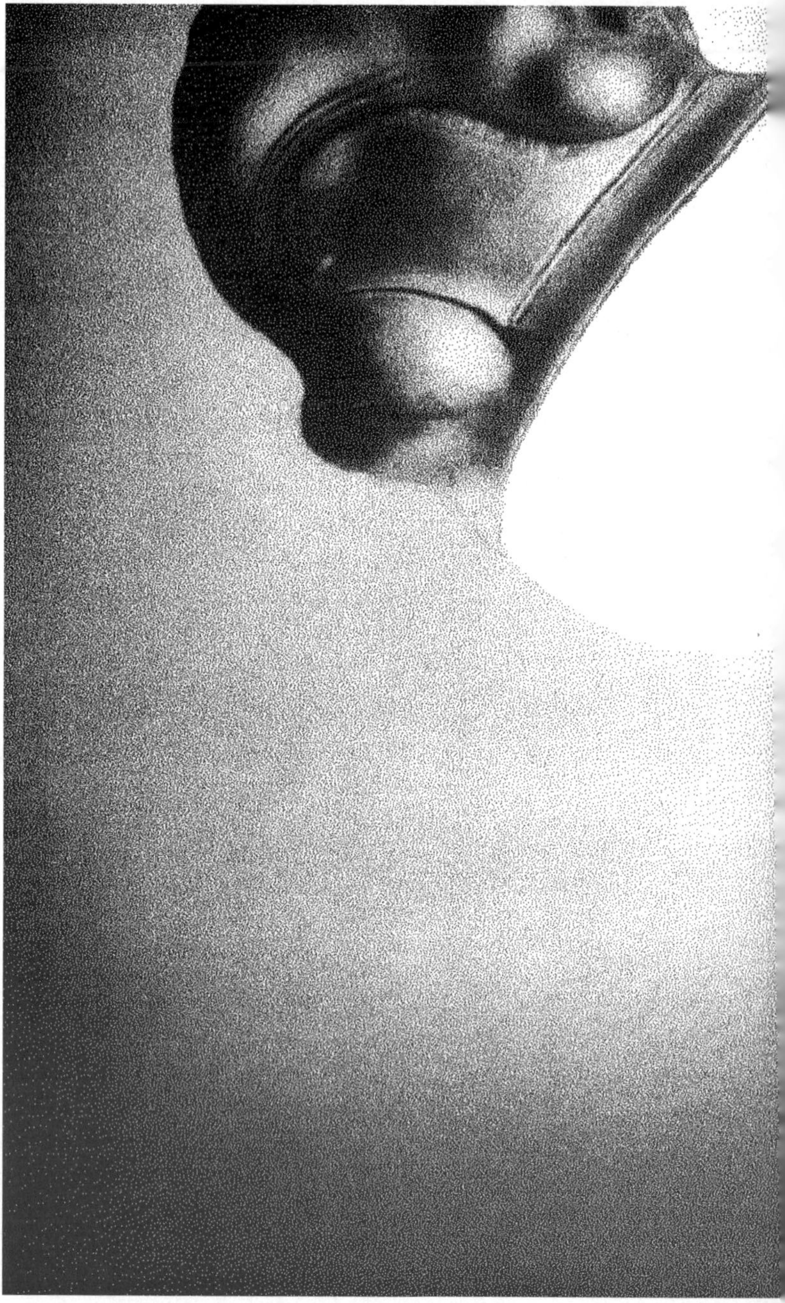

아라키스 도보 여행을 시작하려는 순례자는 무앗딥의 동정녀 배우자인 이룰란 공주의 실물과 똑같은 이 얼굴을 기억해야 한다. 가짜 그림을 조심하도록 하자. 그런 기념품을 팔러 다니는 상인들이 들러붙을 것이기 때문이다. 순례자들에 공식으로 판매해도 좋다고 이룰란이 허가한 초상화는 이것뿐이다.

무앗딥의 선생이자 친구이자 조언자인 골라 전사 던컨 아이다호의 얼굴이 따가운 시선으로 응시하는 공식 초상화이다. 아라키스를 도보로 여행하는 순례자들에게 판매하는 이 초상화는 궁전의 기념품점에서만 살 수 있다. 판매금은 전액 은퇴 프레멘 지원 사업과 프레멘 고아들의 교육비로 쓰인다.

옮긴이 | 유혜인

경희대학교 사회과학부를 졸업했다. 글밥아카데미 출판번역 과정을 수료하고 현재 바른번역에서 영어 번역가로 활동 중이다. 옮긴 책으로는 『사라진 소녀들의 숲』, 『붉은 궁』, 『모조품』, 『살인자의 숫자』, 『봉제인형 살인사건』, 『꼭두각시 살인사건』, 『엔드게임 살인사건』, 『아임 워칭 유』, 『인 어 다크, 다크 우드』, 『우먼 인 캐빈 10』, 『위선자들』, 『악연』 등이 있다.

생명의 씨앗

프랭크 허버트 단편 걸작선 1962-1985

1판 1쇄 찍음 2024년 2월 22일
1판 1쇄 펴냄 2024년 2월 29일

지은이 | 프랭크 허버트
옮긴이 | 유혜인
발행인 | 박근섭
편집인 | 김준혁
펴낸곳 | 황금가지

출판등록 | 2009. 10. 8 (제2009-000273호)
주소 | 06027 서울 강남구 도산대로 1길 62 강남출판문화센터 5층
전화 | 영업부 515-2000 편집부 3446-8774 팩시밀리 515-2007
홈페이지 | www.goldenbough.co.kr

도서 파본 등의 이유로 반송이 필요할 경우에는 구매처에서 교환하시고
출판사 교환이 필요할 경우에는 아래 주소로 반송 사유를 적어 도서와 함께 보내주세요.
06027 서울 강남구 도산대로 1길 62 강남출판문화센터 6층 민음인 마케팅부

ISBN 979-11-7052-324-6 04840(2권)
ISBN 979-11-7052-322-2 04840(set)

㈜민음인은 민음사 출판 그룹의 자회사입니다.
황금가지는 ㈜민음인의 픽션 전문 출간 브랜드입니다.